9. 7. 1804.

JAN MORAN

Die Zeit der Traubenblüte

GOLDMANN
Lesen erleben

Das Buch

San Francisco 1956: Die junge Winzerin Caterina Rosetta kreiert die besten Weine und träumt davon, ihr Talent für das Familienweingut im Napa Valley einzusetzen. Dafür muss sie ihrer resoluten Mutter Ava endlich die Wahrheit offenbaren: Denn Caterina hat eine kleine uneheliche Tochter und ist fest entschlossen, sie trotz der gesellschaftlichen Ablehnung allein großzuziehen. Statt der erhofften Unterstützung findet sie bei ihrer Rückkehr nach Mille Étoiles aber nichts als Enttäuschung. Das Wiedersehen mit ihrer großen Liebe Santo, der damals ohne ein Wort aus ihrem Leben verschwand, reißt alte Wunden wieder auf. Und Ava verweist sie nach ihrem Geständnis empört des Gutes. In ihrer Not tritt Caterina das unerwartete Erbe ihrer Großmutter an, die ihr ein kleines Weingut in der entfernten Toskana vermacht hat. Mit dem Erbe aber ist ein dunkles Geheimnis verbunden, das alles, was Caterina liebt, bedroht. Und doch könnte genau hier, unter der Sonne Italiens, auch der Schlüssel zum großen Glück liegen …

Weitere Informationen zu Jan Moran finden Sie am Ende des Buches.

JAN MORAN

Die Zeit der Traubenblüte

ROMAN

Aus dem Amerikanischen
von Stefanie Retterbush

GOLDMANN

Die amerikanische Originalausgabe erschien 2016 unter dem Titel »The Winemakers« bei St. Martin's, New York.

1. Auflage
Deutsche Erstveröffentlichung Juli 2017

Dieses Werk wurde vermittelt durch die Literarische Agentur
Thomas Schlück GmbH, 30827 Garbsen.
Umschlaggestaltung: UNO Werbeagentur, München
Umschlagmotiv: GettyImages/peter zelei; GettyImages/Westend61
Redaktion: Catherine Beck
KS · Herstellung: kw
Satz: KompetenzCenter, Mönchengladbach
Druck und Bindung: GGP Media GmbH, Pößneck
Printed in Germany
ISBN: 978-3-442-48575-8
www.goldmann-verlag.de

Für alle, die Wein und Worte lieben

1

AUGUST 1956
SAN FRANCISCO, KALIFORNIEN

»Wenn Sie bitte hier unterschreiben würden, Miss Rosetta.« Umständlich schob ihr der Anwalt mehrere schreibmaschinengeschriebene Seiten über den gewaltigen Eichenschreibtisch zu. Mit der von braunen Altersflecken übersäten, fast klauenartigen Hand hielt er ihr einen spitzen Perlmuttfüllfederhalter hin.

Ihm gegenüber saß Caterina und presste die Finger gegen ihr schweißfeuchtes Schlüsselbein. *Wie soll ich das je übers Herz bringen?* Der Federhalter erschien ihr wie ein spitzer Dolch, der auf ihr eigenes pochendes Herz gerichtet war.

Nervös fächelte sich Caterina mit einem Kirschblütenfächer, den sie in Chinatown gekauft hatte, kühle Luft ins Gesicht. *Wo bitte ist heute die berühmte frische Brise der San Francisco Bay?* Es war ein für die Jahreszeit ungewöhnlich heißer, schwüler Tag; so heiß, dass ihr Verstand schwerfällig und träge war wie eine Weinbergschnecke. Oder war das bloß eine Ausrede, um sich vor der Entscheidung zu drücken, die sie einfach nicht über sich brachte?

Fahrig kramte sie in ihrer Handtasche und zog ein Taschentuch mit Monogramm heraus, das sie eigenhändig aufgestickt hatte. Das Leinen verströmte den milchig süßen Duft ihrer gerade ein Jahr alten Tochter. *Marisa.* Sie tupfte sich mit dem Tüchlein über Gesicht und Dekolleté, versuchte, das Unvermeidliche noch etwas aufzuschieben. Dann ließ sie, um Fassung bemüht, Taschentuch und Fächer in den Schoß sinken.

Aus dem Vorzimmer hörte man das Stakkato der Schreibmaschine wie einen hektischen Trommelwirbel; jeder Anschlag ein Hieb gegen einen klaren Gedanken.

»Miss Rosetta, wir haben das doch alles bereits mehrfach durchgesprochen. Meine Mandanten verlieren langsam die Geduld.« Harold Exeter richtete sich auf, soweit seine verkrümmte Gestalt es zuließ, und stellte sich lauernd hinter sie. »Sie müssen unbedingt heute noch diese Unterschrift leisten.«

Heute.

Heute war also der letzte Tag mit ihrer Tochter. Morgen früh sollte Caterina ihre kleine Marisa ein letztes Mal umarmen und ihr für immer Lebewohl sagen. Der Gedanke daran schnürte ihr die Kehle zu.

Sie schluckte schwer gegen den Kloß im Hals an und versuchte, die tonnenschwere Last abzuschütteln, die ihre Hand zu lähmen schien, aber es gelang ihr nicht. Zu ihrem Entsetzen packte der Anwalt grob ihre Hand, legte ihre zitternden Finger fest um den Federhalter und führte sie entschlossen zu dem Dokument. Mit der anderen Hand umklammerte er unsanft ihre Schulter. Auf einmal war die Luft in der Kanzlei schwer wie Blei. Caterina konnte kaum noch atmen.

Die knochige Hand schloss sich immer fester um ihre Finger. »Sie haben dem Angebot bereits zugestimmt.«

Ja, das hatte sie. Und trotzdem.

Angewidert schüttelte sie ihn ab, entriss ihm unwillkürlich die Hand und ließ den Federhalter fallen, als hätte sie sich verbrannt. Dann schob sie die Unterlagen von sich fort. Dunkle Tinte spritzte über die weiße Seite wie schwerer Rotwein. Über das Dokument, das drohte, ihr die einzige wahre Freude im Leben zu nehmen.

»Wollen Sie mehr Geld?« Mr Exeters Stimme hatte einen schneidenden Unterton, der ihr bisher entgangen war.

Hastig griff Caterina nach ihrer Handtasche, suchte den zerknitterten Scheck heraus, den der Anwalt ihr ausgestellt hatte, und warf ihn verächtlich auf den Schreibtisch. »Ich will nicht mal das Geld, das Sie mir schon gegeben haben«, fuhr sie ihn an. Verzweifelt vergrub sie das Gesicht in den Händen und schnappte nach Luft.

»Das war für Ihre Arztrechnungen und die Miete.« Der Anwalt trat peinlich berührt von einem Fuß auf den anderen und schien zu erwarten, dass sie sich wieder fasste. Als Caterina sich etwas beruhigt hatte, setzte er sich auf den Stuhl neben ihr. Verständnisvoll sagte er: »Miss Rosetta, ich bin selbst Vater und Großvater. Ich weiß, wie schwer Ihnen das fallen muss. Aber eine Adoption ist für alle Beteiligten die beste Lösung. Wenn Sie Ihr Kind lieben, wie können Sie ihm dann zumuten, ein Leben lang in Scham und Schande zu leben?«

In Caterinas Augen schimmerten Tränen, und ein tiefes Seufzen entfuhr ihr. Es gab nichts, was sie nicht für Marisa tun würde. Aber ihr Mutterinstinkt, ihr Herz und ihr Verstand führten einen unerbittlichen Kampf in ihr.

»Wollen Sie wirklich, dass Ihr Kind sein Leben lang mit

dem Schandmal der unehelichen Geburt gebrandmarkt ist?« Seine Stimme wurde tiefer und leiser. »Lassen Sie Ihr Kind nicht für Ihren Fehler bezahlen. Ihre Tochter braucht eine Familie.«

Da stimmte sie ihm zu. Genau die hatte sie versucht, ihrer Tochter zu geben. Und war kläglich gescheitert. Die liebe, herzensgute Faith, die das kleine Entbindungsheim führte, in dem sie seit Marisas Geburt lebte, hatte sie gewarnt. Je länger sie damit wartete, ihr Kind herzugeben, desto schwerer würde es ihr fallen.

Aber Caterina *musste* ohne die Spur eines Zweifels wissen, dass es die beste Entscheidung für Marisa war. Alles andere könnte sie nicht ertragen. Während sie das Taschentuch zwischen den Fingern zerknüllte, wischte sie sich rasch die Tränen aus den Augen. »Ich muss sie erst kennenlernen.«

»Wie bitte?«

»Die neuen … das Ehepaar«, rang sie sich mühsam ab. Das Wort »Eltern« brachte sie nicht über die Lippen. Caterina wand sich vor Unbehagen.

»Das ist leider ausgeschlossen.«

Entschlossen stopfte Caterina Fächer und Taschentuch in die Handtasche und sprang auf, woraufhin ihr Mr Exeter sofort sehr bestimmt die Hand auf den Arm legte. »Das heißt, es ist äußerst unüblich.« Er schüttelte den ergrauenden Kopf, als fordere sie beinahe Unmögliches und zudem Undenkbares von ihm. »Aber ich kann sehen, was sich machen lässt.« Sein Blick ging zu seiner Armbanduhr. »Uns läuft die Zeit davon. Unterschreiben Sie die Unterlagen heute noch?«

Caterina biss sich auf die Lippen. »Wenn sie mir sympathisch sind.«

»Meine Liebe, glauben Sie mir, das sind grundanständige Leute. Ihre Frage sollte lauten: Werden Sie meine Tochter lieben und gut für sie sorgen? Und ich versichere Ihnen, das werden sie. Wie dem auch sei, ich werde versuchen, sie bezüglich dieses unüblichen Ansinnens zu kontaktieren. Aber ich muss darauf bestehen, dass Sie mir vertrauen und bereits im Voraus Ihre Unterschrift leisten.« Er schob die Papiere zusammen. »Wenn Sie kurz draußen am Empfang warten möchten? Ich lasse eben die erste Seite neu abtippen.«

Caterina glaubte fast zu ersticken. »Ich muss an die frische Luft. Ich warte vor der Tür.«

Draußen wäre sie beinahe gestolpert und musste sich an der Backsteinmauer abstützen. Sie lehnte sich dagegen und atmete keuchend die schwere, feuchte Luft ein, als wäre sie ein gestrandeter Fisch. In wabernden Schwaden stieg die Luft vom glühenden Asphalt auf. Für das Napa Valley war diese stickige Sommerhitze typisch – sie ließ die Weintrauben herrlich süß heranreifen –, aber in San Francisco wurde es nur selten so unerträglich schwül.

Caterina hatte zwar eine ziemlich gute Stelle in einem der renommiertesten Hotels der Stadt, aber sie sehnte sich nach dem Panoramablick von den hochgelegenen Weinbergen ihrer Mutter über das Tal hinaus bis hin zum Meer. Sie vermisste den Geruch der Erde, so üppig und schwer, dass sie nur die besten Weine hervorbrachte, und das Vogelzwitschern im kühlen Abendwind. In diesen Weinbergen war sie aufgewachsen. Eine idyllische Kulisse für eine unbeschwerte Kindheit.

Aber nun gab es für sie kein Zurück mehr dorthin. Nicht mit Marisa. *Unehelich.* Warum nur heftete die Gesellschaft einem unschuldigen Kind ein derart hässliches Etikett an? Warum raubte man Familien ihre geliebten Kinder, und das alles im Namen von Sitte und Moral?

Marisa. Mit einem Mal zog es Caterina mit aller Macht zu ihrem Kind. Entschlossen wischte sie sich die salzigen Tränen von den Wangen.

Das Gefühl war so eindringlich, dass sie eine Gänsehaut bekam. *Marisa braucht mich.* Wie in Trance drehte sie sich um und ging schnurstracks zu ihrem Wagen.

Der logische, vernünftige Teil ihres Gehirns sagte ihr zwar, sie solle bleiben und die Adoptionspapiere endlich unterschreiben. »Weil du sie liebst, gibst du sie fort«, hatte Faith heute Morgen zu ihr gesagt, ehe sie das Haus verlassen hatte, und Caterina hatte ihr nicht widersprochen. Sie war ein pflichtbewusster Mensch und nahm die Verantwortung für ihr Kind sehr ernst.

Caterina hatte miterlebt, wie viele der anderen jungen Frauen im Entbindungsheim ihre Kinder zur Adoption freigaben, manche nur Stunden nach der Geburt. Einige der jungen Frauen waren von einem Mann sitzen gelassen worden, der ihnen das Herz gebrochen hatte, andere waren regelrecht erleichtert, das Ergebnis von Vergewaltigung oder Inzest fortgeben zu können. Und doch hatte sie in jedem dieser jungen Gesichter Tränen und Schmerz gesehen, wenn sie der Schwester ihre winzigen Sprösslinge übergaben, wohl wissend, sie würden sie nie wiedersehen. Nie in den frühen Morgenstunden das kleine Herz in der Brust schlagen spüren. Nie das erste entzückende Lächeln sehen, wenn es die Mutter erkennt. Nie das erste »Mama« hören.

Das untröstliche Schluchzen hallte Caterina immer noch in den Ohren, und ein eigenartiges Gefühl überkam sie. *Irgendwas stimmt hier nicht.* Das Herz schlug ihr bis zum Hals, und Caterina lief schneller, immer schneller, schob sich hastig durch die vielen Menschen, die sich vor ihr auf dem Gehweg drängten.

Zuerst hatte sie Marisa unbedingt behalten wollen, weil sie gehofft hatte, vom Vater ihres Kindes zu hören. Dem Mann, den sie liebte. *Sie hatte um ein Wunder gebetet.* »Du hast schon viel zu lange gewartet«, hatte Faith nach ein paar Monaten zu ihr gesagt. »Du musst zum Wohl deines Kindes endlich eine Entscheidung treffen.«

Die Luft roch nach Gewitter. Wolken schoben sich vor die Sonne.

»Entschuldigung.« Eilig drängte sie sich durch ein Grüppchen Studenten, die ihr bummelnd den Weg versperrten. Sie machte einen Schritt auf die Straße und musste einem Taxi ausweichen, das gerade um die Ecke bog. Die Brust wurde ihr eng. Ihr Auto stand noch einen Block weiter, ein Stückchen den Hügel hinunter. Sie streifte die Jacke ab und fing an zu laufen.

Keuchend rannte sie die Straße entlang. Sie *musste* so schnell wie möglich zu Marisa. War das der vielbeschworene Mutterinstinkt? Kopflos vor Panik hetzte Caterina die hügelige Straße entlang, die Handtasche schlug baumelnd gegen ihre Rippen, und ihre hohen Absätze klackerten auf dem Bürgersteig.

Endlich am Auto, riss sie die Tür ihres türkisblauen

Chevrolet Bel Air mit den spitzen Haifischflossen auf. Den Wagen hatte ihre Mutter ihr geschenkt, als sie nach San Francisco aufs College gegangen war. Sie drehte den Schlüssel im Zündschloss und trat aufs Gaspedal. Sie musste *unbedingt* zu Marisa. Sie wusste nicht, warum, aber sie wusste, es war dringend.

Ein dicker Regentropfen klatschte gegen die Windschutzscheibe, dann noch einer und noch einer. Sie schaltete den Scheibenwischer ein und fuhr, so schnell sie es mit der großen Limousine in der Stadt wagen konnte. Am Entbindungsheim angekommen, prasselte der Regen wie aus Eimern auf ihren Wagen.

Sie parkte ein kleines Stückchen die Straße hinunter und hetzte dann durch den Wolkenbruch an den alten viktorianischen Häusern vorbei, die wie große farbige Macarons die Straße säumten. Endlich angekommen, stürzte sie die Vordertreppe hinauf und unter dem reich verzierten Vordach hindurch, gerade frisch in strahlendem Zitronengelb, Mintgrün und Kornblumenblau gestrichen. Angst schnürte ihr die Kehle zu. Sie öffnete die Tür und flog die Treppe hinauf, eine Spur kleiner Pfützen hinter sich zurücklassend.

Mit zitternden Händen griff Caterina nach der Türklinke zum Kinderschlafzimmer des alten Hauses mit Blick über die Bucht. Ein halbes Dutzend Gitterbettchen mit schlafenden Kindern reihte sich an der Wand. Die aufgemalten Giraffen, Äffchen und Elefanten schienen sich mit ihren fröhlichen Kapriolen über ihre Aufregung lustig zu machen.

Marisa zog sich an den Gitterstäben ihres Bettchens hoch und schwankte ein wenig auf den strammen, kräftigen Beinchen. Ein gut gekleidetes Paar mittleren Alters stand entzückt gurrend neben ihr.

»Was machen Sie da?«, fragte Caterina schneidend und wischte sich die nassen Haare aus der Stirn. *Sie sind zu früh*. Panische Angst erfasste sie. Sie war noch nicht so weit.

Faith O'Connell eilte zu ihr, und man sah ihrem hochroten Gesicht die Verlegenheit an. »Das sind Mr und Mrs Anderson. Sie wollten Marisa heute besuchen, während du weg bist. Aber du bist früher zurückgekommen als erwartet«, fügte sie entschuldigend hinzu und fummelte nervös am obersten Knopf ihres grün karierten Hauskleids herum.

Die Frau mit den perfekt frisierten blonden Haaren drehte ruckartig den Kopf und funkelte Faith wütend an. »Sie haben gesagt, sie sei ganz bestimmt nicht da.« Dann musterte sie Caterina mit einem abschätzigen Blick.

Mrs Andersons Lippen zuckten missbilligend, als sie Caterina mit den regennassen, fleckigen Schuhen und den triefenden Haaren beäugte.

Caterina wischte sich eine Strähne von der geröteten Wange und streifte Faiths Hand ab, doch ehe sie zu Marisa gehen konnte, hatte Mrs Anderson ihr Kind schon auf dem Arm. Caterina schlug das Herz bis zum Hals.

»Wie geht es dir, mein Schatz?«, säuselte die Frau und drückte Marisa einen Kuss auf die Wange. »Möchtest du gern mit uns nach Hause gehen?«

Marisas Unterlippe zitterte, und ihr Blick suchte Caterina.

»Lassen Sie sie los. Ich bin ihre Mutter.« Wutentbrannt stürmte Caterina mit langen Schritten durch den Raum, um ihre liebreizende dunkelhaarige Tochter aus den blassen Armen dieser fremden Frau zu befreien.

Mr Anderson trug einen schiefergrauen Anzug und eine finstere Miene. »Wir sind hier, um dieses kleine Mädchen zu adoptieren. Wir wollen ihr ein gutes Zuhause geben. Wollen Sie denn nicht auch das Beste für Ihr Kind?«

Caterina riss seiner Frau Marisa aus den Armen und drückte ihren zitternden kleinen Körper an ihre Brust. Sie drehte sich um und wandte dem Paar den Rücken zu, um Marisa vor ihren bohrenden Blicken zu schützen. Sie *konnte* sie einfach nicht hergeben. »Ich *tue* gerade das Beste für mein Kind.«

Ihre rostroten Locken zitterten vor Erregung, als Faith zu Caterina trat. »Ein Kind braucht Vater *und* Mutter, Liebes.«

»Eigentlich wollten wir ein blondes Mädchen, aber wir würden sie trotzdem nehmen«, bemerkte Mrs Anderson. »Sie hat ein hübsches Lächeln und die blausten Augen, die man je gesehen hat.«

»Und lieb ist sie auch«, fügte ihr Mann hinzu. »Letztes Jahr haben wir einen Jungen adoptiert. Das Mädchen ist für meine Frau. Sie hat heute Geburtstag.«

Caterina konnte es nicht fassen. »Ein Kind ist doch kein Geburtstagsgeschenk. Und *mein* Kind erst recht nicht.«

»Mr Exeter hat uns versichert, man sei mit Ihnen zu einer Einigung gekommen.« Mr Anderson hob drohend den Zeigefinger. »Seien Sie doch vernünftig. Wie wollen Sie denn für ein Kind sorgen?« Verächtlich musterte er Caterina.

»Ich habe einen Collegeabschluss und eine gute Stelle«,

erklärte Caterina nicht ohne Stolz. »Ich bin Sommelière im St. Francis Hotel.«

»Ist das nicht so etwas wie ein Barkeeper?« Mrs Andersons Augen wurden schmal, und sie wich angeekelt vor Caterina zurück.

»Das ist sicher maßlos übertrieben«, schnaubte ihr Ehemann verächtlich. »Wer würde schon eine Frau als Sommelier anstellen?«

Caterina überhörte die Stichelei. »Ich gebe sie nicht her, und das ist mein letztes Wort.« Marisa fing an zu weinen. Sie schien zu merken, wie aufgewühlt ihre Mutter war, und Caterina tätschelte ihr beruhigend den Rücken. »Keine Sorge, meine Süße. Mama ist ja bei dir.«

»Ach herrje«, rief Faith und rang verzweifelt die Hände. »Ich hoffe, Sie verstehen, dass Miss Rosetta etwas durcheinander ist.«

»Rosetta? Na, das erklärt alles. Eine hitzköpfige Italienerin.« Von oben herab schaute die Frau Caterina abfällig an. »Komm, Fred, ich glaube nicht, dass wir *das da* wirklich wollen. Bestimmt wird sie irgendwann mal genauso stur und aufbrausend wie ihre Mutter.«

»Verschwinden Sie«, zischte Caterina mit zusammengebissenen Zähnen.

Die Frau rückte den Riemen ihrer großen Lederhandtasche auf der Schulter zurecht und drückte sich an Caterina vorbei. Ihre spitzen Absätze klackerten laut auf dem Holzboden und wirkten wie der Taktgeber für Marisas herzzerreißendes Jammern.

Der Ehemann in ihrem Schlepptau funkelte Caterina wütend an. »Jetzt haben Sie ihr den Geburtstag verdorben.

Glauben Sie mir, Sie werden diese Entscheidung noch bereuen.«

Kaum waren die Andersons wutentbrannt aus dem Haus gestürmt, brach Caterina unvermittelt in Tränen aus. Sie hielt Marisa fest in den Armen und wiegte sie, bis sie sich etwas beruhigt hatte.

Faith schnalzte missbilligend mit der Zunge. »Liebes, du musst an Marisas Wohlergehen denken. Ein Jahr ist es jetzt schon her. Wenn du noch länger wartest, wird es schwierig, eine neue Familie für sie zu finden. Die Andersons sind anständige Leute. Die hätten sie lieben gelernt.«

»Aber ich liebe sie jetzt schon. Ich bin genug für sie.«

»Du musst dich den Tatsachen stellen. Eine reizende junge Frau wie du kann noch mal ganz von vorne anfangen, einen netten Mann heiraten und eine Familie gründen. Aber kein Mann will das Kind eines anderen großziehen.« Faith unterbrach sich kurz. »Hast du noch mal was vom Vater gehört?«

Vom Vater. Caterina schüttelte den Kopf und war sich sicher, ihr Herz müsse vor Schreck Schaden genommen haben. Marisas Vater. Er war ihr Sandkastenfreund gewesen, immer da. Unzertrennlich waren sie gewesen – sie konnten die Gedanken des anderen lesen und wussten alles übereinander. Und es war noch nicht lange her, sie waren schon erwachsen, da hatten sie ihre gegenseitige Begierde füreinander entdeckt und ihr nachgegeben. Doch inzwischen war Marisa das Einzige, was von dieser stürmischen Romanze übrig geblieben war. »Meine Mutter war Witwe, sie hat mich ganz allein großgezogen. Das schaffe ich auch.«

»In dieser Gesellschaft ist es ein gewaltiger Unterschied, ob jemand verwitwet ist oder unverheiratet mit einem unehelichen Kind. Denk nur an das Stigma, das sie brandmarken wird. Möchtest du deinem Kind das wirklich antun?«

Caterina schaute ihr kleines Mädchen liebevoll an. Marisas Tränen waren getrocknet, und ein kleines Lächeln schlich sich auf ihr Gesicht. Caterinas Herz schmolz dahin. Die großen, strahlend blauen Augen ihrer Tochter waren rund und unschuldig und sahen genauso aus wie die ihres Vaters. Caterina brachte es nicht über sich, sie wegzugeben. Marisa war das Einzige, was ihr von dem Mann geblieben war, den sie immer lieben würde. »Sie bleibt bei mir.«

»Wir wollen nur dein Bestes.« Faith seufzte schwer.

Caterina überschüttete Marisa mit Küssen, erleichtert, gerade noch rechtzeitig nach Hause gekommen zu sein. Faith und Patrick O'Connell waren gut zu den unverheirateten werdenden Müttern, die bei ihnen Zuflucht suchten, und Caterina wusste, sie würden niemals zulassen, dass die Andersons ihre Tochter ohne ihre ausdrückliche Zustimmung mitnahmen – ganz anders als in einigen anderen, sehr streng geführten Mütterheimen, die sie sich angeschaut hatte. Aber allein beim Gedanken daran, dass wildfremde Menschen um Marisa herumscharwenzelten, wurde ihr flau im Magen.

Caterina schwor sich, dass nie wieder irgendwer versuchen würde, ihr Marisa wegzunehmen. Sie würde alles tun, um ihr Kind zu behalten. Und wenn es nach ihr ging, konnte die Gesellschaft mitsamt ihren herablassenden Vorurteilen gepflegt zur Hölle fahren.

»Nicht, dass wir dich und Marisa nicht von Herzen lieben«, sagte Faith mit ernstem Gesicht. »Aber du weißt, dass dir langsam die Möglichkeiten ausgehen.«

Caterina kniff die Augen zusammen. Faith war Nonne gewesen und betrachtete es als ihre Aufgabe in diesem Leben, anderen zu helfen. Aber Caterina fiel es schwer, sich ihrem Dilemma zu stellen.

Stattdessen schloss sie lieber die Augen und genoss das Gefühl, wie sich Marisa mit ihrem kleinen warmen Körper an sie schmiegte. Der süße pudrige Duft löste sonst immer unbeschreibliche Glücksgefühle in ihr aus, aber heute war sie mit den Nerven am Ende. Flaumig zarte dunkelbraune Haare, fein wie Entendaunen, umrankten Marisas weiche honigfarbene Wangen. Federleicht strich Caterina ihrem Baby mit den Fingern über das Gesicht. »Mein Schatz«, murmelte sie. Marisa machte die Augen zu und kuschelte sich an ihre Mutter. Caterina streichelte ihr über die Haare und versuchte, die aufsteigenden Tränen hinunterzuschlucken. *Wie konnte ich auch nur einen Augenblick daran denken, sie fortzugeben?*

Faith legte Caterina eine Hand auf die Schulter. »Wenn du eine Adoption kategorisch ausschließt, kannst du denn dann nicht doch wieder nach Hause gehen? Auf euer Weingut in Napa? Vielleicht verzeiht deine Mutter dir, wenn sie Marisa erst einmal gesehen hat.«

Energisch schüttelte Caterina den Kopf. »Nach Mille Étoiles zurückzukehren ist undenkbar. Meine Mutter würde mir das nie verzeihen.« Schon vor Jahren, als ihre Tochter langsam zur Frau wurde, hatte Caterinas Mutter sie eindringlich vor dem schwerwiegendsten Fehltritt gewarnt, den ein junges Mädchen begehen konnte. Sex vor der Ehe, Schwangerschaft, uneheliche Kinder. *Absolut unverzeihlich.*

Die Worte ihrer Mutter hallten ihr noch in den Ohren. Tausend Mal hatte sie diese Ermahnungen gehört. »Ich würde dich, ohne mit der Wimper zu zucken, enterben, wenn dir so ein Malheur passiert. Nur der gewöhnliche Pöbel benimmt sich so vulgär. Und diese Mädchen geben ihre Kinder dann zur Adoption frei; die einzig richtige Entscheidung in einer solchen Situation. Es gibt doch nichts Schlimmeres als eine erzwungene Ehe.«

Faith strich Caterina über die Haare und gab ihr einen Kuss auf die Stirn. »Wenn deine Mutter doch nur in diese fröhlichen Augen blicken könnte, um zu sehen, wie sie strahlen. Ich glaube, sie würde sich auf den ersten Blick in ihre Enkeltochter verlieben, meinst du nicht?«

»Du kannst dir nicht mal ansatzweise vorstellen, wie furchteinflößend eine Ava Rosetta ist, wenn sie erst mal in Rage gerät.« Caterina runzelte die Stirn. Faith schien auf etwas ganz Bestimmtes hinauszuwollen, doch noch ehe Caterina sie danach fragen konnte, schaute Marisa sie von unten her an, und ihr Herz machte einen Satz. Caterina blickte in die leuchtend blauen Augen ihres Mädchens – *seine Augen* –, die sie vertrauensvoll ansahen, und sie wusste, sie konnte sich unmöglich von ihr trennen. Als sie sich endlich zu der einzig »vernünftigen« Entscheidung durchgerungen hatte, zu der Faith sie freundlich, aber bestimmt gedrängt hatte, da war es, als risse es ihr die Seele entzwei.

Ein Kind zur Adoption freizugeben war womöglich die richtige Entscheidung für jene jungen Frauen, die ihr Baby selbstlos weggaben, damit jemand anders sich seiner annahm. Aber für sie kam das nicht in Frage. Vielleicht waren diese Frauen stärker als sie, vielleicht waren sie verzweifelter. Caterina jedenfalls würde sich lieber selbst das Herz aus der Brust reißen – denn genauso hatte es sich angefühlt, als sie die Adoptionspapiere unterschreiben sollte.

Faith legte ihr eine Hand auf den Arm. »Wolltest du dieses Wochenende nicht nach Napa fahren?«

Caterina nickte. Ihre Mutter hatte sie um Hilfe dabei gebeten, Weine für eine Weinprämierung auszuwählen. Ava Rosetta war eine renommierte, angesehene Winzerin, und sie hatte die Messlatte so hoch gelegt, dass sich Caterina fragte, ob sie ihrer Mutter je das Wasser würde reichen können – beruflich wie auch sonst im Leben.

»Warum nimmst du Marisa denn nicht mit? Schließlich bist du dort zu Hause.«

Ja, warum eigentlich nicht? Schuldgefühle stachen sie wie spitze Nadeln. Mit jedem Tag, den Caterina ihren Fehltritt zu verbergen versuchte, wurde das Lügengespinst undurchdringlicher und verworrener. Sie musste heimlich Geld beiseiteschaffen und sich immer ausgefeiltere Ausflüchte zurechtlegen, um ihre lange Abwesenheit zu erklären. Diese Scharade konnte sie unmöglich länger aufrechterhalten. Die Lügengeschichten entwickelten ein Eigenleben und drohten, sie wie ein Strudel mit in die Tiefe zu reißen.

Und was noch viel schlimmer war: Es war ihrem Kind gegenüber nicht fair. Eines Tages würde sie sich zwischen der Liebe zu ihrer Mutter und der Liebe zu Marisa entscheiden müssen. Ein zutiefst erschreckender Gedanke.

Faiths rot schimmernde Locken umrahmten ihr besorgtes Gesicht. »Ich muss dir leider sagen, dass in zwei Wochen ein neues Mädchen kommt. Und dann brauchen wir dein Zimmer.«

Caterina musste heiße Tränen wegblinzeln. »Ich sage es ihr dieses Wochenende.« Viel zu lange hatte sie die Augen davor verschlossen und den Kopf in den Sand gesteckt. Jetzt war es an der Zeit, sich den unabwendbaren Folgen dessen zu stellen, was sie getan hatte. Sie musste ihre Mutter fragen, ob sie mit Marisa nach Hause kommen durfte. Wenigstens bis ihr Apartment, das sie untervermietet hatte, wieder frei wurde. Erneut drückte sie Marisa fest an sich.

Was auch immer ihre Mutter ihr an diesem Wochenende sagen wollte – verglichen mit dem, was Caterina ihr zu beichten hatte, war es sicher nicht der Rede wert.

2

Schwungvoll öffnete Ava die massive Holztür und trat aus dem Haus, just in dem Augenblick, als ein rot-weißes Corvette Cabrio an ihr vorbei die Auffahrt des Anwesens entlangglitt, die von hohen italienischen Zypressen gesäumt wurde. Als der Wagen an ihr vorbeifuhr, wurde sie stocksteif und war sofort in Alarmbereitschaft. Santo musste wohl seinen älteren Cousin Raphael besucht haben. Der war wie ein Vater für ihn und wohnte etwas weiter den Weg entlang in einem entzückenden kleinen Bauernhaus. *Es ist sein gutes Recht herzukommen*, sagte sie sich streng, aber seine bloße Anwesenheit machte sie nervös. *Wenigstens ist Caterina nicht da.*

Ihr Blick folgte ihm, aber um ganz nonchalant zu wirken, vergrub Ava betont lässig die Hände in den Taschen ihrer schmal geschnittenen Baumwollhose. Sie musste an das Gespräch denken, das sie vor zwei Jahren mit Santo geführt hatte. Ganz sicher musste er sie für halsstarrig und unnachgiebig gehalten haben, aber er kannte auch nicht die wahren Beweggründe für ihre harsche Entscheidung. Und sie hatte nicht die Absicht, alte Wunden wieder aufzureißen, nur um ihm alles zu erklären. Santo kam nur noch selten nach Mille Étoiles, und wenn, dann hielt er sich von ihr fern.

Hinter ihr hörte Ava den Kies knirschen, und sie drehte sich um.

»Und, was hältst du von dem schicken neuen Wagen?«

Raphael kam auf sie zu, die Daumen in die Gürtelschlaufen seiner schweren Arbeitshose eingehakt, das gebräunte Gesicht ein scharfer Kontrast zu dem weißen Hemd. Er hatte hohe Wangenknochen, ein kräftiges Kinn, breite Schultern – ein starker, muskulöser Mann.

Ava schirmte die Augen mit einer Hand gegen die Sonne ab. Im Näherkommen sagte sie: »Toller Flitzer. Santo scheint es zu etwas gebracht zu haben.«

»Das hat er.« Raphael blieb vor ihr stehen und zog behutsam eine ihrer Haarsträhnen heraus, die sich mit einem ihrer dezenten Diamantstecker verheddert hatte. »Ich bin mächtig stolz auf ihn.«

Der Duft italienischer Bergamotte umgab ihn wie eine Aura. Es gefiel Ava, wie das Zitrusaroma mit dem Geruch seiner sonnenwarmen Haut verschmolz.

»Er hat ein paar sehr wohlhabende Klienten, die gutes Geld bezahlen, und er lehrt Weinbau an der Universität. Er hat mir gesagt, er spart fleißig für die Zukunft, aber es gab wohl einen unverhofften Geldregen, und da hat er sich den Wagen gegönnt.« Raphael hatte einen leichten italienischen Akzent, und sein warmer Bariton tönte sonor aus dem breiten Brustkorb.

»Ein wirklich cleverer junger Mann. Genau wie du damals.« Strahlend sah Ava Raphael an. Was würde sie nur ohne ihn machen? Als alter Hase, ein *vigneron* aus Montalcino, wusste Raphael einfach alles über Weinbau und stand den Arbeitern im Weinberg vor. Vor vielen Jahren hatte er den elternlosen kleinen Santo nach Mille Étoiles gebracht und sich um ihn gekümmert. Und wegen der

Taten ihres Mannes fühlte sich Ava dem armen Waisenkind gegenüber immer ein wenig schuldig.

»Was steht heute auf deiner Liste, Ava?«

»Ich muss mich um die Vorbereitungen für die Party am Wochenende kümmern«, sagte sie und nickte in Richtung des stattlichen Châteaus hinter ihr. Mille Étoiles war nach dem Vorbild des Herrenhauses ihrer Familie in Bordeaux gebaut worden. »Ich fürchte, der Efeu wird bald das ganze Haus überziehen, wenn wir ihm nicht schleunigst Einhalt gebieten. Kannst du einen der Arbeiter entbehren, damit er sich um diesen wuchernden Urwald kümmert?« Die Efeuranken hatten bereits die Doppeltürme vereinnahmt und waren bis zu den hohen Fenstern hinaufgekrochen, die von eindrucksvollen Schlusssteinen gekrönt waren. Dieses Wochenende erwartete sie wichtige Gäste. Da musste alles makellos sein. Mille Étoiles hatte einen lupenreinen Ruf, den zu erhalten Ava sich unermüdlich bemühte.

»Ich kümmere mich darum«, versprach Raphael. »Hast du ein bisschen Zeit, um dir die neuen Maschinen anzuschauen?«

»Natürlich.« Auf Raphaels Anraten hatte Ava für die bevorstehende Lese eine neue Entstielungsmaschine und eine Presse angeschafft. »Wir haben jedenfalls genug dafür bezahlt. Ich frage mich, ob die vergoldet sind.«

»Es ist eine solide Investition, Ava.«

»Das weiß ich.« Für diese Anschaffung hatte sie alles zusammenkratzen müssen. »Ein paar gute Weinjahre, und alles ist bezahlt. Aber wenn das Wetter nicht mitspielt, steht Mille Étoiles vor dem finanziellen Ruin.« Zu viel Sonne, zu viel Regen oder ein zu strenger Frost konnten die gesamte Ernte vernichten oder zumindest die Qualität des Weins erheblich beeinträchtigen. Bisher war das Wetter in diesem Jahr nahezu ideal gewesen, aber das konnte sich immer von heute auf morgen ändern. Jedes Jahr brachte neue Herausforderungen mit sich.

»Um Wein zu machen, braucht man Nerven wie Drahtseile, fast wie ein Pokerspieler. Aber bisher hast du immer gut gezockt.«

»Ich mache mir unablässig Sorgen, das weißt du doch, Raphael.« Ava ließ den Blick von der Anhöhe über ihr Anwesen schweifen. Unter ihrem hohen Aussichtspunkt waberten Nebelschwaden vom Meer heran und verbargen in Fetzen das Schachbrettmuster der Felder darunter. Gemeinsam gingen sie über Avas Land, wirbelten mit ihren Stiefeln Staub auf und blieben gelegentlich stehen, um die glänzenden Trauben – oder Beeren – in Augenschein zu nehmen. Die Rebstöcke, die sich wie feine Häkelspitze um ihre Stützen rankten, waren vorbildlich gepflegt und zurechtgestutzt.

Auf dieser Höhe waren die Trauben den Launen der Natur ausgeliefert, was ihnen Stress bereitete. Deshalb waren die Cabernet-Sauvigon-Trauben klein und dicht, der Saft hochkonzentriert und der Tanningehalt beneidenswert hoch.

Ava und Raphael freuten sich verhalten. Je höher der Stress durch Umwelt und Wetter, desto größer das Potenzial für einen guten Rotwein, was an dem günstigeren Verhältnis von Schale zu Frucht lag.

Gemeinsam sahen sie sich die Maschinen an und wechselten noch ein paar Worte, zufrieden in der Gewissheit vereint, gut auf die bevorstehende Lese vorbereitet zu sein. Raphael blieb im Weinberg, während Ava zum Haus zurückging.

Dann war sie zurück in der Küche mit den glänzenden Kupfertöpfen, den Kräutern, die zum Trocknen an den Holzbalken hingen, und den handbemalten Fliesen, die die Steinmauern verschönerten. Selbst in der größten Mittagshitze blieb es dank der dicken Mauern hier drinnen angenehm kühl.

Die Haushälterin, eine pummelige Mexikanerin mit grau meliertem Haar, das sie zu einem dicken Dutt zusammengebunden hatte, stand an der Spüle und schälte Kartoffeln. Als Ava hereinkam, schaute sie kurz auf und begrüßte sie mit einem kleinen Lächeln. »Jetzt hast du den netten jungen Mann aus New York schon wieder verpasst.«

»Der hat mir die Papiere doch schon beim letzten Mal dagelassen.« Stirnrunzelnd goss Ava sich ein Glas kaltes Wasser aus dem Krug auf dem Tisch ein. Nina arbeitete schon auf Mille Étoiles, seit Caterina noch ein kleines Kind gewesen war. Ninas Tochter Juliana war mit Caterina zusammen aufgewachsen, und die beiden Mädchen waren immer wie Schwestern gewesen. Auch Ava und Nina waren im Laufe der Jahre enge Freundinnen geworden. Besonders die schwierige Zeit während der Wirtschaftskrise hatte die beiden zusammengeschweißt.

»Kannst du dir vorstellen, dass er allen Ernstes gesagt hat, er habe noch nie Guacamole probiert? Aber meine hat ihm sehr geschmeckt.« Nina strahlte vor Stolz übers ganze Gesicht.

»Hat er gesagt, was er hier wollte?« Nicht, dass sie überhaupt mit diesem Schnüffler reden wollte. Nach seinem ersten Besuch hatte Ava sämtliche seiner Anrufe geflissentlich ignoriert. Sie hob das Glas an die Lippen. *Caterina darf auf gar keinen Fall davon erfahren.*

»Er sagte, es bestünde keine Notwendigkeit für ein weiteres Gespräch.« Mit einem Nicken wies Nina auf die Visitenkarte auf der Arbeitsfläche. »Er hat Caterina seine Karte dagelassen. Sagte irgendwas von einer Erbschaft von Seiten der Familie ihres Vaters. Wäre das nicht schön?«

Ava zuckte die Schultern und tat vollkommen gleichgültig. »Ich glaube, da ist nicht viel zu holen. Aber ich sage es ihr, wenn sie morgen kommt.« Damit ließ sie die Karte in der Hosentasche verschwinden und wechselte rasch das Thema. »Wie kommst du mit den Vorbereitungen für die Party voran?«

»Keine Sorge, es wird alles wie am Schnürchen laufen«, versicherte Nina lächelnd. »Ich freue mich auf Caterina. Ich habe sie lange nicht mehr gesehen.«

Ava nippte an ihrem Wasserglas. Sie wünschte wirklich, Caterina käme wieder nach Hause. Insgeheim hoffte sie, ihre Tochter und ihr zukünftiger Ehemann würden eines Tages die Leitung von Mille Étoiles übernehmen.

»Ted und seine Eltern kommen auch«, erklärte Ava. Auf dem College waren Ted und Caterina ein Paar gewesen. Eigentlich hatten alle gedacht, ihre Heirat sei längst beschlossene Sache, aber dann hatte Caterina die Beziehung ganz unerwartet beendet. *Und wollte nicht so recht mit dem Grund für diese Entscheidung herausrücken.* Ava fragte sich bis heute, warum sich Caterina ihr damals nicht anvertraut hatte.

Erstaunt blickte Nina auf. »Weiß Caterina, dass Ted kommt?«

»Noch nicht. Aber er ist immer noch ganz verrückt nach ihr. Ich glaube, der Gedanke ans Heiraten hat sie ein bisschen verunsichert. Aber seitdem hatte sie genug Zeit, in Ruhe über alles nachzudenken. Vielleicht hat sie es sich ja inzwischen anders überlegt.« Als Teds Mutter ihr erzählte, Ted habe sich von seiner letzten Freundin getrennt und spreche immer noch ständig von Caterina, hatte Ava den Entschluss gefasst, alle Hebel in Bewegung zu setzen, um die beiden wieder zusammenzubringen.

Wie wunderbar es wäre, wenn Caterina und Ted wieder zueinanderfänden. Eine lange Verlobungszeit wäre dann gar nicht mehr nötig. Ava lächelte still in sich hinein. Und wenn Caterina dann bald schwanger würde … Sie würde sich wie eine Schneekönigin auf ihr erstes Enkelkind freuen – und eines Tages hätte sie das ganze Haus voller Enkel. Dafür betete sie. Dann wäre ihre Arbeit hier getan.

Aber vorher musste sie die lästige Schnüffelei dieses penetranten Ermittlers unterbinden. Von diesen Italienern hatte Caterina nichts zu erwarten.

Nach dem Abendessen zog sich Ava in ihr Schlafzimmer zurück. Sie hatte Sorge, der New Yorker Ermittler würde womöglich nicht so schnell aufgeben. Den ganzen Tag hatte sie gegrübelt, was sie dagegen unternehmen könnte.

Nun saß sie an ihrem antiken französischen Schreibtisch, öffnete eine der Schubladen und zog einen dicken Bogen cremeweißen Schreibpapiers mit dem geprägten Motiv von Mille Étoiles' sternbekränzter Weinrebe heraus.

Ich schreibe dem Nachlassverwalter, überlegte sie und schürzte die Lippen. *Ich werde darauf bestehen, dass Caterinas Anteil am Erbe annulliert wird.*

Der Mond vor dem geöffneten Schlafzimmerfenster tauchte den gesamten Himmel in silberhelles Licht, das sich auch auf ihren Schreibtisch ergoss. Ava seufzte tief. Caterina hätte jedes Recht, aufgebracht zu sein. Aber wenn sie nie die Wahrheit erfuhr, konnte die sie auch nicht verletzen.

So, wie sie mich verletzt hat.

Vom Tag ihrer Geburt an hatte Ava versucht, Caterina vor allem Kummer und Schmerz zu beschützen. Warum sollte sich Caterina – eine bildschöne moderne junge Frau, die ihr ganzes Leben noch vor sich hatte – um etwas scheren, das vor so langer Zeit geschehen war? In Amerika bekam jeder eine zweite Chance, weit weg von den missbilligenden Blicken der Familie.

Und von alten Sünden.

Unschlüssig ließ sie den emaillierten Federhalter über dem Papier schweben. Caterina war mit einer unbezähmbaren Neugier auf das Leben zur Welt gekommen, die stets aus ihren wachen, grün gesprenkelten Augen sprach. Nach *Mama* und *Papa* waren ihre ersten Worte Fragewörter gewesen. *Warum? Wo? Wie?*

Zu ihren wichtigsten Mutterpflichten gehörte es für Ava, Caterina einen guten Start ins Leben zu ermöglichen. Sie fuhr sich mit der Hand über das Gesicht. Als alleinerziehende Mutter hatte man es wahrlich nicht leicht.

Avas Blick ging nach draußen, und sie sah Vino, einen von Santos schneeweißen Maremmen-Schäferhunden, der aufgeregt im Kreis herumlief und sich seltsam gebärdete. Bestimmt verfolgte er die Fährte eines kleinen Nagetiers, das irgendwo über das Grundstück wieselte.

Schweren Herzens musste Ava schließlich einsehen, dass es zu spät war, um das Erbe zurückzuweisen. Sie legte den Füllfederhalter beiseite und rieb sich die schmerzenden Handgelenke. Die Arbeit im Weinberg war anstrengend. Caterina war immer an ihrer Seite gewesen, bis sie zum Studium nach San Francisco gegangen war. Ihre Tochter fehlte ihr. Und was noch schlimmer war: Ava musste fürchten, dass Caterina nie wieder mit ihr sprechen würde, sollte sie je die Wahrheit erfahren.

Die Wahrheit. Seit über zwanzig Jahren schon erzählte Ava allen ihre geschönte Version. Sollte Caterina ihr Geheimnis entdecken, könnte das gefährliche, unabsehbare Folgen haben. Sie streckte die Finger aus und merkte, wie ihre Hände zitterten.

Ava vergrub das Gesicht in den Händen. *Warum können die Menschen die Vergangenheit nicht einfach ruhen lassen?*

3

Caterina war der Serpentinenstraße zum Howell Mountain gefolgt und bog nun in die Kiesauffahrt ein, die sich wie eine Schlange über das Grundstück bis zum Château hinaufwand. Im Vorbeifahren sah sie silbrige Schatten in der leichten Brise tanzen, die sanft durch die in Reih und Glied stehenden, hutzeligen Weinreben fuhr. Caterina war immer schon der Ansicht gewesen, dass sie im Mondlicht aussahen wie kleine Gnome.

Nach der Begrüßung führte Ava Caterina noch vor dem Abendessen zu einer kleinen Verkostung in den Weinkeller. Caterina fand, das sei eigentlich eine gute Gelegenheit, ihrer Mutter von Marisa zu erzählen. Dort unten würde zumindest niemand ihren unvermeidlichen lautstarken Streit mit anhören können.

»Welche Weine probieren wir heute?« Caterina hatte sich auf einen handgeschnitzten Stuhl gesetzt und wartete geduldig, dass Ava ihr einschenkte.

»Ich habe eine bessere Idee: Wie wäre es, wenn du mir sagst, was wir probieren?« Ava hatte eine ihrer perfekt gezupften Augenbrauen fragend hochgezogen, während sie kritisch Caterinas Garderobe musterte. Nach der Fahrt von San Francisco hierher hatte sie sich rasch umgezogen.

Caterina setzte sich kerzengerade auf. Schon jetzt kam sie sich vor wie bei einer Klassenarbeit. Sie trug ein weißes

Kleid aus Baumwollpiqué mit weitem Rock und passendem kurzem Jäckchen. Und während sie nervös mit der Perlenkette um ihren Hals spielte, fiel ihr auf, dass sie eine geradezu jungfräuliche Aufmachung für ihre Beichte gewählt hatte. Aber ob ihr das helfen würde? Im Gegensatz zu ihr wirkte ihre Mutter in dem schmalen burgunderroten Kleid mit dem tiefen Ausschnitt wie eine mondäne Dame von Welt.

Der Keller war gebaut wie ein alter europäischer Weinkeller, mit Steinen von ihrem eigenen Grund und Boden. In diesem unterirdischen Raum wurden die Weine in langen Regalreihen gelagert. Und obwohl die Luft im höhlenartigen Keller unter dem beinahe schlossgleichen Château kühler war als auf den sonnendurchfluteten Feldern ihres Anwesens, traten Caterina Schweißperlen auf die Haut.

Unbehaglich rutschte sie auf dem Stuhl herum, während ihre Mutter eine Weinflasche entkorkte. Caterina war jeder ihrer gekonnten Handgriffe vertraut. Ava hielt die Flasche so, dass Caterina das Etikett nicht sehen konnte.

Alles, was Ava tat, war klar und präzise. Die Drehung aus dem Handgelenk, das gereckte Kinn, die stolze Kopfhaltung. Wie sie langsam, aber energisch den Korken aus dem Flaschenhals zog, damit er nicht beschädigt wurde. Wie sie den Wein begutachtete. Ihrem geschulten Blick entging nicht die kleinste Unvollkommenheit, denn ihre dunklen Augen sahen einfach alles. Nachdem sie den Korken kurz unter die Nase gehalten hatte, nickte sie kaum merklich zufrieden und goss dann den Wein aus der dunklen Flasche. Er hatte dieselbe Farbe wie ihre funkelnden Granatohrringe. Einmal schwenken, um etwas Luft an den

Wein zu lassen, ein kurzer Blick auf die Kirchenfenster, die er an der Innenwand des Glases hinterließ, und dann ein tiefer Atemzug. Ava ging mit halb geschlossenen Augen und hochkonzentriert zu Werke.

Ihre hohen Maßstäbe für die Qualität ihrer Weine hatten Mille Étoiles zu einer der ersten Adressen für Weinkenner gemacht. Unter Avas prüfendem Blick hatte Caterina gelernt, was Vollkommenheit bedeutete, und nun ihrer Mutter zuzusehen war beinahe, als schaute sie in einen Spiegel.

Caterina biss sich auf die Unterlippe. Nicht genug damit, dass sie das Grundprinzip der Perfektion verletzt hatte, das ihre Mutter stets predigte – und auch das ihrer Religion –, nein, sie hatte auch gegen ihre eigenen Prinzipien verstoßen. Schließlich war sie die Tochter ihrer Mutter.

Caterina öffnete den Mund, aber die Worte blieben ihr im Halse stecken. *Wie soll ich ihr das bloß erklären?*

Ihre Mutter reichte ihr ein Weinglas. »Sag mir, was du denkst, *ma chérie*«, sagte Ava, und ihre warme, kräftige Stimme mit dem französischen Akzent erfüllte den Raum.

Caterina erwiderte den Blick ihrer Mutter. Ava stellte sie auf die Probe, forderte sie heraus. Hatte ihre Mutter je einen Fehler gemacht? Sie wirkte immer so selbstsicher, so tadellos perfekt. Das war eines ihrer Geheimnisse.

Allerdings gehörten auch die Wutausbrüche dazu – die Kehrseite ihrer Perfektion und womöglich das Einzige an ihr, was nicht perfekt war. Wenn man sich mit ihr anlegte, konnte sich Avas geballter Zorn unversehens auf einen entladen. In ihrer Wut war sie dann kaum wiederzuerkennen, und ihr Gesicht wurde zu einer verzerrten Fratze, die einer von Dämonen besessenen Göttin glich. Ava war eine schöne Frau – schlank, elegant und mit tadellosen Manieren. Niemand – zumindest außerhalb ihres Anwesens – konnte sich auch nur ansatzweise vorstellen, dass sie zu solch heftigen Zornesausbrüchen fähig war. Und nur Raphael gelang es dann, sie wieder zu besänftigen.

Caterina hatte sich oft gewundert, woher der Zorn und die unerbittliche Strenge ihrer Mutter rührten. Ava hatte alles – Mille Étoiles, eine halbwegs gelungene Tochter, die sie liebte, und die Bewunderung aller, die sie kannten. Und doch war Ava Rosetta immer eine Frau voller Widersprüche gewesen: Sie hatte ein weiches Herz, aber ein Rückgrat aus Stahl. War es der Zorn über den frühen Tod des Ehemanns? Fühlte sie sich um eine große fröhliche Familie betrogen?

Was auch immer der Grund für Avas leicht zu weckende Wut sein mochte, Caterina musste an diesem Wochenende all ihren Mut zusammennehmen.

Caterina schwenkte den Wein im Glas und atmete das Bouquet ein. Dann hielt sie den Wein ins Licht und begutachtete seine Transparenz. Erst danach kostete sie ihn. Sie ließ ihn lange im Mund, versuchte die einzelnen Aromen herauszuschmecken. Dann ließ sie den Wein über die Zunge laufen, und der Eindruck veränderte sich, entwickelte sich weiter. Pflaume, Aprikose, Eiche … und ein scharfer Geschmack nach Verbranntem.

Caterina spuckte den Wein in ein anderes Glas. Der fragende, eindringliche Blick ihrer Mutter schien sie zu durchbohren. Ihr entging nicht die leiseste Regung im Gesicht ihrer Tochter. Die leicht hochgezogene Augenbraue, das nachdenkliche Kauen auf der Unterlippe, das leise

Zucken der Nasenflügel. Alles wusste Ava zu deuten. Caterina versuchte, sich nichts anmerken zu lassen.

»Und?«

»Das ist Dreck, und das weißt du. Der Wein ist ganz bestimmt nicht von uns.«

Der Anflug eines Lächelns huschte über Avas Gesicht. »Aber sehr beliebter Dreck.« Sie griff nach der Karaffe und schenkte ein Glas davon ein. »Gut gemacht. Deine Belohnung, *ma chérie*.«

»Warum machst du so was?« Caterina trank einen Schluck Wasser und spülte sich mit dem kühlen, klaren Nass den Mund aus, um den Geschmack zu neutralisieren. »Ich bin eine ausgebildete Sommelière.«

»Man muss doch die beliebtesten Konkurrenten kennen, ebenso wie die besten Mitbewerber«, meinte Ava. »Man kann immer noch etwas dazulernen.«

Da musste Caterina ihr insgeheim Recht geben. Die Zukunft ihres Weinguts und ihres guten Namens stand und fiel mit Avas – und bald auch Caterinas – Gespür dafür, exzellente Qualität zu erkennen, zu erschaffen und zu vermarkten. Sie führte das Glas an die Nase, atmete genießerisch das vertraute runde Bouquet ein und probierte auch diesen Wein genauso sorgfältig. Diesmal ließ sie den Wein lange auf der Zunge und kostete das komplexe Aroma, bevor sie schließlich schluckte.

Caterina und Ava nickten sich zufrieden zu.

»Den sollten wir zum Wettbewerb anmelden«, erklärte Ava.

»Ich dachte, du hättest mich herbestellt, um meine Meinung zu hören«, warf Caterina ein. »Ich würde gern erst noch die anderen probieren, bevor wir das entscheiden. Wie wäre es zum Beispiel mit dem 52er Howell Mountain Cabernet?«

Avas Glas verharrte auf halber Höhe vor ihrem Gesicht. »Den gibt es morgen.«

Caterina räusperte sich. *Jetzt sollte ich es ihr sagen.* Doch noch ehe sie ein Wort herausbekommen konnte, schlug ihr das Herz bis zum Hals, sie hatte Schweißperlen auf der Oberlippe, und ihr Mund war staubtrocken.

»Maman …«

Ava schaute auf. »Ja, bitte?«

Caterina starrte sie an. Die Worte, die sie sagen wollte, lagen ihr auf der Zunge, aber sie bekam den Mund nicht auf. *Ich möchte dir jemanden vorstellen … sie heißt Marisa, sie ist deine Enkelin, und sie ist bildhübsch.*

Lächelnd sah ihre Mutter sie an. *Das könnte das letzte Mal sein, dass ich meine Mutter lächeln sehe.*

»Ach, nichts«, murmelte Caterina schulterzuckend.

Ava ging zu der steinernen Treppe, Caterina folgte ihr mit dem Wein. Sie hatte sich die Gelegenheit durch die Finger gleiten lassen, und eine bittere Mischung aus Bedauern und Erleichterung kam in ihr auf.

Caterina ging durch den Salon mit den hohen Decken. Die Terrassenfenster standen weit offen und ließen die laue Abendbrise herein, die den Duft von sonnenverwöhntem Basilikum aus Ninas Kräutergarten heranwehte.

Nina war schon dabei, das Abendessen herzurichten. Sie trug ein knallgelbes Baumwollkleid mit traditionellem mexikanischem Blumenmuster. Als sie Caterina hereinkommen hörte, drehte sie sich um.

»Willkommen zu Hause.« Strahlend drückte Nina Caterina an ihren ausladenden Busen. »Müde siehst du aus, *pobrecita*. Und du hast abgenommen.«

»Was ihr sehr gut steht.« Ava musterte Caterina mit kritischem Blick.

»Das letzte Semester war wirklich anstrengend«, erwiderte Caterina zu ihrer Verteidigung. *Wenn auch aus ganz anderen Gründen, als ihr glaubt.* »Was gibt's denn zu essen, Nina?« Caterina drückte die Haushälterin noch einmal fest an sich und atmete den vertrauten Geruch nach Knoblauch und Koriander ein, den sie stets wie ein Parfüm auf der kirschbraunen Haut zu tragen schien.

»Coq au vin. Nach altem Familienrezept deiner Mutter, mit Waldpilzen und Zwiebeln, ein bisschen Speck, unserem Pinot Noir und etwas Cognac. Und zum Nachtisch Flan.« Verschwörerisch zwinkerte sie Caterina zu. »Wenn deine Mutter es erlaubt.«

»Sie kann essen, was immer sie möchte«, entgegnete Ava und wischte den kleinen Seitenhieb von Nina mit einer unwirschen Handbewegung beiseite. »Sie ist eine erwachsene Frau. Als ich in ihrem Alter war …«

Caterina verdrehte die Augen. »Ich weiß, als du in meinem Alter warst, da warst du schon mit Papa ausgewandert, ihr hattet einen neuen Weinberg angepflanzt und habt neuen Wein von alten Reben gekeltert.«

»*Und* ich hatte schon ein Kind.« Ava unterbrach sich. »Ted Thornwald hat ein paarmal nach dir gefragt.«

Caterina setzte sich an den Küchentisch und warf Nina einen Blick zu, die sich daranmachte, das Essen auf Tellern anzurichten.

Ava goss Wein in die Gläser. »Ich habe mir überlegt, morgen Abend eine kleine Party zu geben.«

Caterina erkannte die betonte Beiläufigkeit im Ton ihrer Mutter sofort. »Du hast das alles längst bis ins kleinste Detail geplant, stimmt's?« Ganz ruhig schnitt sie ein Stück vom zarten, duftenden Hühnerfleisch ab, das Nina serviert hatte.

»*Si, señorita*«, sagte Nina mit einem kleinen Lächeln. Dann stellte sie eine Platte mit verschiedenen Käsesorten auf den Tisch. Ava nahm sich ein kleines Stück Brie mit einem Apfelscheibchen und knabberte nonchalant daran.

Schließlich zuckte sie die Schultern und sagte: »Ted und seine Familie kommen morgen Abend auch. Ich weiß ja nicht, was zwischen euch beiden vorgefallen ist, dass du für ein Semester nach Los Angeles gegangen bist – wodurch sich, nebenbei bemerkt, dein Abschluss nicht unerheblich verzögert hat –, aber er scheint willens, großzügig darüber hinwegzusehen. Ich habe ihnen gesagt, du hättest kalte Füße bekommen.«

»Vielen Dank, aber ich brauche keine Hilfe, um einen Ehemann zu finden.«

»Anscheinend doch. Andere Mädchen würden sich darum reißen, dass dieser reizende junge Mann sich für sie interessiert. Aber ich glaube, er hat auf dich gewartet.«

»Das wage ich doch sehr zu bezweifeln. Ich habe es jedenfalls nicht getan.« Caterina musste an das letzte Mal denken, als sie Ted gesehen hatte. Da hatte er mit ihr im St. Francis Silvester feiern wollen, und sie hatte ihn versetzt.

Während ihres zweiten und dritten Jahrs auf dem College waren sie ein Paar gewesen – das war vor dieser unvergesslichen Begegnung mit Marisas Vater im Sommer vor ihrem letzten Studienjahr. Sie mochte Ted, aber verliebt gewesen war sie nie in ihn. Doch ihre kühle, etwas abweisende Art konnte seiner Begeisterung keinen Abbruch tun. Ninas Tochter Juliana, Caterinas beste Freundin und fast so etwas wie eine Schwester für sie, hatte ihr erzählt, dass Ted sie um ihre Meinung zu einem Verlobungsring gefragt hatte. An Silvester hatte er ihr einen Heiratsantrag machen wollen.

Aber da war Caterina schon etwas fülliger um die Taille gewesen, und ihre Periode hatte bereits länger ausgesetzt. Also hatte sie allen erzählt, sie wolle ein Semester Illustration in Los Angeles studieren, um den Entwurf von Weinetiketten und die Planung ihrer Werbekampagnen besser begleiten zu können. Los Angeles war gerade weit genug weg, damit die nachtblinde Ava sie nicht mit dem Auto besuchen kommen würde.

»Du könntest es schlimmer treffen als mit Ted, weißt du«, erklärte Ava und rümpfte abfällig die Nase. »Du bist jetzt fünfundzwanzig. Noch glaubst du, die ganze Welt sei ein einziges Märchen voller Zauber und Magie, aber ich werde nicht ewig leben. Ich wünsche mir, dass du heiratest und eine Familie gründest, ehe du das Weingut übernimmst. Und alle fanden immer, du und Ted, ihr seid so ein schönes Paar.«

Mit einem Seitenblick zu Nina flehte Caterina stumm um Beistand.

Nina stopfte einen Topf in den Küchenschrank. »Und wie wäre es mit diesem netten jungen Mann aus New York?«

Abrupt drehte sich Caterina zu ihrer Mutter um. »Wem bitte?«

Mit einer abwehrenden Geste fegte Ava die Bemerkung beiseite. »Nur ein junger Mann, der neulich hier vorbeigekommen ist. So ein fliegender Händler.« Ava stieß mit Caterina an, und das helle Klirren der Gläser klang fast wie eine Glocke, die einen wichtigen Moment einläutete. »Rede wenigstens mit Ted und gib ihm eine Chance.«

Nina schüttelte nur leicht den Kopf und ging zurück an die Arbeit.

Caterina gab ihrer Mutter einen Kuss auf die Wange. »Also gut, ich rede mit ihm«, versprach sie. Den kleinen Gefallen konnte sie ihrer Mutter wohl tun. Ava lächelte, und Caterina war froh, dass sie so guter Laune war. Aber die Gelegenheit, unter vier Augen mit ihr über Marisa zu sprechen, hatte sie ungenutzt verstreichen lassen.

Ava zog sich in ihr Schlafzimmer zurück und war erleichtert, dass Caterina ihr heute Abend wenigstens zugehört hatte. Das Einzige, was ihre Pläne jetzt noch durchkreuzen konnte, wäre, wenn Caterina von dem noch ausstehenden Erbe erführe. Das hatte sie Caterina wohlweislich verschwiegen. *Ein Haus in Montalcino.* Sie fragte sich, ob es womöglich sogar *das* Haus sein konnte. Das Haus, in dem sich vor langer Zeit Dinge abgespielt hatten, die den Lauf ihres Lebens unumkehrbar verändern sollten.

Sie muss das Haus verkaufen. Caterina darf auf gar keinen Fall nach Italien fahren. Jetzt nicht und überhaupt nie. Ava versuchte, das beklemmende Gefühl drohenden Unheils abzuschütteln, das sich schwer auf ihre Brust legte.

Sie vernahm ein leises Klopfen an der Tür und stand auf, um zu öffnen.

Breitschultrig stand Raphael im Türrahmen. »Wie geht es Caterina? Ich habe die ganze Zeit an dich denken müssen.« In seinen Augen spiegelte sich die Sorge um sie.

Avas Gesichtszüge entspannten sich. Raphael roch köstlich nach der schweren Süße sonnenverwöhnter Trauben. Er war weit mehr als ihr Vorarbeiter im Weinberg. Er war ihr Ratgeber und Vertrauter und ihr engster Freund – und das umso mehr, seit Caterina nicht mehr in Mille Étoiles lebte. Er war verantwortlich für die Trauben. Ohne sein Können und sein schier unerschöpfliches Wissen stünde ihr als Winzerin nicht so eine vielschichtige Palette zur Kreation ihrer Kunstwerke zur Verfügung.

»Gut, glaube ich. Und ich bin froh, dass du hier bist.« Sie legte ihm die Hand auf den muskulösen Unterarm. An seinen Schläfen schimmerten vereinzelt ein paar graue Härchen durch, gut sichtbar zwischen den ansonsten pechschwarzen welligen Haaren. Sie verliehen ihm eine gewisse Autorität.

Man sah Raphael an, dass er körperlich arbeitete. Er war gut gebaut, muskulös und kräftig. Zwar ging er auf die fünfzig zu, doch das schien ihn keineswegs zu bremsen, und selbst Männer, die kaum halb so alt waren wie er, hatten Mühe mitzuhalten. Nur die von silbrigen Fäden durchzogenen Haare und die Lachfältchen um die Augen verrieten sein wahres Alter.

Ava schaute auf und sah in seine warmen braunen Augen. »Ted und seine Familie kommen morgen auch.«

Raphael strich sich über die Bartstoppeln am Kinn. »Und was sagt Caterina dazu?«

»Die beiden hatten eine kleine Krise. Das kann schon mal vorkommen. Aber sie sind wie füreinander geschaffen.«

»Caterina hat ihren eigenen Kopf, Ava. Sie ist kein kleines Kind mehr.«

»Es gibt keinen anderen Mann in ihrem Leben. Es wird Zeit, dass sie sich entscheidet.« Sie wollte nicht, dass Caterina es später einmal so schwer hatte wie sie selbst damals.

Stirnrunzelnd schüttelte Raphael den Kopf. »Lass ihr Zeit, damit sie ihrem Herzen folgen kann.«

»Sie hatte Zeit genug«, gab Ava schnippisch zurück. »Sie hätte sich auch an der Uni einen Mann suchen können.« *Männer verstehen das nicht.* Aber sie hielt sich im letzten Moment zurück. Sie wollte sich nicht mit ihm streiten, und sie wollte ihm auch nicht erzählen müssen, was sie von diesem Ermittler erfahren hatte. Raphael würde bloß wieder sagen, er habe sie immer davor gewarnt. »Ich bin müde, Raphael. Morgen wird ein anstrengender Tag. Gute Nacht.«

Damit gab Ava ihm einen Kuss auf die Wange und drückte ihm entschieden die Tür vor der Nase zu. *Der liebe Raphael.* Was für ein wunderbarer Mann. Auch wenn er keine Ahnung hatte vom Leben da draußen.

4

Es war ein sonniger Samstagmorgen, und Caterina hatte ihre Arbeitsjeans angezogen, um noch vor der Party am Abend einen Kontrollgang durch die Weinberge zu machen. Mit einer Tasse Kaffee in der Hand sah sie aus dem Fenster. Sie konnte es kaum erwarten nachzuschauen, wie weit die Trauben schon gereift waren.

Sie war noch immer fest entschlossen, dieses Wochenende mit ihrer Mutter über Marisa zu sprechen. Gestern hatte sie die Gelegenheit verpasst, und für heute Abend war bereits die Party geplant, also musste sie sich dem gefürchteten Gespräch wohl morgen stellen. Bei dem Gedanken daran zitterte ihre Hand leicht.

Durchs Fenster sah sie aus dem Augenwinkel Chrom in der Sonne aufblitzen. Ein blaues Auto folgte der gewundenen Allee mit den Zypressen. Neugierig trank sie den letzten Schluck Kaffee und ging dann durchs Wohnzimmer zur Haustür.

Just in dem Augenblick klopfte es auch schon. Nina war im Garten, und ihre Mutter war mit Raphael bereits in die Weinberge gegangen, also war niemand außer Vino in der Nähe, der gleich um die Ecke Wache stand.

Caterina öffnete die Tür. »Ja, bitte?«

Vor ihr stand ein großer, etwas schlaksiger Mann mit auf Hochglanz polierten schwarzen Schnürschuhen und einem dicken Aktenkoffer in der Hand. »Guten Tag, mein Name ist Anthony Martoni, ich arbeite als Ermittler in einem Erbschaftsfall. Eine Kanzlei in New York, Paxton & Brueger, hat mich engagiert, um Miss Caterina Rosetta in einer ausstehenden Erbsache zu kontaktieren.« Er sprach präzise und mit New Yorker Akzent.

»Ich bin Caterina Rosetta.« Ihre Neugier war geweckt. *Eine Erbschaft? Von wem wohl?*

»Dann habe ich hier einige wichtige Unterlagen zur Ansicht für Sie. Gute Nachrichten, nehme ich an?«, fügte er rasch hinzu.

»Bitte kommen Sie doch herein.« Schwungvoll öffnete sie ihm die schwere Holztür. Vino nutzte die Gelegenheit und trottete ganz selbstverständlich ins Haus. »Möchten Sie vielleicht einen Kaffee?«

Er trat ein und blickte sich staunend um. Das Haus war wirklich beeindruckend wie ein altes französisches Château. »Ja, das wäre sehr nett, danke.«

Caterina führte ihn ins Gesellschaftszimmer, an dessen ausladendem Esstisch Ava häufig private Weinproben gab. Flankiert wurde der Raum von zwei französischen Kommoden mit Intarsienarbeiten und Marmorplatten, auf denen, in Kristallvasen arrangiert, vielfarbige Rosenbouquets aus dem Schnittblumengarten prunkten. Ein schwerer Perserteppich dämpfte die Schritte. Das Herrenhaus war imposant und gleichzeitig elegant und einladend.

Nina schaute zur Tür herein, und Caterina bedeutete ihr, ihnen einen Kaffee zu bringen. Dann setzte sie sich. Vino legte sich ihr zu Füßen auf den Boden.

Kurz überlegte sie, ihre Mutter dazuzurufen, aber sie

hatte keine Ahnung, wo Ava gerade steckte. Sie könnte überall auf dem ausgedehnten Anwesen sein. Also beschloss Caterina, sich erst einmal anzuhören, was der junge Mann zu sagen hatte.

Der Ermittler nahm Platz und stellte den Aktenkoffer behutsam auf die polierte Tischplatte. Nina huschte mit zwei Tassen Kaffee herein.

»Danke sehr, Nina.« Lächelnd begrüßte Anthony die Haushälterin und ließ sich eine der Tassen reichen.

»Sie kennen Nina?« Verdattert schaute Caterina von einem zum anderen.

Er räusperte sich verlegen. »Ich versuche schon seit Längerem, Sie zu kontaktieren. Ihre Mutter sagte allerdings immer, Sie seien nicht zu sprechen.«

Nina verschwand diskret in die Küche.

»Dann bitte«, sagte Caterina und kraulte Vino den Kopf. Warum hatte ihre Mutter das mit keinem Wort erwähnt?

Anthony trank einen Schluck Kaffee und machte sich dann daran, sein Anliegen zu erklären. »Ihre Großmutter hat Sie in ihrem Testament bedacht. Genauer gesagt: Violetta Romangnoli Rosetta aus Montalcino, Italien, hat Ihnen ein Haus vererbt.«

Verwirrt schaute Caterina ihn an. »Aber das ist unmöglich. Meine Großmutter ist schon lange vor meiner Geburt verstorben.«

»Das ist ganz sicher kein Irrtum.« Anthony öffnete den Aktenkoffer und zog etliche Dokumente heraus.

»Ein Haus in Montalcino?«, wiederholte sie ungläubig. »Was denn für ein Haus?«

»Mehr ein Häuschen. Soweit ich weiß, ist es sehr renovierungsbedürftig.« Er reichte ihr einen Brief sowie Unterlagen von einem Anwalt in Italien, und während sie alles durchlas, drehte er sich um und beäugte neugierig die Weinflaschen, die in einem kunstvoll geschmiedeten Eisenregal an der Wand aufgereiht waren. »Darf ich mir solange Ihre Weine anschauen?«

»Aber natürlich, sehr gern. Wir sammeln auch Weine anderer Weingüter.« Sie nippte am Kaffee und blätterte weiter in den Unterlagen.

Eine Hand am Schmiedewerk der Regaltür, spähte er neugierig auf die Flaschen. »Ein Brunella di Montalcino. Einer meiner Lieblingsweine«, schwärmte er und strich bewundernd über die Flasche.

»Sie kennen sich aber gut aus.« Wenngleich er sich, was ihre Großmutter betraf, zweifellos irren musste. »Mein Vater war gebürtiger Italiener. Er ist gestorben, als ich noch ein kleines Kind war, und soweit ich weiß, hatte er überhaupt keine Verwandten.«

»Wer hat Ihnen das denn erzählt?«

»Meine Mutter natürlich.« Mit einem Mal schwirrten ihr tausend Fragen durch den Kopf. Ihre Mutter hatte ihr doch ganz sicher die Wahrheit gesagt? Ava Rosetta hatte keine Geheimnisse. *Ganz im Gegensatz zu ihrer Tochter*. Sie presste sich die Finger an die pochenden Schläfen.

Caterina stand auf. »Vielen Dank für Ihren Besuch. Ich würde Ihnen wirklich gern weiterhelfen, aber ich fürchte, ich bin nicht die, die Sie suchen.«

»O doch, das sind Sie ganz sicher.« Er errötete leicht. »Ihre Mutter ließ mir gegenüber durchblicken, das Erbe würde Sie nicht interessieren, aber ich habe einen Auftrag auszuführen. Also wollte ich heute ein letztes Mal versuchen, Ihnen die Dokumente auszuhändigen, bevor ich nach New York zurückfliege.«

Nachdenklich kniff sie die Augen zusammen. Das alles ergab doch überhaupt keinen Sinn.

Anthony schaute in seine Unterlagen. »Und ich habe Anweisungen, für Sie einen Flug nach Italien mit Pan American Airlines zu buchen.«

»Anweisungen?« Lachend richtete sich Caterina auf. Selbst in den flachen Stiefeln war sie mit ihm auf Augenhöhe. »Mir gibt niemand Anweisungen.« *Außer meiner Mutter.* Auch wenn sein Ansinnen absurd war, die Vorstellung, im Flugzeug über den Atlantik zu fliegen, war verlockend, und sie hatte immer schon mehr über ihren Vater und seine Familie erfahren wollen.

»Was ich damit sagen wollte: Ich habe die Befugnis, sämtliche entstehenden Kosten zu übernehmen.« Der Ermittler kramte in seinem Aktenkoffer und zog ein dickes Papierbündel heraus, an das einige alte Fotos geheftet waren. Den Stapel reichte er ihr. »Schauen Sie sich alles in Ruhe an, Miss Rosetta, oder lassen Sie es von Ihrem Anwalt prüfen. Es handelt sich hierbei jedenfalls ganz gewiss nicht um einen Irrtum. Ihre Großmutter hat Ihnen ein Haus in Montalcino vererbt.«

Kaum hatte er den Satz zu Ende gesprochen, fingen die Flaschen im Regal an zu klirren. Ohne nachzudenken, schubste Caterina ihn von dem Weinregal weg und hinüber zu dem Türrahmen zwischen Salon und Esszimmer. Es ächzte und stöhnte im Gebälk. Die Weinregale waren erdbebensicher in der Wand verankert, aber als gebürtige

Kalifornierin hatte Caterina die erforderlichen Sicherheitsvorkehrungen mit der Muttermilch aufgesogen. Anthonys Aktenkoffer fiel taumelnd vom Tisch.

Mit ausgestreckten Armen drückte Caterina die Handflächen gegen den Türrahmen. Anthony beeilte sich, es ihr nachzumachen, und errötete, als er unversehens Wange an Wange neben ihr stand und sie sich gemeinsam gegen die heftigen Erschütterungen stemmten. Es dauerte ein paar Sekunden, dann verstummten die klirrenden Flaschen wieder.

»War's das?« Sichtlich beunruhigt von dem Beben schaute Anthony sie mit großen Augen an.

»Wahrscheinlich schon. Bei einem kalifornischen Erdbeben weiß man das nie. Aber das war nur ein kleiner Wackler. Nichts, weswegen man sich Sorgen machen müsste.« Vollkommen unbeeindruckt verließ Caterina den sicheren Platz im Türrahmen. An diesem Wochenende hatte sie wesentlich wichtigere Probleme. Ganz besonders morgen.

»Meinen Sie, es gibt noch ein weiteres Beben?« Er war hochrot im Gesicht, und Schweißperlen standen ihm auf der Stirn. Hastig zog er ein weißes Stofftaschentuch aus der Jacketttasche und tupfte sich damit über das Gesicht.

»Schwer zu sagen. Möglich, dass es nur der Vorbote eines weitaus heftigeren Bebens war.«

»Ich muss sagen, ich bin froh, dass ich bald abreise.« Damit nahm er seinen Aktenkoffer und klappte ihn entschlossen zu. »Ich rufe Sie dann nächste Woche an, um alles Weitere in die Wege zu leiten.« In seiner Eile wäre er beinahe über seine eigenen Füße gestolpert.

Caterina ging zu dem Weinregal, und bevor sie die Gittertür schloss, sah sie nach den verstaubten Flaschen Brunello di Montalcino und grübelte darüber nach, dass sie womöglich eine Großmutter gehabt hatte, von der sie nichts wusste.

Als Mädchen hatte sie sich oft eine gütige, liebevolle Großmutter gewünscht. Ohne Nina und Juliana hätte sie auf Mille Étoiles eine sehr einsame Kindheit gehabt. Ihre Mutter hatte ihr den Kontakt zu den Arbeitern streng verboten, mit Ausnahme von Raphael, der für den Weinberg verantwortlich war und sie immer zwischen den Rebstöcken spielen ließ. Er hatte ihr auch beigebracht, wie man die wertvollen Weinstöcke hegte und pflegte, an denen ihre gesamte Existenz hing.

Caterina nahm eine Flasche heraus, an deren Korken sich Feuchtigkeit gesammelt hatte. Ihre Gedanken wanderten zurück zu dem Ermittler. Warum nur sollte ihre Mutter ihr Lügenmärchen erzählen und ihrer Tochter die Großmutter verschweigen, die Mutter ihres Vaters? Noch nie hatte sie erlebt, dass ihre Mutter sie anlog.

Es musste irgendeine andere Erklärung dafür geben. Ava Rosetta war über jeden Zweifel erhaben. Das wusste jeder hier im Napa Valley.

Flüchtig blätterte Caterina in den Unterlagen, die der Ermittler ihr dagelassen hatte. Alles war auf Italienisch, was sie ganz passabel sprach, auch wenn ihr Französisch wesentlich besser war. Ihr Vater war zwar in Montalcino aufgewachsen, aber Italienisch hatte Caterina von Raphael gelernt.

Ava war eine herausragende Winzerin. Geboren und

aufgewachsen war sie auf dem Weingut ihrer Familie in Bordeaux und hatte dort die hohe Kunst des Weinmachens von der Pieke auf gelernt. Sie und Raphael hatten Mille Étoiles zu einer Marke mit hervorragendem landesweitem Ruf gemacht. Ihr Wein galt als einer der besten. Mancher Weinhändler, der auf das Weingut kam, glaubte sogar, die beiden seien ein Paar, so wie sie die Sätze des jeweils anderen vollendeten. Aber nach dem frühen Tod ihres Ehemanns hatte es in Avas Leben keinen anderen Mann mehr gegeben.

Kritisch beäugte Caterina das zerknitterte Schwarz-Weiß-Foto. Das gemauerte Haus stand auf einem Hügel, zu beiden Seiten der Anhöhe zogen sich lange Reihen von Weinreben entlang. Ihr Herz schlug schneller. *Ob das Land zu dem Haus gehörte?* Aufgeregt betrachtete sie das kaum erkennbare Häuschen auf dem Bild. *Ein Haus in Montalcino. In Italien. Ihr* Haus, wenn das alles wirklich stimmte.

Aber konnte das sein? Vielleicht gab es noch jemanden, der so hieß wie sie. Oder das Testament war alt. Wer konnte schon sagen, wie so etwas in Italien ablief? Ein fremdes Land, weit weg und irgendwie altmodisch und exotisch.

Caterina hatte immer schon von einer eigenen Familie geträumt und von einem eigenen Weinberg, um ihre Kunst weiter zu verfeinern. Es gab nicht viele Winzerinnen, aber sie wusste genau, was sie tat. Angestrengt betrachtete Caterina das alte Bild und rieb sich nachdenklich die Stirn. Welche Geheimnisse sich wohl hinter diesen dicken Mauern verbergen mochten?

Ihr eigenes Leben war in den letzten Monaten immer komplizierter geworden, ein dichtes, beinahe unentwirrbares Geflecht. Mit den Fingerspitzen fuhr sie über das Haus auf dem Foto. Vielleicht sollte sie *wirklich* nach Montalcino reisen.

Was wusste ihre Mutter von dieser ganzen Sache? Gleich morgen musste sie sie fragen, nach der Party heute Abend. Und sie musste ihr von Marisa erzählen. *Sieht ganz so aus, als hätten wir beide ein paar Geheimnisse voreinander.*

Bei dem Gedanken richteten sich die feinen Härchen in ihrem Nacken auf. Irgendwie beschlich sie der Gedanke, an der Geschichte könnte mehr dran sein, als ihre Mutter freiwillig preisgeben würde. Warum sollte Ava ihr die Großmutter vorenthalten haben?

Winselnd drückte sich Vino gegen ihre Beine, und sie schlug sich aufmunternd mit der Hand auf den Oberschenkel. »Komm, reden wir zuerst mit Nina, ehe wir in den Weinberg gehen.« Vor der Party gab es noch einiges zu tun. Sie musste sich gedanklich darauf vorbereiten, Ted und seine Eltern wiederzusehen, und sich überlegen, ob sie sich wirklich vorstellen konnte, es noch einmal mit ihm zu versuchen. Würde sie sich dazu durchringen, dann nur Marisa zuliebe. Um ihrer Tochter die Chance auf ein besseres Leben zu geben.

Aber würde sie das wirklich über sich bringen?

5

Juliana pfiff leise durch die Zähne. »Bist du schick geworden, seit du in die Großstadt gezogen bist.« Damit stand sie lächelnd von einem Cocktailsesselchen in Caterinas Schlafzimmer auf. »Du siehst aus wie Audrey Hepburn in *Sabrina*.«

»Findest du? Sie war in dem Film umwerfend.« Caterina begutachtete sich in dem bodentiefen Spiegel. Sie hatte sich für ein figurbetontes schwarzes Cocktailkleid entschieden, das sie seit Marisas Geburt nicht mehr getragen hatte. Die eng anliegende Perlenkette sowie die passenden Ohrringe betonten das freizügige Dekolleté und die elegante Hochsteckfrisur.

»Lass uns zusammen ins Kino gehen und ihren neuen Film ansehen, *Krieg und Frieden*.«

Caterinas Blick traf sich im Spiegel mit Julianas mandelförmigen Augen. Groß und ausdrucksvoll waren sie, genau wie Ninas. »Das würde ich ja gern, aber im Augenblick bin ich jede freie Minute bei Marisa.« Rasch tuschte sie sich die Wimpern noch einmal mit dem neuen schwarzen Mascara Matic von Helena Rubinstein. Die Kosmetikmagnatin schickte Ava oft neue Produkte zum Ausprobieren, lange bevor sie auf den Markt kamen. Im Gegenzug ließ Ava Helena die begehrtesten Weine der jeweiligen Jahrgänge probieren.

»Ist dir das alles nicht zu viel, Cat? Ich meine, ich kann das gut verstehen. Ich wünschte, ich hätte ein Baby von Al bekommen, aber die meisten alleinstehenden jungen Mädchen …«

»Nein«, unterbrach Caterina sie. »Ich bekomme das hin. Schließlich bin ich ihre Mutter.« Damit setzte sie sich auf einen der roséfarbenen Fenstersitze, um die Schnallen an den Riemchen ihrer elfenbeinweißen Highheels zu schließen. »Und ich muss es meiner Mutter dieses Wochenende sagen.«

Juliana verzog das Gesicht und setzte sich zu ihr. »Soll ich Händchen halten? Bestimmt geht sie in die Luft wie der Vesuv.«

»Danke, aber da muss ich alleine durch.« Caterina schaute aus dem Fenster auf die dunklen Weinberge. »Was ist nur aus dem Leben geworden, das wir uns immer erträumt haben?«

»Wir sind wohl erwachsen geworden.« Juliana strich sich das knallrote Kleid mit weit ausgestelltem Rock glatt, das ihre zierliche Wespentaille betonte. Es war eine Kopie jenes Christian-Dior-Stils, den die Redakteure der Modezeitschriften nach dem Zweiten Weltkrieg »The New Look« getauft hatten.

Caterina beobachtete ihre Freundin. Sie war stolz auf das, was sie in ihrem Leben alles erreicht hatte. Juliana war noch ein Baby gewesen, als ihr Vater ihre Mutter sitzen gelassen hatte und nach Mexiko zurückgegangen war. Kurz danach hatte Ava Nina in Mille Étoiles eingestellt.

Nach dem Tod ihres Verlobten hatte Juliana versucht, wieder Arbeit in einem Weingut zu finden, aber einer Frau wollte niemand eine Chance geben. Caterina hatte ihr den Kontakt zu einigen Damen der Gesellschaft im St. Francis vermittelt, für die Juliana jetzt die Weinkeller ihrer Ehemänner und deren Geschäftspartner bestückte. Außerdem kümmerte sie sich um Werbung und Vermarktung eines Weinguts und unterstützte ein anderes bei besonderen Veranstaltungen. Langsam, aber sicher erarbeitete sie sich einen gewissen Ruf als Weinpublizistin. Ihr Traumberuf.

Juliana hatte eine Tragödie erlebt und überlebt. Ganz bestimmt konnte auch Caterina die Herausforderungen meistern, vor die das Leben sie stellte. Sie stützte das Kinn in die Hand und den Ellbogen auf das Fenstersims. »Weißt du noch, wie wir als Kinder oben auf den Howell Mountain geklettert sind, um uns all unsere Geheimnisse zu erzählen? Und bei Vollmond, so wie heute Abend, haben wir geglaubt, all unsere Wünsche würden in Erfüllung gehen.«

Oben auf dem Berg hatten sie einander ihre bestgehüteten Geheimnisse anvertraut. Dort hatte Caterina Juliana gebeichtet, dass sie schwanger war, und Juliana hatte in Caterinas Armen den Tod ihres Verlobten beweint.

Caterina gluckste leise in sich hinein. »Nur gut, dass die meisten unserer Wünsche nicht in Erfüllung gegangen sind. Ich meine, erinnerst du dich noch an Jeremy?«

Juliana prustete los. »Ach ja, Jeremy. Ich war so verknallt. An den habe ich seit Jahren nicht mehr gedacht.« Sie wischte sich die Lachtränen aus den Augen. »Du hast mir gefehlt, Cat. Erzähl, wie geht es Marisa?«

»Sie ist einfach zuckersüß. Und schon so groß.« Caterina blinzelte die Tränen weg. Wie froh sie war, dass sie sich gegen eine Adoption entschieden hatte.

Ein leichter Schatten huschte über Julianas Gesicht. »Hast du noch mal versucht, ihren Vater zu erreichen?«

»Er will nichts mehr von mir wissen«, sagte Caterina, vielleicht ein wenig zu harsch. Sie wünschte sich nur, Juliana würde nicht über ihn sprechen.

»Ich sehe ihn gelegentlich in Napa. Er steckt bis zum Hals in Arbeit.«

»Jules, was möchtest du mir damit sagen? Ich habe es doch wirklich versucht.« Wie viele Stunden hatten sie damals zusammen verbracht, in den kühlen steinernen Gewölbekellern von Mille Étoiles, die in die Flanke des Howell Mountain gegraben waren. Gemeinsam hatten sie den Wein probiert und immer weiter verfeinert. Energisch verbannte sie die Erinnerung daran.

»Hast du seine Verlobte mal kennengelernt?« Julianas dunkle Augen wurden groß und rund. Sie hatte die glatten schwarzen Haare zu einem Dutt hochgesteckt, wodurch die dunkelbraunen Augen in ihrem hübschen, anmutigen Gesicht noch besser zur Geltung kamen.

»Nein.«

»Du musst ihm von Marisa erzählen.«

»Warum? Damit er sie auch zurückweisen kann?«, empörte sich Caterina. Dann stand sie auf und kontrollierte im Spiegel den Sitz ihrer Strumpfnähte.

»Er ist ein guter Kerl, Cat. Und ich bin überzeugt, wenn er es wüsste, würde er das einzig Richtige tun.«

Caterina schaute sie über die Schulter an. »Ach, ich bitte dich, Jules. Monatelang hat er meine Anrufe ignoriert. Sogar die Briefe kamen ungeöffnet zurück, immer mit dem Vermerk ›Zurück an den Absender‹.«

»Aber er hat das Recht, es zu erfahren, findest du nicht?«

»Er hatte seine Chance.« Mit hochgezogenen Augenbrauen sah Caterina sie an. »Du hast es ihm doch nicht etwa gesagt, oder?«

»Nein.« Juliana wich ihrem Blick aus und zupfte sich ein Fädchen vom Kleid.

»Jules, du hast mir hoch und heilig versprochen, ihm kein Sterbenswörtchen davon zu erzählen.«

»Tue ich ja auch nicht. Aber jetzt, wo Marisa langsam älter wird, solltest *du* es ihm vielleicht sagen. Er ist schließlich ihr Vater.«

»Ich habe gerade viel um die Ohren. Faith braucht unser Zimmer.« Damit zerrte sie unwirsch an ihren Strümpfen, um die verrutschten Nähte geradezurücken.

»Vorsicht, sonst zerreißt du dir die Strümpfe«, mahnte Juliana. »Und was ist mit der Wohnung, die du untervermietet hast?«

»Mit Marisa kann ich nicht dahin zurück. Ich habe gerade erst erfahren, dass der Vermieter keine alleinstehenden Mütter duldet. Es gibt wohl eine entsprechende Klausel im Mietvertrag.« Vermieter konnten es sich leisten, wählerisch zu sein. Es gab so viele Menschen, die nach dem Krieg aus dem Militär ausgeschieden waren und eine Familie gegründet hatten, dass es lange Wartelisten gab.

»So ein Blödmann. Na ja, mein Angebot gilt immer noch. Du kannst gern bei mir einziehen und bleiben, solange du möchtest.« Sehr zum Entsetzen ihrer Mutter hatte Juliana sich ein Zimmer in einer Pension in Napa genommen. Nina war der unerschütterlichen Überzeugung, unverheiratete Frauen sollten bis zu ihrer Hochzeit zu Hause wohnen. Juliana konterte dieses Argument damit, sie sei verlobt gewesen und damit nun quasi verwitwet.

»Danke, Jules, aber deine Hauswirtin hätte sicher etwas dagegen, wenn wir zu dritt in einem Zimmer wohnen. Nein, ich muss mir eine eigene Wohnung suchen, sobald ich wieder in San Francisco bin.« Laut seufzend atmete sie aus. »Mutter zu sein, ist gar nicht so einfach. Manchmal denke ich, Frauen wie Faith muss das im Blut liegen.« Sie beugte sich zum Spiegel vor, nahm einen winzigen Pinsel und schminkte sich die Lippen knallrot.

»Du bist Marisa eine gute Mutter, und du liebst sie von ganzem Herzen. Faith kann bloß besser Windeln wechseln. Na und? Die wird Marisa nicht ewig brauchen.«

Caterina presste die Lippen zusammen und musste bei dem Gedanken lächeln. Juliana hatte recht. Sie setzte sich neben sie und stieß sie mit der Schulter an.

»Hör zu, ich kann mir vorstellen, was du gerade durchmachst«, sagte Juliana. »Aber ich kenne dich. Du tust schon das Richtige. Du bist der tollste Mensch, den ich kenne.«

»Würde das stimmen, säße ich jetzt nicht so in der Klemme.«

»Da gehören immer noch zwei dazu, oder etwa nicht?« Mitfühlend drückte Juliana Caterina die Hand.

»Guck mal da!«, rief Caterina ganz aufgeregt und zeigte in den Nachthimmel. Ganz still flog eine Sternschnuppe durch die Milchstraße. »Du darfst dir was wünschen.«

Vielsagend schaute Juliana sie an. »Habe ich schon.«

Caterina schüttelte den Kopf. »Ich werde es ihm nicht sagen.«

»Eines Tages wirst du es tun.«

Im Radio lief ein Song von Elvis Presley, und Juliana sprang von ihrem Sitz am Fenster auf und drehte die Lautstärke hoch. »Oh, ich stehe auf dieses Lied. Komm schon, Cat, lassen wir nur für heute Abend unsere Sorgen Sorgen sein. Wir können beide ein bisschen Spaß vertragen.« Und damit wirbelte sie in ihrem roten Satinkleid um die eigene Achse und schnippte mit den Fingern im Takt der Musik. »Heartbreak Hotel«, sang sie vergnügt mit.

»Dann willst du also heute Abend tanzen, Jules?« Caterina sah zu, wie Juliana sich zur Musik wiegte. Ihre Fröhlichkeit war wie ein helles Funkeln in der Nacht, auch wenn darunter eine tiefe Traurigkeit lauerte. Juliana gab sich Mühe. Wie lange war es her, dass sie selbst sich frei genug gefühlt hatte, sich einfach nur zu amüsieren?

Juliana drehte sich schwungvoll zu ihr um. »Du weißt ganz genau, dass ich keinen neuen Mann suche.«

»Brauchst du auch nicht. Die Männer suchen dich. Vielleicht solltest du dem einen oder anderen eine Chance geben.« Juliana war schon in der Schule mit Alfonso Villareal zusammen gewesen. Er hatte beim militärischen Abschirmdienst gearbeitet und war nach Südkorea abkommandiert worden. Eine Woche bevor er nach Hause zurückkommen sollte, war er in einen Hinterhalt geraten und umgekommen. Es hatte Juliana das Herz gebrochen, und seitdem hatte sie keinen anderen Mann mehr an sich herangelassen. Caterina zog den Stöpsel aus einer Parfümflasche und tupfte sich etwas von dem Duft auf Hals und Handgelenke.

Ein Schatten legte sich über Julianas Gesicht. »Ich bin

noch nicht so weit. Aber das heißt nicht, dass ich nicht tanzen kann.« Sie schnupperte genüsslich. »Riecht toll. Chanel No. 5?«

»Teds Lieblingsduft.«

»Hmm. Chic. Aber ich dachte, dein Lieblingsparfüm ist ein anderes.« Summend drehte Juliana sich um die eigene Achse. »Ein bisschen schwerer, verführerischer.«

Was tatsächlich stimmte. Caterina liebte Shalimar – einen exotischen, betörend sinnlichen Duft mit einer herrlichen Vanillenote. Nach der Nacht, in der Marisa gezeugt wurde, hatte sie ihn nie wieder getragen, und den Flakon hatte sie in einem Karton ganz hinten im Schrank versteckt, zusammen mit Fotos und anderen Erinnerungsstücken.

Caterina war die halbe Nacht wach gewesen und hatte gegrübelt, was sie nun mit ihrem Leben anstellen sollte. Auf dem College war sie lange mit Ted zusammen gewesen. Sie mochte ihn sehr, aber ihre Gefühle ihm gegenüber hatten rein gar nichts von der glühenden Leidenschaft, die sie in jener schicksalshaften Nacht verspürt hatte. War das Liebe gewesen oder bloß Lust? Hätte sie nie erlebt, zu welcher Leidenschaft sie fähig war, vielleicht hätte sie sich dann jetzt mit Ted zufriedengeben können.

Und würde Ted ihre Tochter überhaupt akzeptieren?

Juliana wedelte mit der Hand vor ihrer Nase herum. »Hey, wo bist du denn? Du siehst aus, als wärst du meilenweit weg.«

»Ich habe nur an heute Abend gedacht.«

»Komm, tanz mit mir«, rief Juliana und drehte eine kleine Pirouette wie eine Ballerina. »Lass dein bildhübsches Gesicht mit einem Lächeln erstrahlen, Kitty Cat. Du siehst aus, als würdest du die Last der ganzen Welt auf den Schultern tragen.« Juliana legte einen Arm um ihre Freundin. »Kopf hoch, das wird ein fantastischer Abend.« Verschwörerisch zwinkerte sie ihr zu.

Caterina umarmte sie und musste lächeln, als sie ihren alten Spitznamen hörte. So hatte sie seit Jahren niemand mehr genannt. Juliana war einfach unwiderstehlich. Das hatte sie immer schon an ihr gemocht. »Komm, lass uns runtergehen, Jules. Die Party hat längst angefangen.«

Gemeinsam gingen die beiden Freundinnen die Treppe hinunter und durch die geöffneten Flügeltüren auf die Terrasse, die mit bunten Lampions beleuchtet war. Die Abendluft war lau und lind, und über ihren Köpfen funkelten tausend Sterne. Auf einer Seite der Terrasse spielte eine Band, und der Sänger, der aussah wie ein Doppelgänger von Pat Boone, sang gerade hingebungsvoll die heißesten neuen Liebeslieder – ein kleines Zugeständnis ihrer Mutter an die jüngeren Partygäste.

Juliana zog sie am Arm und wies mit einem Nicken auf die bereits beachtliche Gästeschar. Der Herausgeber der Fachzeitschrift *Wine Appreciation* war da. Zu seiner Linken stand ein Weinhändler, der an die renommiertesten Restaurants und Hotels der Westküste verkaufte.

Zwei andere Winzer standen ganz in der Nähe. Caterina hörte, wie sie über die bevorstehende Lese sprachen. Alle hofften, das gute Wetter werde lange genug halten.

Im letzten Jahr hatten etliche Weingüter die gesamte Ernte verloren, weil die Trauben zunächst zu langsam gereift waren. Also hatten sie viele Blätter entfernt, damit die

Beeren mehr Sonne bekamen, doch dann war es unverhofft sengend heiß geworden, und die Sonne hatte die nun schutzlosen Trauben erbarmungslos verbrannt. Das Wetter war den Winzern in vielen Jahren ein flatterhafter Verbündeter.

»Schau mal, da ist Ted mit seinen Eltern«, raunte Juliana. Die Familie Thornwald unterhielt sich gerade mit Ava. »Wollen wir?«

»Warte, ich brauche noch einen Moment.« Caterina ließ sich ein Häppchen Gemüseterrine von einem Silbertablett mit Hors d'œuvres reichen, zusammen mit einem Aperitif – eine Tradition, die ihrer französischstämmigen Mutter heilig war. Heute Abend gab es auch einen Cocktail mit Himbeeraroma, gemischt aus Champagner und Cassis.

Caterina musste ein Lachen unterdrücken, als sie sah, wie eine Frau ratlos an der Terrine herumpickte. Während man im übrigen Amerika Hackbraten und Schinkenaufstrich mit Mayonnaise aß, regierte in Mille Étoiles die Haut Cuisine Frankreichs. Ava wollte nichts wissen von Hotdogs oder Gemüse aus Konservendosen. Die einzigen geduldeten Ausnahmen bildeten die Gerichte aus Ninas mexikanischer Heimat und Raphaels italienische Pasta.

»*Vive l'apéro*«, rief Caterina, als sie und Juliana sich zuprosteten.

»Caterina, wie schön, Sie zu sehen.«

Caterina drehte sich um. Es war der Verleger, Gilbert Waters, mit seiner Frau Bessie. Sie war im Alter ihrer Mutter und in Frankreich zur Schule gegangen. Die beiden begrüßten sich mit Küsschen links, Küsschen rechts, und Juliana tat es ihnen nach. »Wie geht es Ihnen?«

»Viel zu tun«, erwiderte Gilbert. »Wir sind oft auf Reisen.«

Bessie schaute sich um und fragte dann mit gesenkter Stimme: »Haben Sie schon von der neuesten internationalen Weinprämierung in Paris gehört?«

Caterina spitzte die Ohren, auch wenn sie bemüht war, so zu tun, als interessierte sie das eigentlich gar nicht. »Nein, nicht dass ich wüsste.«

Bessies Augen leuchteten plötzlich. »Es ist eine Blindverkostung internationaler Spitzenweine. Ist das nicht aufregend?«

Caterina schüttelte nur den Kopf. »Das würden die Franzosen niemals zulassen. Ausländische Weine in einem Wettbewerb mit ihren eigenen einheimischen Weinen in ihrem eigenen Land? Niemals.«

Gil schaute sie schelmisch von der Seite an. »Ja, spannend, nicht wahr? Veranstaltet wird das Ganze von einem sehr renommierten Weinhändler. Mille Étoiles sollte unbedingt teilnehmen.«

Caterina sah ihn mit hochgezogenen Augenbrauen an. »Meinen Sie wirklich, wir als Neulinge würden zugelassen?«

Juliana zuckte die Achseln. »Warum denn nicht? Gilbert, wissen Sie vielleicht, wie wir Näheres bezüglich der Anmeldung herausfinden können?«

»Ich denke, ich kann alles Wichtige für Sie in Erfahrung bringen, und wenn Sie es wünschen, auch den Kontakt herstellen«, antwortete Gilbert.

Juliana sah Caterina kurz an, dann entgegnete sie nonchalant: »Das wäre sehr nett. Ich rufe Sie dann in den nächsten Tagen an, Gilbert.«

Worauf die Waters sich entschuldigten, um sich mit den anderen Gästen zu unterhalten.

Caterina wurde ganz still und war in Gedanken versunken. Sie musste an den großartigen Howell Mountain Cabernet denken. Wenn der so gut gereift war, wie sie erwartete, wäre er ein hervorragender Kandidat für den Wettbewerb. Ein phänomenaler Wein, ein typischer Vertreter seines Terroir, ein unverwechselbares Produkt von Boden, Klima und Höhe. Sofort hatte sie die verschiedenen Aromen auf der Zunge, die feinen Nuancen von gerösteter Eiche, Schokolade, Gewürzen, Brombeere, Mineralien und sogar Vulkangestein. Aber war er wirklich gut genug für einen internationalen Wettbewerb auf höchstem Niveau?

Die traditionelle französische Art der Weinherstellung stellte das Terroir, also den Ort, an dem der Wein wuchs, in den Vordergrund. Amerikanische Winzer dagegen legten größeren Wert auf die Rebsorte, weshalb die Weine in den USA unter dem Namen der Traube verkauft wurden, wie beispielsweise Pinot Noir, statt wie in Frankreich unter dem Namen des Terroir oder des Orts, wie Saint-Émilion oder Medoc.

»Ein verlorener Wettbewerb könnte auch nach hinten losgehen«, wandte Caterina ein. »Aber du kannst ja mal versuchen, Genaueres in Erfahrung zu bringen.«

»Wird gemacht.« Julianas Augen funkelten vor Aufregung. »Denk doch nur mal an die Werbewirkung, solltet ihr wirklich gewinnen.«

Die Aussicht auf die Teilnahme an einem solchen Wettbewerb war wirklich zu verlockend, und Caterina wünschte sich schon lange einen geeigneten Rahmen, um kalifornische Weine auch international zu präsentieren. Sechzig Jahre war es jetzt her, dass John Patchett seine ersten Weinstöcke im Napa Valley gepflanzt und Charles Krug als Winzer eingestellt hatte. Die Brüder Korbel produzierten Schaum- und Perlweine. Gundlach Bunschu, Beringer, Inglenook und Buena Vista, sie alle hatten sich inzwischen einen Namen gemacht und produzierten sowohl Rot- als auch Weißweine.

Die alten Reben von Mille Étoiles hatten einmal einen Wein erzeugt, der in der zweiten Hälfte des vergangenen Jahrhunderts eine Medaille bei der großen Pariser Weinausstellung gewonnen hatte. Aber als ihre Eltern 1929 dieses Land erwarben, lagen die Reben als Opfer der Prohibition im tiefen Dornröschenschlaf. Caterina schaute zu ihrer Mutter hinüber und sah, wie Ava ihr zunickte. »Ich werde gerufen, Juliana.«

»Soll ich mitkommen?« Aufmunternd drückte ihre Freundin ihr den Arm.

»Nein, das schaffe ich schon allein, danke. Geh, misch dich unter die Partygäste – das ist gut fürs Geschäft.«

Caterina schlängelte sich durch die dicht gedrängten Menschen, immer mit einem Nicken oder einem netten Wort nach links und rechts grüßend. Napa Valley war eine kleine Gemeinschaft, in der jeder jeden kannte, und alle irgendwie, wenn auch manchmal recht weit entfernte, Nachbarn waren. Man wusste alles übereinander. Caterina versuchte das aufsteigende Gefühl der Panik herunterzuschlucken. *Zumindest glauben das alle.*

»Hallo Ted, guten Abend, Mr und Mrs Thornwald.« Caterina schaute ihre Mutter an.

Ava strahlte über das ganze Gesicht.

Sofort drehte Ted sich zu ihr um. »Hallo Caterina. Hübsch siehst du heute Abend aus.« Teds Begrüßung war freundlich, aber Caterina entging nicht die Kränkung, die er unter dem dünnen Furnier der Höflichkeit zu verbergen versuchte. Womöglich hatte sich ihre Mutter bezüglich seiner Gefühle für sie doch geirrt.

»Also, ich muss schon sagen, du siehst wirklich mondän aus«, rief Mrs Thornwald und musterte Caterina von oben herab. Teds Mutter hatte eine Vorliebe für die guten Dinge des Lebens. Auffälliger Schmuck, eine tadellose Frisur, eine Vorzeigefamilie. Sie war stolz darauf, ihren Stammbaum bis zu den Gründervätern von San Francisco zurückverfolgen zu können, was sie jedem, dem sie begegnete, unter die Nase rieb.

Und schon geht's wieder los. Caterina zwang sich zu einem freundlichen Lächeln. »Bloß ein bisschen älter, Ma'am.«

»Und noch immer unverheiratet?«, fragte Mrs Thornwald naserümpfend. »Ihr jungen Mädchen heutzutage habt einfach keine Zeit für die wirklich wichtigen Dinge im Leben, nicht wahr?«

Caterina linste aus dem Augenwinkel zu ihrer Mutter hinüber, der das Lächeln ins Gesicht gefroren schien.

»Bitte, Hilda«, mischte sich Teds Vater ein. »Die jungen Leute von heute leben nun mal anders als wir damals vor dem Krieg. Caterina, Ava hat uns erzählt, dass Sie im St. Francis hervorragende Arbeit als Sommelière leisten. Wir sollten dort bald mal essen. Ted, du mochtest das St. Francis doch immer so gern, stimmt's?«

»Danke, Sir. Ich würde mich wirklich sehr freuen.«

Caterinas Blick huschte zurück zu Ted. Er hatte ein wenig zugenommen, war aber immer noch groß, schlank und blond, mit eisblauen Augen, die immer ein wenig undurchdringlich wirkten.

»Darf ich dir etwas zu trinken holen?«, fragte er, und sein Blick ruhte kühl und unbeteiligt auf ihr.

»Caterina, zeigst du Ted bitte, wo alles ist?«, übernahm Ava rasch das Ruder. »Geh doch bitte mit und hilf ihm.«

Ihre Mutter war wirklich fest entschlossen, sie wieder zusammenzubringen. Ted bot ihr den Arm – Gentleman wie immer –, und sie legte die Finger ganz leicht auf seinen Ellbogen. Gemeinsam gingen sie über die Terrasse.

»Lange nicht gesehen, Caterina. Wie geht es dir?«

»Ich habe viel um die Ohren«, sagte sie und wedelte abwehrend mit der Hand.

»Hast du jemanden kennengelernt?«

»Nach dir gab es keinen anderen Mann mehr, Ted.« Das stimmte ja auch.

Ein Lächeln schlich sich in sein Gesicht. »Sieh dich nur an. So eine schöne Frau und ganz ohne Mann?« Geschickt dirigierte er sie zu einer stillen Ecke der Terrasse, wo sie ungestört waren, und drehte sich dann zu ihr um. Ein Lampion über ihren Köpfen tauchte sein Gesicht in einen unheimlichen rötlichen Schein. »Cate, ich glaube, ich weiß jetzt, warum du dich damals an Silvester einfach aus dem Staub gemacht hast.«

»Ich heiße immer noch Caterina.« Den Spitznamen, den er ihr gegeben hatte, hatte sie nie gemocht. Eine längst vergessene Erinnerung flackerte in ihr auf. Ted hatte ihr einmal gesagt, ihr Name klinge zu fremdländisch. *Cate*, hatte er gesagt, *klingt viel kultivierter. Cate Thornwald, das hört sich doch viel schöner an als Caterina Rosetta, findest du nicht?*

Fassungslos hatte sie ihn angestarrt. Sie mochte ihren Namen. Jeder hatte seine ganz eigene Aussprache dafür – bei ihrer Mutter mit ihrem französischen Akzent klang das r ganz weich, und Juliana und Nina mit ihrem spanischen Akzent rollten es. Und dann Marisas Vater mit seinem rauen Bariton und dem unwiderstehlichen Akzent, bei dem ihr Name wie pure Poesie klang. Manchmal hatte er sie auch einfach nur *cara* genannt. Sie senkte den Blick, damit Ted den Schmerz in ihren Augen nicht sah.

Er strich ihr über das Haar. »Okay. Dann also Caterina.«

Seine Bemerkung hatte ihre Neugier geweckt. »Was glaubst du denn, warum ich damals verschwunden bin?«

»Mein Vater sagte, netten Mädchen kann zu viel Nähe Angst machen. Du sollst wissen, dass ich dich in jeder Hinsicht achte.«

Caterina schaute ihm unverwandt in die Augen. »Ja, stimmt, ich habe es wirklich mit der Angst zu tun bekommen, Ted.« Nur nicht so, wie er dachte. Sie zwang sich, an Marisa zu denken und daran, was das Beste für sie war.

Mit den Fingerspitzen strich er ihr übers Kinn. »Ich würde gern noch einmal ganz von vorne anfangen. Wir können uns ein gemeinsames Leben aufbauen. Und ich liebe dich immer noch.«

Da war sie, die Bestätigung seiner Absichten. Auch wenn seine Berührung sie nicht entflammte, so wie es die eines anderen Mannes getan hatte, schaute sie ihn mit weichem Blick an und ließ zu, dass sich ein Lächeln auf ihre

Lippen schlich. »Das könnte komplizierter sein, als du glaubst.«

»Ich bin mir sicher, es gibt nichts, was wir nicht irgendwie hinbekommen. Ich könnte das Weingut für dich und deine Mutter führen.« Er legte ihr einen Arm um die Taille und zog sie an sich. »Es ist so schön, dich wiederzusehen«, murmelte er. »Mmh, und du trägst immer noch das Parfüm, das ich dir geschenkt habe.«

Sie legte einen Arm um seine Schulter, um nicht das Gleichgewicht zu verlieren. Es wäre so einfach, dort weiterzumachen, wo sie aufgehört hatten. Zusammen zu sein, sich zu verloben und zu heiraten. Ihr Leben vertrauensvoll in Teds Hände zu legen. Sie musste an Donna und Beth denken, zwei ihrer Freundinnen. Sie hatten die Männer geheiratet, die ihre Eltern für sie ausgesucht hatten. Sie hatten geheiratet, weil sie keine andere Wahl hatten. Aber sie hatte einen Beruf und, wenn das Ganze nicht bloß ein Irrtum war, nun sogar ein Haus in Italien. Sie hatte die Wahl. Aber sie war auch Mutter, und ihre kleine Tochter brauchte eine Familie. Ihre *eigene* Familie. Ob Ted zustimmen würde, Marisa zu adoptieren? »Ted, wir müssen uns dringend unterhalten.«

»Ich kann mir nicht vorstellen, dass irgendwas, das du mir zu sagen hast, etwas an meinem Entschluss ändern könnte.« Ted legte ihr einen Finger auf die Lippen. »Vielleicht hast du damals einfach noch ein bisschen Zeit gebraucht, aber ich weiß, wir beide sind füreinander bestimmt.« Seine Lippen verzogen sich zu einem Lächeln. »Und ich kann dir nicht sagen, wie viel es mir bedeutet, dass du dich für mich aufgespart hast.«

Hatte sie recht gehört? Fragend legte sie den Kopf schief. »Wäre das sonst ein Problem?«

»Die Frage ist unwichtig, denn es ist doch so, oder etwa nicht, Cate?«

Schon wieder dieses *Cate*. Sie senkte den Blick. »Du hast recht, Ted.«

Und dann liebkosten seine Lippen ihr vom weiten Ausschnitt des Kleides entblößtes Schlüsselbein, und er drückte ihr einen weichen Kuss auf die Lippen. Als sie sich von ihm löste, erhaschte sie aus dem Augenwinkel einen Blick auf eine dunkle Gestalt am Rand der Party. Vor Schreck entfuhr ihr ein leises Keuchen.

Sie erkannte ihn sofort. Die breiten Schultern, die langen Beine, die dichten Haare. Wie selbstbewusst er da stand, die Hände an den schmalen Hüften. Ihr lief ein Schauer über den ganzen Körper. Er sah aus wie ein römischer Gott. O Himmel, sie konnte ihm unmöglich gegenübertreten. Nicht hier, nicht auf dieser Party.

Der Gedanke an ihn – und daran, wie sich Liebe *wirklich* anfühlte – brachte sie unsanft zurück auf den Boden der Tatsachen. Entschlossen trat sie einen Schritt von Ted weg.

»Was hast du denn?«, fragte er und griff nach ihrer Hand.

Ihr schwirrte der Kopf vor widerstreitenden Gefühlen. »Ich dachte eben, ich hätte einen Geist gesehen.«

Er gluckste. »Kein Grund, sich zu fürchten. Ich bin ja da.«

Verstohlen hielt sie über Teds Schulter Ausschau nach ihm. Ihn in der Nähe zu wissen, war, als würde sie unwiderstehlich von einem Magneten angezogen. Es schnürte ihr die Kehle zu, und ihr wurde abwechselnd heiß und kalt. Die Erinnerung an seine Berührungen setzte ihr Innerstes in Brand.

Schließlich riss sie den Blick los und wandte sich wieder Ted zu. Nie würde sie für ihn empfinden, was sie für Marisas Vater empfand. Das wäre ihnen beiden gegenüber nicht fair. *Und auch Marisa gegenüber nicht.* Denn insgeheim würde sie sich immer danach sehnen, in den Armen eines anderen zu liegen.

Wie um alles auf der Welt sollte sie vorgeben, Ted zu lieben? Kurz schloss sie die Augen, wohl wissend, dass sie gerade Marisas Chance zerschellen ließ, je einen Vater zu bekommen – genauso wie die Hoffnung ihrer Mutter auf eine Verbindung mit Teds Familie und Teds treusorgende Zuneigung. Und das alles nur wegen der Erinnerung an eine unvergessliche Nacht, die sie seitdem verfolgte und nicht mehr losließ. Aber sie musste es tun. Sonst könnte sie sich nie mehr im Spiegel in die Augen schauen.

Und ganz tief in ihrem Herzen wusste sie ohnehin, dass er Marisa nie ganz akzeptieren würde. »Ted, es tut mir leid, aber wenn ich es mir recht überlege, glaube ich, wir sind nicht füreinander bestimmt.«

Verdattert klappte Ted die Kinnlade herunter. »Cate, was um alles auf der Welt ist nur in dich gefahren? Hast du vollkommen den Verstand verloren? Wieder einmal?«

»Nein, ganz im Gegenteil, ich glaube, ich bin gerade erst zu Sinnen gekommen.« Sie und ihre Tochter konnten auch allein glücklich werden. Zumindest glücklicher als mit dem falschen Mann.

Mit klopfendem Herzen schaute sie an Ted vorbei, doch er war nirgendwo zu sehen. *Wo ist er hin?* Ob er sie schon gesehen hatte? *Ich muss hier raus.* Damit drehte sie sich auf dem Absatz um und eilte zum Haus, hastig dem Schein der Terrassenbeleuchtung ausweichend.

Gerade wollte sie nach dem Messingtürknauf der Küchentür greifen, da legte sich eine Hand auf ihre und schien sie mit ihrer Kraft fast zu versengen.

»Caterina.« Seine tiefe Stimme hallte in seinem Brustkorb.

Schwungvoll drehte sie sich um. Unter kräftigen dunklen Augenbrauen sah ein Augenpaar hervor, genauso blau und strahlend wie Marisas. Seine Ausstrahlung schien sie wie immer magisch anzuziehen, ihr Herz schlug schneller. Die Luft zwischen ihnen war wie elektrisch aufgeladen.

Santo Casini war geradezu gefährlich attraktiv.

6

»Was machst du denn hier?«, fuhr Caterina ihn erschreckt an. So oft schon hatte sie sich Santo herbeigewünscht, warum musste er ausgerechnet heute Abend hier auftauchen? Sie lehnte sich gegen die Hintertür des Hauses, um ein wenig Halt zu finden. Seine bloße Anwesenheit brachte sie vollkommen durcheinander. Er war noch immer genauso unwiderstehlich wie früher.

Seine sonnengebräunte Hand lag auf ihrer, und zwischen ihnen schien die Luft zu knistern wie vor einem Blitzschlag. »Ich muss mit dir reden.«

»Das … das geht nicht.« Nur mit Mühe konnte sie den Blick von seinen azurblauen Augen losreißen. Aus dem Augenwinkel sah sie ihre Mutter quer über die Terrasse auf sie zustürmen. Ohne die übrigen Gäste auch nur eines Blickes zu würdigen, bahnte sich Ava aufgebracht einen Weg durch die Menge.

Caterina liebte ihre Tochter zwar mehr als ihr Leben, doch sie hatte bereits einmal einen drastischen, nicht wiedergutzumachenden Fehler mit diesem Mann gemacht. Und doch, all ihren guten Vorsätzen zum Trotz – Santo bräuchte nur mit den Fingern zu schnippen, und sie wäre sofort wieder hin und weg. Schon jetzt zitterten ihr die Knie, und ihr ganzer Körper kribbelte, als flösse alle Willenskraft aus ihren Gliedern.

»Caterina, ich muss mit dir sprechen.« Santos Worte klangen eindringlich. Mit jedem Atemzug schien der warme männliche Moschusduft, den er verströmte, sie zu locken.

Verzweifelt klammerte sich Caterina an den letzten Rest gesunden Menschenverstand. So oft war er ihr aus dem Weg gegangen. Was konnte da jetzt so wichtig sein? Plötzlich schoss ihr ein Gedanke durch den Kopf, und sie musste gegen die aufsteigende Panik ankämpfen. *Wollte er ihr etwa sagen, dass er bald heiraten würde?* Sie könnte es nicht ertragen, diese Worte aus seinem Mund zu hören. »Bitte, lass mich in Ruhe.« Damit drehte sie sich auf dem Absatz um und riss mit letzter Kraft die Tür auf.

Santo rief ihr nach, aber sie blieb nicht stehen.

Kaum im Haus, flüchtete sie über die geflieste Diele und suchte Zuflucht im Badezimmer. Rasch verriegelte sie die Tür von innen und klatschte sich am Waschbecken kaltes Wasser ins Gesicht. Es war ihr egal, dass Wimperntusche und Eyeliner ihr in schwarzen Schlieren über die Wangen liefen. Sie war vor Santo weggelaufen. Ihm so nah zu sein, hatte ihr Angst gemacht. Und ehe sie ins Haus geflohen war, hatte sie den Zorn in den Augen ihrer Mutter aufblitzen gesehen.

Es würde nicht lange dauern, bis sie ihr die Hölle heiß machen würde.

Mit fliegenden Fingern öffnete sie die kleinen Schnallen an ihren hohen Schuhen und streifte sie rasch ab. Auf dem kalten Fliesenboden stehend wackelte sie mit den Zehen und versuchte, noch ein bisschen Zeit herauszuschinden. Sie schlang die Arme um sich und wiegte sich zu der

Musik, die von draußen hereinwehte, und das Herz wollte ihr in tausend Stücke zerspringen, als sie daran dachte, wie sie das letzte Mal mit Santo getanzt hatte. Wenn sie versuchte, sich den ganzen Abend im Haus zu verstecken, würden Juliana und ihre Mutter das unweigerlich merken und nach ihr suchen. Sie konnte sich nicht ewig verkriechen. Hastig tupfte sie sich die Tränen aus dem Gesicht und versuchte zu retten, was von ihrem Make-up noch zu retten war.

Ein harsches Klopfen an der Tür ließ sie erschreckt zurückspringen, und sie stolperte über die malvenfarbene Chaiselongue, die ihre Mutter ausgerechnet dort im großen Gästebad aufgestellt hatte. *War das Santo?* Ein Körbchen mit Rosenblütenpotpourri fiel zu Boden und verströmte einen betörenden Duft, während Caterina keuchend und flach atmend beinahe das Gleichgewicht verlor.

»Caterina, ist alles in Ordnung?« Es war Avas Stimme, die durch das dicke Eichenholz der Tür drang.

»Alles bestens. Mir ist bloß ein bisschen warm«, schwindelte sie und versuchte, tief durchzuatmen, während sie auf Knien die papierartigen Blütenblätter und getrockneten Orangenschalen zusammenraffte.

»Ich würde gern mit dir sprechen, *s'il te plaît.*«

Caterina stellte das Körbchen wieder an seinen Platz und stand mit zitternden Knien auf. Sie beugte sich vor zu dem großen vergoldeten Spiegel, um einen kritischen Blick hineinzuwerfen, ehe sie sich ihrer Mutter stellte. Mit den Fingerspitzen strich sie über das Rouge auf ihren Wangen und fuhr sich mit dem rubinrot lackierten Fingernagel an der Unterlippe entlang, um die leichte Lippenstiftspur fortzuwischen. Ted hatte ihn verschmiert, als er sie geküsst hatte. Dann schlüpfte sie in die Schuhe und öffnete die Tür.

In dem weißen Satinkleid von Jacques Fath bot ihre Mutter einen wahrlich spektakulären Anblick. Hinter ihr, auf der anderen Seite der Terrassentüren, nahm die Party unbeirrt ihren Lauf. *Wo ist Santo bloß?* Sie sah die Thornwalds, die das Fest offensichtlich gerade verließen, den widerstrebenden Ted im Schlepptau, der die Hände tief in den Hosentaschen vergraben hatte. Von Santo keine Spur.

Die Augen ihrer Mutter funkelten vor Zorn. »Was hast du zu Ted gesagt?«

»Kann das nicht bis morgen warten?«

»Du musst zu ihm zurückgehen.«

»Ganz bestimmt nicht. Außerdem gehen sie gerade, Maman.« Mit dem Kinn wies Caterina zur Tür.

»Du hast sie vergrault«, japste Ava und schlug sich die Hand vor den Mund. »Wie konntest du dich nur so unmöglich aufführen?«

»Unmöglich findest du das?« Herausfordernd verschränkte sie die Arme und legte den Kopf schief. »Unmöglich finde ich es vielmehr, einen Mann zu heiraten, den ich nicht liebe. Das kann ich nicht.«

Ava legte die Fingerspitzen an die Schläfen, als hätte sie Kopfschmerzen. »Verstehst du denn nicht, dass ich dir helfen will, Caterina?«

»Und wer fragt mich, was ich selbst will?« Durchdringend starrte Caterina sie an. *Und wo war eigentlich Santo?*

»Du bist schnell dabei, dir ein Urteil zu bilden, und glaubst, ich sei im Unrecht.« Ava schürzte die perfekt geschminkten roten Lippen. »Aber wir sind Frauen. Wir bekommen im Leben nicht immer das, was wir uns wünschen.«

Als wüsste ich das nicht allzu gut. »Du hast eine eigene Familie *und* ein eigenes Unternehmen, Maman. Warum sollte ich das nicht auch schaffen können?«, konterte sie scharf.

»Ich habe das Beste aus den Karten gemacht, die das Leben mir zugeteilt hat, mit dem Tod deines Vaters, der Prohibition, der Wirtschaftskrise, als wir fast alles verloren hätten, dem Krieg …«

»Ach, Maman, sei doch nicht immer so *tragique*.«

»Wie kannst du es wagen, derart impertinent zu sein? Junge Männer aus dem Valley sind gefallen – denk nur an Julianas Alfonso –, und viele waren jünger als du. Wir alle haben sie beweint.« Avas Stimme klang, als drohte sie zu kippen. »Was weißt du schon von schweren Zeiten, von den Prüfungen des Lebens? Damals in Italien …«

Ava unterbrach sich, aber Caterina hakte nach. »Was war in Italien? Du redest nie über dein Leben dort.«

Avas Augen glitzerten wie kleine harte Kieselsteine. »Das ist lange vorbei. Man soll die Vergangenheit ruhen lassen.«

»Du hattest zu kämpfen und ich genauso.« Caterina schluckte ihre Angst herunter. »Ich möchte das Richtige tun.« Ob nun mit Santo oder ohne.

»Du hast immer das gemacht, was du dir in den Kopf gesetzt hast«, zischte Ava und drehte sich um. »Du warst immer schon ein aufsässiges, halsstarriges Kind.« Aufgebracht fuchtelte sie mit dem Zeigefinger vor Caterinas

Nase herum. »Du solltest Ted lieber heiraten, solange du noch kannst. Du wirst auch nicht jünger, und du hast keinen einzigen Verehrer. Wann willst du denn noch Kinder bekommen?«

Caterina zögerte nur den Bruchteil einer Sekunde. »Ich *habe* längst ein Kind.« So, nun war es raus. Und mit einem Schlag schien die ganze Welt aus den Fugen zu geraten.

Ungläubig legte Ava den Kopf schief, als traute sie ihren Ohren nicht. »Was?«

Die Worte sprudelten aus Caterina heraus wie eine unaufhaltsame Welle. »Ich habe eine kleine Tochter, ein Jahr ist sie alt, und sie heißt Marisa.« Sie sah, wie ihre Mutter fassungslos den Mund öffnete, und mit einem Mal überkamen sie schreckliche Schuldgefühle. Sie hätte es ihr längst sagen sollen.

»Nein, nein, nein.« Hysterische rote Flecken überzogen Avas Dekolleté, und sie fasste sich mit der Hand an den Hals.

»Es stimmt aber.« Ihr Blick glitt an ihrer Mutter vorbei, aber Santo war spurlos verschwunden. *Genau wie damals.*

Rasch erlangte Ava die Beherrschung wieder und grinste sie kühl und süffisant an. »Ach, tatsächlich? Und wann genau soll das bitte passiert sein?«

Dieser eiskalten Wut hatte Caterina um jeden Preis entgehen wollen. Sie schloss die Augen und kämpfte gegen eine Flut unterschiedlichster Gefühle an. Als sie die Augen schließlich wieder öffnete, klang ihre Stimme matt und emotionslos. »Ende des Frühlingssemesters. Als ich dir gesagt habe, ich ginge für ein Semester nach Los Angeles. Darum musste ich auch meinen Abschluss verschieben.«

Die Wahrheit traf Ava wie ein Schlag, und sie musste sich gegen die Wand lehnen, um nicht das Gleichgewicht zu verlieren. »Du hast sie in Los Angeles zur Welt gebracht?«

»Nein, in San Francisco, in einem privaten Entbindungsheim.«

Schmerzlich verzog Ava das Gesicht. »Du hattest Angst, es mir zu sagen. Das ist ja schrecklich.«

»Sie ist bildhübsch, ein ganz entzückendes Kind. Ich bringe sie her, damit du sie sehen kannst, Maman.«

»Wer hat dir das angetan? Du musst es mir sagen«, verlangte Ava, und ihre Stimme wurde immer schriller.

»Niemand hat mich zu irgendwas gezwungen. Es war … freiwillig. Es war Liebe.« Caterina spähte durch die Glastüren nach draußen, doch von Santo war noch immer nichts zu sehen.

»Liebe? Was weißt *du* denn schon von Liebe?« Avas zitternde Lippen wurden fast weiß vor Zorn. »Du rücksichtsloses, liederliches, verdorbenes Gör, du! Wie kannst du es wagen! Jetzt bist du für Ted und jeden anderen respektablen Mann ein für alle Mal verdorben.«

Caterina wandte sich wieder ihrer Mutter zu und verschränkte die Arme. »Es ist mir egal, ob ich je heiraten werde oder nicht. Ich habe meine kleine Tochter, und ich werde sie nicht mehr vor dir verstecken.« Dann stockte sie kurz und musste all ihren Mut zusammennehmen. »Ich brauche deine Hilfe, Maman.«

»Du hast Schande über dich gebracht, du hast Schande über mich gebracht, und du hast Schande über Mille Étoiles gebracht.« Ava brach die Stimme. »Wie konntest du nur?« Sie prustete höhnisch. »Du dummes kleines Mädchen. Ich kann dich nicht einmal mehr ansehen.«

Und obwohl Caterina erwartet hatte, dass Ava sie für ihren Fehltritt scharf verurteilen würde – schließlich hatte ihre Mutter sie immer davor gewarnt, nicht wahr? –, taten ihre Worte doch weh und trafen sie wie eine Sichel mitten ins Herz.

»Du musst sie zur Adoption freigeben. Du kannst doch kein uneheliches Kind behalten.«

»Natürlich kann ich sie behalten.« Caterina richtete sich kerzengerade auf. »Und ich möchte gern mit ihr hierher zurückkommen.«

»Hierher? *Non!* Mach dich doch nicht lächerlich! Das Kind muss weg, so schnell wie möglich. Gib es in eine Familie, wo man sich richtig darum kümmert. Allein ist das unmöglich.«

»Aber du hast es doch auch geschafft.« Caterina sah, wie Nina hinter ihnen dezent die Terrassentüren schloss. Einige der Gäste hatten sich bereits neugierig nach ihnen umgedreht, denn ihre erhobenen Stimmen waren trotz der Musik nur zu gut zu hören. »Sie ist meine Tochter, und ich kann mich sehr wohl allein um sie kümmern – auch *ohne* deine Hilfe.« Sie unterbrach sich kurz. Wie sehr wünschte sie sich ein tröstendes Wort, eine Umarmung von ihrer Mutter – irgendeine kleine Geste des Verständnisses. Doch Ava stand nur da, kalt und reglos wie eine Statue. »Wobei du offensichtlich ja ohnehin nicht vorhast, mir deine Hilfe anzubieten.«

»Nein, ganz gewiss nicht. Und du musst auf der Stelle zur Beichte gehen.« Jetzt wich alle Farbe aus ihrem Gesicht, und sie riss entsetzt die Augen auf. »Ist das Kind von Ted?«

Wütend funkelte Caterina ihre Mutter an. »Nein.«

»Und wer ist dann der Vater?«

»Das geht dich nichts an.« Wenn sie Santo schon egal war, dann wollte sie ihn lieber nicht in die Geschichte hineinziehen. Sonst wüsste es gleich auch Raphael … es wäre wie eine Lawine, unaufhaltsam und mit unabsehbaren Folgen. Hier auf dem Weingut, so weit weg von Napa und San Francisco, abgeschottet hinter der allgegenwärtigen Nebelwand, war jeder mit jedem verbandelt, und alle steckten ihre Nase nur zu gern in fremde Angelegenheiten.

Ava packte ihren Arm. »Du *musst* es mir sagen.« Ihre Stimme wurde zu einem erstickten, schleierdünnen Flüstern, wie Caterina es noch nie gehört hatte. »Es ist doch nicht etwa Santo, oder?«

»Und wenn schon?« Caterina konnte den Blick nicht abwenden. Avas Gesicht war zu einer gequälten Grimasse verzerrt. So hatte Caterina ihre Mutter noch nie gesehen.

»Das ist ja furchtbar … *diese Schande*. Jeder … nur nicht er.«

Warum denn das? Irgendetwas in Avas Stimme ließ bei Caterina sämtliche Alarmglocken schrillen. *Warum macht sie so ein Drama daraus? Was hat sie gegen Santo?* Ungläubig wandte Caterina den Kopf ab und sah dann wieder ihre Mutter an. Und mit einem Mal schien Ava erleichtert in sich zusammenzusacken, wohl weil sie es für ein Nein gehalten hatte.

»Ach, Gott sei Dank. Wer denn dann?«, bohrte sie nach. »Ein Kommilitone von der Uni?«

Caterina zuckte die Achseln. Richtig gelogen war das nicht, aber es war auch nicht die Wahrheit. Das hatte sie sich von ihrer Mutter abgeschaut.

»Und er hat dich sitzen gelassen. Weiß er es überhaupt?«

»Nein.« Das war die Wahrheit.

»Dann musst du das einzig Richtige tun – schaff dir dieses Kind vom Hals.«

Fassungslos sah Caterina ihre Mutter an, die vor Wut schier schäumte. »Nein. Denn ›dieses Kind‹, wie du es nennst, *ist meine Tochter*. Lieber hacke ich mir einen Arm ab. Das kannst du sicher gut verstehen.«

»Aufsässiges Kind.« Ava hob die Hand, als wollte sie Caterina ohrfeigen, beherrschte sich aber im letzten Augenblick. Ihre Stimme war kaum mehr als ein Krächzen. »Du ruinierst dir dein ganzes Leben. Bring dieses Kind unter keinen Umständen hierher. Ich will es nicht sehen.«

»Keine Sorge, das tue ich bestimmt nicht. Ich werde meine Tochter ganz sicher nicht deinen Beschimpfungen aussetzen.« Tapfer schluckte Caterina die herzlose Kränkung herunter, die sie härter traf als jede Ohrfeige. Dann riss sie sich von Ava los und lief davon.

»Wage nicht zurückzukommen, bevor sie nicht fort ist.«

Caterina blieb stehen und drehte sich auf dem Absatz um. »Morgen früh bin ich weg.« Und dann biss sie die Zähne zusammen, marschierte aus dem Salon und rannte, immer zwei Stufen auf einmal nehmend, mit heißen Tränen in den Augen die Treppe hinauf. Es fühlte sich an, als zersplitterte ihr das Herz in der Brust, genau wie sie es befürchtet hatte. Sie fühlte sich erbarmungslos hin- und hergerissen zwischen Marisa und ihrer Mutter. *Und wo zum Teufel war Santo hin?*

Oben in ihrem Zimmer fiel Caterina auf die Knie und sank im Dunkeln schluchzend und zitternd gegen den Kleiderschrank. Die ganze Zeit hatte sie sich an die klitzekleine Hoffnung geklammert – winzig wie ein Traubenkern –, sie könne das Herz ihrer Mutter erweichen. Und dann würde sie ihre Tochter in die Arme schließen und ihr vergeben. War es nicht genau das, was ihre Religion immer predigte?

Eine ganze Ewigkeit lang schien Caterina mutterseelenallein in dem pechschwarzen Zimmer zu kauern. Und während der orangerote Mond hoch an den Himmel stieg, schwor sie sich, dass sie und Marisa es schaffen würden. *Auch ohne Ava. Auch ohne Santo.*

Ava war allein in ihrem Zimmer. Die Party war vorbei, die Gäste waren fort. Raphael und Nina waren ins Bett gegangen, und Caterina würde womöglich nie wieder mit ihr reden.

Wieder und wieder ging Ava das Dilemma im Kopf durch. Sie konnte sich kaum noch an die Zeit erinnern, als sie keine Geheimnisse gehabt hatte. Als junges Mädchen hätte sie sich beinahe das ganze Leben ruiniert, und sie durfte unter keinen Umständen zulassen, dass Caterina denselben Fehler beging.

Ava wusste, dass ihre Wutausbrüche die Sache nicht besser machten, aber sie konnte sich einfach nicht beherrschen. Sie war eine temperamentvolle Frau, und es kostete sie all ihre Willenskraft und Anstrengung, ihre brodelnden

Gefühle im Zaum zu halten, damit ihr Leben und ihr Unternehmen nicht aus dem Ruder liefen. Häufig war sie übermüdet und reizbar, und leider richtete sich ihre Wut dann nur allzu oft gegen Caterina.

Aber Caterina war kein Kind mehr. Sie war fast erwachsen, eine bildschöne junge Frau, rank und schlank wie eine Ballerina und mit goldgesprenkelten, peridotgrünen Augen, die vor Intelligenz und Neugier nur so sprühten.

Und sie hatte ein Kind.

Ava vergrub das Gesicht in den Händen. Was hatte sie bloß falsch gemacht? Sie hatte ihre Tochter nicht so beschützt, wie es ihre Pflicht als Mutter gewesen wäre. Aber warum musste Caterina auch so halsstarrig und verantwortungslos sein? Was um Himmels willen lernten die jungen Leute denn heutzutage an der Universität? Mit den Fingerspitzen wischte sich Ava die Tränen aus dem Gesicht.

Wenigstens war Santo nicht der Vater. Eine derartige Farce hätte Ava nicht ertragen. Caterina durfte sich nicht in alte Geschichten hineinziehen lassen. Und sie durfte nie erfahren, welche tiefen Wunden ihrer Familie damals in Italien zugefügt worden waren.

Aber wie sollte sie das verhindern? Was sollte sie jetzt tun?

7

Am nächsten Morgen fand Caterina ihre Mutter im Weinberg, gleich nach dem Sonntagsgottesdienst, zu dem Caterina nicht erschienen war. Sie hätte zwar einiges zu beichten, aber ihre Mutter ebenso.

»Maman, warte bitte. Wir müssen miteinander reden.« Von der Sache mit Marisa einmal abgesehen, wollte Caterina von Ava wissen, warum sie ihr nichts von ihrer Großmutter erzählt hatte. Oder handelte es sich bei der ganzen Sache womöglich doch um einen Irrtum? Rasch lief sie die lange Reihe der Rebstöcke entlang, und die Sonne schien ihr schon warm auf die Schultern.

Aufgebracht drehte Ava sich zu Caterina um. »Du hast es ja auch nicht für nötig gehalten, mir zu sagen, dass du ein Kind bekommst.«

»Sie heißt Marisa.« Caterina machte sich auf eine weitere scharfe Rüge ihrer Mutter gefasst. Um ein bisschen Zeit zu schinden und ihre Gedanken zu ordnen, zupfte sie eine Beere von einer der liebevoll gepflegten Reben, begutachtete sie und steckte sie sich in den Mund. Sie war zwar noch nicht reif, aber die Aromen wurden schon merklich intensiver. Dann wischte sie sich die Hände an der Arbeitsjeans ab. »Ich war allein und in Panik. Und ich hatte Angst, dass du schlecht von mir denken würdest.«

Ava zog eine perfekt gezupfte Augenbraue hoch und

sah sie an. »Da hattest du ausnahmsweise vollkommen recht. Hättest du es mir gesagt, dann hätte ich dafür gesorgt, dass du in ein anständiges Entbindungsheim kommst, wo man sich gut um dich kümmert. Und dann hätte ich alles für eine Adoption in die Wege geleitet. Diese ganze unliebsame Geschichte wäre längst vom Tisch.«

»Darum habe ich dir ja auch nichts davon gesagt. Ich habe lange überlegt, ob ich sie zur Adoption freigeben soll, aber ich will mein Kind behalten. Und man hat sich gut um mich gekümmert. Ich bin bei Faith und Patrick O'Connell untergekommen, sie betreiben in San Francisco in ihrem eigenen Haus ein privates Entbindungsheim. Kein Vergleich zu diesen schrecklichen Besserungsanstalten für gefallene Mädchen.«

»Und die haben eine wie dich bei sich aufgenommen? Was müssen das für durch und durch verdorbene Menschen sein!«

Avas Stimme wurde immer lauter und schriller, und Caterina musste sich auf die Zunge beißen, um nicht genauso hysterisch zu klingen. »Das sind grundanständige Leute. Faith ist Hebamme, sie hat Marisa auf die Welt gebracht. Früher war sie Nonne. Sie hat in einem Magdalenenheim in Irland gearbeitet, aber dort ist sie irgendwann weggegangen, vor allem, weil sie es nicht mehr mit ansehen konnte, wie grausam und herzlos die Mädchen dort behandelt wurden.«

»Eine gefallene Nonne also?« Verächtlich rümpfte ihre Mutter die Nase.

Caterina überhörte die schneidende Bemerkung. »Ich habe mir einige der anderen Entbindungsheime angeschaut. Schrecklich waren die. Die Mädchen dort waren vollkommen verzweifelt, und sie wurden behandelt wie Sträflinge, wie Sünderinnen, Prostituierte.«

»Das sind sie ja auch.«

»Vielleicht ja auch nicht. Vielleicht sind sie einfach nur junge Frauen wie ich.«

Ava hob die Hand und versuchte mit aller Macht, sich zu beherrschen. »Wie dem auch sei, ich bin zu dem Entschluss gekommen, dass du eine zweite Chance verdienst. Wegen dieses einmaligen Fehltritts musst du dir nicht zwangsläufig dein ganzes Leben ruinieren. Nicht, wenn wir jetzt entschlossen handeln.«

»Aber Marisa ruiniert mir doch nicht mein Leben. Ich liebe sie.«

Avas harsche Miene wurde etwas weicher. »Natürlich tust du das, aber ihre neue Familie wird sie genauso lieben. Und sie kann ihr auch die Stabilität geben, die ein Kind dringend braucht. Du musst sie zur Adoption freigeben.« Ava strich ihr über den Arm, doch Caterina stieß sie unsanft fort.

»Nein, tue ich nicht. Ich entscheide, was zu ihrem Besten ist. Und das ist, bei mir zu sein. Ich bin ihre Mutter. Und wir haben hier eine sehr stabile Familie.«

»Hier?« Hektisch schaute sich Ava um. »O nein, du kannst sie unmöglich hierherbringen. Du würdest dir jede Chance auf eine gute Ehe verderben.«

»Es ist mir ehrlich gesagt vollkommen egal, ob ich jemals heirate oder nicht. Schau dich doch an, du kommst genauso gut allein zurecht. Das schaffe ich auch.«

»Das Leben als alleinstehende Frau ist kein Zuckerschlecken. Als Witwe ist man mit Kind wenigstens gesellschaftlich akzeptiert, aber als unverheiratete Frau mit unehelichem Kind – das ist eine Schande. Du bist zu jung, um eine so schwerwiegende Entscheidung zu treffen. Du weißt ja gar nicht, was dir entgeht.« Sie verzog das Gesicht. »Nun ja, vielleicht doch. Aber möchtest du das? Enthaltsamkeit bis an dein Lebensende? Wenn die Männer dich anschauen – und glaub mir, das werden sie –, dann mit einem Blick, der sagt, dass sie nur das eine wollen.«

Caterina schüttelte den Kopf. »Sex ist nicht schmutzig und entwürdigend, wie immer behauptet wird, Maman – es sei denn, man empfindet es so.«

»Caterina, jetzt hör mir mal gut zu. Du hast ja keine Ahnung, wie hart ich für unseren guten Ruf gearbeitet habe. Du musst dieses Kind weggeben, bevor es zu spät ist. Ich will doch nur dein Bestes, glaub mir.«

»Ich werde Marisa nicht weggeben, und ich bitte dich auch nicht um Hilfe. Ich sage dir nur, wie mein zukünftiges Leben aussehen wird.«

Avas Gesicht verzog sich zu einer Grimasse. Im ersten Augenblick glaubte Caterina, sie bekäme wieder einen ihrer Wutausbrüche, aber stattdessen schlug sie die Hände vors Gesicht.

Noch nie hatte sie ihre Mutter in Tränen ausbrechen sehen. Sie zögerte kurz, dann legte sie eine Hand auf Avas bebende Schulter.

Es dauerte einen Augenblick, dann riss sich Ava wieder zusammen. »Denk doch nur mal nach. Wie willst du denn für dich und das Kind sorgen?«

»Das schaffe ich schon.« Caterina schaute ihre Mutter geradeheraus an.

»Du magst zwar jetzt selbst ein Kind haben, aber du bist immer noch ein naives kleines Mädchen, Caterina. Versteh doch, was da alles auf dich zukommt.« Ava senkte den Kopf. »Denk doch auch an Marisas Zukunft.«

»Das tue ich.« Weil es ihr nicht gelang, zu ihrer Mutter durchzudringen, trat Caterina frustriert mit dem Stiefel nach einem Stein und wechselte das Thema. Eigentlich hatte sie ja wegen etwas ganz anderem mit ihrer Mutter reden wollen. »Wo wir gerade dabei sind: Gestern war ein Ermittler aus New York hier. Er hat mir einige Unterlagen dagelassen und sagte etwas von einer Erbschaft. Ein Haus in Montalcino, das mir Papas Mutter angeblich vermacht haben soll, die dieses Jahr gestorben ist. Weißt du irgendetwas darüber?«

Ava wurde blass, ihre Miene war wie versteinert. Es dauerte eine ganze Weile, bis sie auch nur blinzelte. »Nein, nichts. Ich dachte, sie sei schon lange tot. Schon bevor du geboren wurdest.«

Caterina legte den Kopf schief und schaute sie an. »Dann hat Papa dich angelogen?«

Ava fuhr sich mit der Zunge über die Lippen. »Tja, muss er wohl. Aber über die Toten soll man nicht schlecht reden. Dein Vater war ein guter Mensch.«

»Seltsam.« Das ergab doch gar keinen Sinn. Warum sollte ihr Vater ihrer Mutter so eine Lüge auftischen? Sie waren nie wieder in Italien gewesen. Hatte ihre Großmutter ihrem Vater nie geschrieben? Was war da vorgefallen? Avas Antwort warf mehr Fragen auf, als sie beantwortete. Oder verschwieg sie ihr etwas? »Vielleicht sollte ich einen

Anwalt zur Durchsicht der Unterlagen hinzuziehen, der mir sagen kann, wie ich in dieser Sache weiter vorgehen soll. Vielleicht frage ich …«

»Nein, tu das lieber nicht«, unterbrach Ava sie. »Ich meine, das ist doch reine Geldverschwendung. Wenn du ein Haus geerbt hast, dann sag dem Ermittler einfach, du möchtest es gleich verkaufen. Es ist ja schließlich nicht so, als wolltest du da hinfahren.«

»Vielleicht ja doch. Er hat gesagt, ihm stünde ein entsprechendes Budget zur Verfügung, um mir die Reisekosten zu erstatten. Per Flugzeug.« Beim Gedanken daran erfasste Caterina kribbelige Aufregung. Das wäre ein großes Abenteuer. Vielleicht ihr letztes. »Schau mal, hier ist sogar ein Foto. Sieht fast aus, als gehört ein Weinberg zum Haus dazu.« Damit zog sie das alte Schwarzweißfoto aus der Hemdtasche.

»Ich will das gar nicht sehen. Dieses Haus ist …« Ava unterbrach sich. »Du solltest lieber nicht hinfahren.«

»Und warum nicht? Vielleicht habe ich da noch Verwandtschaft. Und ich würde liebend gern Italien kennenlernen. Ich habe schon so viele Geschichten gehört, von Raphael und von …« Caterina verstummte. »Ich würde einfach gern hinfahren«, fügte sie leise hinzu.

»Nein. Ich verbiete es dir«, befahl Ava streng.

»Das möchte ich dann schon bitte selbst entscheiden.« Caterina legte ihrer Mutter eine Hand auf die Schulter. »Das ist mein Erbe. Ich habe ein Recht darauf zu erfahren, was du mir verheimlichst. Ich habe dort eine Familie, von der ich überhaupt nichts weiß. Wir haben nicht mal Familienfotos.«

»Ich möchte nicht darüber sprechen. Wenn du wüsstest … Du würdest mir auf Knien danken.« Abwehrend wedelte Ava mit der Hand.

Aber Caterina ließ nicht locker. »Weißt du, wie sehr ich mir immer eine Großmutter gewünscht habe? Und du hast mir erzählt, sie sei tot.«

Ava wurde hochrot und wandte rasch den Blick ab, aber ihre Reaktion war Caterina nicht entgangen. »Du hast mich angelogen, Maman. Warum?«

»Ich hatte keine andere Wahl.« Avas Augen wurden schmal. »Es war zu gefährlich.«

»Was soll denn an einer kleinen alten Dame gefährlich sein? Vor allem an einer, die mich freundlicherweise in ihrem Testament bedenkt – obwohl sie mich nie gesehen und nie mit mir gesprochen hat.«

»Da drüben erwartet dich nichts Gutes.« Abrupt drehte sich Ava um und ging weiter.

»Wie kannst du nur so was sagen?« Rasch hatte Caterina sie wieder eingeholt. »Der Ermittler sagte, er sei schon mehrmals hier gewesen und habe mit dir gesprochen. Wann wolltest du mir das denn sagen?«

»Lass die Vergangenheit ruhen.« Am Ende einer Reihe Rebstöcke blieb Ava stehen. Sie griff nach der Hand ihrer Tochter und tätschelte sie. »*Ma chérie*, du musst mir vertrauen. Flieg nicht nach Italien.«

»Nur wenn du mir sagst, warum ich nicht hinfahren soll.«

Ava presste die Lippen zusammen und schüttelte stumm den Kopf.

»Dann fliege ich. Und ich werde es herausfinden,

Maman, mit dir oder ohne dich. Ich bin eine erwachsene Frau, und ich habe das Recht, alles über meine Familie zu erfahren.«

»Du, erwachsen?«, lachte Ava und prustete missfällig. »Was weißt du schon vom Leben? Mein Vater hat meine Mutter und mich in Bordeaux zurückgelassen, um für Frankreich in den Krieg zu ziehen. Danach war er nicht mehr derselbe. Und meine bildschöne Mutter … die Grippe verschont auch die Bessergestellten nicht, und es hat keine zwei Wochen gedauert, bis sie starb. Was ich in deinem Alter schon durchgemacht hatte, ist überhaupt kein Vergleich …«

»Ich weiß, dass du es nicht leicht hattest«, unterbrach Caterina die allzu bekannte Litanei ihrer Mutter. »Aber ich habe auch schon einiges erlebt. Mehr, als du glaubst.«

»Unterbrich mich nicht, wenn ich mit dir rede.« Avas Stimme wurde immer schriller und spitzer. »Du weißt ja gar nicht, was ich alles getan habe, um dich zu schützen. *Du hast überhaupt keine Ahnung*. Und das ist nun der Dank dafür?« Völlig außer sich schrie sie ihre Tochter an. »Und was deine Lebenserfahrung angeht, die ist beileibe nichts, worauf du stolz sein solltest. Und außerdem hast du mich von vorne bis hinten angelogen.«

Caterina wurde stocksteif. »Genauso, wie du mich über meine Großmutter angelogen hast.« Irgendwas stimmte hier nicht. Sie hatte noch nie erlebt, dass ihre Mutter auch nur schwindelte. Zumindest konnte sie sich nicht daran erinnern.

Ava unterdrückte ein Schluchzen und wischte sich aufgebracht mit dem Handrücken über die Augen.

Da erst sah Caterina, wie Avas Hände zitterten und ihre Lippen bebten. *Sie sah die Angst.* Es musste mehr dahinterstecken, als ihre Mutter zugab. Avas wütender Widerspruch stachelte sie nur umso mehr an. *Was verheimlichte sie ihr?* »Ich möchte meine Familie kennenlernen. Warum wolltest du mir verschweigen, dass wir noch Verwandtschaft in Italien haben?« Als Ava darauf nichts erwiderte, erklärte sie: »Ich habe jedenfalls keine Angst.«

Ein ersticktes Schluchzen entfuhr Avas Kehle. »Da erwartet dich nichts als Kummer und Leid. Aber geh ruhig. Geh. Du wirst es noch früh genug bereuen.« Und damit drehte Ava sich auf dem Absatz um und stakste steif davon.

Caterina bemühte sich, ruhig zu bleiben, aber dieser unerwartete Ausbruch ihrer Mutter hatte sie gehörig aufgewühlt. *Was gibt es denn da zu bereuen?*

8

September 1928
Montalcino, Italien

Mit vor Scham glühenden Wangen raffte Ava ihr bodenlanges apricotfarbenes Organzakleid zusammen und flüchtete Hals über Kopf durch die Menschenmenge von der Terrasse. Es war ein lauer Sommerabend in Montalcino, und am Nachthimmel funkelten Tausende von Sternen um die Wette, aber das war auch schon alles, was dieser Abend an Romantik zu bieten hatte. Ringsherum brüsteten sich die Männer mit ihren Heldentaten und erzählten einander von Kriegsgräueln, so entsetzlich, dass Ava es nicht schon wieder mit anhören konnte.

Nachdem sie im Frühjahr hierhergezogen war und Luca geheiratet hatte, hatte sie sich Hals über Kopf in die unwiderstehliche Schönheit der Toskana verliebt. Doch Montalcino büßte immer mehr von seinem Charme ein, und mit jedem neuen Tag erschien ihr die Welt enger und kleiner. Schuld daran war nur ihr Ehemann Luca, aber Ava wusste nichts dagegen auszurichten und fühlte sich machtlos.

Sie warf einen Blick über die Schulter. Die jungen italienischen Mädchen, die am anderen Ende der steinummauerten Terrasse die Köpfe zusammensteckten und tuschelten, lachten sie immer noch aus. Die bösartigen Gerüchte über den Fehltritt ihres Mannes klangen ihr noch in den Ohren. *Bambino bastardo*. Ein Bastard.

Luca fing sie in der Tür ab. Er hatte einen glasigen Blick, und man roch den süßlichen Geruch von Grappa in seinem Atem. »Was hast du denn jetzt schon wieder?«, fragte er spöttisch und verstellte ihr den Weg. Er wollte sie nicht davonkommen lassen.

Ava hörte, wie das Lachen hinter ihr immer lauter wurde, und wollte schier vergehen vor Scham. »Du weißt genau, was ich habe«, zischte sie. »Geh doch zurück zu Natalie. Eigentlich willst du doch sie.«

»Hör auf, Ava. Mach hier keine Szene.« Lucas harter, stahlblauer Blick bohrte sich in ihre Augen.

»Ich? Alle sagen, sie ist mit *deinem* Kind schwanger, nicht mit dem ihres Ehemanns. Stimmt das?«

»Und wenn schon?«

Ava musste sich mit aller Macht beherrschen, um nicht vor den versammelten örtlichen Würdenträgern in Tränen auszubrechen. Das spöttische Gelächter hinter ihr übertönte jeden klaren Gedanken. Als ihr Ehemann schließlich den Weg freigab, floh sie an ihm vorbei in den Salon und wollte schon die Treppe hinaufstürmen.

Luca, das wusste sie nur zu gut, würde ihr nicht nachkommen. Das tat er nie. Er war wie besessen von Natalie.

Sie schaute kurz zurück und sah ihre Schwiegermutter. Mit energischem Schritt bahnte sich Violetta einen Weg durch die geladenen Gäste, die sich versammelt hatten, um ihren verstorbenen Ehemann posthum für seinen heldenhaften Einsatz für die Toskana zu ehren. Bestimmt waren ihr der Tumult und der lautstarke Streit nicht entgangen. Ava wollte vor Scham im Boden versinken.

Violetta hielt sie auf, ehe sie nach oben entkommen konnte. Ihre dunkellila russischen Amethystohrringe, ein Familienerbstück, schaukelten hin und her. Die Haare hatte sie zu einer aufwendigen Frisur hochgesteckt, die zu ihrem hoheitsvollen Auftreten passte, und ihre Haut verströmte ein liebliches Veilchenaroma. Sie war zwar Italienerin, sprach aber Französisch mit Ava. »Komm mit, *chérie*. Gehen wir kurz nach oben und machen uns ein bisschen frisch.«

Mit ihren gerade einmal neunzehn Jahren bewunderte Ava ihre Schwiegermutter für die unerschütterliche Würde, die sie immer und überall ausstrahlte. Violetta Romagnoli Rosetta führte das Haus und das dazugehörige Weingut mit fester, aber gerechter Hand. Nach dem Tod ihres Mannes zwei Jahre zuvor hatte sie die Leitung übernommen, und die Männer im Weingeschäft mussten schon bald neidlos anerkennen, dass sie sich unter ihnen behauptete wie ein Mann.

In Avas und Lucas Wohnräumen im zweiten Stock angekommen, läutete Violetta nach dem Hausmädchen. »Hör nicht auf das Gerede. Du weißt doch, wie diese albernen kleinen Frauenzimmer sind.«

»Wie soll ich das überhören?«, schluchzte Ava.

»Nimm es nicht so ernst. Luca ist dein Mann. Jetzt sammelst du dich ein wenig, und dann gehst du wieder nach unten und lächelst diesen bösartigen Dingern geradewegs ins Gesicht.«

Ava ließ sich in einen Sessel fallen.

»Luca ist ein Dickschädel – war er immer schon.« Missbilligend schürzte Violetta die Lippen. »Ich wäre die Erste, die zugibt, dass mein Sohn sicher kein einfacher Ehemann ist. Aber wenn ihr erst einmal Kinder habt, dann bist du beschäftigt und hast nicht mehr so viel Zeit, dir seinetwegen den Kopf zu zerbrechen. Und du wirst sie lieben und sie dich.«

Ein Schluchzen schnürte Ava die Kehle zu. Es war erst ein paar Monate her, seit sie Lucas Kind verloren hatte.

»Keine Angst. Der Doktor hat gesagt, du wirst noch viele Kinder bekommen.« Mit einem nach Veilchen duftenden Taschentuch tupfte sie Ava die Tränen aus dem Gesicht. »Die Männer leben in ihrer Welt und wir in unserer. Deine Aufgabe ist es, das Herz deiner Familie zu sein.« Sie schüttelte den Kopf. »Und im Falle meines Sohns leider auch der Kopf.«

»Hast du denn nicht gehört, was die Leute über Luca und Natalie reden?« Wieder brach Ava in Tränen aus, und sie wünschte sich nichts sehnlicher, als nach Hause zurückgehen zu können, nach Frankreich, zu ihrer Mutter und ihrem Vater. Aber das war unmöglich. Ihre Eltern waren tot, und das Château und die Weinberge in Bordeaux hatte sie mit Hilfe eines alten Onkels und seines Anwalts verkauft. Das hier war jetzt ihr Leben.

»Hör nicht auf das Gerede.« Violetta drückte Ava das Taschentuch mit dem eingestickten Monogramm *VRR* in die Hand. Sie richtete sich auf, und mit einem Mal wirkte sie ebenso gebieterisch wie auf dem gemalten Porträt unten im Salon. »Sei stark, Ava. Du wirst in diesem Leben noch oft stark sein müssen.«

»Ich kann das nicht, wirklich nicht.«

»Doch, das kannst du. Und nun trockne deine Tränen und leg dir ein kühles Tuch aufs Gesicht. Ich gehe schon mal vor zu unseren Gästen. Und du kommst dann gleich nach – sonst bekommen diese dummen Gören, was sie wollten. Das ist unser Haus, Ava. Du darfst nicht zulassen, dass sie dich von unserer eigenen Feier vertreiben.« Damit drehte sich Violetta um, ihr weiter Rock bauschte sich königlich raschelnd hinter ihr, und dann schloss sich die Tür.

Zusammengekauert hockte Ava auf der Chaiselongue. Sie wünschte sich, sie könnte mit Violetta reden, wie sie immer mit ihrer Mutter geredet hatte. Sie bewunderte ihre Schwiegermutter, aber sie konnte ihr nicht freimütig das Herz ausschütten.

Ava schloss die Augen und musste daran denken, wie sie in diese ausweglose Lage geraten war. Sie hatte Luca kennengelernt, als er und seine Familie Freunde ihrer Eltern besuchten, die ganz in der Nähe lebten. Avas Vater war ein unverbesserlicher Optimist, der unerschütterlich an das Gute im Menschen glaubte. Weshalb sie annehmen musste, dass er auch in Luca zunächst nur das Gute gesehen hatte. Eines Tages war Luca dann plötzlich verschwunden, wohl zurückgekehrt nach Montalcino. Später fragte sich Ava oft, ob ihr Vater womöglich etwas mit seiner überstürzten Abreise zu tun gehabt haben konnte.

Nachdem ihr Vater nicht viel später aus Kummer über den viel zu frühen Tod ihrer Mutter ebenso unerwartet an einem Herzanfall gestorben war, erreichte Ava ein Brief von Luca, in dem er um ihre Hand anhielt. Eine Woche später saß sie im Zug nach Montalcino, auf dem Weg zu einem Besuch in der Villa seiner Eltern.

Auch heute noch fragte sie sich, warum sie ihm die Tür geöffnet hatte, als er eines Nachts unverhofft vor ihrem Zimmer stand. Sie hatte Lucas Heiratsantrag noch nicht angenommen, und außerdem hätte ihr Onkel ohnehin erst seine Zustimmung geben müssen. Und doch hatte sie ihn in ihr Zimmer gelassen, unbedarft, aus freiem Willen und mit einem kleinmädchenhaften Kichern, weil sie ihn so unverschämt unanständig fand. Hatte sie es aus der Aufregung heraus getan, aus Eitelkeit oder weil sie hoffte, in seinen Armen ein wenig Trost zu finden?

Mit seiner ungestümen Leidenschaft hatte er sie überwältigt und sich genommen, was er wollte. Als seine Hände rasch und ohne Umschweife jede geheime Stelle fanden, erkannte sie mit Entsetzen, was für einen Fehler sie begangen hatte, doch da war es längst zu spät. Er ließ nicht von ihr ab, wie sehr sie auch flehte und bettelte. Und als er schließlich fertig war mit ihr, ließ er sie einfach mit einem selbstzufriedenen Grinsen liegen.

Wie betäubt war sie gleich am nächsten Tag nach Frankreich abgereist. Sie hasste ihn aus tiefster Seele. Wollte sie sich wirklich lebenslänglich an einen solch rücksichtslosen, gewissenlosen Mann binden?

Nein, ganz sicher nicht.

Aber schon bald musste sie feststellen, dass ihre Blutung ausblieb, und in ihrer Verzweiflung wusste sie weder aus noch ein. Sie war entehrt, und schlimmer noch: Nun saß sie unentrinnbar in der Falle. Eine Frau aus einer Familie wie ihrer konnte nicht einfach so ein uneheliches Kind zur

Welt bringen. Ihr Onkel hätte, so alt und gebrechlich er auch war, Luca nach dem Leben getrachtet. Es gab nur einen Ausweg: Luca zu schreiben und seinen Antrag anzunehmen – wenn er sie jetzt noch wollte.

Diese Schande konnte sie ihrem Onkel nicht antun. Das wäre sein Tod gewesen. Wie sich herausstellen sollte, hatte er ohnehin nur noch wenige Monate zu leben, aber immerhin starb er in Frieden mit der Welt, erleichtert, einen standesgemäßen Ehemann für Ava gefunden zu haben.

Nach der Hochzeit bestand Luca darauf, sie solle das Anwesen ihrer Eltern mitsamt dem Weinberg verkaufen und zu ihm nach Montalcino ziehen. Das sei nun auch ihre Heimat, hatte er ihr erklärt. Schweren Herzens hatte Ava also ihre Kleider und alle anderen persönlichen Habseligkeiten zusammengepackt und alles für den Verkauf des Châteaus in die Wege geleitet.

Vor ihrer Abreise nach Italien spazierte sie ein letztes Mal durch die Weinberge und musste daran denken, wie ihre Eltern ihr beigebracht hatten, die Rebstöcke zu pflegen, die Trauben zu ernten und ihren vielgepriesenen Wein zu keltern. Überwältigt von Trauer und Abschiedsschmerz war sie tränenblind auf die Knie gesunken und hatte mit bloßen Händen zu graben angefangen. Mit den Fingern hatte sie die Erde weggescharrt und so viele von den Weinstöcken ausgegraben, die ihr Vater mit eigenen Händen gepflanzt hatte, wie sie konnte. Die kostbaren Reben hatte sie in eine große Kiste gepackt, um sie mit nach Montalcino zu nehmen. Dort angekommen, pflanzte sie die Weinstöcke auf ein eigenes Fleckchen Erde und hegte sie liebevoll.

Ava fuhr sich mit der Hand über die Stirn. Nach der Hochzeit hatte es nicht lange gedauert, bis ihr Leben aus den Fugen geriet. Ihr war klar geworden, dass Luca vollkommen verrückt war nach Natalie und dass er nur in die Ehe mit ihr eingewilligt hatte, weil Natalie inzwischen Franco geheiratet hatte.

Mit seiner impulsiven, rücksichtslosen Art brachte Luca sich immer wieder in Schwierigkeiten, und der Alkohol machte alles nur noch schlimmer. Auch an dem Abend, als sie das Kind verlor, war er im Dorf gewesen und hatte sich mit seinen Freunden betrunken. Violetta war ihr nicht von der Seite gewichen und hatte sie gepflegt und getröstet, bis das Schlimmste überstanden war.

Bei der Erinnerung daran schüttelte Ava den Kopf. Was hätte sie nur ohne Violetta getan?

Die Tür flog auf, und Ava schaute hoch. Es war Luca. Ihr lief es eiskalt den Rücken herunter.

»Ich hoffe, du bist jetzt zufrieden«, knurrte er und riss sich die Krawatte vom Hals. »Natalie ist gerade gegangen.«

»Wie kannst du nur? Ich bin deine Frau. Mich hat man beleidigt. Alle tuscheln, du hättest eine Affäre mit Natalie, und jetzt ist sie schwanger.«

Luca gab keine Antwort.

»Was ist denn mit Natalies Mann? Und mit mir?«

»Sie hat ihn nur geheiratet, um mir eins auszuwischen.« Lucas Gesicht verzerrte sich zu einer grotesken, gequälten Fratze. »Ich hätte dich nie geheiratet, hättest du mir nicht gesagt, dass du schwanger bist.«

»Aber du hast mir doch geschrieben. Du hast um meine Hand angehalten.«

»Und du hast mich angelogen. Du warst gar nicht schwanger.« Zorn flackerte in Lucas Augen auf, er ballte die Hände zu Fäusten und machte einen Schritt auf sie zu.

»War ich doch.« Ava hatte ihren Mann noch nie so wütend erlebt. Ängstlich presste sie sich gegen die Chaiselongue.

Drohend baute er sich vor ihr auf und holte aus. Der Schlag traf sie an der Wange. Sie schrie auf, doch das schien seinen Zorn nur noch weiter zu befeuern.

»Hör auf! Hör auf«, flehte sie und hob schützend die Arme vors Gesicht.

»Was geht hier vor sich?« Violettas Stimme drang wie eine scharfe Klinge durch Lucas Raserei. Sie packte ihren Sohn und schob ihn aus dem Zimmer. »Nie sollst du deine Frau schlagen. Dein Vater würde sich für dich schämen. Hinaus.«

Ava krümmte sich wimmernd zusammen wie ein kleines Kind.

Besorgt kniete Violetta neben ihr. »Lass sehen, was hat er dir getan?«

Als Ava die Hände vom Gesicht nahm, schnappte Violetta entsetzt nach Luft.

»Bleib hier.« Empört schnalzte sie mit der Zunge. »So kannst du nicht wieder zurück zur Gesellschaft.« Liebevoll drückte sie ihr einen Kuss auf die Stirn. »Mein armes, armes Kind.«

9

August 1956
Napa Valley, Kalifornien

Die Sonne begann im Osten gerade den Himmel rosa zu färben, als Caterina mit hämmernden Kopfschmerzen erwachte. Santo und Ava hatten sie in ihren Träumen heimgesucht und ihr eine unruhige Nacht beschert.

Nach dem gestrigen Streit mit ihrer Mutter hatte sie den restlichen Tag mit Juliana verbracht und mit ihr ausführlich über alles gesprochen. Über Marisa und Italien und die Möglichkeiten, die ihr jetzt noch blieben. Viele waren es nicht. Währenddessen hatten sie Julianas Zimmer in einem zarten Blaugrau gestrichen. Sie hatten die Fenster weit geöffnet, um ordentlich durchzulüften, und als sie fertig waren, hatte Juliana beschlossen, in ihrem alten Kinderzimmer in Ninas kleinem Häuschen zu übernachten. Als Caterina abends nach Mille Étoiles zurückgekommen war, war es bereits dunkel und Ava schon im Bett.

Caterina schlug die Chenilledecke zurück. Vor ihrer Abreise gab es noch etwas, das sie von Mille Étoiles mitnehmen wollte, denn sie wusste ja nicht, wann sie zurückkehren würde.

Also zog sie sich einen kurzärmligen weißen Pulli an, stieg in eine schmale Zigarettenhose, schnürte sich die

Tennisschuhe und fasste die Haare rasch zu einem Pferdeschwanz zusammen. Dann ging sie hinaus und schlängelte sich durch die Reihen der dicht belaubten Weinstöcke, die sich unter dem Gewicht der reifen Cabernet-Traubenbüschel bogen.

Irgendwann blieb Caterina kurz stehen, um wieder zu Atem zu kommen, und ließ den Blick über das Napa Valley schweifen, das von den Strahlen der Morgensonne in goldenes Licht getaucht schien, während das Gezwitscher der Vögel die Luft erfüllte. Über ihr erhob sich der Berg in den strahlend blauen Himmel, sechshundertsiebzig Meter über dem Meeresspiegel, und über seine Hänge flossen die Weinstöcke wie ein grün schimmernder Wasserfall. Hier oben waren die empfindlichen Beeren sicher vor dem Nebel, der von der San Pablo Bay hereinzog, und geschützt vor der Nässe, die in wenigen Tagen die ganze Ernte vernichten konnte. Weinstöcke, die oberhalb von vierhundert Metern wuchsen, waren dieser Gefahr nicht ausgesetzt.

Sie fragte sich, ob die klimatischen Bedingungen in Italien wohl ähnlich günstig waren, und plötzlich umfasste Abschiedsschmerz ihr Herz wie eine kalte Hand.

Wie hatte sie es immer geliebt, so hoch oben über dem Nebel zu sein. Hier oben war das Klima ganz anders, und die Trauben, die an diesen Berghängen wuchsen, bildeten ihr Terroir in allem ab. Diese einzigartige Kombination aus Erde und Wetter ließ einige der besten Weintrauben der Welt wachsen.

Hinter ihr raschelte es im Laub, und Caterina drehte sich um. Es war Vino, Santos flauschiger weißer Hütehund. »Hey, Großer, verfolgst du mich etwa?« Sie beugte sich zu ihm hinunter und kraulte ihm den Nacken. Mit flehendem Hundeblick versuchte er, sie zum Spielen aufzufordern.

»Jetzt nicht, Großer, aber du wirst mir fehlen.« Er zögerte kurz, dann trottete er davon. Schnüffelnd ging er die Reihen der Rebstöcke entlang, aber plötzlich schien er sich zu erschrecken. Er bellte laut und rannte den Hang hinunter. Über seinem Kopf kreisten Vögel und kreischten schadenfroh über seine Kapriolen.

Caterina schaute sich um und zitterte leicht. Von dem kleinen Tumult abgesehen war es gespenstisch still im Weinberg. Kaum ein Blättchen regte sich an diesem klaren Sommermorgen.

Langsam schlenderte sie an den neuen Maschinen vorbei, die Ava kürzlich gekauft hatte, um die Weinherstellung zu modernisieren.

Die schwere Eichenholztür zum Weinkeller stand zum Lüften offen. Als Kind hatte sie sich oft hierhergeflüchtet. Nach dem hellen Sonnenlicht draußen blieb sie kurz im Eingang stehen und blinzelte, bis sich ihre Augen an das Dämmerlicht gewöhnt hatten.

Die Luft war feucht und kühl, und sie schlang die Arme um die Schultern und atmete die vielschichtigen Aromen ein, die sich geradezu vorzudrängeln schienen: französische Eichenholzfässer, reifender Wein, Stein und Erde – schwere Gerüche, die sie von Herzen liebte. Ganz gleich, wie warm es draußen war, hier in dieser unterirdischen Höhle war es immer angenehm kühl. Die gleichbleibenden Temperaturen schützten den kostbaren Wein, der hier gelagert wurde.

Der Keller war schon vor Jahrzehnten in die Flanke des Howell Mountain gegraben worden. Graue Steine führten hinauf zu der gewölbten Decke, und nach hinten verzweigte sich der höhlenartige Raum immer mehr. Als Kind war sie oft hier hineingehuscht, hatte sich mit Büchern und einer Decke versteckt und bis in den späten Abend ganz versunken geschmökert, bis schließlich Raphael oder ihre Mutter nach ihr suchten. Die Höhle war ihr Zufluchtsort, aber heute war irgendetwas anders als sonst.

Das sind bloß meine Nerven. Vielleicht lag es auch daran, dass der Weinkeller so viele Erinnerungen an Santo barg. Sie schaute sich um und musste daran denken, wie sehr ihr das alles fehlen würde.

Draußen fing Vino an zu heulen wie ein Wolf.

Sie ging vorbei an den Eichenholzfässern, die die Kellerwände säumten, tappte mit den Tennisschuhen über den kalten Steinboden. Bewundernd betrachtete sie die glatt gehobelten, von Meisterhand gefertigten französischen Holzfässer, jedes einzeln markiert und beschriftet. Die Markierung auf dem Fass bezeichnete die Böttcherei. Daraus ließ sich ersehen, wo das Fass hergestellt worden war, wie groß es war und wie der Name der Böttcherei oder des Fassmachers lautete. Außerdem wurde vermerkt, womit die Fassdauben innen ausgebrannt worden waren, denn das beeinflusste das Aroma des Weins.

Allier, Vosges, Tronçais – jedes Fass war mit dem Namen des französischen Waldes gebrandmarkt, in dem das Holz geschlagen worden war. Die gebrannte Eiche gab Noten von Vanille ab, von Nelken und anderen Gewürzen, die ihrem Wein eine einzigartige Handschrift verliehen.

Sie waren eines von nur einer Handvoll ausgewählter Weingüter in Kalifornien, die ausschließlich diese teuren Fässer verwendeten.

Sie ging vorbei am Chardonnay – eine weitere ihrer Spezialitäten – und bog dann in einen anderen Seitenarm des Kellers ab, wo Flaschen im für die Reifung perfekten Neigungswinkel lagerten. Auch dort war niemand zu sehen, also steuerte sie auf die Cabernet-Flaschen zu.

Als ihre Eltern in die USA ausgewandert waren, hatte ihre Mutter einige Weinstöcke vom Gut ihrer Eltern in Bordeaux im Gepäck gehabt, die sie hütete wie einen Schatz. Caterina dachte daran, wie ihre Mutter die Weinstöcke auf der langen Reise von Frankreich nach Italien und dann über den Atlantik bis nach Amerika gehegt und gepflegt haben musste. Aus reiner Gewohnheit kniete sich Caterina auf den Boden und überprüfte die Fässer, um sich zu vergewissern, dass es keine Lecks gab. Sie waren voll, und alles war trocken.

»*Buongiorno*, Caterina.«

Vor Schreck schrie Caterina auf, als Santo plötzlich wie aus dem Nichts hinter ihr stand. Sie atmete tief durch und versuchte, die Fassung wiederzuerlangen. »Du hättest mich wenigstens warnen können«, murmelte sie gepresst. Sie hatte angenommen, er sei längst fort. Aber er musste wohl in Raphaels Häuschen auf Mille Étoiles übernachtet haben. Gestern war sie den ganzen Tag bei Juliana gewesen. *Was macht er denn noch hier?*

»Das Licht war an.« Santo zögerte. »Lange nicht gesehen«, sagte er schließlich, und seine dunkle Stimme wurde noch etwas tiefer. »Gut siehst du aus, Cat.«

Sie trat einen Schritt zurück, als wollte sie sich von seiner magnetischen Anziehung befreien, der sie einfach nicht widerstehen konnte. Selbst im Zwielicht des Weinkellers funkelten Santos strahlend blaue Augen im Kontrast zu seinem gebräunten Gesicht wie Saphire und brachten wie immer ihr Herz zum Schmelzen. Dagegen war sie machtlos. Das Baumwollhemd und die abgewetzte Bluejeans schmiegten sich an seinen muskulösen Körper. Sie schluckte und war mit einem Mal aberwitzig nervös. »Was willst du hier?«

»Raphael wollte mich sehen.« Er verstummte und schaute ihr ins Gesicht, als wollte er sich jedes noch so kleine Detail ihrer Züge einprägen. »Und Juliana hat mich angerufen und gesagt, ich soll zu einem Empfang für die örtlichen Winzer kommen.« Nervös fuhr er sich mit der Zunge über die Lippen. »Wir brauchen uns auch nicht zu unterhalten, wenn du nicht willst, aber ich dachte mir, es hätte sicher niemand etwas dagegen, wenn ich ein paar Flaschen Wein mitnehme. Ich wollte mich beizeiten auf den Rückweg nach Davis machen.«

Caterina wusste nicht, was sie darauf sagen sollte.

Sie starrte nur wortlos auf die Etiketten der Weinflaschen in seinen Händen. *Howell Mountain Cabernet, 1953*. »Das ist der Wein, den wir beide cuvertiert haben«, krächzte sie schließlich und fuhr mit den Fingerspitzen ganz leicht über das Etikett. »Deswegen bin ich auch hergekommen.«

»Dann nimm doch die.« Er reichte ihr die Flaschen. »Ich wollte dir nur sagen, es war der schönste Sommer meines Lebens.«

Wie eine Flutwelle überkam sie die Erinnerung. *Und warum hast du mich dann nicht zurückgerufen?*, hätte sie ihn am liebsten angeschrien. Stattdessen senkte sie den Blick, damit er den Schmerz in ihren Augen nicht sah. »Vino muss dir nachgelaufen sein. Darum hat er sich wohl so seltsam aufgeführt.«

Santo sah sie aufmerksam an und nickte. »Ich weiß auch nicht, was in ihn gefahren ist.« Er bückte sich und begutachtete die Naht an einem Fass.

Caterinas Verzweiflung war fast greifbar. Am liebsten wäre sie fortgelaufen – genau wie bei der Party –, aber sie schien wie angewachsen und konnte sich nicht vom Fleck rühren. Trotzig reckte sie das Kinn, aber sie konnte ihre Gefühle für ihn nicht leugnen. Solange sie zurückdenken konnte, war er da gewesen. Er war ein Teil ihres Lebens.

Santo war in Montalcino auf die Welt gekommen, aber seine Eltern waren kurz nach seiner Geburt gestorben. Die italienische Verwandtschaft seines Vaters hatte den kleinen Jungen hin- und hergereicht und ihn schließlich zu einem älteren Cousin nach Amerika geschickt. Mit gerade mal zehn Jahren war er nach Mille Étoiles gekommen, wo Raphael ihn aufgenommen hatte und für Santo fast so etwas wie ein Vater geworden war.

Schon als sie ihn das erste Mal gesehen hatte, war Caterina vollkommen von ihm fasziniert gewesen. Seine Eigenständigkeit, sein weicher italienischer Akzent, die dichten schwarzen Haare, die sich um den Hemdkragen lockten. Sie hatte ihm Englisch beigebracht und er ihr Italienisch. Hier in dieser Höhle hatten sie gemeinsam Drachen erschlagen. Die Erinnerung daran war wie Salz in einer offenen Wunde. Es tat weh, daran zu denken, wie nah sie sich einmal gewesen waren.

Irgendwann war ihre Mutter eingeschritten. Sie hatte ihre Freundschaft mit Santo als unangemessen bezeichnet. *Du bist jetzt eine junge Dame*, hatte ihre Mutter ihr streng erklärt. *Höchste Zeit, diese kindischen Spiele und deine Sandkastenfreunde hinter dir zu lassen*. Wobei Ava nur Santo meinte, nicht Juliana. Das wusste Caterina ganz genau. Santo, der einfache Arbeiter. Für ihre Mutter vollkommen inakzeptabel.

Genauso wie sie selbst es jetzt war.

Zufrieden mit dem Zustand des Fasses richtete sich Santo wieder auf und schaute sie mit seinen atemberaubend blauen Augen an. Das Schweigen zwischen ihnen wurde langsam unangenehm.

»Ich dachte, du wärst längst verheiratet«, platzte sie heraus und hätte sich im selben Moment am liebsten auf die Zunge gebissen.

»Eine Ehe einzugehen bedeutet eine große, lebenslange Verpflichtung. So etwas sollte man nicht auf die leichte Schulter nehmen, *cara*.«

Cara. Caterina wurde es ganz flau. Sie konnte sich noch genau daran erinnern, wann er sie das letzte Mal so genannt hatte.

»Und du? Ich habe dich auf der Party mit Ted zusammen gesehen.« Seine ausdrucksvollen Augen ließen keine Sekunde von ihr ab, und sie hörte einen Anflug von Traurigkeit in seiner Stimme.

Sie schüttelte nur stumm den Kopf. Alles, was sie ihm in den vergangenen zwei Jahren hatte sagen wollen – all die wütenden Anschuldigungen, die Beschimpfungen, die Geständnisse und Vorwürfe – das alles löste sich plötzlich in Luft auf. Sie stand nur da, konnte sich gar nicht an ihm sattsehen und freute sich wie ein Kind, dass er da war.

Santo streckte die Hand nach ihr aus und fuhr ihr mit der Fingerspitze sanft über die Wange. »Kannst du mir je verzeihen, dass ich mich so vergessen habe?«

»Das hast du doch gar nicht.« Sie hatte ihn genauso gewollt wie er sie. Unwillkürlich schmiegte sie die Wange in seine warme Hand. Wie oft hatte sie sich nach seiner Berührung gesehnt? Nach ihm? Aber er war ihr aus dem Weg gegangen. Zuerst, als sie ihn nicht mehr erreichen konnte, hatte sie sich gewünscht, sie hätten nicht miteinander geschlafen. Aber nach Marisas Geburt hatte sie es kein einziges Mal mehr bereut, auch wenn ihr Leben alles andere als einfach war. Plötzlich hatte sie einen Kloß im Hals und machte einen Schritt zurück. »Ich habe dich angerufen, ich habe dir geschrieben. So oft.«

Santo blinzelte heftig. »Ich weiß.«

»Und warum hast du nicht zurückgeschrieben oder hast mich mal angerufen?« *Warum hast du mich einfach sitzen gelassen?* Aber eigentlich kannte sie die Antwort längst. Hätte er sie je geliebt, hätte er ihre Beziehung nicht einfach so beendet.

»Es tut mir aufrichtig leid, Caterina.« Er klang bedrückt.

Vorbei ist vorbei, dachte sie sich und versuchte, unnachgiebig zu bleiben. Bald würde sie nach Italien fliegen. Sie hielt den Wein im Arm wie ein Kind und drehte den Kopf weg, damit er den Schmerz in ihren Augen nicht sah.

»Warum bist du gestern Abend vor mir weggelaufen?«

Gefühle überfluteten sie wie eine gewaltige Welle. Wo sollte sie nur anfangen? Aber sosehr sie es versuchte, die Worte blieben ihr im Hals stecken.

Als sie nichts erwiderte, sagte er: »Dann sollten wir wohl jetzt Lebewohl sagen.« Damit wandte er sich zum Gehen.

Wie gern wollte Caterina ihn aufhalten, ihm alles gestehen, ihm ihr Innerstes offenbaren und von ihrem gemeinsamen Kind erzählen. Aber ihr versagte die Stimme, sie war wie gelähmt.

Stattdessen schaute sie ihm nur nach und hörte just in diesem Moment ein entferntes Grummeln, das klang, als rase ein unterirdischer Zug auf sie zu.

Santo drehte sich auf dem Absatz um, und dann starrten sie sich für den Bruchteil einer Sekunde fassungslos an, ehe ein heftiger Schlag sie zu Boden riss. Links und rechts klatschte Rotwein auf die Steinplatten.

Unter ihnen schwankte der Boden, und Caterina schrie auf, als sie über die bebenden Steinfliesen rutschte. Hilfesuchend streckte sie die Hand nach ihm aus. »Santo!«

Santo hatte Mühe, sich aufrecht zu halten, weil der Boden unter seinen Füßen bockte und zuckte. Auf Händen und Knien kroch er auf sie zu.

Unvermittelt bäumte die Erde sich unter ihnen auf, und der Steinboden wellte sich wie flüssige Lava.

Der Weinkeller ächzte in seinen uralten Fundamenten, und plötzlich gab die Decke nach und begann einzustürzen. Hinter Caterina gerieten die Weinfässer ins Wanken und fielen zu Boden, rollten polternd durch die Höhle und krachten gegen die Wände. Die Fässer zerbarsten, und der Wein ergoss sich aus ihnen und schwappte ihnen um die

Füße. Sie blinzelte und wischte sich Dreck und Weinspritzer aus Gesicht und Augen. Wie ein Wellenreiter versuchte Santo auf dem unsicheren Untergrund das Gleichgewicht zu halten und irgendwie zu Caterina zu gelangen.

Und dann bebte die Erde noch heftiger, und ein weiteres Rucken ging durch den Keller. Ein ohrenbetäubendes Donnern stieg aus der Erde auf, und entsetzt musste Caterina mit ansehen, wie sich eine Spalte im Boden auftat. Panisch machte sie einen Satz weg, die Arme zum Schutz gegen die herabstürzenden Fässer über dem Kopf. Wenn eins davon sie traf, wäre sie tot. Die Spalte riss immer weiter auf, und Santo hechtete mit einem Sprung über den Abgrund und versuchte den Steinbrocken auszuweichen, die von der Decke herabstürzten. »Kopf runter!«, schrie er.

Santo zog sie zu sich, und sie taumelten zu einer der Außenmauern und drückten sich dagegen. Caterina kauerte sich zusammen, und Santo schlang die Arme schützend um sie.

Die Lampen flackerten und drohten auszugehen. Das Erdbeben ließ noch immer nicht nach, um sie herum krachten Holzfässer und Weinflaschen auf den Steinboden.

Es schien eine Ewigkeit zu dauern. Hilflos mussten sie alles mit ansehen, ohnmächtig gegenüber der Zerstörung, die fast wie in Zeitlupe alles um sie herum erfasste. Die Glühbirnen zerplatzten in den Fassungen, und um Caterina und Santo versank alles in Dunkelheit. Eine allumfassende, undurchdringliche, beängstigende Dunkelheit, in der es nichts mehr gab als das Kreischen und Krachen und Grollen ringsum.

Caterina klammerte sich an Santo, und er hielt sie noch fester. Sie hörte, wie er ein Gebet flüsterte, und merkte dann, wie sich ihre Lippen mitbewegten. Ist das nun das Ende? Sie kniff die Augen fest zusammen und schickte ein inständiges Stoßgebet an die heilige Jungfrau, mit der Bitte, sie zu beschützen. *Lieber Gott, bitte vergib mir. Ich hätte es ihm erzählen sollen.*

Und dann war es mit einem Mal vorbei, genauso plötzlich, wie es angefangen hatte. Die Erde beruhigte sich wieder, und es wurde still im Keller, bis auf das leise Tröpfeln des Weins.

Einen Augenblick später ließ Santo sie los, und Caterina lehnte sich erschöpft gegen die Wand.

»Alles in Ordnung?«, fragte er und tastete im Dunkeln nach ihren Armen und Beinen. »Nichts gebrochen?«

»Ich … ich glaube, es ist alles heil.« Sie befühlte ihren nassen Kopf und fand eine schmerzende Stelle. »Ich glaube, das ist Blut. Oder Wein.«

Er tastete ihren Kopf ab und befühlte vorsichtig die Wunde. »Ein kleiner Schnitt. Komm, wir müssen hier raus«, sagte er und half ihr aufzustehen. »Hier liegt eine Menge Glas. Hast du deine Schuhe noch an?«

Sie nickte, dann fiel ihr ein, dass er sie nicht sehen konnte. »Ja, habe ich.«

Santo packte sie am Handgelenk. »Bleib ganz dicht hinter mir.«

Mit winzigen Schritten stolperten sie durch die Dunkelheit. Vor jedem neuen Schritt schob Santo Geröll, Schutt und Scherben mit dem Fuß beiseite. Es schien ewig zu dauern, bis sie schließlich den Riss im Boden erreichten, der jetzt mit Felsbrocken gefüllt war. Caterina hustete, als sie den aufgewirbelten Staub einatmete.

Santo blieb stehen. »Alles in Ordnung?«, fragte er.

Sie hörte die Sorge in seiner Stimme und räusperte sich. »Geh ruhig weiter.«

Schließlich erreichten sie den Eingang, aber die Tür war zugeschlagen. Santo tastete nach dem Türgriff, doch als er ihn gefunden hatte und ihn herunterdrückte, rührte sich die massive Eichentür keinen Millimeter. Mit aller Kraft stemmte er sich gegen das Holz, und als auch das nichts half, warf er sich mit der Schulter dagegen, aber die Tür gab nicht nach. »Bestimmt hat es einen Bergrutsch gegeben«, sagte er etwas außer Atem. »Wir sitzen fest.«

»Pst, was war das?« Auf der anderen Seite der Tür hörte man Erde und Steine rutschen und dann ein herzzerreißendes Winseln und lautes Geheul.

»Das ist Vino!«, rief Santo. »Hierher, Junge! Komm schon, Vino, grab uns aus!«

Doch schon nach kurzem Scharren verstummte Vinos aufgeregtes Japsen, und man hörte ihn jämmerlich fiepen. Santo drückte das Ohr gegen die Tür. »Ich glaube, er ist verletzt.«

Caterina spitzte die Ohren. »O Gott, der Arme.«

Man hörte Vino noch einmal winseln, dann wurde es still.

»Ist er noch da?«

»Vino! Vino!«, schrie Santo. Ein schmerzverzerrtes Wimmern drang zu ihnen herein. »Er hat sich verletzt. Ich glaube, er braucht Hilfe. Vino!« Wieder lauschten sie und hörten ihn noch ein paarmal winseln.

Santo hämmerte gegen die Tür. »Vino!«

Totenstille.

»Er muss sich ernsthaft verletzt haben.«

Entsetzt hielt Caterina den Atem an. »Meinst du …?«

»Ich weiß es nicht.« Abermals rief er nach dem Hund, aber es war nichts mehr zu hören.

»Wir hätten tot sein können«, flüsterte Caterina ganz leise und legte ihm die Hand auf die Schulter. In diesem ganzen Gefühlschaos musste sie plötzlich an Marisa denken. *Hoffentlich war ihr nichts zugestoßen!* Und was war mit ihrer Mutter und Raphael, mit Juliana und Nina und den O'Connells?

»Das muss ein gewaltiges Beben gewesen sein«, stellte Santo fest.

»Auf dem Tisch müssten Kerzen liegen«, sagte Caterina und drehte sich im Dunkeln danach um. In einem anderen Seitenarm der weitläufig verzweigten unterirdischen Höhle gab es einen langen Tisch mit Stühlen, an denen sie für wichtige Kunden und internationale Einkäufer Weinproben veranstalteten. Vorsichtig tasteten sie sich an der Wand entlang weiter, während unter ihren Füßen Glasscherben knirschten, bis Caterina mit dem Schienbein gegen den Holztisch stieß.

Die Tischplatte war übersät mit Steinen. Mit den Händen suchte sie zwischen den Trümmerteilen, bis sie eine Kerze gefunden hatte, und tappte dann langsam zu der Stelle, wo eigentlich die Vitrine stehen sollte. Sie machte noch einen Schritt und wäre beinahe darüber gestolpert. »In der Vitrine müssten Streichhölzer sein. Aber ich glaube, sie ist umgekippt.«

»Lass mich mal«, sagte Santo und wuchtete die Vitrine auf die Seite. »Bitte sehr.« Damit entzündete er ein Streichholz zwischen ihnen, gerade hell genug, dass sie einander sehen konnten.

Santo hatte Schmutzschlieren auf Stirn und Wange, die Haare waren voller Staub, und sein Hemd war zerrissen. Seine Augen – *Marisas Augen* – waren rot gerändert und so voller Sorge um sie, dass sie am liebsten in Tränen ausgebrochen wäre. Sie schluckte schwer, und dann ging ihr auf, dass sie sicher nicht besser aussah. Mit dem Handrücken strich sie sich die Haarsträhnen aus der Stirn und senkte den Blick. »Hier ist die Kerze.«

Er hielt das Streichholz an den Docht, und die Flamme tauchte den Raum in flackerndes Licht. Caterina entdeckte eine weitere Kerze. »Warte damit«, sagte er. »Womöglich brauchen wir die später noch. Wir sollten gut damit haushalten.«

Sie nickte und wischte sich Tränen der Anspannung aus den Augenwinkeln. Sicher würde es eine Weile dauern, bis man sie entdeckte und die Tür freigegraben hatte. Inständig wünschte sie sich, sie wäre dieses Wochenende nicht hergekommen. Sie wollte nur noch zu Marisa und mit ihr weg, weit, weit weg an einen sicheren Ort. Irgendwohin, wo sie nicht schief angesehen wurden.

Wie sehr sie sich wünschte, sie könnte Santo alles beichten. Doch er hatte sie bereits für eine andere sitzen gelassen – wohl seine zukünftige Ehefrau –, und sie könnte es nicht ertragen, wenn er auch Marisa zurückwies. Sie biss sich auf die Lippen und schmeckte Blut.

Und dann musste sie an Julianas Worte denken. *Er hat*

das Recht, es zu erfahren. Santo hatte keine Ahnung, was sie ihm verheimlichte, aber sie wollte es ihm nicht ausgerechnet jetzt erzählen. Vor allem nicht nach der heftigen Zurückweisung durch ihre Mutter und ganz bestimmt nicht, bevor sie nach Italien abreiste.

»Was haben wir hier unten noch, was wir brauchen können?«, fragte er und stellte einen der Stühle wieder auf, damit sie sich setzen konnte. Er griff sich eine der Weinflaschen auf dem Boden und kramte dann nach einem Korkenzieher.

Caterina entdeckte zwei heile Degustationsgläser und ein Leinensäckchen mit Mandeln auf dem Boden. Alles war mit feinem grauem Staub bedeckt. Mit dem Blusenzipfel wischte sie die bauchigen Gläser sauber.

»Das ist ja *unser* Wein«, sagte Santo erstaunt mit einem Blick auf das Etikett. Mit etwas unsicherer Hand goss er die tiefrote Flüssigkeit in die Gläser. »Darauf, dass wir das große Beben überlebt haben«, rief er und prostete ihr zu.

»Noch sind wir nicht draußen«, entgegnete sie, und das Glas zitterte ganz leicht in ihrer Hand – mehr seinetwegen als vor Schreck über das Beben. »Vorsicht«, sagte sie mit stockender Stimme. »Der Rand ist angeschlagen.« Behutsam nippte sie am Wein und legte den Kopf etwas zurück, um das vielschichtige Aroma ihres Howell Mountain Cabernet zu genießen. Sie musste zugeben, das war schon ein *sehr* guter Wein. Oder lag es an den Umständen? Sie atmete vernehmlich aus.

Santo schwenkte den Wein im Glas und atmete das Bouquet ein. »Also, ich muss schon sagen, da haben wir ein feines Tröpfchen hinbekommen. Komischer Anlass, das zu feiern, was?« Er nippte an seinem Glas.

Caterina nahm noch einen Schluck und ließ ihn sich genüsslich über die Zunge laufen, damit ihre Geschmacksknospen die verschiedenen Nuancen der komplexen Persönlichkeit dieses Weins erfassen konnten. Sie wusste, wann sie einen ausgezeichneten Wein vor sich hatte, und was sie da eben gekostet hatte, machte ihr fast Angst. *So* gut war er.

Aber vielleicht schmeckte auch einfach alles ganz wunderbar, wenn man gerade ein Erdbeben überlebt hatte und mit dem Gedanken spielte, sein altes Leben aufzugeben. »Ich habe ihn lange nicht mehr verkostet. Er reift wirklich sehr schön.«

Santo roch an seinem Glas. »Ja, nicht wahr?« Ihre Blicke trafen sich.

Als sie sah, wie er sie anschaute, ließ sie das Glas sinken und tat, als bewundere sie die tiefrote Farbe des Weins im flackernden Kerzenschein. Die Stille zwischen ihnen schien sich ins Unendliche zu dehnen, und eine wahre Flut an Erinnerungen stieg in ihr auf. Santo war ebenfalls hochkonzentriert und betrachtete eingehend sein Weinglas. Sie nippte am Wein und musste an das letzte Mal denken, als sie sich gesehen hatten.

Das war hier gewesen, in diesem Keller, gegen Ende des Sommers vor zwei Jahren.

Es war ein brütend heißer Tag gewesen. Einer dieser Tage, an denen sich kein Lüftchen regt. Der kühle Keller war eine verlockende Zuflucht, um sich vor der Sommerhitze zu verstecken.

Beim Gedanken daran schloss Caterina die Augen.

Den ganzen Tag hatte sie im Weinkeller gearbeitet, um einen Cuvée zu produzieren, und war angesichts der wirklich überzeugenden Ergebnisse ganz aufgeregt gewesen. Aber irgendwas hatte immer noch gefehlt.

Es war schon recht spät gewesen, und alle Arbeiter waren längst nach Hause gegangen. Alle bis auf Santo. Den ganzen Sommer schon hatten sie zusammengearbeitet, aber dieser Tag war etwas ganz Besonderes.

Santo war hereingeschlendert, das weiße Hemd vorne offen, sodass man die muskulöse Brust und den gestählten Torso sah, der sich zum Bund der Jeans, die er tief auf den Hüften trug, zu einem V verjüngte.

Bei dem Anblick war Caterina siedend heiß geworden.

»Und, wie läuft's?« Lässig hatte er sich gegen den Tisch gelehnt, und sein Blick war an ihren Schultern hängen geblieben, nackt in dem puderrosa Sommerkleid mit der schmalen Taille und dem weit ausgestellten Rock. Seine strahlend blauen Augen wirkten kühl wie ein unendlich tiefer Bergsee, und als er sie ansah, versank sie fast darin.

»Ganz gut.« Sie schob ihm ein Glas über den bloßen Eichenholztisch zu. Sie arbeitete gern dort, wo sie genug Licht hatte, um Farbe, Geruch und Geschmack ohne andere sensorische Ablenkungen beurteilen zu können. Stundenlang hatte sie mit verschiedensten Mischungsverhältnissen experimentiert, auf der Suche nach der bestmöglichen Kombination der Trauben, um das Aroma möglichst gut zur Geltung zu bringen, den Tanningehalt auszubalancieren und die vielfältigen mineralischen Noten des Bodens herauszuarbeiten. »Probier mal.«

Er griff nach dem Glas, und sie streifte mit den Fingern seinen Unterarm, der noch die Hitze der Sommersonne zu verströmen schien. Seine bronzebraune Haut spannte sich glatt und straff über den ausgeprägten Muskeln mit den sichtbaren Venen. Der Puls hämmerte ihr in den Ohren.

Santo schwenkte den Wein im Glas, um Luft daran zu lassen. Dann nippte er daran. Sie sah zu, wie er den Wein über die Zunge fließen ließ und ihn kostete, bevor er schließlich schluckte.

Nachdenklich legte er die Stirn in Falten und zog die dunklen Augenbrauen hoch. »Der Tanningehalt ist spitze, aber ich finde, er könnte noch etwas erdiger sein. Welche Trauben hast du heute zum Cuvertieren benutzt?« Er beugte sich an ihr vorbei über den Tisch und griff nach den Phiolen und Weingläsern, die etikettiert vor ihr standen, um daran zu riechen. Sein offenes Hemd streifte die Tischplatte.

Caterina erklärte, was sie bisher probiert hatte, und Santo sah sich die Einträge an, die sie in ihrem gemeinsamen Notizbuch gemacht hatte. Er zog einen Stuhl heran und setzte sich neben sie. »Lass uns das mal versuchen.« Rasch griff er nach dem Bleistift und notierte etwas in das Büchlein. Mit genauem Bick mischte er eine weitere Probe, die er ihr dann reichte.

Sie hielt das Degustierglas ins Licht und betrachtete zuerst die dunkle, blutrote Farbe, dann führte sie das Glas zur Nase und atmete den Duft ein. Als sie die Lippen öffnete, sah sie, wie er ihren Mund betrachtete. Sie senkte den Blick und probierte. Es war wie ein Wunder. Eine Offenbarung. Genießerisch ließ sie sich den Wein auf der Zunge zergehen und kostete den vollmundigen Geschmack der Mischung. Dann schlug sie die Augen wieder auf. »Zweifellos die richtige Richtung.«

»Die meiste Arbeit hast du schon gemacht.« Er kostete ebenfalls, machte noch einen Eintrag und mischte eine weitere Probe.

»Stimmt nicht. Das haben wir beide gemeinsam gemacht. Hier, wie findest du das?« Caterina griff nach einem Glasdekanter. Und so ging es hin und her mit Vorschlägen, während sie sich bemühten, einen Cuvée zu mischen, der die Sinne verführte und die Seele streichelte. Der Wein sorgte für eine gelöste Stimmung, und doch glaubte Caterina eine leichte Spannung zwischen ihnen wahrzunehmen.

Etwas später reichte Santo ihr abermals ein Glas. »Mal sehen, was du davon hältst.«

Sie schwenkte das Glas und trank einen Schluck, und dabei rutschte ihr ein Träger ihres Sommerkleids von der Schulter.

Santo sah zu, wie der Träger herunterglitt, schob ihn dann langsam wieder zurück und ließ die Hand auf ihrer Schulter liegen.

Plötzlich spürte Caterina, wie Santo sie ansah. Sie wischte sich den Erdbebenstaub aus den Wimpern, öffnete die Augen und schob die alten Erinnerungen beiseite.

Das Kerzenlicht warf zuckende Schatten auf Santos Gesicht, die scharf die Sorgenfalten auf seiner Stirn nachzeichneten.

Mit dem Finger fuhr sie über den Rand ihres Glases und fühlte nach abgesprungenen Stellen.

»Was glaubst du, wie lange wir hier drinnen durchhalten können?«

»Das weiß ich nicht. Solange wir genug Sauerstoff haben und das Kohlendioxid uns nicht den Garaus macht.« Er trank noch einen Schluck und wischte sich mit dem Hemdsärmel über die Augen. »Meinst du, es gibt hier irgendwo eine Axt?«

»Nicht dass ich wüsste.« Caterina verstummte und musste wieder an Marisa denken, an ihre Mutter und Juliana, an Nina und Raphael, ihre Freunde und Familie. Hoffentlich ging es allen gut.

10

»Caterina, wo bist du?« Sobald die Erdstöße aufgehört hatten, war Ava aus dem Bett gesprungen und nach oben in Caterinas Schlafzimmer gestürmt. Das ungemachte Bett ihrer Tochter war leer. Wieder rief sie nach ihr, aber sie bekam keine Antwort. Nur mit einem dünnen Seidennachthemd bekleidet rannte sie barfuß nach draußen in die Morgendämmerung, in der Hoffnung, Caterina zu finden, aber sie war nirgendwo zu sehen. Adrenalin und Angst fluteten durch ihre Adern.

Die Hintertür knallte zu, und sie hörte Nina und Raphael nach ihr rufen. Rasch lief sie nach drinnen, auf einem Hindernispfad aus zerbrochenen Vasen und geborstenen Fensterscheiben. Eine Glasscherbe bohrte sich in ihre Ferse; ungehalten zog sie sie heraus und eilte weiter.

»*Dios mio*, ist alles in Ordnung?« Nina stürzte auf Ava zu und nahm sie weinend in die Arme, während sie auf Spanisch Gebete murmelte. Juliana stand gleich hinter ihr, die dunklen Haare fielen ihr zerzaust auf die Schultern, und sie hatte die Augen aufgerissen vor Schreck. Mit beiden Händen hielt sie ihren rosa Frotteebademantel vorne zusammengerafft.

»Ich kann Caterina nirgendwo finden«, rief Ava verzweifelt und atemlos. »Sie ist verschwunden.« Sie musste an ihren hässlichen Streit denken. Ob Caterina weggefahren war, ohne sich von ihr zu verabschieden?

»Ihr Auto steht noch in der Auffahrt.« Raphael hatte sich hastig eine Jeans angezogen und trug zwei verschiedene Lederslipper an den Füßen. »Und in dem Aufzug wirst du sie sicher nicht finden. Zieh dir erst was über und vergiss die Schuhe nicht, hier ist alles voller Scherben. Moment mal.« Damit hob er Ava kurzerhand hoch und trug sie nach oben in ihr Zimmer.

Ava hielt sich an ihm fest und hatte die Arme um seine nackten, muskulösen Schultern geschlungen. Er roch noch nach warmem Schlaf, und seine Haut verströmte einen maskulinen Moschusgeruch, den Ava schon vor Jahren vergessen zu haben glaubte.

Raphael setzte Ava auf ihrem Bett ab und holte ihr ein Paar dick besohlter Lederschuhe aus dem Schrank. Dann kniete er sich vor ihr auf den Boden und steckte ihre nackten Füße behutsam in die Schuhe. Er schien genau zu wissen, was er tat. »Wir machen uns gleich auf die Suche nach Caterina, während du dich anziehst. Und pass auf, wo du hintrittst, auch in diesen Schuhen.«

Ava sah ihm nach, als er hinausging, und war mit einem Mal sehr dankbar, dass er da war. Eilig zog sie sich an. Sie machte sich schreckliche Sorgen um Caterina. *Was, wenn ihr etwas zugestoßen war? Wenn sie verletzt war? Oder noch Schlimmeres?* Die ganze Nacht hatte sie wach gelegen und sich unruhig hin und her geworfen, immer wieder war ihr der böse Streit durch den Kopf gegangen. Sie wollte zwar nur das Beste für Caterina, aber sie bereute es, so hart zu ihr gewesen zu sein.

Ava warf das Nachthemd aufs Bett, zog eine marineblau karierte Bluse über und schlüpfte dann rasch in eine dunkle Baumwollhose. Vorsichtig stakste sie an ihrem zerschmetterten Spiegel vorbei nach draußen.

Ohne Strom lag das ganze Haus im Halbdunkel, aber durch die oberen Fenster schienen bereits die ersten Sonnenstrahlen herein. »In der Küche sind Taschenlampen«, sagte Ava. Gemeinsam gingen sie durch die Trümmer im Wohnzimmer in die Küche.

Nina fand sich auch im Dunkeln blind zurecht. Sie kramte in einer der Schubladen. »Ha, da sind sie ja. Taschenlampen für alle.«

»Ich suche im Haus und im Keller«, sagte Ava.

»Juliana, gehst du bitte mit ihr?«, bat Raphael und knipste seine Taschenlampe an. »Nina, du siehst vor dem Haus nach. Ich kontrolliere zuerst die Propantanks und stelle das Gas ab. Wir wollen ja nicht, dass uns hier alles um die Ohren fliegt.«

»Sogar der Eisschrank ist umgekippt. Eine riesengroße Sauerei.« Nina ging um den Gefrierschrank herum, der umgefallen war und auf seiner Tür lag. Sie griff zum Telefon, drückte ein paarmal auf die Gabel und wählte die Null für die Vermittlungsstelle. »Kein Wählton«, brummte sie und legte den Hörer wieder auf.

Raphael zog die Jeans hoch und hielt Nina dann die Tür auf. »Santo muss irgendwo da draußen sein. Wenn du ihn siehst, sag mir Bescheid.«

Ava stand da, beide Füße fest auf dem Boden. Bei dem Gedanken daran, wie Santo vor zwei Jahren zu ihr gekommen war und um die Hand ihrer Tochter angehalten hatte, lief ihr ein Schauer über den Rücken. Sie hatte ihn rüde zurückgewiesen. Wie wütend er gewesen war! Aber sie hatte zum Wohl ihrer Tochter entschieden, und es war die richtige Entscheidung gewesen. *Und nun sieh dir an, was aus ihr geworden ist. Eine unverheiratete Frau mit einem unehelichen Kind.* Sie hatte als Mutter versagt.

»Kommt, gehen wir«, drängte Juliana ungeduldig. »Vielleicht ist Cat verletzt, oder sie ist bewusstlos und kann uns nicht hören.«

Ava eilte ihr aus der Küche nach. »Caterina, bist du da? Wo bist du?«

Voller Sorge liefen die beiden Frauen durch das große Haus und leuchteten in alle Ecken und Winkel der halb dunklen Zimmer, entsetzt über die Schäden, die das Erdbeben angerichtet hatte. Zwei der großen Fenster waren zerborsten, und die Bücherregale waren auf die anderen Möbel gekippt. Auf den Fliesen im Wohnzimmer lagen zerschmetterte Lampen. Im Esszimmer waren Porzellan und Kristallgläser auf dem Boden zerschellt. Die Weinflaschen im schmiedeeisernen Regal schienen das Beben allerdings unbeschadet überstanden zu haben.

An den Wänden hingen die Gemälde schief, Vasen und Bilderrahmen waren zerbrochen, und ein durchdringender Gasgeruch lag in der Luft. Gemeinsam liefen sie nach oben in den zweiten Stock und suchten auch dort alles gründlich ab, doch Caterina war nirgendwo zu finden.

Also liefen Ava und Juliana wieder hastig ins Erdgeschoss, öffneten die Kellertür und stiegen die steile Treppe hinab. Sie waren gerade auf halbem Weg nach unten, als die Erde erneut zu grollen begann.

Starr vor Angst drückten sie sich gegen die Wand.

Die Erschütterungen dauerten nur ein paar Sekunden und waren bei Weitem nicht so stark wie das letzte Beben.

»Alles in Ordnung?«, fragte Juliana.

»Den Umständen entsprechend«, entgegnete Ava. »Das war sicher ein Nachbeben. Davon wird es bestimmt noch einige geben.«

Vorsichtig stieg sie die letzten Stufen hinab und schaute sich um, aber Caterina war nirgends zu sehen. Bis auf den Kronleuchter, der auf den Degustiertisch gekracht war, schien hier nicht viel zerstört worden zu sein. Die Weinregale hier unten waren fest mit den Wänden verschraubt, und die Flaschen wirkten unversehrt.

Also gingen sie zurück nach oben. An der Hintertür hörten sie ein jämmerliches Winseln, und Juliana rannte rasch hin. »Vino, du armer Kerl. Was hast du denn, mein Großer?«

Zitternd hob Vino die Vorderpfote.

»Vielleicht ist er verletzt«, meinte Juliana und streichelte Vino über das dichte Fell.

In dem Moment erschien Raphael in der Tür.

»Das Gas ist abgestellt. Hey, was hat Vino denn?« Besorgt kniete er sich neben den Hund. »Lass mal sehen.«

Juliana kraulte dem Hund beruhigend den Nacken, während Raphael die Vorderpfote untersuchte und gründlich abtastete. Wimmernd versuchte Vino, ihm die Pfote zu entziehen.

Raphael hielt sie fest und begutachtete die Verletzung. »Nur eine kleine Prellung, zum Glück ist nichts gebrochen.« Dann ließ er den widerstrebenden Vino wieder los.

Atemlos kam Nina zur Tür herein, eine Hand auf der Brust. »Ich habe überall gesucht, vor und hinter dem Haus, aber keine Spur von den Kindern. Habt ihr Caterina und Santo gefunden?«

Stumm schauten sie sich an und schüttelten die Köpfe. »Vielleicht sind sie früh aufgestanden und wollten sich den Sonnenaufgang anschauen«, meinte Nina.

Entsetzt schlug Ava die Hand vor den Mund. Aber die beiden waren doch sicher nicht zusammen? *Das durfte nicht sein.*

Hinter ihnen fing Vino an, laut und anhaltend zu bellen.

»Santo wollte heute ganz früh los, um zeitig zu Hause zu sein«, erklärte Raphael. »Aber beide Autos stehen noch hinter dem Haus, also müssen sie hier irgendwo sein.«

Wieder bellte Vino, humpelte zur Tür und versuchte, sie mit der Nase aufzuschieben.

Raphael sah ihm zu und meinte: »Ich glaube, Vino weiß, wo sie sind.«

Juliana öffnete dem Hund die Tür. Ganz aufgeregt hinkte er hinaus und bellte in Richtung des Hügels, der sich hinter dem Haus erhob. Dann lief er los und hielt schnurstracks auf den Gewölbekeller zu.

»*Mon dieu*, die Höhle«, rief Ava und wandte sich an Raphael. »Wenn Caterina nicht schlafen konnte, ist es gut möglich, dass sie dahin gegangen ist.«

Hastig liefen sie nach draußen und waren kaum um das Haus herum, als sie alle vernehmlich nach Luft schnappten. Die Flanke des Bergs war bei dem Beben abgerutscht, und der Eingang zu der Höhle war mit Erde, Geröll und Trümmern verschüttet.

Ava ergriff Ninas zitternde Hand, während die leise Gebete für Caterina und Santo sprach.

Ängstlich sah sie Raphael an und erkannte die tiefe Sorge in seinen Augen. Er legte ihr den Arm um die Schultern, und sie lehnte sich an ihn und ließ die tröstliche Berührung zu.

»Wir finden sie«, erklärte er zuversichtlich. »Also los, fangen wir an zu graben. Ich hole Schaufeln.«

»Ich bin fast durch die Tür«, keuchte Santo erschöpft. Caterina sah Schweißperlen auf seinem nackten Oberkörper. Er hatte ein paar eiserne Fassreifen abgerissen und benutzte nun einen Teil davon, um sich damit durch das harte Eichenholz der Kellertür zu arbeiten. Stückchen für Stückchen, Splitter für Splitter grub er sich mit bloßen, blutenden Fingern durch das massive Türblatt.

Allein in der pechschwarzen Finsternis der Höhle, hatten sie jedes Zeitgefühl verloren. Santo war wild entschlossen, sich und Caterina aus dieser Gruft zu befreien.

»Ich wünschte, du würdest mich dir helfen lassen«, sagte Caterina. Untätig saß sie mit der einzigen brennenden Kerze am Tisch und hatte das Kinn in die Hand gestützt. Ihr Kleid war übersät mit Blut- und Schmutzflecken. Zunächst hatten sie gemeinsam versucht, sich freizugraben, aber als Santo dann gesehen hatte, wie Caterinas Finger bluteten, hatte er darauf bestanden, allein weiterzumachen. Ihren Protesten zum Trotz hatte er ihr die Hände mit Stoffstreifen verbunden, die er vom Saum seines Hemds abgerissen hatte.

»Es dauert nicht mehr lange. Du bist ein ganz schöner Sturkopf, weißt du das?«

»Danke sehr. Das nehme ich mal als Kompliment.«

Stirnrunzelnd schaute er sie an. »So war das aber nicht gemeint.«

»Dann meintest du doch sicher … lass mich raten: mutig? Beharrlich? Oder unerschrocken?« Die Luft zwischen ihnen schien zu knistern vor Spannung.

»Du hast aber schöne Wörter gelernt auf dem College.«

»Du etwa nicht?«

Wieder hieb Santo auf die Tür ein. »Furchtlos.« Er hielt kurz inne. »Ich weiß noch, wie einmal ein Coyote versuchte, sich einen Wurf neugeborener Welpen zu schnappen, und du hast sie verteidigt, bewaffnet mit nur einer Daube in deiner geballten Faust.« Er winkte ihr, und sie sprang auf, um ihm zu helfen.

»Wir sind keine Kinder mehr, Caterina.« Santo wischte sich den Schweiß von der Stirn, dann musterte er sie von Kopf bis Fuß. »Irgendwas ist anders als früher.«

Sie richtete sich kerzengerade auf. »Ich bin bloß ein bisschen älter und weiser. Heute lasse ich mich nicht mehr so schnell übertölpeln.«

»Hast du das damals gedacht?« Mit hochgezogenen Augenbrauen sah er sie an und schüttelte langsam den Kopf.

»Du hast dich nicht mehr gemeldet.«

»Das lag nicht an mir.«

»Ach nein? An mir aber auch nicht.«

Santo holte tief Luft, seine breite Brust dehnte sich, dann atmete er ganz langsam wieder aus. »Hat deine Mutter dir eigentlich je gesagt, dass ich bei ihr war?«

»Wie meinst du das?«

»Nachdem wir miteinander geschlafen hatten, bist du eingeschlafen. Ich habe mich geduscht und angezogen und bin dann zu Ava gegangen.«

»Warum denn das?«

Santo zog die Brauen zusammen. »Weil ich um deine Hand anhalten wollte, natürlich.«

Verdattert öffnete Caterina den Mund. »Weil wir uns geliebt hatten?« Hatte er sich etwa dazu verpflichtet gefühlt? »Und was hat sie gesagt?« Doch noch während sie fragte, wusste sie schon die Antwort.

»Ich war ihr wohl nicht gut genug für dich.« Er verzog den Mund zu einem schiefen, freudlosen Lächeln.

»Und das hat dich so beeindruckt?«

Santo stemmte die Faust in die Hüfte. »Sie hat gedroht, Raphael rauszuwerfen, wenn ich ihre Entscheidung nicht respektiere.«

Es war wie ein Schlag in die Magengrube. Caterina blieb die Luft weg. Sie hätte das nie geglaubt, aber inzwischen wusste sie, dass Ava sie schließlich auch bei anderen wichtigen Dingen angelogen hatte. Ihre Knie gaben nach, und sie musste sich an der Steinmauer abstützen, um nicht umzukippen.

»Alles okay?« Santo fing sie in seinen Armen auf.

»Ich weiß nicht, was ich dazu sagen soll.« *Santo, du hast eine Tochter*. Nein, nicht hier, nicht so. Stattdessen fragte sie: »Warum hast du mir nicht erzählt, dass du bei meiner Mutter warst?«

Reumütig schüttelte Santo den Kopf. »Das habe ich mich selbst bestimmt schon tausend Mal gefragt. Du und Ava, ihr habt euch immer so nahgestanden. Hätte ich mich dazwischengedrängt, ich hätte dich gezwungen, dich zwischen mir und deiner Mutter zu entscheiden, und ich wusste, damit hätte ich dich bloß unglücklich gemacht.«

»Verstehe.« Caterina atmete tief durch, dann griff sie zu einem Stück des eisernen Fassreifens. »Also dann, sehen wir zu, dass wir fertig werden und hier rauskommen. Wir verschwenden nur unnötig Sauerstoff.« Sobald sie draußen waren, würde sie es ihm sagen. Und wenn sie es nicht schafften, blieb ihnen immer noch genügend Zeit. Wütend hieb sie auf die schwere Tür ein.

Ava. Wenn die Geschichte stimmte, was um alles auf der Welt hatte sie sich bloß dabei gedacht? Sie hatte ihr kein Sterbenswörtchen davon gesagt.

Wie Caterina so dastand und sich neben Santo abmühte und sie beide vor Anstrengung schwitzten, war sie sich seiner körperlichen Nähe, seiner Kraft und Männlichkeit fast schmerzlich bewusst. Einmal erwischte sie ihn dabei, wie er ihre nackten, sonnengebräunten Schultern anstarrte, und kurz darauf hätte sie schwören können, dass er ihr in den Ausschnitt geschielt hatte. War da noch etwas zwischen Santo und ihr, oder bildete sie sich das bloß ein?

Nach einer Weile hielt er inne und legte eine Hand gegen die zersplitterte Tür. »Gibt es hier unten noch irgendwas anderes zu trinken als Wein?«

»Nein, mehr haben wir nicht.«

»Komm, machen wir eine kleine Pause.« Also setzten sie sich auf die Stühle, löschten ihren Durst mit Wein und versanken in nachdenklichem Schweigen.

Sie beobachtete seinen Hals beim Schlucken und musste daran denken, wie sie ihm mit der Hand über die Kehle gestrichen hatte, als sie sich liebten. Die weiche Haut, der Duft seiner Haare, sein tiefes Flüstern in der Stille der Nacht. *Ich liebe dich, cara. Ich liebe dich.* Eine Nacht voller Magie, die sie einfach nicht mehr vergessen konnte, sosehr sie sich auch bemühte.

Und es hätte für immer sein können. Beim Gedanken daran, was sie verloren hatte, zog sich ihr Herz krampfartig zusammen.

Sie sah es in seinen Augen blitzen – oder war das nur das flackernde Kerzenlicht? Plötzlich befangen, fuhr sie sich mit der Hand über die zerzausten Haare.

Ihr war heiß, ihr ganzer Körper brannte vor Hitze, aber nicht von der Anstrengung. Nie würde sie vergessen, wie es sich anfühlte, in seinen Armen zu liegen. Gerade hatten sie noch zusammen Wein cuvertiert, und dann hatte ihr Leben mit einem Wimpernschlag kopfgestanden.

Caterina nippte an ihrem Weinglas und dachte an den Tag, der ihre Zukunft für immer verändern sollte.

Sie waren gemeinsam hier unten in der Höhle gewesen und hatten Wein degustiert. Sie hatte den Cuvée probiert und ihn sich gerade genüsslich die Kehle hinablaufen lassen. »Genau *das* hat noch gefehlt«, hatte sie geschwärmt, und ihre Stimme war gleich ein wenig tiefer geworden.

»Ja, nicht wahr?« Und da hatte Santo ihre Hand genommen und an seine Lippen geführt.

Sie hatte die Hand geöffnet, und dann hatte er die vollen Lippen auf ihre zarte Haut gepresst und war immer weiter gewandert, über ihren Arm bis zu den Schultern.

»*Cara*, meine Caterina. Was bist du nur für eine schöne Frau geworden.«

Caterina hatte sich ganz dem Augenblick hingegeben und den Kopf in den Nacken gelegt, als sein Mund ihren Hals streifte. Dann trafen sich ihre Lippen, und ihre beiden eigenständigen Welten hörten mit einem Schlag auf zu existieren.

Wortlos stand Santo auf und reichte ihr die Hand. Dann führte er sie zu dem breiten bordeauxroten Samtsofa, das an einem Ende des Raums stand. Dort sanken sie gemeinsam in die Kissen. Rasch streiften sie die leichten Sommersachen ab, und ihre warmen Körper verschmolzen, während ihr Verlangen, das schon den ganzen Sommer unter der Oberfläche gebrodelt hatte, nun mit einem Mal explodierte.

Caterina war noch nie mit einem Mann zusammen gewesen. Irgendwo in einem versteckten Winkel ihres Hirns glaubte sie, sich vage an die Ermahnungen ihrer Mutter zu erinnern, aber sie war machtlos gegen die Leidenschaft, die ihr Herz, ihren Verstand, ihren ganzen Körper entflammt hatte.

Einmal hielt Santo kurz inne. In ihren Augen suchte er nach ihrem Einverständnis, bevor er weitermachte, und Caterina drückte sich gegen ihn. Ihre Begierde verschlang auch den letzten Rest irgendwelcher Vorbehalte. Santos zärtliches Drängen spiegelte ihr vor Zuneigung übersprudelndes Herz.

Wenn sie jetzt daran zurückdachte, konnte sich Caterina noch gut daran erinnern, wie richtig sich das alles angefühlt hatte. Aus der Liebe, die sie und Santo füreinander empfunden hatten, war ihre gemeinsame Tochter entstanden. Was konnte daran falsch sein?

Und doch war es das in den Augen ihrer Mutter, ihres Glaubens und der Gesellschaft.

Die Verbindung zwischen Santo und ihr war weit mehr, war tiefer und umfassender als alles, worüber ihre Freundinnen in der Schule hinter vorgehaltener Hand getuschelt hatten. Es war viel mehr als bloß eine leidenschaftliche Liaison. Sie hatten einander ihre Herzen geöffnet.

Und ihre Mutter hatte diese Beziehung im Keim erstickt, ehe sie überhaupt erblühen konnte.

Caterina trank noch einen Schluck Wein. Sie hatte Durst. Ob es nun endgültig zu spät war für sie und Santo? Plötzlich hasste sie das alles hier. Sie wollte nur noch fort, weg von Mille Étoiles, so weit weg wie möglich.

Sie musste an Marisa denken, und wieder fragte sie sich bang, ob es ihrer Tochter wohl gut ging. Faith und Patrick passten dieses Wochenende auf Marisa auf, aber Caterina sehnte sich mit aller Macht danach, ihr kleines Mädchen in die Arme zu schließen und sich zu vergewissern, dass es in Sicherheit war. Ob San Francisco auch von dem Erdbeben betroffen war? Napa Valley lag eine Autostunde entfernt. Es hatte sich angefühlt, als läge das Epizentrum genau unter ihnen, aber San Francisco war ebenfalls gefährdet. Sie musste so schnell wie möglich zu Marisa.

Santo stellte sein Glas ab und straffte die Schultern. »Wir sollten weitermachen.«

Also gingen sie wieder an die Arbeit, und keine fünf Minuten später rief Santo: »Wir sind durch!« Er war auf der anderen Seite auf Fels gestoßen.

»Kannst du was sehen?«

»Nur jede Menge Erde und Steine.« Er fluchte leise.

»Eigentlich hatte ich gehofft, durch Lücken im Geröll Tageslicht zu sehen. Aber das scheint ein ausgewachsener Erdrutsch zu sein.«

»Kannst du abschätzen, wie schlimm es ist?«

Er schüttelte den Kopf. »Könnte recht wenig sein, könnte auch der halbe Berg sein. Also, weitermachen, *cara*.«

Und mit diesem einen kleinen Wort, diesem *cara,* das ihm so leicht über die Lippen kam, so gedankenlos, brach er ihr noch mal das Herz.

»Was meinst du, wie lange wir hier drinnen noch durchhalten?« Bis wann würde ihnen wohl noch genügend Luft zum Atmen bleiben? Schlimmer als der mangelnde Sauerstoff war der steigende Kohlendioxidgehalt der Luft – ein tödliches Nebenprodukt der Weinfermentation. Die Türen zum Weinkeller standen sonst zum Schutz vor einer Kohlendioxidvergiftung immer offen, wenn hier unten jemand arbeitete.

Santo wirkte ernst. »Wir haben jedenfalls keine Zeit zu verlieren.« Damit bohrte er das Ende des Eisenreifens in das Holz.

Und wie sie so auf das Holz einhieben und -hackten, musste Caterina wieder an die Nacht denken, in der sie miteinander geschlafen hatten – die einzige Nacht. »Meinst du, das mit uns beiden wäre etwas geworden?«

Ein Nerv über seinem Auge zuckte. »Klar.« Er steckte die Hand durch das Loch, das sie in die Tür gehauen hatten, und schob die Erde beiseite. »Aber es ist so lange her.« Er biss die Zähne zusammen und machte sich wieder an der Tür zu schaffen.

Caterina sah ihn von der Seite an. *Der liebe Gott muss*

wirklich etwas gegen mich haben. Von allen Männern, mit denen man nach einem Erdbeben im Keller eingeschlossen werden konnte – warum ausgerechnet er?

Urplötzlich fiel von draußen ein Sonnenstrahl durch das Loch in der Tür, dann hörten sie Raphaels dröhnende Stimme: »Santo, Caterina, seid ihr da drin?«

Santo schlug gegen das Holz. »Wir sind hier«, rief er. »Aber wir kriegen die Tür nicht auf. Könnt ihr die Steine wegräumen?«

Caterina stand auf und stellte sich hinter Santo. Draußen wurde es noch lauter, und sie hörte weitere Stimmen. Ihre Mutter, Nina, Juliana. Hinter ihnen hörte man einen Hund heulen.

Aufgeregt rief Santo: »Vino!« Er drehte sich zu Caterina um und strahlte erleichtert über das ganze müde Gesicht.

Caterina brach in Tränen aus. Nach dem heutigen Tag würde sie Santo womöglich nie wiedersehen.

»Hey, jetzt haben wir es doch geschafft, *cara*«, sagte er und nahm sie in die Arme. Seine Stimme klang belegt. »In ein paar Minuten sind wir hier raus.«

Schluchzend vergrub Caterina das Gesicht an seiner Brust und hörte seinen ruhigen, gleichmäßigen Herzschlag. Sie legte die Hände auf seine Brust. Seine Haut fühlte sich warm und vertraut an.

»Jetzt wird alles gut.« Santo drückte ihr einen Kuss auf die Stirn und lächelte sie an. »Wenigstens reden wir wieder miteinander. Das war es mir wert. Du hast mir gefehlt. Wollen wir wieder Freunde sein?«

Freunde? Das konnte sie nicht.

Er strahlte sie an, und dieser Blick ließ sie erneut aufschluchzen. Sie zitterte am ganzen Körper, aber sie musste sich zusammenreißen. Also hob sie den Kopf und sah ihn an. »Möchtest du das?«

»Cat, bitte, was erwartest du denn sonst von mir?«

»Moment«, rief Raphael von draußen. »Wir haben's gleich geschafft.«

»Was hast du denn?« Sein Lächeln verschwand, und er sah sie durchdringend an. »Ich dachte, zwischen uns wäre jetzt alles anders.«

»Das dachte ich auch.« Caterina schüttelte den Kopf. Was hatte sie sich auch eingebildet? Schließlich war er verlobt. Er hatte sich längst für eine andere entschieden.

Und sie war jetzt Mutter. Sie hatte Wichtigeres zu tun, als ihre Zeit mit ihm zu verschwenden.

Zehn Minuten später war die Höhle erfüllt vom Schein der Taschenlampen und Kerosinlaternen, und sie waren endlich befreit. Alle fielen sich erleichtert in die Arme, es wurde gelacht und geweint, aber Caterina schreckte dennoch ein wenig zurück, als Ava sie in die Arme schließen wollte.

Raphael drückte Caterina eine Kerosinlampe in die Hand. Sie wartete, bis alle anderen draußen waren, dann stellte sie ihrer Mutter die Frage, die ihr in der Seele brannte. »Warum hast du mir nicht gesagt, dass Santo um meine Hand angehalten hat?«

Ava sah sie mit zusammengekniffenen Augen an. »Hat er dir das erzählt?«

»Spiel jetzt keine Spielchen mit mir. Ich weiß, wie es wirklich war.«

»Gar nichts weißt du.«

Caterina hob die Laterne und leuchtete ihrer Mutter direkt ins Gesicht. »Vielleicht nicht, aber eins sage ich dir, ich werde es herausfinden.« Damit drückte sie ihrer Mutter die Lampe in die Hand und lief zu Juliana.

Caterina legte ihrer besten Freundin einen Arm um die Schultern, und Juliana flüsterte: »Ist alles in Ordnung zwischen dir und Santo?«

»Klar. Da drinnen ist nichts weiter passiert.« Was ja auch stimmte. Trotzdem war wieder eine der Lügen ihrer Mutter ans Licht gekommen, und dazu war ihr Herz auf die Probe gestellt worden. Sie fragte sich, ob ihre Gefühle für Santo je nachlassen würden. »Wie spät ist es?«

»Ich schätze vier oder fünf Uhr morgens.« Mit der Taschenlampe beleuchtete Juliana den Weg vor ihren Füßen.

Raphael und Nina gingen voran, vorsichtig einen Fuß vor den anderen setzend, über Steine und Trümmer, und nur ihre Kerosinlampen erhellten die Nacht.

»Kein Strom, kein Telefon?«, fragte Caterina, während sie auf das dunkle Haus zusteuerten.

»Genau, aber wir haben jede Menge Kerosin, Kerzen und Taschenlampen.« Raphael öffnete die Hintertür zum Haupthaus. Dann ging er hinein und leuchtete mit der Taschenlampe in die Finsternis.

»Ich hole Nachschub«, erklärte Nina und schob sich durch die Küchentür.

Panik erfasste Caterina. Sie *musste* herausfinden, ob es Marisa gut ging. Und ohne Telefon blieb ihr keine andere Möglichkeit, als nach San Francisco zu fahren und sich zu vergewissern, dass ihre Tochter unversehrt war.

»Ich muss sofort zurück in die Stadt.« Erst als sich alle

umdrehten und sie erstaunt ansahen, ging ihr auf, wie merkwürdig das klingen musste. Aber sie konnte an nichts anderes mehr denken als an ihr Kind. Sie wandte sich an Santo und fragte: »Kommst du mit?«

Verständnislos schaute Santo sie an. »Wieso denn? Um diese Zeit?«

Trotzig verschränkte sie die Arme. »Kommst du nun mit oder nicht?« Sie hatte die Gelegenheit verpasst, ihm in der Höhle zu beichten, dass er eine Tochter hatte. Wenn er sie nach San Francisco fuhr, hätten sie im Auto genug Zeit, um in Ruhe über alles zu reden. Schließlich wollte sie nicht hier vor allen anderen einfach so damit herausplatzen. Das musste sie ihm wirklich unter vier Augen erzählen.

Da mischte sich plötzlich Ava ein. »Caterina, du kannst Santo doch nicht derart die Pistole auf die Brust setzen. Ihr seid beide müde und erschöpft. Du kannst fahren, sobald es hell wird.« Sie warf Santo einen durchdringenden Seitenblick zu.

»Deine Mutter hat recht«, stimmte Raphael ihr zu. »Wer weiß, gut möglich, dass die Straßen beschädigt oder gesperrt sind – vielleicht sind sogar Brücken eingestürzt. Warte wenigstens, bis es richtig hell ist.«

Santo fuhr sich durch die Haare und schüttelte den Kopf wie zur Bestätigung dessen, was er ihr in der Höhle gesagt hatte. »Ich muss sowieso gleich zurück nach Davis.«

Nach Davis. Bestimmt zurück zu seiner Verlobten. Caterina blickte zwischen Ava und Santo hin und her. Es war zu viel Zeit vergangen. Es war zu viel passiert. Und sie musste an das Haus in Montalcino denken. Zähneknirschend beschloss sie, mit Marisa dorthin zu ziehen. Wenn der Weinberg tatsächlich zum Haus gehörte, könnte sie ihren eigenen Wein machen und damit ihren Lebensunterhalt bestreiten. Genau wie ihre Mutter nach dem Tod ihres Vaters. Dort würde sie niemand verurteilen, und sie könnte Marisa allein großziehen und ihr eigenes Leben leben.

Raphael zog entschieden die Hose hoch. »Ich muss noch mal nach den Gasleitungen sehen. Santo, hilfst du mir?« Raphael ging zur Tür, und Santo folgte ihm ohne einen Blick zurück.

Ava ging in die Küche, um nach Nina zu schauen.

Als alle weg waren, stemmte Juliana die Hände in die Hüften und sah Caterina durchdringend an. Sie hatte einen ganz bestimmten Verdacht. »Was geht hier vor sich, Cat?«

Caterina drückte Julianas Hand. »Ich muss wissen, ob es Marisa gut geht. Sag allen, ich musste dringend in meiner Wohnung nach dem Rechten schauen. Ich rufe dich an, sobald ich kann.« Dann umarmte sie ihre Freundin zum Abschied.

Noch ehe sie es sich anders überlegen konnte, hatte Caterina sich auch schon die Handtasche vom Tisch geschnappt und die Schlüssel vom Haken an der Hintertür gegriffen. Dann klemmte sie sich zwei Flaschen Wein unter den Arm, die Santo aus der Höhle mitgenommen hatte, riss die Tür auf und stürmte zu ihrem Wagen.

Mit einem letzten tränenverschleierten Blick auf Mille Étoiles schaltete sie das Fernlicht ein und rollte auf die pechschwarze Straße hinaus.

An der Hauptstraße angekommen, musste Caterina feststellen, dass sich der Asphalt unter der rohen Gewalt des Erdbebens aufgewölbt hatte und die Straße gesperrt war. Sie musste einen Umweg in Kauf nehmen.

Auf halbem Weg hielt sie an einer Tankstelle, um die O'Connells anzurufen, aber der Tankwart erklärte ihr, die Telefonleitungen seien tot. Ein paar Meilen weiter hielt sie an einem Frühstücks-Diner, aber auch hier funktionierte das Telefon nicht.

Caterina legte eine Hand auf ihr pochendes Herz. Noch nie in ihrem Leben war sie so in Sorge gewesen. Sie würde keine Ruhe finden, bis sie sich vergewissert hatte, dass Marisa nichts zugestoßen war.

Auf den Straßen war der Verkehr so dicht, dass sie für die sonst einstündige Fahrt gut doppelt so lange brauchte. Selbst auf der majestätisch anmutenden Golden Gate Bridge staute sich der Verkehr, und es ging nur im Schneckentempo über die Bucht. Die Stadt, die sich vor ihr ausbreitete, wirkte größtenteils unversehrt. Erleichtert atmete sie auf, während die Wagenkolonne langsam weiterkroch.

Endlich bei den O'Connells angekommen, rannte Caterina, so schnell sie konnte, ins Haus und rief aufgeregt: »Faith? Patrick?«

Die Familie hatte sich gerade in der Küche an den Tisch gesetzt. Marisa strahlte über das ganze Gesicht, als sie ihre Mutter sah, und quietschte vor Vergnügen.

Überschwänglich hob Caterina ihre kleine Tochter aus dem Hochstühlchen und drückte sie fest an sich. Ihr fiel ein Stein vom Herzen. »Ich bin so froh, dich zu sehen, meine Kleine.« Marisas strahlend blaue Augen – *Santos Augen* – blitzten vor Freude und ahnten nichts von der Sorge ihrer Mutter. Überglücklich wiegte sie ihr Kind in den Armen. *Ich lasse dich nie wieder allein.* Sie drückte Marisa einen Kuss auf die flaumzarte Wange und fühlte sich in ihrer Entscheidung bestätigt. Sie mochte ihre Mutter und Santo verloren haben, aber sie würde nicht zulassen, dass sie auch Marisa verlor.

»Wir haben heute Morgen von dem Beben in Napa gehört«, sagte Faith. »Ich habe die ganze Zeit versucht, dich anzurufen. Mir wäre fast das Herz stehen geblieben, so erschrocken war ich.«

»Die Straßen sind gesperrt, kein Strom, kein Telefon«, erklärte Caterina. »Und ich war im Weinkeller eingeschlossen.«

»Schlimme Sache. Bei uns hat es auch ein bisschen geruckelt, aber wir haben kaum was gemerkt.« Patrick klopfte mit der Hand gegen die Wand. »Nichts passiert, Gott sei Dank.«

»Ich wette, du hast noch nichts gegessen.« Faith schob noch einen Stuhl an den Tisch und bestand darauf, dass sie sich dazusetzte.

»Stimmt.« Caterina fuhr sich mit der Hand über Gesicht und Haare. »Und bestimmt sehe ich zum Fürchten aus.«

»Zuerst isst du was. Baden kannst du später.« Faith tat eine Scheibe Corned Beef und eine Portion Kohl auf Caterinas Teller.

Noch nie hatte irgendetwas in ihrem Leben so gut geduftet. Caterina aß und fütterte nebenbei Marisa, die auch einen Bärenhunger zu haben schien.

»Wie schlimm ist das Weingut betroffen?«, erkundigte sich Patrick.

»Wir haben einiges von unserem Wein verloren, und den Keller werden wir aufräumen und zusätzlich abstützen müssen, aber ich glaube, die meisten Maschinen haben das Beben unbeschadet überstanden.«

Anschließend hielt Marisa ihren Mittagsschlaf, dann war Spielstunde, danach gab es Abendessen, und dann badete Caterina ihre Tochter, zog ihr den Schlafanzug an und streichelte ihr liebevoll über die Haare und den Rücken, bis sie eingeschlummert war. Als Marisa schließlich tief und fest schlief, stand Caterina zufrieden auf und schlich sich auf Zehenspitzen nach unten, um Faith zu helfen, den Tisch abzuräumen.

Als sie fertig waren, fragte Faith: »Hattest du Gelegenheit, mit deiner Mutter über Marisa zu sprechen?«

Caterina seufzte tief. »Wir haben uns schrecklich gestritten.« Faith hatte einen so unerschütterlichen Glauben an das Gute im Menschen, dass Caterina sich sträubte, ihr die Wahrheit zu sagen. Aber dann tat sie es doch.

»O nein!«, rief Faith mit Tränen in den Augen. »Ich habe so darum gebetet, dass sie Marisa nicht zurückweist. Was willst du denn jetzt machen?«

Caterina zog einen Mundwinkel nach oben. »Wie es der Zufall so will, habe ich gerade erfahren, dass ich ein Haus in Italien geerbt habe. Marisa und ich gehen nach Montalcino und fangen dort ganz von vorne an.« *Wo niemand uns und unsere Vergangenheit kennt.*

Ihre Stimme klang stark und voller Hoffnung, aber noch während sie das sagte, spürte sie den Trennungsschmerz wie ein scharfes Schwert im Herzen. Wie würden ihre Familie und ihre Freunde ihr fehlen, und Faith und Patrick und all die netten Menschen, mit denen sie in Napa und San Francisco zusammengearbeitet hatte. Und Santo. Santo ganz besonders. So ungern sie sich das auch eingestand.

»Das ist wirklich ein Geschenk Gottes zur rechten Zeit«, sagte Faith und nickte nachdenklich. »Ich bete für dich, dass du dort einen anständigen Mann kennenlernst.«

Caterina trocknete sich die Hände ab und umarmte ihre liebe Freundin. Faith meinte es zwar nur gut, aber ein Mann war wirklich das Letzte, was Caterina jetzt brauchte.

11

San Francisco, Kalifornien

Ganz früh am nächsten Morgen schaffte Caterina es endlich, Juliana im Haus ihrer Mutter auf dem Weingut zu erreichen. Juliana half Nina gerade beim Aufräumen und Saubermachen, und sie berichtete, dass tatsächlich keine der Maschinen gelitten hatte.

Danach zog sich Caterina an. Sie entschied sich für ein schmal geschnittenes taubenblaues Kostüm, steckte das passende Pillbox-Hütchen fest und streifte sich die dreiviertellangen elfenbeinfarbenen Handschuhe über. Dann gab sie Marisa einen Abschiedskuss und ging zur Arbeit im St. Francis Hotel.

Während der Mittagspause sah sie in ihrer Brieftasche nach, ob sie alle nötigen Dokumente hatte. Die Testamentsverlesung in Montalcino rückte immer näher. Rasch lief sie zu einer der Telefonkabinen in der Eingangshalle des Hotels. Sie schloss die Glastür, dann rief sie den Ermittler an: Anthony Martoni.

»Guten Tag, Anthony. Ich rufe an, weil ich mich erkundigen wollte, ob Ihr freundliches Angebot noch gilt, einen Flug nach Italien für mich zu buchen.« Sie wickelte die Telefonschnur um einen Finger. »Und ich bräuchte auch ein Ticket für meine kleine Tochter«, fügte sie ganz beiläufig hinzu. »Violetta Rosettas Urenkelin.« Gespannt hielt sie den Atem an.

»Natürlich, Miss Rosetta, ähm, verzeihen Sie, Mrs ...«

Sie hörte das Erstaunen in seiner Stimme. »Sie dürfen mich ruhig weiterhin Caterina nennen.«

»Oh, ähm, danke. Und reist Ihr Ehemann mit Ihnen?«

»Nein.« Das stimmte ja auch.

»Verstehe. Meine Frau schimpft auch immer mit mir, weil ich zu viel arbeite. Vielleicht schafft er es ja beim nächsten Mal mitzukommen. Sie möchten einen Hin- und Rückflug, nehme ich an?«

»Ja, selbstverständlich.« Caterina bezweifelte zwar, dass sie die Rückflugtickets brauchen würde, aber sie wollte das nicht erst umständlich erklären müssen, also widersprach sie nicht.

»Ich mache eine Notiz für meine Sekretärin. Sie kümmert sich auch darum, dass ein Wagen Sie am Flughafen abholt, und bucht Ihnen in Italien ein Zimmer in einer Pension.« Am anderen Ende der Leitung raschelte Papier.

Caterina stellte noch ein paar Fragen zum Haus, und Anthony Martoni versicherte ihr, das Haus in Montalcino könne sie selbst beziehen oder verkaufen, ganz wie sie wolle, auch wenn er glaubte, es bedürfe vermutlich einer gründlichen Renovierung.

Schwere Arbeit scheute sie nicht.

Anthony fuhr fort: »Ich habe in den Nachrichten von dem Beben bei Ihnen gehört. Ich muss schon sagen, das war eines der nervenaufreibendsten Erlebnisse, das ich je hatte. Ich bin heilfroh, dass es so was hier bei uns in New

York nicht gibt.« Er unterbrach sich kurz. »Was sagten Sie noch, was Ihr Mann beruflich macht?«

Caterina wand sich unbehaglich. Sie hasste es zu lügen, aber die Leute wollten die Wahrheit ja gar nicht hören. Sie konnte sich genau vorstellen, wie er Höflichkeit heucheln und dann hinter ihrem Rücken über sie tuscheln würde. *Nein, ich bin nicht verheiratet. Nie gewesen. Schwanger? Ja, war ich, und wirklich schade, dass er mich nicht geheiratet hat. Aber das Leben geht weiter …* Sie würde als soziale Außenseiterin gebrandmarkt. Und wofür? Weil sie mit einem Mann geschlafen hatte? Weil sie ein Kind geboren hatte? Das gehörte doch alles zum Leben dazu. Ihr fehlte bloß der Trauschein. Ein blödes Stück Papier, weiter nichts. Sosehr es ihr widerstrebte, in diesem Punkt musste sie ihrer Mutter recht geben. Sie riss sich zusammen.

»Er ist im Weingeschäft, genau wie ich. Und wo wir gerade dabei sind, ich muss ihn dringend anrufen. Entschuldigen Sie bitte, wenn ich das Gespräch so abrupt beende, Anthony, aber ich muss leider Schluss machen. Und herzlichen Dank für die Tickets.«

»Meine Sekretärin wird Sie dann zu den Details Ihrer Reise anrufen.« Er zögerte kurz. »Caterina?«

»Ja?«

»Ihr Mann kann sich wirklich glücklich schätzen. Und sollte er es sich je anders überlegen …«

»Oh, danke sehr, Anthony.« *Was denkt der sich denn, unverschämter Kerl.* Mit wachsender Entfernung schien er frecher zu werden. In Mille Étoiles hätte er das sicher nicht gewagt. »Ihrer Frau zuliebe werde ich so tun, als hätte ich das nicht gehört.«

Sie legte auf und schüttelte den Kopf. *Männer*. Waren die eigentlich alle gleich? Vielleicht hatte ihre Mutter doch recht. Sie öffnete die Tür der Kabine und schlängelte sich durch die wartenden Hotelgäste in der Lobby wieder in ihr Büro.

Ihr schwirrte der Kopf. Es gab noch so viel zu tun. Sie hatte noch gar keine Gelegenheit gehabt, sich die Unterlagen durchzulesen – die noch dazu auf Italienisch verfasst waren –, aber sie ging davon aus, dass das alles seine Richtigkeit hatte. Sie wurde ganz kribbelig vor Aufregung. *Wir fahren nach Italien.*

Aber die Aufregung wich rasch einer Beklommenheit. Für ein so kleines Kind war das eine sehr weite Reise, und sie würde lernen müssen, sich ohne Faiths Unterstützung ganz allein um Marisa zu kümmern.

Und dann kam ihr noch ein Gedanke. Nachdem ihr Vater gestorben war, hatte ihre Mutter sie ganz allein großgezogen. Auch Ava war als junge Mutter allein in einem fremden Land gewesen. Nina hatte ihr zwar mit dem Haushalt geholfen, aber gleichzeitig hatte Ava ein kleines florierendes Unternehmen geführt. Caterina ging auf, wie anstrengend das für ihre Mutter gewesen sein musste, auch wenn das keine Entschuldigung war für ihre berühmtberüchtigten Wutausbrüche.

Oder dafür, dass sie darauf bestanden hatte, Caterina solle Marisa zur Adoption freigeben. Wie konnte ausgerechnet Ava sie dazu drängen?

Caterina konzentrierte sich wieder auf den nächsten Punkt ihrer Liste. Sie richtete ihr Jäckchen und marschierte in das Büro ihres Chefs, um den Job zu kündigen, für den sie so hart gekämpft hatte.

In den kommenden Tagen war Caterina damit beschäftigt, sich um Marisa zu kümmern und gleichzeitig alles für ihre Reise vorzubereiten. Sie hatte ihre Finanzen in Ordnung gebracht und alles eingepackt, von dem sie glaubte, sie würde es brauchen.

Bald war es so weit.

Am Tag ihrer Abreise war Caterina gleichzeitig euphorisch und nervös. Es klopfte an der Tür. »Ich geh schon – das ist Juliana.« Faith war in der Küche, und Patrick trug gerade ihre Koffer nach unten.

Caterina machte die Tür auf, und Juliana fiel ihr überschwänglich um den Hals. »Hallo, Weltreisende! Was hast du dir da für ein Abenteuer ausgesucht! Und wie geht es meinem reizenden kleinen Mädchen?« Sie hockte sich hin und küsste Marisa zur Begrüßung, die für die Reise ein marineblaues Kleidchen mit passender Jacke trug. »Marisa, du wirst jeden Tag hübscher. Schau sich nur einer diese strahlend blauen Augen an.«

Caterina lächelte wehmütig. »Sie hat Santos Augen, findest du nicht auch? Es war nicht leicht, ihn wiederzusehen.« Mit einem Blick in den Spiegel im Flur steckte sie den kleinen, auf ihr grau-rotes Reisekostüm abgestimmten bordeauxroten Filzhut fest.

Hinter ihr stand Juliana, senkte den Kopf und starrte angestrengt auf ihre Schuhe.

Caterina sah Julianas Blick im Spiegel und drehte sich auf dem Absatz herum. »Jules, ich weiß, dass du Santo angerufen hast.«

Juliana seufzte. »Ich hatte gehofft, du hättest so die Gelegenheit, dich in Ruhe mit ihm zu unterhalten. Du und

Santo, ihr beide hattet immer schon eine Schwäche füreinander. Das sieht man dir an der Nasenspitze an. Man sieht es in deinen Augen – und in seinen auch. Wenn wir zusammen waren und du bist ins Zimmer gekommen, hat Santo immer nur dich angeschaut.«

Caterina war noch immer sehr verletzt. »Aber ich hatte dich doch ausdrücklich darum gebeten, ihm nichts zu sagen.«

»Und das habe ich auch nicht, aber ich konnte doch nicht zulassen, dass du Ted heiratest. Als meine Mutter mir erzählt hat, was Ava vorhat, bin ich in Panik geraten, und da habe ich eben Santo angerufen.«

Caterina legte Juliana eine Hand auf den Arm. Sie konnte ihrer liebsten Freundin nicht böse sein, nicht ausgerechnet jetzt, wo sie das Land verließ und fortging. »Ich verstehe das, aber zwischen Santo und mir ist alles noch genau wie vorher. Er ist immer noch verlobt. Du darfst ihm nichts sagen. Versprich es mir. Ich erzähle es ihm selbst, wenn der richtige Zeitpunkt dafür gekommen ist. Aber nicht jetzt.«

»Versprochen. Es tut mir wirklich leid.«

»Und eine erzwungene Heirat ist wirklich das Letzte, was ich will.«

Caterina umarmte sie fest, beide hatten Tränen in den Augen.

Juliana seufzte sehnsüchtig. »Wie gern würde ich mitfahren. Ich möchte so gern reisen, die ganze Welt sehen, leben – ich meine, *wirklich* leben. Wenn man erst mal verheiratet ist, verändert sich alles.« Sie blinzelte. »Darf ich dir ein Geheimnis verraten? Ich weiß gar nicht, ob ich *über-*

haupt noch heiraten will. Ich bin gern so frei. Schau dir nur deine Mutter an. Seit über zwanzig Jahren führt sie Mille Étoiles ganz allein. Sie hätte auch noch einmal heiraten können, aber das hat sie nicht. Herrje, als unsere Mütter so alt waren wie wir, durften sie nicht mal wählen.« Sie rang sich ein trauriges Lächeln ab. »Du wirst mir fehlen, Cat.«

»Du kommst uns doch besuchen?«

Juliana nickte mit ernstem Gesicht. »Komisch, wie das Leben manchmal so spielt, hm?«

Caterina legte eine Hand auf Julianas Schulter. »Und wie! Stell dir vor, du kommst zu Besuch und lernst einen umwerfenden Italiener kennen.«

»Bloß nicht. Du weißt doch, wie besitzergreifend die sind.«

»Nein, weiß ich nicht.« Sie spie die Worte regelrecht aus. Santo hatte sich ohne ein Wort aus dem Staub gemacht. Auch wenn ihre Mutter ihm eigentlich keine andere Wahl gelassen hatte.

»Entschuldige, das war nicht so gemeint …«

»Nicht schlimm.« Caterina machte eine abwehrende Geste, aber Juliana hatte einen empfindlichen Nerv getroffen. »Es wird Zeit, wir müssen los.« Gemeinsam gingen sie zum Wagen. Marisa versuchte schon ein paar vorsichtige Schrittchen. Caterina hielt sie an beiden Händen fest und führte sie vor sich her zum Auto.

»Lauf, lauf«, quäkte Marisa und klang wie eine kleine Ente.

Caterina musste lächeln und dachte daran, dass sie bald ihre ersten italienischen Wörter lernen würde. Marisa konnte noch nicht viel sagen, aber sie kommunizierte mit wachsender Begeisterung mit den Menschen um sich herum.

Patrick trug ihre Koffer zum Auto, ebenso wie den 53er Mille Étoiles Cabernet, den sie auf dem Weg nach draußen noch rasch dazugestellt hatte. Faith und Patrick umarmten sie herzlich und wünschten ihr mit Tränen in den Augen eine gute Reise. In den vergangenen anderthalb Jahren waren die beiden wie eine Familie für Caterina gewesen. Hoch und heilig versprach sie, bald zu schreiben und Fotos zu schicken.

Dann stieg sie in Julianas Wagen, einen älteren Chevrolet mit breiten durchgehenden Sitzen. Caterina nahm Platz und setzte sich Marisa auf den Schoß.

Juliana wies mit dem Kopf auf ihre Handtasche. »Schau mal da rein, da drin ist alles, was ich von Gilbert Waters über den Wettbewerb in Paris in Erfahrung bringen konnte. Das Ganze findet im Ritz statt, und du solltest unbedingt hinfahren, wenn es irgendwie geht, auch wenn du vorher meintest, du wolltest keine Mille-Étoiles-Weine zum Wettbewerb anmelden.«

Caterina überflog die Notizen, die Juliana nach ihrem Gespräch mit dem Zeitschriftenherausgeber für sie zusammengestellt hatte. Sie faltete das Blatt und verstaute es sorgfältig in ihrer Handtasche. Es wäre schön gewesen, wenn sie genügend Zeit gehabt hätte, um sich auf diesen Wettbewerb vorzubereiten, aber seit sie beschlossen hatte, nach Italien zu gehen, war ihr die Zeit förmlich davongelaufen.

Nach kurzer Fahrt hielten sie vor dem Flughafengebäude, und Caterina winkte einem Gepäckträger, damit er ihr mit den Koffern half. Dann gingen sie gemeinsam hinein.

»Bist du aufgeregt?«, wollte Juliana wissen. Sie standen zusammen in der Wartehalle und vertrieben sich die Zeit, bis Caterinas Flug aufgerufen wurde. Das Dröhnen der startenden und landenden Flugzeuge erfüllte die Luft und wurde immer wieder von Lautsprecherdurchsagen unterbrochen.

»Ach Jules, aufgeregt ist überhaupt kein Ausdruck. Ich bin starr vor Angst.« Caterina warf einen verstohlenen Seitenblick auf die anderen gut gekleideten Passagiere, die alle so gelassen und weltgewandt wirkten, und versuchte, es ihnen gleichzutun. Die Männer trugen Anzüge, und die Frauen sahen aus, als seien sie allesamt den Hochglanzseiten der *Vogue* entstiegen.

»Ich beneide dich schrecklich. Ich wünschte, ich könnte mitkommen.« Juliana griff in ihre Handtasche und reichte Caterina ein kleines ledergebundenes Fotoalbum. »Hier, das habe ich für dich gemacht. Ich dachte, du möchtest deinen neuen Verwandten vielleicht Bilder von deinem Leben in Amerika zeigen.«

Caterina blätterte die vielen Fotos durch. Alle Menschen, die sie liebte, waren in diesem kleinen Album versammelt. Ihre Mutter, Juliana, Nina, Raphael ... und Santo. Sogar Vino. Dazu Mille Étoiles und ihre besten Weine. Ganz leise sagte sie: »Wir hatten wirklich ein schönes Leben, oder?«

»Wir sind eine wunderbare uramerikanische Familie, auch ohne verwandt zu sein. Und vergiss nicht, ich besuche dich, sobald ich kann.« Wieder schloss Juliana sie fest in die Arme.

Mit Tränen in den Augen umarmten die beiden jungen

Frauen sich lange. Juliana wischte sich über das Gesicht. »Soll ich bis zum Flugsteig mitkommen? Dann parke ich eben das Auto.«

»Nein, fahr du ruhig wieder nach Hause.« Caterina wusste nicht, wie oft sie ihren Liebsten noch Lebewohl sagen konnte. Mit Ausnahme ihrer Mutter, die sich durch Nina verleugnen ließ, wenn sie versuchte anzurufen. Caterina bereute die Fehler, die sie gemacht hatte, aber sie konnte jetzt nur noch nach vorne schauen. Ihr Blick ging zu Marisa, die fest ihre Hand umklammerte. Wenigstens musste sie sich nicht auch noch von ihrer Tochter verabschieden.

Juliana ging, und Caterina nahm Marisa auf den Arm und schlenderte weiter durch das Gewimmel im Flughafengebäude. Sie setzte sich vor eines der Panoramafenster, von wo sie die großen Flieger beobachten konnten, die über die Startbahn rollten. Mit einer Hand strich sie sich das hellgraue Reisecomplet aus Twill mit den bordeauxroten Paspeln glatt, dann setzte sie sich Marisa auf den Schoß. Sie sah auf die Uhr. Seit sie das letzte Mal nachgesehen hatte, waren gerade zwei Minuten vergangen.

Gleich vor ihr stand ein großes, silbrig graues Flugzeug mit dem Logo von Pan American World Airways. Die vier Propeller glänzten in der Morgensonne. »Schau mal, wie schön«, sagte sie zu Marisa. »Ob das unser Flugzeug ist?«

Ein dunkelhaariger Mann, der mit dem Rücken zu ihr saß, drehte sich zu ihr um. »Wenn Sie nach Roma fliegen, dann ja«, sagte er mit einem leichten italienischen Akzent, der sie an Santo erinnerte. »Das ist eine Boeing 377 Stratocruiser. Ein echter Luxusliner. San Francisco, New York, Roma. *Viaggio sicuro.*«

Caterina bedankte sich bei ihm, und er tippte sich an den Hut. Als wenig später ein Aufruf durch den Lautsprecher knackste, sagte der Mann: »Das ist unser Flug. Bereit zum Einstieg in den Clipper?« Er nahm seinen kleinen Lederkabinenkoffer. »Soll ich vielleicht Ihren Koffer für Sie tragen?«

»Das wäre sehr nett.« Vor Nervosität und Aufregung kribbelten all ihre Glieder.

Eine lächelnde Stewardess führte sie zu den Sitzen. Der nette Herr hatte einen Platz einige Reihen hinter ihr. Caterina setzte sich in einen der breiten, samtigen Sitze, hielt Marisa fest auf dem Schoß und spähte aus dem Fenster auf die sich drehenden Propeller. Die Stewardess kam vorbei und blieb im Gang vor ihrer Reihe stehen. »Champagner?«

»Oh, ja, danke«, hauchte Caterina.

Die Dame in der schicken Uniform reichte ihr ein Glas. »Ihr erster Flug?«, flüsterte sie verschwörerisch.

»Merkt man das?«, fragte Caterina und nippte nervös an ihrem Glas. Anerkennend zog sie die Brauen hoch. Das war ein feiner französischer Jahrgangschampagner.

»Sie sind ein bisschen blass«, erklärte die Dame mitfühlend. »Keine Sorge. Sie schaffen das schon.«

Caterina erwiderte ihr Lächeln, doch als das Flugzeug losrollte und schließlich abhob, schlug ihr Magen einen Purzelbaum. Marisa sah sich neugierig um und wollte alles erfassen. Aber als der Flieger höher und immer höher in den Himmel stieg, fing sie an zu wimmern.

Caterina wiegte ihr kleines Mädchen beruhigend, um es zu trösten. Dann holte sie eine Flasche Milch heraus, und Marisa kuschelte sich an sie und nuckelte zögerlich an ihrem Fläschchen, während sie ihre Mutter mit großen Augen ängstlich ansah.

Sie spürten die Vibration der Rotoren und hörten die Motoren brüllen. Caterina blickte aus dem Fenster und sah zu, wie San Francisco in der Ferne kleiner und immer kleiner wurde.

Erleichtert atmete sie aus. Sie hatte es geschafft. Sie waren wirklich auf dem Weg in ein neues Leben. Marisa war bei ihr, und bald würde sie alle Ängste und Sorgen weit hinter sich gelassen haben. Zumindest hoffte sie das.

In New York mussten sie umsteigen, und Marisa bekam einen ausgewachsenen Tobsuchtsanfall, während sie im Flughafen auf ihren Verbindungsflug warteten. Die Kleine schrie und heulte und brüllte sich fast die Lunge aus dem Leib, und Caterina wusste sich nicht mehr zu helfen. Nichts, was sie tat, konnte ihre Tochter beruhigen. Faith hätte sicher Abhilfe gewusst.

Schlussendlich eilte eine ältere Dame zu ihrer Rettung. »Darf ich ihr hallo sagen? Ich habe acht Enkelkinder. Manchmal hilft es schon, wenn sie ein neues Gesicht sehen.« Es dauerte nur ein paar Minuten, da war es der Dame gelungen, Marisa zu beruhigen, indem sie ihr die Flieger draußen auf dem Rollfeld zeigte.

»Ich weiß auch nicht, warum sie so unleidlich ist.« Caterina wischte sich ein paar Haarsträhnen aus dem hochroten Gesicht. »Sonst ist sie eigentlich immer ganz brav.«

»Sie sabbert sehr, also zahnt sie vermutlich«, erklärte die grauhaarige Dame.

»Ich weiß gar nicht, was ich machen soll.« Caterina wünschte, Faith könnte ihr jetzt zur Seite stehen wie so oft in den vergangenen anderthalb Jahren.

»Ich kann Sie gern ablösen. Darf ich sie ein bisschen auf den Arm nehmen?«

Caterina gab Marisa in die Arme der alten Dame, was sich als schwieriger erwies als gedacht. Caterina war frustriert und überfordert. Ob es ein Fehler gewesen war, Marisa mitzunehmen, in dem Glauben, sie könnte sich ganz allein um ihre kleine Tochter kümmern?

Die Dame nahm Marisa auf den Schoß und schaukelte sie ein bisschen, während Caterina ihren Hut richtete. »Wenn Sie zu Hause sind, Liebes, geben Sie der Kleinen einen kalten Waschlappen zum Kauen. Das kühlt den Gaumen. Gefrorene Bananenscheiben helfen auch, und die meisten Kinder mögen sie.«

Im Plaudern ging der Blick der Dame zu Caterinas linker Hand, und sie runzelte Stirn. »Sind Sie nicht verheiratet, meine Liebe?«

Caterina war zu müde zum Diskutieren. »Ich muss meinen Ring verloren haben. In Italien bekomme ich von meinem Mann einen neuen.«

Argwöhnisch sah die Frau sie an. »Ach, tatsächlich? Wie heißt er denn, Ihr Mann?«

»Wie mein Mann heißt? Also, er heißt … ähm …«

»Sie sind gar nicht verheiratet, nicht wahr?« Mit zusammengekniffenen Augen und gerümpfter Nase musterte die Frau Caterina abfällig von Kopf bis Fuß.

Caterina war empört. »Was geht Sie das eigentlich an?«

Konsterniert riss die Frau die Augen auf. »Unglaublich, dass Sie mich das fragen. Sie haben eine schwere Verfehlung begangen. Ich darf mich auf keinen Fall mit einer solchen Person sehen lassen. Man kennt mich.« Angewidert hielt sie Marisa von sich weg, als wäre sie schmutzig. »Nehmen Sie sie«, zischte sie mit zusammengebissenen Zähnen, dann stand sie abrupt auf und stakste davon.

Die beiden Damen, die vor Caterina standen, drehten sich zu ihr um und bedachten sie mit einem missbilligenden Blick. Trotzig wiegte sie Marisa in den Armen und starrte stur geradeaus. Sie würde sich ganz sicher nicht von irgendwelchen wildfremden Menschen ins Bockshorn jagen lassen.

Bald darauf wurde ihr Anschlussflug aufgerufen. Nachdem der Flieger über dem Atlantik auf seine Reiseflughöhe gestiegen war, wurde das Abendessen serviert, und Caterina entspannte sich etwas. Irgendwann fing Marisa wieder an zu quengeln. Caterina ließ sie am Gummisauger einer Flasche kauen, bis sie endlich erschöpft auf ihrem Schoß einschlief.

Caterina wagte es nicht, Marisa zu stören. Also sah sie ganz still aus dem Fenster auf das endlose Meer unter ihnen und dachte an den Tag, an dem Santo aus ihrem Leben verschwunden war. Sie konnte ihn einfach nicht verstehen.

Unzählige Male war dieser Tag schon wie ein Film vor ihrem geistigen Auge abgelaufen, und seit Santo ihr unten im Weinkeller erzählt hatte, was geschehen war, ergab das alles plötzlich einen Sinn. Sie konnte sich noch genau daran erinnern, wie sie sich in jener schicksalshaften Nacht geliebt hatten. Am nächsten Morgen hatte sie lange geschlafen, und als sie aufwachte, war er fort gewesen.

»Wo ist denn Santo?«, hatte sie Raphael gefragt.

»Er ist zurück zur Uni.«

Santo besuchte damals das College in Davis, einer kleinen Stadt etwa eine Stunde von Napa entfernt – aber sie hätte genauso gut auf der anderen Erdhalbkugel liegen können. Caterina verstand einfach nicht, warum er so überstürzt weggefahren war.

Beim Abendessen an diesem Tag hatte ihre Mutter ganz beiläufig bemerkt: »Santo wird uns fehlen, nicht wahr? Bestimmt wollte er schnell zurück zu seiner Freundin. Ich habe gehört, wie er mit einem der Arbeiter gesprochen hat. Es scheint, als hätte unser Santo sich verlobt. Ist das nicht wunderbar?«

Caterina hatte sich sehr beherrschen müssen, damit man ihr den Schock nicht anmerkte. *Das kann nicht sein,* hatte sie sich immer wieder gesagt, verwirrt und verletzt angesichts dessen, was zwischen ihnen geschehen war. Sie hatten sich geliebt, waren mit Körper und Seele eins gewesen. Wie um alles auf der Welt konnte er da eine andere lieben?

Nach dem Essen hatte sie vollkommen außer sich versucht, ihn anzurufen, aber er ging nicht ans Telefon. In dieser Nacht tat sie kein Auge zu. Sie weinte vor Schmerz und Verzweiflung, bis die Sonne durch die Vorhänge in ihrem Schlafzimmer kroch. Dann war sie aufgestanden und hatte sich eiskaltes Wasser in das erhitzte Gesicht gespritzt. Blinzelnd hatte sie in den Badezimmerspiegel geblickt. Ihre Augen waren rot gerändert, und sie hatte hektische

Flecken im Gesicht. So konnte sie unmöglich hinausgehen ins helle Tageslicht, also hatte sie sich unter der Bettdecke vergraben und war den ganzen Tag im Bett geblieben. Ihrer Mutter hatte sie vorgemacht, sie sei krank.

Am nächsten Tag war sie wie geplant zurück nach San Francisco gefahren, wo ihr letztes Collegejahr begann. Wieder hatte sie versucht, Santo zu erreichen, auch diesmal vergeblich. Sie hatte die abscheulichste aller Sünden begangen, und er war ihr Komplize gewesen. Wo zum Teufel steckte er bloß?

Sie bereute nicht, mit ihm geschlafen zu haben. Aber wie konnte er sich nur ohne ein Wort aus dem Staub machen?

Sie war am Boden zerstört.

Doch als Caterina jetzt dasaß und durch das winzige Fenster hinausschaute auf die Weiten des Atlantischen Ozeans unter ihr, schienen alle Puzzleteile plötzlich perfekt zusammenzupassen und ein hässliches Bild zu ergeben.

Ava hatte Santo verboten, ihre Tochter zu heiraten.

Und wegen der rigiden Moralvorstellungen ihrer Mutter hatte sich Caterina nur einem einzigen Menschen anvertrauen können: Juliana. Aber die machte da gerade ihre eigene Tragödie durch.

Santo jedoch schien sehr bald wieder ganz der Alte zu sein. Ihre Mutter mochte seinen Plan vereitelt haben, Caterina zu heiraten, aber es dauerte nicht lange, da hatte er sich für eine andere entschieden. Sicher die Blonde, mit der sie ihn einmal in Napa gesehen hatte, dachte sie empört und aufgewühlt.

Wollte sie wirklich ihr ganzes restliches Leben mit einem

derart sprunghaften Mann verbringen? Dankbar, diesem Desaster nur knapp entgangen zu sein, schloss sie die Augen und fiel, eingelullt vom eintönigen Wummern der Motoren, in einen unruhigen Schlaf.

Sie und Marisa wachten erst wieder auf, als die Reifen kreischend auf dem Asphalt der Landebahn in Rom aufsetzten. Caterina wartete, bis die übrigen Fluggäste ausgestiegen waren.

Als sie die anderen Passagiere den Gang entlanggehen sah, quengelte Marisa so lange, bis Caterina sie an die Hand nahm und ein paar Schritte vor sich hergehen ließ, wobei sie gut aufpasste, dass ihr kleines Mädchen nicht das Gleichgewicht verlor. Die Stewardess gurrte entzückt bei dem putzigen Anblick, und Caterina platzte fast vor Stolz. Bald schon würde Marisa allein laufen. Als ihre Tochter genug hatte, nahm Caterina sie auf den Arm und lief weiter. Sie verließ das Flugzeug und stieg die Treppe hinunter. Eine Stewardess folgte ihr mit dem Wein, den sie mitgebracht hatte. »Der muss aber sehr gut sein«, bemerkte die junge Frau.

»Der Beste«, entgegnete Caterina im Brustton der Überzeugung und bedankte sich für die Hilfe.

Sie betraten das Flughafengebäude, wo sie schon von einem Fahrer im dunklen Anzug erwartet wurden, der sie abholen sollte. »Signora Rosetta? Ich kümmere mich um Ihr Gepäck. Wenn Sie mir bitte folgen würden, *per favore*.«

Signora. Diesmal ließ Caterina den Mann in dem Glauben, sie sei verheiratet. Sie folgte ihm durch die Ankunftshalle, vorbei an Cafés mit verlockendem Gebäck und dampfendem Cappuccino, die einfach göttlich dufteten.

Sie wünschte, sie könnte den Aufenthalt in Rom etwas verlängern, aber die Sekretärin des Ermittlers hatte alles genau geplant, und Caterina wollte den straffen Zeitplan nicht durcheinanderbringen. Also stieg sie in den Wagen und fragte: »Wie weit ist es bis Montalcino?«

»Zweihundert Kilometer«, antwortete der Fahrer. »Ungefähr drei Stunden. Sind Sie zum ersten Mal in Italien?«, erkundigte er sich. Sie bejahte, und er nickte. »Ich kenne viele Italiener aus den Staaten. Wir haben noch etwas Zeit für eine kleine Stadtrundfahrt zum Kolosseum und zu einigen anderen Sehenswürdigkeiten, wenn Sie möchten. Sie haben doch sicher Hunger? Und Ihre Kleine auch.«

Es war, als könne er ihre Gedanken lesen. »Etwas zu essen wäre wunderbar, und ein Cappuccino wäre einfach himmlisch«, stimmte sie ihm gähnend zu. Sie hatte zwar im Flieger etwas geschlafen, war aber alles andere als ausgeruht. Sie hatte kaum mehr als gedöst und jede Turbulenz gespürt. Der Fahrer empfahl ein Café ganz in der Nähe.

Mit großem Appetit verschlang Caterina einen Teller Pasta mit gemischtem Gemüse, den sie sich mit Marisa teilte, gefolgt von einem Cappuccino mit einem Biscotto. Marisa kaute auf dem steinharten Mandelkeks herum. Caterina tauchte das Plätzchen in den Milchschaum, was Marisas wunden Gaumen ein wenig zu beruhigen schien. Sie gab der Kleinen einen Kuss und war froh, dass sie schon wieder guter Dinge war.

Dann kutschierte der Chauffeur sie zum Kolosseum und zur Spanischen Treppe und zeigte ihr stolz die sehenswertesten Höhepunkte der Stadt.

»Heute habe ich eine kostbare Fracht«, sagte der Fahrer

lächelnd, als er Mutter und Tochter im Rückspiegel strahlen sah. »Wir Italiener fahren sonst wie die Verrückten, aber mit Ihnen und *la bambina* im Wagen gebe ich besonders acht.«

Caterina gab Marisa einen Kuss und flüsterte ihr zu: »Wir haben es geschafft, mein Schatz. Willkommen in unserem neuen Leben.« Liebevoll hielt sie die Kleine im Arm, die kurz darauf zufrieden einschlief. Die Reise war für sie beide anstrengend und eine echte Herausforderung gewesen. Ob es die richtige Entscheidung gewesen war hierherzukommen, würde sich wohl erst im Laufe der Zeit zeigen.

Ihr Blick ging hinaus über die wunderschöne Landschaft, die still und friedlich vor ihnen lag. Und doch hatte sie die mahnende Stimme ihrer Mutter noch im Ohr, die sie vor Italien gewarnt hatte. Bisher erschien es ihr als traumhaft schönes Land mit freundlichen Menschen, ausgezeichneter Küche und bestaunenswerten Sehenswürdigkeiten. Was sollte ihnen hier schon Schlimmes widerfahren?

12

März 1929
Montalcino, Italien

Ava stand in einem winzig kleinen Laden unter einem der Wohnhäuser in der kleinen Stadt und fuhr mit den Fingerspitzen über die zarte elfenbeinfarbene Spitze, die sie eben ausgesucht hatte. Es würde gerade für ein Taufkleidchen reichen.

Sie betete inständig, sie und Luca würden diesmal mit einem gesunden Kind gesegnet, auch wenn sie noch nicht mit Gewissheit wusste, ob sie wirklich schwanger war, und auch Luca noch nichts davon verraten hatte. Violetta hatte immer gesagt, ein Kind verändere einen Mann; durch Kinder würde er ruhiger und häuslicher.

Gerade öffnete sie ihren bestickten Beutel und kramte darin nach Münzgeld, um die Spitze zu bezahlen, als hinter ihr ein Tumult ausbrach.

»Achten Sie nicht auf diese dummen Gänse«, sagte der alte Ladenbesitzer und zählte Avas Geld auf dem Holztisch nach.

Avas Gesicht brannte vor Scham. Im Spiegel an der Wand des kleinen Dorfladens sah sie drei junge Mädchen, die hinter ihr standen und sich über sie lustig machten. Es schien ihnen ein teuflisches Vergnügen zu bereiten, Ava überallhin zu verfolgen und hinter ihrem Rücken über sie zu tuscheln.

Das Leben hier in der Toskana wurde mit jedem Tag unerträglicher. Luca trank mehr denn je, und seine Tobsuchtsanfälle häuften sich. Wann immer er glaubte, ihm sei auch nur das kleinste Unrecht geschehen, schrie und tobte er wie ein Wilder. Sie hatte inzwischen gelernt, ihm dann aus dem Weg zu gehen. Meistens verbrachte sie ihre Zeit mit Violetta und lernte von ihr alles, was es über die Führung des Weinguts zu wissen gab.

»*Grazie*«, murmelte Ava und nahm rasch ihren Einkauf an sich. Dann eilte sie aus dem Laden, und ihre knöchelhohen kalbsledernen Stiefelchen klackerten auf dem Kopfsteinpflaster. Die Mädchen folgten ihr kichernd.

Hilfesuchend schaute sie sich nach ihrer Cousine um, mit der sie sich auf der kleinen Piazza treffen wollte. Giovanna und ihre Schwester Alma waren die einzigen jungen Frauen in ihrem Alter, die sich mit ihr angefreundet hatten. Wobei sie zugeben musste, dass auch Natalie sich sehr um sie bemüht hatte, bevor diese grässlichen Gerüchte gestreut worden waren. Sie alle waren genau wie sie frisch verheiratet, schienen aber mit diesem Umstand ungleich glücklicher zu sein als Ava.

Sie setzte sich auf eine Steinbank, abgewandt von den garstigen Mädchen, und wünschte inständig, ihr modischer Kompotthut hätte eine breitere Krempe, unter der sie sich verstecken könnte. Der Duft von Oregano, Knoblauch und Basilikum hing schwer in der Luft, und ihr wurde ein wenig übel.

Ringsum begrüßten die Vögel mit fröhlichem Tirilieren

den Frühling. Der ausladende Baum, der den kleinen Platz beschirmte, war ein Feuerwerk frischer zartgrüner Blättchen. Eigentlich sollte sie sich darüber freuen, dass sie womöglich wieder in anderen Umständen war – diesmal würde sie das Kind hoffentlich austragen können –, aber ihr Herz war ein rabenschwarzer Abgrund der Verzweiflung.

Je näher der Geburtstermin für Natalies Baby rückte, desto lauter tuschelten die herzlosen Klatschweiber, verbreiteten ihren gemeinen Tratsch und kicherten anzüglich, wann immer sie Ava sahen. Sie konnte nicht einmal mehr zum Markt gehen, zu einer Feier oder auch nur in die Kirche, ohne den Blicken und dem hämischen Gekicher ausgesetzt zu sein. Sie fühlte sich wie angeklagt und verurteilt. Doch für welches Vergehen? Dafür, dass ihr Ehemann ständig auf Abwege geriet? Auf Luca hatte sie keinerlei Einfluss. Warum also gab man ihr die Schuld für sein Fehlverhalten und quälte sie so?

Giovanna hatte sie entdeckt und winkte ihr mit den in einem zierlichen Handschuh steckenden Fingern zu. Rasch eilte sie ihrer Freundin Ava zu Hilfe. Als die Mädchen sie sahen, zerstreuten sie sich endlich.

»Was sind das nur für grässliche kleine Biester!«, rief Giovanna ungehalten. Dann ließ sie sich neben Ava auf die Bank fallen, und ihr ausladender Rock bauschte sich um ihre winzige Wespentaille.

»Ich achte gar nicht auf sie«, versuchte Ava, sich ganz nonchalant zu geben. Italien war so ganz anders als ihre Heimat Frankreich. Hier wurde sie aufgezogen wegen ihres französischen Akzents, ihrer modischen Aufmachung, ihrer Frisur, ihrer Manieren und der falschen Aussprache italienischer Wörter. Sie wusste nicht, was man ihr übler nahm: dass sie Französin war oder dass sie Luca, einen der ihren, geheiratet hatte.

»Wofür brauchst du denn die Spitze?«, fragte Giovanna, um das Gespräch auf ein anderes Thema zu lenken. »Die ist wunderhübsch.«

»Für ein Babykleidchen.« Ava nähte schon fleißig Kleider für die Kinder, die sie eines Tages haben würde, denn sie sehnte sich verzweifelt nach einem Kind. Dann wüsste sie endlich etwas mit ihrer Zeit anzufangen, und es würde das Loch in ihrem Herzen stopfen, das der Tod ihrer Eltern hineingerissen hatte. Und vielleicht wäre auch Luca dann glücklicher; zumindest, wenn sie ihm den Sohn gebar, den er sich so wünschte.

»Das wirst du sicher bald brauchen.« Giovanna fächelte sich Luft zu. »Übrigens, ich habe gehört, Franco soll letzte Nacht nach der Hebamme geschickt haben. Natalie liegt wohl in den Wehen.«

Ruckartig drehte sich Ava zu ihr um. Sie fragte sich, ob das Kind Luca wohl ähnlich sehen würde. Wenn ja, würden die hässlichen Gerüchte wohl nie verstummen. »Wie geht es Natalie?«

Giovanna schüttelte den Kopf. »Es ist keine leichte Geburt.«

Als Giovanna und Ava später zum Herrenhaus zurückkamen, bat Violetta die Mädchen, die Blumen für die kleine Feier zu arrangieren, die abends stattfinden sollte. Giovanna plapperte munter immer weiter übers Kinderkriegen, die Wehen und das Wochenbett, bis Ava irgendwann ganz schummerig wurde.

Schließlich ging Ava nach oben, um sich umzuziehen. Sie entschied sich für ein smaragdgrünes Seidenkleid von einem französischen Modeschöpfer namens Jean Partou. Das Kleid hatte ihre Mutter ihr bei einem Ausflug nach Paris gekauft. Es hatte eine modisch tief sitzende Taille, und der Saum ging nur bis zum Wadenansatz knapp unterhalb der Knie. Für Montalcino viel zu gewagt und beinahe skandalös, aber heute bekamen sie Besuch aus Frankreich. Der würde ihren Sinn für Mode zu schätzen wissen.

Violettas Mädchen kam herein, um ihr die Haare zu machen. Nur widerstrebend befolgte sie Avas Anweisungen, ihre Haare nach der neuen Mode zu frisieren, die in Frankreich gerade der letzte Schrei war. Wie so viele junge Mädchen in Paris trug Ava einen Bob, aber den legte sie in freche Fingerwellen. Zumindest Violetta fand Gefallen an ihrem Geschmack. Die anderen konnten damit nicht viel anfangen.

Gerade als das Mädchen die letzten Handgriffe verrichtete, stürzte Luca mit wirrem Blick herein.

»Sehr schön, vielen Dank«, sagte Ava zu dem Mädchen und entließ es rasch. Dann wandte sie sich Luca zu. »Was ist passiert?«

»Es ist Natalie«, keuchte er völlig außer Atem. Achtlos warf er die Jacke auf den Boden und lief aufgebracht auf und ab.

»Ist das Baby schon da?«

»Nein«, fuhr er sie an. »Es dauert schon viel zu lange, und die Hebamme steht nur dumm herum und tut nichts. Franco hätte schon vor Stunden den Arzt rufen müssen. Meine Mutter hat gerade unseren Doktor zu ihnen geschickt.«

Ohne einen weiteren Gedanken stürmte Ava an ihm vorbei zur Tür hinaus und lief in fliegender Hast die Treppe hinunter. Violetta stand in der Eingangshalle am Wandtelefon und redete in die Sprechmuschel. Ava drückte die Faust auf den Mund. Sie hoffte inständig, dass Natalie nichts zustieß. Sie wünschte ihr nichts Schlechtes, und die bösartigen Gerüchte mussten ihr sicher ebenso zugesetzt haben wie Ava selbst.

Violetta lauschte kurz, dann schüttelte sie den Kopf. Sie verabschiedete sich und legte auf.

»Wie geht es Natalie?«, erkundigte sich Ava.

»Sie hat zu viel Blut verloren«, setzte Violetta an und musste sich dann unterbrechen, um sich mit dem Taschentuch die Tränen wegzutupfen. »Dem Baby geht es gut, aber für Natalie konnte der Arzt nichts mehr tun.«

Starr vor Entsetzen sah Ava sie an und legte sich eine Hand auf den Bauch.

»Natalie hat ihr Leben für ihr Kind gegeben.« Violetta breitete die Arme aus, und Ava ließ sich zitternd in ihre Umarmung fallen. »Sie war schon hier auf Erden immer ein Engel unter uns Menschen.«

Eine Geburt war immer ein ernsthaftes Risiko für Mutter und Kind, vor allem, wenn das Kind überfällig und zu groß war, aber Ava hatte nicht einen Augenblick daran gedacht, Natalie könnte bei der Geburt ihres Babys sterben.

»Natalie ist tot?«, donnerte Lucas zornige Stimme die Treppe herunter. Mit offenem Hemd und flackerndem Blick stand er da.

Violetta sah zu ihrem Sohn hinauf. »Sie haben alles in ihrer Macht Stehende getan.«

Luca stierte sie finster an, dann verschwand er in den Eingangsflur und war keine Minute später wieder da. »Franco wusste, dass sie in Gefahr war. Er hat ihr das angetan, absichtlich, um unsere Pläne zu durchkreuzen. *Franco hat sie umgebracht.*« Damit drehte er sich auf dem Absatz um, riss die Tür auf und stürmte aus dem Haus.

Es fing gerade an zu regnen, doch dadurch ließ Luca sich nicht von seinem Plan abbringen. Ava lief zur Tür. Im dunstigen Dämmerlicht sah sie Luca zum Stall stürzen und kurz darauf auf seinem Pferd herausreiten. Violettas Wagen war nicht da; der Fahrer war damit zum Bahnhof gefahren, um die Dinnergäste abzuholen.

Luca drückte dem Pferd die Fersen in die Flanken und galoppierte den Weg hinunter. Das regennasse Hemd klebte ihm am Körper. Ava rief ihm nach, aber er drehte sich nicht einmal um.

»Er will zu Franco, will ihn zur Rede stellen!«, schrie Ava und fürchtete plötzlich um Natalies armen Mann. *Was hat Luca da von einem Plan geredet?*

»*Dio mio*, ich muss Franco warnen.« Violetta eilte zum Telefon, drückte auf die Gabel und wartete auf die Dame von der Vermittlung. Es schien eine Ewigkeit zu dauern. Als die Dame vom Amt schließlich dran war, musste Violetta wieder warten. »Er geht nicht ran«, rief sie verzweifelt, und ihre Stimme bebte. »Bitte versuchen Sie es weiter.« Als immer noch niemand abnahm, rief Violetta schließlich Francos Onkel an mit der Bitte, Ausschau nach Luca zu halten.

Ava schickte ein Stoßgebet für Franco und Natalie und das arme neugeborene Kind gen Himmel. Was für eine

Tragödie! Vor Kummer und Schmerz stand Franco sicher vollkommen neben sich.

Ihnen selbst blieb nicht viel Zeit zu trauern, denn kurz darauf trafen bereits Violettas geschätzte Gäste ein. Der Chauffeur fuhr vor, die Gäste wurden ins Haus geführt, und bald hatten alle am Tisch Platz genommen. Giovanna und ihr Mann, Lucas Cousin, waren auch eingeladen.

Ava sorgte sich um Luca, und sie wusste, dass es Violetta nicht anders ging. Sie hatten nichts mehr von ihm gehört, und es fiel auf, dass sein Platz am Tisch leer blieb.

Gerade wurde der zweite Gang serviert, als es laut an der Haustür klopfte. Kurz darauf kam einer der Bediensteten zu Violetta und wisperte ihr etwas ins Ohr. Rasch entschuldigte sie sich und winkte Ava mitzukommen. Giovanna und ihr Mann sollten die Gäste weiter unterhalten.

»Signora Rosetta.« Der uniformierte Polizeibeamte zog respektvoll den Hut, als Violetta ins Foyer rauschte.

»Was höre ich da, mein Sohn soll verhaftet worden sein?«

Ava blieb die Luft weg. »Warum? Was hat er getan?« Was es auch sein mochte, diesmal war Luca eindeutig zu weit gegangen.

13

AUGUST 1956
MONTALCINO, ITALIEN

Während sie unter einem strahlend azurblauen Himmel durch die sanfte Hügellandschaft der Toskana fuhren, bestaunte Caterina die vielen Weinberge. Das war also das Land ihrer Vorfahren. Marisa drückte die kleinen Patschhändchen gegen die Fensterscheibe und wippte aufgeregt mit dem Kopf.

Der Fahrer wies auf eine hochgelegene Bergkuppe. »Dort oben liegt Montalcino. Wir müssen zum Nordosthang des Bergs. Ganz oben steht eine mittelalterliche Festung. Die ersten Mauern wurden bereits 1361 erbaut.«

Caterina reckte den Hals und versuchte, die alte Feste auszumachen. Die imposante steingemauerte Anlage wartete mit römischen Wachtürmen auf, die das sattgrüne Tal darunter überblickten.

Der Fahrer bog in eine lange Kiesauffahrt ein, an deren Ende eine große Villa in toskanischer Bauweise prunkte. Die Wände waren in einem zarten pudrigen Roséton verputzt, und lavendelblaue Läden rahmten die hohen Fenster. Leuchtend rosarote Bougainvilleen stürzten wie ein blühender Wasserfall an der Fassade herunter, und die hohe Eingangstür mit dem Rundbogen wurde von Zypressen in schlanken Tontöpfen gesäumt. Olivenbäume wiegten sich verträumt in der warmen abendlichen Brise. Zwei putzige kleine Häuser standen je links und rechts des Haupthauses, und sämtliche Gebäude duckten sich unter Dächer aus rostroten Terrakottaziegeln.

»*Buonasera*«, rief eine Frau, die in der Tür stand und winkte. Sie trug eine orange Bluse und einen bunten Rüschenrock.

Der Fahrer hielt, und die Frau eilte auf den Wagen zu. Caterina stieg aus, und die Frau umarmte sie und Marisa herzlich zur Begrüßung.

»*Benvenuto*«, sagte sie mit einem strahlenden Lächeln. Die dunkelblonden Haare fielen ihr bis auf die Schultern. Caterina fiel auf, dass ihre weiche Baumwollbluse an ein paar Stellen mit Mehl bestäubt war. Angeregt sprach sie auf Italienisch auf sie ein und begrüßte sie und Marisa überschwänglich. Caterina verstand kaum ein Wort.

Es war etliche Jahre her, seit sie das letzte Mal Italienisch gesprochen hatte, damals mit Santo, aber sie war sich ziemlich sicher, dass sie mit dieser Frau verwandt sein musste. »Sind wir Cousinen?«

»Oh, entschuldige bitte.« Die Frau lachte und wechselte zu Englisch. »Ich bin Giovanna. Deine Mutter und ich sind angeheiratete Cousinen.« Gurrend beugte sie sich über Marisa. »Ah, *la bambina dolce*.«

Caterina klappte vor Staunen fast die Kinnlade herunter. Ihre Mutter hatte nie etwas von einer Cousine erwähnt. Caterina dachte eigentlich, sie würde in einer Pension untergebracht, nicht bei einer Verwandten zu Hause.

Aus einer Seitentür des großen Herrenhauses kamen

zwei Jungs gelaufen und schleppten ihr Gepäck nach drinnen.

»Das hier war Signoria Violettas Haus. Sie hat ihre Anwälte angewiesen, dass du hier wohnen darfst, solange du möchtest. Selbstverständlich, schließlich gehörst du zur Familie. Ich sage den Jungs, sie sollen in deinem Zimmer eine Wiege aufstellen. Komm mit.« Sie winkte Caterina, ihr zu folgen. »Deine Mutter hat damals auch hier gewohnt. Das war kurz nach ihrer Heirat, in den späten 1920er Jahren. Sie hat dir sicher davon erzählt?«

»Nein, eigentlich nicht.« Caterina versuchte, sich ihre Verwunderung nicht anmerken zu lassen. Mit Marisa auf dem Arm folgte sie Giovanna nach drinnen, den Kopf voller Fragen. Hier also hatte ihr geliebter Vater gewohnt. Wie sehr sie sich wünschte, sie hätte ihn kennengelernt.

In dem grünen Baldachin aus Blättern über ihren Köpfen zwitscherten die Vögel, der Kies knirschte unter ihren Füßen, und Jasmin, zart wie Häkelspitze, streichelte die Luft mit seinem Duft. Gemeinsam stiegen sie die ausgetretenen Steinstufen zum Eingang hinauf. Caterina konnte sich lebhaft vorstellen, dass sich nicht viel verändert hatte seit der Zeit, als ihre Mutter hier gelebt hatte.

Beim Hineingehen sah sich Caterina in der kühlen, einladenden Eingangshalle um. Dunkle Holzbalken trugen die hohe Decke, glatte Steinfliesen glänzten unter ihren Füßen, und eine steinerne Wendeltreppe führte hinauf in den ersten Stock. Irgendwo im Hintergrund spielte eine Schallplatte mit einer Aufnahme von *Carmen*, gesungen von Enrico Caruso, und erfüllte das Haus mit schmeichelnden, lyrischen Klängen.

Giovanna brachte sie in ihr Zimmer im ersten Stock. »Das Abendessen ist bald fertig. Komm herunter, wann immer du möchtest. Du musst bestimmt müde sein nach der langen Reise. Wir sind heute Abend allein. Morgen lernst du die anderen Erben kennen, aber vorher solltest du dich ordentlich ausschlafen.«

Als Giovanna die übrigen Erben erwähnte, sah Caterina einen Schatten über ihr Gesicht huschen. Ob das auch alles Verwandte von ihr waren? Doch bevor sie Giovanna danach fragen konnte, hatte die schon die Tür zum Gästezimmer geöffnet und bedeutete Caterina, mit Marisa hineinzugehen.

»Signora Violetta bestand darauf, die Schlafzimmer im alten Haupthaus zu renovieren und jeweils mit einem eigenen Badezimmer auszustatten. Nachdem ihr Mann im Krieg gefallen war, fühlte sie sich oft so einsam, dass sie die Zimmer an frisch verheiratete Paare in den Flitterwochen vermietete oder an Rentnerehepaare. Die meisten wurden Freunde und kamen immer wieder. Das Haus wurde fast so etwas wie eine private Pension, aber heute wohnt hier sonst niemand mehr. Sie lebte im Alter sehr zurückgezogen. Und ich habe *la signora* den Haushalt geführt.« Sie seufzte. »Sie fehlt mir sehr.«

»Ich wünschte, ich hätte sie noch kennengelernt«, sagte Caterina. »Hatte sie noch andere Kinder?«

»Nein, das Glück hatte sie nicht. Ich war mit dem ältesten Sohn ihres Schwagers verheiratet. Während des Kriegs bin ich hierhergekommen, um ihr Gesellschaft zu leisten. Damals war es nicht gut, als Frau allein zu leben. Es waren schlimme Zeiten hier in der Toskana.«

Caterina konnte sich kaum vorstellen, wie es während des Kriegs gewesen sein musste. Neugierig schaute sie ins Schlafzimmer. Botanische Kunstwerke schmückten die Wände, in einer Ecke gab es einen Kamin, und frische Wildblumen prangten in einem bemalten Tonkrug. Das Eisenbett war unter den vielen farbenfrohen Kissen kaum zu sehen. Caterina hätte sich kein bezaubernderes Zimmer wünschen können. »Es ist wirklich entzückend.«

»Das war einmal mein Zimmer, und es ist heute noch einer meiner liebsten Räume im Haus.« Giovanna lächelte und ließ Caterina allein, damit sie sich etwas Bequemeres anziehen konnte.

Marisa kletterte begeistert auf das einladende Bett. Magisch angezogen von den Wildblumen im Krug zerrte sie an einem kleinen Deckchen auf dem Nachttisch, um an sie heranzukommen. Dabei warf sie beinahe die Nachttischlampe um, die gefährlich nah am Rand balancierte.

»Marisa, nein!«, rief Caterina entsetzt und schaffte es mit einem gewagten Hechtsprung, die Lampe in der Luft aufzufangen, bevor sie am Boden zerschellte. Dabei warf sie allerdings den Tonkrug um, die Blumen trudelten zu Boden, und das Wasser durchnässte das kleine Deckchen.

»Wa«, prustete Marisa und klatschte mit den winzigen Händchen fröhlich in die Pfütze.

Sie würde viel besser auf die Kleine achtgeben müssen, ging Caterina auf. Faith war wirklich ein Engel gewesen, den der Himmel geschickt hatte. »Ja, genau, Wasser. Aber damit darfst du nicht spielen. Und mit den Blumen auch nicht.«

Caterina nahm Marisa auf den einen Arm, schnappte

sich ein Handtuch und wischte mit der freien Hand das Wasser auf. Dann stellte sie die Blumen auf die hohe Kommode, weit weg von Marisas neugierigen Patschehändchen. Caterina war erschöpft von der weiten Reise, doch Marisa wirkte schon wieder ganz erholt.

»Zeit zum Umziehen, mein kleiner Schatz.« Caterina wickelte Marisa und zog ihr dann ein frisches Baumwollkleidchen an. Während Marisa in ihren neuen Sandalen durch das Zimmer tapste, streifte Caterina das graue Reisecomplet ab und schlüpfte aus den Pumps.

Mit einem wachsamen Auge auf Marisa spritzte sie sich etwas Wasser ins Gesicht und kämmte sich die Haare. Dann fiel ihr Blick auf ein kleines Parfümfläschchen im Badezimmer. *Violetta di Parma*. Das war derselbe Duft, der unberührt im Schlafzimmer ihrer Mutter stand. Einmal hatte sie ihre Mutter gefragt, ob sie etwas davon benutzen dürfe, aber Ava hatte ihr erklärt, es sei ein Erinnerungsstück. Behutsam tupfte sie sich ein wenig auf die Handgelenke und den Halsansatz. Dann zog sie, Giovannas Vorbild folgend, eine weiße Baumwollbluse an, dazu einen bedruckten Rock und geflochtene Espadrilles.

Caterina schaute sich im Zimmer um, und es war ihr fast, als habe sie einen Zeitsprung zurück in eine Ära des einfacheren Lebens gemacht. Mit den Fingern fuhr sie über das schneeweiße, handgenähte Bettleinen, die bestickten Kissen und die gehäkelte Überdecke. Alles in diesem Raum war mit Liebe und Geschick handgemacht.

Durch das offene Fenster wehte Vogelgezwitscher herein. Caterina saß auf der Bettkante und hob Marisa schwungvoll hoch. Hier war es ganz anders als in San Francisco. Man hörte nicht das stete Rauschen des Verkehrs, das Rumpeln der Müllwagen, keine Straßenwagenglocken schrillten, keine Werbung knisterte aus dem Radio. Hier würden Marisa und sie ein stilles, beschauliches Leben führen.

Sie konnte es kaum erwarten, das Haus zu sehen, das sie geerbt hatte. Und ihre Verwandten kennenzulernen.

»Ich habe dir etwas mitgebracht. Ich dachte, es könnte dir gefallen«, sagte Caterina und stellte die Tasche, die sie die ganze Zeit bei sich gehabt und wie einen Schatz gehütet hatte, auf den Küchentisch. Darin war der Wein, der das Erdbeben unbeschadet überstanden hatte. Sie zog eine der Flaschen mit dem Etikett von Mille Étoiles heraus und zeigte sie Giovanna, dann rutschte sie mit Marisa auf dem Schoß auf einen der Holzschemel.

Neugierig sah sich Caterina in der großen Küche um, die mit gut einem Dutzend alter, auf Hochglanz polierter Kupfertöpfe, geschnitzten Holzlöffeln und handgemachten Töpferwaren aufwartete, bunt bemalt mit einem fröhlichen Durcheinander aus Oliven, Trauben, Zitronen und diversen Tieren. Die Arbeitsplatte zierten farbenfrohe Kacheln. Es war eine italienische Version ihrer Küche zu Hause in Mille Étoiles. Es war so heimelig und behaglich, dass Caterina unwillkürlich lächeln musste, als sie sich vorstellte, wie ihr Vater als kleiner Junge hier gesessen haben musste.

»*Mille grazie.* Ein wirklich hübsches Etikett.« Lächelnd betrachtete Giovanna die Zeichnung des imposanten Herrenhauses vorne auf der Flasche. »Sieht aus wie ein altes französisches Château. Ist das wirklich bei euch in Napa?«

Caterina nickte. »Meine Mutter hat es nach dem Vorbild ihres Elternhauses in Bordeaux erbauen lassen.«

»Ich erinnere mich noch, dass Ava oft davon gesprochen hat. Wie hat sie dieses Haus geliebt! Und sie hatte immer schon einen exquisiten Geschmack, schon als ganz junge Frau. Wir haben oft Kleider getauscht, als sie noch hier gewohnt hat. Ich bin sehr froh, dass ich sie kennenlernen durfte. Wirklich schade, dass wir uns aus den Augen verloren haben. Irgendwie ist uns das Leben dazwischengekommen, und wir haben uns immer seltener geschrieben, bis der Kontakt irgendwann ganz abbrach. Wie geht es ihr?«

»Es geht ihr gut. Sie hat immer viel zu tun.« Da erst ging Caterina auf, dass Giovanna etwa im selben Alter wie ihre Mutter sein musste, aber sie hatte so eine sonnige, unbeschwerte Art, dass sie viel jünger wirkte. Wie konnten diese beiden so unterschiedlichen Frauen Freundinnen gewesen sein? Oder hatte ihre Mutter sich im Laufe der Jahre so sehr verändert? »Wie war meine Mutter eigentlich so als junge Frau?«

Giovanna legte den Kopf schief. »Als sie hierherkam, war sie zuerst sehr traurig. Sie hatte gerade ihre Eltern verloren. Luca und ich haben uns immer bemüht, sie zum Lachen zu bringen, und irgendwann ist es ihr auch wieder gelungen.« Ihr Lächeln verschwand, und sie drehte sich um.

»Und sonst so?«

»Na ja, alles andere weißt du doch sicher, nicht wahr?«

»Meine Mutter hat nie von ihrem Leben in Italien gesprochen. Kannst du mir nicht ein bisschen mehr erzählen?«

»Sie hat nie darüber gesprochen?« Verwundert schossen

Giovannas Augenbrauen nach oben. Dann beugte sie sich über die Arbeitsplatte und betrachtete eingehend die Weinflasche.

»Ich würde auch gern mehr über den italienischen Teil meiner Familie erfahren. Vor allem über meinen Vater.«

Giovanna senkte das Kinn. »Den trinken wir ein anderes Mal, wenn du nichts dagegen hast«, sagte sie und legte die Flasche in ein handgeschnitztes Weinregal, das in einer Ecke der Küche stand. »Da du unser Gast bist, würde ich dir gern zuerst einen unserer Weine anbieten.«

»Sehr gern.« Warum wich Giovanna ihrer Frage aus? »Brunello di Montalcino sind legendäre Weine.«

Giovanna nahm eine andere Flasche aus dem Regal. »Ich glaube, dieser Jahrgang könnte dir gefallen«, sagte sie und reichte Caterina den Wein. Sie legte den Kopf schief. »In Amerika isst man früher als in Italien, nicht wahr?«

Caterina lachte. »Das stimmt«, sagte sie. »Wir haben zwar in Rom eine Kleinigkeit gegessen, aber ehrlich gesagt habe ich einen Riesenhunger. Muss wohl die Zeitverschiebung sein.«

Giovanna griff nach ihrer Schürze. »Ich mache uns gleich was zu essen.« Sie zog einen Hochstuhl aus Holz für Marisa an die kleine Theke. »Hier kannst du Marisa hinsetzen.«

Caterina hob Marisa auf den Stuhl, und das kleine Mädchen schaute sich in der noch fremden Umgebung interessiert um und brabbelte dabei munter: »Mmm, ma-ma-ma.«

»Ein sehr fröhliches Kind.« Giovanna reichte Caterina eine fast antik anmutende Schere. »Wärst du so lieb und holst mir ein paar Kräuter draußen aus dem Garten? Basilikum, Petersilie und Oregano, *per favore*. Ich achte solange auf Marisa.«

Caterina ging nach draußen auf die mit Steinplatten belegte Terrasse. Unterhalb des auf einer Anhöhe gelegenen Anwesens erstreckte sich eine sanft gerundete Hügelkette, und in der Ferne sah man schneebedeckte Bergspitzen in den Himmel ragen. Im landwirtschaftlichen Flickenteppich aus Feldern konnte man hier und da auch lange Reihen von Weinstöcken ausmachen. Ein Lächeln schlich sich auf ihr Gesicht. Sie fühlte sich hier frei wie ein Vogel. Die Fesseln ihres alten Lebens schienen sich langsam zu lösen.

Dann entdeckte sie den Kräutergarten und spazierte gemächlich dorthin. Hier, unter der Sonne der Toskana, wuchsen die Kräuter üppig und sattgrün. Genüsslich zerrieb sie ein Basilikumblatt zwischen den Fingern und schnupperte daran, dann knipste sie ein paar der dicht belaubten Stängel ab. Die Oreganoblättchen waren klein, verströmten aber einen intensiven Duft, und sie schnitt einige lange Triebe ab, um dann auch etwas von der krausen Petersilie mitzunehmen, die sich sanft in der Brise wiegte. Ob ihre Eltern auch Kräuter aus diesem kleinen Garten geerntet hatten?

Caterina drehte sich um und ging zurück in die Küche, den Strauß duftender Kräuter im Arm, und genoss das süßherbe, kräftige Aroma, das sie verströmten. Drinnen roch es aus einem großen Kochtopf unter dem gemauerten Abzug schon ganz köstlich nach angedünstetem Knoblauch. Giovanna schnippelte gerade Gemüse für den Salat, und auf den Herdplatten standen mehrere Töpfe. Das alles erinnerte Caterina an Ninas Küche, und das Heimweh versetzte ihr unerwartet einen Stich.

»Es gibt einen frischen Salat, Brot, Capellini mit Roma-Tomaten und Rindfleisch Marsala.« Giovanna stellte einen kleinen Teller mit dünn aufgeschnittenen Tomaten und weichem Mozzarella-Käse, mit Olivenöl beträufelt und ein paar Kräutern überstäubt, vor Marisa auf den Tisch, die begeistert aufjauchzte.

Caterina musste lachen. »Ich glaube, sie mag italienisches Essen.« Sie schnitt die Sachen für Marisa in mundgerechte Häppchen und sah lächelnd zu, wie ihre Tochter die unbekannten Köstlichkeiten probierte.

»Machen wir doch den Wein auf«, sagte Giovanna, zog den Korken mit einem geübten Handgriff heraus und goss Caterina einen Schluck davon zum Kosten ins Glas. Auch sich selbst schenkte sie ein Probierschlückchen ein. »Natürlich sollte er noch etwas atmen, aber du kannst ihn gern schon einmal kosten.«

Caterina schwenkte das Glas und roch dann daran. »*Magnifico*. Ich rieche Traubenkirsche und schwarze Himbeere.« Noch einmal atmete sie das Bouquet ein. »Riecht erdig, nach Leder und dunklen Kakaobohnen.« Das war wirklich ein ganz besonderer Wein, wie man ihn nicht oft fand.

»Das ist unser Brunello di Montalcino«, erklärte Giovanna, und man hörte den Stolz in ihrer Stimme mitschwingen. »Er hat auch eine leichte Veilchennote. Bemerkst du sie?«

»Ich kenne ihn sehr gut. Den servieren wir im Hotel St. Francis in San Francisco – wenn er überhaupt zu bekommen ist. Ich habe dort als Sommelière gearbeitet.« Mit dem Glas in der Hand hielt sie inne.

Genüsslich atmete sie ein und schwelgte im üppigen Aroma des Weins. »Er besteht ausschließlich aus *Sangiovese-Grosso*-Trauben aus einer einzigen *commune*, richtig? Jede Flasche reift mindestens fünf bis sechs Jahre, wenn ich mich recht entsinne.« Sie nippte noch einmal. Was für ein wahrlich atemberaubender Wein! Sie ließ ihn sich auf der Zunge zergehen, ehe sie schluckte. »Großartig! Die Tannine sind satt und samtweich wie Wildleder.«

»Da hast du recht. Und oft reifen sie sogar bis zu zehn Jahre – oder noch länger.« Giovanna strahlte, als sie merkte, wie gut Caterina sich mit dem Prozess der Weinherstellung auskannte. »Die Brunello- oder *Sangiovese-Grosso*-Traube ist perfekt für eine lange Reifung. Wir mischen unsere Trauben nicht mit irgendwelchen anderen Sorten.«

Caterina hörte aufmerksam zu. »Wie sind denn das Terroir und das Klima hier?«

»Einzigartig. Verglichen mit der restlichen Toskana ist es hier recht trocken. An den Nordhängen ist es kühler als an den Südhängen, und die Westhänge bekommen am meisten Sonne und Seewind ab. Wir haben Rebstöcke auf allen Seiten des Bergs, damit wir den besten sortenreinen Wein aus *Sangiovese-Grosso*-Trauben mischen können.« Giovanna goss ihnen von dem dunkelroten Wein in die bauchigen Gläser.

»Großartige Idee! Soweit ich weiß, habt ihr hier, genau wie wir zu Hause in Napa, vulkanische Böden.«

»Ganz genau. Gemischt mit Lehm und Sandstein, was dem Wein eine zusätzliche Komplexität verleiht.«

»Ich kann es kaum erwarten, alles ganz genau zu erfahren.« Caterina hob ihr Glas und prostete Giovanna zu. »*Salute.*«

»*Salute.*« Ihr herzliches Lächeln zauberte Giovanna Lachfältchen in das freundliche Gesicht. Sie stieß mit Caterina an. »Ich freue mich immer, jemanden mit einer solch leidenschaftlichen Begeisterung für Wein kennenzulernen, noch dazu, wenn er sich so gut auskennt wie du.«

»Und dann auch noch eine Amerikanerin, hm?«, schmunzelte Caterina und zwinkerte ihr schelmisch zu.

»Nicht zu vergessen eine Frau«, entgegnete Giovanna lachend. »Und dann auch noch nach der – wie hieß das noch gleich? Prohibi…«

»Prohibition.« Caterina stimmte in Giovannas Lachen ein, und Marisa hob die Ärmchen und lachte auch mit.

»Es gibt nicht viele Winzer, die den Brunello machen. Man kann die Weingüter an zwei Händen abzählen. Im Ausland entdeckt man gerade diesen unglaublichen Wein, weshalb unsere Verkaufszahlen jedes Jahr weiter steigen. Was natürlich sehr gut ist für uns, ganz besonders nach der verheerenden Kriegszeit.« Sie schüttelte den Kopf. »Nachdem Mussolini verhaftet wurde, sind in der Toskana unzählige Menschen von den Nazis ermordet worden. San Pancrazio, Civitella, Cornia.« Mit gerunzelter Stirn wandte sie den Blick ab. »So viele auch aus unserer Familie.«

Caterina drückte ihr Mitgefühl aus, und Giovanna nickte dankbar. »Wir dürfen das nie vergessen, aber wir müssen jetzt nach vorne schauen und alles wieder aufbauen.« Sie rührte die Soße im Topf um. »Essen wir doch draußen auf der Terrasse. Es ist so ein schöner lauer Abend. Geh ruhig schon vor. Ich komme gleich nach.«

Caterina nahm Marisa auf den Arm und trug ihren Hochstuhl nach draußen auf die Terrasse. Die Sonne war schon untergegangen, und die ersten Sterne funkelten am klaren Abendhimmel. Es erinnerte sie an ihr Zuhause in Napa.

»So, da wären wir.« Giovanna kam zu ihnen nach draußen und stellte eine große Schüssel auf den Tisch. Die beiden Jungs, die Caterina vorhin mit dem Gepäck geholfen hatten, folgten ihr mit weiteren Schüsseln auf dem Fuß. »Grazie«, bedankte sich Giovanna und sagte noch ein paar Worte auf Italienisch zu ihnen.

»Sind das deine Jungs?«, fragte Caterina.

»Sozusagen. Ihre Eltern sind im Krieg umgekommen, also hat *la signora* sie bei sich aufgenommen. Sie helfen mir aus, wenn sie aus der Schule kommen. Ganz brave Jungs.«

»Bist du eigentlich verheiratet?«, erkundigte Caterina sich.

»Verwitwet. Mein erster Mann ist an einem seltenen Herzleiden gestorben, kurz nachdem Ava und Luca nach Amerika ausgewandert sind. Mein zweiter Mann starb während des Kriegs, bevor wir Kinder bekommen konnten. Hier gibt es viele Frauen wie mich. Aber was soll man machen?« Sie zuckte die Achseln und lächelte den beiden Jungen zu. »Manchmal besteht eine Familie aus den Menschen, die man um sich schart, und nicht aus denen, mit denen man verwandt ist.«

Bei Giovannas Worten musste Caterina an die Menschen denken, die sie in Mille Étoiles zurückgelassen hatte.

Sie setzten sich an den Tisch, und Giovanna erklärte Caterina die einzelnen Speisen. Caterina glaubte, noch nie so eine köstliche italienische Mahlzeit gegessen zu haben, und das sagte sie auch.

»Ich koche für mein Leben gern«, entgegnete Giovanna. »Und esse genauso gern«, sagte sie grinsend und tätschelte sich das Bäuchlein. »Damit vertreiben wir uns hier die Zeit – essen und trinken und ein ruhiges, beschauliches Leben führen.« Sie nippte an ihrem Wein. »Also, wie lange wirst du bleiben?«

»Ich habe vor hierherzuziehen.«

»Wirklich?« Giovanna schaute sie nachdenklich an.

»Ich kann es kaum erwarten, die Familie meines Vaters kennenzulernen. Vielleicht kannst du mir ein bisschen über sie erzählen.«

»Ich kann's versuchen.« Giovanna zögerte, das Glas in der Hand. »Aber ich sollte dich warnen.« Sie stellte das Glas auf den Tisch und wurde sehr ernst. »Es könnte morgen … wie soll ich sagen …« Sie unterbrach sich und machte dann eine Geste wie ein explodierender Feuerwerkskörper. »Es könnte bei der Testamentseröffnung zu einigen Explosionen kommen.«

»Explosionen?«, wiederholte Caterina etwas verwirrt. »Ach, du meinst Feuerwerk?«

Giovanna lachte über das Missverständnis. »Ganz genau. Wir haben hier ein sehr explosives Temperament. Manche Mitglieder unserer Familie haben sehr genaue Vorstellungen davon, wer was erben sollte. Und du bist nicht von hier.«

»Wir sind also Fremde, Außenseiter«, sagte Caterina,

die jetzt verstand, worauf Giovanna hinauswollte. Sie brach ein Stück Brot für Marisa ab, die genauso begeistert daran knabberte wie vorhin an dem Biscotto.

»Es könnte sein, dass manche Menschen neidisch sind. *La signora* hatte ihren ganz eigenen Kopf. Sie hat gemacht, was sie wollte. Und sie wollte dir als ihrer Enkelin etwas hinterlassen, obwohl sie dich nicht kannte. Ava hat ihr damals, als du noch ganz klein warst, einmal ein Foto von dir geschickt. Ich zeige dir nachher Violettas Fotoalbum. Vielleicht möchtest du das eine oder andere Foto daraus haben.«

»Ja, das wäre sehr nett, danke.« Caterina erfuhr immer mehr interessante Details über ihre Familie. Warum nur war ihre Mutter der festen Überzeugung gewesen, es würde ihr hier nicht gut ergehen?

Giovanna wickelte die Capelli mit der Gabel auf und kaute dann nachdenklich. »Morgen lernst du auch die Anwälte kennen, die als Testamentsvollstrecker den Nachlass verwalten. Sie kommen morgen Nachmittag eigens aus Rom hierher.«

»Ich muss gestehen, ich bin ein bisschen nervös.« Caterina nippte an ihrem Wein. »Was weißt du noch über meinen Vater?«

Giovanna zögerte und lächelte dann. »Weißt du, du bist ihm überhaupt nicht ähnlich.«

Caterina war ein wenig konsterniert angesichts dieser unerwarteten Antwort. »Kanntest du ihn denn?«

Giovanna nickte, schien sich dabei aber nicht recht wohlzufühlen in ihrer Haut.

Caterina musste daran denken, wie liebevoll ihre Mutter

stets klang, wenn sie von ihrem verstorbenen Ehemann erzählte. »Ich habe meinen Vater leider nicht kennengelernt. Meine Mutter hat immer gesagt, er sei ein gut aussehender, sehr charmanter Mann gewesen, und er habe alle um den Finger wickeln können. Kannst du mir ein bisschen mehr über ihn erzählen?«

Giovanna rutschte unbehaglich auf ihrem Stuhl herum und schien nicht recht zu wissen, was sie sagen sollte.

»Meine Mutter sagte immer, er sei ein sehr anständiger Mensch gewesen, der beste Ehemann, den man sich wünschen kann, und ein treu sorgender Vater. Ich wünschte, ich könnte mich noch an ihn erinnern, aber ich war noch so klein, als er gestorben ist.«

Giovanna verschluckte sich an ihren Nudeln und fing an zu husten. Sie wurde hochrot im Gesicht und musste einen großen Schluck Wein trinken.

Caterina sprang auf, um ihr zu helfen, aber da bekam Giovanna schon wieder Luft. »Alles in Ordnung, keine Sorge. Ich war bloß etwas … überrascht.«

»Überrascht, weshalb denn?«

Giovanna wirkte fassungslos. Sie war weiß wie die Wand, und ihr Blick ging von Caterina zum Tisch und wieder zurück. »Ach, mein liebes Kind, dein Vater ist …«

»Was ist mit ihm, Giovanna?« Was um alles auf der Welt konnte ihr nur so zugesetzt haben?

»Nicht tot. Ach, mein Liebes, dein Vater lebt. Er ist nicht tot.«

Caterina traute ihren Ohren kaum. Jeder Nerv in ihrem Körper war wie elektrisiert. »Bist du dir ganz *sicher*?«

»*Assolutamente.*«

»Aber wie kann das sein? Mein ganzes Leben habe ich um ihn getrauert, und jetzt sagst du mir, dass er noch lebt?« Das Blut rauschte ihr in den Adern. Was hatte ihre Mutter ihr angetan?

Giovanna legte eine Hand auf ihre. »Es tut mir so leid, dass du es auf diese Weise erfahren musst. Ava hat das getan, um dich zu schützen, als du noch klein warst. Ich habe sie gewarnt. Aber ich habe angenommen, sie hätte dir längst die Wahrheit gesagt.«

Caterina wurde ganz schwindelig vor Wut, und sie ballte zornig die Hände zu Fäusten. »Wie konnte sie mich nur all die Jahre anlügen? Er war – ist – mein Vater. Mein *wunderbarer* Vater. Ich habe ein Recht, das zu erfahren.« Sie sprang auf und lief hinter Marisas Stuhl auf und ab, während ihre Tochter jede ihrer Bewegungen mit großen Augen verfolgte.

Giovanna runzelte die Stirn und wirkte völlig erschüttert. »Bitte setz dich doch, Caterina. Es gibt noch mehr, was du wissen solltest.«

Kraftlos sank Caterina auf ihren Stuhl. Wie konnte ihre Mutter ihr das bloß antun? »Sie hat mir erzählt, mein Vater sei bei einem Verkehrsunfall ums Leben gekommen. Ich muss ihn sehen. Wo ist er? Ist er hier in Italien?«

Giovanna nippte an ihrem Wein. »Vielleicht hat deine Mutter die Geschichte dir zuliebe ein wenig ausgeschmückt.« Sie tätschelte Caterinas Hand. »Dein Vater war … ein schwieriger Mensch. Er hat eine unberechenbare, dunkle Seite. Darum wollte deine Mutter dich vor ihm schützen.«

Sprachlos starrte Caterina sie an. Hatte ihre Mutter

sie deshalb davor gewarnt, nach Italien zu fahren? Aber warum? Er war schließlich ihr *Vater*. Er würde ihr doch sicher nichts antun.

Wieder stieg Wut in ihr auf und löschte auch den letzten Funken Vernunft aus. Sie war rasend vor Wut beim Gedanken an ihre Mutter, mehr noch als zuvor. Was war das nur für ein Mensch, diese Ava Rosetta?

Giovanna stand auf und legte die Arme um Caterina. »Ich wollte dich nicht verletzen.«

»Du kannst nichts dafür. Wie hättest du das wissen sollen?« Aber wie hatte Ava ihr das alles verheimlichen können?

Marisa schaute von ihrem Stühlchen zu, und ihre Unterlippe fing an zu zittern, als sie ihre Mutter so aufgebracht sah. Schließlich fing sie an zu wimmern, also drehte sich Caterina zu ihr um, herzte sie und redete beruhigend auf sie ein.

»Du bist eine gute Mutter«, stellte Giovanna fest.

»Ich gebe mir Mühe, aber sie ist völlig übermüdet«, entgegnete Caterina. »Genau wie ich.« Sie musste an Juliana und Faith und Nina denken, und plötzlich hatte sie einen Kloß im Hals. Wie ihr diese Menschen fehlten, die sie sonst immer getröstet hatten. Jetzt war sie ganz allein, von Giovanna einmal abgesehen, die sie erst seit ein paar Stunden kannte. Ob sie ihr vertrauen, ihr diese Geschichte glauben konnte?

Giovanna stand auf. »Dann gehst du jetzt wohl besser schlafen. Morgen wird ein hochexplosiver Tag.«

14

August 1956
Napa Valley, Kalifornien

Ava erwachte vom Klirren der Fensterscheiben und Rappeln der Gemälde an den Wänden. Das Herz schlug ihr bis zum Hals, und sie krallte sich am Bett fest, während der Boden bockte und mehrere heftige Stöße das Haus in seinen Grundfesten erschütterten.

Es dauerte nicht lange, da kam Raphael in ihr Zimmer gestürzt. »Alles in Ordnung?« Er keuchte, so schnell war er über den Hof zu ihr gerannt.

»Ja, alles bestens, aber ich habe es langsam satt, so unsanft geweckt zu werden.« Ava schob die Füße in die Slipper, die sie neuerdings immer vor das Bett stellte. Sie hörte Nina aus dem Wohnzimmer nach ihr rufen und versicherte ihr, dass alles in Ordnung sei. »Also los, ziehen wir uns an und sehen nach, ob diesmal irgendwas beschädigt wurde.«

Nina goss ihnen ein Glas Saft ein, während Raphael den Gashahn abdrehte. Nach dem letzten Zwischenfall hatten sie alle zerbrechlichen Gegenstände im Haus gesichert. Raphael hatte angefangen, mit seiner Mannschaft an der Instandsetzung des Weinkellers und der Kellerei zu arbeiten.

Sie alle lebten schon lange genug in Kalifornien, um zu

wissen, dass die Nachbeben genauso heftig sein konnten wie das eigentliche Erdbeben. Was sich auch diesmal wieder gezeigt hatte.

In Jeans, Stiefeln und Baumwollhemden machten sich Ava und Raphael auf den Weg zur Kellerei. Der Morgenwind blies Staub vor ihnen her. Der Geruch trockener, roher Erde stieg ihnen in die Nase.

»*Mon dieu*«, rief Ava bestürzt und lief los.

Felsbrocken, die sich vom Berg gelöst hatten, lagen über das ganze Anwesen verstreut wie überdimensionale Würfel, und darunter lagen die neuen Geräte zerquetscht und zerschmettert wie Spielzeug. Mit offenem Mund schaute Ava sich um, ihre Lippen zitterten, und sie verzog schmerzlich das Gesicht. Sie war so entsetzt, dass es ihr die Sprache verschlug. Hilfesuchend sah sie Raphael an.

Er trat zu ihr und nahm sie in die Arme. »Das sind nur Dinge, Ava, die kann man ersetzen«, versuchte er, sie zu trösten, und streichelte ihr beruhigend über den Rücken.

»Nein, nein, Raphael. Gott hat sich gegen mich gewendet.« Ava vergrub das Gesicht an seiner Brust.

»Ava, das ist bloß eine Laune der Natur, eine schlechte Laune, mehr nicht.«

Wirklich? Ava kam es vor, als bräche ihr das Herz. Alles, was ihr lieb und teuer war, schien ihr plötzlich zu entgleiten. Caterina, das Weingut. Leise schluchzte sie in Raphaels Hemd.

Er hob ihr Kinn mit der Hand an und strich mit den Lippen über ihre Stirn. »Wir schaffen das. Wir haben es doch immer geschafft.« Dann nahm er sie ganz sanft an die Hand und führte sie durch Steine und Schutt.

Vorsichtig stieg Ava über Trümmer und Geröll und hustete vom aufgewirbelten Staub. »Sieh dir das doch nur mal an.« Ihr ganzes Leben lag als Scherbenhaufen vor ihr, in mehrerlei Hinsicht.

»Es sieht zwar schlimm aus, aber vielleicht ist ja doch noch was zu retten.« Raphael drückte ihre Hand. »Wir haben auch schon schwerere Zeiten zusammen durchgestanden, Ava.«

Ava schaute auf und spähte in die Kellerei im Eingang zur Höhle. Zu ihrem Entsetzen hatten Felsbrocken das Dach durchschlagen, und die dicken Deckenbalken waren unter der Last des Gesteins zusammengebrochen. Darunter begraben lagen zermalmt ihre Maschinen. Zerstört. Die Abbeermaschine, die Mühle – alle bis zur Unkenntlichkeit zerschmettert und verbogen. Hoffnungslos, das alles reparieren zu wollen.

»Es kostet uns ein Vermögen, das alles zu ersetzen.« Mutlos sackte Ava in sich zusammen, als ihr das ganze Ausmaß der Zerstörung bewusst wurde. »Bald müssen wir mit der Lese beginnen. Was sollen wir denn jetzt machen?«

Raphael legte Ava die Hand auf den Arm und zog sie an sich. Sein Gesicht wirkte entschlossen. »Uns fällt schon etwas ein. Wir bauen alles wieder auf, noch besser als vorher. Dieses Jahr keltern wir einen hervorragenden Wein, um den sich die besten Hotels und Restaurants im Land reißen werden. Du wirst schon sehen, Ava.«

Ava fuhr sich über die Augen. »Diesmal nicht«, seufzte sie niedergeschlagen. »Ich schaffe das nicht noch mal. Ich habe einfach nicht mehr die Kraft dazu.« *Nicht ohne Caterina.*

»Du bist die stärkste Frau, die ich kenne«, sagte Raphael und nahm ihr Gesicht in beide Hände. »Und ich bin immer für dich da.«

Es war einfach alles zu viel. Ava riss sich von Raphael los und sank auf die Knie. Zusammengekauert und mit gesenktem Kopf verbarg sie das Gesicht in den Händen. »Nein, diesmal ist es einfach zu viel.«

Raphael wusste nichts über ihre finanzielle Lage. Alles Geld, das sie hatte, hatte sie in die neuen Maschinen gesteckt und zusätzlich noch einen Kredit aufgenommen. In diesem Jahr hätten sie zum ersten Mal auf den neuen Parzellen lesen können, die sie mit den alten Reben vom Gut ihrer Eltern in Frankreich bepflanzt hatte. Sogar die alten Gerätschaften hatte sie verkauft, um die neuen finanzieren zu können. Es war nichts mehr da.

Raphael kniete sich neben sie. »Wir kriegen das hin, Ava. Ich habe schon einmal gesehen, wie du die Weinberge und das Gut im letzten Augenblick vor dem Ruin gerettet hast. Hast du schon ganz vergessen, wie es war während der Depression?«

Ava schluckte. Manche Jahre waren magerer gewesen als andere, aber nie war die Lage so aussichtslos gewesen wie damals. Raphael strich ihr über Nacken und Schultern und massierte die Spannung aus den brettharten Muskeln. Aber es war zu spät.

Verzweifelt schluchzte sie in ihre Hände, und der Gefühlsaufruhr der vergangenen Tage steigerte sich zu einem erschütternden Crescendo. »Das habe ich alles nur für Caterina getan. Das sollte ihr Erbe sein. Und nun ist sie fort – und ich habe sie vertrieben.« Caterinas Dilemma hatte bei Ava einen Nerv getroffen, und sie hatte einmal zu oft die Beherrschung verloren.

»Jetzt sorgen wir uns erst mal um die diesjährige Ernte. Wir sind für das Auskommen vieler Menschen verantwortlich, Ava.«

Wie immer bewahrte Raphael einen kühlen Kopf. Sie musste an Nina denken, die vielen Saisonarbeiter und ihre eigenen Leute im Weinberg. Sie stand ganz allein am Steuer dieses Schiffs; eines Unternehmens, das nicht nur ihre eigene Familie ernährte, sondern auch viele andere Menschen beschäftigte. Ein Unternehmen, das abhängig war von den Kapriolen des Wetters, der Wirtschaft und des Kapitals. Und nun musste sie auch noch an ihre Enkelin denken. Wie hieß sie noch gleich? *Marisa.* Ein wirklich schöner Name. Bei dem Gedanken schnürte es ihr die Kehle zu. Sie trocknete ihre Tränen. »Vielleicht können wir für die Lese Maschinen ausleihen.«

»Wir können es versuchen, aber sicher stecken viele Nachbarn nach diesem Beben auch in Schwierigkeiten.«

Wenn die Trauben reif waren, arbeiteten alle fieberhaft fast rund um die Uhr. »Ich weiß nicht, ob ich noch einen Kredit bekomme. Und wenn doch, schaffen wir es dann noch rechtzeitig, neue Maschinen anzuschaffen? Sonst müssen wir die Trauben abschneiden.« Wobei das das allerletzte Mittel war, was sie sehr wohl wusste.

»Das kostet aber auch.«

Ava musste an all die Arbeit und das viele Geld denken, die sie schon in das Weingut gesteckt hatte. *Nur um jetzt alles zu verlieren?* Eine gute Ernte könnte reichen, um Mille Étoiles zu sanieren. Sie blinzelte und versuchte, sich auf das zu konzentrieren, was jetzt zu tun war. Sie würde Caterina um Verzeihung bitten und sie anflehen zurückzukommen. Ganz bestimmt würde sie mit Marisa nach Mille Étoiles zurückkehren. Das alles sollte ja einmal ihnen gehören. Ava schaute auf. »Raphael, du hast vollkommen recht. Es muss einen Weg geben. Die Trauben sind dieses Jahr besonders gut, wie Goldtröpfchen. Das ist unsere einzige Chance.«

Raphael strich ihr mit der Hand über den Rücken, und ein Mundwinkel verzog sich nach oben. »Wir brauchen Geld. Sehr viel Geld.«

Avas Schultern sackten nach unten. »Ich werde alle Hebel in Bewegung setzen.« Aber es gab da noch ein anderes Problem. Eins, von dem sie bisher niemandem auch nur ein Sterbenswörtchen gesagt hatte. Nicht einmal Raphael.

Am nächsten Tag stieg Ava in ihren Wagen. Sie klappte die Sonnenblende herunter und begutachtete mit einem prüfenden Blick den Lippenstift, dann wischte sie sich mit der Fingerspitze etwas verschmierte rote Farbe aus dem Mundwinkel.

Sie richtete den Kragen ihrer weißen Leinenjacke und zupfte ihr seidenes Paisley-Tuch zurecht, obwohl es eigentlich tadellos saß. Vor Nervosität stand ihr Magen kopf. Sie war auf dem Weg zu ihrem Bankier in Napa, ein guter Freund von ihr, der ihr in der Vergangenheit bereits mehrfach unbürokratisch aus der Klemme geholfen hatte. Ob er ihr auch jetzt wieder aushelfen würde? Sie brauchte einen weiteren, größeren Kredit, um noch vor der Lese die benötigten Maschinen zu ersetzen. Aber diesmal ging es um mehr.

Sie löste die Handbremse. Wenn Caterina erfuhr, was für eine großartige Ernte sie erwarteten, würde sie vielleicht zurückkommen, um beim Keltern des Weins zu helfen. Den Zweifel im Bauch versuchte Ava rasch zu unterdrücken und wandte sich in Gedanken wieder dem Geschäftlichen zu.

Der Finanzierungsplan, den sie und Raphael gemeinsam erarbeitet hatten, sollte überzeugend genug sein. Die Versicherungen deckten den überwiegenden Teil dessen ab, was sie brauchten, wenn auch nicht alles. Allerdings war die Bank von einem größeren Finanzunternehmen aus San Francisco übernommen worden, und sie fürchtete, womöglich Dokumente vorzeigen zu müssen, über die sie nicht verfügte.

Sie drehte den Schlüssel in der Zündung. Als das Auto nicht gleich ansprang, trat sie mit wachsender Frustration ein paarmal kräftig auf das Gaspedal.

Ob meine Lügengeschichten mich am Ende Mille Étoiles kosten werden?

Entschlossen presste sie die Lippen zusammen und versuchte es noch einmal. Der Motor startete mit durchdringendem Dröhnen. Sie ließ den Wagen auf die Serpentinenstraße rollen und dachte an die Herausforderungen, die ihr bevorstanden.

In diesem Jahr würde sie den Umsatz steigern müssen, um die Vergrößerung des Weinguts, die sie vor drei Jahren in Angriff genommen hatte, finanzieren zu können. Je nach Rebsorte ließen sie ihren Wein zwölf bis sechsundzwanzig Monate reifen, ehe er an ihren Kundenstamm aus erstklassigen Restaurants, Hotels und Weinhändler verschickt wurde.

Auch Weinsammler erstanden ihren Wein kistenweise, um damit ihre privaten Weinkeller zu bestücken. Die roten Mille-Étoiles-Cuvées ließen sich bemerkenswert gut lagern. Zu ihren Privatkunden gehörten bekannte Hollywood-Schauspieler, Industrielle und andere fachkundige Sammler.

Mit den Preisen, die sie gewannen, zogen ihre Weine die Aufmerksamkeit von Käufern und Sammlern auf sich. Nachdem selbst internationale Medien von dem Erdbeben berichtet hatten, war es nun wichtiger denn je, an Wettbewerben teilzunehmen, um nervöse Käufer zu beruhigen. Aber um das alles bewerkstelligen zu können, mussten sie jetzt retten, was noch zu retten war.

Ava drosselte das Tempo, um eine Haarnadelkurve zu nehmen, und sah plötzlich einen Mann am Straßenrand stehen, der ihr hilfesuchend zuwinkte. Bestimmt einer der Erntearbeiter, die mit Raphael den Reifegrad der Trauben überprüften. Das hier war alles ihr Land. Nur selten verirrte sich ein Fremder hierher. Sie brachte den Wagen zum Stehen und zog die Handbremse an.

Dann kurbelte sie das Fenster herunter. »Was ist los?«, rief sie dem Mann zu.

»Raphael braucht Hilfe, sofort.« Der Mann hatte eine raue Stimme und einen hörbaren Akzent, und er hatte den Hut mit der breiten Krempe tief ins Gesicht gezogen. Mit schnellen Schritten kam er auf das Auto zu. »Schnell.«

Entsetzt stieß sie die Autotür auf und sprang heraus.

Ihre eleganten taubengrauen Pumps klackerten auf dem ausgeblichenen, aufgesprungenen Asphalt. »Was ist denn passiert?«

Ehe sie sich versah, hatte der Mann sie blitzschnell am Arm gepackt, ihn ihr nach hinten auf den Rücken gedreht und drückte sie mit der Brust gegen das Auto.

Ava schrie auf und versuchte, sich zu wehren. »Aufhören! Was soll denn das?« Sie konnte den Angreifer, der hinter ihr stand, zwar nicht sehen, aber der Schraubstockgriff und die Reibeisenstimme weckten böse Erinnerungen in ihr. Mit aller Kraft trat sie dem Mann mit dem Absatz auf die Stiefelspitze und wollte sich aus seinem Klammergriff losreißen.

Der Mann lachte höhnisch auf. »Stahlkappen sind doch was Praktisches, findest du nicht?«

Seine unverstellte Stimme jagte Ava einen eiskalten Schauer über den Rücken. *Das kann nicht sein.* Noch während sie am ganzen Körper zitterte, versuchte sie sich zu befreien, aber er hielt sie nur noch fester und gluckste ihr spöttisch ins Ohr.

»Lass es, Schätzchen. Ich war schon immer stärker als du.«

»Luca«, spie Ava angewidert aus. Die alte Angst, von der sie geglaubt hatte, sie für immer hinter sich gelassen zu haben, packte sie mit eiskalter Hand, und in ihrem Kopf begann sich alles zu drehen. *Was will er hier?* Sie hatte ihn nicht mehr gesehen, seit Caterina ein kleines Kind gewesen war. »Ich habe dir doch gesagt, du sollst nie wiederkommen«, zischte sie.

Wieder lachte er und drehte sie dann grob um. Er kam

mit dem Gesicht ganz dicht an sie heran. »Freust du dich nicht, mich zu sehen?«

»Für mich bist du gestorben.« Sein Atem roch nach billigem Schnaps und faulen Zähnen. Das Alter stand ihm nicht gut zu Gesicht. Mit aller Macht versuchte sie, die aufsteigende Panik zu unterdrücken.

»Ich dachte, die Zeit hätte dein Herz für mich erweichen können.«

Hass flammte heiß in ihr auf, als ihr entsetzliche Bilder durch den Kopf schossen. »*Niemals.* Was du getan hast, ist unverzeihlich, du kranker Mistkerl.« Sie holte aus, um ihn zu ohrfeigen, aber er hielt ihre Hand fest.

»Vorsicht, so böse Worte musst du nachher dem *padre* beichten.«

»Wenn du mich nicht auf der Stelle loslässt, werde ich noch viel mehr zu beichten haben. Ich bringe dich um, das schwöre ich dir.« Angewidert spuckte sie ihm ins Gesicht. *Und ich kusche auch nicht vor dir.*

Im ersten Moment wirkte er erstaunt, dann funkelte es verschlagen in seinen Augen. Mit einem schmuddeligen Ärmel fuhr er sich über das Gesicht und wischte sich ihren Speichel von der Wange. »Wie schade. Ich dachte, du hättest mich vielleicht vermisst«, spottete er. »Oder mich zumindest offiziell für tot erklären lassen.«

»Runter von meinem Grund und Boden«, fuhr sie ihn an. »Ich zeige dich beim Sheriff an.«

Doch Luca prustete nur abfällig und presste sich noch fester an sie. »Was für ein Zufall, dass du das sagst. Ich habe mir das Grundbuch angesehen. Und weißt du was – das Weingut läuft immer noch auf meinen Namen. Du wirst nirgendwo auch nur mit einem Wort erwähnt. Stell dir das mal vor.«

Da verlor Ava vollends die Beherrschung. Wütend boxte sie ihm mit den Fäusten gegen die Brust und verkratzte ihm mit den Fingernägeln das Gesicht. »Wir haben es mit dem Erbe *meiner* Eltern gekauft – das war *mein* Geld, Luca. Dir steht davon rein gar nichts zu. Und außerdem hast du deinen Anteil längst bekommen, auch wenn ich weiß Gott nicht verstehe, warum deine Mutter sich darauf eingelassen hat.«

»Hat sie dir das gesagt? Und hat sie dir auch gesagt, dass sie sich geweigert hat, mir genug Geld zu schicken, damit ich nach Italien zurückkehren kann? Die ganze Zeit habe ich in Spanien festgesessen. Und jetzt hole ich mir, was mir rechtmäßig zusteht.« Wieder lachte er. »Streng genommen befindest du dich unerlaubt auf meinem Grund und Boden. Du hast es dir hier gemütlich gemacht mit Raphael, dem Landarbeiter.«

»Das kannst du nicht machen!«, schrie sie und wehrte sich mit aller Kraft gegen ihn. »Und lass gefälligst Raphael aus dem Spiel. Das hier ist eine Sache zwischen dir und mir. Er hat damit rein gar nichts zu tun.«

»Ganz ruhig, meine Tigerin. Ich *mache* doch gar nichts. Die ganze Chose war immer schon mein Eigentum. Ich habe dich nur großzügigerweise hier wohnen gelassen.«

»*Großzügigerweise*? Wie kannst du es wagen, dein Gesicht hier zu zeigen, nach allem, was du mir angetan hast?« Noch immer trug sie die körperlichen und seelischen Narben seiner Misshandlungen.

Sein Mund verzog sich zu einem fiesen, tabakgelben

Grinsen. Mit einer blitzschnellen Bewegung schlug Luca ihr mit dem Handrücken ins Gesicht.

Ava schrie auf und fiel rückwärts gegen den Wagen, ganz benommen von dem Schlag. Der stechende Schmerz, ihr verbissener Kampf, sein Blut unter ihren Nägeln, das zerkratzte Gesicht – all das schien ihm ein teuflisches Vergnügen zu bereiten und ihn nur noch mehr anzustacheln.

Mit der Faust fasste er ihr in die Haare und drückte ihr Gesicht gegen den heißen Blechkotflügel. »Du weißt also, was diese vermaledeite alte Frau getan hat?«

Ava kniff die Augen zusammen, so fest sie konnte, und betete, jemand möge die Straße heraufkommen und sie sehen. Aber sie wusste nur zu gut, dass Raphael alle Hände voll damit zu tun hatte, die beschädigten Maschinen zu reparieren und zu retten, was zu retten war. Und Nina war in der Küche beschäftigt. Luca könnte ihr einfach das Genick brechen und bräuchte keine Angst zu haben, dabei erwischt zu werden. Nein, er würde es sogar noch genießen.

»Du weißt es, nicht wahr?«, knurrte er ihr ins Ohr.

»Nein, nein, ich weiß es nicht!«, schrie sie auf. Der Schmerz war stärker als ihre Entschlossenheit. Sie musste sich zusammenreißen, um nicht den Kopf zu verlieren. *Was mache ich denn jetzt?*

»Vor ihrem Tod hat sie mir geschrieben und gesagt, dass sie mich enterbt und meinen monatlichen Unterhalt gestrichen hat. Sie sagte, es sei an der Zeit, dass ich endlich auf eigenen Füßen stehe. Das sei ihr Geschenk an mich. Und das verfluchte Haus – da, wo alles passiert ist –, das hat sie *deiner Tochter* vermacht.« Er packte sie noch fester. »Ich habe nichts bekommen. Und deshalb bin ich jetzt hier: Um mir zu nehmen, was mir von Rechts wegen zusteht.«

»Ich gehe hier nicht weg. Da kannst du warten, bis du verschimmelst. Mille Étoiles bekommst du nicht.« Ava trat nach ihm, ihre Strumpfhose zerriss, und sie verlor im anschließenden Handgemenge einen Schuh.

»Harte Worte für ein frommes Flittchen wie dich.« Seine schmutzigen Finger krochen über ihren Hals, und sein fauliger Atem stieg ihr in die Nase.

Sie hielt seinem Blick stand und sah ihm geradewegs in die Augen. »Mach doch, trau dich. Diesmal sperren sie dich lebenslänglich weg.«

Er versetzte ihr eine schallende Ohrfeige. »Du hast zwei Wochen Zeit, hier zu verschwinden.«

Sie zog den Kopf ein; der Schädel schmerzte ihr von dem Schlag, und es klingelte in ihren Ohren. »Sonst was, Luca? Der Sheriff wird nach dir suchen.«

Er ließ ein großes Klappmesser aufschnappen und fuchtelte damit vor ihrem Gesicht herum. »Sonst bin ich sehr bald ein reicher Witwer.« Sein früher einmal so attraktives Gesicht verzerrte sich zu einer monströsen Maske. »Wenn du nicht freiwillig verschwindest, zünde ich den ganzen Laden an. Und dir bleibt nichts als tote Reben und Asche.« Endlich trat er einen Schritt zurück.

Hastig stolperte Ava zu ihrem Wagen, legte hektisch den Gang ein und trat das Gaspedal durch. Der Motor heulte auf, und sie hielt geradewegs auf Luca zu. Mit einem Hechtsprung brachte er sich in Sicherheit, und sie riss im letzten Augenblick das Steuer herum und schluchzte auf. Nicht, weil er ihr wehgetan hatte, sondern weil sie es noch immer nicht über sich brachte, den Dreckskerl umzubringen.

Als sie wegfuhr, hämmerte es unerbittlich in ihrem Schädel. Ihre Wangen brannten vor Scham angesichts der Lügen, die sie erzählt hatte, und sie war außer sich vor Wut über das, was ihr Ehemann ihr angetan hatte. Während sie mit quietschenden Reifen die Serpentinenstraße hinaufraste, hallten ihr die Worte von damals in den Ohren. *Du bist für mich gestorben, Luca, und für Caterina auch. Verschwinde und komm nie wieder! Gestorben, hörst du? Tot und begraben!*

Im hintersten Winkel ihres Herzens wünschte sie sich, sie hätte ihn damals tatsächlich umgebracht. Das wäre eine mehr als gerechte Strafe für ihn gewesen.

Es war, als könnte sie jetzt noch den stickigen Staub jenes brütend heißen Nachmittags im Napa Valley schmecken. Luca war mit dem Wagen in einer gewaltigen Staubwolke vom Grundstück gerast. Ein paar Wochen später, als sie sich sicher sein konnte, dass er nicht zurückkommen würde, hatte sie allen erzählt, Luca sei während einer Geschäftsreise bei einem Autounfall ums Leben gekommen.

Denn wer hätte ihr schon geglaubt, hätte sie die Wahrheit gesagt? Alle liebten Luca, er war gesellig und immer zu Späßen aufgelegt, wenn auch etwas bequem. Sie hatte niemanden, der sie und ihr Baby gegen diesen Unmenschen von einem Ehemann beschützte. Sie *musste* Caterina vor ihm schützen. Für ihre Tochter hätte sie ihr Leben gegeben. Ein Kind durfte nicht für die Fehler seiner Mutter büßen.

Mit auf dem glühenden Asphalt quietschenden Reifen

raste Ava dorthin zurück, wo Raphael gerade arbeitete. Ruckartig bremste sie, als sie ihn sah, und stürzte aus dem Wagen.

Als Raphael sie entdeckte, ließ er alles stehen und liegen und rannte besorgt auf sie zu. »Ava, du bist verletzt! Was ist passiert?«

Sie fiel ihm in die Arme, und er hielt sie, sanft und doch fest, und sah ihr in das zerschlagene Gesicht, während sie haltlos weinte. Raphael kannte als Einziger all ihre Geheimnisse. Alle anderen hatte sie angelogen, sogar ihren Beichtvater. *Für diese Sünde musste es einen eigenen Höllenkreis geben.* Sie presste die Hand vor den Mund und sank in sich zusammen. Nur Raphael hielt sie noch aufrecht. Ihr Lügengebilde drohte in sich zusammenzustürzen und sie unter sich zu begraben.

Und nun war auch Raphael in Gefahr. Wenn ihm etwas zustieße, würde sie sich das nie verzeihen. Stockend holte sie Luft und stammelte abgehackt zwischen lauten Schluchzern: »Luca ist wieder da.«

»War er das?«, fragte Raphael und küsste ihr ramponiertes Gesicht.

Sie nickte. Wie sie sich für ihre Lügen schämte, auch wenn er längst alles über Luca wusste. Vor Schmerz zuckte sie zusammen. Mit einem hatte Luca jedenfalls recht gehabt: Raphael bedeutete ihr sehr viel. Immer öfter stahl er sich in ihre Träume. Ihre Sünden türmten sich zu einem Berg auf, unüberwindlich und bis in den Himmel ragend, aber des Ehebruchs hatte sie sich nicht schuldig gemacht. Ihrem Glauben – und dem Gesetz nach – war sie noch immer eine verheiratete Frau. Raphael verstand das und wahrte respektvollen Abstand. Aber es fiel ihnen beiden zunehmend schwerer.

Seine dunklen Augen glühten vor Wut. »Wo zum Teufel steckt der Dreckskerl?«

»Er hat mich an einer Kurve abgefangen. Bestimmt ist er längst über alle Berge.«

Raphael sah sie mit zusammengezogenen Augenbrauen an. »Und was will er von dir?«

»Alles. Mille Étoiles läuft immer noch auf seinen Namen. Da Luca ja nicht tot war, konnte ich auch keinen Totenschein ausstellen lassen. Ich habe mich dumm gestellt, und irgendwann hat die Bank nicht mehr danach gefragt. Douglas Lattimer kennt mich, und meine Kreditraten und die Grundsteuer habe ich immer pünktlich bezahlt. Mit der Zeit wurde es immer leichter, aber jetzt hat die Bank den Besitzer gewechselt.« Sie biss sich auf die Lippen. »Nun wollen sie, dass ich die entsprechenden Unterlagen vorlege.«

»Davon hast du nie ein Wort gesagt, Ava. Das ist eine ernste Angelegenheit.«

Zaghaft schaute sie zu ihm auf. »Luca lässt uns zwei Wochen Zeit zu gehen und hat gedroht, Mille Étoiles bis auf die Grundmauern niederzubrennen, wenn wir nicht tun, was er verlangt.«

15

Montalcino, Italien

Caterina erwachte vom köstlichen Duft frisch gebackenen Brots und vom Lachen der Jungs und fragte sich im ersten Augenblick verwundert, wo sie war. Richtig. In Montalcino. Mit Marisa.

Sie drehte sich um und mühte sich aus dem Bett, um nach ihrer Tochter zu sehen, die noch ganz friedlich schlief. Als sie sich vergewissert hatte, dass ihr kleines Mädchen tief und gleichmäßig atmete, ließ Caterina nebenan im Badezimmer Wasser in die Wanne mit den Löwentatzen laufen und gab dann etwas vom süßlich duftenden Veilchenbadezusatz hinein.

Wie sie so ausgestreckt im warmen Wasser lag, musste sie daran denken, was Giovanna gesagt hatte. Am Nachmittag sollte das Testament verlesen werden, und Giovanna war deswegen augenscheinlich ziemlich nervös. Caterina war zwar beinahe immun gegen unberechenbare, schreiende Verwandte – in dieser Hinsicht war und blieb ihre Mutter unerreicht –, aber es war auch nicht unbedingt das herzliche familiäre Willkommen, das sie sich erhofft hatte.

Aber was sie wirklich beunruhigte, waren die wenigen Dinge, die Giovanna ihr bisher über ihren Vater erzählt hatte. *Ob ich mich in Gefahr bringe, wenn ich versuche, ihn ausfindig zu machen?* Es fiel ihr schwer, das zu glauben. Schließlich war Luca ihr Vater.

Aber wer ist er wirklich? Was konnte er so Entsetzliches getan haben, dass Ava sich gezwungen gesehen hatte, die Kindheitsgeschichte ihrer Tochter umzuschreiben?

Caterina trocknete sich ab und schlüpfte dann in einen weichen Baumwollbademantel.

Und die Fragen nagten weiter an ihr, während sie Marisa weckte, um sie zu baden. Dann zog sie ihrer Tochter ein weißes Kleidchen mit Lochstickerei und passende weiße Sandalen an und band ihr die Haare mit einer blassrosa Schleife zusammen. »So, meine Hübsche, fertig – deine neue Sommergarderobe.« Marisa schlang ihr die Arme um den Hals, und Caterina erwiderte ihre Umarmung.

Den unschönen Neuigkeiten über ihren Vater zum Trotz war Caterina froh, dass sie sich entschlossen hatte, nach Italien zu ziehen. Sie war die ewigen Auseinandersetzungen mit Ava leid und freute sich auf den Neuanfang.

»Oh, oh, oh!«, rief Marisa aufgeregt mit ihrer melodiösen Kinderstimme. Die Augen groß und rund vor Staunen zeigte sie auf die frischen Blumen, die Caterina ganz oben auf die hohe Kommode gestellt hatte.

Caterina musste lächeln und war erleichtert, dass Marisa heute so guter Dinge war. Die vergangenen Tage waren wirklich anstrengend für sie gewesen. Und Caterina hatte nun noch mehr Respekt vor Faith und ihrer unermüdlichen Geduld im Umgang mit Kindern.

Mit einem Auge auf Marisa zog Caterina sich rasch an. Sie entschied sich für ein ärmelloses Kleid aus pfirsichfarbener Shantung-Seide. Dann warf sie sich das passende

Jäckchen über die Schultern und schlüpfte in die beigen Lacklederpumps, in denen ihre langen Beine noch länger wirkten. Sie legte sich die rosa Korallenkette um den Hals und bürstete ihre dunkelbraunen Haare, bis sie im Sonnenlicht schimmerten, das durch das Fenster ins Zimmer fiel. Marisa beobachtete, wie ihre Mutter ein farblich passendes Pillbox-Hütchen feststeckte und die Haare drum herum legte.

Zum Schluss tupfte sie sich noch etwas Violetta di Parma auf Hals und Dekolleté. Ihre Tochter strahlte vor Entzücken über den süßen Duft, also gab Caterina auch einen winzig kleinen Spritzer auf Marisas Handgelenk.

Unten angekommen, begrüßte sie Giovanna mit einem Küsschen auf beide Wangen. »*Bella, bella*«, murmelte sie und strahlte über das ganze Gesicht. »Was für ein schönes Paar! Mutter und Tochter. Der Kaffee steht auf der Terrasse und frisches Brot auch.«

»Riecht köstlich.« Langsam ging Caterina mit Marisa an der Hand nach draußen. Sie hob ihre Tochter in den Hochstuhl und setzte sich dann an den Tisch. Die Morgenluft war kühl und frisch und trug den Duft taufeuchter Kräuter auf die Terrasse. Zufrieden seufzend nippte Caterina an ihrem Cappuccino und begutachtete die Brotauswahl im Strohkorb auf dem Tisch. »Ich bin im Himmel.«

»Und ich liebe es, Gäste zu haben, für die ich backen kann.« Giovanna nahm ihr gegenüber am Tisch Platz. Nachdenklich drehte sie sich um und ließ den Blick über die Hügel und das Tal schweifen. »Tagsüber ist der Ausblick noch atemberaubender. Siehst du das da drüben?«, fragte sie und wies auf ein entzückendes kleines Häuschen, das sich an die Flanke eines der Hügel schmiegte. »Dort drüben hat mein guter Freund Raphael gewohnt. Er ist nach Amerika ausgewandert, um für eure Familie in Napa zu arbeiten.«

Caterina hielt mit einer Scheibe Brot in der Hand mitten in der Luft inne. »Und er ist noch immer dort.«

»Wirklich? Er hatte einen Cousin, der sehr viel jünger war als er. Santo. Er dürfte etwas älter sein als du. Bestimmt kennst du ihn.«

Caterina senkte den Blick und mühte sich, ganz nonchalant zu klingen. »Ich habe ihn lange nicht mehr gesehen.« Das letzte katastrophale Zusammentreffen zählte sie nicht mit. »Wie gut kanntest du Raphael?«

»Wir sind zusammen aufgewachsen.« Ein wehmütiges Lächeln umspielte Giovannas Lippen. »Der kleine Santo. Armer Kerl. *La signora* Violetta war der Ansicht, in Amerika habe er bessere Zukunftsaussichten, also hat sie ihm vor Ausbruch des Zweiten Weltkriegs die Überfahrt nach New York bezahlt, damit er dort bei Verwandten unterkommt. Dann hörte ich, Raphael habe ihn zu sich nach Kalifornien geholt. Den Rest der Geschichte wirst du also vermutlich kennen.«

Caterina nickte. Das mit Violetta war ihr neu.

Giovanna fuhr fort: »Santo war ein guter Junge. Was ist aus ihm geworden?«

Dieser Frage auszuweichen würde Giovanna sicher seltsam erscheinen. »Er hat seinen Weg gemacht, denke ich. Er hat studiert und seinen Doktor gemacht. Inzwischen hat er ein eigenes Unternehmen. Er ist Winzer.«

In Giovannas Augen funkelte es schelmisch. »Und ist er

ein genauso gut aussehender Bursche wie Raphael damals?«

Caterina verschluckte sich fast an ihrem Cappuccino. »Na ja, als hässlich würde ich ihn nicht unbedingt bezeichnen.«

Das schien Giovanna zu amüsieren. Caterina griff zur Serviette und tupfte sich den Mund ab, dann sah sie sich aufmerksam um. Hier war Santo also aufgewachsen. Und nun sollte seine Tochter ihre Kindheit in derselben ländlich-friedlichen Idylle verleben.

Irgendwie sehr passend.

Und dann traf es sie wie ein Schlag. Nun, da ihre Mutter die Wahrheit über Marisa wusste, würde sie es sicher auch Raphael sagen, und der würde es Santo erzählen. Bei dem Gedanken traten Caterina die Tränen in die Augen. Wie sehr sie es bereute, dass sie es nicht selbst sein würde, die Santo sagte, dass er eine Tochter hatte. Sie blinzelte hastig und versuchte, die Tränen herunterzuschlucken und sich nichts anmerken zu lassen.

Ein Lied des italienischen Sängers Mario Lanza umwehte sie plötzlich wie eine Brise und kaschierte Caterinas Schweigen.

»Die Explosionen – das Feuerwerk –, das wird sehr bald losgehen, wenn du mich fragst.« Giovanna schenkte sich ein Glas Wein ein. »Kleine moralische Schützenhilfe«, sagte sie lächelnd und wies mit einem Nicken auf das Glas. »Möchtest du auch?«

Caterina lehnte dankend ab, aber später würde sie sicher gern auf das Angebot zurückkommen. »Wie weit ist es von hier zu dem anderen Haus – zu meinem Haus?«

»Nicht weit. Wir müssen es uns vor Sonnenuntergang

anschauen. Dort gibt es nämlich keinen Strom.« Giovanna nippte an ihrem Wein und sah Caterina aufmerksam an. »Dort hat niemand mehr gewohnt seit …« Sie schauderte und bekreuzigte sich.

Caterina runzelte fragend die Stirn. »Seit wann, Giovanna?« Bisher hatte diese Reise mehr Fragen aufgeworfen, als sie beantwortet hatte.

Giovanna machte ein trauriges Gesicht. »Das ist eine lange Geschichte. Ich erkläre es dir später.«

Nach dem Mittagessen brachte Caterina ihre Tochter nach oben und wiegte sie in den Schlaf. Als Marisa schließlich eingeschlafen war, führte Giovanna Caterina in den großen Salon, wo die Testamentseröffnung stattfinden sollte. »Setzen wir uns am besten so, dass wir alle im Blick haben.« Giovanna wies auf zwei Stühle mit hoher, gerader Rückenlehne etwas abseits vom Geschehen. In der Mitte des Raums stand ein langer handbehauener Holztisch, daran mit Schnitzereien verzierte Stühle, flankiert von Sofas mit Gobelinbezug.

Draußen auf dem Kies kündigten knirschende Schritte und zuschlagende Autotüren die Ankunft der Anwälte aus Rom an. Düster und ernst, in schwarzen Anzügen und frisch gestärkten weißen Hemden, begrüßten die beiden Herren sie höflich, aber mit reglosen Mienen.

»Hier entlang«, sagte Giovanna.

Die Anwälte folgten ihr in den Salon und ließen die Aktenkoffer auf dem Tisch aufschnappen. Während sie noch ihre Unterlagen und Durchschläge ordneten, strömten bereits weitere Menschen in den Raum.

Lächelnd und nickend begrüßte Caterina sämtliche Neuankömmlinge, doch eigenartigerweise würdigten die sie keines Blickes. Verstohlen beäugte sie die vielen Menschen und fragte sich, wer von ihnen wohl mit ihr verwandt sein mochte. Neugierig musterte sie eine ältere Dame mit herrschaftlichem Gehabe. *Ob das eine Großtante von mir ist?* Bei ihr war eine leger gekleidete junge Frau, die immer wieder zu Caterina herübersah. *Eine Cousine vielleicht?* Auf der anderen Seite des Tischs saß ein Paar mit zwei Jungs und zwei Mädchen, etwa zwischen acht und vierzehn Jahren alt. Ob der Vater womöglich ein Großcousin von ihr war?

Ein Mann mittleren Alters in Arbeitskleidung kam auf Giovanna zu und begrüßte sie sehr herzlich. Als schließlich alle einen Platz gefunden hatten, waren gut zwanzig Personen im Salon versammelt. Alle schienen sich untereinander zu kennen. Caterina spürte die bohrenden Blicke, die auf ihr, der einzigen Fremden im Raum, ruhten.

Dann wurde es still, denn die Anwälte öffneten ihre Akten, und der ältere der beiden Herren begann, den letzten Willen von Violetta Maria Romagnoli Rosetta zu verlesen, Bürgerin von Montalcino und Matriarchin der Familie Rosetta. Das Dokument wurde auf Italienisch verlesen, und auch wenn Caterina einiges davon verstand, konnte sie doch nicht jedes Wort nachvollziehen. Giovannas Name fiel, es wurde etwas gesagt, und sie wirkte daraufhin erleichtert und zufrieden.

Irgendwann flüsterte die ältere Dame ihrer Begleiterin etwas zu und richtete ihren eisigen, durchdringenden Blick auf Caterina, um dann das Kinn zu recken und sie von oben herab zu mustern. Was sollte *das* denn?

Der Anwalt verlas einen weiteren Abschnitt, und das Paar mit den vier Kindern strahlte und fiel sich in die Arme. Eine weitere Zeile, und der Mann, der Giovanna so freundlich begrüßt hatte, murmelte »*Grazie, la signora*« und schaute lächelnd gen Himmel.

Es ging weiter im Text, und alle drehten die Köpfe nach der alten Dame, die mit versteinerter Miene dasaß und starr geradeaus schaute. Die jüngere Frau wollte ihre Hände nehmen, doch die ältere schüttelte sie unwirsch ab.

»Santo Casini.«

Verwundert hob Caterina den Kopf. Der Anwalt redete weiter, und Caterina hörte, wie er etwas von *vigneto* sagte, was auf Italienisch Weinberg bedeutete. Santo musste wohl auch in dem Testament bedacht worden sein.

»Caterina Rosetta, Tochter von Luca Rosetta, Enkelin von Violetta Maria Romagnoli Rosetta.«

Es wurde totenstill im Raum, und alle drehten sich zu ihr um. Caterina schlug das Herz bis zum Hals.

»La casa Romagnoli.« Der Anwalt fuhr fort, aber Caterina hatte Mühe, den vor juristischen Fachbegriffen nur so strotzenden Ausführungen zu folgen.

Gerade als Caterina leise *grazie* murmelte, stand die gebieterische alte Dame auf und kam gemessenen Schrittes auf sie zu. Giovanna nahm Caterinas Hand und hielt sie fest.

Unmittelbar vor ihr blieb die Frau stehen und fing an, sie wüst auf Italienisch zu beschimpfen, wobei sie mit beiden Händen gestikulierte.

»Aber ich kann doch gar nichts dafür«, versuchte Caterina, sich und ihre Ehre zu verteidigen.

Giovanna sprang empört auf und redete auf die Dame ein, damit sie sich wieder beruhigte.

Prompt wandte sie sich brüsk von ihr ab, spuckte vor Caterina auf den Boden und fuchtelte mit der Faust vor ihrer Nase herum. »Sie Diebin! Sie … Ihr Vater … Sie sind hier nicht willkommen. Verschwinden Sie!« Dann machte sie eine wegwerfende Handbewegung, drehte sich auf dem Absatz um und stakste hoheitsvoll aus dem Salon.

Die jüngere Frau eilte ihr nach und schrie Caterina noch im Hinauslaufen zu: »Das Haus steht mir zu! Du hast kein Recht, es mir wegzunehmen!«

»Ich habe doch gar nichts gemacht«, murmelte Caterina wie benommen. Was hatten sie denn nur?

Plötzlich ging im Salon alles drunter und drüber. Alle schienen gleichzeitig durcheinanderzureden, mit den Fingern auf sie zu zeigen und zu gestikulieren, wobei sie entrüstet die Köpfe schüttelten.

Da hatte Giovanna ihre Explosionen. Caterinas erster Impuls war, kopflos aus dem Raum zu flüchten, doch dann straffte sie die Schultern und funkelte wütend in die Runde. »Ich … werde … *nicht* … verschwinden. Ich gehöre zur Familie, aber hat auch nur einer von euch den Anstand gehabt, sich mir vorzustellen? Mich willkommen zu heißen? *Nein*. Nur Giovanna. Und meinen Vater habe ich nebenbei bemerkt nie kennengelernt.« Entschlossen stemmte sie die Hände in die Hüften. »So, und nun werde ich mir das Haus ansehen, das meine Großmutter, *mia nonna*, mir vermacht hat.«

Einige Leute schnappten empört nach Luft, dann ging das Geflüster wieder los.

»Ach, verflixt noch mal!« Caterina drehte sich schwungvoll zu den Anwälten um. »Brauchen Sie mich hier noch?« Als beide Männer den Kopf schüttelten, wandte Caterina sich wieder den übrigen Anwesenden zu. »Ich bin nicht hierhergekommen, um irgendwen zu bestehlen, und ich lasse mich auch nicht wie eine Diebin behandeln. So eine Unhöflichkeit muss ich mir nicht bieten lassen.«

Damit marschierte sie entschlossen aus dem Salon, Giovanna dicht hinter ihr. Sie bebte vor Wut und Scham. Das pastorale Idyll, das sie sich für sich und ihre Tochter ausgemalt hatte, hatte seinen Glanz verloren – die Wirklichkeit hatte sie eingeholt. *Ob der schlechte Ruf meines Vaters mir hier überall vorauseilen wird?* Wütend knallte sie die Tür hinter sich zu.

16

Napa Valley, Kalifornien

Der Präsident der Bank saß hinter seinem schweren Schreibtisch aus Eichenholz, legte die Fingerspitzen aneinander und machte ein mürrisches Gesicht. »Ich kann Sie nur zu gut verstehen, und es tut mir wirklich aufrichtig leid, Ava. Sie wissen, dass ich Sie sehr schätze, aber die Bank hat den Besitzer gewechselt. Ich will ganz ehrlich zu Ihnen sein: Es wird schwer werden, Ihren Antrag durch die Kreditkommission zu bringen.«

Genau das hatte Ava befürchtet, aber sie konnte trotzdem kaum fassen, was sie da hören musste. Sie kannte Douglas Lattimer seit Jahren, und er hatte ihre Anfragen für saisonale Betriebskredite stets persönlich bewilligt. Verstohlen wischte sie sich die feuchten Handflächen an ihrem meergrünen Leinenkleid ab.

»Douglas, Mille Étoiles war immer ein guter Kunde. Zählt das denn gar nicht?«

Er nahm die Hornbrille ab und fing an, sie umständlich mit einem Tuch zu putzen. »In der vergangenen Woche sind beinahe alle Weingutsbesitzer aus der Gegend hier gewesen und haben mich um einen Kredit gebeten, Ava. Leider werde ich wohl nicht alle Anträge bewilligen können.« Er setzte die Brille wieder auf und blätterte beiläufig in ihrem Antrag. »Außerdem fehlen in Ihrer Akte etliche wichtige Dokumente. Wir brauchen beispielsweise Lucas Totenschein. Es tut mir leid, aber offiziell ist er immer noch als Besitzer eingetragen.«

»Habe ich den denn nicht längst eingereicht? Ich bin mir sicher, dass ich den Totenschein schon vor Jahren vorgelegt habe.« Ava setzte ein freundliches Lächeln auf, obwohl sie innerlich zitterte wie Espenlaub.

»Vielleicht haben wir ihn verlegt. Aber ich brauche ihn, bevor ich den Antrag zur Bewilligung vorlegen kann.«

»Ehrlich gesagt weiß ich gar nicht, wo ich den hingetan habe, Douglas.«

Er klappte den Aktendeckel zu. »Ava, wir benötigen dieses Dokument. Sie können sich vom zuständigen Amt einen neuen Totenschein ausstellen lassen.«

Hochrot vor Ärger und Verlegenheit nahm Ava ihre Aktenmappe, griff hastig nach ihrer Handtasche und stand auf. »Ich muss schon sagen, Douglas, noch nie bin ich derart respektlos behandelt worden. Und das ausgerechnet von Ihnen.«

»Hören Sie, Ava …«

»Clyde Henderson haben Sie doppelt so viel zugesagt, wie ich beantragt habe, um seine Maschinen zu ersetzen. Er macht nicht halb so guten Wein wie wir, und Sie haben mir selbst gesagt, dass er seine Kreditraten immer mit Verspätung zahlt.« Ava konnte sich noch gut an ihr Gespräch beim letzten Winzerdinner erinnern. Welche Geheimnisse eine gute Flasche Wein nicht alles entkorken konnte. Wein lockerte selbst die Zunge der verschwiegensten Zeitgenossen. »Warum, Douglas?«

Er wurde rot und senkte die Stimme. »Hören Sie, Ava, wenn Sie einen Bürgen hätten, dann könnte ich den Antrag vielleicht durchboxen.«

»Hatte Clyde denn einen Bürgen?«

»Nein, aber das ist was anderes.«

»Ach, inwiefern?«

Als sie darauf keine Antwort mehr bekam, drehte sich Ava auf dem Absatz um. Das hier war und blieb ein Männerverein, und sie würde immer als Eindringling gesehen werden. Hoch erhobenen Hauptes marschierte sie durch die Schalterhalle nach draußen und sah, wie sich ein Meer aus Männerköpfen nach ihr umdrehte. Sie ging nach draußen und blinzelte in die helle Sommersonne. Bald war es Zeit, mit der Lese anzufangen, und sie waren ihrem Ziel, die defekten Maschinen zu ersetzen, noch keinen Schritt näher gekommen. Bald würden sie entscheiden müssen, ob sie mit der Lese beginnen konnten oder die ganze Ernte abschreiben mussten. Verzweifelt versuchte Ava, die aufsteigende Panik zu unterdrücken.

Entschlossen steuerte sie auf ihren Wagen zu, und ihre hohen Absätze klackerten auf dem Asphalt. Als sie abbog, um auf den Parkplatz zu gehen, stieß sie mit einer jungen Frau zusammen und verlor dabei beinahe den Hut, den sie heute Morgen mit größter Sorgfalt ausgewählt hatte.

»Ava, alles in Ordnung?«

Ava rückte den Hut wieder zurecht. »Ach, Juliana, ich bin gerade fuchsteufelswild.«

»Was ist denn passiert?«

Ava schnaubte verächtlich. »Douglas Lattimer. Der Mann hat vielleicht Nerven! Jeden Cent, den ich mir je von ihm geliehen habe, habe ich ihm immer auf die Minute pünktlich zurückgezahlt. Stell dir nur mal vor, was für ein Geld die Bank schon an Mille Étoiles verdient hat.« Verärgert machte sie eine Geste, als wollte sie eine lästige Fliege verscheuchen. »Er weigert sich, mir zu helfen, dabei müssen wir schleunigst unsere Maschinen ersetzen, damit wir mit der Lese beginnen können.«

Juliana zögerte kurz. »Könnten Sie es nicht bei einer anderen Bank versuchen?«

Ava reckte trotzig das Kinn. »Das könnte ich tatsächlich.« Aber würden die anderen Banken sie nicht ebenso herablassend behandeln? Unauffällig musterte sie Juliana. Genau wie Caterina war sie, wie es ihr schien, förmlich über Nacht zu einer jungen Dame herangewachsen. Wo war die Zeit bloß geblieben? Nervös spielte sie an ihren weißen Handschuhen. »Hast du etwas von Caterina gehört?«

»Sie hat angerufen und Bescheid gesagt, dass sie gut angekommen sind.«

»Verstehe.« Ihr wurde das Herz schwer. Caterina hatte *sie* nicht angerufen. »Wohnt sie dort … in ihrem Haus?« Die Worte fühlten sich irgendwie seltsam an.

»Noch nicht. Sie sagte etwas von einem Herrenhaus, in dem sie jetzt bei einer Verwandten wohnt. Ganz sicher bin ich mir aber nicht.«

Ava dachte kurz darüber nach. »Ich muss dich das einfach fragen. Wusstest du Bescheid über …?« Es fiel ihr schwer, es laut auszusprechen. *Caterinas Tochter. Meine Enkelin.* Sie hatte sich immer darauf gefreut, eines Tages Großmutter zu werden, aber so hatte sie sich das nicht vorgestellt.

»Marisa?«, fragte Juliana leise. »Ja, das wusste ich.«

Ava versuchte, sich ihre Verärgerung nicht anmerken zu lassen, und räusperte sich. »Da bin ich ja froh, dass Caterina jemanden zum Reden hatte. Ich wünschte nur, sie hätte sich mir anvertraut.«

»Ich weiß. Sie hat mich damals angefleht, niemandem etwas zu sagen, und ich habe ihr Geheimnis für mich behalten.« Juliana griff nach Avas Hand und drückte sie.

Julianas Verständnis tröstete Ava ein wenig, aber ihr Mutterherz war gebrochen. Nachdem sie sich von Juliana verabschiedet hatte, setzte sie die dunkle Sonnenbrille auf, damit niemand ihre geröteten Augen sah. Ihre Prinzipien hatten sie um ihr einziges Kind gebracht. Nicht mal im Traum hätte sie sich vorstellen können, Caterina würde tatsächlich nach Italien gehen.

Ob sie Giovanna schon kennengelernt hat? Wäre sie nicht gewesen, Ava hätte die Erniedrigungen ihrer Ehe dort nicht ertragen. Giovanna hatte den ältesten Sohn des Bruders von Lucas Vater geheiratet. Sie waren beinahe wie Schwestern gewesen und standen einander so nahe, dass Ava Giovanna eines Tages ihr dunkelstes Geheimnis anvertraut hatte.

Nachdem Ava Italien verlassen hatte, war ihre innige Freundschaft langsam eingeschlafen. Im Laufe der Jahre hatten sie sich immer seltener geschrieben, bis der Kontakt während des Kriegs irgendwann ganz abgebrochen war. Ava fehlte die alte Freundin zwar, aber sie wusste, dass sie sich nie wiedersehen würden. Das war der Preis, den sie für die Verschleierung der bitteren Wahrheit zahlen musste.

Sie wünschte nur, Caterina hätte sich ihre Warnungen zu Herzen genommen. Ob sie auch ihre Tochter nie wiedersehen würde?

Montalcino, Italien

Nachdem Caterina aufgebracht aus dem Salon gestürmt war, lief sie die Treppe hinauf, um nach Marisa zu sehen, die noch immer selig schlief. Caterina strich ihrer Tochter mit den Fingerspitzen über die pfirsichweiche Wange. *Mein kleiner Engel.*

Marisa lag auf dem Bauch, den Kopf zur Seite gedreht, mit angezogenen Knien, den bewindelten Po in die Luft gereckt wie ein kleiner Frosch. Caterina hielt ihr Hütchen fest, beugte sich zu ihr hinunter und küsste das schlafende Mädchen sanft auf die Stirn. Dann öffnete sie das Fenster, um ein wenig frische Luft hereinzulassen, und ließ die Tür angelehnt, damit sie es hörte, wenn Marisa aufwachte. Auf Zehenspitzen schlich sie sich aus dem Zimmer.

Unten wurde sie schon von Giovanna erwartet.

»Die Verwandtschaft ist wieder weg«, sagte sie. »Komm, ich muss dir was zeigen.«

Caterina folgte ihr, während sie innerlich immer noch vor Wut schäumte. Die Familie ihres Vaters wollte offenkundig nichts mit ihr zu schaffen haben. Wie konnten sie es wagen, ihr zu unterstellen, sie hätte irgendwem das Haus gestohlen, das Violetta ihr vermacht hatte? Wie konnten sie nur so schlecht von ihr denken?

Gemeinsam gingen sie in den Salon, und Giovanna

deutete auf einige alte Fotografien, die in polierten Silberrahmen auf einem Tischchen standen. Verblüfft schnappte Caterina nach Luft. »Das bin ja ich als kleines Mädchen. Und meine Mutter.«

»Violetta hatte immer eine Schwäche für dich.« Giovanna drehte sich zu einem lebensgroßen Porträt einer bemerkenswerten Dame um, gemalt mit energischen, dramatischen Pinselstrichen. Die dunklen Haare waren aus dem Gesicht gekämmt. Es war eingerahmt von tiefvioletten Amethystohrringen, die den strahlenden Farbton ihrer Augen aufnahmen.

»Das war deine Großmutter«, sagte Giovanna. »Als junge Frau war Violetta eine atemberaubende Schönheit. Die bekanntesten Porträtisten der damaligen Zeit haben sich darum gerissen, sie zu malen. Dieses Bild stammt von Giovanni Boldini, auch bekannt als Meister des kühnen Pinselstrichs. Vielleicht kennst du sein *Porträt der Madame X* – damals ein echter Skandal.« Giovanna machte eine ausholende Geste, die das ganze Zimmer einschloss.

Die hohe Decke über ihren Köpfen prunkte mit gemauerten Bögen aus rotem Backstein, die geschmackvoll arrangierte Gemälde rahmten, darunter großartige Landschaftsbilder und kunstvoll hindrapierte Akte. Über jedem Bild war ein kleiner Strahler angebracht.

Giovanna fuhr fort: »Violetta war eine leidenschaftliche Kunstsammlerin. Sie hat sogar selbst gemalt.«

»Tatsächlich?« Neugierig nahm Caterina das Boldini-Gemälde etwas genauer in Augenschein. Die hohen Wangenknochen und das herzförmige Gesicht ihrer Großmutter erschienen ihr eigentümlich vertraut. Es war beinahe, als blicke sie in einen Spiegel.

»Das war Violetta«, sagte Giovanna, und man hörte den Stolz in ihrer Stimme. »Als junge Frau in ihrem ersten Ehejahr.«

»Umwerfend.« Staunend bewunderte Caterina das resolute Kinn und den offenen, freimütigen Blick der klaren Augen.

»Du kommst ganz nach ihr. Als du aus dem Auto gestiegen bist, war ich richtig erschrocken. Es war, als hätte jemand die Zeit zurückgedreht. Vielleicht hat die Verwandtschaft deshalb auch so heftig reagiert. Sie hatte einen Dickkopf und hat gelebt, wie es ihr gefiel. Nicht immer waren alle ihrer Meinung. Selbst die Nazis haben vor ihr gekuscht. Sie war einfach eine Respektsperson.«

Als sie das hörte, fühlte sich Caterina gleich viel besser. Ganz still stand sie da und betrachtete das Porträt ihrer Großmutter. Das war also Lucas Mutter. Die Großmutter, nach der sie sich immer gesehnt hatte. Ob sie ihr wirklich ähnlich war? »Ihre Augen sind phänomenal. Meine sind nicht annähernd so blau.«

»Sie wurde tatsächlich nach der Farbe ihrer Augen benannt«, sagte Giovanna und drehte sich zu ihr um. »Du hast auch wunderschöne Augen. Dein Mann kann sich glücklich schätzen. Kommt er bald nach?«

Wie eine Woge stiegen Scham und Unbehagen in Caterina auf. Die Frage, die sie die ganze Zeit gefürchtet hatte, stand nun wie ein Schreckgespenst im Raum und forderte eine Antwort von ihr. Sie dachte an all die Lügengeschichten, die Ausreden, die sie sich zurechtgelegt hatte und die sie eigentlich in Montalcino hatte erzählen wollen. *Mein Mann, o ja, er war wirklich wunderbar, aber er ist vor Kurzem ganz unerwartet verstorben …*

Ein Schauer lief ihr über den ganzen Körper. Das kam ihr nur allzu bekannt vor. Ein ganz ähnliches Lügengespinst hatte ihre Mutter sich ausgedacht. Sollte sich die Geschichte jetzt wiederholen? Andererseits war ihre Mutter keine unverheiratete Frau mit Kind gewesen. Sie konnte das unmöglich verstehen.

Mit einem freundlichen Lächeln im Gesicht sah Giovanna sie an und erwartete eine Antwort. Zweifellos eine Lobeshymne auf ihren wunderbaren Ehemann mitsamt Ankündigung seiner baldigen Ankunft. Caterina drehte sich zu ihr um, wohl wissend, wie enttäuscht Giovanna von ihr sein würde, wenn sie ihr die Wahrheit sagte. Aber es musste sein. Wenn Giovanna sie dann aus dem Haus warf, so wie ihre Mutter es getan hatte, wäre das zwar traurig und kränkend, aber sie und Marisa würden auch das überstehen.

»Ich bin nicht verheiratet. Ich habe keinen Mann.«

»Ach, das tut mir aber leid«, sagte Giovanna mitfühlend. »Dann geht es dir wie mir, ja – du bist Witwe?«

»Nein, ich war nie verheiratet.«

Giovannas Augenbrauen schossen in die Höhe. »Oh, *dio mio*.«

Inzwischen war Caterina es gewohnt, die unterschiedlichsten Reaktionen auf dieses Geständnis zu erhalten. Wut von ihrer Mutter zum Beispiel, Mitgefühl und Unterstützung von Juliana, abschätzige Blicke und abfällige Bemerkungen von Wildfremden. Und nun also Giovanna, die völlig entsetzt wirkte. Caterina wappnete sich innerlich gegen die unvermeidliche missfällige Antwort. Ob Giovanna sie auffordern würde, umgehend das Haus zu verlassen? Ihr früherer Vermieter in San Francisco setzte ledige Mütter für ein derartiges Fehlverhalten umstandslos vor die Tür.

Giovanna war sichtlich erschüttert von der Enthüllung, aber dann schien sie sich wieder zu fangen. »Ich muss gestehen, ich bin etwas verwundert. Aber es steht mir nicht zu, darüber zu urteilen. Als alleinstehende Mutter musst du mutig sein wie eine Löwin.«

»Ich weiß nicht, ob ich besonders mutig bin. Ich hatte jedenfalls nicht vor, eine politische Kampagne für die Rechte unverheirateter Mütter ins Leben zu rufen.«

»Sicher hast du schon viel Zurückweisung erleben müssen. Aber du hast eine wunderbare kleine Tochter. Gott wird dir verzeihen, selbst wenn die Gesellschaft und deine Familie es nicht können.« Giovannas Blick ging zu Violettas Bild an der Wand. »Du bist ihr wirklich sehr ähnlich.«

Caterina folgte dem Blick. In Violettas ausdrucksvollen Augen lagen so viel Mut und Mitgefühl, so viel Tapferkeit und Leidenschaft, dass Caterina ein wenig Trost daraus zog.

»Du hast die Willenskraft von Violetta Rosetta geerbt. Sie hat sich von niemandem vorschreiben lassen, was sie zu tun und zu lassen hat – nicht mal von ihrem eigenen Ehemann. Wie in ihrem Ehegelübde versprochen, hat sie ihn stets geehrt, aber sie hat gesagt, was sie dachte, ohne ein Blatt vor den Mund zu nehmen, und getan, was sie für richtig hielt.« Giovanna senkte die Stimme, obwohl sie allein waren. »Darum hatten viele Angst vor ihr. Violetta ließ sich nie dazu herab, dumme Spielchen mitzuspielen, und hielt nichts von beschränkten vorgestrigen Ansichten. Und wir leben in einem kleinen Ort mit einem langen Gedächtnis.«

»Das ist bei uns zu Hause nicht anders.« Jetzt konnte Caterina die Reaktion der Familie besser nachvollziehen. »Dann bist du also hierhergekommen, um der gesellschaftlichen Ächtung bei dir zu Hause zu entfliehen?«

Caterina zögerte. Hätte sie nicht das große Glück gehabt, Faith und Patrick O'Connell zu begegnen, wäre sie sicher in einem dieser schrecklichen Entbindungsheime für gefallene Mädchen gelandet – die gesellschaftlich legitimierten Strafanstalten für junge Frauen, die sich nichts weiter zuschulden hatten kommen lassen, als das zu tun, was Mutter Natur für sie vorgesehen hatte. Die Männer dagegen wurden wegen ihres Verhaltens nur selten gemaßregelt oder gar für ihre Taten zur Verantwortung gezogen. »Auch um meine Familie kennenzulernen.«

In diesem Augenblick kam Caterina ein Gedanke. Warum sollte sie überhaupt auf das Urteil einer gesichtslosen Gesellschaft Wert legen oder auf das einer entfernten, unbekannten Verwandtschaft? *Das einzige Urteil, das zählt, ist mein eigenes.* Sie konnte sich im Spiegel selbst in die Augen sehen, und sie wusste um ihre eigenen Fehler. *Im Leben macht man eben manchmal Fehler.* Wie sollte man sonst auch lernen, an sich zu arbeiten oder anderen etwas zu vermitteln? Mit etwas Distanz sah sie plötzlich alles viel klarer.

Und dann nahm ein weiterer Gedanke in ihrem Kopf

Form an. *Aus Fehlern wird man klug.* Sie schüttelte den Kopf. Hatte Violetta ihr das gerade zugeflüstert?

Giovanna legte Caterina eine Hand auf den Arm. »Ich werde dein kleines Geheimnis für mich behalten. Die meisten Menschen – auch in unserer Familie – hätten dafür nicht das geringste Verständnis.«

Ob ihre Aufrichtigkeit ihrem Ansehen in dieser kleinen dörflichen Gemeinschaft schaden würde? Würde man sie und ihre Tochter ausgrenzen und Giovanna womöglich noch dazu? »Der explosiven Reaktion von vorhin nach zu urteilen, wäre es vielleicht besser, wir belassen es fürs Erste dabei.« Caterina versuchte, bittere Tränen wegzublinzeln. Sie selbst konnte mit der Ablehnung umgehen, aber Giovanna und Marisa wollte sie nicht unfreiwillig der gesellschaftlichen Ächtung aussetzen.

Giovanna tätschelte ihr die Hand und wies dann mit dem Kopf zur Terrasse. »Komm, setzen wir uns ein bisschen in die Sonne und trinken ein Glas Wein.«

Giovanna ließ Caterina an einem kleinen runden Tisch Platz nehmen, der mit farbenfrohen, handbemalten Kacheln gefliest war. Ein paar Minuten später war Giovanna wieder da und hatte eine Flasche Weißwein und ein Tablett mit Mandeln, Käse, Oliven und Brot dabei.

»Das ist ein Vernaccia di San Gimignano.« Giovanna schenkte den Wein in zwei Gläser ein. »Er wird aus der Vernaccia-Traube gekeltert, die um San Gimignano angebaut wird. Und *pane con olive* und *foccacia al pomodoro*«, fügte sie hinzu und wies auf die beiden saftigen Weißbrote, von denen eines mit Oliven durchsetzt und das andere mit Tomaten bestreut war.

Der herrliche Duft erinnerte Caterina daran, wie hungrig sie war. Sie brach ein Stück Brot ab und tunkte es in das zartgrüne Olivenöl. *Köstlich.* Dazu knabberte sie ein paar Nüsse und kostete den Wein.

»Der ist wirklich gut.« Caterina hielt das Glas in die Sonne, um den hellen goldgelben Farbton zu bewundern. Dann trank sie einen Schluck, und als der Wein über ihre Zunge rann, schmeckte sie eine angenehm trockene Erdigkeit, gemischt mit süßem Honigaroma.

Caterina streifte das pfirsichfarbene Bolerojäckchen aus Shantung-Seide ab und löste dann die Haarnadeln, mit denen sie den Pillbox-Hut festgesteckt hatte. Als sie alle Nadeln herausgezogen hatte, schüttelte sie ihr Haar. Die Nachmittagssonne schien ihr warm auf die Schultern, und unter dem Tisch schlüpfte sie aus den Pumps. Langsam wich die Anspannung. »Es gibt so vieles, das ich nicht über unsere Familie weiß, Giovanna. Kannst du mir noch mehr erzählen?«

»Ich wüsste gar nicht, wo ich anfangen soll.«

»Erzähl mir von meinem Vater. Warum ist er hier so verhasst?«

Giovanna nippte an ihrem Weinglas. »Das solltest du lieber deine Mutter fragen. Ava kann dir das sicher besser erklären.«

»Aber sie redet nicht mehr mit mir.« Caterinas Blick ging hinaus über das Tal, das sich unter ihnen erstreckte, so weit das Auge reichte. Weinstöcke, Wiesen und Äcker bildeten einen üppigen, natürlichen Flickenteppich in unterschiedlichen satten Grüntönen. Hier und dort ragten kleine Steinhaufen empor; vergessene Trümmer, die der

Krieg zurückgelassen hatte. Sie hatte die Beschimpfungen ihrer Mutter noch im Ohr. »Als ich ihr von Marisa erzählt habe, hat sie darauf bestanden, dass ich sie zur Adoption freigeben soll.«

Mit entsetzter Miene setzte Giovanna sich kerzengerade auf. »Nein, nein, doch nicht dieses entzückende kleine Mädchen! Wie kann Ava nur so etwas sagen? Hat sie dich denn gar nicht unterstützt?«

Caterina wandte den Blick ab und schämte sich plötzlich schrecklich wegen ihrer Heimlichtuerei während der Schwangerschaft. »Es war alles meine Schuld. Ich war an der Uni und habe ihr nichts von der Schwangerschaft erzählt. Und dann habe ich auch Marisa vor ihr versteckt. Ich habe mit ihr in San Francisco gewohnt, weit genug weg von Mille Étoiles.«

Unaufhaltsam stiegen die Erinnerungen in ihr auf. *Ich war ein Feigling. Ich war wütend und verängstigt und durcheinander und habe mich geschämt. Ich fühlte mich von allen verlassen und ungerecht behandelt.* Und nun stand sie da – weit, weit weg von zu Hause – und sah ihr Leben plötzlich viel klarer. Ob das an der strahlend hellen Sonne lag, die die Bergspitze von Montalcino mit einem Heiligenschein zu umgeben schien? Oder war es die Entfernung über den ganzen Atlantik, die ihr half, Tatsachen von Täuschungen zu unterscheiden?

Giovanna hörte zu und nickte dann nachdenklich. »Jetzt bist du in Italien. Und du bist Violetta sehr ähnlich. Du hast viel durchgemacht und großen Mut bewiesen.«

Stumm nippte Caterina an ihrem Wein und schwor sich insgeheim, dem Erbe ihrer unerschrockenen Großmutter gerecht zu werden. »Zurück zu meinem Vater. Bitte, kannst du mir ein bisschen mehr über ihn erzählen?«

Giovanna hielt sich die Hand vor den Mund, um ein Gähnen zu unterdrücken. »Es war ein langer Tag. Reden wir ein andermal darüber.«

Caterina konnte warten, aber trotzdem gingen ihr unzählige Fragen durch den Kopf. Was Giovanna ihr wohl verheimlichte?

17

März 1926
Montalcino, Italien

Hatte Ava den Polizisten richtig verstanden? Ihre Nervenenden standen unter Strom. Luca, was hast du nur getan? Panisch klammerte sich Ava an Violettas Arm, als hoffte sie, ein wenig der unerschütterlichen Stärke ihrer Schwiegermutter könne sich so auf sie übertragen.

Unter den Augen der respekteinflößenden Signora Violetta wandte der Polizist an der Haustür den Blick ab. »Signora, wir haben Ihren Sohn verhaftet wegen Mordes an Franco Casini.«

Mit aller Kraft versuchte Ava, sich gegen die drohende Ohnmacht zu stemmen. Was um alles auf der Welt war nur in ihren Mann gefahren? Wie konnte er einen Menschen umbringen, noch dazu einen so gutherzigen Mann wie Franco? Ein erstickter Schrei entwich ihrer Kehle, und Violetta drückte sie an sich.

»*Grazie*. Wir folgen Ihnen auf die Polizeiwache.« Violetta schloss die Tür hinter ihnen und schickte das Hausmädchen nach Giovannas Mann, der sich bei den Gästen aus Frankreich entschuldigen ließ und zu ihnen kam. Rasch erklärte sie ihm alles, dann stiegen Violetta und Ava in den wartenden Wagen, der draußen vor der Tür stand.

Auf der kleinen Polizeiwache angekommen, berichtete der diensthabende Polizeibeamte ihnen, was sie bisher wussten. Vollkommen außer sich vor Kummer und Schmerz musste Luca die Beherrschung verloren haben. Er war überzeugt, Franco trage die Schuld an Natalies Tod, also hatte er eine Pistole aus dem Arbeitszimmer seines Vaters genommen und war zu Franco gestürmt, hatte ihn gestellt und ihm mitten ins Herz geschossen. Franco war auf der Stelle tot gewesen.

Ava drückte das Gesicht in ein Taschentuch, aber nichts konnte die Tränenflut aufhalten, die sich wie ein Sturzbach über ihre Wangen ergoss. *Franco und Natalie, beide tot.* Nur das neugeborene Kind war noch am Leben.

Luca hatte man in eine Zelle gesperrt. Ava schämte sich so sehr für das, was er getan hatte, dass sie ihn partout nicht sehen wollte. Violetta ließ sich zu ihm hineinführen, war aber schon nach wenigen Minuten wieder zurück. Vor der *polizia* war ihre Miene undurchdringlich und ließ keine Gefühlsregung erkennen.

Solange sie auf der Polizeiwache waren, blieb Violetta stoisch, aber auf dem Nachhauseweg im Fond des Wagens sah Ava, wie ihrer Schwiegermutter Tränen in die Augen traten. Violettas eiserner Wille schien zu brechen. Viel später in dieser Nacht hörte Ava leises, herzzerreißendes Schluchzen aus Violettas Zimmer.

Ein Mensch tot, durch die Hand ihres Ehemanns. Solange Ava auch lebte, diese eine grauenhafte Nacht würde sie nie vergessen.

Die anschließende Gerichtsverhandlung war ein einziger

Albtraum, und Ava musste feststellen, dass die anderen Dorfbewohner sie mieden wie der Teufel das Weihwasser. All diese endlos scheinenden Tage hindurch blieb Violetta treu und unerschütterlich an Lucas Seite, der gegen eine Kaution aus dem Gefängnis entlassen worden war. Jeden Morgen stand sie auf und kleidete sich in gedeckten Farben, um ihrem Sohn vor Gericht beizustehen. Ava war bemüht, es ihr gleichzutun, aber innerlich war sie ein bebendes Häuflein Elend. Sie fühlte sich wie eine Marionette, die stumpf und taub tat, was man von ihr verlangte.

Schließlich wurde Luca der ihm vorgeworfenen entsetzlichen Tat für schuldig befunden und zu einer Gefängnisstrafe verurteilt. Zutiefst verzweifelt verschanzte sich Ava in der Villa, weigerte sich auszugehen und wurde mit jedem Tag schwächer und gebrechlicher. Nur Giovanna und Alma besuchten sie noch. Endlich schickte Violetta nach einem Arzt, der sie untersuchen sollte. Der bestätigte den Verdacht: Ava war schwanger.

Allen Widrigkeiten zum Trotz schien Violetta ein schier unerschöpflicher Quell an Kraft und Stärke zu sein. In Lucas Namen richtete sie ein Gnadengesuch an einen Regierungsbeamten. Nach einem Monat peinigender Gespräche hinter verschlossenen Türen nahm sich schließlich ein Richter der Sache an und fällte ein unerwartetes Urteil. Man einigte sich darauf, dass Luca überwältigt von Kummer und Schmerz im Affekt gehandelt haben musste, und das Strafmaß wurde herabgesetzt auf die Zeit, die er bereits im Gefängnis verbüßt hatte.

Am Tag, ehe Luca aus dem Gefängnis entlassen werden

sollte, rief Violetta Ava zu sich in den Salon. »Setz dich, *ma chérie*«, sagte sie zu ihr.

Ava setzte sich ihr gegenüber auf ein granatrotes Samtkanapee, umgeben von Statuen und Gemälden, die Violetta von ihren Reisen durch Europa mitgebracht hatte. Sie war so aufgewühlt, dass sie kaum ein Wort herausbrachte. Der Mann, der morgen nach Hause zurückkommen würde, war nicht der, den sie geheiratet hatte. »Was gibt es denn?«

»Ich muss dir etwas sagen. Es gab eine wichtige Bedingung für Lucas Freilassung.« Violettas Stimme klang fest, aber aus den tiefvioletten Augen schimmerte mütterliche Sorge. »Ihm bleiben genau zwei Tage, um seine Sachen zu packen und das Land zu verlassen.«

Ava schnappte nach Luft. »Italien verlassen? Aber warum denn?«

»Es war ein Kompromiss.« Violettas Blick ging zu ihren Händen, die gefaltet in ihrem Schoß lagen. »Mehr konnten wir nicht für ihn tun.«

»Und wo sollen wir hin?«, fragte Ava bang, und das Herz hämmerte ihr gegen den Brustkorb.

»Ich habe euch beiden eine Passage nach Amerika gebucht. Dort kann mein Sohn noch einmal ganz von vorne anfangen. Es ist weit genug weg, dass er nicht versucht sein wird, wieder zurückzukommen.«

Nackte Angst stieg in Ava auf. Inzwischen fürchtete sie sich vor ihrem eigenen Ehemann. »Aber es ist so weit weg von zu Hause. Dann werde ich Frankreich nie wiedersehen.«

»Womöglich nicht«, seufzte Violetta, die Stimme rau vor Mitgefühl. »Es tut mir leid.«

Ava zog die Stirn kraus. »Nein, ich gehe nicht mit. Niemand kann mich dazu zwingen. Oder?«

»Nun, das ist deine Entscheidung, aber bitte bedenke, dein Platz ist an der Seite deines Ehemanns. Ihr seid verheiratet vor Staat und Kirche, und dein Kind braucht einen Vater.« Mit ihren Worten berührte Violetta ihr Herz. »Vergiss nicht, dass ich meinen Sohn wohl nie wiedersehen werde und meine Enkelkinder nicht kennenlernen darf.«

»Aber das kann doch alles nicht sein«, rief Ava erschüttert, die Hand auf die Brust gedrückt. Wie sollte sie von hier fortgehen? Sie liebte Violetta fast wie ihre eigene Mutter. Was sollte sie nur ohne ihren Rat und Beistand tun? Wie benommen lehnte sie sich zurück. Sie konnte kaum fassen, was für ein Abgrund sich vor ihr auftat, und wagte nicht, an die Zukunft zu denken.

»Ich versichere dir, es gibt keine andere Wahl. Mein Sohn ist jetzt auf sich allein gestellt. Er muss endlich ein Mann werden.« Abrupt stand Violetta auf, und Ava sah, wie ihr eine Träne über die Wange lief. »Das Mädchen kann dir beim Packen helfen, und ich sorge dafür, dass dein Vermögen auf ein amerikanisches Bankkonto überwiesen wird.« Damit umarmte sie Ava und verließ den Salon.

Zum ersten Mal, seit Ava sie kannte, hatte Violetta sich in ihren Armen zart und zerbrechlich angefühlt, und ihr fiel auf, wie schmal ihre Schwiegermutter geworden war. Ava sah ihr nach, als sie die Treppe hinaufstieg. Und da verstand sie endlich. Sie und Luca konnten in Amerika ein neues Leben beginnen, weit weg von Hass und Tratsch, denn dort musste niemand etwas von ihrer Vergangenheit erfahren. Doch hier in der Toskana würden Lucas Sünden Violetta für den Rest ihres Lebens verfolgen.

An diesem Abend weinte sich Ava in den Schlaf. Nicht um ihretwillen oder um Luca, sondern um Violetta.

Zwei Tage nachdem man Luca aus dem Gefängnis entlassen hatte, stand Ava an der Reling eines Dampfers mit dem Ziel Amerika. Die steife Brise trieb ihr salzige Tränen in die Augen. Zitternd zog sie den Kragen enger um den Hals und stand allein im Nebel über den Wellen. Luca schlief gerade in ihrer Luxuskabine seinen Rausch aus.

Mit nur neunzehn Jahren fuhr sie im Grunde mutterseelenallein in eine vollkommen unbekannte, neue Welt.

Ava glaubte, das Herz müsse ihr in tausend Stücke zerspringen. Wie sie sich für ihren Ehemann schämte! Nie wieder würde sie ihre geliebte Heimat wiedersehen, nicht das Weingut in Bordeaux und auch ihre lieben Freunde in Frankreich nicht.

Vor ihrer Abreise hatte Ava von Giovanna erfahren, dass die Gerüchteküche schier überkochte vor Spekulationen, was Lucas Freiheit Violetta gekostet oder welchen Gefallen sie von wem eingefordert haben mochte. Violetta selbst hatte darüber kein Wort verloren.

Mit den Fingern wischte sich Ava eine Träne aus dem Augenwinkel. Sie war fest entschlossen, ebenso tapfer und unbeugsam zu sein wie Violetta.

Ihr ganzes Gepäck bestand nur aus zwei großen Schrankkoffern; der eine mit Kleidung und Erinnerungsstücken, der andere mit ihren heiß geliebten Weinstöcken, die sie damals aus der fruchtbaren Erde des Weinguts ihrer Eltern in Bordeaux ausgegraben hatte und die sie nun in Sackleinen gepackt auf ihrer Reise begleiteten.

Den Glockenhut mit einer Hand festhaltend, blinzelte Ava in den Wind. Sie hoffte von ganzem Herzen, dass die kostbaren Weinstöcke die strapaziöse Reise gut überstehen würden. Sie und das sehnlichst erwartete Kind, das in ihrem Bauch heranwuchs, waren das Einzige, was sie noch interessierte.

18

AUGUST 1956
MONTALCINO, ITALIEN

Caterina hatte Marisa an diesem Abend früh zu Bett gebracht – ihr kleines Mädchen war ein wenig unleidlich wegen der Zeitverschiebung –, und nun saß sie vor dem Telefon in Giovannas Arbeitszimmer und wartete darauf, dass die internationale Telefonvermittlung zurückrief und sie nach Kalifornien durchstellte.

Sie hatte Juliana versprochen, sich bei ihr zu melden. In Kalifornien war es noch früh, und sie hoffte, Juliana zu erwischen, ehe sie zur Arbeit musste.

Das Telefon klingelte, und Caterina sprang auf und schnappte sich den Hörer. »*Pronto? Pronto?*« Es war die Dame von der Vermittlung, die sie gleich zu ihrer amerikanischen Kollegin durchstellte. Es dauerte nicht lange, da hörte Caterina den Rufton in der Leitung.

Eine schläfrige Juliana nahm am anderen Ende den Hörer ab.

»Juliana, ich bin's, Caterina.« Sie umklammerte den Hörer ganz fest, so sehr freute sie sich. »Ich musste einfach deine Stimme hören. Was gibt es Neues bei euch?«

Es folgte betretenes Schweigen und eine Pause, in der Juliana ihre Worte abzuwägen schien. Das sah ihr überhaupt nicht ähnlich. *Sicher liegt es an der Verzögerung durch die Überseeverbindung.*

»Erdbeben«, knisterte es aus der Leitung, und die feinen Härchen in Caterinas Nacken richteten sich auf.

»Was?«, rief sie entsetzt.

»Es hat ein Erdbeben gegeben, Caterina. Mille Étoiles ist ziemlich schlimm betroffen.«

Caterina biss sich auf die Unterlippe. »Ist jemand verletzt?«

»Nein, es geht allen gut, aber die Maschinen sind schwer beschädigt. Es ist fast aussichtslos. Ava versucht gerade, einen Kredit zu bekommen, um die Maschinen zu ersetzen.«

»Die Bank hilft ihr doch bestimmt.«

Wieder entstand eine längere Pause. »Es gibt da ein paar Schwierigkeiten. Wegen deines Vaters.«

Caterina wickelte sich die Telefonschnur um den Finger. »Ich weiß. Ich habe erfahren, dass er noch lebt. Ich wohne hier bei einer entfernten Cousine meiner Mutter.«

»Cat, er ist *hier*. Luca ist wieder aufgetaucht. Er hat deine Mutter überfallen, sie bedroht und geschlagen. Der Sheriff sucht ihn.«

Entsetzt umklammerte Caterina den Hörer. »Ist sie verletzt?«

»Ein paar Prellungen, weiter nichts. Aber sie ist stur und will auf keinen Fall nachgeben.«

»Kümmert Raphael sich um sie?«

»Er weicht ihr nicht von der Seite. Er schläft bei ihr im Haupthaus. Raphael und Nina haben darauf bestanden.«

»Gut.« Wie froh sie war, Raphael bei ihrer Mutter zu wissen. Ava würde niemals von sich aus um Hilfe bitten.

Caterina schloss fest die Augen. Vor einer Woche noch hatte sie einen Vater gehabt, der zwar tot, aber ein wunderbarer Mensch gewesen war – ein liebender Vater, ein treusorgender Ehemann. Und nun war er plötzlich quicklebendig und stiftete nichts als Unfrieden.

Die unterschiedlichsten Gefühle tobten in ihr. Ihr ganzes Leben lang hatte sie sich nichts sehnlicher gewünscht, als dass ihr Vater noch am Leben wäre. Sie hatte davon geträumt, was sie mit ihm unternehmen würde und wie tröstlich es wäre, einen Vater zu haben, dem sie ihr Herz ausschütten könnte. Die Abwesenheit ihres Vaters hatte sich wie ein tiefer Riss durch ihr Leben gezogen. Sie hielt sich eine Hand vor den Mund und versuchte, das Schluchzen zu ersticken, das in ihr aufstieg.

»Bist du noch da, Cat?«, knackste Julianas besorgte Stimme durch die Leitung.

»Ich bin hier«, sagte Caterina schniefend. »Das ist alles ein bisschen viel auf einmal.«

»Nicht unbedingt der Vater deiner Träume, was?«

Mit Tränen in den Wimpern brachte Caterina mühsam ein ersticktes Lachen heraus. »Nein, ich dachte eigentlich, er sei ein Ritter ohne Fehl und Tadel.« Zitternd vor Schreck, Wut und Enttäuschung wischte sie sich mit dem Handrücken über die Augen. Es reichte. Sie hatte dem Vater, den sie zu haben geglaubt hatte, lange genug nachgeweint. Zeit, sich den Tatsachen zu stellen.

»Es tut mir wirklich leid, Cat. Bei mir wussten wir wenigstens von Anfang an, dass mein Dad ein Totalausfall war.« Juliana unterbrach sich. »Das ist aber noch nicht alles. Deine Mutter hat uns alle zusammengerufen, um es uns zu sagen. Luca will Mille Étoiles. Haus und Weinberg laufen offiziell immer noch auf seinen Namen.«

»Das kann er doch nicht machen. Wir wohnen da seit Ewigkeiten.«

»Der Anwalt meinte, das mache keinen Unterschied. Luca kann mit Haus und Land tun und lassen, was er will.«

Caterina war wie vor den Kopf geschlagen. Sosehr sie ihre Mutter dafür hasste, dass sie nichts von Marisa wissen wollte, so unvorstellbar und unerträglich war ihr der Gedanke, Ava könne womöglich alles, was sie sich in mehr als zwanzig Jahren aufgebaut hatte, einfach sang- und klanglos verlieren. Die Wut auf ihre Mutter verrauchte langsam. Ob Caterina ihr irgendwie helfen konnte?

Rasch überlegte sie. Sie hatte ihrer Mutter schon während der Schulzeit bei der Arbeit auf dem Weingut geholfen und später während der Sommerferien auf dem College. Sie konnte sich nicht daran erinnern, jemals irgendwelche Unterlagen über die Eigentümerschaft des Anwesens gesehen zu haben. Ihre Mutter hatte ihr immer gesagt, dass sie das Land, auf dem Mille Étoiles erbaut worden war, mit der Erbschaft ihrer Eltern gekauft hatte, und Caterina hatte keinen Grund gesehen, ihr nicht zu glauben. Allerdings hatte sie sehr wohl Unterlagen des Weinguts gesehen. Angestrengt dachte sie darüber nach, was sie auf dem College über Betriebswirtschaft gelernt hatte. *Was, wenn …*

»Juliana, der Name meines Vaters mag zwar im Grundbuch eingetragen sein, aber ich bin mir ziemlich sicher, dass er mit dem Kellerei-Unternehmen nicht das Geringste zu tun hat. Das Weingut einerseits und die Kellerei und der Vertrieb von Mille Étoiles andererseits sind zwei getrennte Unternehmen. Ich weiß, dass es separate Konten gibt, und ich bin mir ziemlich sicher, dass die Daten auf den betreffenden Dokumenten aus der Zeit nach dem Verschwinden meines Vaters stammen.«

»Womöglich bringst du uns da auf was.«

»Sag meiner Mutter, ihr Anwalt soll sich das ansehen.« Caterina verstummte. Es war eine Katastrophe. Was, wenn sie die Weinberge verloren?

Wie sollten sie ihre Kellerei dann weiter betreiben?

Sie zog die Telefonschnur enger um den Finger und dachte krampfhaft nach. Im Laufe der Jahre hatten sie sich einen ausgezeichneten Ruf erarbeitet – unter Weinkennern aus ganz Amerika –, darunter auch viele, die sich mit europäischen Weinen auskannten. Vielleicht konnte ihnen das irgendwie von Nutzen sein? *Welchen Vorteil haben wir?* Ihr kam ein Gedanke. Wenn sie qualitativ gleich- oder sogar höherwertige Trauben ankaufen könnten, würde die Marke Mille Étoiles womöglich überleben, auch wenn sie ihre eigenen Weinberge verloren. In ihrem Kopf nahm der Plan langsam Gestalt an.

»Cat, bist du noch dran?«

»Hör zu, Juliana, ich habe eine Idee. Such dir schnell was zum Schreiben.«

Rasch skizzierte sie Juliana in Umrissen ihren Plan und legte dann den Hörer auf.

Schließlich ging Caterina nach draußen auf die Terrasse. Der funkelnde Sternenhimmel erinnerte sie an den Ausblick in Mille Étoiles. Sie und ihre Mutter mochten bisweilen anderer Meinung sein, aber Ava war immer noch ihre Mutter, und sie beide teilten die Leidenschaft fürs Weinmachen.

Auch wenn sie eigentlich gehofft hatte, den größten Teil ihres bisherigen Lebens weit hinter sich gelassen zu haben – sie würde alles tun, um Mille Étoiles und die Kellerei zu retten, die sie mit so viel schwerer Arbeit aufgebaut hatten. Sie alle waren darauf angewiesen – ihre Mutter, Raphael, Nina, die Arbeiter. Wenn es irgendwie in ihrer Macht stand zu helfen, dann würde sie es tun.

Und es gab etwas, das sie tun konnte.

Und wie sie so dastand und in den endlosen, sternenbesetzten Nachthimmel schaute, reifte in ihr ein Plan.

Am nächsten Tag fuhr Giovanna mit Caterina und Marisa zu dem Haus, das Violetta ihrer Enkeltochter vermacht hatte.

Caterina setzte sich Marisa auf die Hüfte und schaute mit großen Augen auf das steinerne Häuschen, das still und verlassen vor ihnen lag. Sie konnte es kaum erwarten, sich drinnen umzuschauen. Heute wollte sie Giovanna um einen wichtigen Gefallen bitten, aber das konnte auch bis nachher warten.

Das Haus mit dem Terrakottadach stand auf einem Plateau, fast wie ein Vogelnest an eine sanfte Flanke des Hügels gebaut. Hohe, windzerzauste Zypressen markierten die Grundstücksgrenze. Jahrealte Staubschichten lagen wie eine Kruste auf den Fensterscheiben, und die hölzernen Fensterbänke waren von der Sonne ausgedörrt und eingerissen. Wild wuchernde Kletterpflanzen rankten sich um die Backsteinmauer vor dem Haus.

Marisa wies auf das Häuschen und brabbelte vergnügt.

Lächelnd sah Caterina Giovanna an. »Ich glaube, es gefällt ihr. Das ist unser neues Zuhause, meine Kleine. Wie findest du es?«

Giovanna stand da, die Hände in die Hüften gestemmt, und ließ den Blick über das Gelände schweifen. »Das braucht eine ganze Menge Arbeit. Hier ist seit Jahren nichts mehr getan worden.«

»Das kriegen wir schon hin, meinst du nicht, Marisa?« Caterina hatte sich schon auf dem alten Schwarz-Weiß-Foto, das der Ermittler ihr in San Francisco gezeigt hatte, rettungslos in das kleine Haus verliebt. Auch wenn es älter und heruntergekommener war, als sie gedacht hatte, war sie sicher, es renovieren und wieder bewohnbar machen zu können.

Gemeinsam gingen sie den laubbedeckten Weg entlang zur Haustür. Dort setzte Caterina ihre Tochter ab und zog einen Schlüssel aus der Tasche ihres zitronengelben Sommerkleids aus Seersucker. Giovanna nahm Marisa an die Hand, während Caterina den Schlüssel ins Schloss steckte und versuchte, die Tür zu öffnen.

»Er lässt sich nicht drehen.« Caterina konnte es kaum abwarten, endlich hineinzugehen und sich anzusehen, was alles zu tun war. Sie drehte den Schlüssel ein wenig hin und her und versuchte dann, das Schloss in die andere Richtung zu öffnen. »Jetzt hat er sich verhakt.«

»Lass mich mal«, sagte Giovanna. »Alte Schlösser sind manchmal zickig wie Diven.«

»Auf«, rief Marisa und hämmerte mit ihrer winzigen Faust gegen die Tür.

Caterina trat beiseite und nahm Marisa an die Hand, während Giovanna versuchte, das Schloss mit Fingerspitzengefühl zu öffnen.

»Es rührt sich keinen Millimeter.« Giovanna trat einen Schritt zurück. »Vielleicht ist das ein Zeichen«, murmelte sie.

Caterina verstand sie kaum. »Ein Zeichen?«

Giovanna zuckte die Schultern. »Dieses Haus braucht neues Leben. Das werdet Marisa und du hineinbringen.« Sie nickte nachdrücklich. »Im Ort gibt es einen Schlosser. Da können wir gleich vorbeifahren.«

Enttäuscht nahm Caterina ihre Tochter auf den Arm und ging um das Haus herum. Sie wischte etwas Schmutz und Staub von einer Fensterscheibe und spähte hinein. »Ach, schau mal, drinnen stehen sogar noch Möbel!«, rief sie entzückt. »Eine große Holztruhe, da im Wohnzimmer, und Stühle.«

Plötzlich war sie wieder bester Dinge. »Es hat eine Holzbalkendecke, und ein gemauerter Bogengang führt in ein anderes Zimmer, sicher das Esszimmer oder die Küche.« Caterina war ganz verzückt von dem, was sie durch das schmutzige Fenster erkennen konnte, und wollte unbedingt so schnell wie möglich hinein. Zuerst würde sie alles gründlich saubermachen und das ganze Haus lüften, dann die Wände streichen und ein eigenes Zimmer für Marisa herrichten. Sie hatte den Kopf voller Ideen und malte sich ihr zukünftiges Zuhause in den schönsten Farben aus, fröhlich und lichtdurchflutet.

Doch eine Erinnerung nagte an ihr. Ihre Mutter wusste etwas über dieses Haus, hatte ihr aber nicht erzählen wollen, was sich hier ereignet hatte. *Welches Geheimnis mochte sich hinter diesen Mauern verbergen?*

»Es war ein wirklich hübsches kleines Häuschen, wenn ich mich recht entsinne.«

»Und warum steht es schon so lange leer?« Caterina hob Marisa etwas höher auf die Hüfte und hielt auf den Weinberg zu. Was hatte Giovanna ihr sagen wollen?

Zögernd stand Giovanna da und biss sich auf die Lippen. »Violetta wollte es nicht mehr vermieten.«

»Und warum nicht?«

»Und das Beste weißt du noch gar nicht«, sagte Giovanna und schien ihre Frage geflissentlich zu überhören. Am Rand des Grundstücks blieb sie stehen und strahlte vor Stolz über das ganze Gesicht. »Das ist dein Weinberg«, erklärte sie und zeigte mit einer ausladenden Geste, wie weit das dazugehörige Land reichte.

Versonnen schaute Caterina auf die gepflegten Reihen von Weinstöcken hinaus, die sich an den Hügel schmiegten. All ihren Fragen zum Trotz freute sie sich mit jedem Augenblick mehr über das, was sie sah. »Jemand muss sich um den Weinberg gekümmert haben. Sieht aus, als wären die Trauben bald reif für die Lese.« Sie sah sich eines der dicht mit Beeren besetzten Traubenbüschel etwas genauer an, das an einem stämmigen, knorrigen Rebstock hing. Die blauschwarzen Beeren schimmerten prall und rund im Morgenlicht.

»Violetta hatte das Land an einen Winzer verpachtet. Das kannst du auch so handhaben, wenn du möchtest.«

»Ich möchte meinen eigenen Wein machen.« Caterina hatte inständig gehofft, der Weinberg möge zum Haus dazugehören. Jetzt war sie überglücklich, dass es tatsächlich so war.

Bei dem Gedanken, selbst Wein anzubauen, wurde sie ganz aufgeregt. Sie überlegte bereits fieberhaft, welche Maschinen sie brauchen würde, wie das Etikett aussehen sollte und tausend weitere Kleinigkeiten. Sie konnte es kaum erwarten, endlich anzufangen und ihren Traum zu verwirklichen.

Das ist unser neues Leben. Caterina schaute hinaus auf den Hügel und versuchte, diesen Gedanken zu begreifen. Der Weinberg war mehr, als sie sich erträumt hatte. In Haus und Garten würde sie mehr Arbeit stecken müssen als erwartet, aber das tat ihrer Begeisterung keinen Abbruch.

Das war ihr erstes eigenes Zuhause – ihres und Marisas. Sie drückte ihr kleines Mädchen fest an sich und wirbelte sie im Kreis herum. »Wir fangen ganz neu an«, jubelte sie.

Als verstünde sie, was gerade geschah, lachte Marisa glockenhell auf und schlang ihrer Mutter die Arme um den Hals.

Giovanna lachte mit ihnen, und Caterina gab ihr einen Kuss auf die Wange. Auch wenn die anderen Verwandten ihres Vaters nichts von ihr wissen wollten, war Caterina doch froh, in Giovanna eine Freundin gefunden zu haben. Sie hatte ihr sogar versprochen, ihr zu helfen, sich in Montalcino und der Toskana zurechtzufinden.

Sie beschlossen, gleich zum Schlosser zu fahren, also folgte Caterina Giovanna zu ihrem Fiat. Giovanna startete den Wagen, und Caterina sagte: »Ich konnte nicht viele

Sachen mitbringen und würde gern ein paar neue Sommersachen für Marisa besorgen.«

»Erst gehen wir zum Schlosser, und dann zeige ich dir ein paar ganz entzückende kleine Läden unten im Ort«, entgegnete Giovanna.

Sie fuhren in das kleine Städtchen, und Caterina bestaunte die schmalen Kopfsteinpflasterstraßen, die sich malerisch an den Hügel schmiegten. Steinerne Häuser mit massiven Ziegeldächern standen zusammen, als stützten sie sich gegenseitig, während sie sich an der Bergflanke festklammerten. Giovanna parkte an einem unscheinbaren verblassten roten Backsteintorbogen, dann gingen sie in die Werkstatt. Giovanna grüßte den alten Mann mit dem verschrumpelten Gesicht, der da inmitten einer wahren Gebirgslandschaft aus alten Türknäufen, Schlössern und Dietrichen herumwerkelte. Sie erklärte ihm, worum es ging, und der alte Mann schüttelte energisch den Kopf.

Dann drehte er sich zu Caterina um, und seine grauen, struppigen Haare schienen sich fast zu sträuben. »Sie sind die Amerikanerin?«

Gerüchte machten hier wohl schnell die Runde. Caterina lächelte freundlich und drückte Marisa an sich. »Die bin ich.«

Er gestikulierte heftig beim Reden, als wollte er jedes seiner Worte unterstreichen. »Dieses Haus bringt nichts als Unglück. Das Schloss will Sie fernhalten. Belassen Sie es dabei. Es ist zu Ihrem eigenen Besten.«

Energisch fiel Giovanna ihm ins Wort und ließ eine wahre Schimpftirade auf ihn einprasseln, begleitet von eindeutigen Gesten. Caterina fragte sich, ob ihre Mutter sich deshalb solche Sorgen gemacht hatte. *Was mochte sich dort abgespielt haben?*

Zuerst wirkte der Schlosser empört, doch schließlich zog er unter dem Hagel von Giovannas Gardinenpredigt reumütig den Kopf ein.

»*Basta, basta*«, murmelte er und hob abwehrend die Hände.

Giovanna wandte sich wieder an Caterina. »Er kommt nächste Woche vorbei und sieht sich das Schloss an«, erklärte sie und bedachte ihn noch im Weggehen mit einem strengen Blick.

»Der scheint aber ziemlich abergläubisch zu sein.« Caterina wusste nicht recht, ob sie das eher ärgern oder beunruhigen sollte.

»Hier in Italien geht das Leben einen anderen Gang als in Amerika«, entgegnete Giovanna und überging Caterinas Bemerkung einfach. »Möchtest du einen kleinen Spaziergang durch die Festung machen, und anschließend gehen wir für dich und *la bambina* einkaufen?«

Eigentlich hätte sich Caterina das Haus heute noch gern von innen angeschaut, aber allmählich musste sie einsehen, dass Zeit hier in der Toskana ein dehnbarer Begriff war und man sie genießen sollte, statt jeden Augenblick nutzen zu wollen. Hier hetzte einen niemand herum wie in San Francisco. Aber das merkwürdige Verhalten des Schlossers ging ihr trotzdem nicht aus dem Kopf.

Sie stiegen aus dem Wagen und schlenderten durch die schmalen mittelalterlichen Gassen. Caterina bewunderte die dicken Steinmauern der alten Festung, die Giovanna *la Rocca* nannte. Wagemutig kletterten sie hoch hinauf auf die uralten Festungswälle und wechselten sich ab, Marisa zu tragen, bis ihnen vor Anstrengung die Oberschenkel brannten. Aber oben angekommen, war es alle Mühe wert gewesen. Die Panoramaaussicht auf die sanfte toskanische Hügellandschaft ringsum war überwältigend.

»Schau mal da«, rief Giovanna und wies auf einen der anderen Berge. »Das ist der Monte Amiata.« Sie spazierten durch die ganze Festungsanlage, und Giovanna zeigte ihr die Regionen Val d'Orcia und Maremma. »Und dort, auf der anderen Seite der Crete Senesi, liegt Siena.«

Anschließend machten sie sich auf den Rückweg durch die kleinen steingesäumten Straßen, vorbei am malerischen Glockenturm, dessen Glocken gerade zur vollen Stunde läuteten.

An einer entzückenden kleinen Piazza führte Giovanna Caterina in einen winzigen Laden mit leuchtend roter Markise, wo sie etliche reizende Kleidchen und Spielsachen für Marisa entdeckte. Anschließend schlenderten sie zu einer weiteren klitzekleinen, efeuüberwucherten Boutique, die farbenfrohe, zwanglose Sommerkleider und Röcke verkaufte, wie Giovanna sie trug.

Caterina entschied sich für ein paar Röcke und dazu passende Schärpen und für eine schmal geschnittene Baumwollhose mit weißer Bluse sowie ein türkisblaues Hemdkleid.

Giovanna hielt Marisa auf dem Arm, während Caterina die Sachen anprobierte. Als sie fertig war, kam sie aus der Kabine und sah, wie Giovanna Marisa liebevoll an sich drückte und ihr leise etwas vorsang. Wenn doch Ava Marisa nur genauso ins Herz schließen könnte.

Lächelnd schaute Giovanna auf. »Wenn ich eine Tochter hätte, sie müsste genauso sein wie Marisa. So ein süßes, entzückendes Mädchen. Ava wird sicher irgendwann schwach werden.«

»Das hoffe ich doch.« Caterina setzte sich neben sie und nahm ihre Hand. Sie vertraute dieser Frau, die einmal eine der liebsten Freundinnen ihrer Mutter gewesen war. »Sag mal, könntest du dich vielleicht für ein paar Tage um Marisa kümmern?«

Giovanna strahlte über das ganze Gesicht. »Nichts lieber als das. Wenn du sie mir anvertraust.«

»Du gehörst doch zur Familie, Giovanna«, entgegnete Caterina herzlich und drückte ihr die Hand. Sie musste an die Notizen denken, die Juliana ihr auf dem Weg zum Flughafen in die Hand gedrückt hatte, mitsamt der detaillierten Informationen, die Bessie Waters, die Frau des Verlegers, ihr gegeben hatte. »Ich muss im Namen von Mille Étoiles eine wichtige Geschäftsreise nach Paris unternehmen, und du würdest mir damit einen riesengroßen Gefallen tun.«

»Was machst du denn in Paris?«

»Dort findet eine Verkostung statt, ein Wettbewerb, zu dem ich unseren Wein anmelden möchte. Sollte Mille Étoiles eine Platzierung erreichen oder sogar gewinnen, würde das unsere Verkäufe nicht unerheblich ankurbeln.« Und ihnen dabei helfen, die Kellerei zu retten, selbst wenn sie die Weinberge an Luca verlieren sollten. Sie und Ava mochten zwar momentan nicht miteinander reden, aber das würde sie nicht davon abhalten, alles in ihrer Macht Stehende zu tun, um ihrer Mutter aus dieser Notlage zu helfen. Die Weinprobe war ihr nicht mehr aus dem Kopf gegangen. »Ich müsste dich allerdings bitten, mir die Flaschen zurückzugeben, die ich mitgebracht habe.«

Gemeinsam verließen sie die Boutique und setzten sich an einen Tisch im Schatten eines knorrigen Olivenbaums vor einem Café. Üppige rote, rosa und weiße Geranien wucherten aus bemalten Tontöpfen. Giovanna bestellte Wein und einen Teller mit gemischten Antipasti aus Aufschnitt und Käse.

»Alles klingt ganz köstlich, ganz besonders das *ragù*«, schwärmte Caterina mit einem Blick auf die handgeschriebene Speisekarte.

»Es ist ganz ordentlich, aber meins ist besser«, meinte Giovanna und zog die Nase kraus. »Versuch die *tagliatelle alla boscaiola* – frische Pasta mit Steinpilzen. Ein typisch toskanisches Gericht.«

Der Wirt, ein leutseliger Mann mit großer weißer Schürze um den Bauch, der nach Knoblauch und Oregano roch, brachte ihnen eine Karaffe Rotwein und eine Flasche kaltgepresstes Olivenöl von seinen eigenen Bäumen. Giovanna goss ein wenig der duftenden zartgrünen Flüssigkeit auf ein Tellerchen. »Auch das ist typisch für diese Region.« Sie griff nach einem großen Stück Brot mit knuspriger Kruste.

Marisa bekam gar nicht genug von den Farfalle, und der Wirt brachte ihr dazu zart geröstete rote Paprika, grüne Bohnen und zuckersüße Orangen.

»Es schmeckt einfach himmlisch«, schwärmte Caterina. »Wenn das so weitergeht, muss ich meine Kleider bald zwei Größen größer kaufen.«

Giovanna lächelte. »So essen wir hier immer. Mach dir keine Sorgen, wenn du erst mit der Arbeit an deinem Häuschen angefangen hast, purzeln die Pfunde wieder. Iss, entspann dich, genieße es. So leben wir hier.«

Und genauso sollte es auch sein, dachte Caterina und versuchte, sich zu entspannen. Die Sonne schien ihr warm auf die Schultern, und eine leichte Brise pustete ihr federleicht die Ponyfransen aus dem Gesicht. Von ihrem Platz aus hatten sie einen spektakulären Blick über die Hügellandschaft und das Tal. In der Ferne ragten Bergspitzen in den Himmel. Lächelnd nippte Caterina an ihrem Wein. *Konnte es etwas Besseres geben?*, fragte sie sich zufrieden. Ein Gedanke schlich sich in ihren Kopf. *Ja, es mit jemandem zu teilen, den man liebt.*

Nach dem Essen bestellte Giovanna *caffè* und *cantuccini*, doppelt gebackene ovale Kekse mit Mandeln und Pistazien, die Caterina als Biscotti kannte.

Beim Kaffee wollte Caterina das Gespräch wieder auf ihren Vater lenken, aber Giovanna wechselte rasch das Thema. Caterina fand es eigenartig, dass Giovanna nicht über ihn reden wollte, beschloss aber, sie nicht zu drängen. Vielleicht war sie der Ansicht, es sei nicht ihre Aufgabe, oder sie fand, es sei nicht der richtige Zeitpunkt.

Gemütlich blieben sie noch eine ganze Weile sitzen und plauderten angeregt miteinander. Giovanna erzählte Caterina von ihrer Familie. Zwei ihrer Onkel waren ganz jung im Krieg gefallen, eine Tante war im Kindbett gestorben, und ein Cousin lebte in Australien.

»Meinst du, sie werden mich hier irgendwann akzeptieren?«

Giovanna senkte die Stimme. »Sollten sie erfahren, dass Marisa ein uneheliches Kind ist, werden sie dich meiden wie die Pest. Unser Priester weigert sich sogar, unehelich geborene Kinder zu taufen.«

Wie vor den Kopf geschlagen lehnte sich Caterina zurück. Der Traum vom einfachen Leben in Italien löste sich vor ihren Augen in Luft auf. »Marisa ist bereits in San Francisco getauft worden«, entgegnete sie ungehalten. »Und ich habe es satt zu lügen, Giovanna.«

»Denk an Marisa. Möchtest du, dass sie stigmatisiert wird, weil alle wissen, dass sie ein uneheliches Kind ist? Willst du ihr alle Möglichkeiten im Leben nehmen? Nein. Dann erzählst du den Leuten besser, dein Mann sei in Amerika gestorben.« Sie senkte das Kinn, um dem Nachdruck zu verleihen. »Gott wird dir deine Lüge verzeihen.«

»Ma-ma-ma«, zirpte Marisa und winkte ihr.

Caterina nahm das zarte Händchen ihrer Tochter und drückte einen Kuss darauf. Womöglich hatte Giovanna recht. Sie mochte ihre Prinzipien haben, aber sie hatte sich auch geschworen, dass niemand ihrer Tochter je wehtun sollte. Obwohl sie die Vorstellung verabscheute, würde sie sich wohl eine plausible Geschichte zurechtlegen müssen, wenn sie hier in Frieden leben wollte. Ganz gleich, wo sie auch hinging, sie würde mit den Folgen ihres Fehltritts leben und ihre Vergangenheit verleugnen müssen, um noch einmal ganz von vorne anzufangen.

Caterina war froh, dass Giovanna den Wein, den sie aus Mille Étoiles mitgebracht hatte, noch nicht geöffnet hatte. Sie und Santo hatten einen Weltklassewein cuvertiert. Es würde eine Blindverkostung sein – keiner der Juroren wusste also, welchen Wein er gerade im Glas hatte. *Ob die französischen Preisrichter einen kalifornischen Wein auf Anhieb herausschmecken würden?* Wie dem auch sei, sie war fest entschlossen, an diesem Wettbewerb in Paris teilzunehmen.

Ein Sieg wäre ein bedeutender Schritt zur Rettung von Mille Étoiles. Er würde ihr aber auch helfen, sich einen guten Ruf zu erarbeiten, um hier in Italien ihren eigenen Wein zu keltern.

Caterina entschied sich für die elegantesten Kleider, die sie im Gepäck hatte – ein schwarzes Kostüm von Christian Dior und ein apricotfarbenes Kleid aus Shantung-Seide mit passender Jacke. Dazu packte sie hochhackige Pumps ein und wickelte ihre Perlenkette in ein seidenes Schmucktäschchen, das sie in ihrer Handtasche verstaute. Als sie fertig war, sah sie sich noch einmal um.

Marisa schlief noch. Caterina faltete ihre neuen bunten Schärpen und öffnete eine Schublade der hohen Kommode. Darin stapelte sich handgenähtes Bettleinen, das sie behutsam beiseiteschob, um ein wenig Platz zu schaffen. Dabei entdeckte sie zufällig ein Blatt Papier, das ganz hinten in einer Ritze der Schublade feststeckte. Sie zog daran, bis es sich löste.

Es war ein dünner Briefumschlag, vergilbt vom Alter. Sie legte ihn auf die Kommode, um ihn Giovanna zu geben. Aber als sie ihn umdrehte, fiel ihr Blick auf die Handschrift, die ihr seltsam vertraut vorkam. Das *N* in Giovannas Namen lief oben spitz zu, und das *I* in Italien hatte einen hohen geschwungenen Bogen.

Genauso schrieb ihre Mutter.

Caterina schaute etwas genauer hin. Auf dem Poststempel stand *New York City, 1929*. Siebenundzwanzig Jahre war dieser Brief alt.

Neugierig öffnete sie den Umschlag. Das Papier knisterte und roch leicht muffig. Der Brief darin war mit verblichener Tinte beschrieben, die Schrift fein wie ein Spinnennetz. Ihr Blick glitt zu der Unterschrift.

Ava.

Caterina strich die scharfen Falten glatt, als könnte sie die Zeit fortwischen – die Jahre, die inzwischen vergangen waren, ebenso wie die rigiden Moralvorstellungen und die Missverständnisse, die sie und ihre Mutter voneinander trennten.

Wie sie wohl war, als sie in meinem Alter war? 1929. *Nein, da war sie noch jünger als ich jetzt. Und frisch verheiratet.* Bestimmt war sie damals voller Hoffnungen und schwebte im siebten Himmel.

Sie fing an zu lesen.

Liebste Giovanna,

meine liebe Cousine, ich schreibe dir aus unserer Kabine, während wir gerade den Atlantik überqueren. Das Meer erscheint endlos; nie hätte ich mir eine derart unendliche, unermessliche Weite vorstellen können. Die stete Bewegung des Schiffs verstärkt meine ständige Übelkeit noch. Ich habe bereits zu allen Heiligen gebetet, die mir eingefallen sind – St. Rita, St. Anne, St. Gerhard –, und habe sie um ihren Segen gebeten, und dass das entstehende kleine Leben in mir das alles unbeschadet überstehen möge. Ich bete, dass Violetta recht behält und dieses Kind uns zu einer Familie werden lässt.

Schon lange habe ich Luca verziehen, dass er sich mir vor der Heirat aufgedrängt hat – oder habe ich ihn womöglich unwillentlich dazu verleitet? Wie dem auch sei, ich hätte das Kind geliebt, das aus dieser sündigen Vereinigung entstanden wäre. Wenn die Fehlgeburt Gottes Strafe für mein Fehlverhalten war, dann fürchte ich nun eine weitere.

Mein Herz ist schwer und voller Schmerz, wenn ich daran denke, was in den letzten Monaten geschehen ist. Kein Tag vergeht, an dem ich nicht für Natalies und Francos Seelen bete.

Wie soll ich dir nur je für deine Güte und Freundlichkeit danken? Ohne dich und Alma hätte ich diese Tragödie und Lucas Gefangenschaft nicht durchgestanden. Ich habe versucht, während dieser Reise tapfer zu sein und den Mut nicht zu verlieren, aber jede Nacht in meiner Kabine weine ich beim Gedanken daran, mein

geliebtes Frankreich und meine zweite Heimat Italien nie wiederzusehen. Ich habe verstanden und mich damit abgefunden, dass Luca nur unter dieser Bedingung aus dem Gefängnis entlassen wurde – aber auch ich bezahle für sein Vergehen mit meiner Freiheit.
Und doch bin ich fest entschlossen, das Beste aus unserem erzwungenen Exil zu machen. Vor Gott ist er mein Mann, und ich bin ihm bis zum Tod verbunden. Es schmerzt mich, dir dies eingestehen zu müssen, aber kaum waren wir an Bord, hat sich Luca einer Gruppe russischer Aristokraten angeschlossen. Ich bekomme ihn kaum noch zu Gesicht, und wenn, dann ist er alles andere als nüchtern. Mein einziger Trost ist es zu wissen, dass Alkohol in Amerika aufgrund der Prohibition verboten ist, mit Ausnahme religiöser oder medizinischer Verwendung. Nie im Traum hätte ich gedacht, dass ich ein solches Verbot einmal begrüßen würde, aber in Lucas Fall scheint es mehr als angebracht. Aber mir wird der Wein zum Essen fehlen – es sei denn, wir könnten irgendwie selbst welchen keltern.
Es ist beinahe vier Uhr morgens, und Luca ist noch immer nicht zu Bett gekommen. Er betritt die Kabine nur, um zu baden und sich umzuziehen. Meine blauen

Flecken ermahnen mich, ihn lieber nicht mehr danach zu fragen, wo er sich sonst herumtreibt.
Aber ich sollte mich nicht beklagen. Immerhin habe ich noch das Geld vom Verkauf des Anwesens meiner Eltern. Was würden wir nur ohne mein Erbe tun?
Ich umarme dich und grüße dich herzlich
Ava

Schockiert ließ Caterina den Brief sinken. Der feste Boden unter ihren Füßen, das Bild ihrer Familie, das sie ein Leben lang gehabt hatte, war abermals ins Wanken geraten. Nie hätte sie sich vorstellen können, dass ihre Mutter etwas Derartiges hatte durchmachen müssen.

Avas Brief warf mehr Fragen auf, als er beantwortete.

Was mochte ihr Vater nur getan haben, dass man ihn dafür ins Gefängnis gesteckt hatte? Und warum wurde er dann vorzeitig wieder freigelassen?

Es war schwierig, das alles zu verstehen, ohne zu wissen, was vorher passiert war, aber ein Satz war ihr im Gedächtnis geblieben, und den las sie nun noch einmal.

Ava war vor ihrer Heirat schwanger gewesen.

Müde fuhr sich Caterina mit der Hand über das Gesicht. Halbwahrheiten und faustdicke Lügen türmten sich wie eine Mauer zwischen ihr und ihrer Mutter auf. Mehr denn je musste sie endlich Antworten finden. Und dann kam ihr plötzlich ein Gedanke. Waren sie und ihre Mutter sich am Ende womöglich ähnlicher, als sie dachte?

19

Am nächsten Morgen suchte Caterina, getrieben von dem Wunsch, noch mehr über die Vergangenheit in Erfahrung zu bringen, nach weiteren Briefen von ihrer Mutter. Bei ihrer Ankunft hatte Giovanna beiläufig erwähnt, dass dieses Zimmer, in dem sie und Marisa nun untergebracht waren, einmal ihres gewesen war.

Während Marisa mit ihren kleinen Bauklötzen spielte, die sie aus San Francisco mitgebracht hatten, zog Caterina nacheinander sämtliche Schubladen heraus, kroch unter das Bett und schaute sogar hinter die Möbel. Doch sie fand nichts. Marisa sah ihr mit großen Augen zu und klatschte fröhlich in die Hände. Sie trug einen neuen rosa Strampler, den Caterina ihr im Ort gekauft hatte. Sie selbst hatte sich für ein türkisblaues Sommerkleid entschieden.

Caterina setzte sich neben Marisa und umarmte sie. »Ich wünschte, du könntest mir helfen, meine Süße.«

Wo könnte Giovanna Avas Briefe versteckt haben? Wenn sie sie denn überhaupt aufbewahrt hatte. Kurz überlegte Caterina, Giovanna einfach zu fragen, aber ihre Gastgeberin hatte sich ohnehin schon gesträubt, ihr mehr über Luca oder das kleine Häuschen, das sie geerbt hatte, zu erzählen, also verwarf sie den Gedanken gleich wieder.

Ihr Blick ging nach oben zu dem hohen Kleiderschrank. Er hatte vier schmale, mit bunten Weinreben bemalte Türen und in der Mitte einen Spiegel. Caterina schleuderte die Espadrilles von den Füßen und stieg auf einen Stuhl. Dann machte sie die Türen auf und fuhr mit der Hand über das Regal ganz oben im Schrank.

Nichts.

Sie bückte sich, schnappte sich einen Kleiderbügel und stocherte damit in den Untiefen des Schranks herum. Noch immer nichts.

Systematisch arbeitete sich Caterina entlang des oberen Regalbretts voran und musste immer wieder vom Stuhl steigen, um ihn von einer Tür zur nächsten zu rücken. Bei der letzten Tür hatte sie die Hoffnung schon beinahe aufgegeben, als der hölzerne Kleiderbügel auf Widerstand stieß. Behutsam manövrierte sie das Objekt mithilfe des Bügels nach vorne, dann sah sie, dass es eine intarsienverzierte Zigarrenkiste war. Sie nahm sie an sich und setzte sich auf das Bett.

Beim Öffnen der Kiste stieg ihr ein Hauch von Tabakduft in die Nase. Drinnen lagen mehrere Briefe, zusammengebunden mit einem schmalen lavendellila Band und einer ordentlichen Schleife. Der Stempel des obersten Briefs war von 1929. Rasch blätterte sie die Umschläge durch. Einige davon waren mit Avas Handschrift adressiert.

Es klopfte an der Tür. Erschrocken stopfte Caterina das Kistchen unter die Kopfkissen.

»Caterina, ich habe dir eine Zugfahrtkarte nach Paris reserviert«, rief Giovanna von draußen.

Auf ihren stämmigen kleinen Beinchen wackelte Marisa zur Tür, und Caterina sprang rasch auf, um sie zu öffnen. »Danke dir, Giovanna«, sagte sie etwas atemlos.

»Ich habe dir eine Couchette reserviert, einen Platz im Liegewagen. Schließlich ist es eine lange Reise. Aber die Strecke ist wirklich sehr malerisch.« Giovanna raffte die Falten ihres weit ausgestellten Blumenkleids mit einer Hand und beugte sich zu Marisa herunter, um die Kleine zu begrüßen. »Wir beiden Hübschen werden einen Riesenspaß miteinander haben, während deine Mama fort ist.«

»Ich weiß das sehr zu schätzen«, versicherte Caterina ihr dankbar. »Und du bist dir auch ganz sicher, dass es dir nicht zu viel wird? Marisa kann einen manchmal ganz schön auf Trab halten.«

»Mach dir keine Sorgen. Meine Schwester kommt her, solange du fort bist. Wir schaffen das schon. Und bis du wieder da bist, werden wir Marisa verwöhnen wie eine kleine Prinzessin.«

Marisa fing an, aufgeregt auf Giovanna einzuschnattern. »Saf«, brabbelte sie, was so viel wie Fruchtsaft heißen sollte, und »Wa« quietschte sie für Wasser.

Caterina strich Marisa die dunklen Löckchen aus dem Gesicht. »Ich glaube, sie hat Durst.«

»Dann gehen wir beiden Hübschen doch mal nach unten in die Küche«, schlug Giovanna vor und streckte die Hand nach Marisa aus, die sie zögerlich ergriff. Dann drehte sich die Kleine um und sah nach ihrer Mutter. Sie wollte wohl nicht ohne sie gehen.

»Sie möchte, dass du mitkommst«, sagte Giovanna und bedeutete ihr, ihr nach unten zu folgen. »Und ich hatte dir doch versprochen, dir noch mehr von Violettas Kunstwerken zu zeigen.«

»O ja«, rief Caterina und nahm Marisas andere Hand. Eigentlich brannte sie darauf, die gefundenen Briefe gleich zu lesen, aber das würde wohl noch etwas warten müssen.

»Du bist ein ganz braves Mädchen, während Mama weg ist, ja?« Caterina zog den schmalen Rock ihres Reisekostüms etwas hoch, um sich neben Marisa zu knien und ihr einen Kuss auf die Wange zu geben.

Es war zwar noch früh am Morgen, aber Marisa war schon hellwach und schaute sich mit großen neugierigen Augen um. Am Bahnhof hatte sie schon versucht, sich von ihrer Mutter loszureißen, aber Caterina hielt sie fest an der Hand.

Giovanna und ihre Schwester Alma – die Giovanna sehr ähnlich war – standen zusammen auf dem schmalen Bahnsteig. Ringsherum stiegen die wartenden Passagiere in den Zug. Giovanna hatte darauf bestanden, Caterina mit dem Wagen zum Bahnhof im nicht weit entfernten Siena zu bringen.

Nachdem sie die Schwestern und ihre kleine Tochter abermals zum Abschied umarmt hatte, stieg Caterina in den wartenden Zug. Sie war ganz kribbelig vor Aufregung. Sie verreiste zwar bloß für ein paar Tage, aber ihr stand eine trubelige Geschäftsreise bevor.

Hinter sich hörte sie einen kleinen Tumult, und als sie sich umdrehte, sah sie zwei modisch gekleidete Damen, ungefähr im Alter von Giovanna und Alma, die die beiden Frauen herzlich begrüßten. Sie trugen Filzhüte mit kleinem Netzschleier, Jäckchen mit Gürteln und elegante Lederpumps.

Caterina schaute zu, wie sie unter begeistertem Gurren ihr kleines Mädchen entdeckten, und spitzte die Ohren, um das Gespräch zu belauschen, aber von hinten drängten weitere Menschen in den Zug.

Von drinnen winkte Caterina zum Abschied aus dem Fenster. Marisa machte es ihr nach und schwenkte begeistert die kleine Hand. Die großen blauen Augen hatte sie weit aufgerissen und betrachtete neugierig die vielen ungewohnten Dinge um sie herum. Zum Glück weinte sie nicht. Nur Caterina hatte beim Abschied Tränen in den Augen.

Sie wandte sich vom Fenster ab und sah die beiden Damen, die eben auf dem Bahnsteig mit Giovanna und Alma gesprochen hatten, in ihren Wagen kommen. Caterina fragte sich, wer die beiden sein mochten. Freunde der Familie vielleicht, die auch ihre Eltern gekannt hatten? Sie nahm sich vor, sie bei Gelegenheit anzusprechen.

»*Mi scusi.*« Unter vielen Entschuldigungen bahnte sich Caterina einen Weg den Gang entlang bis zu ihrem Platz.

Gesprächsfetzen in Italienisch, Französisch und Spanisch flogen durch die Abteile, und Caterina spitzte die Ohren, um etwas davon aufzuschnappen. Die rhythmische Melodie der romanischen Sprachen war so ganz anders als Englisch, und sie genoss es, heimlich mitzuhören.

Wie lange sie sich schon gewünscht hatte, einmal nach Paris zu fahren – ein weiterer Traum, der nun für sie in Erfüllung gehen sollte. Sie sagte sich zwar, dass sie eine wichtige Aufgabe zu erledigen hatte und eigentlich nur aus geschäftlichen Gründen reiste, aber trotzdem – sie fuhr nach Paris. Sie musste an all die vielen Gemälde und Fotos von der Stadt denken, die sie in San Francisco gesehen hatte. Den Eiffelturm, die Seine, die weltberühmten Museen und schicken Boutiquen. Sie konnte es kaum erwarten, das alles mit eigenen Augen zu sehen.

Caterina machte es sich bequem und stellte die Tasche mit den kostbaren Weinflaschen neben sich, damit sie nicht umfielen. Der Zug nahm langsam Fahrt auf, während er durch die sanfte toskanische Hügellandschaft ratterte, und sein Pfeifsignal kündete überall von ihrem Kommen.

Giovanna hatte ihr eine Couchette reserviert, damit Caterina nachts schlafen konnte, während der Zug auf seinem Weg nach Paris durch Florenz, Mailand, Turin und Lyon rollte.

Weinberge zogen an Caterinas Fenster vorbei, derweil der Eilzug immer weiterfuhr, vorbei an winzigen Landbahnhöfen, rebenüberwucherten Pergolen und in den Himmel weisenden Zypressen, die sich majestätisch im Fahrtwind wiegten.

Caterina zog die weichen Ziegenlederhandschuhe aus und legte sie in den Schoß. Dann wandte sie den Blick vom Fenster ab und schlug flink die Klappe ihrer Lederhandtasche zurück. Die alten Briefe, die sie gefunden hatte, waren sorgsam darin verstaut, und sie verging beinahe vor Neugier.

Caterina zog den ersten Brief heraus und schnupperte daran. Das vergilbte Papier verströmte den Geruch von abgestandenem Tabak, den das Kistchen abgegeben hatte. Sie lehnte sich zurück und begann zu lesen.

Giovanna, meine Liebe,

heute schreibe ich dir in großer Trauer. Die vergangenen Tage habe ich auf der Krankenstation des Schiffs verbracht, um mich von meiner Fehlgeburt zu erholen. Kannst du dir vorstellen, dass Luca sich nicht einmal die Mühe gemacht hat, mich dort zu besuchen? Der Doktor hat nach ihm schicken lassen, aber man sagte mir, er sei zu aufgewühlt, um nach mir zu sehen. Aufgewühlt? Dass ich nicht lache! Sinnlos betrunken würde seinen Zustand wesentlich treffender beschreiben. Aber ich bin ja bloß seine Frau. Was könnte ich noch zu ihm sagen, das ich nicht schon tausend Mal zuvor gesagt habe? Zumindest kann ich mich in Ruhe und Frieden von dieser Tortur erholen. Es sind noch ein paar Tage, bis wir endlich in New York City ankommen. Womöglich wird uns die neue Umgebung guttun. Ich bete darum, dass Luca und ich in Amerika ein neues Leben beginnen können. Denn was bleibt mir noch für eine Wahl? Mich scheiden lassen von meinem Ehemann, für den Rest meines Lebens allein bleiben und keine Kinder bekommen? Den Traum von einer eigenen Familie endgültig begraben? Aus der Kirche austreten und meinen Glauben verleugnen? Nein, ich kann mir einfach kein

Leben vorstellen ohne die Familie, die ich mir immer erträumt habe.
Ich bete darum, dass die dunklen Wolken sich zerstreuen mögen, wenn wir erst New York City erreichen.
Wäre seine Mutter nicht gewesen, hätte Luca seine irdischen Tage im Gefängnis verbringen müssen, und doch ist er dafür alles andere als dankbar. Ganz im Gegenteil, seine Verbitterung scheint mit jedem neuen Tag noch weiter zuzunehmen.
Wie hat Violetta das nur geschafft, frage ich mich.
Hat sie alle Gefallen, die man ihr noch schuldete, eingefordert? Sämtliche zuständigen Beamten bestochen?
Es muss sie ein Vermögen gekostet haben.
Amerika ist unsere zweite und letzte Chance. Vielleicht wird der Mann, den ich zu heiraten geglaubt habe, dort wieder zum Vorschein kommen, und wir können diese schreckliche Episode hinter uns lassen. Bete für mich, meine liebe Cousine, so wie ich für dich bete.
Ich wünschte, ich könnte sagen, auf bald, aber ich fürchte, wir beide werden uns nicht wiedersehen.
Ich küsse dich,
Ava

Wie betäubt ließ Caterina den Briefbogen in den Schoß sinken. Sie konnte sich nicht vorstellen, wie es sein musste, mit einem solchen Menschen verheiratet zu sein. So einen unerträglichen Gefühlsaufruhr durchstehen zu müssen. Ihr blutete das Herz vor Mitleid mit ihrer armen Mutter. Auch wenn sie sich in Amerika ein eigenes Unternehmen aufgebaut und ihren Weg gemacht hatte – und darin viel moderner war als die meisten ihrer Freundinnen –, war Ava doch immer noch eine Tochter aus gutem Hause und ein Kind des alten Europa.

Und nun, da Caterina hier war, verstand sie die Geschichte ihrer Mutter viel besser als vorher. Sie musste daran denken, wie Giovanna ihr eindringlich davon abgeraten hatte, durchsickern zu lassen, dass Marisa ein uneheliches Kind war.

Caterina faltete das Blatt zusammen und steckte es wieder in den Umschlag. Langsam dämmerte ihr, warum Giovanna sich so dagegen sträubte, von ihrem Vater zu erzählen, und warum Ava ihr die Wahrheit verschwiegen hatte.

Und hatte sie selbst nicht ganz Ähnliches im Sinn, um Marisa zu schützen?

Sie öffnete einen weiteren Brief, den ihre Mutter Giovanna allem Anschein nach aus dem Plaza Hotel in New York geschrieben hatte. Ava wollte sich wohl gerade auf den Weg nach Napa machen. Caterina begann zu lesen und war entsetzt über das, was ihre Mutter alles hatte erdulden müssen. Gleichzeitig war sie zutiefst beeindruckt, dass sie es allen Widrigkeiten zum Trotz aus eigener Kraft geschafft hatte. Sie biss sich auf die Unterlippe, blind für die wunderschöne Landschaft, die draußen am Zugfenster vorüberzog.

Irgendwann unterbrach ein livrierter Schaffner ihre Grübeleien und bat sie in den Speisewagen. Während sie beim Essen sei, so erklärte er, werde man die Betten herrichten.

Caterina verstaute die Briefe sorgfältig in ihrer Handtasche. Dann stand sie auf und machte sich auf den Weg zum Speisewagen, wobei sie sich links und rechts an den Sitzen abstützte, um in dem schwankenden Wagen nicht das Gleichgewicht zu verlieren.

Sie musste an ihre Mutter denken und fragte sich, ob das Leben sie nun immer weiter auseinandertreiben oder irgendwann wieder zusammenführen würde.

20

Paris, Frankreich

Heimlich wie ein Dieb kroch das erste Morgenlicht durch die verhängten Fenster des Abteils, und Caterina regte sich träge. Am Abend hatte sie das sanfte Schaukeln des Zugs in den Schlaf gewiegt, und nach der Grenzkontrolle hatte sie noch mal ein wenig geschlummert. Sie schlug die Augen auf, streckte sich und warf die dünne Decke zurück. Die beiden italienischen Damen, die am Bahnsteig mit Giovanna und Alma gesprochen hatten – Susana und Imelda –, waren auch wach und flüsterten miteinander.

Caterina hatte die beiden angesprochen, kurz nachdem der Zug den Bahnhof von Siena verlassen hatte. Sie hatten gemeinsam zu Abend gegessen und danach noch lange zusammengesessen, die traumhafte Landschaft bewundert, geplaudert und eine Flasche Wein getrunken. Caterina hatte so viel wie möglich erfahren wollen über dieses Fleckchen Erde, das sie nun ihr neues Zuhause nannte. Kurz hatte sie überlegt, die beiden Damen auf Luca und Ava anzusprechen, aber dann hatte das Gespräch eine ganz andere, etwas weinselige Wendung genommen.

Caterina sah noch mal nach ihrer kostbaren Fracht, den Weinflaschen. Die hatte sie zur Sicherheit mit in ihr schmales Bett genommen, aus Angst, sie könnten über Nacht verschwinden. Zu viel hing davon ab, dass sie diese Flaschen heil nach Paris brachte. Dann schob sie die Segeltuchvorhänge beiseite und spähte hinaus.

»Guten Morgen«, zwitscherte Susana fröhlich. Ihre strahlend grünen Augen funkelten unternehmungslustig. »Noch mal geschlafen?«

»Ja, in der Tat, sogar auf der harten Pritsche«, entgegnete Caterina und strich sich die Haare aus dem Gesicht.

Neugierig spähte sie aus dem Fenster. Die Landschaft aus Hügeln und Weinbergen war einer flacheren Landschaft mit Bauernhöfen, Äckern und Milchkühen gewichen. Das Heimatland ihrer Mutter. Anders als von Italien hatte Ava von Frankreich immer in den höchsten Tönen geschwärmt und viel darüber erzählt. »Wie lange fahren wir noch?«

»Zwei oder drei Stunden«, entgegnete Imelda, die sich die von grauen Strähnen durchzogenen schwarzen Haare zu einem ordentlichen Dutt zusammensteckte. »Gleich frühstücken wir erst einmal, und dann sind wir auch schon in Paris.« Die beiden Damen zwinkerten sich verschwörerisch zu. »Und dann gehen wir einkaufen. Wo, sagten Sie noch mal, werden Sie übernachten?«

»Ich habe ein Zimmer in einem kleinen Hotel im Marais.« Giovanna hatte das Hotel für sie gebucht und ihr versichert, diese Ecke von Paris werde ihr gewiss gefallen.

»Na, so ein Zufall, wir wohnen auch im Marais«, entgegnete Susana. »Möchten Sie sich uns vielleicht anschließen?«

Caterina hatte noch eine Menge Zeit, bevor die Weinverkostung begann, und die beiden Damen waren so nett, dass sie sich gern überreden ließ. Sie entschuldigte sich kurz, um sich frisch zu machen.

Es dauerte nicht lange, bis sie in den Gare de Lyon einfuhren. Eindrucksvolle Rundbögen spannten sich über die Bahnsteige, eine Ode an die Industrialisierung aus metallener Spitze, die imposant in den Himmel ragte. Gedämpftes Licht fiel durch die halbrunden Fensterscheiben oben in den Bahnhofsmauern. Ringsum hörte sie Zurufe und munteres Geplauder in melodiösem Französisch, und in ihren Ohren klang es fast wie das Zwitschern der Stare im Morgengrauen. Ein Lächeln stahl sich auf ihr Gesicht.

Sie war in Paris.

Im Bahnhof kündete ein großes Anschlagbrett von Zielen, die exotischen Romanen oder Caterinas kühnsten Träumen entsprungen zu sein schienen: Nizza, Marseille, Avignon, Venedig, Barcelona, Genf, Lausanne. Sie war so aufgeregt und konnte es kaum fassen, wirklich hier zu sein.

Rasch nahm sie Handtasche und Koffer und griff besonders vorsichtig nach der Tasche mit den Weinflaschen. Dann bahnte sie sich gemeinsam mit den beiden anderen Frauen den Weg durch die dicht gedrängten Menschen im Bahnhof, vorbei an einem Schild, auf dem stand: Buffet de la Gare de Lyon. Sie hatte schon so viel gelesen über die golden schimmernden Salons dieses traumhaft schönen Belle-Époque-Restaurants, in dem Coco Chanel, Salvador Dalí und Jean Cocteau oft und gern dinierten.

Als könne sie Gedanken lesen, bemerkte Imelda: »Dort sollten Sie unbedingt essen, wenn Sie zurückkommen.

Und lassen Sie ein wenig Platz für das *Baba au rhum*. Es ist zum Niederknien köstlich.«

Draußen sah sie bewundernd zu den hohen Bodenfenstern hinauf, dem eindrucksvollen Uhrturm und der Fassade, die über und über mit steinernen Girlanden, Aktfiguren und Cheruben geschmückt war. Vor ihr entfaltete sich das turbulente Pariser Stadtleben.

»Teilen wir uns doch ein Taxi«, schlug Imelda vor.

Also stellten sie sich in eine Schlange mit den anderen Wartenden, und es dauerte nur ein paar Minuten, bis ihr Gepäck im Kofferraum eines Wagens verstaut war und sie in eine andere Welt hineinchauffiert wurden, mit von Bäumen gesäumten Boulevards und flankiert von spitzgiebeligen Haussmann-Architekturschätzen.

Caterina kam aus dem Staunen nicht mehr heraus.

Sie verabredeten, sich wieder zu treffen, nachdem sie sich im Hotel angemeldet hatten. Caterina stieg aus dem Taxi und fand sich vor einem kleinen Hotel mit vielleicht zwanzig Zimmern wieder, das romantisch mit Efeu überwuchert war und in einer kleinen schmalen Seitenstraße mit Kopfsteinpflaster in einem alten Teil des Marais lag.

Neugierig ging sie hinein. Die Einrichtung war ein kunterbuntes Durcheinander unterschiedlichster Blumenmuster mit üppigen Provence-Rosen, verschlungenen Jasminzweigen und eleganten Orchideen. Der schwere sinnliche Duft von Patschuli lag in der Luft und beschwor Teerosen, seidiges Amber und die süßlichen Gewürze der uralten orientalischen Handelsrouten herauf. Unvermittelt fühlte sich Caterina an das Boudoir ihrer Mutter erinnert.

Eine Dame in fuchsienrosa Seidenjacke und mit Emaille-

Schmetterlingen in der eleganten grauen Frisur saß hinter der barocken Rezeption. Caterina stellte ihr Gepäck ab. »Madame Robert?«

»*Oui?* Wie kann ich Ihnen helfen?«

»Ich bin Mademoiselle Rosetta. Madame Rosetta hat bei Ihnen ein Zimmer für mich bestellt.«

Kaum hatte sie Giovannas Namen gehört, sprang die Dame eifrig auf und begrüßte Caterina so überschwänglich, als wäre sie eine verschollen geglaubte Verwandte. Caterina erfuhr, dass Giovanna und Madame Robert sich schon seit Jahren gegenseitig bei ihren Gästen weiterempfahlen, und als Madame Robert dann hörte, dass Caterina Giovannas – wenn auch entfernte und zudem angeheiratete – Cousine war, gab es kein Halten mehr.

Caterina bedankte sich herzlich, ließ sich den Schlüssel für ihr Zimmer geben und stieg die Treppe hinauf. Oben angekommen war es ihr, als stünde sie unvermittelt in einer Art-Nouveau-Spieluhr. Prachtvolle Gemälde hingen an den goldenen Wänden, das Bett war mit Seidenlaken bezogen, und ein verspiegelter Kleiderschrank warf das Sonnenlicht zurück, das durch die hohen Balkontüren hereinfiel. Sie hätte sich kein schöneres Zimmer wünschen können.

Rasch machte sie sich ans Auspacken und hängte ihr Kostüm auf, in der Hoffnung, bis zum Nachmittag würden sich die Falten noch etwas aushängen. Als sie wieder nach unten ging, erwarteten die italienischen Schwestern sie bereits.

»Wir wohnen gleich um die Ecke«, rief Imelda entzückt.

Zu dritt flanierten sie durch die Kopfsteinpflasterstraßen des Marais und schauten in die reizenden kleinen Boutiquen, die auf ihrem Weg lagen. Imelda und Susana kauften dies und das, aber Caterina wollte ihr Geld für etwas ganz Besonderes aufsparen. Als sie schließlich an einer Dessous-Boutique vorbeikamen, blieb Caterina hingerissen vor dem Schaufenster stehen. Nicht mal in San Francisco hatte sie je so exquisite Spitzen- und Seidenwäsche gesehen. »Hier würde ich mich gern mal umschauen.«

»Sie werden die französische Wäsche lieben. Vor allem bei Ihrer entzückenden Figur«, schwärmte Imelda. »Als wir noch jung waren, haben wir so etwas gern gekauft. Für die Hochzeitsnacht zum Beispiel. Aber Kinderkriegen ist Gift für die Figur. Nur zu, gönnen Sie sich etwas Schönes.«

Die Inhaberin zeigte Caterina mehrere atemberaubende Sets aus BH und Höschen mit Spitzenbesatz sowie Bustiers und Seidenstrümpfe. Alles war umwerfend elegant und sehr weiblich und schimmerte von Mitternachtsschwarz bis über alle Farben des Regenbogens.

»Ich nehme das hier«, sagte Caterina, als sie sich endlich entschieden hatte.

Die Verkäuferin wickelte die hauchzarte Unterwäsche in Seidenpapier, und bald schon war das muntere Trio wieder auf der Straße und auf dem Weg zum Mittagessen.

Das nahmen sie in einem kleinen Bistro unweit ihrer Hotels ein. Caterina bestellte einen leichten Salat mit etwas Baguette. Bei dem Gedanken an die bevorstehende Weinprobe am Nachmittag wurde sie immer nervöser und wollte vorher nichts Schweres essen. Sie glaubte fest daran, dass ihre Weine zu den besten der Welt gehörten – die Frage war nur, ob sich auch die Juroren davon würden überzeugen lassen.

Während sie noch auf ihr Essen warteten, erkundigte sich Caterina bei ihren beiden Begleiterinnen: »Kommen Sie oft nach Paris?«

»Jedes Jahr. Das hat bei uns Tradition«, entgegnete Susana. »Während des Kriegs war es leider unmöglich. Manchmal nehmen wir auch unsere Mutter mit und unsere Tanten. Haben Sie außer Giovanna noch mehr Verwandtschaft in Italien?«

Da war sie. Die Gelegenheit, auf die Caterina die ganze Zeit gewartet hatte. Nun konnte sie sich möglichst beiläufig nach Luca und Ava erkundigen. Sie hatte geduldig abgewartet, um erst einmal das Vertrauen der beiden Damen zu gewinnen. »Mein Vater ist Luca Rosetta.«

Den Damen gefror das Lächeln im Gesicht. »Den Namen habe ich seit Jahren nicht mehr gehört«, murmelte Imelda, die sichtlich um Fassung rang.

Worauf Susana einwarf: »Er hat doch eine Französin geheiratet, nicht? Das muss dann Ihre Mutter sein, ja?«

»Meine Mutter heißt Ava, sie stammt ursprünglich aus Bordeaux.« Als Caterina den beiden erklärte, sie habe ihren Vater nie kennengelernt, wirkten sie erleichtert.

»Ich habe Ava durch Giovanna kennengelernt.« Susana warf ihrer Schwester einen Seitenblick zu. »Wie lange das her ist. Ich bin froh, dass sie und Luca sich getrennt haben. Sie war eine reizende Person, und er hat nichts als Unfrieden gestiftet. Als junge Mädchen hat unser Vater uns strikt verboten, irgendwas mit ihm zu tun zu haben.«

»Außerdem hatte er immer nur Augen für Natalie«, fügte Imelda hinzu. »Aber sie hat Franco geheiratet.«

Dann verstummten beide ganz plötzlich. Die Spannung in der Luft war beinahe greifbar.

Diese beiden Namen kannte Caterina aus den Briefen ihrer Mutter. *Wer mochte das sein?* »Ich weiß nur sehr wenig über meine Familie und würde gern mehr erfahren.«

Imelda sah sie mit hochgezogenen Augenbrauen an. »Dann sollten Sie lieber Ihre Frau Mutter fragen, Liebes.«

Genau dasselbe hatte Giovanna auch zu ihr gesagt. Diesmal allerdings war Caterina fest entschlossen, mehr in Erfahrung zu bringen. »Meine Mutter spricht nicht mit mir über ihr Leben in Italien, also wäre es sehr nett, wenn Sie mir ein bisschen erzählen könnten. Wie war mein Vater so?«

Susana nickte ihr zu. »Wenn ihre Mutter ihr nichts davon erzählen möchte …«

»Sollen wir wirklich?«, fragte Imelda mit sorgenvollem Gesicht.

»Das ist alles lange, lange her.« Susana zog die Stirn kraus und legte eine Hand auf Caterinas. »Sie sind so eine reizende junge Frau. Was kümmert Sie das?«

Caterina wurde rot. »Wenn die Menschen hinter meinem Rücken über meinen Vater tuscheln, dann wüsste ich gern, warum. Sie würden mir wirklich einen großen Gefallen erweisen.«

»Nur zu verständlich«, murmelte Susana. »Wenn ich Sie wäre, würde ich es wohl auch wissen wollen.«

Doch Imelda schien äußerst unbehaglich zumute zu sein. »Wir sollten keinen alten Klatsch und Tratsch aufwärmen.«

»Das ist doch kein Tratsch. Schließlich gab es eine öffentliche Gerichtsverhandlung, und er wurde rechtskräftig verurteilt.«

Caterina hielt die Luft an und wartete ungeduldig ab, dass Susana das näher erläuterte.

Susana reckte das Kinn und bedeutete dem Kellner, eine Karaffe Wein zu bringen. »Bitte sagen Sie Ihrer Mutter nicht, dass Sie das von uns gehört haben.«

»Ganz bestimmt nicht. Versprochen.« Caterina nippte an ihrem Mineralwasser, und Susana setzte an, ihr die ganze Geschichte zu erzählen.

»Luca, Natalie, Franco – wir sind alle zusammen aufgewachsen. Natalie Sorabella war das hübscheste Mädchen unserer Klasse. Alle Jungs waren in sie verschossen. Sie hatte Augen, so tief und blau wie das Mittelmeer. Und sie war nicht wie viele hübschen, aber eitlen Mädchen. Nein, sie war eine wunderbare Freundin, freundlich, zuverlässig und liebenswert.«

Imelda legte Susana eine Hand auf den Arm und unterbrach sie. »Aber Natalies Vater war arm; sie hatten keine Mitgift, um ihre Tochter gut zu verheiraten. Luca betete sie an, aber Violetta schickte ihn fort, nach Frankreich, wo er dann Ihre Mutter kennengelernt hat. Als er zurückkam, hatte Natalie einen anderen geheiratet. Luca war am Boden zerstört, und kurz darauf hat er um die Hand Ihrer Mutter angehalten. Wir wissen noch ganz genau, wie Ava damals hier ankam. Was für ein reizendes, tieftrauriges Mädchen sie war. Ihre Mutter und ihr Vater waren kurz zuvor gleich nacheinander gestorben. Sie war also eine gute Partie für Luca, weil sie durch das Erbe ihrer Eltern eine ordentliche Mitgift in die Ehe einbrachte.«

Caterina öffnete sich ein Fenster in eine bisher unbekannte Welt. »Und was ist dann passiert?«

»Luca konnte einfach nicht von Natalie lassen, er wurde von ihr angezogen wie eine Motte vom Licht. Die arme Ava! Sie erlitt eine Fehlgeburt. Manche sagten, es sei wegen Luca gewesen.«

Caterina merkte, dass sie ihr etwas verschwiegen. »Und Franco?«

Unsicher sahen die beiden Schwester sich an. »Als Natalie dann schwanger war, wurde es erst richtig hässlich«, sagte Susana. »Luca war völlig besessen von ihr. Er vergötterte sie derart, dass viele glaubten, in Wahrheit müsse er der Vater des Kindes sein. Dann, als unsere liebste Natalie im Kindbett starb, verlor Luca vollends den Verstand. Er gab ihrem Mann die Schuld an ihrem Tod und behauptete, Franco habe sie sterben lassen, nur um ihm eins auszuwischen.«

»Und, stimmte das?«

»Nein. Ganz und gar nicht. Franco liebte seine Frau von ganzem Herzen. Aber das Kind war größer als erwartet, und Natalie war von der langen Schwangerschaft geschwächt.«

Caterina musste an die Andeutungen aus den Briefen ihrer Mutter an Giovanna denken. Allmählich setzte sich das Puzzle zusammen und ergab ein entsetzliches Bild.

»Luca nahm sich die Pistole seines Vaters.« Imelda seufzte schwer. »Ihr Vater wurde des Mordes für schuldig befunden und ins Gefängnis gesteckt. Ich bedaure, Ihnen das sagen zu müssen.«

»Ich wollte es ja wissen.« Caterina lehnte sich zurück.

Ihr schwamm der Kopf vor Schreck und Verblüffung. »Aber er und meine Mutter sind doch nach Amerika ausgewandert.«

»Lucas Mutter Violetta hat ein Gnadengesuch eingereicht, und der Richter kam zu dem Schluss, dass Luca im Affekt gehandelt haben musste, geistig verwirrt vor Kummer, und so wurde er vorzeitig aus der Haft entlassen. Gleich danach sind Ihre Eltern dann nach Amerika ausgewandert. Ich glaube, man hatte ihnen keine andere Wahl gelassen.«

Jetzt ergaben Avas Briefe auch viel mehr Sinn. Sie unterhielten sich noch eine Weile angeregt, während sie zu Mittag aßen, aber Caterina war das Herz schwer beim Gedanken daran, was Ava und Violetta erduldet haben mussten. All das erklärte auch, warum Ava ihr die Wahrheit verschwiegen hatte. Wie sollte man als Mutter dem eigenen Kind erklären, dass sein Vater ein Mörder ist?

Nach dem Essen brachten Imelda und Susana Caterina zum Hotel, wo sie sich für die Weinverkostung umziehen wollte. Caterina nahm ein kurzes Bad und kämmte sich die Haare.

Dann öffnete sie die Schachtel und schlüpfte in die neue Unterwäsche, ein schwarzes Seidenbustier und zarte schwarze Strümpfe. Das Spitzenensemble lag kühl und glatt auf ihrer Haut, und sie fühlte sich sehr weiblich – und sehr französisch. Dann zog sie ihre Lieblingspumps an, in denen ihre Beine noch länger wirkten. Kerzengerade stand sie vor dem Spiegel und betrachtete sich zufrieden. Und weil ihr heute nach etwas Gewagtem war, setzte sie sich an den kleinen Schminktisch und schminkte sich die Lippen knallrot. In San Francisco hatte sie einen neuen Lippenstift von Max Factor mit dem klingenden Namen Red Contrast gekauft, der die Lippen leuchten ließ und einen belebenden Kontrast zu ihrem hellen Teint bildete. Sie presste die Lippen zusammen und begutachtete sich in dem antiken Spiegel. Ein sinnliches Lächeln strahlte ihr daraus entgegen. Sie fühlte sich, als könnte sie es mit der ganzen Welt aufnehmen.

Mit langen Schritten ging Caterina ins Badezimmer. Sie strich die letzten verbliebenen Falten aus dem eleganten elfenbeinfarbenen Kostüm, das sie bei I. Magnin gekauft hatte, ihrem Lieblingskaufhaus. Es lag am Union Square, ganz in der Nähe des St. Francis Hotels, und die Einheimischen nannten es liebevoll-spöttisch den »White Marble Palace«, den weißen Marmorpalast. Schon beim Hineingehen hatte Caterina jedes Mal aufs Neue das Gefühl, für einen Moment eine Königin zu sein. Das schmal geschnittene, taillierte Kleid und das Jäckchen mit den dreiviertellangen Ärmeln waren Entwürfe von Christian Dior und natürlich aus Frankreich importiert. Wie geschaffen für den heutigen Anlass.

Insgeheim war sie erleichtert, dass sie wieder in das enge Kleid passte. Jetzt im Sommer kombinierte sie es mit einer halblangen Perlenkette, weißen Handschuhen mit sechs kleinen Knöpfchen und ihrem schwarzen Lieblingshut, den eine große weiße Schleife schmückte und unter dessen Krempe neckisch das leopardengemusterte Futter aufblitzte. Zu Hause in Napa hatte sie sich viel zwangloser gekleidet, aber sie hatte schon immer eine Schwäche für schöne Kleidung gehabt. Die musste sie wohl von Ava geerbt haben, die stets zeitlos elegant und frisch wirkte, selbst wenn sie in Baumwollbluse und grober Arbeitshose zwischen den Rebstöcken werkelte.

Während sich Caterina zurechtmachte, wanderten ihre Gedanken immer wieder zu Ava. Was hatte sie alles durchgemacht, ganz allein. Und wie viel Mut es gebraucht haben musste, das alles durchzustehen. Mit diesem Gedanken im Kopf war Caterina umso entschlossener, bei der Weinverkostung einen guten Eindruck zu hinterlassen.

Ihr Blick blieb an den vergilbten Umschlägen hängen, die sie auf die Kommode gelegt hatte. Bis jetzt hatte sich Caterina nie viele Gedanken darüber gemacht, wie ihre Mutter sich durchgeschlagen hatte oder wie ihr dabei zumute gewesen sein musste. Wenn sie ihre Briefe las, klang sie mehr nach einer guten Freundin als nach der strengen Mutter, die sie kannte. Und doch, es blieben noch so viele Fragen unbeantwortet.

Caterina steckte den Hut mit einer Nadel fest, streifte die Handschuhe über und grübelte, was schlussendlich zwischen Ava und Luca vorgefallen sein musste. Warum war Luca fortgegangen? Oder hatte Ava ihn am Ende hinausgeworfen?

Das Puzzle war noch lange nicht vollständig.

21

Juni 1929
New York City, New York

Ava saß an einem Queen-Anne-Schreibtisch im Plaza Hotel und schaute nachdenklich auf das Telegramm in ihrer Hand. Der Freund ihres Großvaters aus Frankreich, der nun in Napa, Kalifornien, lebte, hatte ihr die Kontoinformationen gekabelt, um die sie ihn gebeten hatte.

Aber sollte sie es wirklich wagen, ihren kühnen Plan in die Tat umzusetzen? Mit Luca konnte man keine Zukunftspläne schmieden. Er genoss mit seinen neuen Freunden hier in New York das süße Leben in vollen Zügen, doch ihre Geldreserven gingen bei diesem ausschweifenden Lebensstil zusehends zur Neige.

Und wenn Ava ehrlich war, konnte sie es keinen Augenblick länger mehr ertragen, mit einem Verrückten in einem Hotelzimmer zu leben, vor dem sie insgeheim Todesangst hatte. Aber sollte sie es wirklich wagen, mutterseelenallein quer durch einen unermesslichen, fremden Kontinent zu reisen? Und dabei das Risiko eingehen, dass Luca womöglich nicht nachkäme?

Nun, wenn sie ganz ehrlich war, hoffte sie im hintersten Winkel ihres Herzens sogar, er möge ihr nicht folgen. Aber sie wusste, er würde es tun. Er würde dem Ruf ihres Geldes folgen. Violetta hatte ihm berichtet, dass sie seinen Erbteil hatte verwenden müssen, um ihn aus dem Gefängnis freizukaufen. Er würde sich also entweder eine Arbeit suchen müssen oder selbst ein Unternehmen gründen.

Ava hob den Kopf und starrte in den vergoldeten Spiegel. Ihr Gesicht war glatt und faltenlos, aber sie fühlte sich trotzdem um Jahre älter, als sie tatsächlich war.

Mit einer Platinspange steckte sich Ava die gewellten Haare zurück und tupfte sich etwas von ihrem dezenten Fliederparfüm auf die Handgelenke und hinter die Ohren. Dabei musste sie an Violetta denken und an alle, die sie in Montalcino hatte zurücklassen müssen. Sie würde dafür sorgen, dass Violetta stolz auf sie sein konnte, sagte sie sich entschlossen.

Sie stand auf und entschied sich für eins der besten Kleider in dem Kirschholzschrank. Rasch zog sie das lavendelblaue Seidenkleid von Jean Patou über ihr Satinunterkleid. Nach der letzten Fehlgeburt hatte sie während der Reise so stark abgenommen, dass das Kleid ihr viel zu weit geworden war. Sie setzte sich einen Glockenhut aus Filz auf die ordentlich in Locken gelegten Haare und schloss die Schnallen ihrer Pumps mit dem T-Riemchen. Dann rief sie an der Rezeption an, damit man ihr ein Taxi bestellte.

Noch ehe sie zur Tür hinaus war, platzte Luca herein. »Wo willst du hin?« Er lallte und schwankte wieder einmal, obwohl es gerade erst zwei Uhr nachmittags war. Wie ein nasser Sack ließ er sich rücklings auf das Bett fallen, und seine breite Brust hob und senkte sich heftig von der Anstrengung, den kurzen Weg zu ihrer Suite zurückzulegen.

Schlaff baumelten seine langen Beine auf den Perserteppich.

»Einkaufen«, entgegnete Ava knapp und ließ das Telegramm in ihrer Handtasche verschwinden.

Luca streckte die Hand nach ihr aus. »Komm zu Papa, Kleines.«

Er stank durchdringend nach Alkohol, und Ava unterdrückte nur mit Mühe ein Schaudern. »Ganz sicher nicht. Du bist wieder betrunken.«

»Ich habe was zu feiern.«

Ava zog sich ein Paar weiße Baumwollhandschuhe über und griff nach ihrer Handtasche.

»Willst du gar nicht wissen, was?« Er unterbrach sich, um zu rülpsen. »Es ist Dienstag«, faselte er, zog das Hemd aus und öffnete den Reißverschluss seiner Hose. »Komm, wir feiern zusammen.«

Es hatte eine Zeit gegeben, da hatte sich Ava von seinem Charme, seinen Manieren und den hübschen Grübchen in der Wange blenden lassen, aber das Maß war übervoll. »Lass dich von mir nicht aufhalten«, zischte sie kühl. »Wirst du nicht irgendwo von deinen feinen Freunden erwartet?«

Luca stierte sie finster an und schloss die Hose. »Willst du jetzt die Prüde spielen?«

»Ich will, dass du aufhörst, mit deinen kleinen Freunden zu spielen, und eine gemeinsame Zukunft für uns planst. Für die Familie, die wir uns beide wünschen. Unser Leben in Italien hast du zerstört. Tu das hier nicht noch einmal.« Damit drehte sich Ava auf dem Absatz um, ehe er sie aufhalten konnte, und schlug die Tür der Suite hinter sich zu.

An ihrem Ziel angekommen, schaute Ava staunend an dem imposanten Gebäude hinauf. Sie bezahlte das Taxi, nahm ihre Handtasche und marschierte geradewegs in die New York City Bank, wo das Geld aus ihrem Erbe auf einem Konto lag. Das Herz schlug ihr bis zum Hals, so heftig, dass sie glaubte, man müsse es in dieser verschwiegenen Oase des Geldes hören und sehen können. Schnuppernd hob sie die Nase. Hier roch es sogar nach Geld.

Sie steuerte auf einen Mann im dunklen Anzug zu. »Wie kann ich Ihnen behilflich sein, junge Dame?«, fragte er und strich sich über das schütter werdende Haar.

Ava setzte sich, kreuzte sittsam die Beine und stellte sich vor. »Ich würde gern Geld an meine Bank in San Francisco überweisen.« Wie froh sie war, dass ihre Eltern darauf bestanden hatten, dass sie in der Schule Englisch lernte.

»Ist Ihr Vater« – sein Blick ging hinunter zu dem Diamantring an ihrer linken Hand – »oder Ehemann auch bei Ihnen?«

»Mein Ehemann? Aber nein. Warum sollte er?« Ava schenkte ihm ein zuckersüßes Lächeln.

»Einen Augenblick, bitte.« Der Mann schaute in ihre Kontounterlagen und runzelte die Stirn. »Sein Name ist hier für dieses Konto mit eingetragen. Kommen Sie doch am besten morgen gemeinsam zurück. Dann werden wir Ihnen sehr gern weiterhelfen.« Der Mann wollte schon aufstehen und das Gespräch damit beenden.

»Aber das ist mein Konto. Ich bin die alleinige Inhaberin.« Darauf hatte Violetta ausdrücklich bestanden. Warum war das so wichtig? Schließlich war es *ihr* Geld.

»Womöglich handhabt man das in Frankreich anders,

aber wir sind hier in Amerika«, erklärte der Bankangestellte und lächelte sie herablassend an. »Er sollte Sie besser begleiten. Das ist ja eine ganz beachtliche Summe für eine so junge Dame.«

Hielt er sie etwa für unfähig, eigenständig zu entscheiden? Ava linste auf das Namensschild auf seinem Schreibtisch und überlegte blitzschnell. Sie *musste* diese Überweisung noch heute tätigen. »Monsieur Richard Halifax«, setzte sie an und sprach seinen Namen mit ihrem entzückendsten französischen Akzent aus. Dann blinzelte sie und blickte ihn mit großen Rehaugen flehentlich an. »Das ist leider unmöglich.«

Angesichts ihres geballten Charmes nahm Mr Halifax wieder auf seinem Stuhl Platz. »Und wie das, Madam?«

»Sehen Sie, es ist nämlich so, mein Mann erwartet mich bereits in San Francisco, und ich bin gerade auf dem Weg zu ihm.« Sie musste an ihre liebe Mutter denken, die auch nach vielen Jahren Ehe noch immer spielerisch mit ihrem Vater geflirtet hatte. »Manchmal muss man als Frau seine weiblichen Reize einsetzen«, hatte ihre Mutter ihr lachend erklärt. Auch wenn es in diesem Fall erniedrigend war, aber sie war verzweifelt. Wütende Proteste würden sie nicht weiterbringen. Ava schniefte dezent und klimperte mit den Wimpern.

Mr Halifax wand sich etwas unbehaglich. Er griff zu seinem gestärkten Taschentuch und reichte es ihr. »Bitte, beunruhigen Sie sich nicht. Ich werde sehen, was ich für Sie tun kann.«

»Das ist wirklich sehr freundlich von Ihnen.« Geziert tupfte sie sich mit dem feinen Stoff die Augenwinkel.

»Unter dieser Telefonnummer können Sie die Kontodaten verifizieren lassen. Und dann die Überweisung veranlassen.« Sie schob ihm das Telegramm über den Schreibtisch zu und musste an Violetta mit ihrem eisernen, unbeugsamen Willen denken. Sie würde sich nicht vom Fleck rühren, bis diese Überweisung getätigt war. Im Notfall würde sie sogar Violetta anrufen, wenn es sein musste.

Der Bankangestellte griff zum Hörer, und während er telefonierte, tupfte sich Ava weiter theatralisch die Augen mit seinem Taschentuch ab. *Wie konnte er es wagen, darauf zu bestehen, dass sie mit Luca zurückkam!* Sie war außer sich vor Wut.

Schließlich legte Mr Halifax auf. »Ihre Bank in San Francisco hat Ihre Informationen bestätigt.« Nervös trommelte er mit den Fingern auf dem Schreibtisch herum.

Ava beugte sich vertraulich zu ihm vor. »Monsieur Halifax, ich bin Ihnen zu ewigem Dank verpflichtet. *Merci.*« Ein weiteres Lächeln, noch ein Augenklimpern.

Einen Augenblick später nickte er seinem Assistenten zu und fügte sich ihren Wünschen. »Nun, da Sie offensichtlich in der Zwickmühle stecken und Ihr Ehemann Sie bereits erwartet, kann ich wohl eine einmalige Ausnahme machen.«

Eine *Ausnahme*, um Geld auf ihr eigenes Konto zu transferieren? Sie unterzeichnete die Dokumente, die er ihr hinschob, und als der Papierkram erledigt war, biss sie die Zähne zusammen und dankte ihm artig.

Im Hinausgehen hörte Ava ihn etwas über unabhängige Französinnen murmeln, die die anständigen amerikanischen Frauen und ihre Lebensart korrumpierten. Sie lächelte nur siegesgewiss und eilte rasch hinaus.

Seit ich in Amerika bin, sündige ich ständig, dachte Ava und ging schnurstracks in die nächste Kirche, um zu beichten. Schließlich hatte sie in der Bank gelogen – und doch fühlte sie sich vollkommen im Recht. Was hätte sie denn sonst tun sollen? Mit einem Mann wie Luca konnte man nicht die stille, gehorsame Ehefrau an seiner Seite spielen. Bevor Ava Italien hatte verlassen müssen, hatte Violetta sie eindringlich ermahnt, in Amerika stark zu sein und ihre eigenen Entscheidungen zu treffen.

Als Luca am nächsten Tag fort war, packte Ava rasch ihre Sachen und stieg in den nächsten Zug nach San Francisco. Ihrem Mann ließ sie einen Brief da, wohl wissend, wie feige das war, aber sie fürchtete, er könne sonst versuchen, sie mit Gewalt an der Abreise zu hindern.

Lucas Verhalten war ihr vollkommen fremd und unerklärlich. Nie hatte ihre Mutter eine derart grausame, brutale Behandlung durch ihren gütigen Vater erdulden müssen, und eine solche Ehe war nicht das, was sie sich gewünscht hatte. Aber sie und Luca waren einander vor der katholischen Kirche angetraut, und in ihrem Glauben galt eine Ehe ein ganzes Leben lang.

Der Zug verließ den Bahnhof, und Ava kam es vor, als ließe sie ihre ganze Vergangenheit hinter sich. Freudige Aufregung stieg in ihr auf wie Champagnerbläschen. Sie war auf dem Weg in ein neues Land, ein neues Leben. Das 20. Jahrhundert war der Anfang einer modernen Ära. Die Frauen in Amerika hatten sogar das allgemeine Wahlrecht erstritten. Frankreich und Italien würden sicher bald folgen. *Vielleicht hat Violetta uns deshalb hierhergeschickt.*

Der anhaltenden Prohibition zum Trotz hatte sie gehört,

dass die Winzer in Kalifornien hervorragende Jahrgänge produzierten. Mit jeder Meile, die sie zurücklegte, erschien ihr die Zukunft heller und strahlender.

Während sie zusah, wie die weite, offene Landschaft an ihrem Fenster vorbeirauschte, betete sie, Luca möge endlich ausnüchtern und nachkommen. Sie hatte ihm ein wenig Geld dagelassen, aber er würde sehr bald eine Entscheidung treffen müssen. Und wenn nicht – auch gut. Sie würde ihren Weg auch allein machen. Schließlich war sie in Amerika, dem Land der unbegrenzten Möglichkeiten.

Während die Dampflokomotive schnaufend durch die endlose Weite des Kontinents raste, fielen Avas Sorgen und Probleme allmählich von ihr ab wie überflüssiger Ballast. Zum ersten Mal in ihrem Leben fühlte sie sich wirklich frei.

Während sie in die Rocky Mountains hinauftuckerten, frisierte sie sich die Haare zu einem frechen Bob. Als sie die Staatsgrenze zu Kalifornien erreichten, lockerte sie ihr Korsett. Und als sie das azurblaue Wasser des Pazifiks vor sich sah, beschloss sie, sich eine neue Garderobe zuzulegen, mit Kleidern und Röcken, die ihr nur bis knapp über das Knie gingen. Als der Zug schließlich im Bahnhof von San Francisco zum Stehen kam, trat Ava als neue Frau auf den Bahnsteig hinaus.

Im Bahnhof ging es zu wie in einem Bienenstock, und ihr wurde ganz schwindelig vor Aufregung. Sie musste kichern, als sie all die vielen Slangausdrücke hörte, die die Menschen ringsum wie Konfetti in die Luft warfen – *Alle Wetter!, Das ist der Hit!, Sensationell!* Rasch winkte sie einen Gepäckträger heran und ließ sich dann, wie von einem ihrer Mitreisenden empfohlen, zu einem eleganten Hotel am Union Square chauffieren.

»Zum St. Francis, bitte.« Ava lehnte sich im Sitz zurück. Die funkelnde Stadt an der Bucht tat sich vor ihr auf wie eine schimmernde Auster, und für Ava war es Liebe auf den ersten Blick.

Am nächsten Tag ging sie zu ihrer Bank und ließ sich bestätigen, dass das Geld angekommen war. Sie sah nach ihren geliebten Weinstöcken, die sie im Schrankkoffer mitgebracht hatte, und ging dann los, um passende Kleidung fürs Stadt- und Landleben einzukaufen. Schließlich meldete sie sich bei dem alten Freund ihres Großvaters, Charles Valois, und verabredete einen Besuch bei ihm in Napa.

Der freundliche ältere Herr erwartete sie am Bahnhof. Er trug einen Tweedanzug und war das Abbild eines adligen europäischen Gutsbesitzers. Er war Franzose und hatte offensichtlich seine vertraute Lebensart auch in seiner neuen Heimat beibehalten. Man hatte schließlich seine Standards.

Ava begrüßte ihn herzlich mit einem Kuss auf beide Wangen, und die beiden unterhielten sich gleich angeregt auf Französisch. Er nahm sie mit zu sich nach Hause. Sein Anwesen war etwas höher gelegen, und seine reizende Frau Ines hatte bereits auf der Terrasse mit Blick auf das Tal ein leichtes Mittagessen hergerichtet. Charles öffnete gleich zwei Flaschen ihres besten Weins für Ava zum Probieren.

»Ich bin ehrlich beeindruckt«, schwärmte Ava, als sie von beiden gekostet hatte. Erstaunt zog sie die dünn gezupften Augenbrauen hoch. Der robuste Rote war beinahe so gut wie die Weine, die sie aus Bordeaux und Montalcino kannte.

»Das liegt am Klima«, erklärte Charles. »Das Wetter, der Boden, der Niederschlag und die Wärme – hier kommt alles zusammen, was es braucht, um einen Wein zu produzieren, der sich mit den besten aus Europa messen kann.«

»Ich würde die Familientradition gern fortsetzen«, sagte Ava und nippte an ihrem Glas. Dann fügte sie hinzu, dass Luca ihr bald hierherfolgen werde.

»Der einzige Nachteil ist der Volstead Act, der den Verkauf alkoholischer Getränke einschließlich Wein verbietet. Präsident Wilson hat zwar sein Veto eingelegt, aber er wurde im Kongress überstimmt.«

»Aber Sie bauen immer noch Wein an und keltern. Wie kommen Sie denn zurecht?«, fragte Ava verblüfft.

»Wir machen Messwein für Priester und koscheren Wein für Rabbiner«, erklärte Charles. »Und wir verkaufen die Trauben für den Hausgebrauch. Selbst Wein zu keltern, ist bis zu einer gewissen Menge pro Haushalt erlaubt. Und außerdem dürfen wir Wein für unseren eigenen Bedarf produzieren und lagern. Die Prohibition wird nicht ewig dauern. In gewissen Kreisen munkelt man, dass sie in höchstens zwei, drei Jahren wieder aufgehoben wird.«

Ava hörte aufmerksam zu und trank genießerisch noch einen Schluck von dem ausgezeichneten Wein. *Wirklich albern, dass nur die Frommen und Kranken Wein trinken dürfen.* Sie hatte genug Geld, um die Prohibition auszusitzen. Und mit ein paar Aufträgen für Messwein oder Medizinalwein könnte sie noch viel länger durchhalten. »Wissen Sie vielleicht, ob es hier in der Gegend Weinberge oder anderes geeignetes Land gibt, das gerade zum Verkauf steht?«

Charles und Ines schauten sich an. »Ja, es gibt da tatsächlich etwas. Ein altes Weingut oben am Howell Mountain. Möchtest du es dir gern ansehen?«

Also zwängten sie sich nach dem Mittagessen zu dritt in einen alten Pritschenwagen, und Charles steuerte das Vehikel die schmale, gewundene Landstraße hinauf. »Das Weingut wurde Ende des vergangenen Jahrhunderts erbaut. Die Einfahrt ist von hohen alten Zypressen gesäumt.«

Oben angekommen parkte Charles den Wagen, und sie stiegen aus und machten einen kleinen Spaziergang durch das verlassene Anwesen. Charles zeigte ihr die alten Weinberge mit den knorrigen Weinstöcken, die sich in der Sonne zu räkeln schienen.

»Es ist perfekt.« Ava bekam eine Gänsehaut vor Aufregung.

»Ich kann dir noch ein paar weitere Grundstücke zeigen, aber wenn du mich fragst, das hier ist das Filetstück«, sagte Charles. Sie liefen schon so lange hingerissen und staunend dort herum, dass die Sonne bereits unterging. Charles nahm ein paar Laternen von der Ladefläche seines Wagens, zündete sie an und reichte Ava eine davon. »Der Sonnenuntergang ist von hier oben wirklich beeindruckend. Monet würde uns um die Aussicht beneiden – ein wahres Farbenfeuerwerk der Natur.«

Und wie recht er hatte. Die untergehende Sonne ließ den Himmel in den prächtigsten Farben erglühen. Der Horizont strahlte in einem leuchtenden Kaleidoskop aus Türkis, Orange, Gold und Rosa. Ava stand am oberen

Ende des Grundstücks und schaute träumerisch in die Ferne. Das hier war einer der geeignetsten und zugleich schönsten Orte für ein Weingut, den sie je gesehen hatte. Und das alles hier, in Amerika. Fast war es, als seien ihre flehentlichen Gebete erhört worden. Vielleicht hatte Violetta ihr am Ende sogar einen Gefallen erwiesen.

Ava legte den Kopf in den Nacken und schaute entrückt nach oben in den Himmel. Über ihrem Kopf funkelten tausend Sterne und strahlten immer heller, je dunkler es ringsum wurde. Ava verschlug es den Atem, so gebannt war sie von dem diamantenbesetzten Zelt, das alles zu überspannen schien.

»*Mille Étoiles*«, murmelte sie verzückt. Tausend Sterne. Ob mit oder ohne Ehemann, Ava war zu Hause.

22

September 1956
Paris, Frankreich

»*Merci, monsieur*«, bedankte sich Caterina artig. Sie zahlte und stieg aus dem Taxi, wobei sie besonders achtgab, ihr elfenbeinfarbenes Kostüm und die hellen Schuhe nicht zu beschmutzen. Beeindruckt schaute sie zu dem imposanten Stadthaus aus dem 18. Jahrhundert hinauf, das das Hotel beherbergte. Der diskret von Markisen beschattete Eingang wurde von einer kleinen Armee livrierter Hotelpagen mit Goldlitzen an der Uniform und flotten Mützen gesäumt. Das palastartige Hôtel Ritz war das Herzstück des Place Vendôme, eines achteckigen Platzes im ersten Pariser Arrondissement.

Bei einer anderen Gelegenheit wäre Caterina sicher ganz aus dem Häuschen gewesen angesichts eines Besuchs in diesem legendären Hotel, aber heute hatte sie eine Mission zu erfüllen. Die Tasche mit ihrer wertvollen Fracht fest in der Hand, marschierte sie hinein und ließ sich den Weg zu dem Saal weisen, in dem die Verkostung stattfinden sollte.

Langsam wurde sie nervös. Sie versuchte, jeden Gedanken an alte Briefe, ihren Vater und die Vergangenheit beiseitezuschieben und sich nur noch auf den Wettbewerb zu konzentrieren. Wenn ihr Wein eine Platzierung erhielt oder womöglich gar gewann, könnte das den Ausschlag dafür geben, ob es die Marke Mille Étoiles auch in Zukunft geben würde.

Auf der linken Seite war eine Bar im viktorianischen Stil mit roten Samtpolstersesseln und dunklem, auf Hochglanz poliertem Holz. In der Ritz Bar wimmelte es nur so von hochinteressanten, weltgewandt wirkenden Menschen. Hier einige gut gekleidete Geschäftsleute in dunklen Anzügen und gestärkten weißen Hemden, daneben umwerfend schöne Frauen in schmalen Kostümen, mit Handschuhen, Stilettoabsätzen und Schleierhütchen.

Die ganze Szene wirkte so elegant und lebendig. Im Vorbeieilen fühlte sich Caterina an das St. Francis Hotel in San Francisco erinnert. Sie musste an ihre alten Freunde denken und wie sehr sie ihr fehlten. Aber das hier war jetzt ihr Leben. Entschlossen drückte sie auf den Messingknopf für den Lift.

Der vergoldete Aufzug schien eine halbe Ewigkeit zu brauchen. Schon ganz aufgeregt beim Gedanken an die bevorstehende Probe biss sie sich auf die Lippen, bis ihr aufging, dass sie damit ihr Make-up ruinierte, das sie vorhin im Hotel so sorgfältig aufgetragen hatte. Die Tür glitt leise zur Seite, und der Liftboy öffnete ihr die reich verzierte Gittertür.

Eine Minute später stieg sie oben wieder aus und eilte zunächst zur verschwenderisch ausgestatteten Damentoilette, um den knallroten Lippenstift nachzuziehen. Ein dicker Teppich dämpfte ihre Schritte, und vergoldete Spiegel mit verschnörkelten Rahmen warfen ihr Spiegelbild vielfach zurück. Sie atmete aus, sammelte sich und vergewisserte sich zum hundertsten Mal, dass der Wein noch in ihrer Tasche war.

Noch ein letzter Blick in den Spiegel, dann ging sie wieder nach draußen. Rasch hatte sie den Raum gefunden, wo die Veranstaltung stattfand, und öffnete die Tür.

Sie blieb wie angewurzelt stehen. Im Saal tummelte sich die Crème de la Crème der europäischen Weinbranche. Sie erkannte ein französisches Ehepaar, das vor einigen Jahren während einer Weinreise durch Kalifornien auch Mille Étoiles besucht hatte. Die Frau war unsagbar dürr und rauchte Zigaretten mit schlanker goldener Spitze. Der korpulente Mann mit dem dunklen Teint neben ihr starrte Caterina unverhohlen an. Die Morels. Caterina erinnerte sich noch ganz genau daran, wie unhöflich sie gewesen waren. Trotzig reckte sie das Kinn. Kein gutes Haar hatten sie an ihrem Wein und den Keltermethoden von Mille Étoiles gelassen. Danach hatte sich Ava geschworen, diese unmöglichen Leute würden nur über ihre Leiche je wieder einen Fuß auf ihren Grund und Boden setzen.

Caterina riss den Blick von ihnen los und nickte dem Herrn zu, der hinter dem Anmeldetisch saß.

»*Bonjour, Mademoiselle*«, begrüßte er sie höflich. Er war mittelgroß, trug eine metallgerahmte Brille und verströmte das Flair zurückhaltender Weltgewandtheit. Auf den Tischen ringsum standen Flaschen mit weltbekannten Etiketten, und die Anwesenden begrüßten sich herzlich, als sei man eine einzige große Familie.

»*Bonjour*«, sagte Caterina und stellte sich vor.

»*Enchanté*, Mademoiselle Rosetta aus Napa, Kalifornien.«

Ein paar Leute drehten sich neugierig nach ihr, diesem Eindringling aus Kalifornien, um. Der Mann presste missbilligend die Lippen zu einem schmalen, geraden Strich zusammen. »Und Sie machen Urlaub in Paris, ja?«

»Nein, ich lebe inzwischen in Montalcino.« Die Morels grinsten höhnisch und warfen ihr verstohlene Seitenblicke zu, während sie sich weiter mit den Leuten an ihrem Tisch unterhielten. Sie beschloss, die beiden einfach zu ignorieren. »Ich möchte gern Monsieur Victor Devereaux sprechen.«

Als der Herr den Namen des Organisators der Weinverkostung hörte, schossen seine buschigen Augenbrauen regelrecht in die Höhe. »Er ist sehr, äh, *beschäftigt*.«

Die übrigen Anwesenden linsten unauffällig in ihre Richtung. Es war fast, als hätte sie die heilige Messe gestört, indem sie eine unaussprechliche Obszönität durch die Kirche geschrien hatte.

Doch Caterina ließ sich nicht beirren. Sie nutzte ihre Größe, denn mit den hohen Absätzen überragte sie den Mann um mehr als einen Kopf. Sie schürzte die roten Lippen und funkelte ihn mit halb geschlossenen Augen an. »Ich kann warten.«

»*Impossible*, bedauere«, versuchte er sie abzuwimmeln und machte eine abweisende Handbewegung. »Sein Terminkalender ist voll.«

»Er erwartet mich. Ich komme von den Mille-Étoiles-Kellereien in Napa.«

»Ein *kalifornisches* Weingut?« Sein Ton ließ keinen Zweifel daran, wie himmelschreiend grotesk er diese Vorstellung fand. Noch mehr Menschen drehten sich mit abfälligen Mienen nach ihr um.

»*Oui.*« Caterina rührte sich nicht vom Fleck.

»*Non, non, non*«, widersprach der Mann und fasste sich an den Bügel der Brille, als müsse er seine Sehhilfe überprüfen, weil er seinen Augen nicht traute. Eine solche Kuriosität hatte die Welt ganz sicher noch nicht gesehen. »Er hat heute wichtige Termine.« Damit drehte er ihr kurzerhand den Rücken zu.

»Ja, in der Tat. Mit *mir.*« Caterina wurde rasch klar, dass sie nichts zu verlieren hatte, also stand sie ihm in Unverschämtheit in nichts nach. Aus dem Augenwinkel sah sie, dass ein eleganter, attraktiver Mann an einem der entfernteren Tische auf sie aufmerksam geworden war und sie unverhohlen anstarrte. Ein leichtes Lächeln umspielte seine Lippen. *Na, hoffentlich genießen auch alle dieses einmalige Schauspiel.* Inständig hoffte sie, nicht rot zu werden, aber dann beschloss sie, dass auch das ihr ganz gleich wäre.

Der Mann atmete vernehmlich aus und drehte sich wieder zu ihr um, wobei er die Stimme zu einem barschen Flüstern senkte. »Diese Veranstaltung richtet sich nur an professionelle Winzer, nicht an Schulmädchen, die Traubensaft panschen. Bitte verlassen Sie auf der Stelle den Saal, *Mademoiselle.*«

Die Zukunft ihres geliebten Erbes und des Lebenswerks ihrer Mutter hingen an dem seidenen Faden ihrer Sturheit. Sie durfte jetzt nicht nachgeben. Caterina zog die Augenbrauen hoch, ganz leicht und sehr überheblich, wie sie es so oft bei ihrer Mutter gesehen hatte.

»Ich habe einen Termin bei Victor Devereaux«, setzte sie an, zuerst auf Englisch, um dann zu perfektem, maschinengewehrfeuerschnellem Französisch zu wechseln, wobei sie immer lauter wurde, genau wie ihre Mutter. »Und Sie werden mich nicht davon abhalten, ihn wahrzunehmen. Wenn Sie ihn nicht verständigen, werde ich ihn heute Abend zu Hause aufsuchen und ihm erklären müssen, warum ich mich gezwungen sehe, ihn und seine Familie außerhalb der üblichen Geschäftszeiten in ihren eigenen vier Wänden zu behelligen. Ich bin mir sicher, er wird nicht erfreut sein über Ihre anmaßende Art, die auf mich wie der augenfällige Beweis dafür wirkt, wie sehr Sie die Qualität unserer Weine fürchten. Ihr Urteil sollten Sie sich für den Wein aufheben, *Monsieur*.«

Die Morels lachten schallend auf. Der Mann wurde feuerrot im Gesicht, und der distinguierte Herr am anderen Ende des Raums prustete vor Lachen. Dann stand er auf und kam pointiert klatschend durch den Saal auf sie zu. »Bravo«, raunte er, als er schließlich vor ihr stand. »Eine beeindruckende Vorstellung.«

Caterina behielt die Fassung. Wenn man sie schon vor die Tür setzte, dann hoch erhobenen Hauptes. »Und Sie sind …?«

»Victor Devereaux«, entgegnete er mit einer leichten Verbeugung und einem schelmischen Blitzen in den Augen. Er hatte einen goldbraunen Teint wie jemand, der viel Zeit in Deauville zu vertrödeln hatte, und seine Manieren sprachen Bände über seine Herkunft aus den oberen Zehntausend von Paris. »Die Familie meiner Frau stammt aus Bordeaux. Ich habe Ihren Akzent gleich erkannt.« Zu dem anderen Mann sagte er: »Pierre, Sie entschuldigen uns. Mademoiselle Rosetta und ich haben etwas Geschäftliches zu besprechen.«

Caterina atmete tief durch und konnte kaum fassen, dass sie tatsächlich in den inneren Kreis vorgedrungen war. Ungläubig legte sie den Kopf zur Seite und sagte: »Wie schön, dass ich Sie amüsieren konnte.«

»Hier entlang«, sagte Victor freundlich und wies auf einen Tisch ganz in der Nähe. »Ich bin sehr neugierig zu erfahren, was Sie so weit entfernt der Heimat tun. Bitte, setzen Sie sich doch.«

Grazil nahm Caterina Platz und stellte die Tasche mit dem Wein behutsam neben sich auf den Boden. Den Morels drehte sie mit Bedacht den Rücken zu. »Ich bin hier, um unseren Wein aus Mille Étoiles zum Wettbewerb anzumelden.« Sie sprach betont langsam und deutlich, auch wenn er wieder zu Englisch gewechselt hatte. »In den USA haben wir bereits mehrere bedeutende Auszeichnungen gewonnen.«

Ein Lächeln huschte über sein Gesicht. »Und wie haben Sie von diesem Wettbewerb erfahren?«

Caterina erzählte ihm von ihrer Bekanntschaft mit dem Herausgeber der Zeitschrift für Weinliebhaber. »Gilbert Waters hat uns geraten, unseren Wein zum Wettbewerb anzumelden.«

»Tatsächlich? Ich kenne ihn gut.« Vertraulich beugte er sich über den Tisch und sagte sehr ernst: »Sie wissen, dass es eine Blindverkostung ist, ja? Wenn Ihr Wein nicht den Qualitätsanforderungen entspricht – und ich meine das nicht despektierlich, *Mademoiselle* –, dann könnte sich das für Ihre Kellerei als ruinös erweisen.« Er legte den Kopf schief und wies auf eine kleine Menschentraube. »Und natürlich sind auch Vertreter der Presse anwesend.«

»*Je comprends.*« Caterina wusste um das Risiko.

»Nun, dann lassen Sie Ihren Wein mal sehen.«

Caterina griff in die Tasche und reichte ihm eine der Flaschen.

Aufmerksam betrachtete er das Etikett, das ihm irgendwie bekannt vorzukommen schien. »Dieses Château, das habe ich doch schon einmal gesehen.« Er sah sie an. »Das ist das Anwesen von Alexandre-Xavier de Laurette, eines Marquis.«

»Meine Mutter sagt, unser Haus in Napa wurde nach dem Vorbild jenes Anwesens gebaut, in dem sie als Kind aufgewachsen ist. Im Dörfchen Paulliac.« Ava hatte ihr viel von dem kleinen Örtchen erzählt, das im viel gerühmten Weinanbaugebiet des Médoc nordwestlich von Bordeaux lag.

»Das Anwesen wurde vor einiger Zeit verkauft.« Victor wirkte sehr interessiert. »War Monsieur le Marquis Ihr Großvater?«

Caterina zuckte die Achseln. Nach allem, was sie in Italien erlebt hatte, wo sie als Tochter eines Mörders gebrandmarkt und von ihrer eigenen Familie gemieden wurde, zögerte sie ein wenig, sich zu irgendwelchen unbekannten Verwandten zu bekennen. »Meine Mutter hat Frankreich schon als junge Frau verlassen. Sie und mein Vater stammen aus französischen und italienischen Winzerfamilien.«

»Verstehe. Nun, ich werde den Wein verkosten müssen, ehe ich ihn zum Wettbewerb zulassen kann, dessen sind Sie sich bewusst, ja?« Caterina nickte, und er winkte einer jungen Frau, die sofort an ihren Tisch eilte. »Odette, lassen

Sie doch bitte den Wein öffnen, damit ich ihn probieren kann.«

Die Frau verschwand mit der Flasche, und Victor befragte Caterina nach ihren Weinbergen in Napa. Er schien sehr interessiert an Kalifornien und seinem Klima, dem Boden und den Methoden des Weinanbaus. Sie sprachen über das Terroir, und Caterina erwähnte, dass es kürzlich ein Erdbeben gegeben hatte.

»*Un tremblement de terre*?«, fragte er entsetzt und schüttelte sich. »Vor Jahren habe ich einmal Freunde in Argentinien besucht und ein Erdbeben miterleben müssen. Erdbeben mögen Gottes Methode sein, uns wachzurütteln, aber Wein ist unser Mittel, die Nachbeben zu lindern.« Die junge Frau kam mit einem Kristallglas in der Hand zurück.

Caterina hielt den Atem an. Das war der Augenblick, vor dem sie sich am meisten gefürchtet hatte.

Victor schwenkte das Glas, begutachtete die Farbe im Schein des Deckenlüsters und atmete das Bouquet ein. Über den Rand des Glases schaute er sie dabei durchdringend an.

Caterina senkte den Blick, um nicht übereifrig zu erscheinen, und erwartete gespannt seine Expertenmeinung.

Er sagte kein Wort. Er nahm einen kleinen Schluck, den er sich über die Zunge laufen ließ, ohne eine Miene zu verziehen. Dabei wirkte er ernst und nachdenklich. Irgendwann schüttelte er beinahe unmerklich den Kopf.

Es entging Caterina nicht. Sie atmete aus und merkte erst jetzt, dass sie die ganze Zeit die Luft angehalten hatte. Das Urteil lautete *non*. Das war zwar nicht die Antwort, die sie sich erhofft hatte, aber sie musste sie hinnehmen. Er hatte das letzte Wort über die Teilnahme. Sich mit ihm um einen Platz auf dem Stimmzettel zu streiten, könnte sich für die weitere Zukunft als ungünstig erweisen.

»*Merci*«, murmelte sie niedergeschlagen. Siedend heiß kroch ihr die Röte über den Hals bis ins Gesicht. Hinter sich hörte sie Madame Morel eine abfällige Bemerkung machen. Sie griff nach ihrer Handtasche.

»*D'accord*, wir nehmen diesen Wein in den Wettbewerb«, sagte er freundlich, aber unverbindlich. »Warten Sie bitte vor dem Saal, das Urteil wird dann später verkündet. Odette bringt Sie nach draußen und benachrichtigt Sie, sobald das abschließende Urteil feststeht.« Womit er aufstand und ihre Unterredung beendete. »*Merci, mademoiselle – bonne chance.*«

Ganz kurz sah Caterina es in seinen Augen zufrieden aufblitzen. »*Merci, monsieur.*«

Hoch erhobenen Hauptes spazierte sie hinaus und spürte die Blicke sämtlicher Anwesenden auf sich. Sie reckte das Kinn und bedachte die Morels mit einem triumphierenden Blick. Sie mochte hier vielleicht nicht willkommen sein, aber sie wusste, dass Mille Étoiles einen verdammt guten Wein machte. Ein wunderbares Echo seines Terroir. Und er reifte außergewöhnlich gut. Mit diesem Wein hatten sie ein hohes Maß an Vollkommenheit und Exklusivität erreicht.

Sie und Santo. Und ihre kleine amerikanische Wahlfamilie. Mit den Trauben, die Raphael mit so viel Herzblut gehegt und gepflegt und geerntet hatte. Auf dem Land, dem Ava ihr ganzes Leben verschrieben hatte. Von den

Reben, die ihre Mutter aus Bordeaux über Montalcino mit in die neue Welt gebracht hatte.

Und mehr noch: Die Liebe, die sie immer für Santo empfunden hatte, fand ihren Ausdruck in diesem Wein. Er war ein greifbarer Beweis ihrer gegenseitigen Zuneigung. Nach diesem Jahrgang würde es nie wieder einen Wein solcher Güte von Mille Étoiles geben. Tief in ihrem Herzen wusste sie, es war die Energie zwischen ihnen, die den Zauber dieses Weins ausmachte.

Nun lag die Entscheidung also in den Händen der Jury. Nach der eisigen Begrüßung war Caterina heilfroh, dass die Weine während des Wettbewerbs blind verkostet wurden.

Odette führte Caterina in einen öffentlichen Wartebereich und ging dann selbst zurück in den Raum. Caterina trat zu einem der roten Samtsessel und strich mit den Fingerspitzen über den weichen Stoff. Hinter sich roch sie Zigarettenrauch.

»Sind Sie hier, um noch mehr unserer Geheimnisse auszuspionieren?«

Caterina drehte sich auf dem Absatz um und fand sich unvermittelt Nase an Nase mit dieser unmöglichen Person. »Madame Morel. Wenn ich mich recht entsinne, haben *Sie* uns damals mit Fragen gelöchert, nicht umgekehrt.«

Monsieur Morel beeilte sich, seine Frau in Schutz zu nehmen. »Das spielt keine Rolle. Ihr Boden, Ihr Klima, Ihre Methoden – alles minderwertig. Und das zeigt sich auch in Ihrem Wein.« Abfällig wedelte er mit der Hand.

Caterina sträubten sich die Nackenhaare. »Das werden wir dann ja sehen, nicht wahr?«

Madame Morel blies Rauch in Caterinas Richtung. »Sie verschwenden hier nur Ihre Zeit.«

»Nur mit Ihnen, Madame.« Schäumend vor Wut wirbelte Caterina herum und konnte gar nicht schnell genug wegkommen von diesem giftspritzenden Pärchen.

Andere Winzer standen in Grüppchen zusammen oder schlenderten betont lässig durch den Saal und versuchten, ihre Nervosität durch lockeres Geplauder zu überspielen. Caterina bahnte sich einen Weg durch die Menge und marschierte hinaus in den Innenhof. Dort setzte sie sich auf eine steinerne Bank unter den kühlen Blätterbaldachin eines blühenden Baums und versuchte, sich etwas zu beruhigen. Umgeben von Callas und gestutzten Buchsbäumen in großen Terrakottatöpfen atmete sie die beruhigenden Aromen der Natur ein und machte sich auf eine lange Wartezeit gefasst.

Einige Stunden später entdeckte Caterina in der Menge ein vertrautes männliches Profil – dichte schwarze Locken, ausgeprägte Wangenknochen, breite Schultern –, das zu einem Mann in einem schicken schwarzen Anzug gehörte, der sich gerade durch die Menschenmenge am Eingang schob. Sie musste blinzeln und traute ihren Augen kaum. Das musste an ihrer Aufregung liegen; ihre Fantasie spielte ihr sicher einen dummen Streich.

Das kann doch nicht sein.

Aber tatsächlich: Santo bahnte sich einen Weg durch den dichten Touristenschwarm. Er hielt geradewegs auf sie zu, mit festem Schritt und sehr entschlossen, und der Kies knirschte unter seinen auf Hochglanz polierten Schuhen. Plötzlich war sie hellwach. Man flog doch nicht einfach so aus einer Laune heraus um die halbe Welt. Nervös fasste sie sich mit der Hand an ihr rasendes Herz. *Ob zu Hause etwas Schlimmes passiert ist?*

»Santo, du hier. Was ist *passiert?*«, fragte sie drängend und sprang auf. »Ist etwas mit meiner Mutter?« Sofort musste sie an Luca denken. Ob er ihr etwas angetan hatte? *Nein, nein …*

Santo legte ihr die Hände auf die Schultern und begrüßte sie mit einem Kuss auf jede Wange. »Ganz ruhig, *cara*. Ich bin wegen dir hierhergekommen. Um dir zur Seite zu stehen.«

»Den ganzen weiten Weg?« Sie sank wieder auf die Bank und atmete erleichtert aus. Wie konnte er ihr nur einen solchen Schrecken einjagen?

Santo verbeugte sich kurz und zackig. »Und Ihnen auch einen wunderschönen Tag, *Mademoiselle*.«

»Ich komme gut allein zurecht.« Trotzig reckte sie das Kinn, konnte sich aber einen verstohlenen Seitenblick nicht verkneifen. Noch nie hatte sie ihn im Anzug gesehen. *Warum muss er auch so unverschämt gut aussehen?* So … sie suchte nach dem passenden Wort … aristokratisch – beinahe jedenfalls.

»Dessen bin ich mir durchaus bewusst.« Vielsagend zog er eine seiner dunklen Augenbrauen hoch. »Das ist ein wichtiger Wettbewerb.«

»Woher wusstest du, dass ich hier bin?«

»Juliana hat mich angerufen.«

Caterina liebte ihre Freundin wirklich sehr, aber damit stellte Juliana ihre Freundschaft wiederholt auf eine harte Probe. »Ich fasse es einfach nicht«, brummte sie und verschränkte empört die Arme. Was sollte sie denn jetzt mit Santo?

»Sei Juliana bitte nicht böse. Sie hat mir alles erzählt. Sie ist Pressesprecherin, das ist schließlich ihre Aufgabe.«

Caterina sah ihn mit zusammengekniffenen Augen an. »Ich kriege das auch ohne dich hin. Ich brauche keinen, der hier reinschneit und sich als Held aufspielt.«

»Kann ich gut verstehen, aber ich habe Raphael gesagt, dass ich mich um unsere Teilnahme kümmere. Sie ist wirklich immens wichtig – *in finanzieller Hinsicht* immens wichtig –, für uns alle in Mille Étoiles.« Er setzte sich zu ihr auf die Bank. »Wie dem auch sei, ich dachte mir, du freust dich vielleicht über etwas nette Gesellschaft. Dieser Wein ist unser Baby – deins und meins. Ich will genauso sehr gewinnen wie du.«

Bei dem Wort *Baby* zuckte Caterina unvermittelt zusammen. Ungeduldig klopfte sie mit dem Absatz auf den Boden. »Die Verkostung ist bereits in vollem Gange.«

»Das sagte man mir schon. Scheint ja, als hättest du einen aufsehenerregenden Auftritt hingelegt. Madame Morel hatte einige wohlgewählte Worte über dich zu sagen.«

Entnervt verzog Caterina das Gesicht. »Sie und ihr Mann waren vor einiger Zeit in Mille Étoiles. Sie waren so unhöflich und beleidigend, dass meine Mutter sie nachdrücklich auffordern musste zu gehen.«

»Kann ich mir lebhaft vorstellen«, entgegnete er lachend. »Hast du eine Ahnung, wie die Konkurrenz aussieht?«

»Die besten Bordeauxweine sind natürlich alle dabei. Fünf *Premier-Cru*-Rotweine – erste Gewächse – gibt es insgesamt, und sie sind alle vertreten.«

»Aus dem Médoc?«

Sie nickte und drehte sich eine Haarsträhne um den Finger, wie immer, wenn sie nervös war. »Und Château Haut-Brion, die habe ich auch gesehen. Ich habe die Winzer von einem Foto wiedererkannt. Sämtliche bedeutenden Kellereien Frankreichs sind vertreten und etliche weitere aus dem Ausland dazu. Ich habe einige andere Winzer warten gesehen.«

Santo legte eine Hand auf ihre, und sie zog sie nicht fort. »Wir haben einen ausgezeichneten Wein, Caterina. Einen, der es verdient, in solcher Gesellschaft zu sein. Er kann nur besser werden, weißt du?«

Sie sah ihn an, seine durchdringenden lapislazuliblauen Augen funkelten in den schrägen Strahlen der tief stehenden Nachmittagssonne, und mit einem Mal schmolz ihre Entschlossenheit dahin.

Mit dem Finger beschrieb er einen Kreis auf ihrem Handrücken. »Hör zu, ich habe mir überlegt, was wir machen könnten, für den Fall, dass wir nicht gewinnen.«

»Nein!«, rief sie entsetzt und zog ihre Hand weg. »Das darfst du nicht sagen, das bringt Unglück.«

Santo gluckste amüsiert, und ihr fiel wieder ein, dass sie das schon als Kinder immer gesagt hatten. Und genau da lag das Problem, ging ihr plötzlich auf. Beinahe jede glückliche Kindheitserinnerung, die sie hatte, war untrennbar mit Santo Casini verbunden.

Er räusperte sich und wollte etwas sagen – seine Stimme klang rau, aber sehr sinnlich. *Warum nur musste er ausgerechnet jetzt hier auftauchen?*

Doch noch bevor er ein Wort herausbringen konnte,

kam die junge Frau von vorhin auf sie zu. »Mademoiselle, Monsieur Devereaux möchte Sie bitten, nach drinnen in den Saal zu kommen«, sagte sie. »Die Jury hat ihr Urteil gefällt.«

23

Caterina und Santo gingen gemeinsam in den mit Gold- und Elfenbeinspiegeln ausstaffierten Saal, in dem Juroren und Winzer bereits versammelt waren, und Caterina spürte die spöttischen Blicke und hörte das zischelnde Getuschel. *Wie kann es ein amerikanisches Weingut wagen, an einem derart prestigeträchtigen Wettbewerb teilnehmen zu wollen? Was glaubt das Frauenzimmer, wer es ist?*

Auch Santo hörte die abfälligen Bemerkungen, aber sein Französisch war nicht annähernd so gut wie ihres. »Da sind die Morels. Was haben sie gesagt?« Er neigte den Kopf zu ihr. »Was auch immer es war, es klang nicht besonders nett.«

»War es auch nicht.« Rasch übersetzte sie die schnippische Bemerkung. »Wie du bereits gehört hast, wird unsere Teilnahme nicht unbedingt von allen Beteiligten begrüßt.« Ihre Worte klangen bitter, aber insgeheim freute sie sich, dass er da war. Wenigstens war sie nicht allein. Was aber nicht hieß, dass sie seinetwegen gleich wieder den Kopf verlieren würde. »Unser Wein ist zum Wettbewerb zugelassen worden; das ist das Einzige, was zählt.«

Santo nahm sie sanft am Ellbogen und hielt sie fest. »Komm, wir setzen uns in die letzte Reihe. Sollten wir schnell verschwinden müssen, sind wir gleich an der Tür.«

Caterina machte sich entschieden los. »Was haben wir

von denen schon zu befürchten?« Sie zuckte die Achseln. Sie hatte schon so viele gemeine Seitenhiebe abbekommen. Nur Victor Devereaux hatte sie als ebenbürtige Mitstreiterin anerkannt. Doch da kam ihr ein beunruhigender Gedanke. Womöglich wollte er an ihr ein Exempel statuieren, um die ungeliebten amerikanischen Winzer ein für alle Mal in ihre Schranken zu verweisen. Hatte der so freundlich wirkende Victor Devereaux womöglich noch eine andere, weniger liebenswürdige Seite?

»Außer von der internationalen Presse durch den Fleischwolf gedreht zu werden?«

Die Morels redeten gerade von zwei Seiten auf einen Mann ein, der sich eifrig Notizen machte. Dann schauten alle drei in ihre Richtung und lachten.

»Wir sollten bleiben und ein bisschen mit den Reportern plaudern.« Nervös spielte Caterina an den Bügeln ihrer kleinen schwarzen Handtasche herum, die sie in Rom gekauft hatte. »Eine gute Gelegenheit, Mille Étoiles einem internationalen Publikum bekannt zu machen.«

Verschwörerisch zwinkerte Santo ihr zu. »Vor allem, wenn wir unseren Ruf und den der gesamten kalifornischen Weinindustrie retten müssen.«

»Ich werde tun, was ich tun muss.« Dabei hatte Santo recht, und sie wusste es nur zu gut. Sie musste an ihre Mutter denken, an Raphael und Nina und all die vielen Arbeiter, die auf den Erfolg von Mille Étoiles angewiesen waren. Sie warf die Haare nach hinten. Hier zu gewinnen, würde ihrem Ruf als Weinproduzenten in Europa gewaltigen Auftrieb geben.

Ganz gleich, wie die Juroren über ihren Wein urteilten, solange sie hier war, würde sie tun, was sie konnte.

Ein Dutzend Preisrichter saß mit ernsten Mienen ganz vorne im Saal an einem langen, mit pfirsichfarbenem Leinen gedeckten Tisch. In der Mitte stand ein kleines Podest. Einige Juroren schauten noch auf ihre Listen und machten einige letzte Notizen, während andere, die ihr Votum bereits abgegeben hatten, angeregt mit ihren Kollegen plauderten. Davor waren lange Stuhlreihen für die Zuschauer der Siegerehrung aufgestellt.

Im ganzen Saal standen Zeitungs- und Zeitschriftenreporter in kleinen Grüppchen mit den anwesenden Winzern zusammen und unterhielten sich angeregt, während Fotografen die bekanntesten Weinbauern mit ihren Weinen ablichteten.

Sie schlenderten ganz nonchalant durch den Raum, wobei Caterina zufällig einen Blick auf sich und Santo im Spiegel erhaschte und angenehm überrascht war von dem Anblick. Unwillkürlich musste sie daran denken, wie sie als Kinder immer in dreckigen Latzhosen herumgelaufen waren.

Santos Gesicht war von der Sommersonne gebräunt, und in den dunklen Haaren schimmerten kupferrote Strähnen. Ihre Hand ging zu ihrem Hut mit dem Leopardenfellmuster, und sie bemühte sich, in dem schicken elfenbeinfarbenen Kostüm noch etwas gerader zu stehen. Sie sahen aus wie zwei sehr erfolgreiche junge Winzer.

Derart ermutigt, steuerte Caterina auf eine kleine Gruppe von Reportern zu. »*Bonjour*«, sagte sie und stellte sich und Santo vor. »Wir kommen von Mille Étoiles, einem Weingut in Napa in Kalifornien. Wir nehmen mit unserem Cabernet am Wettbewerb teil.«

Die Reporter sahen sich etwas betreten an, und die Gruppe löste sich ganz plötzlich auf. Nur eine italienische Journalistin murmelte leise eine Entschuldigung. »Ich muss noch ein Interview mit einem anderen Winzer führen. Bitte seien Sie mir nicht böse.«

Caterina sah Santo mit hochgezogenen Augenbrauen an. »So viel zu dieser genialen Idee.«

Santo wirkte leicht alarmiert. »Du musst ja ganz schön Eindruck hinterlassen haben.«

»Ja, wie ein besonders ansteckender Fall von Masern.«

Er legte ihr einen Arm um die Schultern und zog sie fest an sich. »Darum bin ich ja hier.«

»Wegen der Masern?«

»Nein, du Dummchen, um dir den Rücken zu stärken.« Er schaute sich im Saal um. »Das sind reißende Bestien, allesamt.«

»Oder einfach nur dumpfe Gewohnheitstiere.« Sie seufzte. »Komm, suchen wir uns irgendwo einen Platz. Mit uns will ohnehin niemand reden.«

»Na und? Wir lassen einfach unseren Wein für sich sprechen.«

Lächelnd sahen sie sich an, als teilten sie ein kleines Geheimnis.

Monsieur Morel saß erwartungsvoll in der ersten Reihe, seine Frau wie einen dürren Stelzvogel mit Zigarettenhalter neben sich, und grinste sie hämisch an.

Caterina beachtete ihn nicht. »Gehen wir nach hinten«, schlug sie vor.

In den letzten Jahren hatte Santo eine gut gehende Unternehmensberatung gegründet. Einmal hatte er sie in seinen Traum eingeweiht, eines Tages eine erstklassige Kellerei aufzubauen. *Und das hätte er mehr als verdient.*

Santo hatte sich alles hart erarbeitet. Genau wie Caterina hatte er von der Pieke auf bei Raphael, Weinbauer in vierter Generation, und Ava, Winzerin in fünfter Generation, alles gelernt, was es zu lernen gab. Diese praktische Erfahrung hatte er mit einem Weinbaustudium ergänzt und um seinen Geschäftssinn und seine angeborene Kreativität bereichert.

Santo hatte es verdient, Lob und Anerkennung für seine Leistung zu ernten. Caterina war mit hämischen Kommentaren und spöttischen Seitenblicken aufgenommen worden, und sie wusste, dass es ihren männlichen Kollegen nicht leichtfiel, eine Frau in ihre erlauchten Kreise aufzunehmen. Aber Santo war ein echtes Talent.

»Wie wäre es hier?«, fragte Santo und wies auf zwei freie Plätze. »In drei Schritten sind wir an der Tür, falls die Eingeborenen ungemütlich werden und wir flüchten müssen.«

»Gute Idee.« Caterina setzte sich und schlug die Beine übereinander, wobei sie ganz leicht mit dem Fuß sein Bein streifte. Es durchfuhr sie wie ein elektrischer Schlag. Rasch schaute sie weg und rückte ein wenig von ihm ab. Aber sie hätte schwören können, aus dem Augenwinkel gesehen zu haben, wie er belustigt grinste.

Victor Devereaux ging zum Podium und bat die Anwesenden um ihre geschätzte Aufmerksamkeit. Die Abstimmung war zu Ende.

Während die Winzer Platz nahmen, rangelten Reporter und Fotografen um die besten Plätze. Von hinten angefangen, verkündete Victor die Namen der Platzierten in der Kategorie Weißwein. Anerkennende Bemerkungen, Glückwünsche und höflicher Applaus folgten auf die Verkündigung der Finalisten, während alle darauf warteten, dass die Sieger der jeweiligen Kategorien ausgerufen wurden. Geduldig lauschten sie der Aufzählung in den Sparten Riesling, Pinot Gris, Sauvignon Blanc, Gewürztraminer, Chenin Blanc, Chardonnay und vielen weiteren sowie Cuvées aus den wichtigsten Anbaugebieten Frankreichs und anderer teilnehmender Nationen.

Als Nächstes waren die Rotweine an der Reihe, die Pinot Noirs, Sangioveses, Tempranillos, Grenaches, Zinfandels, Merlots, Syrahs, Cabernet Sauvignons und andere Cuvées. Die großen Weine aus dem Burgund und Bordeaux, aus Pomerol und Margaux und Saint-Émilion, Weine aus Italien und Argentinien – alle waren bei dieser renommierten Veranstaltung vertreten. Santo und Caterina klatschten begeistert Beifall, als einer von Giovannas Brunello di Montalcinos als Gewinner seiner Kategorie ausgerufen wurde.

Santo ergriff Caterinas Hand und hielt sie ganz fest. Caterina wünschte sich fast verzweifelt zu gewinnen und wusste doch, dass sich diese Hoffnung wohl nicht erfüllen würde. Trotzdem hielt sie jedes Mal die Luft an, wenn einer der Platzierten verkündet wurde. Doch ihr Wein war nie darunter. Die Morels wurden aufs Podium gerufen, um mit stolzgeschwellter Brust einen Preis für ihren Wein in Empfang zu nehmen.

»Wir verschwinden gleich«, flüsterte Santo ihr ins Ohr.

Caterina wusste, dass er ihr ansah, wie sehr sie litt.

Als Victor schließlich zum ersten Platz in ihrer Kategorie kam, stutzte er kurz und schaute verblüfft auf das Blatt

Papier in seinen Händen. Mit einer Hand hielt er das Mikrofon zu und beugte sich hinüber zu seiner Assistentin Odette, wohl um sich zu vergewissern, dass alles seine Richtigkeit hatte. Sie nickte ihm nachdrücklich zu. Also ging er wieder ans Mikrofon und räusperte sich vernehmlich. Mit überheblichem Lächeln setzten sich die Morels bereits zurecht und warteten nur darauf, aufzustehen und die Ehrung in Empfang zu nehmen.

»Ladys und Gentlemen, wir haben einen Überraschungssieger.« Victor schaute auf und räusperte sich abermals. »Mille Étoiles aus Napa in Kalifornien ist unser Gesamtsieger in dieser Kategorie, für den Wein von Caterina Rosetta und Santo Casini.«

Wie vor den Kopf geschlagen saß Caterina da und traute ihren Ohren kaum. Mit einem Schrei sprang Santo auf und fiel ihr um den Hals. Doch statt aufbrandendem Applaus und Beifallsbekundungen blieb es totenstill im Saal. Sämtliche Anwesenden schienen wie betäubt von dieser unerwarteten Siegerehrung. Victor Devereaux, dem nicht entging, dass die Stimmung unter den Gästen zu kippen drohte, las rasch weiter und machte sich daran, die Preise für die Gesamtsieger des Wettbewerbs zu verkünden.

Zunächst wurde der Gesamtsieger in der Kategorie Weißwein genannt, woraufhin Blitzlichtgewitter und tosender Applaus den Saal erfüllten. Die strahlenden Sieger posierten stolz für die Pressefotografen.

»Und nun«, sagte Victor Devereaux, »kommen wir zum Gesamtsieger in der Kategorie Rotwein.« Er hüstelte, dann sah er Caterina an. »Mille Étoiles.«

»Wir haben gewonnen!«, jauchzte Caterina verzückt, und es war ihr, als müsste sie gleich platzen vor Glückseligkeit.

»Wir haben es geschafft!«, jubelte Santo und sprang begeistert auf. »Unser Baby hat gewonnen!« Damit umarmte er sie, wirbelte sie im Kreis herum und lachte vor Freude.

»Ich habe immer gewusst, dass er etwas ganz Besonderes ist.« Caterina lachte mit ihm, bis sie Tränen in den Augen hatte. Sie merkte gar nicht, wie unruhig es plötzlich um sie herum geworden war.

Einer der Juroren verlangte empört zu wissen: »Wer hat die gewählt?«

Als Odette dem Juror daraufhin seinen eigenen Stimmzettel zeigte, bestanden die anderen Preisrichter ebenfalls darauf, ihre Unterlagen einzusehen.

»Das ist ja lächerlich«, echauffierte sich Monsieur Morel. »Es muss sich doch um ein Missverständnis handeln. Diese amerikanischen Weine können sich unmöglich mit unseren Standards messen.«

»Ja, es *muss* sich um ein Versehen handeln«, pflichtete Madame Morel ihm bei und schnippte Asche von ihrer Zigarette. »Die sind vollkommen minderwertig.«

Ein anderer Juror meinte: »Unmöglich, ich möchte mein Votum ändern.«

»Da stimmt doch etwas nicht«, bemerkte jemand vor ihnen. »Man sollte sie disqualifizieren.«

Wie eine gewaltige Woge, die sich immer höher auftürmte, kochte die Aufregung hoch, und Caterina warf Santo einen verzweifelten Blick zu. Sollten sie nun doch noch verlieren, wofür sie so sehr gekämpft hatten?

24

Caterina wagte kaum zu atmen, während sie beobachtete, wie die Juroren aufgebracht durcheinanderredeten.

Irgendwann hatte Victor Devereaux anscheinend die Nase voll. Entschieden hämmerte er auf den Tisch und rief die Anwesenden zur Ordnung. »Alle Entscheidungen sind endgültig«, erklärte er laut und deutlich. »Sie hatten genügend Zeit, zu einem Ergebnis zu kommen.«

»*Il n'est pas possible*«, rief jemand aus dem Publikum. »Ein amerikanischer Wein hat eine solche Auszeichnung nicht verdient. Es muss sich um einen Irrtum bei der Berechnung handeln.«

»*Non, non, non*«, widersprach Odette beharrlich. »Sämtliche Einträge werden sorgfältig überprüft und zurückverfolgt, und alle sind vollkommen korrekt. Ein Fehler ist auszuschließen.«

Victor hob die Hand, um die aufgebrachte Menge zu beschwichtigen. »Heißen wir also zwei sehr talentierte junge Winzer in unserer Mitte willkommen.«

»Aber das sind völlige Novizen«, rief Monsieur Morel und schlug die Hände über dem Kopf zusammen.

»Unglaublich.«

»Eine Farce.«

»Ich würde vorschlagen, Sie probieren den Wein und

bilden sich selbst ein Urteil.« Victor winkte Caterina zu sich aufs Podium.

»Wie können Sie so etwas auch nur im Scherz vorschlagen?« Wutentbrannt stand Madame Morel auf und zerrte ihren Mann am Ärmel.

Unter dem missfälligen Brummen der Menschen gingen Caterina und Santo nach vorne. Als sie an den Morels vorbeikamen, konnte sich Caterina ihr schadenfrohes Grinsen nicht verkneifen.

Santo zwinkerte ihnen zu und beugte sich vertraulich zu Mr Morel herunter. »Sie hätten wohl doch besser aufpassen sollen, als Sie in Mille Étoiles waren.«

Madame Morel drückte aufgebracht ihre Zigarette aus, als sei sie einer ihrer Widersacher. Ihr Mann nahm sie am Ellbogen, und gemeinsam staksten sie unter hörbar gemurmelten Unmutsbekundungen nach draußen.

Caterina musste sich das Lachen verkneifen, als sie nach vorne zu Victor gingen, der sie mit einem herzlichen Lächeln und ausgebreiteten Armen in Empfang nahm. Sie nahmen einen kleinen Pokal entgegen und posierten damit für ein Foto, dann küsste er sie links und rechts auf die Wange.

»Gut gemacht.« Victor schien sich aufrichtig mit ihnen zu freuen. »Lassen Sie sich von Ihren missgünstigen, großmäuligen Konkurrenten nicht in die Suppe spucken. Sie verstehen eine Menge von Ihrer Kunst. Wir werden sicherlich noch viel von Ihnen hören. Ich für meinen Teil werde Sie jedenfalls genau im Auge behalten.«

Caterina und Santo bedankten sich herzlich, und dann war die Veranstaltung beendet. Eine einzelne Reporterin kam zögerlich auf sie zu.

»Hallo«, sagte die junge Frau und schaute sich etwas verwirrt um. »Eigentlich hatte ich erwartet, Schlange stehen zu müssen, um mit Ihnen zu sprechen.«

»Ganz im Gegenteil«, entgegnete Santo. »Wenn die Leute hier anstehen, dann höchstens, um uns öffentlich auszupeitschen. Sie sind Amerikanerin?«

»Ja. Wir sind hier wohl gerade nicht so gern gesehen.« Die Frau lachte auf. »Ich schreibe für die *New York Times* über europäische Kulturthemen und würde Ihnen gern ein paar Fragen stellen, wenn es Ihnen recht ist.«

Caterina und Santo unterhielten sich ein paar Minuten mit der netten Dame und posierten dann mit ihrem Wein für ein Foto.

Danach kamen ein paar Winzerkollegen zu ihnen, um ihnen zu gratulieren. Caterina freute sich ehrlich über ihr Lob. Sie bedankte sich freundlich und lud sie ein, sie in Mille Étoiles zu besuchen, sollten sie je in Kalifornien sein.

Als sich die kleine Gruppe schließlich zerstreut hatte, bot Santo ihr den Arm. »Du warst hinreißend, und zu meinem großen Erstaunen gab es keine Verletzten. Im ersten Augenblick hatte ich befürchtet, vor einem Lynchmob fliehen zu müssen. Ich finde, das schreit nach einem Gläschen Champagner zur Feier des Tages. Was meinst du?«

»Ich bin dabei.«

Kurz darauf stießen sie in der Ritz Bar auf ihren Erfolg an.

»Jetzt fängt die Arbeit erst richtig an«, sagte Caterina. »Juliana muss eine Presseerklärung rausschicken, und wir –

oder vielmehr meine Mutter – müssen unsere Käufer kontaktieren, um ihnen die frohe Botschaft zu verkünden.«

»Und um noch mehr Wein zu verkaufen«, fügte Santo hinzu.

»Je mehr Vorbestellungen wir haben, desto mehr Kredit kann meine Mutter aufnehmen, um noch vor der Lese die zerstörten Maschinen zu ersetzen. Ich kann es kaum erwarten, Juliana von unserem Erfolg zu erzählen. Und von den Gesichtern, die die Morels gemacht haben.« Sie war ganz kribbelig vor Aufregung, und der Champagner stieg ihr gleich zu Kopf. Das war die große Chance, auf die sie so lange hingearbeitet hatte. Endlich waren die Weine von Mille Étoiles auf der ganz großen Weltbühne angekommen.

»Komm, wir rufen Juliana gleich an«, schlug Santo vor. Also gingen sie gemeinsam zum Concierge, der den Anruf für sie durchstellen ließ.

In Kalifornien war es noch sehr früh am Morgen, aber Juliana ging gleich nach dem ersten Klingeln ran, weshalb Caterina vermutete, dass sie ihren Anruf bereits ungeduldig erwartet hatte. »Habe ich dich geweckt?«

»Soll das ein Witz sein? Ich habe die ganze Nacht nicht geschlafen. Ich hoffe, du hast gute Nachrichten.«

»Die haben wir. Juliana, wir haben gewonnen!«

»In welcher Kategorie?«, fragte Juliana.

»Den Gesamtpreis.« Caterina quiekte vor Freude. »Mille Étoiles ist zum besten Rotwein des Wettbewerbs gekürt worden.«

Anerkennend pfiff Juliana durch die Zähne. »Glückwunsch, das ist ja ein dickes Ding. Ich mache mich gleich an die Arbeit. Vermutlich hast du damit Mille Étoiles gerettet.« Sie unterbrach sich kurz. »Ist Santo noch rechtzeitig angekommen?«

»Ja, er steht hier neben mir«, sagte Caterina mit einem Blick zu Santo. Das war jetzt nicht der richtige Moment, um ihrer Freundin die Leviten zu lesen. Außerdem musste sie zugeben, dass es ganz nett war, den Sieg gemeinsam zu begießen.

Juliana versprach, Ava und Raphael gleich anzurufen.

Nach dem Telefonat beschlossen Caterina und Santo, zum Abendessen in eine kleine Brasserie zu gehen. Beide waren erschöpft von diesem langen, anstrengenden Tag, auch wenn er viel besser geendet hatte, als sie es sich in ihren kühnsten Träumen ausgemalt hätten. Santo wollte noch eben sein Gepäck ins Hotel bringen.

»Wo wohnst du denn?«, erkundigte sich Caterina, als sie ins Taxi stiegen, um ins Hotel zu fahren.

»In einem kleinen Hotel, das eine alte Freundin aus Italien mir wärmstens empfohlen hat.« Santo nannte dem Fahrer die Adresse, und Caterina schaute ihn verdutzt an.

»Da wohne ich auch. Wie heißt denn deine Freundin?«

»Giovanna Rosetta. Als ich noch ein kleiner Junge war, hat Giovanna oft auf mich aufgepasst. Vor ein paar Wochen habe ich in Davis Besuch bekommen – von einem Ermittler, der mir mitteilte, ich hätte ein Grundstück in Montalcino geerbt.«

Caterina schloss die Augen, und ihr fiel wieder ein, wie sie bei der Testamentsverlesung seinen Namen gehört hatte. *Unsere Leben sind untrennbar miteinander verwoben.* Dann kam ihr noch ein Gedanke. »Du willst aber nicht auch noch nach Montalcino, oder?«

»Na ja, jetzt vielleicht schon.« Ein kleines Lächeln umspielte seine Lippen, und die strahlend blauen Augen musterten sie amüsiert.

»Warum hast du denn nichts gesagt, ehe ich abgereist bin?«

»Du bist bei Nacht und Nebel verschwunden und nach San Francisco zurückgefahren, schon vergessen?«

Der Sarkasmus in seiner Stimme war nicht zu überhören. Zum Teufel mit seinem Spott! Trotzig setzte sie die große, dunkle Sonnenbrille auf, die sie eigens für diese Reise gekauft hatte. »Wieso wurdest du in diesem Testament bedacht? Und jetzt sag mir bloß nicht, dass du mit meiner Großmutter verwandt bist.«

»Meine Mutter war mit dem Sohn von Violettas bester Freundin verheiratet. Violetta kannte mich schon als ganz kleines Kind. Ich war oft bei ihr zu Besuch, bevor ich nach Amerika gegangen bin. Sie kannte meine Eltern und hat sie sehr geschätzt. Und darum hat sie mir auch die Überfahrt bezahlt. Sie fand, das sei eine einmalige Gelegenheit für mich.« Sein schiefes Lächeln verblasste. »Du hast sie gar nicht kennengelernt, nicht wahr?«

Caterina schüttelte den Kopf. »Ich wusste nicht einmal, dass ich eine Großmutter hatte.«

»Wenn es dich tröstet, mir war nicht bewusst, dass sie deine Großmutter war. Euer Nachname ist in der Toskana recht weit verbreitet. Raphael und Ava haben auch nie darüber geredet, also war mir die Verbindung überhaupt nicht klar.«

Caterina verstummte für einen Augenblick. »Wie war Violetta eigentlich so?«

»Sie hatte ein lautes, warmes Lachen, unglaublich tiefblaue Augen und dichtes schneeweißes Haar, das sie immer mit Schmuckkämmen hochgesteckt trug. Das Brot, das sie gebacken hat, war himmlisch, und ihre Cannelloni waren die besten der Welt.« Er deutete auf sie. »Sie war ein bisschen wie du. Und sie hat immer nach Veilchen geduftet.«

»Violetta di Parma«, murmelte Caterina versonnen. Unter gesenkten Wimpern sah sie Santo von der Seite an. »Wie lange bleibst du noch hier?«

»Ein paar Tage«, entgegnete er. »Ich war noch nie in Paris. Bleib doch auch noch.«

»Mal sehen. Ich müsste erst telefonieren«, murmelte Caterina ausweichend und fragte sich, ob sie Giovanna und ihre Schwester wirklich bitten konnte, sich noch ein, zwei Tage länger um Marisa zu kümmern. So ungern sie von ihrem kleinen Mädchen getrennt war, sie musste unbedingt mit Santo reden, und sie musste den richtigen Augenblick erwischen und es ihm möglichst schonend beibringen.

Am Hotel angekommen bat Caterina Madame Robert, einen Anruf bei Giovanna anzumelden. Im ganzen Haus gab es nur einen Telefonapparat, und der stand unten im Büro hinter der Rezeption. Santo ging nach oben, um das Gepäck auf sein Zimmer zu bringen und sich ein bisschen frisch zu machen.

»Marisa ist ein kleiner Engel«, schwärmte Giovanna am Telefon. »Sie macht uns nichts als Freude, und Alma und ich würden uns nur zu gern noch ein paar Tage um sie kümmern. Bleib ruhig mit Santo in Paris und genießt die Stadt.«

»Sie fehlt mir ganz schrecklich.« Caterina war Giovanna unendlich dankbar für die Hilfe. »Gib Marisa einen dicken Kuss von mir. Ich bin bald wieder da.« Caterina legte auf, unendlich froh darüber, ein paar Tage mit Santo in Paris verbringen zu können. Weit weg von all den neugierigen Blicken.

Madame Robert empfahl ihnen ein nettes kleines Restaurant ganz in der Nähe. Es war ein lauer Sommerabend, also beschlossen Caterina und Santo, zu Fuß zu gehen. Gemeinsam schlenderten sie die Rue des Archives hinunter und erkundeten die schmalen Seitenstraßen.

Es war noch etwas zu früh fürs Abendessen. Sie kamen an einer *boulangerie* vorbei, deren geöffneter Tür ein herrlicher Duft entströmte. Vor einer jüdischen Bäckerei blieben sie schließlich stehen und kauften Himbeer-Rugelach und Stollen mit kandierten Früchten, die sie geschwisterlich teilten. Hinterher waren sie sich einig: Dieses Gebäck musste das köstlichste gewesen sein, das sie je gegessen hatten.

Caterina war ganz hingerissen von den Kopfsteinpflastergassen des Marais, eines der ältesten Viertel von Paris. »Madame Robert hat mir erzählt, dass Victor Hugo im Marais gelebt hat.«

Interessiert schaute Santo auf. »Liest du immer noch so viel wie früher?«

»Nicht mehr ganz so viel, aber ich liebe Bücher immer noch.« Die Arbeit und ihre kleine Tochter ließen ihr nicht mehr viel Zeit zum Lesen. »Schau mal, ein Buchladen. Lass uns kurz hineingehen.«

Ein paar Minuten schauten sie sich um, dann tippte

Santo ihr auf die Schulter. In der Hand hatte er zwei Romane von Victor Hugo, *Les Misérables* und *Notre-Dame de Paris*. Caterina war ganz entzückt, weil beide Bücher auf Französisch waren, und noch ehe sie etwas dagegen einwenden konnte, hatte er die beiden Schätzchen schon für sie erstanden.

Dann schlenderten sie weiter und schauten in kleine Boutiquen mit den traumhaftesten, elegantesten Kleidern, die man sich vorstellen konnte. In einem der Läden kaufte Santo ihr ein Parfüm. »L'Heure Bleue«, ein bezaubernder Duft von Guerlain, der sie an Iris, Rosen und Jasmin erinnerte, die in Mille Étoiles und in Montalcino blühten, dazu hatte er eine warme Ambernote.

Hingerissen schnupperte Santo an ihrem Handgelenk. »An dir riecht es wunderbar geheimnisvoll.«

»Und du musst dieses hier nehmen«, rief Caterina und hielt den Flakon in die Höhe, den sie für ihn ausgewählt hatte.

Mit geschlossenen Augen roch er daran. »Sensationell, was ist das?«

»Eau de Fleurs de Cédrat. Erinnert mich an den Frühling in Napa, wenn die Zitrusbäume blühen.«

»Sie haben eine ausgezeichnete Nase, Mademoiselle«, bemerkte die Verkäuferin und wickelte die beiden Flakons für sie ein. Die Frau ließ sich Zeit, die Sachen sorgfältig einzupacken, und legte noch einige kleine Probefläschchen dazu.

In der Brasserie angekommen schlug Santo vor, sich draußen auf die winzige Terrasse des Restaurants unter die rot-weiß gestreiften Markisen zu setzen. Sie nahmen an einem kleinen Tisch vor einer Steinmauer Platz, die mit rosaroten Kletterrosen überwuchert waren.

Caterina zog ihr Jäckchen aus, unter dem sie ein schmales, tailliertes Kleid trug.

»Das war mir bisher gar nicht aufgefallen.« Zärtlich strich Santo ihr mit einem Finger über den nackten Arm. »Du bist wirklich eine bildhübsche junge Frau geworden, Caterina Rosetta.« Er tippte sich an die Stirn. »Und verdammt klug dazu. Wie du bei dieser Weinverkostung deinen Mann gestanden hast, Hut ab. Du lässt dir von niemandem was vormachen.«

Lachend schaute Caterina ihn unter dem Rand ihres Huts hervor an. »Ich glaube, das ist das netteste Kompliment, das du mir je gemacht hast. Und dann auch noch die Bücher und das Parfüm. Pass bloß auf, dass du mich nicht zu sehr verwöhnst.«

»Du verdienst es, wie eine Königin behandelt zu werden«, sagte er, und seine sonore Stimme rutschte noch etwas tiefer. »Außerdem haben wir heute etwas zu feiern. Wie oft hat man schon mal so eine Gelegenheit?«

Über ihren Köpfen blitzten weiße Lampions, und von ihrem Platz aus konnten sie andere Paare beobachten, die Arm in Arm vorbeischlenderten. Caterina stützte das Kinn in eine Hand und sah zu, wie die mondänen Pariserinnen in modischen Kleidern und mit ausgefallenen Hüten vorbeiflanierten.

»Du hast doch gesagt, du hast Hunger wie ein Bär«, meinte Santo und riss sie damit aus ihren Tagträumen.

»Habe ich auch.« Das leckere Gebäck hatte ihren Appetit nur noch mehr angeregt. Sie schaute auf die Speisekarte.

Es klang einfach alles köstlich. »Wie soll man sich denn da entscheiden?«

»Probieren wir doch ein paar verschiedene Gerichte«, schlug Santo vor und drückte ihre Hand.

»Wie wäre es mit *l'assiette de charcuterie*«, schlug sie vor. »Mit Bauernpâté, Entenprosciutto, karamellisierten Zwiebeln und Cornichons.«

»Ich dachte, du nimmst bestimmt die Escargots«, meinte er zwinkernd.

»Unbedingt, mit Kräuterbutter. Ach, und *huitres chaudes* auch.«

»Austern?«

»*Oui, avec des épinards et une sauce à la crème de Champagne.*« Sie lachte. »Mit Spinat und Champagnersahnesoße.«

Zum Hauptgericht bestellte Santo ein *filet au poivre*, Steak mit Pfefferkörnern und Cognacsoße. Caterina entschied sich für einen kleinen *salade Niçoise* und *cuisses de grenouille à la Provençale.*

»Ist es das, was ich glaube?«, fragte Santo und verzog das Gesicht.

»Eins der Lieblingsgerichte meiner Mutter. In Amerika gar nicht so leicht zu bekommen.« Sie beugte sich nach vorne. »Und zum Dessert ein *soufflé au chocolat*.«

»Nur falls wir dann noch nicht satt sind«, meinte er lachend.

Caterina bestellte für sie beide, und dann lehnten sie sich gemütlich zurück und widmeten sich dem Bordeaux; einem, den sie beide noch nie getrunken hatten. Federleichte Jazzmelodien wehten aus einem geöffneten Fenster zu ihnen herunter. Caterina machte ein mentales

Erinnerungsfoto von diesem Moment und rahmte es im Kopf ein. Jetzt fehlte nur noch Marisa. In einer Welt ohne Vorurteile und überkommene Moralvorstellungen könnten sie als kleine Familie hier zusammensitzen und über ihre kleine Tochter lachen und reden.

Ehe sie sich wieder voneinander verabschiedeten, musste sie ihm von seiner Tochter erzählen.

»Du siehst aus, als seist du tausend Meilen weit weg«, platzte Santo in ihre Überlegungen hinein. Er prostete ihr zu. »Auf den Fortbestand von Mille-Étoiles-Weine. Und auf uns.«

Sie nippte an ihrem Wein und fragte sich, ob er damit etwas andeuten wollte. Als sie im Ritz mit Amerika telefoniert hatten, hatte er seine Verlobte nicht angerufen.

Mit Marisas blauen Augen strahlte er sie an, und sie glaubte, die altbekannte Vertrautheit zwischen ihnen wieder zu spüren. Zum ersten Mal seit einer Ewigkeit waren sie zu zweit allein. Kein Mille Étoiles, keine Familie, keine Freunde. Unter dem Tisch tastete sie nach seiner Hand und schob die Finger zwischen seine. Es knisterte und funkte zwischen ihnen. In ein paar Tagen würde er sie vielleicht hassen, aber heute Abend – und in den nächsten zwei, drei Tagen – wollte sie es einfach nur genießen, dass er da war.

Eine kleine Atempause, ohne schwierige Entscheidungen, finanziellen Druck und Leichen im Familienkeller.

Das Essen schmeckte wie erwartet einfach göttlich und wurde abgerundet von einem üppigen *soufflé au chocolat*, das mit einer samtigen Crème Anglaise serviert wurde. Sie nippten *café pressé* und beobachteten die Passanten, während sie über Anekdoten aus ihrer gemeinsamen Kindheit lachten.

»Und weißt du noch, wie wir drei uns damals zu Halloween als Draculas verkleidet haben?«, prustete Caterina, »und Nina und Raphael beinahe zu Tode erschreckt haben?«

»Das haben sie mir lange nicht verziehen«, meinte Santo glucksend. »Raphael dachte, der Ketchup, den wir verkleckert haben, sei Blut von einem der Hunde.«

»O nein, das hatte ich schon ganz vergessen. Wir haben geschrien wie am Spieß, und Nina dachte, jemand hätte sich ernstlich verletzt. Ich glaube, Juliana hat deswegen Hausarrest bekommen.« Das Lächeln wich schlagartig aus Caterinas Gesicht.

»Was ist los?«, fragte Santo und nahm ihre Hand. Seine Augen waren wie zwei leuchtend blaue, tiefgründige Seen. Caterina musste wegsehen. Es war, als könnte er ihr direkt ins Herz schauen. »Zu viele Erinnerungen«, murmelte sie leise.

»Aber eigentlich sind sie alle schön. Komm, das musst du schon zugeben.«

»Dank dir. Ohne dich wäre es in Mille Étoiles schrecklich einsam gewesen.«

»Du hattest doch Juliana. Ihr beide wart so unzertrennlich wie Schwestern.«

»Aber du hast dir immer irgendwelchen Unfug ausgedacht.«

»Ich? Ha! Du warst die Anstifterin!«, rief Santo lachend. »Ich werde nie vergessen, wie du unsere Expedition zur Erkundung der geheimen Tunnel in den Bergen angeführt hast. Die verlassenen Weinkeller aus der Zeit der Prohibition. Das war ganz schön gruselig.«

Caterina zog einen Mundwinkel nach oben. »Erinnerst du dich an die Geisterkellerei?«

»Ich war felsenfest davon überzeugt, dass es in diesen verlassenen Häusern spukt.«

»Ich glaube, in manchen hat es das auch. Weißt du noch, wie wir Juliana eines Nachts eine Heidenangst eingejagt haben, als wir mit Bettlaken und Taschenlampen ausstaffiert herumgegeistert sind?« Wieder musste sie lachen.

»Ja, ich glaube, dafür habe *ich* Hausarrest bekommen.«

»Na ja, hätte Juliana sich bei ihrem Sprung nicht den Arm gebrochen …«

»Die Ärmste.« Santo schob die Unterlippe vor. »Sie war so tapfer und hat versucht, sich nichts anmerken zu lassen.«

»So, wie du ihren Arm geschient hast, dachte ich, du wirst eines Tages bestimmt Chirurg.« Bewundernd sah Caterina ihn an. Wenn es hart auf hart kam, war auf ihn Verlass. Ihr Blick ging zu seinem Mund, zu den vollen Lippen, die sich so herrlich an ihre geschmiegt hatten.

Als könne er ihre Gedanken lesen, glitt Santos Hand in ihren Nacken. Er zog sie zu sich, und einen Wimpernschlag später lag sein Mund auf ihrem.

Caterina versank in der Wärme seines Kusses.

Dann wanderten seine Lippen zu ihrem Hals, und sie legte den Kopf in den Nacken. Es schien ihr das Normalste der Welt zu sein, hier in Paris – der Stadt der Liebe – an einem lauen Sommerabend. Ihre Lippen suchten wieder seine, und all ihre Sorgen verflogen wie eine Wolke am

Sommerhimmel. Er schmeckte nach dunkler Schokolade, starkem Kaffee und trockenem Bordeaux.

»Wollen wir gehen?«, fragte er heiser.

Caterina nickte. Gemeinsam schlenderten sie die Straßen entlang, eng umschlungen. Mit ihren hohen Hacken war sie beinahe genauso groß wie er, und er maß gut eins neunzig. Auch wenn sie das noch nie getan hatten – sich gemeinsam in der Öffentlichkeit zu zeigen, Arm in Arm spazieren zu gehen –, erschien es ihr wie das Natürlichste und Selbstverständlichste der Welt.

Den größten Teil ihres noch jungen Lebens hatten sie gemeinsam verbracht, aber nie so wie jetzt. Wäre da nicht seine Verlobte, hätte ihre Beziehung dann womöglich eine Chance?

Ohne Eile flanierten sie durch die Gassen, spazierten in einige Kunstgalerien, die so spät noch geöffnet hatten, und es dauerte nicht lange, da fanden sie sich auf dem Place des Vosges wieder, einem entzückenden Platz mitten im Marais, umgeben von eleganten roten Backsteinbauten und herrschaftlichen Stadthäusern, gruppiert um einen plätschernden Steinbrunnen in der Mitte. Turtelnde Pärchen liebkosten und neckten sich in den Sepiaschatten des goldenen Lichts, das die grasbewachsene, von Bäumen gesäumte Fläche und die schmalen Fußwege flutete. Gemurmelte Liebesbekundungen schwebten durch die Abendluft.

Am Brunnen blieb Santo stehen, griff in die Hosentasche und schnippte einen glänzenden Franc ins sprudelnde Wasser.

»Was hast du dir gewünscht?«, fragte Caterina und legte

ihm die Hand auf die Brust. Wie schön es war, seinen muskulösen Körper an ihrem zu spüren. Der Mond tauchte sie beide in ein sanftes Licht, und Caterina schien es, als seien sie ganz allein in ihrer eigenen Welt.

Zärtlich nahm Santo ihr Gesicht in beide Hände. »Caterina, tu doch nicht so, als wüsstest du das nicht.«

25

Als Caterina und Santo schließlich zu dem kleinen Hotel zurückkamen, saß Madame Robert immer noch am Empfang. Sie grüßten freundlich, worauf die murmelte: »*L'amour, l'amour … l'amour n'est pas mort*«, und einen Kuss auf das Foto eines Mannes drückte, das in einem verblichenen Louis-XV-Rahmen mit goldenem Blätterdekor auf dem Empfangsschalter stand. *Die Liebe stirbt nie.*

Caterina blieb kurz stehen und fragte: »Ihr Mann?«

Madame Robert, runzelig wie eine Rosine, schürzte die Lippen und zwinkerte ihr verschwörerisch zu. »*Non, non*, Jacques, mein Liebhaber. Hätte ich ihn geheiratet, wäre das der Todesstoß gewesen für unsere kleine Liaison.« Sie machte eine Geste, als wüsche sie sich die Hände. »Mein Mann hatte seine Affären, ich hatte meine.« Dieses intime Detail offenbarte sie ohne jede Scham oder Reue, ebenso fröhlich und unbefangen, als hätte Caterina sie nach dem Wetterbericht gefragt.

»Na, das sieht man in Frankreich wohl etwas lockerer als in den USA«, bemerkte Santo glucksend.

Caterina versetzte ihm einen Stoß mit dem Ellbogen.

»Was denn? Sex zwischen zwei Menschen, die sich lieben, ist gut für Körper und Seele.«

»Gute Nacht, Madame Robert.« Entschlossen nahm Caterina hinter ihrem Rücken Santos Hand und huschte vor ihm die Treppe hinauf. Ihr hitziger Kuss am Place des Vosges hatte Caterinas Leidenschaft aus einem langen Dornröschenschlaf geweckt.

»Hübsche Strümpfe«, murmelte er und fuhr mit dem Finger über die Naht ihrer Seidenstrümpfe.

Caterina blieb auf dem Treppenabsatz stehen und sah ihn mit einem kleinen Lächeln an, dann stieg sie die letzten Stufen hinauf, und ihr Hüftschwung war noch etwas verführerischer als zuvor.

Oben angekommen zögerte sie kurz. Santo nahm sie in die Arme, und sie ließ die Hände über seine Brust gleiten. Wie samtiger Wein, der in einen Dekanter floss, spürte sie das Begehren in seinen Adern pulsieren.

Nie hatte sie einen Mann kennengelernt wie Sandro Casini. Konnte sie ihn wirklich aus dem Leben herausreißen, das er für sich gewählt hatte?

Sein Herz schlug genauso schnell wie ihres. Eine antike Wandlampe beleuchtete seine hohe Stirn und die ausgeprägten Wangenknochen.

In seinen Augen las sie die Frage.

Ganz leicht nur hob sie eine Braue und senkte das Kinn, mehr brauchte es nicht. Er öffnete die Tür zu seinem Zimmer und verschloss sie dann hinter ihnen.

Sein Zimmer war ebenso zauberhaft wie ihres. Santo liebkoste ihren Nacken und half ihr aus der Jacke. Langsam streifte sie Handschuhe und Hut ab, dann öffnete sie ihr Haar. Sie drehte sich zu ihm um und berührte seine Lippen. Mit den Fingerspitzen folgte sie den Konturen seines Munds, so als wollte sie sich jedes Detail einprägen.

Ohne den Blick von ihm abzuwenden, ging sie hinüber

zur Balkontür und öffnete sie, und sofort flutete fahles Mondlicht den dunklen Raum. Der Klang des nächtlichen Paris wehte herein. Aus dem Nachtclub gegenüber hörte man eine sehnsüchtige Klaviermelodie, eine Kirchenuhr schlug zur vollen Stunde, und vom Gehweg perlte das glockenhelle Lachen eines Liebespaars herauf. Hier und da hupte ein Taxi eine Warnung in die Nacht.

Zwei kleine bauchige Kristallgläser standen auf einem niedrigen Tischchen, und Santo goss einen Schluck Cognac aus einem Dekanter hinein. »Schlummertrunk?«

»*Merci, Monsieur.*« Sie hob das Glas an die Nase und atmete den Duft des goldenen Elixiers ein. »Cognac ist das Parfüm des Weins. Balsam für die Sinne.«

Santo beugte sich zu ihr herunter und küsste sie mit einer solchen Leidenschaft, dass es sie bis ins Mark erschütterte. Und dann war auch der letzte Rest Zurückhaltung mit einem Mal verflogen.

Caterina setzte sich auf eine Chaiselongue an der offenen Balkontür und lehnte sich zurück. Eine sanfte Brise spielte mit dem zarten Stoff ihres Kleids, und das Mondlicht schimmerte auf ihrer seidenweichen Haut. Sie zog die langen Beine auf die Chaiselongue und streckte sie aus.

Hingerissen fuhr Santo mit der Hand über ihre Beine und die seidigen Strümpfe. »Hypnotisch«, murmelte er wie benommen.

Sein Atem ging immer schneller. Santo lockerte die Krawatte und zog sie aus, ebenso sein Sakko. Mit einer Hand auf der Chaiselongue hielt er inne und bewunderte jede ihrer umwerfend weiblichen Kurven. »Ein bisschen anders als beim ersten Mal unten in der Höhle«, murmelte er.

Sie lachte kehlig auf. »Damals waren wir noch fast Kinder, findest du nicht?«

»Aber wir wussten doch, was wir wollten.«

Sie senkte den Blick und sagte leise: »Seitdem hat sich viel verändert.«

»Tatsächlich?«, fragte Santo und strich ihr zart wie eine Feder über den nackten Arm.

Caterina erschauerte, und er rückte etwas näher. Sie zog ihn zu sich, und seine Lippen waren warm und feucht und süß vom Cognac.

Schließlich drehte sie ihm den Rücken zu, hob die Haare an und fasste sie oben auf dem Kopf zusammen. Santo öffnete den Reißverschluss ihres Kleids, unter dem das neue schwarze Spitzenbustier mit dem passenden Strumpfhalter zum Vorschein kam.

Bewundernd pfiff er durch die Zähne. »Hattest du mich erwartet?«

Sie stand auf und ließ das Kleid zu Boden gleiten. »Ich war heute Morgen einkaufen. Ich wollte die weltberühmte Romantik der Stadt spüren, am ganzen Körper.« Neckisch lächelte sie ihm zu – das Lächeln einer erwachsenen Frau, nicht das des kleinen Mädchens, das sie damals gewesen war, ehe sie ihr Leben selbst in die Hand genommen hatte.

Santo nahm ihre Hände und trat einen Schritt zurück, um sie gebührend zu bewundern. »Den Anblick würde ich gern ein wenig genießen. Allerdings nicht zu lange.«

Damit ging er zum Schrank, wo er seine Sachen auszog und sich einen Bademantel überwarf. Caterina musste lachen, als er zurückkam. Er trug einen blassrosa Seidenkimono.

»Sie sind beide rosa«, sagte er lachend und legte ihr den anderen um die Schultern. »Noch ein Schlückchen Cognac?«

»*Oui, merci.*« Träge schlenderte sie hinaus auf den Balkon.

Draußen lehnte sich Caterina gegen die steinerne Balustrade und ließ den Blick über die Stadt schweifen, die sich zu ihren Füßen ausbreitete. Ihre Lichter funkelten wie Diamanten. So viele Jahre hatte sie von Paris geträumt. Als sie die Reise plante, hatte sie sich vorgestellt, sie würde allein hier sein. Sie warf einen Blick über die Schulter ins Zimmer und konnte noch immer kaum glauben, dass Santo hier bei ihr war.

Dieser Mann – das war ein neuer Santo, anders als der, den sie kannte; weiser wirkte er, erwachsener und reifer. Sogar seine Haltung und sein Gang waren anders – ein neues Selbstbewusstsein umgab ihn, und es stand ihm ausgesprochen gut. Sie musste daran denken, wie sie als Kinder miteinander gespielt, die Welt erkundet, gelacht und einander geneckt hatten.

War das heute so viel anders als damals?

Sie wusste nicht, wie die Zukunft aussah, aber diese eine Nacht würde sie immer wie einen Schatz im Herzen tragen.

Es grummelte in der Ferne, und am Horizont zuckte ein Blitz auf. Man spürte förmlich die rohe Energie in der Luft. Caterina lehnte sich mit dem Rücken gegen das Geländer und ließ die Hände weit nach außen gleiten. Sie winkelte ein Bein an und drückte den Rücken durch. »Was meinst du?«, fragte sie ihn spielerisch.

»Ich meine, du bist das hinreißendste Geschöpf, das ich

je gesehen habe.« Santo blieb in der Tür stehen, und im selben Moment schien ein Donnerschlag den Himmel zu zerreißen. »Sogar die Götter applaudieren«, meinte er grinsend. Er schob den Cognac beiseite, trat nach draußen und nahm sie stürmisch in die Arme. Sein Mund presste sich auf ihre Lippen, während der einsetzende Regen ihre Gesichter benetzte.

Caterina küsste ihn genauso leidenschaftlich zurück. Schließlich riss sie sich kurz von ihm los und wandte das Gesicht gen Himmel, um mit dem Mund die Regentropfen aufzufangen. »Sieh nur, die Engel weinen vor Glück über uns«, rief sie lachend. Eng umschlungen hielten sie sich in den Armen und genossen das Gefühl der Nähe, während der Regen ihre dünnen Morgenmäntel durchnässte.

Rasch flüchteten sie nach drinnen und taumelten zu Boden, leidenschaftlich ineinander verschlungen. Santo breitete eine Decke auf dem Boden aus, und sie konnte sich kaum noch zurückhalten, so sehr begehrte sie ihn. Es gab kein Zurück mehr – Santo und Caterina wurden mitgerissen wie von einer Woge und hineingezogen in ihre eigene Welt der Ekstase.

Aus Angst vor einer weiteren Schwangerschaft bat sie ihn, vorsichtig zu sein, und er fügte sich ihrem Wunsch, obwohl es für sie beide schier unerträglich war.

Nachdem sie sich geliebt hatten, strich Caterina mit den Händen über seinen nackten Körper und dachte daran, wie sie das erste Mal zusammen gewesen waren und wie sehr er sich seither verändert hatte. Brust und Beine waren stark und muskulös. Mit den Lippen fuhr sie zärtlich über seinen Hals und die Brust, bis er vor Lust laut aufstöhnte.

Zusammengeringelt lag sie in seiner Armbeuge, während er tastend mit den Händen über ihre Haut strich, die feucht war vor Schweiß. Er strich über einen Dehnungsstreifen an ihrer Hüfte, und sie wurde stocksteif vor Schreck und rückte von ihm ab. An beiden Hüften hatte sie kleine Schwangerschaftsstreifen zurückbehalten. Sie hatte zwar rasch wieder abgenommen und ihr altes Gewicht zurückbekommen, aber kleine Zeichen fanden sich am Körper jeder Mutter. *Ob Santo diese kleinen Zeichen zu deuten wusste?*

»Hey, wo willst du denn hin?«, protestierte er und schlang matt einen Arm um sie. »Bleib bei mir. Ich liebe dich, *cara*.«

»Und ich liebe dich«, murmelte sie. Einen Augenblick später war er eingeschlafen, und Caterina schmiegte sich an ihn. Kurz überlegte sie, eins der Laken zu holen, um sich zu bedecken, aber die frische, regenkühle Luft liebkoste ihren warmen, müden Körper, und sie fiel rasch in einen tiefen Schlummer.

»Die Lilien duften so wunderbar«, rief Caterina begeistert und bückte sich nach den strahlend weißen Blumen am Stand eines Straßenverkäufers. Mit einer Hand strich sie sich eine Haarsträhne aus dem Gesicht und steckte sie in das bunt bedruckte Tuch aus Seiden-Twill, das sie gleich an ihrem ersten Tag in Paris gekauft hatte. Das hatte sie sich um den Kopf geschlungen und hinten im Nacken zusammengebunden. Sie legte die Blüten zu dem ganzen Arm cremeweißer und zartrosa Rosen, die sie bereits ausgewählt hatte. Eine sanfte morgendliche Dusche bei Sonnenaufgang hatte die Blumen wie mit erfrischendem Tau bedeckt und belebte ihren Duft mit einem leichten Tropfenschleier.

»Passen Sie auf, dass Sie sich mit den orangenen Staubfäden der Lilien keine Flecken auf das weiße Kleid machen«, warnte die Verkäuferin Caterina, ehe sie sich daranmachte, die Blumen für sie einzuwickeln.

Anschließend schlenderte Caterina auf dem Weg zurück zum Hotel verträumt durch die schmalen Kopfsteinpflastergassen des Marais. Es war ein Morgen wie aus dem Bilderbuch. *So glücklich bin ich schon seit Jahren nicht mehr gewesen*. Nur schade, dass es so schnell wieder vorbei sein würde.

»*Bonjour*«, begrüßte Caterina fröhlich die Hotelinhaberin. Madame Robert schien überhaupt nichts dabei zu finden, dass sie ihr eigenes Zimmer gleich am nächsten Morgen geräumt hatte und zu Santo gezogen war. Sie hatten das Zimmer den ganzen Tag nicht verlassen. Erst am Abend hatte der Hunger sie hinausgetrieben, also hatten sie sich irgendwann angezogen und waren zum Essen in ein Restaurant gegangen.

Madame Robert sang mit schwermütiger Stimme leise ein Lied vor sich hin, während sie etwas in ihre Bücher schrieb.

»Was ist denn das für ein Lied?«, fragte Caterina, der die Melodie irgendwie bekannt vorkam. Aber sie kam nicht darauf.

Ein leichtes Lächeln kräuselte Madames Mundwinkel nach oben. »Es heißt ›*La Vie en Rose*‹«, entgegnete sie. »Es ist von Édith Piaf. Vielleicht kennen Sie auch Marlene Dietrichs Version.«

»Die Melodie geht einem nicht mehr aus dem Kopf.«

»Es ist eins meiner Lieblingslieder. Ein Liebeslied, gesungen von einer Frau, die die ganze Welt durch die rosarote Brille sieht, solange sie nur bei ihrem Geliebten ist.«

Caterina zog eine rosa Rose aus ihrem Strauß und reichte sie ihr, dann drückte sie der alten Dame einen Kuss auf das runzelige Gesicht. »Ich weiß ganz genau, wie sie sich fühlt. Ich muss mir unbedingt diese Platte kaufen, ehe ich wieder abreise.«

»*Merci*«, sagte Madame Robert und roch an der Rose. »Gehen Sie nur rasch nach oben, Sie werden schon erwartet. Genießen Sie es.« Dann legte sie mit einem vielsagenden Blick die Rose neben das gerahmte Bild ihres Liebhabers.

Caterina stieg die Treppe hinauf. Nicht mal in ihren kühnsten Träumen hätte sie sich vorgestellt, dass ihre Reise nach Paris so schön werden würde. Heute wollte sie einfach nur Santo und Paris genießen, ein kleines Stückchen jenes süßen Lebens, das sie vielleicht nie wieder erleben würde.

Oben hatte Santo bereits eine Kanne Kaffee und einen Teller mit Croissants und Pains au Chocolat auf dem kleinen Tischchen mit dem Fliesenmosaik auf dem Balkon arrangiert.

»Liebster, ich bin wieder da«, rief sie.

Santo kam aus dem Badezimmer und frottierte sich gerade die dichten, lockigen Haare. Um die Hüfte hatte er ein Handtuch geschlungen, abgesehen davon war er nackt. Caterina verschlug es bei diesem Anblick fast die Sprache. Auf der bronzefarbenen Haut schimmerten kleine Wassertropfen, er sah aus wie eine altrömische Gottheit.

Auch er blieb stehen und sah sie mit unverhohlener Bewunderung an. »Schau dich nur an, *cara*, du siehst aus wie ein Sommertag in Paris. So will ich dich für immer in Erinnerung behalten.« Damit nahm er ihr die Blumen ab und stellte sie in eine Vase und streifte ihr einen Träger ihres Sommerkleids von der Schulter. »Die stellen wir nachher ins Wasser«, murmelte er und hob sie auf das zerwühlte, ungemachte Bett.

Sie zog ihm das Handtuch weg und schleuderte es in eine Zimmerecke, um den Anblick zu genießen, der sich ihr bot. Es war nicht zu übersehen, wie erregt er war. Sie zog sich das Kleid über den Kopf, und dann liebten sie sich leidenschaftlich, während der Lärm von Paris durch die geöffneten Balkontüren zu ihnen hereinwehte.

»Wir sind wirklich dekadent«, flüsterte sie, als er sich schließlich schwer atmend auf das zerwühlte weiße Laken neben ihr fallen ließ.

»Und was ist daran so schlimm?«, fragte er auf einen Ellbogen gestützt und schaute sie unter schweren Lidern hervor an. Azurblau, eingerahmt von dunklen Wimpernkränzen.

Was ist er nur für ein schöner Mann geworden. »Ich wünschte nur, es könnte immer so bleiben«, rutschte es ihr heraus. Entsetzt biss sie sich auf die Zunge. Eigentlich hatte sie sich fest vorgenommen, kein Wort über ihre Zukunft zu verlieren. Nicht jetzt. Noch nicht.

»Warum sollte es denn nicht so bleiben?«, entgegnete er schläfrig. Mit dem Finger fuhr er ihr über die Nase und den Mund hinunter zu den Brüsten und dann weiter zum Bauch. Ihr lief ein Schauer über den ganzen Körper. »Das hier ist nicht bloß ein schöner Traum, *cara*. Es ist wahr, es ist echt. Ist es und war es immer schon.«

Dann verschloss er ihr den Mund mit seinen Lippen, und sein Kuss war lang, langsam, leidenschaftlich. Endlich riss er sich widerstrebend von ihr los und sah sie wieder an, und in seinen Augen konnte sie all seine Gefühle lodern sehen. »Willst du mich heiraten?«, fragte er. »Heirate mich. Komm mit mir.« Er klang bestimmt und ohne den Hauch eines Zweifels.

Wenn das nur so einfach wäre. Aber andererseits, wieso eigentlich nicht? Genau das hatte sie sich doch gewünscht. Nicht bloß ein paar gestohlene Tage in Paris, sondern für immer. Ganz gleich, was ihre Mutter auch von ihm halten mochte, mit diesem Mann wollte sie ihr ganzes Leben verbringen. So wollte sie jeden Morgen aufwachen, bis sie starb – was vielleicht gar nicht mehr so lange dauern würde, wenn er erst einmal von ihrem Geheimnis erfuhr. Jede Faser in ihr schrie *ja, ja, ja*, aber sie brachte es nicht über die Lippen. Noch nicht. Nicht, ehe sie ihm von Marisa erzählt hatte.

»Ich liebe dich, Santo, und ich wünsche mir nichts so sehnlich, wie den Rest meines Lebens mit dir zu verbringen.«

»War das ein Ja?« Er nahm ihr Kinn und küsste sie.

Mit der Zunge spielte sie an seinen Lippen. »Ich kann dir noch keine Antwort geben.«

»Nicht mal danach?«, fragte er spitzbübisch und strich mit dem Fuß über ihre nackten Beine.

Caterina strubbelte ihm durch die Haare und musste ihm einfach die Frage stellen, die ihr schon so lange auf der Seele brannte. »Und deine Verlobte?«

»Welche Verlobte?«

Sie haute ihn mit einem Kissen. »Du hast mich also angelogen?«

Mit ernster Miene sah Santo sie an. »Nein, das hast du von deiner Mutter, schon vergessen?«

Er hatte recht. Nach ihrer ersten gemeinsamen Nacht hatten sie gar nicht mehr miteinander gesprochen. Neugierig ließ Caterina das Kissen fallen. »Und warum hast du dieses Missverständnis nicht aufgeklärt?«

Ratlos zog er eine Schulter hoch. »Ich dachte, das macht ohnehin keinen Unterschied. Vielleicht hat es mir damals geholfen, über die Sache mit dir hinwegzukommen.« Er nahm ihr Gesicht in beide Hände. »Ich frage dich noch einmal. Sag ja, *cara.*« Die sonore Stimme kam ganz tief aus seiner Brust.

So einfach ist das nicht. Noch nicht. »Du wirst es bald verstehen, versprochen.«

»Bitte sag mir jetzt nicht, dass du erst deine Mutter um Erlaubnis bitten musst.« Unvermittelt setzte er sich auf und schüttelte den Kopf. »An der habe ich mir damals die Zähne ausgebissen.«

Durchdringend sah sie ihn an. »Also hast du doch die Wahrheit gesagt.«

Er nickte mit einem traurigen Lächeln. »Gleich nachdem wir das erste Mal miteinander geschlafen haben, bin ich zu ihr gegangen. Aber Ava hat mir den Kopf gewaschen und gesagt, ich hätte dir nichts zu bieten.«

»Und sie hat wirklich gedroht, Raphael vor die Tür zu setzen?«

»Es war ihr todernst damit. Ich konnte doch seine Existenz nicht aufs Spiel setzen. Bitte verzeih mir.«

Caterina kannte die Wutausbrüche ihrer Mutter nur zu gut. Und jetzt verstand sie auch, warum Santo nie zurückgerufen hatte.

Wehmütig zog er die Mundwinkel hoch. »Aber diesmal frage ich sie nicht. Ich frage dich. Willst du mich heiraten?«

»Das will ich, mein Liebster.« Sie küsste ihn sanft, dann löste sie sich von ihm und sah ihm tief in die Augen. »Aber zuerst muss ich dich etwas anderes fragen: Kommst du mit mir nach Montalcino? Ich muss dir unbedingt etwas zeigen.«

»Wie kann man etwas so Wunderbares nur so lange versteckt halten?«, rief Santo und schaute hingerissen auf das grandiose Gemälde. Sie waren im Louvre, nachdem sie den ganzen Tag durch Paris gebummelt waren.

Sofort musste Caterina an Marisa denken, und sie hätte sich fast verschluckt.

»Alles in Ordnung?«, fragte er besorgt und klopfte ihr auf den Rücken.

Caterina nickte und versuchte rasch, wieder zu Atem zu kommen. »Um dieses Gemälde ranken sich so viele Geschichten.« Sie erinnerte sich daran, wie die *Mona Lisa* von einem Arbeiter aus dem Louvre gestohlen worden war, woraufhin das Bild mehr als zwei Jahre lang wie vom Erdboden verschluckt blieb.

Caterina erzählte Santo alles, woran sie sich noch aus ihrem Kunstgeschichtsstudium erinnerte. »Während des Zweiten Weltkriegs war die *Mona Lisa* auch eine Weile verschwunden. Die Nazis haben den Louvre geplündert, die *Mona Lisa* in eine Kiste gepackt und im dunklen Stollen eines Salzbergwerks in Altaussee in den österreichischen Alpen gebunkert. Mehr als achtzig Wagenladungen haben sie von hier weggeschafft. Sie haben die Uffizien in Florenz geplündert und Tausende Kunstwerke aus Privatsammlungen ›beschlagnahmt‹.«

»Schrecklich, was die Dame schon alles durchmachen musste«, meinte Santo und drückte ihre Hand.

Caterina legte den Kopf schief und betrachtete Leonardo da Vincis berühmtes Gemälde. »Aber das ist nicht das einzige Geheimnis, das sie umgibt. Manche behaupten, die Nazis hätten gar nicht das Original erbeutet. Es sei eine Kopie gewesen, die sie nach Altaussee gebracht haben. Man munkelt, es sei dem Louvre gelungen, das Original vor der Invasion durch die Nazis ins *Château de Chambord* im Loire-Tal zu schaffen, zusammen mit einigen anderen Kunstwerken. Manche behaupten, es sei in einer versiegelten Ambulanz nach Chauvigny gebracht worden.«

»Sehr einfallsreich«, murmelte Santo und sah sich das Gemälde noch etwas genauer an.

»Kein Scherz. Von dort aus soll sie nach Montauban und anschließend nach Montal gebracht worden sein, bis sie schließlich nach dem Krieg heil und unversehrt zurückkehrte.« Bei dem Gedanken daran, was ihre Eltern während des Ersten Weltkriegs und später während der Verheerungen des Zweiten Weltkriegs durchgemacht haben mussten, schüttelte Caterina nachdenklich den Kopf. »Stell dir nur mal vor, wie das damals gewesen sein muss.«

»Finstere Zeiten waren das, wirklich, und es ist noch gar nicht lange her. Meine Familie in der Toskana hat schrecklich unter den Kriegswirren gelitten.« Santo legte einen Arm um sie und zog sie zu sich heran. »Und wer war sie nun, die Mona Lisa? Sie hat so ein geheimnisvolles kleines Lächeln.«

»Gute Frage. Man nennt das Gemälde auch *La Gioconda*, weil man annimmt, dass es sich bei der Frau auf dem Bild um Lisa del Giocondo handelt, die Frau eines reichen Florentiners, aber da gehen die Meinungen auseinander. Gemalt wurde sie im frühen 16. Jahrhundert. Und die Zeit legt sich oft wie ein Schleier über die Wahrheit.« Nervös senkte sie den Blick. Morgen Nachmittag wollten sie abreisen. Und er sollte schon bald die ganze Wahrheit erfahren.

»Ah, dann stammt sie also aus der Toskana?«, meinte er augenzwinkernd. »Vielleicht eine entfernte Verwandte?«

Sie bedachte ihn ebenfalls mit einem geheimnisvollen kleinen Lächeln.

Als sie den Louvre schließlich verließen, spazierten sie anschließend durch den nahen Jardin des Tuileries, wo sie stehen blieben, um einem Jungen und seiner kleinen Schwester dabei zuzusehen, wie sie inmitten der prachtvollen Gärten an einem Teich mit ihren Segelbooten spielten. Als einer der beiden Masten brach, kniete sich Santo hin und half dem kleinen Jungen, ihn mit etwas Schnur zu reparieren.

Dann gab er dem Jungen das Schiffchen zurück und wuschelte ihm liebevoll durch die Haare. Vor Freude fiel das kleine Mädchen Santo um den Hals und bedankte sich überschwänglich. Caterina sah ihn vor ihrem geistigen Auge mit Marisa, und ihr war, als müsse ihr das Herz zerspringen vor Freude. Zu sehen, wie einfühlsam er mit den Kindern umging, machte ihn nur umso liebenswerter.

Am anderen Ende der Tuilerien winkte Santo ein Taxi heran, das sie vom Place de la Concorde zum Pont Neuf brachte. »Wir müssen unbedingt noch über die älteste Brücke von Paris gehen und die Île de la Cité besuchen«, erklärte er entschieden.

Nur zu gern wollte Caterina mit ihm die idyllische kleine Insel mitten in der Seine erkunden. Sie hatte immer schon einmal Notre-Dame de Paris sehen wollen. Santo trieb eine beinahe kindliche Neugier, mit der er sich alles aufmerksam anschaute und von der sie ganz hingerissen war. Doch noch während sie die Stadt eroberten, spürte Caterina, wie ihre innere Uhr unerbittlich tickte und die Minuten herunterzählte, die ihr noch bis zum unausweichlichen Rendezvous mit der ungeschminkten Wahrheit blieben.

Die Sonne ging schon langsam unter, als sie gemeinsam über die Brücke schlenderten und hier und da stehen blieben, um den farbenfrohen Booten nachzusehen, die wie dicke Enten über das schmale Gewässer zogen.

Unvermittelt zog Santo Caterina in eine der halbrunden gemauerten Nischen der Brücke, wo sich ihnen eine atemberaubende Aussicht auf den Louvre auf der einen Seite und den Eiffelturm auf der anderen bot. Er hielt sie ganz fest, und zusammen saßen sie da und genossen das bunte Treiben der Stadt, vollkommen in den Augenblick versunken.

»Wir haben einiges zu feiern«, meinte Santo. »Wir haben den Wettbewerb gewonnen, und, was noch viel wichtiger ist, wir haben einander wieder.«

»Das ist das Wunderbarste«, erwiderte sie und kuschelte sich in seine Arme. Es war, als sei sie süchtig danach, seinen Körper ganz dicht an ihrem zu spüren.

Er gab ihr einen Kuss auf die Nase. »Das ist vielleicht unsere letzte Nacht in Paris, aber ich möchte nicht, dass das mit uns beiden hier endet.«

»Das wird es nicht«, versprach Caterina. Es würde nie enden, nicht, wenn er erst einmal Marisa kennengelernt hatte. Aber würde er ihre Tochter überhaupt akzeptieren, oder würde er sich wie so viele andere entsetzt abwenden und nichts mehr mit ihr zu tun haben wollen? Aus dem Augenwinkel betrachtete sie sein ausgeprägtes Profil, das sich als Silhouette vor den flackernden abendlichen Lichtern der Stadt abzeichnete. Dieses Zusammentreffen würde zeigen, was für ein Mensch er wirklich war.

Santo beugte sich zu ihr und küsste sie, und wieder war es, als fiele ein Zauber über sie. »Warum muss ich auf deine Antwort warten, bis wir in Montalcino sind, Caterina?«

Mit einem Lächeln versuchte sie ihre Anspannung zu überspielen. »Das wirst du noch sehen.«

Er lehnte sich zurück und legte ihr einen Arm um die Schultern. »Ganz gleich, was der Grund sein mag, an meinen Gefühlen für dich wird sich nichts ändern. Ich habe dich einmal verloren, ein zweites Mal werde ich das nicht zulassen.«

26

Montalcino, Italien

Als Santo und Caterina nach der langen Fahrt von Paris nach Italien am Bahnhof von Siena ankamen, sahen sie bei der Einfahrt Giovanna schon von Weitem winkend am Bahnsteig stehen. Caterina hatte sie vorab aus dem Hotel angerufen, ihr gesagt, dass Santo sie begleitete, und sie gebeten, Marisa vor ihm zunächst nicht zu erwähnen.

Überschwänglich fiel Giovanna Santo um den Hals, kaum dass er aus dem Zug gestiegen war. »Santo, wie lange ist das her? Und was bist du für ein gut aussehender junger Mann geworden.«

»Du hast dich kein bisschen verändert, Giovanna«, entgegnete er lachend und umarmte sie zur Begrüßung.

»Ach, was für ein Unsinn! Aber ich freue mich, dich zu sehen«, rief sie und gab ihm links und rechts einen Kuss auf die Wange. »Mit euch beiden kommt wieder richtig Leben ins Haus.«

Auf dem Heimweg unterhielten sie sich angeregt und erzählten Giovanna von ihrem Aufenthalt in Paris. Zu Hause angekommen ging Caterina mit Giovanna in den Salon, während sie Santo über die Schulter zurief: »Warte kurz, wir sind gleich wieder da.«

Drinnen senkte sie die Stimme zu einem Flüstern. »Wie geht es Marisa?«

»Sie ist ein ganz entzückendes Kind«, erklärte Giovanna strahlend. »Und so umgänglich. Sie macht überhaupt keine Schwierigkeiten. Gerade hält sie oben ihren Mittagsschlaf. Alma ist bei ihr und passt auf sie auf.«

Bei dem Gedanken daran, Santo und Marisa nun zusammen unter einem Dach zu haben, schlug Caterina das Herz bis zum Hals. Nun würde es nicht mehr lange dauern, bis sie wusste, woran sie bei ihm war. Aber was auch geschehen mochte, er musste endlich die Wahrheit über Marisa erfahren. »Giovanna, ich muss dir etwas sagen«, raunte sie Giovanna zu und presste die Lippen zusammen. »Santo ist Marisas Vater. Aber er weiß es noch nicht.«

»Das hatte ich schon vermutet, als du mich angerufen hast.« Ein kleines, trauriges Lächeln schlich sich in ihr Gesicht, das besorgt und irgendwie gequält wirkte. »Sie hat seine Augen, keine Frage. Santo ist ein anständiger Mann. Er wird das Richtige tun für dich und deine Tochter.«

Caterina wunderte sich über Giovannas unglückliche Miene, redete aber rasch weiter, bevor Santo nach ihr suchte. »Ich wollte nicht, dass er mich aus Pflichtgefühl heiratet. Und ich wollte, dass Marisa dabei ist, wenn ich es ihm sage, damit er sie gleich sehen kann.«

»Warte am besten, bis sie aufgewacht ist, dann hat sie gute Laune. Als ich losgefahren bin, war sie gerade eingeschlafen. Bestimmt schläft sie noch eine Stunde, vielleicht auch zwei.«

Caterina atmete aus. »Ich habe so lange gewartet, es ihm zu sagen, was machen da schon ein paar Stunden mehr oder weniger?« Zitternd vor Aufregung umarmte sie Giovanna. »Danke für alles, was du für mich getan hast.«

»Nichts zu danken«, sagte Giovanna und gab ihr einen Kuss auf die Wange. »Du gehörst doch zur Familie.«

Gemeinsam gingen sie zurück zu Santo, der gerade die Haustür hinter sich schloss. In der Hand hatte er zwei Schlüssel. »Die hat eben ein Mann für dich abgegeben, Giovanna. Er sagte, die Arbeit am Haus sei erledigt.«

»Das ist der Schlüssel zu dem Häuschen, das ich geerbt habe«, rief Caterina aufgeregt. »Bisher konnten wir nicht hinein, weil das Schloss geklemmt hat.«

Santo klimperte mit den Schlüsseln und sagte: »Na, dann lasst uns jetzt hinfahren.«

»Jetzt?«, fragte Giovanna mit einem Blick zu Caterina.

»Wir haben doch noch ein bisschen Zeit«, antwortete sie.

Santo hatte bereits die Haustür geöffnet. »Kommt schon, ich möchte es unbedingt sehen.«

»Ganz sicher?« Verunsichert legte sich Giovanna die Hand an die Schläfe.

»Ich bin gleich wieder da«, sagte Caterina. Sie merkte, wie Giovanna zögerte, verstand aber nicht, warum sie sich so dagegen sträubte, sich das Haus anzusehen. »Ich mache mich schnell ein bisschen frisch.« Rasch lief sie nach oben und öffnete vorsichtig die Tür zu ihrem Zimmer, um ihre schlafende Tochter nicht zu wecken. Auf Zehenspitzen schlich sie zur Wiege.

Dort lag Marisa und schlummerte friedlich, das rosa Mündchen gespitzt, als saugte sie an etwas, und die Knie unter den Bauch gezogen, sodass ihr gewindeltes Hinterteil in die Höhe ragte. Caterina hielt die Luft an, um nicht laut loszuprusten. Leise begrüßte sie Alma, dann gab sie Marisa einen federzarten Kuss auf die Wange. Marisa sollte sich ruhig ausschlafen. Schon bald würde sie ihren Vater kennenlernen.

Dann ging Caterina wieder nach unten. Sie trug noch immer das pfirsichfarbene Kleid mit der passenden Jacke, das sie auf der Reise angehabt hatte. Nicht unbedingt geeignete Kleidung, um sich ein verstaubtes altes Bauernhaus anzusehen, aber sie würden ja nicht lange bleiben.

Ein vorfreudiges Kribbeln jagte Caterina einen Schauer über den Rücken, als Santo den Schlüssel ins Türschloss des kleinen Hauses steckte, das nun ihr gehörte. Quietschend öffnete sich die Holztür, als sie ein wenig dagegen drückte, und ein muffiger Geruch schlug ihr entgegen. Staubpartikel wirbelten durch die Luft und tanzten in den hellen Sonnenstrahlen, die wie Scheinwerferlicht durch die Fenster fielen, deren Schreiben gesprenkelt waren von regenbetupftem Staub.

Caterina setzte einen Fuß über die Schwelle, und plötzlich war ihr, als träte sie einen Schritt zurück in eine längst vergangene Zeit.

»Hier ist seit Jahren nichts verändert worden«, erklärte Giovanna. »*La signora* hat das Häuschen von ihrer Familie geerbt, und sie hat es möbliert vermietet, also müssten die meisten Sachen eigentlich noch da sein. Wie lange ist das her, seit ich das letzte Mal hier war?« Santo hielt eine Kerosinlampe in die Höhe. Giovanna hatte darauf bestanden, sie mitzubringen. »Vor Jahren habe ich mal einige

Kisten und Kartons mit Papieren hierhergebracht, aber Violetta wollte partout nicht, dass ich hineingehe. Sie sagte, sie räumt gerade alles um.« Sie wischte den Staub von einer Kiste. »Hier müsste mal gründlich geputzt werden.«

Caterina rümpfte die Nase über den muffigen Staubgeruch. »Und gründlich gelüftet.«

»Signora Violetta war die Einzige, die hier im Haus war, seit damals …« Abrupt unterbrach sich Giovanna. Ihr Blick war an einem großen Fenster im Wohnzimmer hängen geblieben. Sie schlug sich die Hand vor den Mund und wich langsam zurück.

»Seit wann?«, fragte Caterina, legte Giovanna eine Hand auf den Arm und folgte ihrem entsetzten Blick. Die Sonnenstrahlen beleuchteten eine ganze Reihe Handabdrücke auf der Glasscheibe. Ein zerrissener, zerschlissener Vorhang rahmte das Fenster, und die rustikalen Möbel waren gegen eine Wand geschoben, die ziemlich ramponiert aussah. Es wirkte, als habe hier jemand hastig ein wenig Ordnung machen wollen, womöglich schon vor vielen Jahren. *Was mochte sich hier abgespielt haben?*

Mit weit aufgerissenen Augen schaute Giovanna von Santo zu Caterina. »Seit hier ein sehr anständiger Mann und seine Ehefrau zu Tode gekommen sind.« Sie klammerte sich an Santos Arm. »Manche behaupten, ihre Geister spukten noch immer hier herum.«

»Und warum denken sie so was?«, fragte Caterina. Die Menschen starben doch hier oft zu Hause im Bett im Kreise ihrer Lieben.

Giovanna gab keine Antwort. Stattdessen bekreuzigte

sie sich hastig und flüsterte dann mit zitternder Stimme: »Ich warte draußen auf euch.«

»Schon gut, Giovanna«, brummte Santo und tätschelte ihr die Schulter, damit sie sich wieder beruhigte.

Giovanna schüttelte sich und flüchtete aus dem Haus. Im Hinauslaufen warf sie ihnen noch einen Blick zu und lächelte tapfer. »Alles wird gut«, murmelte sie, mehr zu sich selbst.

»Was den beiden wohl zugestoßen ist?« Caterina ging noch ein paar Schritte und zupfte dabei Spinnweben aus der Luft. Hätte sie sich doch bloß vorher umgezogen – bestimmt würde sie sich bei dem ganzen Staub das Kleid schmutzig machen.

»Lass mich lieber vorgehen«, sagte Santo und schob sich an ihr vorbei. Behutsam wischte er ihr Spinnweben vom Kleid und aus den Haaren. »Das Haus muss wirklich schon sehr lange leer stehen.«

»Giovanna führt sich wirklich eigenartig auf.« Sosehr sich Caterina auch freute, endlich ihr Häuschen zu besichtigen, war ihr doch ein bisschen mulmig zumute, auch wenn sie nicht genau sagen konnte, warum. Irgendetwas stimmte hier nicht. »Meinst du wirklich, hier spukt es?«

Santo zögerte, und sein Blick ging in alle Ecken des Raums. »Ich glaube nicht an Gespenster, wenn du das meinst. Aber irgendwie beschleicht mich hier ein ungutes Gefühl.«

Ein leises Scharren aus dem Esszimmer ließ beide auffahren. »Was war das?«, rief Caterina alarmiert.

Santo schob einen Kasten zur Seite, und dahinter kam eine erschreckte Ratte zum Vorschein, die hastig über den Dielenboden huschte.

»Wie ist die denn hier reingekommen?«, fragte Caterina entsetzt und presste vor Schreck eine Hand aufs Herz.

»Ganz ruhig, das war bloß ein Nagetier. Die Ratte hat mehr Angst vor uns als wir vor ihr.« Er spähte um eine Ecke. »Komm mit, folge mir unauffällig.«

In der Küche gab es nicht viel zu sehen, wobei der altmodische Herd sehr charmant und anheimelnd wirkte. »Der wird wohl erst einmal reichen müssen«, meinte Caterina.

»Wolltest du hier wirklich einziehen?«

Sie zögerte. Santo hatte sie zwar gefragt, ob sie seine Frau werden wollte, aber was würde er sagen, wenn er erst von Marisa wusste? »Ich könnte alles wieder herrichten und es dann vermieten. Der Weinberg ist in einem hervorragenden Zustand, warte nur, bis du den siehst.«

Santo sah sie lange an. »Also gut, schauen wir uns die anderen Zimmer auch noch an«, sagte er mit gedämpfter Stimme.

Gemeinsam traten sie in einen dunklen Flur. Unter drei geschlossenen Türen sah man einen schmalen Streifen Tageslicht hindurchschimmern.

»Warte, ich mache erst die Lampe an«, sagte Santo und entzündete ein Streichholz. Dann stellte er die Flamme ein, und der Flur erschien im flackernden Licht der Laterne.

Caterina rümpfte die Nase. Der durchdringende Schwefelgeruch war eine fast schon willkommene Abwechslung nach all dem Staub. Santo ging mit der Lampe voran, und Caterina blieb dicht hinter ihm und hakte sich bei ihm unter.

Ihre Schritte hallten durch den Gang und wurden von

den Wänden als Echo zurückgeworfen. Vor der ersten Tür blieben sie stehen, und Santo öffnete sie. Darin stand ein Bett mit einer vergilbten, ehemals weißen Häkeldecke und schien den müden Schläfer schon zu erwarten. Staub und Spinnweben lagen wie verblichene Laken über den Möbeln. Das Zimmer glich einer Szene aus der Vergangenheit. Santo sah sie an. »Komm, gehen wir weiter.«

Caterina nickte. Sämtliche ihrer Nervenenden kribbelten, als stünden sie unter Strom. Gemeinsam gingen sie zur nächsten Tür und öffneten sie. Caterina schnappte nach Luft. »Schau mal, ein Kinderzimmer für ein kleines Baby. Da, siehst du das Spielzeug, und da ist auch eine kleine Wiege.«

Eine hölzerne Wiege stand mitten im Raum, und das Spielzeug war ordentlich aufgereiht, als erwartete es gespannt den neuen Erdenbürger. Santo ging hinein und hob die Lampe, um besser sehen zu können. Eine Wand war mit einer idyllischen Weideszene bemalt. Kleine braune Kaninchen duckten sich ins sattgrüne Gras, Meisen und Rotkehlchen saßen in einem Zitronenbaum. Die Vorhänge waren all die langen Jahre zugezogen gewesen, und so leuchteten die Farben noch immer bunt und fröhlich. Santo senkte die Laterne wieder.

Er ging zu einer Spielzeuggiraffe aus Holz, von der die Farbe bereits abblätterte, nahm sie und schaute sie sich genauer an. Um den Hals trug die Giraffe eine Schnur mit einem handgeschriebenen Preisschildchen. »Die Spielsachen sind nie benutzt worden. Sogar die Preisschilder sind noch dran.« Er sah sich um. »Irgendwie kommt das Zimmer mir komisch vor – ich habe das Gefühl, als wäre ich hier schon mal gewesen. Wie in einem déjà-vu.« Er sprach sehr leise.

»Vielleicht hattest du als kleiner Junge ganz ähnliches Spielzeug. Solche Holzspielsachen waren hier damals sicher üblich.«

»Kann sein.«

Mit den Fingerspitzen strich Caterina über die fein gearbeiteten detailreichen Verzierungen am Gitter der Wiege, die mit einer feinen Staubschicht bedeckt war. In der Wiege lag ein ordentlich gefaltetes Deckchen, das sie herausnahm, um sich die Hände daran abzuwischen. Daneben stand eine kleine Metalldose. Sie schüttelte sie, und süß duftender Puder stäubte in die Luft. »Schau mal, Babypuder.« Sie sah Santo an und überlegte: »Wer mag hier wohl gewohnt haben?«

Santo bückte sich nach einem geschnitzten Holzlaster, der gerade so in seine Handfläche passte. Die Räder drehten sich an einer Achse aus Draht. Er steckte den Laster ein und schüttelte den Kopf. Seine Augen sahen plötzlich sehr traurig aus. »Das arme Kind muss seine Eltern hier verloren haben. Womöglich ist das Kleine auch gestorben.« Ihre Blicke trafen sich in gegenseitigem Verständnis. »Ich halte es hier drinnen nicht aus. Lass uns weitergehen.« Als sie wieder in den dunklen Flur traten, drehte er die Flamme auf.

Ängstlich klammerte sich Caterina an seinen Arm. Als sie auf die letzte verbliebene Tür zusteuerten, schlug ihr das Herz bis zum Hals.

Santo öffnete sie und schwenkte die Laterne nach links und rechts. »Was ist das denn?«

Gleich neben dem Fenster stand eine Schneiderpuppe, bekleidet mit einem fadenscheinigen, fließenden weißen Kleid. »Daran hat sie wohl gerade gearbeitet. Sieht aus, als habe sie ein Kleid schneidern wollen.« Caterina ging rüber zum Fenster. Stecknadeln ragten aus dem dünnen Stoff.

»Müsste in etwa deine Größe sein«, bemerkte Santo und trat ebenfalls in das Zimmer.

Ein schmaler Streifen Tageslicht fiel durch einen Spalt in den zugezogenen Vorhängen und warf Schatten an die Wände. »Unheimlich. Die Leute sehen sicher die Puppe durchs Fenster und glauben, es sei ein Geist.« Neugierig schaute Caterina sich um. Ein offener Kamin mit rosarotem Marmorsims bildete den Blickpunkt des Zimmers; auf dieser Höhe in den kalten Wintermonaten sicher unverzichtbar. Auf dem zerknüllten Bett lagen noch die Kopfkissen, und die Tür des imposanten Kleiderschranks stand halb offen. Neben dem Kamin stand ein Schreibtisch, darauf Kerzen und eine Lampe. Italienische Tageszeitungen sowie zahlreiche ausgeschnittene Artikel stapelten sich auf der einen Seite, daneben lag ein dicker Aktenordner. Auf beiden Seiten türmten sich Pappkartons.

Caterina warf einen Blick auf den aufgeschichteten Papierkram. »Giovanna sagte, sie habe Violetta geholfen, Kisten und Unterlagen hierherzubringen. Das müssten dann wohl diese Sachen sein.«

Das Licht, das von draußen durchs Fenster fiel, wurde immer fahler, und die Sonne näherte sich merklich dem Horizont. »Santo, bringst du die Laterne mal bitte hierher«, bat Caterina und wischte den Staub von der zuoberst liegenden Zeitung. Auf der Titelseite prangte ganz groß das Bild von einem Haus – von *diesem* Haus. Es wirkte gepflegt und war augenscheinlich bewohnt, aber es gab keinen Zweifel. Rasch überflog sie den Artikel darunter und schlug entsetzt die Hand vor den Mund. *Gütiger Himmel!* Es überlief sie eiskalt. Kein Wunder, dass der Schlosser sich so seltsam aufgeführt hatte. »Santo, das musst du dir ansehen.«

»Was denn?«, fragte Santo, trat von hinten an sie heran, legte ihr eine Hand auf die Schulter und spähte auf die Zeitung. »*Omicido.*« Verwundert schaute er auf.

»Das heißt Mord, stimmt's?« Caterina sah ihn an. Sie bekam eine Gänsehaut.

»Ja, genau.« Er hob die Laterne und las weiter. »Ein Mann wurde in seinem eigenen Zuhause ermordet. Kurz zuvor war seine Frau gestorben. Im Kindbett. Sie hießen …« Erschrocken schnappte er nach Luft, seine Hand krallte sich in ihre Schulter.

»Franco und Natalie.« Caterina nickte und wand sich unter seinem schmerzhaften Griff. *Warum die heftige Reaktion?*, fragte sie sich. Seine Hand auf ihrer Schulter begann zu zittern.

»Mein Vater wurde … *ermordet*?« Santo fuhr sich mit der Hand durchs Gesicht und blinzelte ungläubig. Mit aschfahlem Gesicht sah er sie an. »*Wusstest* du davon?«

Caterina blinzelte verwundert. *Sein* Vater? Santo musste da etwas verwechseln. *Oder?* »Im Zug nach Paris habe ich zwei sehr nette Damen aus Montalcino kennengelernt. Sie haben mir die Geschichte von Franco und Natalie Sobrella erzählt.«

»Nein, du meinst Casini. Sobrella war der Mädchenname meiner Mutter.«

Erstaunt klappte Caterina den Mund auf. Natalie war im Kindbett gestorben. Und sie hatte einfach angenommen, ihr Kind sei dabei ebenfalls gestorben. »Dann waren das *deine* Eltern?« Ihr wurde schwindelig, und es schien sich plötzlich alles um sie herum zu drehen.

Santo stellte die Lampe auf den Schreibtisch und sank matt auf die Bettkante. Die Sprungfedern ächzten unter seinem Gewicht. Aufgewühlt schüttelte er den Kopf. »Mir haben sie immer erzählt, sie seien bei einem Verkehrsunfall ums Leben gekommen. Das ist wie ein Schlag in die Magengrube.« Er nahm ihr die Zeitung aus den Händen.

»Dann sollte das wohl *dein* Kinderzimmer werden«, murmelte Caterina wie benommen. Ihr schwirrte der Kopf vor Fragen. Santo wurde feuerrot im Gesicht, während er sich bemühte, seine tosenden Gefühle zu beherrschen.

Schließlich las er weiter: »Sie hatten das Haus von der Familie Rosetta gemietet.« Seine Augenbrauen trafen sich vor Fassungslosigkeit fast über der Nase. »Luca Rosetta wurde wegen des Mordes an meinem Vater angeklagt. Und das alles ist hier passiert, in diesem Haus.«

Caterina sank neben ihm auf das Bett und schluckte schwer. Das war alles ein bisschen viel auf einmal. Was hatte Susana im Zug noch mal gesagt? »Als Natalie dann schwanger war, wurde es erst richtig hässlich. Luca war völlig besessen von ihr. Er vergötterte sie derart, dass viele glaubten, in Wahrheit sei er der Vater des Kindes.«

Tränen traten ihr in die Augen, und sie verzog schmerzlich das Gesicht, als ihr das Unaussprechliche aufging. *Konnte Luca womöglich Santos leiblicher Vater sein?*

Ava hatte recht. Das war entsetzlich und tausend Mal schlimmer als alles, was sie sich hätte ausmalen können. Wie eine Woge überkam Caterina ein Gefühl vollkommener Leere und Traurigkeit, und ihr wurde übel.

Santo rieb sich mit beiden Händen das Gesicht. »Das ist doch verrückt.«

»Ich hatte ja keine Ahnung.« Behutsam nahm sie seine Hände in ihre. Sie waren eiskalt, und er sah aus, als stünde er unter Schock. Wenn er wüsste, dass das noch längst nicht alles war. »Meine Mutter hat nie ein Sterbenswörtchen davon erzählt.«

Fassungslos schüttelte Santo den Kopf. »Ihr Mann – *dein Vater* – hat meinen Vater umgebracht.« Ihm fehlten die Worte, er starrte Caterina nur stumm an.

Haltsuchend umklammerte sie seine Hände. Ihr Vater hatte Santos Vater ermordet? Ungläubig schüttelte sie den Kopf und versuchte, sich einen Reim darauf zu machen. *Nein, das stimmt doch nicht, oder?* Sie bekam kaum noch Luft. »Hat Raphael denn nie etwas zu dir gesagt?«

Um Beherrschung bemüht blinzelte Santo heftig und murmelte: »Er hat mir immer erzählt, mein Vater sei bei einem Unfall ums Leben gekommen.«

»Vielleicht wollten sie uns nicht damit belasten«, vermutete Caterina. Die grausigen Puzzlestücke setzten sich langsam zusammen, und das Bild, das sie ergaben, war wie der Blick in einen finsteren Abgrund.

Wie benommen saß sie da, während sich vor ihrem geistigen Auge grässliche Szenen abspielten. Wenn Luca auch sein Vater war … *o Gott, nein.* Die Erkenntnis sickerte ihr in die Knochen, bis sie nichts mehr spürte. Nun wusste sie auch, weshalb Ava Santo so vehement abgewiesen hatte, als er sie um die Hand ihrer Tochter gebeten hatte. Die Worte ihrer Mutter hallten Caterina in den Ohren. Ava hatte nichts gegen Santo; sie fürchtete nur die Konsequenzen, sollten sie sich ineinander verlieben und heiraten wollen. Caterina kniff die Augen zusammen. *Und genau das ist jetzt passiert.*

Als sie die Augen wieder öffnete, schien der Raum vor ihr zu verschwimmen.

Santo starrte stur auf einen Punkt in der Ferne, während er wohl versuchte, diese neuen Erkenntnisse einzuordnen. »Mit nur einem Elternteil aufzuwachsen ist vollkommen anders, als gar keine Eltern mehr zu haben.« In seiner Stimme klang ein lang unterdrückter Schmerz mit. »Ich hatte nie ein Zuhause; nie habe ich irgendwo hingehört. Ich wurde von einem Verwandten zum nächsten weitergereicht und durfte immer nur so lange bleiben, bis sie mich auch wieder satthatten. Du kannst dir gar nicht vorstellen, wie ich als Kind darunter gelitten habe.«

»Aber du bist kein Kind mehr, Santo.« Energisch schob Caterina die Hysterie beiseite, die unaufhaltsam in ihr aufstieg und sich mit Gewalt Bahn brechen wollte. »Du bist ein erfolgreicher, erwachsener Mann, der bald eine eigene Familie gründen wird.«

»Und jetzt kennen wir auch die Wahrheit, die Ava und Raphael uns so lange verschwiegen haben.« Benommen rieb er sich die Stirn. »Glaub nicht, das würde irgendetwas zwischen uns verändern, *cara*. Aber ich stehe gerade unter Schock.«

»Ja, das ist wirklich ein Schock«, pflichtete sie ihm tonlos bei. Ihre Schuldgefühle schnürten ihr fast die Luft ab, und sie vergrub das Gesicht in den Händen. Früher einmal, vor langer Zeit, hatten sie keine Geheimnisse voreinander gehabt. Alles hatten sie einander anvertraut. Und nun verheimlichte sie ihm Dinge von so gewaltigem Ausmaß, dass er ihr das womöglich nie verzeihen würde, wenn er erst einmal davon erfuhr.

»Sieh dir das alles an.« Santo nahm einen Zeitungsartikel mit einem späteren Datum und las weiter. »Luca Rosetta wurde aus dem Gefängnis entlassen, weil man zu dem Ergebnis kam, es sei ein Unfall gewesen. Er habe sich in einem emotionalen Ausnahmezustand befunden.« Er blätterte einen dicken Stapel amtlich wirkender Korrespondenz durch. »Das ist der Briefverkehr deiner Großmutter mit Anwälten und Richtern. Sie hat um sein Leben gefleht. Und was ist mit dem Leben *meines Vaters*?« An seiner Schläfe pochte eine Ader.

Caterina verschlug es fast den Atem. *Ob es wirklich ein Unfall war?* Giovanna hatte sie vor Luca gewarnt. Eins stand jedenfalls fest: Der Vater, den sie ihr ganzes Leben lang vergöttert hatte, hatte einen Menschen umgebracht. Er war ein Mörder. Und doch war diese Tatsache, so abscheulich und grässlich sie auch sein mochte, nichts verglichen mit dem Dilemma, in dem sie sich nun plötzlich wiederfand.

»Das erklärt auch, warum Violetta mir damals die Überfahrt nach Amerika bezahlt hat. Und warum sie mir einen Weinberg vermacht hat.«

Taumelnd unter der Last dieser Enthüllungen, die sie sich in ihren schlimmsten Albträumen nicht hätte ausdenken können, fasste Caterina sich an die Kehle. Sie fühlte sich wie ein Tier im Käfig, sprang vom Bett auf und lief vollkommen außer sich auf und ab. Die Absätze ihrer Schuhe klackerten laut auf dem Dielenboden. Von dem Augenblick an, als sie und ihre Mutter beschlossen hatten, aus Angst vor gesellschaftlicher und familiärer Verfehmung die Wahrheit zu verschleiern, hatten sie den Weg ins Verderben eingeschlagen.

Caterina war es, als müsste sie zusammenbrechen unter der Last dieser Täuschung. Die Vergangenheit umzudeuten hatte unabsehbare Folgen. Unsicher drehte sie sich um. Die Wände kamen immer näher und drohten, ihr die Luft abzuschnüren. »Ich muss hier raus!«, schrie sie auf und rannte zur Tür.

Was wird Santo nur sagen, wenn ich ihm von Marisa erzähle? Und von uns?

27

Napa Valley, Kalifornien

Kaum hatte Ava aufgelegt, rannte sie auch schon aus dem Haus, um Raphael zu suchen. Sie sah ihn oben auf einer Anhöhe stehen und lief zu ihm, so schnell sie konnte. In ihrer fliegenden Eile wirbelte sie kleine Steinchen und Staub auf. Bellend folgte Vino ihr auf dem Fuß; er merkte, dass sie völlig außer sich war. Bei Raphael angekommen fiel sie ihm freudestrahlend um den Hals. »Wir haben gewonnen, wir haben gewonnen! Caterina und Santo haben es geschafft!«

Raphael stieß einen gellenden Jubelschrei aus und warf den Strohhut in die Luft. Überschwänglich umarmte er Ava und wirbelte sie um die eigene Achse, und ihr rosa Kleid floss wie weiche Wellen um ihre nackten Beine. Lachend vor Erleichterung sanken sie sich in die Arme. Vino wollte nicht zurückstehen und freute sich wild hochspringend und bellend mit ihnen.

»Jetzt haben wir eine gute Chance, es zu schaffen«, keuchte Ava atemlos und strich sich eine lose Haarsträhne aus der Stirn, dann legte sie eine Hand aufs Herz. »Sie haben mit einer Reporterin der *New York Times* gesprochen. Das werden unsere Kunden sicher auch lesen.«

»Das ist genau das Quäntchen Glück, das uns gefehlt

hat.« Raphael setzte sie wieder ab und legte ihr die Hände auf die Schultern. »Haben die beiden dich angerufen?«

»Nein, Juliana hat mir Bescheid gesagt. Sie sagte, sie haben sie aus Paris angerufen.« Noch ganz außer Atem sah Ava Raphael in die Augen. »Ich wünschte, Caterina hätte mich selbst angerufen.«

»Du und Caterina, ihr müsst dringend miteinander reden.« Raphael legte ihr einen Arm um die Schultern und zog sie fest an sich. Gemeinsam spazierten sie zum Grat des Bergs, Vino immer dicht hinter ihnen.

Ava hatte Raphael und Nina von Caterina und ihrem Baby erzählt. Aus dem Augenwinkel sah sie Raphael an. »Ich weiß gar nicht, wie ich sie erreichen kann.«

»Ruf Giovanna an. Bestimmt wohnt sie noch bei ihr in Violettas Haus. Und selbst wenn nicht, Montalcino ist klein. Weit kann sie nicht sein.«

Ava schämte sich dafür, wie sie ihre Tochter behandelt hatte. Inzwischen hatte sie Zeit gehabt, darüber nachzudenken. Als Caterina sie am meisten gebraucht hatte, hatte Ava ihr die Tür gewiesen.

Dabei hatte sie als junges Mädchen selbst genug Fehler gemacht.

Ava wusste noch genau, wie sie damals Luca kennengelernt hatte. Ein gut aussehender Kerl war er gewesen, spontan und witzig. *Und ich war so eitel, so selbstverliebt, so überzeugt von meiner eigenen Liebenswürdigkeit, ein unschuldiges kleines Mädchen, das keine Ahnung hatte von den Grausamkeiten der Männer oder dem Leben oder dem Preis, den es für diese Gefühle würde zahlen müssen.*

Das war die Wahrheit. La vérité. *Hätte ich nur damals*

schon gewusst, was ich heute weiß. Wie sehr sie ihre Fehler bereute und wie sehr sie versucht hatte zu verhindern, dass ihre Tochter dieselben Fehler machte.

Ava bückte sich und kraulte Vino hinter den Ohren. »Ich wünschte, sie hätte sich mir anvertraut, als sie schwanger war. Ich habe immer gedacht, wir beide stünden uns so nah.«

»Sie hatte Angst, du würdest wütend auf sie sein«, entgegnete Raphael sanft. »Und du hast sie auch angelogen.«

»Du warst auch nicht ganz ehrlich zu Santo.«

»Nein, und heute bereue ich das. Wir wollten die Kinder beschützen. Vielleicht zu sehr«, fügte er hinzu.

»Caterina will alles über ihre Familie wissen.« Und als sie an all die liebevollen Menschen und die Erinnerungen denken musste, die sie ihrer Tochter durch ihre Lügen vorenthalten hatte, schämte sie sich umso mehr. Ava hatte auch die Freundschaft mit Giovanna und Violettas Liebe verloren. Sie hätten einander schreiben und Fotos schicken und miteinander telefonieren können. Weihnachts- und Geburtstagsgeschenke für Caterina. Vielleicht hätte Giovanna sie sogar einmal besucht. Niedergeschlagen schüttelte sie den Kopf. »Aber wie hätte ich Caterina denn erklären sollen, dass ihr Vater ein *Mörder* ist?«

»Aber musstest du ihn unbedingt in den glühendsten Farben schildern? Du hast ihn nur ins beste Licht gerückt.«

»Ich wollte doch nur, dass sie glücklich ist. Es fing ja auch alles ganz harmlos an. Sie war noch ein kleines Mädchen, und als sie in die Schule kam, fing sie an, Fragen zu stellen.«

»Du hast jetzt eine Enkelin. Was willst du also tun?«

Bei dem Gedanken an Marisa wurde Ava ganz still. Das erste Jahr im Leben ihrer Enkeltochter hatte sie bereits versäumt. Wie beängstigend musste es für Caterina gewesen sein, wie allein musste sie sich dabei gefühlt haben, Schwangerschaft und Geburt ganz allein und ohne die Hilfe ihrer Mutter durchzustehen. Sie erinnerte sich nur allzu gut daran, wie ihr selbst damals zumute gewesen war.

»Es ist höchste Zeit, dass ich mich bei ihr entschuldige und ihr verzeihe. Wir haben gerade eine sehr wichtige Auszeichnung gewonnen. Das sollten wir alle gemeinsam als Familie feiern.« Ava war fest entschlossen, ihrer Tochter alles zu vergeben. Aber würde Caterina auch ihr verzeihen?

Montalcino, Italien

Caterina stieg aus dem Wagen. Ihr war schwindelig, und sie ging unsicher auf die Tür des Herrenhauses zu. Giovanna lief vor zu ihrer Schwester Alma, die immer noch im Haus war, um Marisa zu hüten.

Caterina war erleichtert, wieder bei Giovanna zu sein. Wie hatte sie Marisa während der Zeit in Paris vermisst! Und seit der grausigen Entdeckung über ihre Familiengeschichte hatte sie an kaum etwas anderes denken können. Ganz besonders sorgte sie sich, wie Santo reagieren würde, wenn er sie erst kennenlernte. Und es gab auch noch eine viel größere Sorge, die sie nicht mehr losließ. Ob er *wirklich* ihr Halbbruder war?

Und wenn ja, durften sie dann dieses Risiko eingehen? Die Kirche würde eine Ehe zwischen Geschwistern niemals zulassen, und ihre Kinder wären lebenslänglich gebrandmarkt. Sie wusste nicht einmal, ob ein Priester Kinder taufen würde, die aus einer inzestuösen Vereinigung entstanden waren. Und schlimmer noch: Beziehungen zwischen engen Verwandten bargen ein erhöhtes Risiko von Missbildungen. Sie konnte doch nicht guten Gewissens in Kauf nehmen, dass ihre zukünftigen Kinder mit einer körperlichen oder geistigen Behinderung auf die Welt kamen. Wobei sie ein solches Kind ganz genauso lieben würde wie ein gesundes.

Plötzlich kam ihr ein beunruhigender Gedanke. Ob Marisa womöglich auch betroffen sein könnte? Caterina ging schneller.

»Langsam, nicht so eilig«, rief Santo und legte ihr den Arm um die Taille. »Ich hatte da so eine Idee – der Weinberg, den Violetta mir vererbt hat, grenzt gleich an deinen. Wir könnten das Häuschen wieder herrichten und hätten das perfekte Ferienhaus. Und dann füllen wir unseren eigenen Brunello für den Export ab.«

Caterina biss sich auf die Unterlippe. Das war ein wunderschöner Traum, aber das würde er wohl auch bleiben. Mit jedem Tag, der verging, bröckelte dieses Traumbild etwas mehr. Ein gemeinsames Leben war zum Greifen nah gewesen, doch das Schicksal spielte wieder einmal nicht mit.

Gemeinsam gingen sie zur Tür, und Santo sagte: »*Cara*, ich will unsere Liebe nicht mehr verstecken müssen. Sobald wir wieder in Mille Étoiles sind, sagen wir es deiner Mutter und Raphael. Und dann heiraten wir. Warum noch warten?« Er nahm ihre Hand, führte sie an seine Lippen und liebkoste zart ihre Finger.

So zärtlich war er, dass sie sich an ihn schmiegte und Kraft aus seiner Berührung zu schöpfen schien. »Santo, was auch immer passieren wird, du sollst wissen, wie sehr ich dich liebe.«

Ein Lächeln ließ sein ganzes Gesicht erstrahlen. »Caterina, sieh doch nicht so schwarz. Es gibt kein Hindernis, das wir nicht überwinden könnten, solange wir nur zueinander stehen.«

Was für ein entzückend altmodischer, romantischer Gedanke! Gestern hätte sie ihm noch aus ganzem Herzen zugestimmt.

Giovanna kam zurück an die Haustür und hielt sie ihnen auf. »Es ist so schön, euch beide hier zu haben. Santo, ich hoffe, wir werden dich jetzt öfter zu sehen bekommen.«

Caterina ging an ihr vorbei nach drinnen, und Giovanna drückte ihr verstohlen den Arm.

»Das könnte sehr gut sein«, meinte Santo strahlend. »Ich habe Caterina nämlich einen Heiratsantrag gemacht.« Dabei nahm er Caterinas Hand in seine.

»Das ist ja wunderbar! Meinen Glückwunsch!«, rief Giovanna etwas zu fröhlich, während sie von Santo zu Caterina und wieder zurück schaute, als wollte sie etwas fragen, wisse aber nicht, wie. »Das feiern wir nachher. Aber wollt ihr beiden euch nicht erst mal ein bisschen frisch machen und die staubigen Reisesachen ausziehen? Santo, ich habe ein Zimmer für dich hergerichtet. Nimm ein schönes heißes Bad und ruh dich ein bisschen aus.«

»Ich könnte mir nichts Schöneres vorstellen«, sagte Santo und rieb sich den Nacken. Von Paris hierher war es eine lange Reise gewesen.

Caterina gab ihm einen Kuss auf die Wange. »Wir treffen uns nachher im Salon. Ich muss dir unbedingt etwas sagen.«

Dann lief sie rasch nach oben, nahm Marisa aus dem Bettchen, küsste ihr kleines Gesicht und drückte sie fest an die Brust. »Mein kleiner Schatz, wie hast du mir gefehlt.«

»Mama«, rief Marisa, und ihre Augen strahlten. Sie lachte fröhlich und schlang ihrer Mutter die kleinen Ärmchen um den Hals.

Voller Sorge – schließlich musste sie befürchten, ihr Kind könne aus einer inzestuösen Verbindung entstanden sein – eilte Caterina mit Marisa ans Fenster, wo die Sonne ihrer kleinen Tochter ins Gesicht schien.

Mit Marisa im Arm betrachtete sie ganz aufmerksam das kleine Gesicht, das ihr so vertraut war, die kräftigen Arme und stämmigen Beine, auf denen ihr Kind so freudestrahlend die Welt eroberte. Aus ihren Augen sprach ein wacher kleiner Geist.

Erleichtert seufzte Caterina leise, auch wenn sie wusste, sie würde auch in Zukunft ein genaues Augenmerk darauf haben müssen, ob ihre Tochter irgendwelche Anzeichen geistiger oder körperlicher Behinderung zeigte. Die Geschichtsbücher waren voll von Fällen schwerer Erbkrankheiten bei Kindern, die aus der Verbindung allzu naher Verwandter hervorgegangen waren. Marisa wirkte allerding vollkommen gesund und munter.

Von draußen klopften Giovanna und Alma an die Tür.

»Herein.«

»Wir wollten dir nur sagen, dass Marisa ein kleiner Engel war.« Giovanna strahlte über das ganze Gesicht. »Es war uns ein großes Vergnügen, uns um sie zu kümmern. Gestern Abend haben wir sie gebadet. Was hatte sie für einen Spaß in der großen gusseisernen Wanne!«

Wortlos starrte Caterina die beiden Schwestern an. *Was wussten sie über Luca und Natalie?* Obwohl sie die Antwort fürchtete, sie musste sie darauf ansprechen, ehe sie mit Santo redete.

»Im Zug nach Paris habe ich zwei ganz reizende Damen kennengelernt.« Caterina erzählte ihnen die Geschichte, die sie von Imelda und Susana gehört hatte. »Hatten Luca und Natalie tatsächlich eine Affäre?«

Giovanna und Alma schauten sich betreten an, sagten aber kein Wort.

»Ihr wisst doch etwas, oder nicht?«

Alma zog die Schultern hoch und breitete die Hände aus. »Jeder wusste, dass Luca völlig verrückt nach ihr war.«

Caterina hakte nach. »Glaubt ihr, Santo könnte Lucas Sohn sein?«

Alma wollte gerade etwas darauf erwidern, da bedachte Giovanna sie mit einem vernichtenden Blick, und sie verstummte wieder.

»Ladys, ich muss das wissen.«

»Was kann man schon mit vollkommener Gewissheit sagen?«, fragte Giovanna und wurde rot. »Geredet wurde viel, aber wie will man das beweisen? Santo ist ein wunderbarer Mann, er ist Marisas Vater, und ihr beide liebt euch. Vielleicht war das alles bloß ein böswilliges Gerücht.«

Fassungslos sah Caterina sie an. »Wer würde denn noch mehr Kinder in eine womöglich inzestuöse Beziehung bringen wollen?«

Giovanna fuhr sich mit der Hand über die Stirn. »Ich mag mich irren«, murmelte sie zögerlich und runzelte die Stirn. »Aber es wäre nicht auszuschließen, dass Luca Santos Vater ist.«

»Und wie wahrscheinlich ist das?« Innerlich wappnete sich Caterina gegen eine vernichtende Antwort. Die ganze Sache erschien ihr vollkommen surreal. Normalerweise sprach sie im Zusammenhang mit der Weinproduktion über Wahrscheinlichkeiten und Prozentzahlen.

Alma kaute an einem Fingernagel, während Giovanna unbehaglich von einem Fuß auf den anderen trat.

Marisa fing an zu quengeln, also setzte Caterina sie auf den Boden und kniete sich neben sie. »Würdet ihr es an meiner Stelle riskieren?«

Giovanna seufzte. Sie und Alma schauten sich bekümmert an, dann schüttelten beide einmütig den Kopf. *Nein*. Giovanna zog ein Taschentuch aus der Tasche und tupfte sich damit die Augenwinkel. »Es tut mir so unendlich leid.«

Und mit einem Mal passten die verstreuten Teile des Puzzles alle zusammen und bildeten ein schier unerträgliches Bild. Caterinas schlimmste Befürchtungen schienen sich zu bewahrheiten. Mit zitternden Händen strich sie Marisa über die seidenweichen schwarzen Haare. »Darum war meine Mutter gegen diese Ehe, darum hat sie sogar versucht, unsere Freundschaft zu sabotieren.« Verzweifelt versuchte Caterina, die heißen Tränen wegzublinzeln, und drückte Marisa an sich.

Am Boden zerstört dankte sie den beiden Schwestern für ihre Ehrlichkeit und bat sie, noch so lange nach Marisa zu sehen, bis sie mit Santo gesprochen hatte. Santo musste sie unbedingt heute noch kennenlernen. *Alles andere …* Mühsam rappelte sie sich vom Boden auf.

Als die beiden gegangen waren, setzte Caterina Marisa mit ihren Spielsachen ins Bettchen, während sie sich für den wichtigsten Tag ihres Lebens zurechtmachte. »Heute ist ein ganz besonderer Tag«, erklärte sie ihrer kleinen Tochter, und ihre Stimme brach fast dabei. »Heute lernst du deinen Vater kennen.«

Langsam stieg Caterina in das warme Seifenwasser und sank in die Wanne. Noch nie hatte ein Bad so gutgetan. Es war fast, als könnte sie sich reinwaschen von all ihren Sünden. Sie wusch sich die Haare und knotete sie dann im Nacken zu einem festen Dutt zusammen. So schwer ihr das Herz auch war, sie trug etwas von dem Parfüm auf, das sie in Paris gekauft hatten, schlüpfte in ein neues weißes Sommerkleid und die Espadrilles, die sie in der kleinen Boutique in Montalcino entdeckt hatte, und knipste dann die goldgefassten filigranen Peridot-Ohrhänger fest, die so schön lang herunterhingen und ein wenig von ihrem inneren Aufruhr ablenkten.

Wenn sie an die Zwickmühle dachte, in der sie nun steckte, tat ihr mit einem Mal auch Ava leid, die dieses ungeheure Geheimnis so viele Jahre für sich behalten hatte, um ihre Tochter zu schützen. *Hätte ich dasselbe getan?* Sicher ließ sich das nicht sagen, aber die Wut auf ihre Mutter ließ merklich nach.

»Jetzt bist du dran, Marisa. Zeit zum Umziehen.« Mit zitternden Händen wechselte Caterina ihrer Tochter die Windeln, dann bürstete sie ihr die dunklen Haare zu einer

Seite und steckte die dunklen Locken mit einem blauen Spängchen zurück, das genau zu ihren Augen passte. Schließlich steckte sie die Kleine in ein kornblumenblaues Kleidchen mit weißen Paspeln und Rips-Schleifen.

»So, du siehst wirklich entzückend aus. Diesen Tag werden wir so schnell nicht vergessen.« Und damit gab sie Marisa einen Kuss und rief dann Giovanna, damit sie auf die Kleine achtgab. Schließlich ging sie mit klopfendem Herzen nach unten.

Santo saß am Tisch und trank gerade einen Kaffee, als sie hereinkam. Gedankenverloren drehte und wendete er den kleinen blauen Laster, den sie drüben im Haus gefunden hatten, in den Händen. Auch er hatte frisch gewaschene Haare, und er trug ein blassgelbes Hemd und eine weiße Leinenhose – sehr italienisch, wie Caterina fand. Ein Hauch des Parfüms, das sie in Paris für ihn ausgewählt hatte, wehte ihr entgegen. Er sah umwerfend aus, entspannt und glücklich. Sie zögerte kurz und rahmte das Bild in Gedanken ein wie einen Urlaubsschnappschuss. *Santo in Italien. Kurz bevor ich ihm das Herz gebrochen habe.*

Caterina ging auf ihn zu und versuchte durchzuatmen. Ihre Beziehung würde nie wieder so sein wie vorher. Als er sie hereinkommen sah, stand Santo auf.

Unter den Blicken von Violetta, die von ihrem Porträt auf sie herabschaute, lief Caterina ein Schauer über den Rücken, und sie zitterte unbehaglich. »Santo, lass uns doch nach draußen auf die Terrasse gehen.«

»Klar.« Mit fragend gerunzelter Stirn nahm er ihre Hand und führte sie auf die mit Steinfliesen gepflasterte Terrasse. Der Duft von Zypressen und Olivenbäumen, frischen Orangenblüten und reifenden Trauben lag schwer in der Luft, und Caterina dachte, sie würde wohl nie vergessen, wie Montalcino an diesem Tag roch. Gemeinsam setzten sie sich auf eine steinerne Bank mit Blick über das sattgrüne Tal und die sanfte Hügellandschaft der Toskana. In den Bäumen über ihren Köpfen zwitscherten die Vögel.

»Was für ein Ausblick! Dessen werde ich wohl nie müde«, schwärmte Santo und legte einen Arm um ihre Schultern. »Du siehst hinreißend aus, *cara.* Also, worüber wolltest du mit mir sprechen?«

Caterina nahm seine Hand und wusste gar nicht, wo sie anfangen sollte. *Zuerst Marisa.* Sie fuhr sich mit der Zunge über die Lippen. »Weißt du noch, wie ich dir gesagt habe, ich hätte mehrmals versucht, dich zu erreichen?«

»Du meinst, nachdem wir das erste Mal miteinander geschlafen hatten?«, fragte er, und man sah in seinen Augen, wie weh ihm das tat.

Caterina nickte.

»Ich war ein Idiot. Wie konnte ich dir nur erst die Unschuld nehmen und dann einfach verschwinden? Ich weiß, ich habe dir wehgetan, und ich hoffe, du kannst mir das verzeihen. Ich wollte mich dem ausdrücklichen Wunsch deiner Mutter nicht widersetzen, aber als Mann hätte ich eigentlich meinem Herzen und meinem Gewissen folgen müssen. Wobei ich zur Verteidigung deiner Mutter sagen muss, sie hatte keine Ahnung, dass wir beide zusammen waren, dass wir miteinander geschlafen hatten. Hätte sie das gewusst, vielleicht wäre sie dann nicht ganz so unerbittlich gewesen.« Santo strich ihr mit dem Daumen liebevoll über die Wange. »Ich bitte dich um Entschuldigung, und ich verspreche dir, von jetzt an werde ich dich nie wieder allein lassen.« Er hob ihre Hand an die Lippen und küsste ihre Fingerspitzen. »Und ich gehe auch immer ans Telefon, wenn du mich anrufst.«

Sie hielt sich an seiner Hand fest und zog Kraft aus seiner Berührung. Da erst merkte sie, wie sie zitterte. »Ich habe versucht, dich zu erreichen, weil ich dir etwas sehr Wichtiges zu sagen hatte.«

Verwundert runzelte Santo die Stirn. »Sag es mir jetzt, *cara.*« In seiner tiefen Stimme schwangen Liebe und Zuneigung mit. »Ich bin ganz Ohr.«

Sie wandte den Blick ab, die Berge in der Ferne verschwammen vor ihren Augen. Blinzelnd riss sie sich zusammen und sah ihn wieder an. »Ich war schwanger.«

Ein wahres Gefühlschaos – Verwunderung, Schreck, Schmerz, Angst, Wut – spiegelte sich in seinem Gesicht, während er versuchte, ihre Worte zu begreifen. »Und das Baby? Hast du es verloren?«

»Nein.« Caterina konnte vor Anspannung kaum atmen. Ihr war schwindelig.

»Du … du hast *ein Kind* bekommen?« Santos Blick ging zu ihrem Schoß, und er legte die Hand auf ihren flachen Bauch.

»Ein kleines Mädchen.« Nun war die Wahrheit heraus und stand unverrückbar zwischen ihnen. Ihr Mund war staubtrocken.

Zerknirscht und voller Reue fuhr sich Santo aufgeregt durch die dichten, feuchten Haare. »Es tut mir so, so leid, Caterina. Ich hatte ja keine Ahnung, dass …« Er brach ab, dann nahm er aufgelöst ihre Hände. »Wo ist sie? Du hast sie doch nicht zur Adoption freigegeben, oder?«

»Sie ist oben«, sagte Caterina und lächelte ihn zaghaft an. »Sie heißt Marisa. Sie ist wunderschön, und sie freut sich schon darauf, endlich ihren Vater kennenzulernen.« *So. Jetzt ist es raus.*

»*Marisa, Marisa, una bella bambina!*«, rief Santo lachend, nahm sie in die Arme und drückte sie fest an sich. Sein Herz pochte heftig gegen ihre Brust, und sie konnte gar nicht fassen, wie sehr er sich freute. »*Dio mio,* ich mag mir gar nicht ausmalen, was du durchgemacht haben musst. Ich hätte dir beistehen müssen. Wir hätten das gemeinsam durchstehen sollen.« Er überhäufte sie mit Küssen, stand auf und reichte ihr die Hand. »Bring mich zu meiner Tochter, *cara*«, sagte er mit heiserer Stimme.

Caterina sah zu ihm auf, und es war ihr egal, dass ihre Wangen feucht waren vor Tränen. Mit ihren Lippen streifte sie seinen Mund. Genau das hatte sie sich erhofft, wenn sie ihm endlich die Wahrheit sagte.

Behutsam schob sie ihre Hand in seine, und er drückte sie an die Brust und küsste sie. Dann gingen sie eng umschlungen nach oben.

Caterina öffnete die Tür zu ihrem Zimmer, wo Giovanna und Alma mit Marisa warteten. Die beiden Frauen wirkten verhaltener als vorher.

Santos Augen strahlten, er legte sich die Hand auf die Brust. Als sich Marisa mit großen Augen zu ihm umdrehte, schnappte er nach Luft. Mit den strahlend blauen Augen und den langen dunklen Wimpern gab es gar keinen Zweifel, wer ihr Vater war.

Caterina nahm ihre Tochter auf den Arm, strich das Kleidchen glatt und trug sie zu Santo. »Es wird höchste Zeit, dass ihr beiden euch endlich kennenlernt.«

Marisa gurrte fröhlich, und Santo streckte die Hände nach ihr aus. »Gibst du sie mir?«, fragte er.

Caterina gab Santo ihre kleine Tochter auf den Arm, und als sie die beiden zusammen sah, wollte ihr das Herz fast zerspringen vor Liebe. In seinen starken Armen wirkte Marisa so klein und zerbrechlich. Caterina hielt sich die Hände vor den Mund, während sie zusah, wie sich die beiden aufmerksam betrachteten. Als Santo Marisa schließlich auf die Wange küsste und sie mit italienischen Liebkosungen überschüttete, wäre Caterina beinahe in Ohnmacht gefallen. Genau das hatte sie sich immer gewünscht. Und doch sah ihre Zukunft nun mehr als düster aus.

»*Una dolce bambina.*« Fast ehrfurchtsvoll sah Santo seine kleine Tochter an. »Sie ist das schönste, wunderbarste kleine Geschöpf, das ich je gesehen habe«, krächzte er hingerissen.

Seinen Vaterstolz zu sehen, trieb Caterina die Tränen in die Augen, und sie war zutiefst dankbar, ihr Kind nicht zur Adoption freigegeben zu haben. *Man stelle sich das vor.* Das hier war das Beste für ihre Tochter. Marisa würde bei ihren leiblichen Eltern aufwachsen, die sie von Herzen liebten, auch wenn sie womöglich nie wie eine traditionelle Familie zusammenleben konnten.

Und dann fragte sie sich plötzlich, wie sie es ertragen sollte, Santo tagein, tagaus zu sehen, ohne ihm nahe zu sein, als seine Frau, seine Geliebte. Bei dem Gedanken zog sich ihr Herz zusammen.

Die Zeit in Paris würde sie hüten wie einen Schatz. Damals hatte sie noch nicht geahnt, dass das, was sie taten, womöglich Sünde war. Sie hatte nur gewusst, dass sie ihn liebte, wie sie nie einen anderen Mann lieben könnte. Die Empfindungen jagten wie Schockwellen durch ihren Körper. Caterina fuhr sich mit der Hand über die Stirn. Wie gern wollte sie die Zeit anhalten – und keine weiteren Geheimnisse enthüllen müssen.

Den restlichen Tag verbrachten sie gemeinsam. Caterina genoss jeden Augenblick als Familie und behielt die besonderen Momente wie Erinnerungsfotos in ihrem Kopf. Mit Giovanna und Alma aßen sie auf der Terrasse draußen zu Mittag, und Santo wollte einfach alles über seine Tochter erfahren.

»Was isst sie am liebsten? Womit spielt sie am liebsten?«

Caterina zwang sich zu einem Lächeln, während er immer weiter fragte, und versuchte, die gemeinsame Zeit zu genießen, auch wenn die Traurigkeit in ihr alles zu durchdringen schien. Santo wollte wissen, was Marisas erste Wörter gewesen waren, ob sie schon Zähne hatte, an welchem Tag sie geboren wurde, wie viel sie wog und viele andere Dinge. Es war, als sei er trunken vor Freude, so unerwartet Vater einer hinreißenden kleinen Tochter geworden zu sein. Es war alles, was sie sich erhofft, und mehr, als sie sich je erträumt hatte.

Oder hätte erwarten können. Wollte der liebe Gott ihr vor der alles vernichtenden Strafe eine kleine Atempause gönnen?

Santo gab Marisa den kleinen blauen Laster, den er aus seinem alten Kinderzimmer mitgebracht hatte, und sie spielten gemeinsam damit auf der Terrasse. Er hielt sie fest an der Hand, während sie durch das ganze Haus wackelte, und passte auf, dass sie nicht hinfiel. Abends half er Caterina, sie zu baden, und erzählte ihr eine Geschichte, ehe er sie ins Bettchen brachte. Mit vor Zärtlichkeit glänzenden Augen blieb er bei ihr, bis sie endlich eingeschlafen war.

Besser hätte es gar nicht sein können, dachte Caterina glücklich und dankbar, während sie neben ihm am Bett ihrer kleinen Tochter saß. Santo nahm ihre Hand und führte sie an seine Lippen.

»Die Vergangenheit können wir nicht ändern«, raunte er. »Aber die Zukunft liegt in unserer Hand.«

Tatsächlich? Wie von einer Flutwelle wurde Caterina von einem Gefühl tiefster Traurigkeit überspült. Sie fürchtete den Augenblick, in dem sie ihm sagen musste, was die Zukunft womöglich für sie bereithielt.

Caterina und Santo ließen Marisa schlafen und setzten sich an den Tisch auf der Terrasse. Am ebenholzschwarzen Himmel über ihnen funkelten die Sterne, und die nächtliche Serenade der Zikaden hallte durch das Tal. Aus der Rotweinflasche, die Giovanna für sie stehen gelassen hatte, schenkte er ihnen zwei Gläser ein. Im Schein der flackernden Kerzen schimmerte der Wein wie Sepia. Versonnen blickte Caterina in die Flammen und fragte sich, wie sie Santo erklären sollte, dass sie möglicherweise sehr nah miteinander verwandt waren.

»Auf die Zukunft«, rief Santo fröhlich und stieß mit ihr an.

»Wie auch immer sie aussehen mag«, murmelte sie mit gesenktem Blick und nippte an ihrem Glas.

Santo legte den Kopf zur Seite. »Caterina, mach dir keine Sorgen. Ich möchte, dass wir heiraten. Ich möchte noch ein paar Tage in Montalcino bleiben – ein paar Verwandte besuchen –, und dann fliegen wir gemeinsam zurück nach Kalifornien.«

»Aber ich habe meine Wohnung aufgelöst, und zurück nach Mille Étoiles kann ich nicht. Meine Mutter und ich hatten einen schrecklichen Streit wegen Marisa. Sie wollte, dass ich sie weggebe.«

Liebevoll nahm Santo ihre Hand und legte sie an seine Wange. »Ich kann dir gar nicht sagen, wie froh ich bin, dass du unsere Tochter nicht weggegeben hast. Dann kommst du einfach mit mir nach Davis. Ich habe eine kleine Wohnung über einer Garage. Viel ist es nicht, aber ich habe etwas Geld gespart. Wir suchen uns gemeinsam etwas Größeres. Ich habe da auch schon etwas im Auge. Und dann heiraten wir, sobald wir da sind.«

Caterina schaute für einen langen Moment in ihr Weinglas. »Santo, ich brauche noch etwas Zeit.« *Zeit, um die Wahrheit herauszufinden.*

»Wie meinst du das?«, fragte er und legte einen Arm um sie.

Caterina wünschte, sie könnte einfach einen Schlussstrich unter die Vergangenheit ziehen, aber die Missetaten ihres Vaters würden sie wohl stets verfolgen und ihr keine Ruhe lassen, wenn sie nicht ein für alle Mal herausfand, was wirklich geschehen war. In Santos Blick lag so viel Liebe, und sie konnte den Gedanken, die Überbringerin derart vernichtender Nachrichten zu sein, einfach nicht ertragen. Jedenfalls nicht, wenn sie nicht ohne den Hauch eines Zweifels wusste, ob sie wirklich miteinander verwandt waren. *Oder eben nicht.*

»Eigentlich möchte ich noch ein bisschen hierbleiben und erst meine Familie richtig kennenlernen. Wie wäre es also, wenn du wieder nach Hause fliegst, und wir kommen dann nach, sobald es geht?« Fieberhaft überlegte sie, wen sie noch befragen könnte, um etwas über Luca und Natalie in Erfahrung zu bringen. Ärzte, Priester, Familienmitglieder, Freunde?

Wer könnte etwas darüber wissen?

Enttäuscht stöhnte er auf. »Ich lasse dich nur ungern hier, aber immerhin hätte ich dann Zeit, alles vorzubereiten.« Er gab ihr einen sanften Kuss auf die Lippen. »Du wirst mir fehlen. Und ich wünschte, wir könnten heute Nacht das Bett miteinander teilen, meine Liebste.«

»Du weißt doch, dass das nicht geht, solange wir hier bei Giovanna sind«, entgegnete sie lächelnd. »Das schickt sich nicht, vor allem nicht mit *deiner Tochter* im Bett nebenan. Als Vater hast du noch einiges zu lernen.«

»Ich glaube, das kommt alles ganz von allein.« Damit zog er sie an sich, und sie lehnte den Kopf gegen seine Schulter. Gemeinsam blickten sie in den nächtlichen Sternenhimmel und wollten gar nicht hineingehen in ihre getrennten Zimmer.

In Caterina brannte ein tiefer Schmerz. Ob die Geschichte, die Imelda und Susana ihr erzählt hatten, wirklich stimmte? Wie sollte sie sich da jemals sicher sein?

Und wenn sie sich irrte, war es ganz gleich, welchen Weg sie einschlug. Sie würde ihrer beider Leben ruinieren.

28

Caterina lehnte sich gegen Santo, während er mit Cousins und Cousinen, Onkeln und Tanten sprach, und genoss das lebhafte Geplauder ringsum. Sie waren zu Besuch bei Santos Tante Rosa, der jüngsten Schwester seiner Mutter, die mit ihrer Familie in einem bescheidenen toskanischen Landhaus lebte, das sich an die Flanke eines Bergs schmiegte und einen spektakulären Panoramablick bot. Ganz anders als ihre eigene Verwandtschaft hatte Santos Familie sie mit offenen Armen willkommen geheißen. Ehe er kurz vor Ausbruch des Kriegs nach Amerika gegangen war, wo er bei einem anderen Teil der weit verzweigten Verwandtschaft untergekommen war, hatte Santo bei einigen von ihnen gewohnt. Und obwohl er noch so jung war, dass er sich an vieles nicht mehr erinnern konnte, nahmen sie ihn nun auf wie einen verloren geglaubten Sohn.

Seine ganze Familie schien hocherfreut und überglücklich, ihn wiederzusehen. Der Rotwein floss in Strömen, aus dem Phonografen dudelten italienische Liebeslieder, und sie wollten einfach alles über Santos Leben in Amerika erfahren.

Rosa legte Caterina eine Hand auf die Schulter. »Komm mit«, sagte sie mit einem strahlenden Lächeln. »Ich möchte dir etwas ganz Besonderes zeigen.«

Santo zwinkerte Caterina zu, als sie aus der Küche ging.

Er selbst blieb dort und redete und lachte weiter mit seinen Cousins. Caterina folgte seiner Tante ins Schlafzimmer.

Dort öffnete Rosa die Tür eines antiken Kleiderschranks, die laut knarzend zurückschwang. Der Schrank war reich verziert mit hellen und dunklen Intarsienarbeiten. Der Duft von getrockneten Veilchen und Lavendel wehte ihnen entgegen. Rosa griff hinein und zog vorsichtig ein langes elfenbeinfarbenes Seidenkleid mit Spitzen heraus. Der Schnitt war schlicht und fließend, wurde aber ganz offensichtlich von Meisterhand geschneidert.

Caterina wusste auf Anhieb, was es war. »Ist das Natalies Brautkleid?«

Rosa nickte und hatte bei der Erinnerung an ihre große Schwester Tränen in den Augen. »Sie war eine bildhübsche Braut. Wie ein Engel, so unschuldig und glücklich. Ich vermisse ihr süßes Lächeln und ihr glockenhelles Lachen.« Ein Anflug von Wehmut schlich sich in ihr Gesicht. Sie hielt Caterina das Kleid an, das bis zum Boden reichte. »Bitte, probiere es an. Für mich. Ich würde mich ganz schrecklich freuen.« Sie strahlte über das ganze Gesicht.

Diese Bitte konnte Caterina ihrer Gastgeberin nicht abschlagen. Also öffnete sie den Reißverschluss ihres weißen Ajour-Etuikleids und stieg hinaus. Dann hob sie die Arme, und Rosa streifte Caterina das Kleid über den Kopf und ließ es über ihr Unterkleid herunterfallen. Rosa stieß einen Entzückensschrei aus und fasste sich mit beiden Händen ans Herz.

Caterina drehte sich um und sah in den altersfleckigen Spiegel an der Tür des Kleiderschranks. Verdutzt schnappte sie nach Luft. Es war, als sei sie mit einem Schlag zurückversetzt in die Zwanzigerjahre. Die hauchfeine Seide umspielte ihre Beine wie sanfte Wellen und bildete eine schimmernde Stoffpfütze um ihre Füße. Mit hohen Absätzen wäre die Länge perfekt.

Hingerissen strich Caterina über die glatte, gut erhaltene Seide. Ob Santo empfangen wurde in der Nacht, als Natalie dieses Kleid ausgezogen und sich ihrem Mann hingegeben hatte? Oder war sie da, wie die Gerüchteküche munkelte, bereits in anderen Umständen gewesen?

»Du solltest dieses Kleid bekommen«, erklärte Rosa, und ihre Augen funkelten vor Freude. »Vielleicht trägst du es, wenn du Natalies Sohn heiratest. Wäre das nicht poetisch?«

»Es wäre mir eine große Ehre.« Caterina war fast starr vor Ehrfurcht.

Rosa nahm ihr Gesicht in beide Hände und drückte ihr einen Kuss auf beide Wangen. »Ich weiß, du wirst Natalies bildhübschem Jungen und ihren Enkelkindern ein warmes, liebevolles Zuhause bereiten. Sie hätte dich sicher sehr gemocht.«

Wenn es nur sein darf.

Da kam Caterina eine Idee. »Hast du vielleicht noch alte Briefe von ihr oder etwas anderes Geschriebenes von deiner Schwester?«

Nachdenklich schürzte Rosa die Lippen. »Ich weiß nicht.«

Caterina nahm ihre beiden Hände. »Es würde Santo und mir wirklich sehr viel bedeuten, etwas zu lesen, das sie geschrieben hat. Und wenn es nur ein Tagebuch oder sonstige Aufzeichnungen sind.« *Das ganz besonders.*

»Ich kann gern mal nachschauen, aber das ist so lange her.« Sie lächelte.

Caterina zögerte. Konnte sie es wagen, Rosa auf Luca anzusprechen? Womöglich würde sie das als grob unhöflich auffassen, aber andererseits war Caterina verzweifelt auf der Suche nach Informationen. »Rosa, hast du je von den Gerüchten um Natalie und Luca gehört?«

Rosas Lächeln gefror. »Das war bösartiger Tratsch, weiter nichts. Dieses Gerede hören wir in diesem Haus nicht gern. Unmöglich, dass da etwas Wahres dran war.« Dabei wurde sie allerdings hochrot und fahrig, was ihrer standhaften Behauptung widersprach.

Caterina ergriff Rosas Hände und flehte sie an: »Bitte, wenn du irgendetwas darüber weißt, sag es mir. Es ist wirklich wichtig für uns beide.«

Rosa wurde weiß wie die Wand und hob abwehrend die Hände. »Luca hat sich eines Vorfalls gerühmt, der angeblich vor Natalies und Francos Hochzeit stattgefunden haben soll. Unser Vater war außer sich vor Wut. Er hat gedroht, Luca umzubringen.«

Caterina schloss die Augen. »Und warum?«

»Nein, darüber möchte ich nicht sprechen«, erklärte Rosa vehement. »Es war eine Tragödie.«

»Sag mir nur, ob ich recht habe. Hatte es mit Luca und Natalie zu tun?« Rosa nickte, und Caterina bohrte weiter: »Ich frage das wirklich nicht gern, aber ich muss die Wahrheit erfahren. Hat er sie vor ihrer Hochzeit kompromittiert?«

Rosas Augen wurden glasig, und ihre Finger fuhren über die zarte Spitze des Brautkleids, das Caterina immer noch trug. »Natalie hat es stets abgestritten, aber sie war immer ein braves Mädchen, das keine Umstände machen wollte. Sie hatte Angst um ihren Papa und ihren Verlobten. Franco hätte ihre Ehre wiederherstellen müssen.«

»Aber *du* glaubst, dass Luca sie entehrt hat, nicht wahr?«

»Ich weiß es nicht.« Rosa presste die Hand auf die faltenzerfurchte Stirn. »Das ist schon so lange her. Lass es gut sein, *tesoro*.«

Liebevoll umarmte Caterina die ältere Frau, aber sie war entschlossener denn je, die Wahrheit herauszufinden.

Das sommerliche Lied der Grillen zirpte durch die toskanischen Hügel und erfüllte die Luft mit pastoralem Gesang. Caterina setzte Marisa in einen hölzernen Hochstuhl und schob sie an den Esstisch auf der Terrasse. Seit Santo abgereist war, um nach Kalifornien zurückzufliegen, war Marisa quengelig.

Es waren wunderbare Tage gewesen, in denen sie gemeinsam seine Familie besucht und die Sehenswürdigkeiten der Toskana besichtigt hatten. Santo hatte Marisa mit Liebe geradezu überschüttet, und die Kleine hatte sich sofort an ihn gehängt, fast als wüsste sie, dass er ihr Vater ist. Und nun vermisste sie verständlicherweise ihren Daddy, genau wie ihre Mutter.

Caterina setzte sich zum Abendessen mit Giovanna und Alma. Giovanna hatte Crostini gemacht, danach gab es Pappardelle mit Steinpilzen und Artischocken, Salat und *pollo alla cacciatore*. Begeistert lobte Caterina Giovanna für die köstlich Pasta und das Hühnchen.

Für Marisa schnitt sie alles in kleine Stückchen. Ihre

Tochter schaufelte sich das Essen begeistert mit beiden Händen in den Mund, den sie meistens recht gut traf. Aber selbst mit einem Lätzchen um den Hals musste man sie nach dem Essen erst einmal gründlich abwischen. Caterina musste über die Nudel grinsen, die an Marisas Nase klebte.

»Es ist so still ohne Santo«, bemerkte Giovanna und sah Caterina fragend an. »Du hast ihm nichts von Luca und Natalie erzählt, oder?«

»Noch nicht. Ich muss mir erst ganz sicher sein.« Aber würde sie die Wahrheit je erfahren? Bei dem Gedanken wurde ihr schlecht, aber es *musste* doch irgendjemanden geben, der es mit Gewissheit wusste. »Ich habe mit seiner Tante Rosa gesprochen, aber sie konnte mir nicht viel sagen – zumindest nichts Konkretes. Sie hat mir versprochen, Santo vorerst nichts zu sagen. Wer hier im Ort könnte mir helfen, diesen Gerüchten auf den Grund zu gehen, was meinst du?«

»Wir könnten uns diskret ein bisschen umhören«, schlug Giovanna vor.

Alma stocherte in ihrem Essen herum und zog eine ihrer elegant geschwungenen Augenbrauen hoch. »Normalerweise gebe ich nichts auf Klatsch und Tratsch, aber es wird viel geredet.«

»Hast du auch irgendwas über *ihn* gehört?« Caterina zupfte Marisa einen Pilz vom Kleid. Inzwischen wollte sie Luca nicht mal mehr als ihren Vater bezeichnen. Aber wenn sie ihm je begegnete, würde er ihr dann vielleicht die Wahrheit über seine Beziehung zu Natalie erzählen?

Giovanna fühlte sich sichtlich unbehaglich. Sie warf

Alma einen vielsagenden Blick zu und trank dann einen großen Schluck Wein.

»Nichts Neues«, murmelte Alma. »Die alten Frauen graben gern die uralten Geschichten aus. Manche Dinge ändern sich eben nie.«

Giovanna wechselte kurzerhand das Thema und sagte: »Ich würde mich freuen, wenn du hierbleiben und bei der Lese helfen würdest. Wir könnten gemeinsam einen tollen Wein für unsere Gäste keltern. Du hast gerade eine wichtige Auszeichnung gewonnen, also werden die Leute deinem Urteil vertrauen. Du könntest hier bei uns mitarbeiten.«

Alma sprang ihr bei: »Und ich könnte mich solange um Marisa kümmern, Liebes. Ich passe oft auf meine Enkelkinder auf. Auf ein Kind mehr oder weniger kommt es nicht an.«

Verblüfft schnappte Caterina nach Luft. »Meint ihr das wirklich ernst?«

»Wir bestehen darauf«, antwortete Giovanna. »Du gehörst doch zur Familie, meine Liebe. Du und Marisa seid uns jederzeit herzlich willkommen, und ihr könnt hierbleiben, solange ihr wollt. Es wird eine Weile dauern, bis du das Häuschen renoviert und wieder bewohnbar gemacht hast und auf eigenen Beinen stehst.«

»Ihr könnt euch gar nicht vorstellen, wie dankbar ich euch dafür bin«, rief Caterina gerührt, und vor Erleichterung fiel ihr ein Stein vom Herzen. Das war eigentlich die beste Lösung, die sie sich denken konnte – mal abgesehen von einer gemeinsamen Zukunft mit Santo. Als sie die beiden Frauen herzlich umarmte, schimmerten ihre Augen feucht. Sie konnte sich des Gedankens nicht erwehren, dass es schön wäre, ein so unbefangenes, unbeschwertes Verhältnis zu ihrer eigenen Mutter zu haben.

Das war ein sehr großzügiges Angebot, und Caterina war ehrlich ergriffen. Sollte sich tatsächlich bestätigen, dass sie und Santo miteinander verwandt waren – und sie würde keine Ruhe geben, bis sie es herausgefunden hatte –, würde sie in Montalcino bleiben. Sie konnte nicht zurück nach Kalifornien, zurück in seine Nähe. Wie sollte sie es ertragen, ihn ständig zu sehen, ohne ihre Liebe ausleben zu können? Es würde ihnen beiden das Herz brechen.

Und dann war da natürlich auch noch Marisa. Das kleine Mädchen würde seinen Vater zwar vermissen, aber er konnte sie ja so oft wie möglich besuchen.

Und sie könnte versuchen, genug Geld zu sparen, um ihren eigenen Wein zu produzieren. Auch wenn es das Schicksal nicht gerade gut mit ihr gemeint hatte, könnte sie Montalcino zu ihrer neuen Heimat machen. Aber was, wenn die Leute hier die Wahrheit über Marisa erfuhren? Würden sie das Mädchen dann wegen seiner unehelichen Herkunft ausgrenzen? Wenn sich das herumsprach, könnte es am Ende schlimmer werden als zu Hause in Amerika. Nur Giovanna und Alma zeigten Verständnis. Oder würde man sie doch eines Tages akzeptieren? Caterina seufzte schwer. *Wenn die Leute es erst einmal erfuhren* … Niedergeschlagen schüttelte sie den Kopf. Die Antwort darauf kannte sie.

Caterina rückte näher an den Tisch heran, und die Stuhlbeine schrammten vernehmlich über den Steinboden. »Giovanna, ich muss dir etwas gestehen. Oben in meinem

Zimmer habe ich einige alte, an dich adressierte Briefe von meiner Mutter gefunden. Ich habe sie gelesen, bis zu dem Moment, als meine Mutter auf dem Weg von San Francisco nach Napa war. Und ich war entsetzt darüber, wie abscheulich Luca sie behandelt hat.«

Alma nickte. »Das waren wir alle.«

»Hast du je wieder etwas von ihr gehört?«

Giovanna schien nachzudenken. »Ava hat mir geschrieben, nachdem du geboren wurdest, und sie hat ein paarmal Fotos geschickt, aber während des Kriegs ist der Kontakt dann schließlich abgebrochen.«

»Du hast gewusst, dass sie und Luca nicht mehr zusammen waren. Hat sie dir nichts davon geschrieben?«

»Manche alten Geschichten sollte man lieber ruhen lassen.« Giovannas Tonfall klang wie eine Warnung.

»Ich bekomme die Briefe meiner Mutter einfach nicht aus dem Kopf. Ich muss wissen, wie es weiterging. Waren wir überhaupt je eine richtige Familie? Warum hat Luca sich dann schließlich aus dem Staub gemacht?«

Giovanna schaute Alma vielsagend an. »Lass die Vergangenheit vergangen sein, Caterina. Luca ist aus deinem Leben verschwunden. Dafür solltest du dankbar sein.« Mitfühlend legte sie Caterina eine Hand auf die Schulter. »Lass die Sache mit deinem Vater einfach auf sich beruhen, Liebes.«

Aber Caterina hatte so viele Fragen, und sie konnte die Gerüchte um Luca und Natalie einfach nicht vergessen. *War das alles nur Gerede oder am Ende doch die Wahrheit?* Allein bei dem Gedanken wurde Caterina ganz schlecht.

»Wenn du noch ein bisschen aufbleiben möchtest, bringe ich Marisa ins Bett«, bot Alma an.

»Das wäre sehr nett.« Caterina wischte Marisa Hände und Gesicht ab und gab der Kleinen einen Gutenachtkuss.

Die beiden Schwestern gingen mit Marisa nach oben. Caterina blieb allein auf der Terrasse sitzen und schaute blicklos auf die sanften Hügel und die Bergkette in der Ferne. Die Sonne war hinter dem Horizont verschwunden, und versprengte kleine Lichterflecken durchdrangen die Dunkelheit unter ihr, wo die Leute Feuer im Kamin machten oder auf der Terrasse Kerzen entzündeten. Die Nacht war noch jung für einen Sommer in Italien, aber Caterina fühlte sich so alt wie die Berge.

Wie gern würde sie ihren Vater zur Rede stellen und ihre Wut an ihm auslassen. Warum konnte er nicht der Vater sein, den sie sich immer gewünscht hatte? Stattdessen drohte sein unverantwortliches Handeln nicht nur, ihr Leben zu zerstören, sondern auch das der Menschen, die sie am meisten liebte.

Caterina stand auf und ging zum Ende der Terrasse. Dort blieb sie stehen, schlang die Arme um ihren Körper und spürte schmerzlich das Loch, das Santos Abwesenheit hinterlassen hatte. Irgendwo schrie eine Eule, und sie drehte sich um. Durch die offene Tür fiel fahles Mondlicht in den Raum und beleuchtete Violettas Porträt wie ein Scheinwerfer. Der Blick der strahlend blauen Augen ihrer Großmutter schien Caterina regelrecht zu durchbohren. Es war, als wollte sie ihre Enkelin drängen, jetzt nur nicht aufzugeben.

In den nächsten Tagen versuchte Caterina, weitere Details über Lucas Beziehung zu Natalie in Erfahrung zu bringen. Sie besuchte den alten Doktor, der damals zu spät gekommen war, um Natalie noch zu retten, aber er konnte sich beim besten Willen nicht denken, wer außer Franco der Vater des Kindes gewesen sein könnte. Er wurde sogar regelrecht ungehalten, dass sie dem Klatsch, der damals die Runde gemacht hatte, Glauben schenkte.

Schließlich spürte sie einen Geistlichen auf, der sich noch an Luca, Natalie und Franco erinnerte. Geduldig erklärte er ihr, dass das, was ihm in der heiligen Beichte anvertraut wurde, durch das Beichtgeheimnis geschützt sei und er ihr deshalb beim besten Willen nicht weiterhelfen könne. Und Caterina konnte ihm nicht einmal erklären, warum es so wichtig für sie war – schließlich wollte sie Marisa nicht stigmatisieren für den Fall, dass sie mit ihr doch in Italien blieb.

Sie besuchte eine von Santos Cousinen, die sie gerade erst kennengelernt hatte, doch auch die konnte ihr nur berichten, dass sie natürlich schon von den Gerüchten gehört hatte. Am Ende gab es niemanden, der ihren Verdacht eindeutig widerlegen oder bestätigen konnte.

Nach ihrem letzten Abstecher in den Ort überlegte Caterina, ihre Großmutter, die sie so gern zu Lebzeiten kennengelernt hätte, auf dem Friedhof zu besuchen. Also nahm sie Marisa auf den Arm und spazierte mit ihr zum uralten Friedhof der Familie Rosetta, der am Ende eines schmalen Wegs lag, der zur Villa hinaufführte. Kleine Wattewölkchen zogen über den Himmel, und ein warmer

Wind fuhr über die Berge, wehte ihr den Rock um die Beine und wirbelte trockenen Staub auf.

Caterina öffnete das schmiedeeiserne Tor, das in verrosteten Angeln quietschend zurückschwang. Auf der Mauer, die das kleine Geviert umringte, saßen Amseln und schrien ihr quäkend entgegen. Die Olivenbäume rauschten über ihren Köpfen, und lila Iris wiegte sich im Wind. Schnell hatte sie das frische Grab von Violetta Romagnoli Rosetta gefunden und blieb davor stehen.

»Das ist deine Urenkelin«, sagte Caterina und strich Marisa die Haare glatt. Ihr kleines Mädchen strahlte über das ganze Gesicht und streckte die Hand nach dem glänzenden Marmorgrabstein aus.

Mit Marisa an der Hand kniete sich Caterina neben Violettas Grab auf die Erde und dachte an jene tragische Mordnacht. Ein anständiger Mann war ermordet worden, Violetta hatte ihren Sohn verloren, später hatte Ava ihren Ehemann verstoßen, und Caterina hatte ihren Vater nie kennenlernen dürfen. Jetzt verstand sie auch, warum Ava alle Verbindungen nach Italien gekappt hatte.

Für Caterina war es ein wichtiger Schritt, die Vergangenheit zu verstehen. Sie war nach Italien gekommen, um mehr über ihre im Dunkeln liegende Familiengeschichte zu erfahren, und das war ihr gelungen. Auch wenn ihre italienische Familie sie hier nicht wie erhofft herzlich und mit offenen Armen empfangen hatte, bemühten sich Giovanna und Alma nach Kräften, das ein wenig wettzumachen. Die beiden waren ihr in der kurzen Zeit schon sehr ans Herz gewachsen – und sie war der Wahrheit weiter auf der Spur. Es fehlten zwar noch ein paar Puzzleteile, aber hier würde sie wohl keine weiteren Antworten finden.

Ein Satz, den sie im Kopf gehabt hatte, als sie das Bild von Violetta zum ersten Mal gesehen hatte, kam ihr nun wieder in den Sinn. *Aus Fehlern wird man klug*. Womöglich sprach Violetta auch jetzt wieder zu ihr.

Sie senkte den Kopf und sprach ein stilles Gebet für Violetta. Sie dankte ihr, dass sie ihr das Häuschen vermacht hatte und den Weinberg, der so wunderbar gehegt und gepflegt war. Dann stand sie auf und küsste den polierten Grabstein.

Marisa beobachtete sie mit großen Augen. Als sich Caterina zu ihr umdrehte, streckte das kleine Mädchen die Arme aus und sagte ein einziges Wort: »Arme?«

»Ach ja, ich will dich auch umarmen, mein liebstes Kind. Mama hat dich so lieb«, rief Caterina und umarmte ihre Kleine, bis sie glaube, das Herz müsste ihr zerspringen. Es gab nichts, was sie für ihr Kind nicht zu tun bereit wäre.

Sie war eine Rosetta, und die Familie war ihr genauso heilig, wie sie Violetta gewesen war. Sosehr sie Italien lieben gelernt hatte, und so sicher sie wusste, dass sie immer wiederkommen würde, wusste sie plötzlich ganz bestimmt, dass ihr Zuhause – und vor allem Marisas – in den Weinbergen Kaliforniens lag.

Caterina war ohne Vater aufgewachsen, und sie hatte ihn ihr ganzes Leben lang schmerzlich vermisst. Aber sie war noch immer fest entschlossen, endlich die Wahrheit herauszufinden. Und wenn es ihr gelang und sich ihre schlimmsten Befürchtungen bewahrheiteten, dann würde sie ihr Herz verschließen müssen, um Marisa nicht den Vater vorzuenthalten. Sie durfte ihrer Tochter nicht den Vater verwehren, vor allem nicht, da er sie so abgöttisch und von Herzen liebte.

Während Caterina das Problem immer wieder wälzte, ging ihr irgendwann auf, dass es nur einen Menschen gab, der die Gerüchte zerstreuen oder bestätigen konnte.

Caterina stand in Giovannas Arbeitszimmer und umklammerte den Telefonhörer, während sie darauf wartete, dass die Dame vom Amt sie nach Napa durchstellte.

»Bist du dir wirklich sicher?«, fragte Giovanna stirnrunzelnd.

Caterina nickte. »Ganz sicher. Ich weiß bloß nicht, ob ich willkommen bin.«

»Versuch's. Ava wird dich womöglich überraschen.« Aufmunternd tätschelte Giovanna ihr die Schulter. »Und wenn nicht, kannst du gern hierbleiben.«

Endlich klingelte es. Sie hoffte inständig, dass ihre Mutter dranging.

»Denk immer daran, Ava meint es nur gut. Nichts im Leben ist perfekt, wir können nur versuchen, nach bestem Wissen und Gewissen zu tun, was wir für das Beste halten.« Giovanna drückte ihr einen Kuss auf die Stirn. »Ich fand es wunderbar, dich und Marisa hier zu haben, und ich hoffe sehr, ihr kommt bald wieder«, sagte sie noch, bevor sie hinausging.

Giovanna und Alma und all die anderen Menschen, die sie in Italien kennen und lieben gelernt hatte, würden ihr fehlen. Es knackte ein paarmal in der Leitung, und Caterina hielt den Atem an. *Aus Fehlern wird man klug*, sagte sie sich immer wieder.

Aber war genug Zeit vergangen, damit diese Saat hatte aufgehen können?

»Hallo? Mille Étoiles.« Avas angespannte Stimme schepperte, als spräche sie in eine leere Blechbüchse.

Caterina hockte sich auf die Stuhlkante und schnappte nervös nach Luft. »Maman, hier ist Caterina.«

Eine scheinbar unendliche Pause entstand, während es weiter in der Leitung knisterte, die ihre Stimme durch das Meer trug, über weite Ebenen und hohe Berge. Ihr schlug das Herz bis zum Hals, während sie auf die Antwort ihrer Mutter wartete.

»*Ma chérie!*«, rief Ava, und ihre Stimme klang belegt vor Rührung. »Ich freue mich so, dass du anrufst!«

Mit weißen Knöcheln presste Caterina den Hörer ans Ohr. Sie hörte, wie ihre Mutter am anderen Ende der Leitung erstickt um Fassung rang, und hatte plötzlich selbst Tränen in den Augen.

Schließlich fand Caterina ihre Stimme wieder. »Wir hatten unsere Meinungsverschiedenheiten, und ich liebe Italien, aber ich habe überlegt …«

»Komm bitte wieder nach Hause, *chérie*. Du fehlst mir so … und ich möchte so gern meine Enkeltochter kennenlernen.«

»Ach ja, Maman, ja. Das wäre wunderbar.« Sie schniefte. Als sie ihr versicherte, sie werde bald nach Hause kommen, schluchzte Ava vor Freude. *Und dann fangen wir alle noch einmal ganz von vorne an.*

»Maman, eins noch, bevor wir zurückkommen. Ist Luca

noch in der Nähe?« Es wurde so still, dass Caterina glaubte, die Leitung sei tot.

Endlich sagte Ava: »Ich glaube schon. Du musst vorsichtig sein, Caterina.«

Caterina legte auf. Luca war der letzte Mensch auf der Welt, dem sie über den Weg laufen wollte, aber es gab keine andere Möglichkeit, die Wahrheit herauszufinden. Und erst dann konnten sie und Santo überlegen, wie es mit ihnen weitergehen sollte.

Napa Valley, Kalifornien

Am nächsten Morgen wurde Ava vom klingelnden Telefon geweckt, und so ging es den ganzen Tag Schlag auf Schlag weiter.

Stundenlang saß sie in ihrem Büro mit Blick über die Weinberge und nahm einen Anruf nach dem nächsten entgegen. Den Hörer hatte sie sich beim Reden zwischen Kinn und Schulter geklemmt. »Den Wein hat meine Tochter cuvertiert, Caterina Rosetta, zusammen mit Santo Casini.« Ein paar Minuten später hatte sie das Verkaufsgespräch beendet und legte auf. Sie machte sich ein paar Notizen und legte die Karteikarte zurück auf den Stapel.

Sie war so erleichtert, dass Caterina sich gemeldet hatte, und freute sich, dass sie wieder zurückkam. *Sie kommt nach Hause mit Marisa.* Es gab noch so viel zu tun, aber da klingelte schon wieder das Telefon.

»Hallo, Mille Étoiles Weinkellerei. Was kann ich für Sie tun?« Sie griff zum Kugelschreiber.

Offenbar war ein Artikel in der *New York Times* erschienen, in dem stand, dass ihr Wein bei einer exklusiven Verkostung in Paris mit den höchsten Ehren ausgezeichnet worden war. Käufer und Sammler fielen seitdem regelrecht über sie her.

Sie war außer sich vor Freude, dass Caterina einen solchen Sieg errungen hatte, und unsagbar stolz auf ihre Tochter.

Juliana hatte alle Hebel in Bewegung gesetzt, um ihren Erfolg bekannt zu machen, und Ava war ihr sehr dankbar für die Hilfe. Das Weingut, die Kellerei, die Verkäufe – sie hatte alle Hände voll damit zu tun, alles am Laufen zu halten.

Noch vor der Lese mussten sie sich Geld bei der Bank leihen oder es sonst wo auftreiben. Es war beständig warm und sonnig, und die Trauben reiften dieses Jahr früher als sonst.

»*Merci*. Vielen Dank für Ihre Bestellung. Auf Wiederhören.« Ava lehnte sich zurück. Sie konnte sich nicht daran erinnern, jemals so einen geschäftigen Tag erlebt zu haben.

Bevor sie für heute Feierabend machte, sah sie sich noch einmal um. Rasch richtete sie noch die frischen weißen Gänseblümchen in der Vase vor dem Fenster.

In diesem Moment sah sie aus dem Augenwinkel eine Bewegung zwischen den ordentlichen Reihen der Reben. Es war dämmerig, weshalb sie nicht genau erkennen konnte, was da war. Angestrengt spähte sie aus dem Fenster. Sie hielt die Luft an und bekam es mit der Angst zu tun. *War das etwa Luca da draußen?*

Nein, bestimmt war es nur einer der Arbeiter, der eins

seiner Geräte liegen gelassen hatte. Seit dem Zwischenfall mit Luca war sie übernervös und schreckhaft. Trotzdem nahm sie sich vor, Raphael davon zu erzählen.

Ihr Anwalt hatte ihnen erklärt, es sei eigentlich alles ganz einfach: Luca war nach wie vor der rechtmäßige Besitzer des Weinguts, ganz gleich, wie lange er fort gewesen war. Dass es ihr Geld war – ihr Erbe –, mit dem sie den Grund und Boden erworben hatten, spielte dabei keine Rolle.

Sie schüttelte den Kopf. Womöglich würde sie sich von ihrem geliebten Zuhause in Mille Étoiles verabschieden müssen, aber wenn sie genügend Vorbestellungen bekamen, könnte sie so vielleicht wenigstens ihre Lebensgrundlage retten.

Mit einem Mal explodierte das Fenster vor ihr in einem Sprühregen aus winzigen Glasscherben, und etwas krachte mit einem lauten Knall gegen das Gemälde auf der anderen Seite des Raums. *Was war das?*

Ein bösartiges Männerlachen schallte schadenfroh durch die zersplitterte Fensterscheibe.

Luca. Auf allen vieren kroch Ava über den Boden und versuchte, nicht in die Glassplitter zu fassen. Sie hob das Gemälde auf, sah darunter einen Backstein und streckte die Hand danach aus. Mit Schnur war ein Zettel daran festgebunden.

Sie riss ihn ab und faltete ihn auf.

Die Zeit ist um, stand da.

Am nächsten Morgen klopfte es an ihrer Tür. Ava strich das marineblaue Kleid mit den weißen Biesen und dem ausgestellten Rock glatt und ließ den Anwalt herein. Sie kannten sich schon lange, er wohnte unten im Ort. »Guten Morgen, Russell. Welch angenehme Überraschung! Was führt Sie denn so früh am Morgen hierher?«

Russell Glenhall nahm den Hut vom Kopf und hielt ihn sich vor die Brust. »Darf ich hereinkommen, Ava?« Er fuhr sich durch das schütter werdende Haar.

»Natürlich. Möchten Sie vielleicht einen Kaffee?«

»Das wäre sehr nett, Ma'am.«

Ava drehte sich um und klackerte in den marineblauen Pumps über den Holzboden. Dann führte sie Russell ins Gesellschaftszimmer, wo sie oft Weinkäufer oder Journalisten empfing. Der rundliche Anwalt folgte ihr.

Aus einer silbernen Kanne goss sie Kaffee in zwei Porzellantassen, dann setzte sie sich an den langen polierten Tisch und faltete die Hände. »Was kann ich für Sie tun, Russell?«

Eins seiner Augenlider zuckte, und er rieb sich irritiert das Auge. Einen Moment lang blickte er nur starr auf den Strauß rosa Rosen auf dem Tisch, dann trank er einen Schluck Kaffee und räusperte sich. »Das ist leider kein erfreulicher Besuch, Ava. Luca hat mich beauftragt, Sie zu benachrichtigen. Er möchte eine Zwangsräumung erwirken, um seinen Grund und Boden zurückzubekommen.«

»Zwangsräumung?«

»Er will Mille Étoiles. Sie sollen alle hier raus.«

»Ich gehe hier nicht weg, Russell. Das ist mein Zuhause und mein Weingut.«

Er seufzte schwer. »Ich hatte schon befürchtet, dass Sie das sagen.« Damit griff er in die Brusttasche seines Sakkos und zog ein gefaltetes Bündel Papiere heraus, das er ihr überreichte. »In diesem Fall sind das hier Lucas Forderungen.« Als sie keinerlei Anstalten machte, die Papiere entgegenzunehmen, zögerte er kurz, dann legte er sie vor sie auf den Tisch. »Die sollten Sie Ihrem Anwalt zur Durchsicht geben, Ava.«

»Ich kann selbst lesen, vielen Dank«, entgegnete sie schnippisch und merkte, wie ihr Blutdruck unaufhaltsam stieg. »Wie können Sie es wagen, meine Arglosigkeit und Gastfreundschaft derart auszunutzen, um mir dann diese Räumungsklage vorzulegen? Sie, Sir, sind ein Mann ohne Anstand und Manieren.«

Vor Verlegenheit runzelte er die Stirn und entgegnete: »Ava, wirklich, ich wünschte, es hätte nicht so weit kommen müssen. Luca ging immer davon aus, er habe eine Erbschaft von seiner Mutter zu erwarten, oder wenigstens ein kleines Einkommen von den Einkünften ihres Guts, aber nichts davon ist eingetreten. Seine eigene Mutter hat ihn zugunsten Ihrer Tochter übergangen.«

»Weil Violetta eine kluge Frau war. Caterina hat das Haus viel mehr verdient als er. Sie wird ihr Erbe nicht verschleudern.« Beim Gedanken an ihre Tochter wurde Ava nur umso verzweifelter.

Russell wischte sich kleine Schweißperlen von der Oberlippe. »Bestimmt werden Sie irgendwann ein Einsehen haben und zur Vernunft kommen.«

»Nein, ganz sicher nicht.« Das Herz schlug ihr vor Ärger und Empörung bis zum Hals. Ava stand auf. »Ich weiß nur, dass Luca mich damals beinahe umgebracht hätte. Jeder hier im Ort hat meine blauen Flecken gesehen, aber keiner hat mir Hilfe angeboten, und Sie am wenigsten. Ich habe dieses Grundstück gefunden, und ich habe es mit dem Geld, für das mein Vater und meine Mutter und ihre Familie schwer gearbeitet haben, gekauft. Des Weiteren habe ich gut zwei Jahrzehnte gebraucht, um es zu dem zu machen, was es heute ist. Was hat wohl Luca in der Zwischenzeit gemacht? Ganz offensichtlich gar nichts.«

Russell rappelte sich auf. »Ava, er ist immer noch Ihr Ehemann. Vielleicht kann ich ihn dazu bewegen, einem Vergleich zuzustimmen. Sie könnten Mille Étoiles verkaufen und den Erlös aufteilen. Ich denke, ich könnte ihn dazu bringen, einer vernünftigen Lösung zuzustimmen.«

Sie lachte bitter auf. »Nachdem er mir einen Stein durchs Fenster geworfen und mich auf der Straße bedroht und geschlagen hat? Nein, ich verhandele nicht mit einem Mann, der mit Einschüchterung und Terror arbeitet. Und auch nicht mit seinem Stellvertreter. Die Antwort lautet Nein.«

Damit marschierte Ava brüsk zur Haustür und riss sie entschlossen auf. »Luca wird nie einen Fuß auf Mille Étoiles setzen, das ist mein letztes Wort. Einen guten Tag, Russell.«

Am Abend setzten Ava und Raphael sich zum Essen auf die Veranda mit Blick über die Weinberge. Die abendliche Brise wehte angenehm frische Meeresluft zu ihnen herauf. Nina hatte eine Tomaten-Basilikum-Suppe gemacht, danach gab es Pasta, Salat und Baguette. Nina selbst war unterwegs, um Juliana zu besuchen.

Raphael goss etwas Olivenöl auf ein Tellerchen und

zupfte dann ein paar frische Oregano-Blättchen hinein. »Hast du heute mit deinem Anwalt gesprochen?« Er brach ein Stück Brot ab und tauchte es in das zartgrüne Öl, dann reichte er es Ava.

»Habe ich.« Sie hatte ihm von Russells Besuch erzählt, bevor sie nach Napa gefahren war. Routiniert füllte sie zwei Rotweingläser. »Da ich mich nicht auf einen Vergleich einlassen werde, läuft es wohl auf eine Gerichtsverhandlung hinaus.«

»Ich kann mir nicht vorstellen, dass die Leute im Zweifelsfall nicht auf deiner Seite wären, Ava.«

»Nett, dass du das sagst, aber der Grundbucheintrag lautet immer noch auf Lucas Namen. So wütend ich auch bin, die Gesetzeslage ist recht eindeutig. Mein Anwalt hat mir heute Nachmittag alles genau auseinandergelegt. Man kann es drehen und wenden, wie man will, aber die Waage neigt sich nicht unbedingt zu meinen Gunsten.«

»Besteht denn wenigstens eine kleine Chance, dass das Urteil positiv für dich ausfallen könnte?«

Niedergeschlagen senkte sie den Blick. »Ich habe mir sagen lassen, ich kann eigentlich nur darauf hoffen, dass der Besitz verkauft und der Erlös durch zwei geteilt wird.«

»Wann ist denn der Gerichtstermin?«, fragte Raphael.

»Mein Anwalt meint, sicher bald.« Avas Blick ging über ihre Weinberge, die sie womöglich in nicht allzu ferner Zukunft verlieren könnte. Sie kannte das Land hier wie eine Mutter ihr Kind. Ihre Lider wurden müde und schwer. Doch selbst mit geschlossenen Augen sah sie jeden knorrigen Rebstock, jeden Hang, jeden schräg auf den Hügel fallenden Sonnenstrahl, jedes im abendlichen Windhauch raschelnde Blatt vor sich.

Mühsam hob sie den Kopf und sah Raphael an. Sie wollte sich nichts anmerken lassen und stärker wirken, als sie war. Der Gedanke daran, wieder ganz von vorne anzufangen, selbst mit Raphael an ihrer Seite, war einfach zu viel.

Sie räusperte sich. »Das hier ist mein Zuhause. Mein Leben. *Unser Leben*. Raphael, ich will nicht fort aus Mille Étoiles.«

Raphael hob ihr Kinn mit der Hand an und tupfte ihr mit einem Taschentuch die Tränen aus den Augenwinkeln. »Sollte es dazu kommen, suchen wir uns woanders ein neues Stück Land und fangen noch mal ganz von vorne an.«

Sie sah in seine warmen braunen Augen und musste schweren Herzens lächeln. Mit zitternder Hand nahm sie ihr Weinglas, schwenkte es und musste dabei an jene Nacht denken, als sie und Luca den großen Streit gehabt hatten. »*Merci, mon amour.*« Zärtlich küsste sie ihn auf die Wange. *Was ist das nur für ein guter, anständiger Mann*. Und so viel mehr als das.

Unvermittelt drehte Raphael den Kopf, ihre Lippen trafen sich, und er strich ihr mit der Hand über die Wange. Als sie sich schließlich wieder voneinander lösten, war Ava ganz außer Atem. So lange Jahre hatte sie sich gefragt, wie es wohl wäre, ihn zu küssen. *Was war ich nur für eine Närrin, so lange damit zu warten*. Und mit einem Mal war es, als würde die alles verschlingende Dunkelheit um sie herum von einem hellen Hoffnungsschimmer durchbrochen.

Lächelnd fuhr sie ihm mit den Händen durchs Haar und zog ihn wieder zu sich.

»Mmm«, murmelte Raphael. »Weißt du eigentlich, wie lange ich auf diesen Moment gewartet habe, *amore mio*?«

»Genauso lange wie ich. Und das war viel zu lange.«

Sie brauchten keine weiteren Worte, um sich zu verstehen. Er nahm sie in die Arme, liebevoll und vollkommen rückhaltlos, und streichelte sie zärtlich. »*Sei la mia anima gemella.*«

Sie lehnte die Stirn gegen seine. Nie hatte sie sich einem Menschen so verbunden gefühlt. Schon gar nicht Luca. »Und du bist mein Seelenverwandter.«

29

San Francisco, Kalifornien

Julianas Augen blitzten vor Aufregung, als der Gepäckträger mit der roten Mütze am Flughafen Caterinas schweren, großen Koffer in den Kofferraum von Julianas Wagen wuchtete.

Caterina umarmte ihre Freundin zur Begrüßung. Sie hatte Juliana angerufen, nicht Santo, damit ihre Freundin sie am Flughafen abholte, weil sie zuerst mit ihrer Mutter sprechen wollte, ehe sie sich überlegte, wie es mit ihr und Santo weitergehen sollte.

Sie gab dem Gepäckträger ein Trinkgeld und schlüpfte mit Marisa auf den Beifahrersitz. Nach dem langen Nickerchen im Flieger rieb sich die Kleine die Augen. Es war eine beschwerliche Reise mit der Boeing 377 Stratocruiser gewesen, erst von Rom nach New York und dann weiter nach San Francisco. Doch aller Anstrengung zum Trotz – Marisa hatte auf dem ersten Teil der Reise ununterbrochen gequengelt, bis sie endlich vor Erschöpfung eingeschlafen war – stand Caterina das Schlimmste womöglich noch bevor. Ob ihre Mutter sie wirklich mit offenen Armen empfangen würde?

»Ich bin so froh, dass wir noch den ganzen langen Weg nach Napa vor uns haben. Ich habe dir so viel zu erzählen.«

Caterina trug ihr graues Reisekostüm und hatte Marisa in ein rosa-grün kariertes Seersucker-Kleid gesteckt, das sie in einer Kindermodenboutique in Paris gekauft hatte. Für das erste Treffen mit ihrer Großmutter hatte sie die Kleine besonders hübsch zurechtgemacht. Sie strich ein paar Falten aus Marisas entzückender Aufmachung.

Juliana ließ den Motor an. »Ich will alles ganz genau wissen«, sagte sie und fädelte sich in den fließenden Verkehr ein, während Marisa mit großen Augen aus dem Fenster schaute und die vorbeisausenden Autos bestaunte.

Zuerst erzählte Caterina Juliana von Giovanna und der Testamentseröffnung. »Danach bin ich dann zur Weinverkostung nach Paris gefahren.« Die Tage in Paris erschienen ihr schon jetzt wie ein schöner Traum. Die Erinnerung daran würde sie für immer im Herzen bewahren, aber sie fürchtete insgeheim, sie könnte sich verflüchtigen wie Nebelwolken, wenn man sie im grellen Tageslicht allzu genau betrachtete.

»Und?«, fragte Juliana mit hochgezogenen Brauen und sah aus, als würde sie gleich platzen vor Neugier.

»Santo und ich hatten eine wunderbare Zeit zusammen in Paris, aber es gibt zwischen uns noch einiges zu klären.« Sie brachte es einfach nicht über sich, Juliana zu erzählen, dass Luca womöglich Santos Vater sein könnte. Nicht, bis sie sich ganz sicher sein konnte. Und an diese Information zu gelangen, könnte womöglich lebensgefährlich werden. »Ich hätte nie gedacht, dass er mir so fehlen würde, wenn er weg ist.« Ohne Santo war es, als fehlte ihr ein Stück ihres Herzens.

Juliana sah Caterina aus dem Augenwinkel an. »Was

meinst du, wie deine Mutter die Kleine dieses Mal aufnehmen wird?«

»Am Telefon klang sie ganz anders als sonst. Ich habe alte Briefe von ihr gefunden, die sie als junge Frau geschrieben hat. Und ich habe Dinge erfahren, von denen ich bisher keine Ahnung hatte. Dinge, bei denen es einem eiskalt den Rücken runterläuft. Was immer sie getan hat, sie hat stets in bester Absicht gehandelt.« Caterina berichtete kurz, was sie über ihren Vater erfahren hatte.

»Das ist ja unfassbar! Es tut mir so leid, Cat«, rief Juliana kopfschüttelnd. »Aber ich habe gute Neuigkeiten. Während du in der Weltgeschichte herumgegondelt bist und Preise abgeräumt hast, haben deine Mutter und ich hart gearbeitet.«

»Woran genau?«

»Du hast wirklich keine Ahnung, was in der Zwischenzeit passiert ist, oder?«, fragte Juliana lachend. »Falls es dich tröstet, in den vergangenen Tagen ging es hier zu wie im Irrenhaus. Weißt du noch, wie du mich aus Paris angerufen und mir erzählt hast, ihr hättet mit einer Reporterin von der *New York Times* gesprochen? Tja, rate mal! Sie hat einen riesengroßen Artikel über den Wettbewerb geschrieben, mit besonderem Augenmerk auf den Sieg von Mille Étoiles, und heiliges Kanonenrohr, was soll ich sagen, seitdem hat das Telefon nicht mehr still gestanden. Deine Mom und ich kommen zu nichts anderem mehr.«

»*Was?*«

»Glaub mir«, meinte Juliana und zwinkerte ihr verschwörerisch zu. »Dein Plan ist aufgegangen. Noch ist Mille Étoiles nicht verloren. Das Boot ist wieder auf Kurs.«

»Das ist ja wunderbar! Mir fällt ein Stein vom Herzen. Der Anfang ist gemacht. Immerhin.« Ein kleiner Hoffnungsfunke flackerte warm in Caterinas Brust auf. Sie sah hinüber zu Juliana, die ganz rot geworden war und nervös auf ihrem Sitz herumrutschte. »Okay, Jules, was hast du sonst noch zu berichten?«

»Ich habe jemanden kennengelernt.« Juliana konnte nicht mehr still sitzen vor Aufregung. »Er heißt Henry, und er hat ein Weingut oben im Valley.«

»Echt? Und wie ist er so?«

»Er ist ein echter Schatz.« Sie schaute Caterina an. »Er ist Witwer und hat zwei kleine Kinder. Aber er ist kein Mexikaner, also wird er sich verdammt ins Zeug legen müssen, um meine Mutter für sich zu gewinnen.«

»Dann ist es also was Ernstes?«

»Ich mag ihn sehr. Er ist nicht Al, aber er ist ein ganz besonderer Mensch.« Juliana runzelte die Stirn. »Aber was diese ganze Heiraterei angeht, bin ich mir immer noch nicht ganz sicher.«

»Hast du deiner Mom schon von ihm erzählt?«

»Soll das ein Witz sein? Das hat Zeit.«

Caterina musste lachen. Sie konnte sich lebhaft vorstellen, was Nina dazu sagen würde.

Juliana bog in die lange Auffahrt zum Haupthaus von Mille Étoiles ein und passierte das Tor mit dem sternenverzierten Weinreben-Wappen. Nach ihrer Reise durch Frankreich und Italien fiel Caterina die Ähnlichkeit mit der dortigen Architektur ganz besonders ins Auge. Mille Étoiles ähnelte tatsächlich den Châteaus, die sie auf ihrer Reise nach Paris gesehen hatte.

Ihre Mutter hatte versucht, die Welt, die sie kannte und liebte, ihr altes Leben, hier wiederaufzubauen. Caterina verstand nun viel besser, warum Ava lieber Pâté servierte als Hotdogs und zum Frühstück Brioche bevorzugte statt Pancakes. Schon kam der Haupteingang in Sicht, und plötzlich sah Caterina ihre Mutter. Ava hatte die Haare aus dem Gesicht gekämmt und trug die übliche Arbeitskleidung für den Weinberg – blaue Latzhose, hochgekrempelt bis über die Knöchel, dazu eine frisch gebügelte weiße Hemdbluse. Sie sah schick und elegant aus mit ihrem roten Halstuch, das sie sich neckisch um den Hals geknotet hatte. Nur Ava schaffte es, sogar in ganz gewöhnlicher Arbeitskluft auszusehen, als sei sie gerade den Seiten einer Modezeitschrift entstiegen.

Juliana lenkte den großen Chevrolet vor das Haus und stellte ihn dort ab. »Ich laufe schnell rüber und hole meine Mutter. Ich möchte lieber nicht in die Schusslinie geraten. Sicher ist sicher.«

»Feigling«, rief Caterina ihr nach.

Juliana lachte nur. »Sie ist deine Mutter, nicht meine. Meine ist schon schlimm genug. Seit sie das mit Marisa weiß, liegt sie mir ununterbrochen mit Kinderkriegen in den Ohren.«

Caterina rückte die rosa Schleife in Marisas Haaren zurecht und nahm das kleine Mädchen auf den Arm. Marisas Herz schlug in ihrer Brust wie ein kleiner Kolibri, und Caterinas eigenes Herz pochte vor Aufregung im gleichen Takt. Ava mochte sie vielleicht wieder zu Hause aufnehmen, aber das hieß noch lange nicht, dass sie sie nicht unbarmherzig ins Kreuzverhör nehmen würde.

»Willkommen zu Hause, *ma chérie*«, rief Ava. Mit einer Hand schirmte sie die Augen gegen die hoch stehende Sommersonne ab.

»Hallo, Maman.«

Zögerlich machte Ava einen Schritt auf sie zu.

Caterina ging zu ihr und sah, dass sich im Gesicht ihrer Mutter ein wahres Gefühlschaos spiegelte. Einen Augenblick später standen sie sich gegenüber, aber Ava sagte noch immer kein Wort. Marisa streckte die Hände nach Avas leuchtend rotem Halstuch aus und gurrte verzückt.

Mehr brauchte es nicht. Ava brach in Tränen aus und fiel ihnen beiden um den Hals, und es dauerte nicht lange, da weinte Caterina aus purer Erleichterung mit.

Als sie schließlich gemeinsam ins Haus gingen, sank Ava im Wohnzimmer auf die Couch und klopfte neben sich auf das Polster. »Du hättest es mir viel früher sagen sollen, *chérie*.«

»Ich wusste doch, wie du darauf reagieren würdest«, entgegnete Caterina und setzte sich mit Marisa auf dem Schoß neben ihre Mutter. »Und ich habe mich viel zu sehr geschämt, um es dir zu sagen.«

Traurig schüttelte Ava den Kopf. »Verzeih mir, dass ich so unnachgiebig war.«

»Ich verzeihe dir, aber ich wünschte, ich hätte das mit meinem Vater gewusst.«

»Du hast recht. Ich hätte es dir viel früher sagen müssen. Aber er ist so ein gemeiner Mensch, Caterina. Ich wollte dich nicht verletzen, und ich wusste nicht, ob du es verstehen würdest.«

»Jetzt verstehe ich es. Ich habe die Briefe gefunden, die

du damals an Giovanna geschrieben hast. Du hast so viel durchmachen müssen seinetwegen. Du hast getan, was du tun musstest.«

Ava holte hörbar Luft. »Ich dachte, es sei besser, dich anzulügen, dir das Märchen vom liebevollen Vater vorzuschwindeln, der bei einem tragischen Unfall ums Leben gekommen ist. Besser, als dir die bittere Wahrheit zu sagen – oder schlimmer noch, ihn in deine Nähe zu lassen. Ich war wie eine überbesorgte Glucke, wild entschlossen, dich nicht dieselben Fehler begehen zu lassen, die ich gemacht hatte. Ich sehe ein, das war falsch, aber damals schien es mir das Beste für alle Beteiligten.«

Caterina fasste sich mit einer Hand an die Stirn und wischte sie dann an ihrem grauen Rock ab, als wollte sie die Erinnerung an ihren Vater fortwischen. »Ich bin froh, endlich die Wahrheit zu wissen, Maman.«

Dann wurde Caterina still und musste an all die Geschichten denken, die ihre Mutter ihr im Laufe der Jahre erzählt hatte. Sie dachte daran, wie sie sich aufgeführt hatte, als sie von der Erbschaft in Italien erfahren hatte. Die Ungereimtheiten ihrer Kindheit und Avas eigenartiges Verhalten ergaben plötzlich einen Sinn.

Zärtlich strich Ava über Marisas kleine Löckchen. »Darf ich sie mal nehmen?« Caterina setzte Marisa auf den Schoß ihrer Großmutter, und Ava drückte das kleine Mädchen, das sie strahlend ansah, behutsam an sich. »Sie ist ein Engel«, murmelte Ava. »Was für wunderschöne Augen sie hat.« Nachdenklich legte sie den Kopf schief, als versuchte sie, eine alte Erinnerung hervorzukramen.

Caterina hielt den Atem an. Ob ihre Mutter Santo in Marisas Augen sehen konnte?

Ava schüttelte den Kopf und sprach weiter. »Jahrelang habe ich mir Sorgen gemacht, es könnte für dich ebenso schwierig werden, ein Kind zu bekommen, wie es damals für mich war. Ich wollte nicht, dass du so etwas durchmachen musst.« Avas Blick glitt zu ihrer Enkeltochter, und man sah die Tränen, die in ihren Wimpern hingen. Sie lächelte, und ihr Gesicht hellte sich auf.

Tausend Fragen brannten Caterina auf der Zunge. Sie musste einfach nachhaken. »Was ist damals mit deinem ersten Kind passiert?«

»Ach, das arme Ding«, seufzte Ava und schaute gen Himmel. »Es war ein heißer Sommerabend in der Toskana, und Luca war wieder einmal betrunken, als er spätabends nach Hause kam. Ich habe gewagt, ihn zu fragen, wo er war. Da hat er die Beherrschung verloren und hat mich geschlagen.«

Caterina rieb sich die Schläfen. »Hat er dich verletzt?«

»Ich hatte eine Platzwunde am Kopf und habe das Kind verloren. Ich war am Boden zerstört. Luca ist wutentbrannt nach draußen gestürmt, und Violetta hat sich die ganze schreckliche Nacht lang um mich gekümmert. Später hat Luca mir partout nicht glauben wollen, dass ich wirklich eine Fehlgeburt erlitten habe. Er war der felsenfesten Überzeugung, ich sei nie schwanger gewesen und hätte ihn unter Vorspiegelung falscher Tatsachen förmlich dazu gezwungen, mich zu heiraten.«

Caterina versuchte sich vorzustellen, wie verängstigt ihre Mutter als junge Frau gewesen sein musste, mutterseelenallein in diesem fremden Land, und ihr blutete das Herz. Sie musste einfach fragen: »Und warum bist du trotz allem bei ihm geblieben?«

»Ich war vor der Ehe mit ihm zusammen gewesen und schwanger geworden. Ich hatte also schon eine schwere Sünde begangen. Darum war ich entschlossen, alles zu tun, damit diese Ehe hielt. Und ich war verliebt – oder habe es zumindest geglaubt. Hätte ich mich von ihm scheiden lassen, hätte ich nie wieder kirchlich heiraten können. Und ich habe schon als ganz junges Mädchen von einer großen Familie mit vielen Kindern geträumt.« Marisa umklammerte Avas Finger, und Ava lächelte das kleine Mädchen zärtlich an. »Ich habe ein langes Gespräch mit meinem Beichtvater geführt.«

Caterina hörte zu und überlegte, was sie wohl an Avas Stelle getan hätte. Es war leicht, sich einzureden, man hätte sich mutiger und aufrechter verhalten, solange es um die Probleme anderer Menschen ging. Und nun war sie selbst betroffen, eine Mutter, die ihr Kind versteckt hatte, aus Angst ... ja, vor was eigentlich? Aus Angst, enterbt zu werden? Verurteilt? Es war wohl kaum zu vergleichen mit den Entsetzlichkeiten, die ihre Mutter hatte ertragen müssen.

»Ich habe das mit Franco und Natalie gehört, Santos Eltern.«

Ava fragte leise: »Weißt du auch, wie sie gestorben sind?«

»Ja, das weiß ich.«

»Natalie war ein bildhübsches Mädchen, aber sie war schon immer sehr zart und zerbrechlich.« Avas Blick ging in die Ferne, und sie wiegte Marisa in den Armen. »Als ich deinen Vater heiratete, wusste ich nichts davon, aber Luca war vollkomen verrückt nach Natalie.«

»Mama, Mama, Mama«, zirpte Marisa und winkte mit den Händchen.

Caterina lehnte sich zurück. Eine einzige bohrende Frage nagte an ihr. Ob ihre Mutter wusste, wer Santos leiblicher Vater war? Oder hatte auch sie bloß Gerüchte gehört? Caterina fuhr sich mit der Hand durchs Gesicht. Eigentlich konnte nur einer die Frage nach Santos Vaterschaft endgültig beantworten: Luca selbst.

Ava war sichtlich erleichtert, dieses Geheimnis, das sie jahrelang mit sich herumgeschleppt hatte, endlich preisgegeben zu haben. Mit einem traurigen Lächeln schaute sie auf und sah Caterina an – aber es war ein echtes, aufrichtiges Lächeln, wie Caterina es als Kind viel zu selten gesehen hatte. Und sie sah noch mehr in den Augen ihrer Mutter. Eine ungewohnte Gelassenheit, die wohl vom befreienden Akt aufrichtigen Verzeihens kam und von der Caterina immer geglaubt hatte, sie sei ihrer Mutter gänzlich fremd. Sie hatte ihre Enkelin wirklich akzeptiert.

Nun waren sie wieder eine Familie. Caterina legte eine Hand auf die ihrer Mutter und stellte mit Erstaunen fest, dass sie zitterte. Nicht nur das Gespräch mit ihrer Tochter hatte Ava aufgewühlt, Caterina spürte noch etwas anderes. »Hast du noch mal was von Luca gehört?«

Nackte Angst blitzte in den Augen ihrer Mutter auf.

Caterina schlug das Herz bis zum Hals. »Hat er wieder versucht, dir etwas anzutun?«

»Er hat einen Stein mit einer Nachricht für mich durchs Fenster geworfen.« Ava drückte Caterinas Hand.

»Es war eine Warnung; wir sollen aus Mille Étoiles verschwinden.«

Caterina riss die Augen auf. »Aber wir gehen doch nicht von hier weg, oder?« Als Ava darauf keine Antwort gab, sah sich Caterina entsetzt um. Das hier war ihr Zuhause.

»Er hat Klage eingereicht und will Mille Étoiles ›zurückhaben‹. Aber wir werden nicht kampflos das Feld räumen. Raphael hat Männer eingeteilt, die das Grundstück bewachen.«

»Wie kommt denn das alles so plötzlich?«

Ava runzelte die Stirn. »Kurz gesagt, laut der Grundbesitzdokumente ist Luca der rechtmäßige Eigentümer, nicht ich. Aber es war mein Geld, und ich habe Mille Étoiles zu dem erfolgreichen Unternehmen aufgebaut, das es heute ist. Nicht er. Sollten wir dennoch verlieren, haben wir dank deines Siegs in Paris immer noch die Möglichkeit, irgendwo anders noch mal ganz von vorne anzufangen.« Ava rang sich ein tapferes Lächeln ab.

Aber Caterina sah die Sorge im Gesicht ihrer Mutter. Luca sann auf Rache, und er würde vor nichts haltmachen. Was mochte ihm wichtiger sein – sich Mille Étoiles unter den Nagel zu reißen oder Ava leiden zu sehen? Der Mann war gefährlicher, als sie gedacht hatte.

30

Napa Valley, Kalifornien

Ava parkte ihren Wagen um die Ecke von dem kleinen Kindermodenladen in Napa und schaute sich nervös nach irgendeinem Anzeichen von Luca um, ehe sie in die Boutique eilte.

Raphael hatte auf dem Dachboden ein altes Kinderbettchen für Marisa aufgestöbert, und Caterina hatte einiges an Kleidung und Spielsachen mitgebracht, aber Ava wusste, dass es bei der Ausstattung noch an einigem fehlte. Sie kaufte mehrere kleine Bettwäschesets, ein halbes Dutzend Sommerkleidchen und dazu Spielzeug und ein paar Stofftiere, denen sie einfach nicht widerstehen konnte. *Und warum auch*?, dachte sie stolz und versuchte, den Gedanken an Luca zu verdrängen. *Ich bin schließlich ihre Großmutter*.

Während die Verkäuferin die Sachen einpackte, schlenderte Ava noch ein wenig durch den Laden. Vor einem Spiegel blieb sie stehen und rückte den schmalen Gürtel ihres ausgestellten weißen Leinenkleids zurecht. Das hatte sie in San Francisco gekauft, und die Verkäuferin hatte ihr glaubhaft versichert, sie sei dafür ganz bestimmt noch nicht zu alt. Sie hatte sich auf den ersten Blick in dieses Kleid verliebt, wollte sich darin aber nicht zum Gespött der Leute machen.

Vor allem nicht jetzt, da sie Großmutter geworden war.

Auch mit über vierzig war Ava noch eine attraktive Frau. Die körperlich fordernde Arbeit im Weinberg sorgte dafür, dass sie in Form blieb. Ihre Finger tasteten nach der strassbesetzten Brosche, die sie sich an das Revers der zum Kleid passenden Jacke gesteckt hatte. Die Brosche sah aus wie eine Kaskade schimmernder Sterne. Ihr Herz schlug schneller, als sie daran dachte, wie sie vor gar nicht allzu langer Zeit dieses entzückende Geschenk bekommen hatte. *Nicht wegen Mille Étoiles,* hatte Raphael gesagt, *sondern wegen der Sterne in deinen Augen.* Einen Mann wie ihn gab es kein zweites Mal.

Ava war froh und erleichtert, dass Caterina mit ihrem Kind nach Hause zurückgekehrt war. Ihre Tochter hatte bereits genug unter der Sturheit ihrer Mutter gelitten, und Ava hatte wegen ihrer eigenen Unnachgiebigkeit Marisas erstes Lebensjahr versäumt. *Wenn Gott Fehler verzeiht,* dachte sie, *dann sollte ich das wohl auch.*

Ava sah auf die Uhr. Sie wollte nicht zu spät kommen. Sie freute sich auf ihre Verabredung zum Mittagessen. Ihre Kirche mochte eine Wiederheirat Geschiedener ablehnen, aber die Gefühle des Herzens vermochte sie nicht zu lenken. Caterinas nicht und ihre eigenen auch nicht.

Während sie noch wartete, dass ihre Einkäufe verpackt wurden, legte sich plötzlich von hinten eine Hand auf ihre Schulter, und Ava fuhr vor Schreck hoch.

»Ich wollte dich nicht erschrecken«, raunte Raphael mit einem Blitzen in den Augen. »Ich habe deinen Wagen draußen vor der Tür gesehen.«

Ava freute sich, ihn zu sehen. »Ich habe lauter entzückende Sachen für unsere kleine Marisa gekauft – warte nur, bis du sie siehst.«

»Dann komme ich ja gerade recht.« Damit hängte Raphael sich die Tüten an den Arm, nahm die große Pappschachtel und hielt Ava die Tür auf. »Du siehst besorgt aus. Hast du was?«

»Seit Luca wieder aufgetaucht ist, bin ich so schreckhaft. Schon beim kleinsten Geräusch könnte ich aus der Haut fahren.«

Sie öffnete den Kofferraum, und Raphael verstaute ihre Einkäufe im Wagen. Dann schloss er den Deckel und drehte sich zu ihr um. Die Sonne rahmte sein Gesicht ein. Er trug ein frisch gestärktes weißes Hemd und duftete nach Holz und Zitrus. Als sie das letzte Mal zum Einkaufen in San Francisco gewesen war, hatte sie ihm einen Flakon Acqua di Parma Colonia gekauft. Dieser Duft erinnerte sie immer an Italien. Raphael streifte ihren Arm, und ein elektrischer Funke sprang auf sie über und züngelte an ihren Nervenenden. »Wo möchtest du denn heute hin?«

»Erinnerst du dich noch an diesen hübschen kleinen See mitten in den Bergen, nicht weit von Sonoma?«

Ava nickte begeistert. »O ja, das fände ich schön.« Rasch schlüpfte sie neben ihn auf den Beifahrersitz seines Pritschenwagens.

Er startete den Motor und bog in eine Straße ein, die mitten durch die Altstadt von Napa führte. Niemand würde sich etwas dabei denken, die beiden zusammen zu sehen. Schließlich wusste jeder, dass sie Mille Étoiles gemeinsam führten und schon seit Jahren eng zusammenarbeiteten.

Nachdem Luca damals so plötzlich verschwunden war, hatten sich zunächst zahlreiche Gerüchte um Avas Beziehung zu Raphael gerankt. Aber ihr Verhalten war zu jeder Zeit so untadelig und beispielhaft gewesen, dass der Tratsch bald wieder verstummt war. Und tatsächlich, da war rein gar nichts zwischen ihnen.

Jetzt würde niemand mehr Verdacht schöpfen – und wenn doch, dann wäre es auch egal.

Nicht selten hatte sich Ava gefragt, warum Raphael all die Jahre in Mille Étoiles geblieben war. Er war ein gut aussehender Mann, und es gab mehr als eine Frau, die ernsthaftes Interesse an ihm gezeigt hatte. Aber es schien, als sei Raphael zufrieden mit seinem Leben und ihrer Beziehung, deren Bedingungen Ava diktierte. Aber in letzter Zeit hatte sich ihre Einstellung dazu fast unmerklich verändert. Sie wollte sich nicht mehr zufriedengeben mit dem Status quo.

Während sie die Landstraße entlangfuhren, sah Raphael sie von der Seite an. »Dann hat die kleine Marisa also dein Herz im Sturm erobert, ja?«

»Und wie«, gab sie unumwunden zu. »Und es tut mir aufrichtig leid, Caterina so harsch behandelt zu haben.« Sie fuhren eine Steigung hinauf, und plötzlich sank die Temperatur merklich. Ava schüttelte das offene Haar in der angenehm kühlen Brise, die durch das geöffnete Seitenfenster hereinwehte.

»Und woher der plötzliche Sinneswandel?«

»Als Caterina in Italien war, hatte ich viel Zeit, über die

Fehler nachzudenken, die ich gemacht habe, und wie ich die Menschen, die ich liebe, dadurch verletzt habe.«

»Caterina wird das verstehen.« Raphael legte eine Hand auf ihre. »Aber du hast selbst so viel im Leben versäumt.«

Sie holperten über einen unbefestigten Weg, bis sie schließlich zum See kamen und aus dem Wagen stiegen. Einheimische Laubbäume – Eiche, Ahorn und Lorbeer – umstanden dicht und grün den azurblauen See. Die Zweige raschelten im Wind, der vom Pazifik über die Berge und Täler bis hierher wehte.

Raphael half Ava aus dem Wagen. Dann klemmte er sich eine karierte Picknickdecke und eine Flasche Wein unter den Arm und nahm die braune Papiertüte mit Räuchersalami, Parmesan und Sauerteigbrot aus dem Wagen.

Nachdem sie sich vergewissert hatte, dass sie allein und ungestört waren, breitete Ava die Decke am Seeufer aus. Dann richtete sie den Imbiss auf den Tellern an, die sie mitgebracht hatten, während Raphael die Weinflasche entkorkte und ihnen zwei Gläser einschenkte. Gemütlich streckten sie sich auf der Decke aus und aßen in behaglichem Schweigen. So einen kleinen Ausflug unternahmen sie regelmäßig alle ein, zwei Wochen, solange das Wetter mitspielte. Sie stahlen sich fort, verbrachten Zeit zu zweit und sprachen über das Weingut, die Lese und alles, was sonst noch anstand.

Eine Stockente mit metallisch schimmerndem grünem Kopf und glänzendem Gefieder paddelte an ihnen vorbei, und Raphael warf ihr ein paar Brotkrumen zu. Der Erpel tauchte unter und verschlang sie gierig. »Dann hattest du also einige Aha-Momente, ja?« Raphael warf auch der braun gefiederten Begleiterin des Enterichs ein Stückchen Brot zu.

Ava zögerte einen Moment. »Es tut mir leid, dass ich so streng zu Caterina war.«

»Caterina ist eine wunderbare und verantwortungsbewusste junge Frau. Und das hat sie vor allem deiner Erziehung zu verdanken.«

»Ich bin ungeduldig und leicht reizbar. Ich bin unberechenbar in meinen Launen. Ich wollte, dass sie es einmal besser hat im Leben als ich. Nicht nur besser. Ich wollte das Beste für sie. Sie war so ein braves Mädchen und hat immer versucht, alles richtig zu machen.«

»Und klug ist sie auch.«

»Genau wie Santo. Ihn hast du auch gut hinbekommen.«

»Er hat sich selbst gut hinbekommen. Er hat sich in Davis eine eigene Firma aufgebaut. Leider bekomme ich ihn kaum noch zu sehen – er ist so viel auf Reisen.« Er warf dem Stockentenpärchen noch ein paar Krumen zu. »Weißt du, wer Marisas Vater ist?«

»Das hat sie mir immer noch nicht gesagt. Aber es ist jemand von der Uni. Den Namen werden wir früh genug erfahren. Ich muss mich wohl noch ein wenig in Geduld üben.« *Solange es nur nicht Santo ist.* Caterina hätte es ihr doch ganz gewiss gesagt, wenn er der Vater wäre? Und wenn es so wäre, wie sollte sie Caterina dann jemals die Wahrheit sagen? Aber Marisa hatte Santos Augen. Andererseits gab es doch viele Menschen mit strahlend blauen Augen, oder?

Raphael verstreute auch noch die letzten Brotkrümel. »Was bereust du sonst noch?«

Ava nippte an ihrem Wein. Was sie am meisten bereute, saß hier gleich neben ihr. Doch statt über Vergangenes zu lamentieren, reckte sie trotzig das Kinn. »Ich bereue es, dass ich Luca damals nicht abgeknallt habe.«

Raphael lachte und verscheuchte eine lästige Fliege von ihrem Essen. »Du hast doch immer gesagt, das Gewehr sei gar nicht geladen gewesen.«

»War es auch nicht, aber das wusste er ja nicht.« Sie grinste schadenfroh. »Und nur darum ist er abgehauen.« Sie schaute sich um, fast als fürchtete sie, ihn hinter einem Busch lauern zu sehen.

Raphael schnitt ein paar hauchfeine Salamischeiben und Parmesanhobel für sie ab. »Ich wünschte, ich hätte das damals schon alles gewusst. Ich hätte dich viel besser beschützt.«

»Damals ging dich das nichts an.« Mit einer Hand schirmte sie die Augen gegen die Sonne ab und schaute ihm in die Augen. »Aber ich bin sehr froh, dass du jetzt da bist.«

Raphael setzte sich so, dass sie nicht mehr in die Sonne blinzeln musste. »Diesmal bekommt Luca es mit uns beiden zu tun.« Er goss ihr noch einen Schluck Wein ein.

Ava schwenkte das Glas und hielt es ins Licht, mehr aus Gewohnheit denn aus Interesse. Es gab so vieles, was sie Caterina und Raphael sagen wollte. Und auch Santo. »Weißt du, was ich noch bereue?«

Raphael schaute hinaus aufs Wasser und murmelte: »Was denn?«

»Das mit uns beiden. Warum sind wir nicht schon längst unserem Herzen gefolgt?«

»Das weißt du ganz genau«, erwiderte Raphael stirnrunzelnd. »Selbst wenn du dich von Luca hättest scheiden lassen, wir hätten nicht mehr kirchlich heiraten können. Und das war dir immer sehr wichtig.«

Das stimmte wohl, dachte sie traurig. »Du hattest zwar Santo, aber ich hatte immer das Gefühl, du hättest gern eigene Kinder gehabt. Und nun sieh dir an, was wir uns selbst versagt haben. Meinst du wirklich, Gott hätte etwas dagegen gehabt?«

Er sah sie an und lächelte. »Ich habe mich schon vor Jahren damit abgefunden, dass unsere Beziehung nun mal bestimmten Regeln unterliegt. Du weißt, was ich für dich empfinde. Alles andere ist unwichtig. Ich habe dir vor langer Zeit ein Versprechen gegeben. Ich werde dich nie verlassen, Ava.«

Sie legte ihm die Hand in den Nacken und zog ihn zu sich heran. Sie spürte seinen Atem warm in ihrem Gesicht, dann schloss sie die Augen und küsste ihn. Es war wie eine Flamme, die zwischen ihnen aufloderte, als sie sich berührten.

Ein paar Minuten später löste sich Raphael von ihr. »Wir sollten nach Hause fahren«, sagte er mit belegter Stimme.

»Nina, ich bin wieder da«, rief Caterina beim Hereinkommen. Nina hatte Marisa gehütet, während Caterina am Morgen zu einem Termin mit Elsa Williams unterwegs gewesen war, der Präsidentin der Women's Commercial Bank. Das Ganze hatte auf Empfehlung der First Lady von Kalifornien stattgefunden, für die Caterina kurz vor ihrer Reise nach Italien ein festliches Dinner im St. Francis Hotel geplant und ausgerichtet hatte.

Ava hatte sie gebeten, sie bei der Suche nach einem Kreditgeber zu unterstützen. Zum Glück hatte Caterina auf Anhieb einen Termin bei der Dame von der Bank bekommen. Das Treffen war sehr angenehm verlaufen, und zu ihrer großen Freude hatte Elsa sie gebeten, ihr weitere Einzelheiten bezüglich ihres Weinanbaubetriebs zukommen zu lassen. Die Bank war eine der wenigen Alternativen für selbstständige Geschäftsfrauen, da die meisten anderen Banken die Unterschrift eines Mannes als Bürgen verlangten.

Drinnen duftete es herrlich nach Ninas frisch gebackenem Brot. Der Geruch erinnerte Caterina an Giovanna und an die wunderbare kleine Bäckerei, die sie und Santo in Paris entdeckt hatten. Ihr wurde das Herz schwer. Soweit sie wusste, hatte Santo keine Ahnung, dass sie schon wieder zu Hause war. Er war auf Geschäftsreise. Ihr blieben also noch ein paar Tage Zeit bis zu dem unausweichlichen Gespräch. Aber wie sollte sie eine Beziehung mit ihm führen, wenn sie nicht endlich die Wahrheit erfuhr?

Sie musste unbedingt mit ihrer Mutter sprechen. Am besten gleich heute Abend.

Caterina ging in die Küche und nahm Marisa auf den Arm. »Wie geht es meinem kleinen Mädchen?«

»Marisa war ein Schatz.« Nina freute sich merklich, Marisa im Haus zu haben. Ja, es schien fast, als zauberte Marisa allen Erwachsenen um sie herum ein Lächeln ins Gesicht.

Caterina hielt ihre zappelnde kleine Tochter im Arm

und drückte sie fest an sich. Marisa kicherte. »Mama Arm, Mama Arm.«

Nina wischte sich die mehligen Hände an der Schürze ab und goss Caterina ein Glas Eistee ein. »Wie wäre es mit einem Sandwich mit Thunfischsalat zum Mittagessen? Ich habe auch noch frisches Grünzeug aus dem Garten im Kühlschrank.«

»Klingt köstlich.« Caterina setzte das eiskalte Glas an die Lippen. Die Sommerhitze war drückend und wurde immer unerträglicher. »Raphael sagt, wenn es weiter so heiß bleibt, müssen wir früher lesen als geplant.«

Lächelnd kam Ava in die Küche. »Noch ein guter Grund für dich, hier bei uns zu sein.«

Seit Caterina mit Marisa in Mille Étoiles eingezogen war, übertrumpften Ava und Nina sich gegenseitig in ihren Bemühungen, Marisa ein möglichst kindgerechtes Zuhause herzurichten. Noch vor ihrer Ankunft hatte Raphael das alte Babybettchen mit frischer weißer Farbe gestrichen und mit kleinen rosa Details verziert.

»Wo warst du denn heute Morgen?«, fragte Caterina mit Blick auf Avas rosige Wangen. »Du hast ganz schön Sonne abbekommen.«

»Ich war in Napa und habe ein paar Sachen für Marisa eingekauft. Ich habe Bettwäsche besorgt, Spielzeug und Anziehsachen. Es sollte eine Überraschung für dich sein.«

Ava und Nina waren beide ganz aus dem Häuschen wegen Marisa, die vergnügt durch das Haus tappte und sich an den Möbeln festhielt.

»Nina und ich richten heute Marisas Zimmer fertig her«, erklärte Ava.

»Es macht mir so eine Freude, sie um mich zu haben«, erklärte Nina, die den Salat vor Caterina auf den Tisch stellte und sich dann wieder ihrem Brot widmete. Energisch knetete sie den gewaltigen Teigberg. »Ich weiß ja nicht, ob Juliana je Kinder haben wird, dieser Sturkopf.«

Ava setzte sich neben Caterina. »Erzähl mir von deinem Termin in der Stadt.«

»Ich hatte ein Treffen mit Elsa Williams von der Women's Commercial Bank. Ich habe den Eindruck, es ist ganz gut verlaufen. Sie hat mich gebeten, ihr eine detaillierte Aufstellung zukommen zu lassen.«

»Von ihr habe ich schon eine Menge gehört, *ma chérie*. Es heißt, sie sei äußerst anspruchsvoll und nehme nur die Crème de la Crème als Geschäftskunden an. Darum ist sie auch so erfolgreich. Ich bin froh, dass du überhaupt einen Termin bei ihr bekommen hast.« Ava nahm Marisa auf den Schoß und ließ sie dort auf und ab hüpfen. »Ich kann deine Hilfe wirklich gut gebrauchen. Und wir müssen unbedingt bei den Käufern nachhaken.«

Caterina nickte. »Und ich kümmere mich weiter um die Sache mit Elsa Williams. Ich denke, sie werden uns auf Grundlage der Vorbestellungen einen Kredit gewähren, um die zerstörten Erntemaschinen zu ersetzen.«

»Das wäre die Rettung«, seufzte Ava. »Wir müssen das Eisen schmieden, solange es heiß ist, und die famosen Neuigkeiten aus Paris zu unseren Gunsten nutzen. In ein paar Wochen ist das Schnee von gestern. Wir müssen jetzt Bestellungen einholen.«

Caterina spießte eine Cocktailtomate mit der Gabel auf und nickte zustimmend.

»Juliana kümmert sich bereits um die Pressekontakte. Sie meldet sich jeden Tag mit einer neuen Interviewanfrage.« Ava zögerte. »Es wäre mir lieber, du könntest das übernehmen, Caterina. Schließlich sollst du das neue Gesicht von Mille Étoiles werden.«

»Aber du warst doch immer Herz und Kopf.«

Ava schüttelte nur den Kopf. »Allein schaffe ich das einfach nicht mehr. Ich bin müde. Ich habe mich mein ganzes Leben lang abgestrampelt. Ich liebe Mille Étoiles sehr, aber ich möchte mehr Zeit haben, um das Leben zu genießen.«

Caterina legte den Kopf schief. »Wie meinst du das?«

»Ich möchte auch noch etwas anderes machen, als mich um Rebstöcke zu kümmern, bevor ich sterbe.« Ava strubbelte Marisa durch die weichen dunklen Haare. »Während du weg warst, ist mir aufgegangen, dass ich eigentlich nie so richtig gelebt habe.«

»Wie kannst du so was sagen? Du hast in der Weinbranche mehr erreicht als jede andere Frau«, widersprach Caterina ungläubig. »Es ist nicht zuletzt deiner Arbeit zu verdanken, dass kalifornische Weine inzwischen weltweite Anerkennung erfahren.«

»Du bist jung und ehrgeizig, fast so wie ich damals, als ich hierhergekommen bin. Aber es ist nicht einfach, einem Kind sowohl Mutter als auch Vater zu sein und ganz nebenbei auch noch einen Betrieb zu leiten, der von den Launen der Natur und des Wetters abhängt. Ohne Ehemann an deiner Seite wirst du das auch noch merken.«

Caterina sträubten sich die Nackenhaare. »Die Zeiten

haben sich geändert, Maman. Du hast es geschafft, und ich werde es auch schaffen. Ich brauche genauso wenig einen Mann an meiner Seite wie du.« Doch noch während sie diese Worte aussprach, wurde ihr das Herz schwer. Wie gern wüsste sie Santo an ihrer Seite.

»Nein, brauchen tun wir sie nicht«, seufzte Ava mit gedankenverlorenem Blick. »Aber wäre es nicht manchmal schöner mit ihnen?«

Hinter ihnen schnaubte Nina verächtlich. »Überbewertet, wenn ihr mich fragt.«

»Man lebt nur einmal.« Ava stützte das Kinn in die Hand. »Es gibt da etwas, vor dem ich immer zu viel Angst hatte, um es zu tun. Und das werde ich jetzt endlich nachholen.«

Caterina schaute ihre Mutter fragend an. Irgendwie klang sie eigenartig, aber sie wusste nicht recht, warum. Und dann dachte sie an das Gefühl, das sie in Paris gehabt hatte – und das sie auch jetzt noch spürte –, und wusste, was da in Avas Stimme mitschwang.

In ihrem ganzen Leben hatte sie ihre Mutter nie verliebt erlebt.

Ob es da jemanden gab in Avas Leben? Hatte ihre Mutter noch mehr Geheimnisse vor ihr?

Während Caterina noch grübelte, kam Raphael zur Tür herein. Caterina schaute zu ihm auf und sah, dass auch Raphael hochrote Wangen hatte. Ihr Blick ging zurück zu ihrer Mutter, und ihr kam ein Gedanke.

Caterina räumte den leeren Teller in die Spüle. »Köstlich wie immer, Nina, danke.« Dann drehte sie sich um und nahm ihrer Mutter Marisa ab. Wie gut, dass Ava heute so ausgeglichen und gelassen wirkte. Sie musste unbedingt mit ihr über Luca und Natalie sprechen, ehe Santo zurückkam.

»Maman, während Marisa ihren Mittagsschlaf hält, würde ich gern etwas sehr Wichtiges mit dir besprechen.«

31

Als Marisa friedlich eingeschlummert war, zog sich Caterina rasch um. Sie entschied sich für eine leichte Sommerhose und eine dünne Bluse zum Schutz gegen die sengende Sonne. Gemeinsam mit Ava brach sie zu einem kleinen Spaziergang durch die Weinberge auf. Caterina hörte aufmerksam zu, als Ava sie auf den Stand der Dinge brachte, und wartete auf eine günstige Gelegenheit, um ihre Mutter auf die so lang zurückliegenden Geschehnisse anzusprechen.

Raphael hatte ganz beiläufig erwähnt, Santo käme bald von seiner Geschäftsreise zu Kunden in Südkalifornien zurück. Bis dahin musste Caterina dieses Dilemma gelöst haben. Waren sie tatsächlich Halbgeschwister? Allein der Gedanke daran ließ sie vor Angst fast erstarren. *Und was, wenn nicht einmal meine Mutter diese Frage endgültig beantworten kann?*

»Du hast mich noch gar nicht gefragt, wie es in Italien war.« Caterina zupfte eine Beere vom Stängel und probierte sie. Es war wie eine fruchtige Geschmacksexplosion am Gaumen. Die Luft war schwer vom süßlichen Duft sonnengereifter Trauben.

Ava rückte ihren Strohhut zurecht. »Das meiste von damals würde ich am liebsten vergessen. Aber Giovanna fehlt mir. Wie geht es ihr?«

Caterina berichtete ihrer Mutter von Giovanna und Alma und wie die beiden sie und Marisa mit offenen Armen empfangen hatten.

»Wie schön, dass du die beiden kennengelernt hast. Ich mochte sie immer sehr. Wir haben uns oft geschrieben, dass wir uns irgendwann besuchen wollen, aber es sollte einfach nicht sein. Und jetzt, da uns diese Gerichtsverhandlung bevorsteht, werden sie das alles hier womöglich nie zu sehen bekommen.«

Caterina warf einen Seitenblick auf ihre Mutter und überlegte, ob das wohl ein günstiger Augenblick wäre. Sie hatte so viele Fragen an Ava, dass sie gar nicht wusste, wo sie anfangen sollte. Und eine davon konnte den ganzen weiteren Verlauf ihres Lebens beeinflussen.

Lange konnte sie die Aussprache mit Santo nicht mehr hinauszögern. Er hatte ein paarmal angerufen und nach ihr gefragt, aber sie war immer unterwegs gewesen. »Warum hasst Luca uns eigentlich so abgrundtief?«, fragte Caterina.

Ava trat mit dem Absatz ihres Stiefels nach einem Dreckklumpen. »Ist das noch wichtig?«

»Ich will wissen, warum er mit allen Mitteln versucht, uns kaputt zu machen.« Caterina ließ nicht locker. Diesmal würde sie sich nicht mit nichtssagenden Floskeln abspeisen lassen. »Er ist mein Vater. Und ich muss endlich die Wahrheit erfahren, Maman.«

Auf einer kleinen Lichtung blieb ihre Mutter stehen und sah hinunter in das Tal, das mit einem bunten Schachbrettmuster aus Äckern und Rebenreihen überzogen war. »Es wird wohl Zeit, dass ich dir alles beichte. Ich hoffe, du verzeihst mir. Mein Anwalt hat gesagt, vieles davon könnte bei der Verhandlung zur Sprache kommen, und es ist mir lieber, wenn du es vorher von mir erfährst.«

Man sah ihr die Seelenpein förmlich an, als Ava mit leerem Blick in die Ferne schaute und in Gedanken die rostige Tür zu alten Erinnerungen aufstemmte. »Du warst das Kind, das ich mir immer gewünscht, um das ich gebetet hatte – ein wunderhübsches kleines Mädchen, meine kleine Caterina Marguerite. Du hast mir so viel Freude bereitet, und ich kann mir beim besten Willen nicht vorstellen, was ich ohne dich gemacht hätte, *ma chérie*.«

Ungeduldig versuchte Caterina, mehr aus ihrer Mutter herauszukitzeln. »In deinem letzten Brief an Giovanna hast du ihr geschrieben, du wolltest allein nach San Francisco gehen. Was ist dann hier passiert?«

Als erwachte sie aus einer tiefen Trance, streifte Ava die Rosenblütenblätter fort, die der Wind auf ihre Bluse geweht hatte. »Zuerst bin ich nach Napa gefahren – damals noch ein verschlafenes kleines Nest – und habe mich mit einem alten Freund meines Großvaters getroffen. Ich habe ihm ganz genau beschrieben, was ich suche, und er hat mir ein Grundstück gezeigt, das für den Weinanbau einfach prädestiniert zu sein schien.«

»Das Land, auf dem wir gerade stehen?«

»Genau. Als ich hierherkam und dieses Fleckchen Erde sah, das sich so malerisch an die Hügel schmiegte und so weit oberhalb der Nebelgrenze lag, musste ich gleich an Montalcino denken, und ich habe mich auf Anhieb wie zu Hause gefühlt. Ich habe nicht lange gezögert und es gleich gekauft. Mit den vorhandenen alten Weinbergen und genügend Platz für Erweiterungen war es einfach perfekt. Am ersten Tag bin ich so lange hier herumgelaufen, dass irgendwann die Sonne unterging und bald tausend Sterne am Himmel standen und funkelten – darum hat das Gut den Namen Mille Étoiles bekommen.«

Caterina streifte ganz leicht die Hand ihrer Mutter. Diesen Teil der Geschichte kannte sie bereits, nur dass in der Version, die sie kannte, ihre Eltern das Grundstück gemeinsam erstanden hatten. »Und wann ist Luca nachgekommen?«

»Es hat nicht lange gedauert. Ihm ist das Geld ausgegangen, und er ist aus New York City hierhergekommen und hat mich gesucht. Als er ankam, lag ich gerade mit einer schlimmen Grippe im Bett. Eigentlich hatte ich an dem Tag einen Termin beim Notar, um die Unterschrift für den Kauf des Grundstücks zu leisten. Aber das Fieber war so hoch und ich habe so gezittert, dass ich nicht aufstehen konnte. Also habe ich Luca eine Vollmacht mitgegeben, damit er in meinem Namen den Kaufvertrag unterschreibt.«

»Das hat er aber nicht gemacht, stimmt's?«

Ava schüttelte den Kopf. »Als ich später darauf bestand, dass mein Name hinzugefügt wird, hat er sich rundweg geweigert. Und niemand wollte mir helfen. Das war 1929, ich war neunzehn und vollkommen fremd in diesem Land. So war das damals.«

Und ist es heute noch. Jetzt, nachdem sie in Italien gewesen war, wo sie sich wie eine Fremde gefühlt hatte, konnte Caterina nur zu gut nachempfinden, wie ihrer Mutter damals zumute gewesen sein musste.

»Als es mir schließlich wieder besser ging, habe ich für den Architekten sozusagen eine Miniaturausgabe des Châteaus meiner Eltern in Bordeaux gezeichnet. Unsere erste Ernte von den alten Reben war phänomenal. Wir hatten großes Glück. Luca wickelte alle um den Finger, und bald wurden wir überschüttet mit Aufträgen von Kirchen und Synagogen. Während der Prohibition war das Gold wert. Viele hatten nicht so viel Glück; eine unserer Nachbarinnen, eine Frau, deren Mann an seinem schwachen Herzen gestorben war, fuhr jede Woche mit handgemachten Kosmetika, Cremes und Lotionen für die eleganten Damen der Gesellschaft nach San Francisco. Ich vermute, sie hatte mehr Wein als Cremes in ihrem Lieferwagen. Aber da war das Ende der Prohibition bereits abzusehen, und es schien sich niemand mehr darum zu scheren.«

»Wie lief es denn da mit dir und Luca?«

»Besser. Eine Zeit lang waren wir glücklich. Ich hatte ein wunderhübsches Baby, ein traumhaftes Haus, und ich hatte das Gefühl, endlich das zu tun, wofür ich auf dieser Welt war. Wein zu machen ist eine hohe Kunst, die man lebenslang verfeinert.«

»Und wann hat sich das zwischen dir und Luca wieder verschlechtert?«

Ava zuckte die Schultern. »Unser ruhiges Leben dauerte nicht lang. Luca verlor rasch das Interesse am Winzerdasein. Ich habe die Weinberge bepflanzt und den Bau des Hauses beaufsichtigt. Ich war bemüht, alles im Gleichgewicht zu halten und Ruhe in unser Leben zu bringen. Aber Luca versoff einen Großteil unserer ersten Ernte, und wenn er trank, wurde er unberechenbar, brutal und sadistisch. Je mehr er trank, desto mehr veränderte er sich auch im nüchternen Zustand. Ich habe meinem Beichtvater und meinem Arzt von seiner zunehmend hasserfüllten, gewalttätigen Art erzählt, aber sie vermittelten mir bloß das Gefühl, als sei ich meinen ehelichen Pflichten nicht nachgekommen und hätte als Ehefrau versagt. Sie sagten nur, ich müsse mir eben mehr Mühe geben.«

Caterina musste sich auf die Zunge beißen, um nicht empört aufzuschreien. Solche Ratschläge gab man Frauen auch heute noch mit auf den Weg. Wann würde das endlich aufhören?

Ava senkte den Blick und fuhr fort: »Eines Nachts hockte er nackt, wie Gott ihn schuf, auf einem Fenstersims oben im Château und schoss mit einer Pistole in die Dunkelheit, während er einem eingebildeten Eindringling unflätige Obszönitäten entgegenschleuderte. Zum Glück fielen nur einige Traubenbüschel seiner Wut zum Opfer, aber danach ging es mit ihm immer steiler bergab. Ich war ständig in Angst vor einem neuen Zwischenfall.«

Caterina hörte zu und versuchte sich vorzustellen, wie schwer ihre Mutter als junge Frau in einem fremden Land an der Last dieser Verantwortung getragen haben musste.

Avas Schultern sackten auch jetzt noch herab. »Einmal habe ich dem Arzt gesagt, die gebrochene Nase und die blauen Flecken im Gesicht und an Armen und Beinen stammten von einem Sturz. Keiner hat mir geglaubt, aber es hat mir auch niemand Hilfe angeboten. Ein Mann mischt sich nicht in die Angelegenheiten eines anderen Mannes ein.«

Caterina nahm die Hand ihrer Mutter und drückte sie fest. Sie konnte sich beim besten Willen nicht vorstellen, wie es sein musste, mit so einem Menschen zusammenzuleben.

»Und dann geschah etwas Unvorstellbares. Eines Nachts kam Luca wieder einmal spät nach Hause. Ich wurde aus dem Tiefschlaf gerissen und hatte ein Messer am Hals. Er war betrunken und wütete, du seist nicht sein Kind, sondern das eines anderen Mannes, der Ansprüche auf Mille Étoiles erheben wolle. Selbst heute schmerzt es mich noch, seine Worte zu wiederholen. Wie ist er bloß auf diesen absurden Gedanken gekommen? Er hatte einen so wirren und unberechenbaren Ausdruck in den Augen, wie ich ihn noch nie gesehen hatte.«

Ava fasste sich beim Reden an den Hals, und Caterina hätte sie am liebsten in die Arme genommen und getröstet wie ein kleines Kind.

»Er hat mich völlig überrumpelt.« Avas Stimme klang gepresst. »Ich wusste, wenn ich mich wehre, wäre es aus mit mir. Also blieb ich stocksteif liegen, obwohl ich kaum noch Luft bekam. Ich wagte es nicht, mich zu rühren, selbst als er mit der Spitze der Klinge meine Haut ritzte.« Ava fuhr mit den Fingerspitzen über eine kleine Narbe an ihrem Hals und sah Caterina an. »Du hast in einem Stubenwagen neben dem Bett gelegen.«

Caterina schnappte nach Luft und versuchte sich auszumalen, wie es wäre, wenn ihr so etwas zustöße, mit Marisa neben ihr. Unvorstellbar.

»Ich habe gehofft und gebetet, dass Luca dich nicht sieht. Ich dachte, was, wenn deine Mutter ermordet wird, während du friedlich neben ihr schlummerst? Ob er dann die Klinge auch gegen dich richten würde? Nackte Angst hatte mich gepackt, ich konnte nicht mehr klar denken.«

Avas Blick war verschleiert. »In dem Moment hast du dich geregt. Luca ließ von meiner Kehle ab und sah dich mit seinem irren Blick an, aber noch ehe er auch nur einen Schritt auf dich zumachen konnte, überkam mich ein unglaublicher Zorn. Nie hätte ich gedacht, dass ich zu so etwas fähig wäre. Mit den Fingernägeln habe ich versucht, ihm die Augen auszukratzen, und mit dem Ellbogen habe ich ihm fast den Kehlkopf zerquetscht. Irgendwann ließ er das Messer auf den Boden fallen, und ich habe es gepackt und, ohne zu zögern, zugestochen.

Es fing sofort an zu bluten – unglaublich, wie leicht es war, die dünne Haut zu durchstoßen –, und er bekam so einen glasigen Blick. Sicher lag es am Schock. Und plötzlich schien er aus seiner dämonischen Besessenheit zu erwachen. Eine brave Ehefrau hätte nun sicher das Messer fallen gelassen und ihrem Mann alles verziehen, aber so eine Frau wollte ich nicht mehr sein. Ich bin ihm hinterher und habe ihn aus dem Haus gejagt, das Messer in der einen Hand und die Pistole aus meiner Unterwäscheschublade in der anderen, während deine Schreie die nächtliche Stille zerfetzten.

›Verschwinde und komm ja nicht wieder!‹, habe ich ihn angeschrien. ›Du bist tot für mich und mein Kind!‹ Ich habe gedroht, ihn umzubringen. Herr vergib mir, aber es war mir wirklich ernst. In dieser Nacht habe ich ihn ein für alle Mal aus dem Haus und aus unserem Leben vertrieben.

Raphael fand mich zitternd auf den Steinstufen, die

Waffe im Schoß und aus der Schnittwunde am Hals blutend. Er hat mich nach oben gebracht, die Wunde versorgt und mich im Arm gehalten, bis ich irgendwann eingeschlafen bin. Ich war so aufgewühlt, dass ich etliche Nächte nicht mehr schlafen konnte, aus Angst, dass er zurückkommt.«

Caterina spürte den Schmerz ihrer Mutter bis in die eigenen Knochen und fühlte sich mit einem Mal so alt wie die knorrigen Rebstöcke ringsum. Schniefend schlang sie die Arme um Ava, als wollte sie ihre Mutter beschützen. Diese entsetzliche Geschichte war kaum zu ertragen. Es war alles noch viel schlimmer, als sie es sich in ihren schlimmsten Albträumen ausgemalt hatte. »Er hätte dich umbringen können. Und ich hätte auch tot sein können.«

Ava lehnte sich kurz an ihre Tochter, dann löste sie sich von ihr, um weiterzuerzählen. »Das ist noch nicht alles. Als treu sorgende Ehefrau hätte ich eigentlich nach meinem Mann suchen müssen. Vielleicht brauchte er Hilfe, einen Arzt? Ich wusste es nicht, und es war mir auch egal. Für mich war er gestorben. Ich habe mir eine Geschichte ausgedacht und allen erzählt, er sei auf Geschäftsreise. Einen Monat später bekam ich einen Brief von ihm. Den habe ich ungeöffnet zurückgeschickt und ihm geschrieben, er solle es nicht wagen, zurückzukommen oder je wieder mit mir in Verbindung zu treten. Dann habe ich überall herumerzählt, er sei während seiner Reise bei einem Verkehrsunfall ums Leben gekommen. Niemand hat meine Geschichte hinterfragt. Raphael war der Einzige, der die Wahrheit kannte, und das auch nur zu seinem eigenen Schutz.«

»Du hättest dich von ihm scheiden lassen können.«

»Ehrlich gesagt habe ich gebetet, er möge sterben und mich als Witwe zurücklassen, so pietätlos das auch sein mag. Als geschiedene Frau hätte ich nicht mehr kirchlich heiraten können, und ich wollte dich auf keinen Fall dem Klatsch und Tratsch und den gemeinen Spekulationen der Leute aussetzen. Ich war der Ansicht, es sei besser, wenn dein Vater tot wäre. Die Tochter einer Witwe wird gesellschaftlich nicht so geächtet wie die Tochter einer Geschiedenen. Wir leben zwar in Amerika, dem Land der Freiheit, aber Vorurteile gibt es auch hier zur Genüge. Ich war fest entschlossen, dass du einmal eine glückliche Ehe führen solltest – nicht so eine Farce, wie ich sie durchmachen musste.«

Caterina drückte ihrer Mutter die Hand. Seit sie Marisa hatte, wusste sie, dass man als Mutter alles tun würde, um sein Kind zu schützen. »*Je comprends, Maman.*«

Gemeinsam gingen sie weiter durch den Weinberg, Vino treu an ihrer Seite.

»*Merci, ma chérie*, aber ich weine beim Gedanken daran, was für ein verlogenes, böses altes Weib ich geworden bin. Nie hatte ich den Mut, dir das alles zu beichten. Ich schäme mich für das alles und würde es doch immer wieder tun, um dich zu beschützen.«

»Du hast diese schwere Last jahrelang allein getragen.«

Ava nickte. »Das stimmt. Von da an konnte ich nicht mehr schlafen, ich war ein Nervenbündel. Bei der kleinsten Gelegenheit ging ich in die Luft. Ich wusste nicht, ob ich jemals wieder ich selbst sein würde. Und ich hatte nicht den Mumm, Violetta oder Giovanna zu schreiben und ihnen zu sagen, was passiert war. Sie wussten bloß, dass er weg war. Violetta wusste nur zu gut, wozu ihr Sohn fähig war, aber ich brachte es damals einfach nicht über mich, ihr alles zu erzählen. Die Jahre gingen so schnell ins Land, und mit dem Krieg brach der Kontakt vollends ab. Ich bete, Violetta möge mir verziehen haben, dass ich mich nicht mehr bei ihr gemeldet habe.«

Caterina legte ihrer Mutter den Arm um die Schultern. »Ganz bestimmt.« Ihr war schwindelig, so sehr nahm sie das alles mit. Auch wenn die Ereignisse, über die ihre Mutter berichtete, bereits ein Vierteljahrhundert zurücklagen. Luca hatte ihre Mutter damals schon terrorisiert, und nun versuchte er es wieder. Sie blinzelte und versuchte, das Bild der grauenhaften Szene in Avas Schlafzimmer abzuschütteln. »Du konntest nichts dafür, dass Luca so ein Getriebener ist und solche Abgründe verbirgt. Du warst noch so jung, als ihr geheiratet habt. Und du hast unter den widrigsten Umständen dein Bestes gegeben.« Ava mochte es zwar mit der Wahrheit nicht immer so genau genommen haben, aber all ihre Entscheidungen hatte sie aus Liebe getroffen.

»Danke, es ist lieb, dass du das sagst, *chérie*«, seufzte Ava. »Wäre die Pistole damals geladen gewesen, müssten wir uns heute nicht mehr mit Luca herumschlagen.«

Schweigend gingen sie weiter. Caterina musste an Santo denken und daran, dass er so ganz anders war als Luca.

Sie hatte noch immer nicht die alles entscheidende Frage gestellt, die ihr schon die ganze Zeit auf der Zunge brannte, denn sie fürchtete sich vor der Antwort. Giovanna und Alma hatten ihr bereits erzählt, was sie aus eigener

Erinnerung wussten und was sie gehört hatten, aber jetzt musste ihre Mutter ihr die Wahrheit sagen. *Wenn sie sie überhaupt kannte.*

»Maman, wegen Franco und Natalie …«

Ava spannte das Kinn an. »Santos Eltern waren ein wunderbares Paar.«

Das hatte sie auch in Italien überall zu hören bekommen. Also bohrte sie weiter: »Luca war verrückt nach Natalie, stimmt's?«

Der Blick ihrer Mutter verschleierte sich. »Ja.« Avas Stimme war kaum mehr als ein Flüstern.

Caterina wurde die Zunge schwer. Sie drehte und wendete die abscheulichen Wörter im Mund und sperrte sich dagegen, sie laut auszusprechen und nie mehr zurücknehmen zu können. »Meinst du, Luca ist Santos leiblicher Vater?«

Ava nickte und ließ den Kopf hängen. Sie legte Caterina eine Hand auf die Schulter und bebte am ganzen Körper. »Es tut mir so leid, dass ich dir das nicht schon viel früher gesagt habe.« Tränen liefen ihr über das Gesicht, während sie ihr bestgehütetes Geheimnis preisgab.

In Caterinas Kopf schrie eine Stimme immer wieder: *Nein, nein, nein!* »Bist du dir vollkommen sicher?«

»Das hat er mir selbst gesagt«, murmelte Ava. »Und wie ich mir wünschte, es wäre nicht so.«

Der helle, hoffnungsvoll strahlende Kern in Caterinas Seele verdunkelte sich. Sie schnappte nach Luft, und es war, als sei sie von der ruhigen Oberfläche des Lebens heruntergerissen worden in den alles verschlingenden Strudel des reißenden Höllenflusses darunter.

Ava schluchzte, den Kopf an Caterinas Schulter gelehnt. »Santo hatte sich in dich verliebt, *ma chérie*.«

Wie konnte das Leben nur so grausam sein? Der feste Boden ihrer Realität wankte und bäumte sich angesichts dieser Enthüllung auf wie bei einem Erdbeben. Ihr wurde übel.

»Er ist zu mir gekommen und hat um deine Hand angehalten. Aber ich habe ihn abgewiesen. Das durfte nicht sein. Ich habe dem armen Jungen das Herz gebrochen.«

Und mir auch. Caterina biss sich auf die Unterlippe, um nicht laut aufzuschreien. Wie sollte sie Santo das nur beibringen?

Ava nahm Caterinas Gesicht in beide Hände. »Es tut mir leid, aber du siehst sicher ein, dass es noch viel schlimmer hätte kommen können, nicht wahr?«

Caterina war es, als stäche man ihr mit einem Dolch ins Herz. Und mit einem Mal verstand sie, warum ihre Mutter ihr das alles verschwiegen hatte. Einem geliebten Menschen wehzutun war so viel unerträglicher, als die Last der schrecklichen Wahrheit ganz allein zu tragen.

Und darum würde Caterina Ava auch niemals sagen können, dass ihre bezaubernde kleine Enkeltochter Santos Kind war.

32

Ava saß in dem kleinen, stickigen Gerichtssaal neben ihrem Anwalt, biss die Zähne zusammen und sah in Richtung Zeugenstand, wo sie sich schon den ganzen Vormittag ihrer Nemesis gegenübersah.

Luca saß unweit des Richters, sonnte sich in der allgemeinen Aufmerksamkeit und beantwortete strotzend vor Selbstbewusstsein mit tiefer, sonorer Stimme – dieselbe honigsüße italienische Sprechmelodie, mit der er ihr damals als junges Mädchen den Kopf verdreht hatte – alle Fragen, die sein Anwalt Russell Glenhall ihm stellte. Dazu hatte er sich richtig herausgeputzt. In dem dunkelgrauen Anzug und dem frisch gestärkten weißen Hemd sah Luca aus wie ein erfolgreicher, verantwortungsbewusster Geschäftsmann.

Doch Ava wusste es besser. Sie trug noch die Narben, die das Gegenteil bewiesen.

In der ersten Reihe hinter Ava saßen Caterina, Raphael und Nina. Winzerkollegen und Freunde drängten sich in dem kleinen Raum.

»Mr Rosetta, wären Sie so freundlich, dem Gericht zu erklären, warum Sie nicht nach Mille Étoiles zurückgekehrt sind, nachdem Mrs Rosetta Sie aus dem Haus gejagt hatte?«

»Ich wollte ja, aber meine Frau hatte mir mit den

schlimmsten Konsequenzen gedroht, sollte ich es wagen, je wieder einen Fuß über die Schwelle zu setzen.« Luca bedachte Ava mit einem kühlen Blick, als wollte er sie herausfordern, etwas anderes zu behaupten.

Immer noch mehr Lügen. Ava kritzelte ihrem Rechtsanwalt Walter Bren etwas auf einen Zettel.

Geschlagene zwei Stunden saß Luca nun schon im Zeugenstand und hatte eine schillernde Märchengeschichte gesponnen, in der er sich als grundanständiger Mensch und Wohltäter zeichnete. Ava spielte darin die Rolle der Bösen, die ihm die über alles geliebte Tochter entzogen hatte und mit ihrem ausschweifenden Lebensstil inklusive Personal und Shoppingtouren nach San Francisco die Gewinne seines Weinguts verschleuderte.

Ava tat es in der Seele weh, dass sich Caterina diese Lügenmärchen anhören musste, noch dazu von einem Mann, der dem Namen nach ihr Vater war. Ob ihre Tochter auch nur ein Wort davon glaubte? Und der Richter und die Geschworenen?

Als Luca schließlich Caterina ins Visier nahm, brauchte Ava ihre ganze Selbstbeherrschung, um nicht die Kontrolle über sich zu verlieren. Sie sah ihre Tochter an, die die Lippen zu einem schmalen Strich zusammengepresst und die Augen zusammengekniffen hatte. Still schäumte Ava vor Wut.

Nach Beendigung des Kreuzverhörs durch ihren Anwalt, durch das sich Luca, ohne rot zu werden, unverfroren hindurchgelogen hatte, wurde die Verhandlung für eine kurze Kaffeepause unterbrochen. Anschließend marschierte eine ganze Zeugenparade auf, um Ava einen untadeligen

Charakter und eine makellose Geschäftshistorie zu bescheinigen. Und dann war Ava an der Reihe, im Zeugenstand Platz zu nehmen.

»Bitte geben Sie Ihren vollen Namen zu Protokoll.« Walter Bren bedachte Ava mit einem zuversichtlichen Blick.

»Ava de Laurette Rosetta.« Kerzengerade saß sie da in ihrem marineblauen Kostüm, die Füße überkreuzt und in den hohen Schuhen brav seitlich angewinkelt. Eigentlich müsste man annehmen, es sei ihr unangenehm, hier in diesem Gerichtssaal zu sitzen, schließlich kannte sie die meisten der Geschworenen aus Napa persönlich.

In der ersten Reihe saß der Inhaber des örtlichen Kurzwarenladens, neben ihm der Klempner, daneben der Briefträger. Winzerkollegen waren darunter, auch Landwirte – Männer, die sie zunächst nur zögerlich in ihren Kreis aufgenommen hatten. Doch im Laufe der Jahre hatten sie Ava und ihre Fertigkeiten bei Weinanbau zu schätzen gelernt. Sie lieh ihnen auch Gerätschaften, wenn es nötig war. Gemeinsam lamentierten sie über die Unbilden des Wetters und begossen eine erfolgreiche Lese. Diese Menschen waren ihre Nachbarn, Ava kannte alle ihre Frauen und Kinder. Aber würden sie sie in dieser Angelegenheit wirklich unterstützen?

Genau wie sie trugen heute alle ihren Sonntagsstaat. Keine Spur mehr von der alltäglichen Arbeitskleidung. Hier im hohen Gericht, unter den gestrengen Augen des Richters J. Quincy Thurston, trugen die Männer allesamt dunkle Anzüge. Lange Bänke in Grau und Schwarz bildeten strenge, düstere Linien, als wollten die Anwesenden sich jeden Augenblick einem Leichenzug anschließen.

Walter setzte seine Befragung fort: »Wann sind Sie in die Vereinigten Staaten emigriert?«

»1929.« Die Erinnerungen an die bittere Atlantiküberquerung im März jenes Jahres kam in ihr hoch, und Ava schauderte trotz der Hitze im Gerichtssaal. Auf dieser Reise hatte sie ihr Kind verloren, und ihr Ehemann, der ihr jetzt gegenübersaß, war zu betrunken gewesen – oder zu herzlos –, um auch nur ein einziges Mal auf der Krankenstation nach ihr zu sehen.

Aber Ava ließ nicht zu, dass ihre Gefühle mit ihr durchgingen. Ihr Anwalt fuhr fort, sie zu befragen, und sie antwortete knapp und bündig, wie sie es vorher besprochen hatten.

Unter Eid berichtete Ava wahrheitsgemäß von den Ereignissen der Vergangenheit. Mit einem Blick zu ihrer Tochter erzählte sie nun dem Gericht, was sie ihr vor Kurzem schon offenbart hatte. Walter legte eine Hand auf das Holzgeländer neben ihr. »Und haben Sie bezüglich des Ablebens Ihres Ehemanns die Unwahrheit gesagt?«

Diese Frage und ihre Antwort darauf hatten sie vorher gemeinsam geprobt, aber das machte es Ava nicht leichter, ihre Schuld einzugestehen. »Ja.« Selbst in ihren eigenen Ohren klang ihre Stimme dünn und hohl. Sie hatte einen Eid abgelegt; sie hatte auf die Bibel geschworen, die Wahrheit zu sagen.

»Warum, Mrs Rosetta?«

Ava holte tief Luft und nahm all ihren Mut zusammen. »Weil ich mich vor ihm gefürchtet habe. Und eine Scheidung ist mit meinem Glauben nicht vereinbar.«

Walter fragte weiter. Unbeirrt sah sie Luca an, während

sie die Fragen ihres Anwalts beantwortete, schilderte, wie ihr Mann sie geschlagen und misshandelt hatte, welche Verletzungen sie durch ihn erlitten und in welche finanziellen Schwierigkeiten sie seinetwegen geraten war. Sie erzählte dem Gericht von Lucas Gefängnisaufenthalt in Italien und wie er nach seiner Freilassung des Landes verwiesen worden war. Als sie gebeten wurde, die Schwierigkeiten bei der Leitung des Weinguts zu beschreiben, drehte sie sich um und richtete das Wort an die Geschworenen. Und als sie gefragt wurde, wie es für sie war, ihr Kind ohne Vater aufzuziehen, wandte sie sich an Caterina.

Ihr Anwalt fragte nicht nach den Eskapaden ihres Mannes mit anderen Frauen, und Ava sagte nichts über Natalie oder die vielen anderen, von denen sie vermutete, dass Luca mit ihnen geschlafen hatte.

Dann nahm Russell Glenhall sie ins Kreuzverhör, und Ava musste sich alle Mühe geben, sich ihren Ärger nicht anmerken zu lassen. Ja, sie hatte bezüglich Lucas Verschwinden und seines angeblichen Todes gelogen. *Wie oft will er mich das denn noch fragen?* Russell schwadronierte immer weiter und wollte alles haarklein wissen, während sich Walter eifrig Notizen machte. Die meisten von Lucas unhaltbaren Behauptungen wies sie scharf zurück.

Nachdem Ava ihre Aussage gemacht hatte, schüttelten etliche Männer im Publikum des Gerichtssaals die Köpfe. *Ob sie mir glauben?* Schließlich hatte sie alle angelogen, was Lucas angeblichen Tod anging, und das über so viele Jahre. Ihr ehemaliger Bankier, Douglas Lattimer, vermied es, sie anzusehen, und starrte nur stur geradeaus, als sie den Zeugenstand verließ und auf den Platz neben ihrem Anwalt zurückkehrte. Auch sonst erwiderte niemand ihren Blick. Ihr Briefträger nicht, ihr Klempner nicht und auch nicht ihre Winzerkollegen oder die Bauern aus der Nachbarschaft.

Ava versuchte, sich nichts anmerken zu lassen. Sie hatte ihre Fehler öffentlich eingestanden und die Wahrheit gesagt, was man von Luca nicht gerade behaupten konnte. Alle Hässlichkeiten der Vergangenheit waren schonungslos offengelegt, pflichtbewusst für die Nachwelt dokumentiert und durch den Gerichtsreporter zur öffentlichen Ausschlachtung freigegeben worden. Hätte sie splitterfasernackt dort vorne gesessen, sie hätte sich nicht verletzlicher und entblößter vorkommen können. Natürlich bereute sie einige ihrer Entscheidungen. Aber sie würde immer wieder tun, was getan werden musste, um ihre Tochter zu schützen.

In den folgenden Stunden hielten die beiden Anwälte ihre Abschlussplädoyers, und Richter Thurston entließ die Geschworenen, damit sie sich zur Beratung zurückziehen konnten. Im Gänsemarsch verließen die Männer den Saal. Keiner von ihnen sah Ava in die Augen.

Mit einem selbstzufriedenen Grinsen schlenderte Luca mit seinem Anwalt durch den Gerichtssaal. Wie eine Löwin, die ihr Junges beschützt, starrte Ava ihn an, als er auf Caterina zusteuerte.

»*Buongiorno, principessa*«, schnurrte er und reichte seiner Tochter die Hand.

Vor Zorn schlug Ava das Herz bis zum Hals. Am liebsten hätte sie sich quer durch den Raum auf ihn gestürzt und ihm die Augen ausgekratzt, aber Walter legte ihr beruhigend die Hand auf den Arm. »Beruhige dich, Ava. Nicht hier.«

Caterina funkelte Luca wütend an. »Lass mich in Ruhe«, fuhr sie ihn an. »Du hast meine Mutter nicht verdient. Für mich bist du nicht mein Vater.«

Glühender Hass loderte in Caterinas Augen. Ava machte den Mund auf und wollte etwas sagen, aber Raphael kam ihr zuvor.

»Verschwinde, Luca«, sagte er ganz ruhig. »Halte dich von Ava und Caterina fern.«

»Und was geht *dich* das an?« Abfällig strich sich Luca mit den Fingern unter dem Kinn entlang.

»Mehr, als es dich je anging.« Entschlossen stemmte Raphael die Hände in die Hüften und wich keinen Millimeter zurück.

»Kommen Sie, Mr Rosetta«, versuchte Russell eine Eskalation zu vermeiden und führte seinen Mandanten aus dem Raum.

Als Luca weg war, eilte Raphael sofort an Avas Seite, gemeinsam mit Caterina, Nina und Juliana, die heute eigens gekommen war. Caterina schlang ihrer Mutter die Arme um den Hals, und Ava spürte, wie ihre Tochter zitterte – nicht vor Angst, sondern vor Empörung.

»Caterina, ich wünschte, du hättest deinen Vater nie kennenlernen müssen.«

»Was ist das nur für ein grässlicher, bösartiger Mensch? Wie kann dieser Mann mein Vater sein?«

Raphael runzelte die Stirn. »Besser, er wäre wirklich tot.«

Ava legte eine Hand an Caterinas zarte Wange. »Mein

Liebes, er ist dir kein bisschen ähnlich. In deinen Adern fließt mein Blut, nicht seins.«

Einen nach dem anderen umarmte Ava ihre Unterstützer. Einzig Santo fehlte aus ihrer kleinen Familie. Raphael hatte ihr gesagt, er sei noch immer bei seinen Klienten in Südkalifornien.

Ava hatte Raphael nie erzählt, wie Santo zu ihr gekommen und um Caterinas Hand angehalten hatte – und wie sie ihn unverrichteter Dinge wieder weggeschickt hatte. Das schien inzwischen so lange her zu sein. Aber nachdem sie heute im Zeugenstand ihre dunkelsten Geheimnisse enthüllt hatte, beschloss sie, ihr Gewissen zu erleichtern und Raphael nach der Gerichtsverhandlung alles zu sagen. Bestimmt würde er von ihr enttäuscht sein, aber sie hoffte inständig, er würde ihre Entscheidung verstehen. Damals hatte sie das einzige Druckmittel eingesetzt, das sie hatte, um die schreckliche Wahrheit zu verschleiern.

An Walter gewandt sagte Ava: »Was meinen Sie, wie ist es verlaufen? Glauben Sie, wir werden unser Zuhause verlieren?«

Ihr Anwalt presste die Lippen zusammen und nickte zu der Tür hin, hinter die die Geschworenen sich zur Beratung zurückgezogen hatten. »Ich kann Ihnen ehrlich nicht sagen, auf wessen Seite sie sind. Manche haben sich Notizen gemacht, aber wie ich Ihnen schon gesagt habe, Ava, Sie sind hier im Nachteil.«

»Was glauben Sie, wie lange es dauern wird, bis sie zu einem Urteil kommen?«, wollte Nina wissen.

Nina trug ihr bestes Sonntagssommerkleid; ein Blusenkleid aus Baumwolle mit Blumenmuster, das viel kühler und leichter wirkte als Avas eigenes enges, viel zu warmes Kostüm. Zwar standen die Fenster alle offen, und die Deckenventilatoren surrten laut, aber das alles konnte gegen die drückende Hitze kaum etwas ausrichten.

»Schwer zu sagen«, entgegnete Walter. »Könnte noch ein, zwei Stunden dauern. Vielleicht auch länger.«

Und so saßen sie da, warteten und warteten, aber irgendwann wurde es Abend, und der Richter schickte sie ohne Richterspruch nach Hause.

Als die Nachtluft später am Abend endlich etwas Abkühlung brachte, lauschte Ava dem Konzert der Grillen, und als die Vögel zwitschernd den Sonnenaufgang begrüßten, hatte sie noch immer kein Auge zugetan.

Am nächsten Morgen setzten die Geschworenen ihre Beratungen fort, während Ava mit Caterina, Nina und Raphael draußen wartete. Am späten Nachmittag ließ Richter Thurston sie in den Gerichtssaal rufen.

Die Geschworenen waren zu einem Urteil gekommen.

Russell Glenhall ließ Luca holen, der sich in einer Pension ganz in der Nähe einquartiert hatte. Walter Bren nahm seinen Platz neben Ava ein.

Das selbstzufriedene Grinsen wie eingemeißelt, betrat Luca den Gerichtssaal. Als er Caterina süffisant zunickte, wäre Ava beinahe wieder aus der Haut gefahren.

»Erheben Sie sich bitte.«

Der Richter kam herein und nahm seinen Platz ein, dann kehrten auch die Geschworenen in den Saal zurück. Ava musste sich zusammenreißen, um sich nicht anmerken zu lassen, wie sehr sie das alles aufwühlte. In ein paar Minuten würde sie wissen, ob sie den Kampf um ihr Zuhause und ihre Lebensgrundlage gewonnen oder verloren hatte. Sie sah zu den Geschworenen hinüber, aber niemand erwiderte ihren Blick. Die Männer sahen müde aus, machten aber einen entschlossenen Eindruck.

Ungeduldig beobachtete Ava, wie Richter und Anwälte die notwendigen Formalitäten erledigten. Auf Walters Fingerzeig hin stand sie schließlich auf und stützte sich mit den Fingerspitzen an der Tischplatte ab, um nicht das Gleichgewicht zu verlieren. Fast fürchtete sie, in der Hitze ohnmächtig zu werden, versuchte aber, Contenance zu wahren. Sie durfte sich jetzt keine Blöße geben.

Der Obmann der Geschworenen trat vor, und der Richter las die Entscheidung der Jury.

Dann nickte Richter Thurston den beiden Anwälten, Luca und schließlich Ava zu. Er faltete die Hände, ließ den Blick durch den Gerichtssaal schweifen und bat den Obmann, das Urteil der Geschworenen zu verlesen.

Als die Entscheidung verkündet wurde, glaubte Ava, ihre Beine würden unter ihr nachgeben. Sie hatte weiche Knie vor Erleichterung. Die Jury hatte sich beraten und zu Avas Gunsten entschieden.

Mille Étoiles gehörte ihr.

Sie wandte sich zu den zwölf Männern um, aus denen die Jury bestand, legte die Hände aufs Herz und formte mit den Lippen ein tonloses *Danke*. Auch ihr Anwalt nickte ihnen zum Dank zu. Ava wandte den Kopf ab, damit sie Luca nicht mehr sehen musste, der sie von der anderen Seite des Raums mit tödlichen Blicken zu durchbohren schien. Russell flüsterte seinem Mandanten etwas ins Ohr, aber Lucas Gesicht verfinsterte sich zusehends vor Wut.

Caterina, Raphael und Nina jubelten vor Freude und Erleichterung und liefen zu ihr, um sie mit überschwänglichen Umarmungen fast zu zerdrücken.

»Wirklich außergewöhnlich«, erklärte Walter strahlend vor Stolz. »Ganz gleich, wie sehr die Beweislage auch zu unseren Gunsten wies, dass die Geschworenen gegen den Ehemann entscheiden und den Anspruch seiner Frau als vorrangig anerkennen, das ist wirklich ein Zeichen, dass die Zeiten sich endgültig ändern. Gut gemacht, Ava.« Damit drückte er ihr die Hand und klopfte Raphael zufrieden auf den Rücken.

Der allgemeinen Feierlaune zum Trotz konnte Caterina sich nicht verkneifen, ihn stirnrunzelnd zu fragen: »Und warum sollten Frauen nicht genau dieselben Rechte haben wie Männer?«

»Meine drei Töchter stellen mir ständig dieselbe Frage, junge Dame«, entgegnete Walter und strahlte sie fröhlich an. »Eines Tages werden die Frauen die Welt verändern.«

Juliana kam mit Marisa auf dem Arm in den Gerichtssaal. Die Kleine war vorher ein wenig quengelig gewesen, also hatte Juliana mit ihr draußen vor der Tür gewartet und war nun ganz außer sich vor Freude, als Nina ihr erzählte, zu welchem Urteil die Geschworenen gekommen waren. Caterina nahm Marisa auf den Arm, und Ava umarmte beide, Tochter und Enkelin. »Das ist deine Zukunft und Marisas«, murmelte Ava.

Luca streifte die beruhigende Hand seines Anwalts ab und sprang auf. Während die Geschworenen nacheinander den Saal verließen, schaute er einen nach dem anderen hasserfüllt an, als wollte er sich ihre Gesichter einprägen.

Ava wurde plötzlich flau vor Angst. Diesen irren Blick hatte sie schon einmal gesehen, in jener Nacht nämlich, als Natalie gestorben und er aus dem Haus gestürzt war, um Franco zur Rede zu stellen.

Alle Proteste seines Rechtsvertreters ignorierend drehte Luca sich auf dem Absatz um und stürmte auf Ava zu. Sie mochte die Verhandlung gewonnen haben, aber Luca war nicht bereit, sich so einfach geschlagen zu geben. Ihr hämmerte das Herz in der Brust. Die Bilder aus jener Nacht, in der er sie beinahe umgebracht hatte, nahmen ihr fast die Sicht.

Raphael und Walter sahen, wie sich Luca auf Ava stürzen wollte, und versperrten ihm den Weg.

»Aus dem Weg!«, brüllte Luca wild gestikulierend. »Das hier geht nur mich und meine Frau was an.«

»Das Gericht hat sein Urteil gefällt«, versuchte Walter ihn zu beruhigen und winkte Russell und dem Gerichtsdiener, ihm zu helfen. Sofort waren beide Männer zur Stelle und hatten Luca umstellt.

Durch eins der Fenster fiel ein Schatten der tief stehenden Nachmittagssonne auf sein Gesicht. Und obwohl es im Saal noch immer drückend heiß war, überlief es Ava eiskalt.

Luca sah Ava durchdringend an und zischte: »Das ist alles deine Schuld, Ava.«

Walter ging entschieden dazwischen. »Sie wollten eine Gerichtsverhandlung. Nun müssen Sie auch mit dem Richterspruch leben. Ich bitte Sie inständig, tun Sie es.«

Doch Luca wollte sich nicht so einfach abspeisen lassen. »Dafür wirst du bezahlen, Ava. Du hast mich angelogen und behauptet, du wärst schwanger. Ich hätte Natalie heiraten sollen. Mille Étoiles steht mir zu.« Seine heisere Stimme klang, als dränge sie aus den finstersten Untiefen seiner gepeinigten Seele hervor. »Ihr alle in Mille Étoiles werdet dafür bezahlen.« Seine Unterlippe kräuselte sich nach oben und entblößte seine Schneidezähne, und seine vernarbten Hände ballten sich zu Fäusten.

Ava richtete sich auf und stellte sich ihm unerschrocken entgegen. Diesen irren Ausdruck in seinen Augen hatte sie damals, vor so vielen Jahren, gefürchtet, aber heute hatte er keine Macht mehr über sie. »Lass uns in Ruhe, Luca«, herrschte sie ihn mit aller Entschlossenheit an, die sie aufbringen konnte. »Es ist vorbei.« Raphael stand neben ihr und ballte die Hände zu Fäusten, bereit, sie jederzeit zu verteidigen.

»Damit werdet ihr nicht durchkommen«, spie Luca aus, drehte sich auf dem Absatz um und marschierte aus dem Gerichtssaal.

Später sollte sich Ava kaum noch an die Worte von Richter Thurston erinnern können, aber nie würde sie den durchdringenden üblen Geruch des Bösen vergessen, der Luca wie eine Schlechtwetterwolke folgte, und auch nicht, wie Raphael sie auffing, als sie vor Hitze und Aufregung das Bewusstsein verlor.

Mit flatternden Lidern öffnete Ava die Augen und sah sich um. Sie lag auf einer Holzbank, ganz vorne im Saal, und das abgewetzte Holz unter ihr fühlte sich glatt und kühl an. Raphael hielt ihren Kopf. Wichtig war nur, dass Luca keinen Anspruch auf Mille Étoiles hatte. Sie hatte es gerettet für sich und Caterina und Marisa.

»Maman, hier, trink einen Schluck«, sagte Caterina leise und hielt ihr ein Glas kühles Wasser an die Lippen.

Ava richtete sich mühsam auf, während Nina ihr mit einer Zeitung Luft zufächelte.

Sie trank ein paar Schlucke, dann sank sie wieder an Raphaels Brust. Lucas boshafte Worte hatten sich in ihren Kopf gefressen. Sie kannte ihren Mann leider nur zu gut.

Und sie wusste, das war noch nicht das Ende. Luca würde auf Rache sinnen.

33

»Caterina, du hast mir so gefehlt«, murmelte Santo mit seiner tiefen, sonoren Stimme, die von den kühlen Wänden des Weinkellers widerhallte. Er fuhr ihr mit den Fingern durch die Haare und zog sie zu sich heran.

Sie hatte Santo gesagt, sie sollten sich hier unten in der Höhle treffen, weil sie wusste, hier würden sie ungestört sein, weit weg von neugierigen, bohrenden Blicken. Wie hatte sie sich nach ihm gesehnt – sich danach verzehrt, seine starken Arme zu spüren, liebevoll, begehrlich, nur noch ein letztes Mal. Santo war das Licht ihrer Seele. Ohne ihn würde die Welt schon bald in Dunkelheit versinken.

Sie gab sich ganz dem Gefühl seiner Wärme auf ihrer Haut hin, der Leidenschaft in seinen strahlend blauen Augen, die sie voller Liebe ansahen. Mit der Zunge spielte er an ihren Lippen. Sie drängte sich ihm entgegen, und es brach ihr fast das Herz, als sie an ihr kleines Intermezzo in Paris denken musste.

Wenn sie ihm erst einmal erklärt hatte, dass sie Blutsverwandte waren – und das musste sie früher oder später –, würde er sie nie wieder so berühren. Wie könnte er auch? Womöglich war es falsch, aber sie wollte ihn noch einmal, diese Berührung, diese kleine, begehrliche Sünde, von der sie in den langen, einsamen Jahren, die nun vor ihr lagen, zehren und träumen konnte.

»Zwei Kristallgläser, eine Flasche Wein und eine bildschöne Frau an meiner Seite? Was will man sich als Mann mehr wünschen?« Santo klemmte sich eine Decke und die Weinflasche unter den einen Arm und legte Caterina den anderen um die Taille.

Gemeinsam gingen sie hinaus und spazierten durch die Weinberge zu dem sich schlängelnden kleinen Bergpfad. Ein reifer, erdiger, grüner Duft lag in der Luft, und der Sonnenschein roch nach Laub und reifen Früchten.

Die Sonne stand tief über dem Meer und zog lange Schatten hinter sich her, während sie das Tal, das sich unter ihnen ausbreitete, mit warmem Licht übergoss.

Caterina hielt sich schützend die Hand vor die Augen. »Wenn wir uns beeilen, schaffen wir es noch vor Sonnenuntergang bis hoch zum Grat.«

Behände stiegen sie auf einen hohen Felssporn zu, der weit über das flache bewirtschaftete Land darunter herausragte. Pinien, Eukalyptus und Mammutbäume flankierten den Pfad, und die Sonne tauchte alles in ein goldenes Licht, während sie sich immer tiefer über das azurblaue Wasser des Pazifiks neigte.

»Wie geht's Marisa?«, fragte Santo mit leuchtenden Augen, und aus seinem Mund klang der Name seiner Tochter wie ein wunderschönes Lied. »Und wann kann ich sie sehen?«

Caterinas Herz glühte, als sie ihn den Namen ihrer Tochter sagen hörte. Liebe und Stolz verwandelten die drei kleinen Silben in pure Poesie.

Ausführlich erzählte sie ihm von ihrer Heimreise und den neuen Wörtern, die Marisa in der Zwischenzeit gelernt hatte. »Möchtest du sie morgen sehen? Heute Abend kümmern Nina und meine Mutter sich um sie und bringen sie ins Bett.« Sie senkte den Blick, und ihre Augen verschwanden hinter den langen Wimpern. Dann sah sie ihn von der Seite an und sagte: »Bist du mir böse, dass ich dich zuerst ganz für mich allein haben wollte?«

»Mir geht es ganz genauso.« Santo strich ihr zärtlich über den Arm. »Aber ich kann es kaum erwarten, sie wiederzusehen. Und es ist mir ganz egal, was die Leute im Valley sagen.«

Gemeinsam kletterten sie immer höher, und Santo erzählte ihr von seiner Reise nach Südkalifornien, zu den Weinanbaugebieten in San Diego und Temecula. »Da unten ist es wärmer als hier, aber sie machen einen wirklich guten Wein. Wir könnten bald mal zusammen hinfahren, es gibt da herrliche Sandstrände. War Marisa schon mal am Meer?«

»Nein, sie hat es bisher nur von der Brücke aus dem Auto gesehen.« Santo war so begeistert von seiner Tochter. Caterinas Gebete waren erhört worden, wenn auch ganz anders als gedacht.

Oben an der Kante des Bergs bildeten Mammutbäume mit ihren hohen spitzen Hüten eine geschützte Nische; die unteren Äste waren wie ein Reetdach und rahmten den spektakulären Ausblick auf das Meer unten ein. Sie breiteten die Decke aus, entkorkten den Wein und stießen vor den im Licht der untergehenden Sonne funkelnden Wellen miteinander an.

»Auf uns«, sagte Santo. Die schrägen Sonnenstrahlen tauchten seine dunklen Haare in flüssige Bronze und ließen die gebräunte Haut golden schimmern. Mit seinen Blicken schien er sie zu liebkosen. »Und auf unsere Zukunft.«

»Auf unsere Marisa«, entgegnete Caterina und wünschte sich dabei nichts mehr, als tatsächlich eine gemeinsame Zukunft zu haben. Sie schob den unausweichlichen Augenblick noch ein bisschen weg, schmiegte sich an ihn und hob das Glas mit dem Wein, den sie gemeinsam cuvertiert hatten, in die gleißenden Sonnenstrahlen, die dem dunklen, satten Rot ein funkelndes Feuer verliehen.

Santo schwenkte das Glas, roch daran und hob es dann an die Lippen. »Wir hätten keinen Preis gebraucht, um zu wissen, dass das ein verdammt guter Wein ist.«

»Wein ist wie Parfüm, ein Geschenk der Natur.« Caterina nippte an ihrem Wein und zählte die letzten gemeinsamen Momente wie kostbare Perlen an einer Kette. Die Zeit schien stillzustehen, als sie zusah, wie er genießerisch einen Schluck trank. Begierde flackerte in ihr auf wie eine Flamme.

»Stell dir nur mal vor, was wir beide zusammen alles auf die Beine stellen werden, *cara*«, murmelte er und vergrub das Gesicht an ihrem Hals. »Gemeinsam können wir zaubern. Schau dir nur mal unser kleines Mädchen an. Ich kann es kaum erwarten, es endlich Raphael zu sagen, aber ich finde, wir sollten allen gemeinsam von unseren Plänen erzählen.«

»Unseren Plänen?«

»Der Hochzeit.« Ein kleines Lächeln ließ ihn strahlen, und seine Augenwinkel kräuselten sich vor Freude. »*Luce die miei occhi*. Du bist das Licht meiner Augen.«

Die Hochzeit, die nicht sein darf, dachte sie. Weil wir

die schreckliche Sünde der Inzucht begehen. Plötzlich hatte sie einen Kloß im Hals, und sie trank noch einen Schluck, um sich für den alles vernichtenden Schlag zu wappnen, den sie ihrem Geliebten versetzen musste.

Santo strich ihr mit der Hand über die Wange. »Ich habe so viele Ideen für uns und unsere Zukunft, Caterina. Zuerst war das alles ein Schock für mich, aber ich war noch nie in meinem Leben so glücklich wie jetzt. Genau das habe ich mir immer gewünscht, auch wenn die Reihenfolge vielleicht ein bisschen durcheinandergeraten ist.«

Caterina blinzelte vor Schmerz; jedes seiner Worte war wie ein glühendes Eisen in ihrem Herzen. Um ihre zitternden Hände zu beruhigen, klammerte sie sich an den Stiel des Weinglases. »Santo, wir kommen beide aus einem ziemlich kleinen Nest in Italien, stimmt's?«

»Wo es sogar noch arrangierte Ehen gibt. Aber jetzt sind wir hier in Amerika und können tun und lassen, was wir wollen.«

Sie schluckte gegen die aufsteigende Panik an, die drohte, ihr die Stimme abzuschnüren. »Es gibt da etwas, das ich dir sagen muss, aber ich weiß, es ist das Allerletzte, was du aus meinem Mund hören willst.«

»Wieso so ernst, *cara*? Was ist los?«

Caterinas Blick glitt zu seiner vollen Unterlippe, den hohen Wangenknochen, den dunklen Locken, die sich seinen Frisierversuchen widerspenstig widersetzten. Er war ein umwerfend gut aussehender Mann, aber ihre Liebe zu ihm war viel mehr als nur körperliche Anziehung. Sie liebte ihn bis in die dunkelsten Untiefen seiner Seele, wie sie nie einen anderen Menschen geliebt hatte. Und nie lieben würde.

Sie biss sich auf die Zunge und zögerte, den ersten Pfeil in sein Herz abzufeuern. »Also, deine Eltern …«

»Sie hätten dich geliebt.«

»Nein, darum geht es nicht.« Sie glaubte fast, an ihren Worten zu ersticken.

»Worum denn dann?« Besorgt zog Santo die dunklen Augenbrauen hoch und setzte sich kerzengerade auf, als er ihr Gesicht sah. »Caterina, du bist leichenblass. Geht es dir gut?« Prüfend fasste er ihr an die Stirn.

Sie senkte den Blick. »Ich weiß nicht, ob du um deine wahre Abstammung weißt.«

»Abstammung?«, wiederholte er perplex und zog die Mundwinkel herunter. »Wie meinst du das?«

Zögerlich schaute sie ihn an. »In Italien habe ich eine ganz grässliche Entdeckung machen müssen.« Sie zögerte. Was, wenn sie es ihm nicht sagte? Jetzt einfach schwieg, die hässliche Wahrheit für sich behielt, glücklich mit ihm in Sünde lebte und dieses Geheimnis mit ins Grab nahm?

»Was könnte denn so furchtbar sein, *cara*? Nichts könnte etwas an der Liebe ändern, die wir füreinander empfinden.«

Caterina blinzelte und ermahnte sich, das einzig Richtige zu tun. Denn was, wenn ihr nächstes Kind körperlich oder geistig behindert auf die Welt käme? Marisa war allem Anschein nach kerngesund. Aber wollte sie Gottes Güte wirklich auf die Probe stellen?

Ein Gefühl unentrinnbarer Enge legte sich wie eine Schraubzwinge um ihren Brustkorb, schnürte ihr den Atem ab und drückte auf ihr Zwerchfell. Sie schnappte nach Luft. »Franco war nicht dein leiblicher Vater. Sondern … Luca.«

Santos versteinertes Gesicht brannte sich wie ein Schnappschuss in ihr Gedächtnis. *Vorher. Nachher.*

»Es ist leider die Wahrheit«, flüsterte sie. »Luca war ganz vernarrt in deine Mutter.«

»Das ist doch verrückt, völlig unmöglich. Das hätte Raphael mir doch gesagt.« Ungläubig sah er sie an.

»Das dachte ich auch. Aber das ganze Dorf wusste über die beiden Bescheid. Giovanna, Alma. Und meine Mutter hat meinen Verdacht bestätigt.« Sogar Luca selbst, sozusagen. Fast hätte sie ihn im Gerichtssaal danach gefragt, bevor Raphael dazwischengegangen war, aber das war eigentlich gar nicht nötig gewesen. Sie kannte die Antwort auch so. *Dieser abscheuliche Mensch.*

»Das heißt, wir beide sind …« Santo brach ab und wurde weiß vor Entsetzen. Als ihm die ganze Tragweite dieser Enthüllung bewusst wurde, war sein Blick leer. »Nein! Das kann nicht sein!« Wütend stieß Santo die Weingläser beiseite und nahm Caterinas Gesicht in beide Hände. »Caterina, ich liebe dich.«

In seine sonst so strahlenden Augen stand die Angst geschrieben, sie zu verlieren, und Caterina bebte in seinen Armen. »Ich liebe dich auch, aber wir dürfen das nicht mehr tun, nicht jetzt, wo wir es wissen!«, schluchzte sie, während er ihr verzweifelt mit den Lippen über die Stirn strich.

»Zur Hölle mit Luca – das ist *unser* Leben. Wir haben eine Tochter.«

»Nichts und niemand kann uns davon abhalten, als ihre

Eltern für sie da zu sein, *amore mio.*« Caterina fuhr ihm mit der Hand über die Brust, als könnte sie mit dieser Berührung den Schmerz seines gebrochenen Herzens lindern. »Aber wir begehen … Inzest.«

»Nein! Das wüsste ich. Ich würde es *spüren.*« Santo biss die Zähne zusammen, aber als sie schwieg, sank er mit zuckenden Schultern an ihre Brust.

»Wir dürfen das nicht riskieren. Denk nur, was passieren könnte«, schluchzte sie. Sie bedeckte sein Gesicht und seine Haare mit Küssen, spürte, wie seine Wangen feucht wurden von ihren Tränen. »Was, wenn unser nächstes Kind nicht gesund wäre, weil wir uns trotzig den Gesetzen der Natur widersetzt haben? Wie könnten wir mit dieser Schuld leben? Und die Kirche würde uns nie ihren Segen geben.«

»Nein, ich werde das nicht so einfach hinnehmen.« Santo schlug mit der Faust auf den Boden und stieß einen Schwall italienischer Flüche aus. »Wie könnte unsere Liebe zueinander falsch sein? Jedes Kind, jede Seele kommt aus einem bestimmten Grund auf diese Welt. Wir werden unsere Kinder lieben und für sie sorgen, ganz gleich, wie sie sind.« Damit schloss er sie verzweifelt in die Arme, sein Mund suchte ihren und fand ihn. Das schmerzliche Verlangen nach Trost war zu überwältigend.

Auch wenn sie ihm im Grunde ihres Herzens zustimmte, fehlte Caterina die Kraft, ihm zu sagen, dass seine Worte vergebens waren. Genauso gut könnten sie versuchen, die sinkende Sonne einzufangen.

Santos Kummer war fast greifbar; Caterina spürte ihn wie Wellen des Schmerzes, die von ihm ausgingen und sich an ihr brachen, und auch ihr brach das Herz.

Irgendwann drehte sich Santo auf den Rücken und zog sie an seine Brust. »Weiß Raphael davon?«

»Muss er wohl.« Caterina zitterte in der rasch einsetzenden Dämmerung. »Aber er liebt dich wie ein Vater. Das musst du ihm verzeihen, Santo.«

»Und deine Mutter weiß es auch. Darum wollte sie auf keinen Fall, dass wir beide heiraten.« Er spie noch einen italienischen Fluch aus, mit dem er Luca zum Teufel wünschte. »Raphael und Ava wollten uns schützen. Es muss eine schreckliche Last für sie gewesen sein.«

Um sie herum im Unterholz erwachte der allabendliche Chor der Grillen. In Santos Augen lag ein Schmerz, wie sie ihn noch nie gesehen hatte. Sie nahm seine Hand und drückte sie fest an ihre Brust.

»Sag mir bitte, wie du das herausgefunden hast.«

Es war nur zu verständlich, dass Santo alles wissen wollte, also riss sie sich zusammen und erzählte ihm, was sie in Erfahrung gebracht hatte. »Das erste Mal habe ich die Geschichte im Zug nach Paris gehört, von zwei Damen aus Siena. Sie haben mir von Franco erzählt und von Natalie Sobrella, von ihrer großen Liebe und der Tragödie, mit der sie endete. Die Vornamen deiner Eltern kannte ich nicht. Ich habe da überhaupt keinen Zusammenhang gesehen, bis wir die Zeitungsartikel in meinem Häuschen gefunden haben und du mir gesagt hast, Sobrella sei der Mädchenname deiner Mutter gewesen.«

»Ich kann mich noch erinnern, wie blass du geworden bist. Warum hast du mir das denn nicht schon in Italien gesagt?«, fragte er mit tränenverschleiertem Blick. In seinem Gesicht spiegelten sich Bestürzung und Verwirrung.

»Ich wollte mir erst ganz gewiss sein, Santo. Wie könnte ich dir das Herz brechen, ohne mir ganz sicher zu sein?«

»Verstehe. Das ist alles Lucas Schuld.« Santo strich Caterina über die langen, offenen Haare. Sie schmiegte sich noch enger an ihn, und er hielt sie ganz fest. »Aber das kann nichts an meinen Gefühlen für dich ändern, Caterina.« Sein Herz schlug heftig gegen ihre Brust, und sie konnte sich nicht vorstellen, ohne seine zärtlichen Berührungen, seine Küsse zu leben. Bei dem Gedanken stiegen ihr unaufhaltsam die Tränen in die Augen. Aber eins stand unverrückbar fest: Marisa war das Kind einer inzestuösen Verbindung, auch wenn sie beide vollkommen ahnungslos gewesen waren. Sie konnte diese Beziehung nicht weiterführen. Wie eine Welle schlug der Schmerz über ihr zusammen. »Ich werde dich immer lieben, Santo. Du bist Marisas Vater. Aber es geht nicht, und das weißt du.«

Santo hob ihr Kinn und hielt ihr Gesicht in den starken, gefühlvollen Händen, mit denen er sie so zärtlich berührt und eine solche Leidenschaft in ihr entflammt hatte. »Das sehe ich ein, Caterina, aber dass wir nicht mehr zusammen sein sollen, kommt mir genauso falsch vor.« Er hatte rote Ränder um die Augen, ihm brach die Stimme. »Wärst du tatsächlich meine Halbschwester, ich glaube wirklich, mein Herz wüsste es. Wie soll ich mich damit je abfinden?«

»Uns bleibt keine andere Wahl.« Es war, als risse man ihr das Herz aus dem Leib. »Marisa kann nichts dafür, was wir getan haben.«

»Mein Herz glaubt nicht daran, *cara*. Ich weiß, du glaubst es und die anderen auch. Aber ich schwöre dir, ich werde die Wahrheit herausfinden und diese absurde Geschichte Lügen strafen.«

Heiße Tränen liefen ihr über das Gesicht, und sie krallte sich in sein Hemd und schüttelte verzweifelt den Kopf. »Und wenn es nur diese eine Wahrheit zu finden gibt?«

Trotzig reckte Santo das Kinn und schaute gepeinigt in den dunklen, tintenschwarzen Himmel über ihnen. »Dann, Gott, flehe ich dich an, lass mich auf der Stelle sterben.«

34

Der Duft köchelnder Pfirsiche wehte durch die Küche. Caterina nahm ihre kleine Tochter aus dem Hochstühlchen. Die lebhaft blauen Augen ihrer Tochter waren ihr eine ständige Erinnerung an die Liebe, die ihr verwehrt war. Santo hatte Marisa am folgenden Tag besucht, während Ava aus dem Haus war. Marisa zuliebe hatte Caterina sich ein Lächeln abgerungen, aber ihre Augen waren trüb vor Schmerz und mangelndem Schlaf.

Auch in der vergangenen Nacht hatte sie nicht schlafen können, aber das Leben nahm darauf keine Rücksicht. Matt und kraftlos quälte sie sich durch den Tag. Die arbeitsreiche Lesezeit hatte gerade begonnen, und die ersten Berichte der anderen Winzer im Valley klangen genauso optimistisch wie ihre eigenen Prognosen.

Wäre ihre eigene Zukunft doch nur ebenso verheißungsvoll wie die ihrer Weine.

Ihr gegenüber am Küchentisch saß Ava. Caterina fand, ihre Mutter sah heute Morgen besser aus als in den vergangenen Tagen, auch wenn die Sorge sich in feinen Fältchen um ihre Augen eingegraben hatte. Die Gerichtsverhandlung hatte sie um Jahre altern lassen. Und sie alle hatten die Drohung nicht vergessen, die Luca ausgestoßen hatte, ehe er aus dem Gerichtssaal gestürmt war. *Ihr alle in Mille Étoiles werdet dafür bezahlen.*

Caterina fasste sich ans Herz. Gott zeigte kein Erbarmen für ihr sündiges Tun. Nicht für sie, nicht für Santo, nicht für Ava. Ihre Vergehen lasteten schwer auf ihrem Gewissen. Vielleicht war es an der Zeit, zur Beichte zu gehen.

Die Fliegengittertür nach hinten hinaus öffnete sich quietschend, und Raphael kam in die Küche. »Die müsste auch mal wieder geölt werden«, stellte Nina fest und rührte die Pfirsiche im Topf um. Sterilisierte Einmachgläser standen ordentlich aufgereiht auf der Arbeitsplatte und warteten nur darauf, mit köstlichem Kompott befüllt zu werden.

»Ich kümmere mich darum, Nina.« Raphael schob den Strohhut zurück und legte einen Stapel Briefe auf den Küchentisch. »Deine Post, Ava.«

Caterina sah, wie ihre Mutter zu strahlen begann, als Raphael hereinkam. Die beiden taten einander gut, und sie war froh, dass Raphael offenkundig so viel an ihrer Mutter lag. Als sie gesehen hatte, wie er sich bei der Gerichtsverhandlung schützend vor ihre Mutter stellte, hatte sie ihn umso mehr ins Herz geschlossen. Wenigstens eine von ihnen schien doch noch die Liebe gefunden zu haben.

»Danke, Raphael.« Avas Blick blieb an ihm hängen, und sie lächelten einander erschöpft zu.

Lange vor Sonnenaufgang hatten sie angefangen zu arbeiten. Im ganzen Valley war die Lese inzwischen in vollem Gange. Um denen zu helfen, die durch das Erdbeben schwere Verluste erlitten hatten, hatten sich die Winzer zusammengetan und halfen sich gegenseitig aus. Die Trauben waren dieses Jahr von außergewöhnlich hoher Qualität. Einen solchen Jahrgang gab es nicht oft. Eine fröhliche, ausgelassene Stimmung lag über der ganzen Gegend, von Sonoma über Napa bis nach St. Helena. Auch in Mille Étoiles hatten sie bereits begonnen, die ersten Trauben zu ernten.

Caterina hielt sich die Hand vor den Mund und gähnte. Marisa hatte sich noch nicht an den neuen Tagesrhythmus gewöhnt, weshalb sie jetzt noch nicht schlafen wollte. Nina passte auf sie auf, während Caterina mit Ava und Raphael zusammen in den Weinbergen arbeitete, um die Lese zu überwachen und die Trauben zu prüfen.

Ava griff nach der Post und blätterte die Briefe durch. Als sie einen krakelig beschriebenen Umschlag sah, stutzte sie kurz. »Seltsam … was ist denn das?« Sie nahm ein Messer und öffnete den Umschlag.

Mit zusammengekniffenen Augen schaute Caterina auf den Brief. »Sieht irgendwie wütend aus, diese Schrift.«

Ava zog den Brief aus dem Umschlag, entfaltete ihn und schnappte nach Luft.

»Stimmt etwas nicht, Maman?« Caterina stand mit Marisa im Arm hinter ihrer Mutter und schaute Ava über die Schulter, um einen Blick auf den Brief zu werfen, den ihre Mutter fallen gelassen hatte wie eine heiße Kartoffel.

»Wieder eine Drohung.« Avas Augen blitzten vor Zorn.

Beruhigend legte Raphael ihr die Hand auf die Schulter. »Von Luca?«

»Er hat den Wisch nicht unterschrieben, aber ich erkenne seine Handschrift.«

Caterina sah Raphael an, der aufgebracht die Lippen zusammenpresste.

Ava überflog rasch den Text, und ihr Gesicht wurde

starr vor Entsetzen. »*Mon dieu*, unsere Reben sind vergiftet worden!«

»Was?«, rief Caterina außer sich. Die Lese war zwar schon im Gange, aber sie konnten doch keine vergifteten Trauben ernten.

Ava und Raphael schauten sich besorgt an.

»Er pfeift auf das Urteil, er will Mille Étoiles«, sagte Ava. »Ich kenne ihn. Wenn er nicht bekommt, was er will, wird er es zerstören. Und uns gleich mit.«

»Die Reben vergiften?« Ungläubig fasste sich Caterina an die Stirn. »Was für ein Mensch tut so was?« Sie drückte Marisa fest an die Brust.

Ein trockener, heißer Windstoß fuhr durch das geöffnete Küchenfenster und in die gelben Gardinen und wirkte wie ein unheilverkündender Vorbote drohender Gefahr.

»Das kann doch nicht sein Ernst sein.« Raphael griff nach Lucas Drohbrief, zog ihn über den Tisch zu sich heran und murmelte kaum verständliche italienische Schimpfwörter.

Ava tupfte sich mit dem Zipfel einer Serviette das Gesicht. »Wir dürfen das nicht auf die leichte Schulter nehmen. Er hat uns gewarnt. Und ich weiß nur zu gut, wozu dieser Mann fähig ist.«

Hört das denn nie auf? Caterina sah Ava an, und zum ersten Mal in ihrem Leben sah sie die Angst in den Augen ihrer Mutter.

Nina rührte die Pfirsichmarmelade um und schaute aus dem Fenster hinaus auf die Weinberge. »Wer weiß, vielleicht treibt er sich gerade da draußen herum. Wir sollten gleich den Sheriff rufen.«

Ava entfaltete ein weiteres Blatt Papier. »Moment. Hier

ist auch eine Karte.« Sie schaute sich die aufgezeichneten Rebenreihen eingehend an. »Das ist unser Weinberg – das sind die alten Rebstöcke, die schon vorher hier waren.« Sie tippte mitten auf die Karte, wo drei Pflanzen eingekreist waren. »Wir müssen diese Reben sofort überprüfen lassen.«

»Das sind einige unserer besten Weinstöcke.« Caterina überlief es eiskalt. »Aber warum legt er noch eine Karte bei? Warum sagt er es uns überhaupt?«

»Er macht sich einen Spaß daraus; er will uns verunsichern.« Raphael schüttelte den Kopf. »So einem Menschen bereitet es ein teuflisches Vergnügen, andere zu quälen. Er will uns bluten sehen. Und das werden wir. Jetzt müssen wir *alle* Reben überprüfen lassen. Und sie im schlimmsten Fall vernichten.«

Entsetzt schnappte Caterina nach Luft. »Wie sollen wir denn sämtliche Reben überprüfen lassen?«

»Santo hat die entsprechende Technik. Damit wird Luca nicht davonkommen.« Raphael ging zum Telefon. Santo konnte auf die modernen Untersuchungsmethoden der University of California, seiner Alma Mater, in Davis zurückgreifen.

Caterina war es, als sei die ganze Welt ins Wanken geraten. »Hat Luca uns denn nicht schon genug angetan?«

Empört sprang Ava auf und hielt sich an Raphaels Arm fest, was ihr neue Kraft zu geben schien. »Das bedroht unsere Existenzgrundlage. Sollten die Reben wirklich vergiftet sein, könnten sogar Menschen sterben.«

Caterina lauschte, während Ava und Raphael aufgeregt telefonierten. Mehr konnten sie nicht tun, bis die Weinstöcke geprüft worden waren. Mit Marisa auf dem Arm ging sie aus der Küche und die Treppe hinauf.

Oben setzte sich Caterina in Avas alten Schaukelstuhl und wiegte Marisa sanft in den Schlaf – genau wie ihre Mutter es früher mit ihr gemacht hatte. Gedankenversunken betrachtete sie ihr kleines Mädchen.

Ihre Mutter hatte gekämpft, um das Weingut durch Missernten, Dürreperioden, die Prohibition und die Depression zu bringen. Und nun drohte ihr eigener Vater, das Lebenswerk ihrer Mutter zu zerstören. Sie hatte einen Kloß im Hals vor Hass, wenn sie nur daran dachte. Er hatte ihr ganzes Leben ruiniert.

Caterina kniff die Augen zusammen und spürte Marisas winziges Herz an ihrer Brust schlagen. Das Telefon klingelte, und dann kam Nina die Treppe herauf. Marisa war längst eingeschlafen, also legte Caterina sie in ihr Bettchen und ging an die Tür.

»Raphael und Ava sind unterwegs zum Sheriff. Sie werden nicht lange weg sein, aber gerade ist Santos Sekretärin am Telefon. Würdest du eben mit ihr sprechen?«

Also folgte Caterina ihr nach unten und ging ans Telefon »Hallo?«

Santos Sekretärin sagte ihr, er sei gerade nicht im Haus.

Den Hörer fest in der Hand, entgegnete Caterina: »Es ist wirklich sehr dringend. Sie wissen nicht zufällig, wo wir ihn erreichen könnten?« Caterina wartete die Antwort ab. »Danke, wir finden ihn.« Dann an Nina gewandt: »Santo ist ganz in der Nähe. Er ist oben in der alten Kellerei. Könntest du bitte ein Auge auf Marisa haben, während ich hinfahre?«

Rasch schnappte sich Caterina Handtasche und Schlüssel und rannte zu ihrem Wagen. Sie drückte aufs Gaspedal ihres Chevrolets und raste die gewundene Bergstraße hinauf. Bei dem Gedanken, Santo wiederzusehen, schlug ihr das Herz bis zum Hals.

Was machte er denn auf dem alten Nachbarweingut? Das stand schon seit Jahren zum Verkauf. Ob er einen Interessenten dafür gefunden hatte?

Sie bog um eine der engen Kurven, und plötzlich kam ihr auf ihrer Spur ein Laster entgegen, der direkt auf sie zuhielt. Erschrocken riss Caterina das Steuer herum und schaffte es gerade so, nicht von der Straße abzukommen, während die Reifen Steine hochschleuderten und den felsigen, steil abfallenden Abhang hinunterspuckten.

»Weg da!«, schrie sie außer sich, und plötzlich brach sich die ganze angestaute Frustration Bahn. Der andere Fahrer riss den Lenker herum und schrammte dabei seitlich an der steilen Felswand entlang. Im Vorbeirauschen erhaschte Caterina einen Blick in den Laster. Ein breitkrempiger Hut verdeckte das Gesicht des Fahrers. »Da hat aber jemand schon ziemlich früh tief ins Glas geschaut«, brummte sie, dann kam ihr ein beunruhigender Gedanke. *Ob das womöglich Luca gewesen sein könnte?*

Oben angekommen stellte Caterina den Wagen vor dem alten Weingut ab und stieg aus. Trockener Staub legte sich schon bei den ersten Schritten auf ihre weichen Schuhe. Santos feuerrote Corvette stand neben einem weißen Cadillac vor dem Haus.

Gebaut im ausgehenden 19. Jahrhundert, war das Anwesen während der Prohibition aufgegeben worden und inzwischen halb verfallen. Hier nannte man es nur die Geisterkellerei. Nicht, dass es hier tatsächlich spukte – *wobei man das glauben könnte,* dachte sie, *so wie es hier aussieht.*

Ava hatte das Grundstück vor langer Zeit einmal kaufen wollen, aber der Besitzer war ein durchtriebener alter Chauvinist und hatte sich rundweg geweigert, es an eine Frau zu übergeben. Also hatte er den Preis so hoch angesetzt, dass Ava unmöglich so viel hätte aufbringen können. Andere renommierte Winzer waren darüber so empört, dass sie den Alten boykottierten. Immer mehr unheimliche Geschichten rankten sich um das verwunschene, verwachsene Anwesen, und es dauerte nicht lange, bis niemand mehr Interesse daran zeigte. Der Besitzer ging mit dem Preis immer weiter herunter, aber da war es längst zu spät. Bei dem niedrigen Preis dachten bald alle, an den Gespenstergeschichten müsse etwas dran sein, und Ava hätte einen Teufel getan, ihm noch einen einzigen Cent dafür zu geben.

Das massive steinerne Gebäude ragte drei Stockwerke in den strahlend blauen Himmel auf, Mille Étoiles nicht unähnlich. Oben auf dem Hügel blickte Caterina über die Schulter zurück. Unter ihr funkelte der Pazifik gleißend wie ein Meer aus Diamanten, und seine endlose Wellenbewegung hatte etwas unglaublich Beruhigendes. Sie wandte sich wieder dem Haus zu. Leere Fensteröffnungen starrten ihr entgegen wie schlafende Augen. Obschon es so heruntergekommen war, hatte sie doch schöne Erinnerungen an diesen Ort. Als Kinder waren Santo, Juliana und sie oft zum Spielen hierhergekommen.

Auf einer Seite des Hauses fiepten ein paar Eichhörnchen und liefen eifrig hin und her, um genügend Nüsse für ihren Wintervorrat zu sammeln. Das Anwesen lag so hoch, dass es im Winter unter einer Schneedecke verschwand und die alten Reben lange ruhten. Der Stress der kalten Wintermonate war unverzichtbar, um die besten Trauben zu produzieren.

Je mehr wetterbedingtem Stress die Reben ausgesetzt waren, desto aromatischer wurde der Wein. Auf dieser Höhe waren die Früchte kleiner und saßen dichter zusammen. Weniger Wasser bedeutete ein höheres Verhältnis von Schale zu Frucht, und mehr Schale bedeutete mehr Tannin, was dem Wein seinen intensiven Geschmack verlieh. Das hier oben war erstklassiges Weinbauland.

Caterina drehte sich auf dem Absatz um und blinzelte in die Sonne. Alte Reben erstreckten sich vor ihr, so weit das Auge reichte, und es gab noch genügend Land, auf dem man neue Weinstöcke anpflanzen konnte. Bei diesem Gedanken machte ihr Herz vor Freude einen Satz.

Rasch lief sie auf das wenig einladende Haus zu. Die Haustür stand halb offen, und sie wollte sie schon aufdrücken, zögerte dann aber. Von drinnen waren Stimmen zu hören. Vorsichtig spähte sie durch den schmalen Spalt und sah Santo. Ihr Körper reagierte sofort und verriet, wie sehr sie sich nach seiner Berührung sehnte, danach, dass er sie in die Arme nahm.

Santo stand mit einer fremden Frau mitten im Raum. Sie war blond, und ihre schulterlangen Haare schimmerten im Sonnenlicht, das durch die offenen Fenster fiel, fast golden. Die beiden unterhielten sich angeregt und steckten vertraulich die Köpfe zusammen. Santo sagte etwas, und die Frau lächelte ihn strahlend an.

Caterina konnte das verführerische Parfüm der Frau, das

Santo locken musste wie Sirenengesang, bis zur Tür riechen. Die Blondine hatte endlos lange Beine und Kurven an genau den richtigen Stellen.

Ihr wurde flau. Das war zwar keine Geistererscheinung, aber ihr schlug das Herz trotzdem bis zum Hals.

»Als es gebaut wurde«, erzählte die Frau gerade, »muss es eins der schönsten Häuser und Kellereien im ganzen Valley gewesen sein. Man müsste eine Menge Geld investieren, um es wieder in seinen Ursprungszustand zurückzuversetzen, aber es wäre jeden Cent wert.«

Wie recht die Frau hatte! Ratten und der Zahn der Zeit hatten an dem Haus genagt. Caterina erinnerte sich noch gut an die antiquierte Küche, die inzwischen sicher vollkommen unbenutzbar war. Die Badezimmer mussten in einem ähnlich erbärmlichen Zustand sein, und die Tapeten in sämtlichen Räumen waren verblichen und halb heruntergerissen. Aber die Eichenholzdielen bräuchte man bloß abzuschleifen und einzuölen, um sie wieder in altem Glanz erstrahlen zu lassen.

Ob das sein Plan war, von dem Santo erzählt hatte, bevor sie ihm ihr schreckliches Geheimnis gebeichtet hatte? Caterina rückte ein wenig näher an die Tür und spitzte die Ohren. Wie sollte sie es nur ertragen, wenn er gleich um die Ecke von ihr wohnte?

Santo wischte eine dicke Staubschicht von den Zierleisten im Wohnzimmer. »Ein schönes Beispiel für europäisches Kunsthandwerk.«

Beim Klang seiner tiefen Baritonstimme schlug Caterinas Herz schneller. Sie hörte genau hin und wagte kaum zu atmen.

Die Frau stand ganz dicht bei Santo und hatte eine Hand in die Hüften gestemmt. »Die Mille-Étoiles-Kellerei grenzt an das Grundstück; sie liegt gleich unterhalb.« Als er darauf nichts erwiderte, sagte sie: »Es gibt auch noch andere Weingüter, die zum Verkauf stehen und in die man längst nicht so viel Geld und Arbeit investieren müsste.«

»Nein, das Anwesen gefällt mir«, erklärte er und ging in die Hocke, um den Holzboden genauer in Augenschein zu nehmen. »Sieht aus wie Roteiche. Wenn es erst einmal restauriert wäre, wäre das Haus ein echtes Schmuckstück.«

»Wollen Sie das alles selbst machen?«

»Einiges«, entgegnete er. »Ich könnte mich hier nützlich machen, während die Reben ihren Winterschlaf halten.«

Wieder lächelte die Frau. Ihr sonniges Gemüt wirkte ansteckend. »Was für ein Traum, das alles gemütlich herzurichten. Könnte im Winter sehr kuschelig werden hier oben, mit diesem wunderbaren Kamin«, schnurrte sie mit einladend tiefer Stimme. Sie lehnte sich gegen das geschnitzte Kaminsims. Der Kamin war so groß, dass ein Kind aufrecht darin stehen könnte.

Caterina wurde schlecht. Die Frau war eine Bombe. Wie sollte ein Mann einer solchen Verlockung widerstehen? Aber Caterina hatte kein Anrecht mehr auf Santo. Niedergeschlagen lehnte sie sich gegen die Steinmauer des Hauses.

Santo schaute auf und sah die Frau an. »Danke, ich überlege es mir. Vorher gibt es allerdings noch eine Menge zu tun.«

Vertraulich legte sie ihm eine Hand auf die Schulter. »Was finden Sie bloß an diesem Haus? Es ist doch völlig heruntergekommen.«

»Mir gefällt die Lage«, entgegnete Santo schlicht.

Caterina sah zu, wie er mit den Händen über den Eichenboden strich – dieselben Hände, die sie in Paris liebkost hatten. Das Verlangen nach ihm war noch immer so stark, dass es sie schmerzte, und doch wusste sie, dass ihre Gefühle für ihn gegen alles verstießen, was ihr heilig war.

Caterina hatte schon als kleines Mädchen mit Santo und Juliana hier oben gespielt. Und sie hatten sich immer ausgemalt, wie es wohl wäre, im Geisterhaus zu wohnen. Vor Jahren hatte Santo ihr anvertraut, er träume heimlich davon, das alte Weingut zu kaufen und ihm wieder zu alter Pracht und Herrlichkeit zu verhelfen. Diese Höhe war geradezu ideal für Cabernet-Trauben. Damals hatten sie sich vorgestellt, wie ihre Kinder einmal gemeinsam über die beiden aneinander grenzenden Grundstücke tollen würden.

Santo stand auf und wischte sich die Hände an der Jeans ab. »Wir könnten gleich nach der Lese mit den Renovierungsarbeiten anfangen.«

Die Frau strich sich über den engen Rock. »Wollen wir nicht morgen beim Dinner die Details durchgehen?«

Santo stemmte die Hände in die Hüften. »Gern, wir könnten in der Stadt essen. Ich kenne da ein wunderbares kleines italienisches Restaurant.«

»Klingt gut.«

Just in dem Augenblick hatte die Frau Caterina entdeckt und schaute sie mit großen Augen an. Santo drehte sich um und sah sie in der Tür stehen.

Verdattert schnappte Caterina nach Luft und machte die Tür auf. Unverhohlen starrte sie zuerst die Blondine an, dann ging ihr Blick langsam weiter zu Santo, und sie musste sich zusammenreißen, um sich nichts anmerken zu lassen. »Ich habe dein Auto draußen stehen gesehen. Raphael versucht die ganze Zeit, dich zu erreichen. Wir haben einen Brief bekommen, Mille Étoiles ist …« Sie unterbrach sich mit einem Blick auf die blonde Frau, die aus allen Poren Sonnenschein und Sex zu verströmen schien. »Du musst sofort mitkommen. Jetzt. Es ist wirklich dringend.«

Sichtlich erschüttert durchbohrte Santo sie beinahe mit Blicken. »Caterina, was ist denn los?« Sorge und Schmerz spiegelten sich in seinen Zügen.

Caterinas Augen brannten vor Verzweiflung. Allein ihn zu sehen, war eine Qual.

»Sie sind Caterina Rosetta?« Ein leichtes Lächeln umspielte den fein geschwungenen Mund der Frau. »Ihrer Mutter gehört Mille Étoiles, richtig?«

Caterina musterte sie flüchtig. »Ja.«

Die Frau legte Santo vertraulich eine Hand auf den Arm. »Ich bin Marilyn Mueller«, sagte sie und reichte Caterina die Hand. »Immobilienmaklerin.«

Caterina drehte sich auf dem Absatz um. Sie wollte nicht unhöflich sein, aber Santo wiederzusehen, ganz besonders mit dieser Frau, war mehr, als sie ertragen konnte. Was sollte sie denn jetzt tun? *Nichts.* Ihre Familiengeschichte würde verhindern, dass sie jemals zusammenkamen.

Ein trauriges Lächeln huschte über Santos Gesicht. »Ich wollte dich damit überraschen, *cara.* Die Weinberge hier oben und dieses alte Haus, für das wir immer schon eine Schwäche hatten, das ist für uns, für unsere gemeinsame

Zukunft. Hier oben können wir uns zusammen etwas Neues aufbauen.« Er senkte die Stimme. »Und es ist mir egal, was die Leute denken.«

Erstaunt klappte Caterina den Mund auf. *Das wird ja immer schlimmer.* Das war ihr Traum gewesen, das Leben, das sie sich ausgemalt hatten. Aber im Lichte dessen, was ihr Vater angerichtet hatte, würde es wohl nie dazu kommen.

Schmerz und Schuldgefühle überrollten sie, und sie schrie auf wie ein gequältes Tier, während sie rückwärts zur Tür hinaus floh. Sie waren verdammt für alle Zeiten, vor Gottes Augen und vor den Augen ihrer Familie und Nachbarn. Sah er das denn nicht? Ihr wunderbarer gemeinsamer Traum zerfiel vor ihren Augen zu Staub.

»Warte, *cara*, warte!«, rief Santo und lief ihr mit langen Schritten hinterher. »Ich muss mit dir reden.«

Blind vor Tränen stolperte sie zu ihrem Wagen.

»Caterina!« Endlich hatte Santo sie eingeholt und drückte sie an seine Brust. »Ich kann mir ein Leben ohne dich nicht vorstellen. Ich lasse dich nicht so einfach gehen. Wir müssen um unser Glück kämpfen, *cara*.«

»Nein, das geht nicht!«, schrie sie und wich vor ihm zurück. »Aber um Himmels willen, du musst sofort zu Raphael. Wir werden erpresst, unsere Weinstöcke sind womöglich vergiftet worden!« Dann sprang sie in den Wagen und raste die Auffahrt hinunter.

35

Caterina stand an einem der großen Fenster im Büro ihrer Mutter mit Blick über die Weinberge. Durch die Fensterscheiben drang die Sommerhitze, obwohl eine angenehme Brise ging. Sie hatte fast den ganzen Tag am Telefon gesessen, um ihre Mutter zu unterstützen und mit potenziellen Käufern zu verhandeln, die von ihrem Sensationserfolg in Paris erfahren hatten.

Nachdem sie Santo in der alten Geisterkellerei gesprochen hatte, hatte er sich gleich am nächsten Tag mit Raphael darangemacht, die Reben zu überprüfen. Caterinas Herz war roh und wund, aber es war ihr gelungen, ihm gänzlich aus dem Weg zu gehen. Doch nun würde sie alles dafür geben, von ihm zu hören.

Ob ihre Reben wirklich vergiftet worden waren?

Und wie lange würde ihr Herz ohne Santo noch weiterschlagen?

Nervös und aufgekratzt sprang sie die Treppe hinunter, lief nach draußen und marschierte dann den Hügel hinauf zu einem Abschnitt ihrer höher gelegenen Stöcke, die für die baldige Lese vorgesehen waren.

Das unangenehme Brennen in den Oberschenkeln pumpte Sauerstoff durch ihre Adern, tat aber wenig dazu, dass sie einen klaren Kopf bekam. Sie blieb stehen und kontrollierte einen Beerenstand.

Blätter und Trauben hatten eine satte Farbe angenommen; das war Teil des natürlichen Prozesses, der sich *véraison* nannte und den Beginn der Reife anzeigte. Klein und dicht an dicht stehend, waren die dickhäutigen, tanninreichen Trauben der konzentrierte Sommer.

Aber die Ernte musste nun warten, bis das Ergebnis von Santos Untersuchungen vorlag. Normalerweise ging die Lese etwa zwei bis vier Wochen lang, je nach Wetterlage und Reifezustand der Trauben.

Jedes Jahr war anders. In diesem machte das Wetter keine Probleme.

In manchen Jahren konnte die Lese schon Ende Juli beginnen, in anderen erst Ende September. Aus reiner Gewohnheit zupfte sie eine der Trauben ab und probierte die winzige Beere, die mit unbeschreiblicher Süße förmlich auf ihrer Zunge explodierte. Das konnte ein ausgezeichneter Jahrgang werden, vielleicht sogar ein herausragender.

Plötzlich spuckte sie die Traube erschrocken wieder aus. Was, wenn sie vergiftet war? Wut brodelte in ihrer Brust, und sie wischte sich mit dem Ärmel über den Mund.

Bei den alten Reben kniete sie sich auf die Erde, um sich das Wurzelwerk genauer anzusehen. Hatte jemand die Pflanzen manipuliert? Sie sah nichts Verdächtiges, also stand sie wieder auf und klopfte sich den Schmutz von den Knien.

Hinter ihr raschelte es in den Reben, und sie fuhr mit klopfendem Herzen herum. Schlich da jemand durch den Weinberg? Seit sie Lucas Drohbrief bekommen hatten, waren alle in Alarmbereitschaft.

Da sie allerdings nichts sah, wandte sie sich achselzuckend wieder ab. Es musste wohl der Wind gewesen sein oder ein Vogel. Caterina fuhr damit fort, den alten Weinberg zu begutachten. Sie betete, dass sie die Cabernet-Trauben nicht vernichten mussten. Allein die alten Weinstöcke ihrer Mutter aus Bordeaux waren noch wertvoller. Diese knorrigen Reben, die die Vorbesitzer um die Jahrhundertwende gepflanzt hatten, waren die besten auf ihrem Land, womöglich sogar im ganzen Valley. Aus ebendiesen Reben hatten sie ihren einzigartigen Reservewein gekeltert, der in Paris gewonnen hatte.

Und nun? Vergiftet?

Mitten auf diesem Teil des Weinbergs standen drei Reben, die mit einem Seil abgegrenzt waren und deren Weiterleben von Santos Testergebnissen abhing. Oder war ihr Todesurteil längst gesprochen? Ehrfürchtig strich sie mit den Fingerspitzen über die akkurat gestutzten Reben, streichelte die fein strukturierten Blätter und die festen, dicht zusammensitzenden Beeren.

Caterina konnte sich nicht vorstellen, was für ein Hass in ihrem Vater brennen musste, dass er ihnen so etwas antat. Diese Weinstöcke waren ein Geschenk der Natur. Wahre Weinkenner ehrten die Reben.

Langsam ging sie weiter, in Gedanken bei der diesjährigen Ernte. Raphael hatte alle erforderlichen Gerätschaften von einem benachbarten Winzer ausgeliehen, um kurzfristig mit der Lese einiger Rebreihen anfangen zu können. Die Fermentation der geernteten Trauben war bereits im Gange. In Mille Étoiles fügten sie dafür keine zusätzliche Hefe zu, sondern ließen dem natürlichen Fermentationsprozess seinen Lauf. Während dieses Vorgangs wurde der in den Trauben enthaltene Zucker in Alkohol umgewandelt. Zu viel Sonne, und der Alkoholgehalt stieg zu stark. Bei einem guten Wein war alles eine Frage der Balance.

Vorsichtig zupfte Caterina einen australischen Marienkäfer von ihrer weißen Baumwollbluse und setzte ihn auf eine der dicht belaubten Reben. Dieser Cousin des einheimischen Marienkäfers war ein Nützling und half bei der Bekämpfung von Schmierläusen, die der Ernte großen Schaden zufügen konnten. Dann bückte sie sich, um nach einem weiteren Weinstock zu sehen.

Die Weinherstellung war wie eine Partnerschaft mit Mutter Natur, die sich manchmal auch gegen den Winzer wenden konnte. Gab es im Frühling Regen, Wind oder extreme Temperaturen, konnte es passieren, dass sich die jungen Beeren schon im Anfangsstadium nicht richtig entwickelten, was man als Verrieselung bezeichnete oder französisch als *Coulure.* Es konnte sein, dass die Blüten nicht bestäubt wurden und sich erst gar keine Beeren entwickelten oder dass die kleinen Beeren von den Stängeln fielen. Mutter Natur siebte alles Schwache und Unperfekte gnadenlos aus.

Am ungünstigsten war allerdings ein langer, kühler Sommer mit viel Regen. Die Trauben liebten Sommerhitze am Tag und kühle Nächte, denn das half, komplexe Aromen auszubilden. Je extremer die Witterungsverhältnisse, denen die Reben ausgesetzt waren, desto besser die Frucht.

Caterina war ganz aufgeregt vor Vorfreude. Im Gegensatz zum letzten Jahr war dies eine der besten Lesen, die sie je erlebt hatte. Ob es einen wirklich spektakulären Jahrgang geben würde? Oder würden die Reben ihnen unter den Händen wegsterben, willentlich vergiftet von einem Wahnsinnigen?

Caterina wischte sich die Haare aus der Stirn und legte den Kopf in den Nacken, um in den Himmel zu schauen. Am Horizont waren einige kleine Wolken zu erkennen, weit draußen über dem Meer. Es sah mehr nach Küstennebel aus, der über das Wasser heranzog. Caterina hoffte, die Wolken würden sich auflösen, ehe sie das Valley erreichten.

Wind oder Regen konnten zu dieser Jahreszeit katastrophale Folgen haben und die Winzer und Bauern im gesamten Valley um ihre Ernte bringen. Sie schirmte die Augen gegen die Sonne ab und hoffte, dass sich das trockene Wetter noch eine Weile hielt.

Hinter ihr raschelte es in den Weinstöcken, und Caterina machte einen Satz zurück, bereit, sich jederzeit zu verteidigen.

»Ach, du bist es, Vino. Hast du mich erschreckt!« Caterina bückte sich und kraulte dem Hund die Ohren. Als sie wieder aufschaute, sah sie ihre Mutter auf sich zukommen. »Bleib schön hier, ja?«, sagte sie leise. Ihr zitterten die Hände, und der große Hund drückte sich gegen ihre Beine, als verstünde er jedes Wort und wüsste, dass sie ihn brauchte.

»Habe ich es mir doch gedacht, dass ich dich hier finde«, rief Ava. »Vino freut sich so, dass du wieder da bist.«

»Schon irgendwas von Santo gehört?« Allein seinen Namen auszusprechen bereitete ihr körperliche Schmerzen.

Ava schüttelte den Kopf. »Nein, noch nicht, aber ich hoffe, bald.«

»Dann können wir uns zusammen vors Telefon setzen und warten. Marisa wacht bestimmt auch bald wieder auf.«

»Ich habe nach ihr gesehen, und Nina kümmert sich um sie, wenn sie ihren Mittagsschlaf gehalten hat. Sie freut sich, wieder so ein süßes kleines Ding im Haus zu haben.«

»Wollen wir zusammen zurückgehen?«

»Du hast mir so gefehlt, Caterina. Apropos Nina, ich habe gehört, Juliana hat einen verwitweten Winzer mit zwei Kindern aus dem Valley kennengelernt. Weißt du irgendwas darüber?«

»Jules hat es mal beiläufig erwähnt. Warum?«

»Nina macht sich Sorgen um sie. Ich habe allerdings gehört, er soll wirklich sehr nett sein.«

Caterina lächelte. »Sie hat Als Tod noch immer nicht verwunden. Aber vielleicht ist es gut so. Da haben die beiden schon mal was gemeinsam.«

Zusammen gingen sie weiter, Vino treu an ihrer Seite. Aber während ihre Mutter den ganzen Weg lang angeregt über die bevorstehende Lese sprach, konnte Caterina die Gedanken nicht von Santo losreißen.

Und sie bezweifelte, dass ihr das je gelingen würde.

Ava blieb stehen und band eine besonders dicke Traubendolde hoch. »*Chérie*, es gibt da noch etwas, das ich dir sagen sollte.«

»Was denn?« *Doch nicht noch mehr Geheimnisse?*

»Wie du weißt, arbeitet Raphael schon seit so vielen Jahren hier auf dem Weingut, und ohne ihn wären wir heute nicht da, wo wir sind. Aber die Dinge ändern sich im Laufe der Zeit.«

»Er will doch nicht etwa weggehen, oder?«, fragte Caterina alarmiert.

»Nein, ganz im Gegenteil«, erwiderte Ava.

»Ein Glück – er gehört doch quasi zur Familie.« Caterina nahm die Hand ihrer Mutter und strich liebevoll darüber. »Was denn dann, Maman?«

»Er ist ein wirklich anständiger Mann, *chérie*.«

»Der beste.« Und mit einem Mal verstand Caterina, was ihre Mutter ihr zu sagen versuchte. »Raphael ist der Mann, den du hättest heiraten sollen, nicht wahr?«

Avas Augen schimmerten feucht. »Er hat seit Langem einen ganz besonderen Platz in meinem Herzen. Und jetzt, wo Luca wieder aufgetaucht ist, begreife ich erst, wie glücklich ich mich schätzen kann, so einen Mann an meiner Seite zu haben. Auch wenn wir nie weitergegangen sind«, fügte sie errötend hinzu.

»Und warum nicht? Du bist doch noch so jung, Maman.« Caterina sah ihre Mutter plötzlich mit ganz anderen Augen. Ava war immer noch eine bildhübsche Frau. Schließlich war sie erst sechsundvierzig. Warum sollte sie ihr Lebensglück nicht im zweiten Anlauf finden? Und dann ging ihr plötzlich ein Licht auf, und sie hatte wieder ein Bild vor Augen. Raphael mit Ava, wie er über ihre Hand strich und ihr nachsah. Raphael standen nicht die vielen Jahre harter Arbeit im Gesicht geschrieben, sondern die vielen Jahre unerfüllter Begierde. Caterina gab ihrer Mutter einen Kuss auf die Wange. Wenigstens eine von ihnen hatte es verdient, glücklich zu werden.

»Als du in Italien warst, habe ich lange mit Bruder Timothy gesprochen, und er sagte, ein grausamer, unmoralischer Mensch wie dein Vater könne die Ehe nicht mit ehrlichen Absichten eingegangen sein. Er hat einen schwerwiegenden psychischen Schaden, weshalb wir keine gültige Ehe eingehen konnten.«

Caterina legte den Kopf zur Seite. »Und was heißt das?«

»Das heißt, ich werde beantragen, die Ehe mit Luca annullieren zu lassen.«

Innerhalb weniger Wochen war aus Caterinas rückhaltloser Verehrung für einen vermeintlich toten Vater die schmerzhafte Erkenntnis gewachsen, was für ein abgrundtief böser Mensch ihr Vater in Wirklichkeit war. Ava hatte jedes Recht, ihr Glück anderswo zu suchen – selbst wenn das ihr und Santo verwehrt bleiben würde. Caterina schluckte schwer und versuchte, sich auf ihren eigenen Herzschlag zu konzentrieren.

Ava senkte den Kopf und fuhr fort: »Raphael hat mir immer treu zur Seite gestanden und mir geholfen, meinen Traum von einem eigenen Weingut zu verwirklichen.« Sie strahlte über das ganze Gesicht, wenn sie von ihm redete. »Er hat mich gebeten, seine Frau zu werden.«

»Und das wirst du doch, oder?« Caterina fiel ihrer Mutter um den Hals. »Ich freue mich so für dich, Maman. Ich kann mir niemanden vorstellen, mit dem ich dich lieber sähe.« Sie rückte ein Stückchen von ihr ab. »Immer vorausgesetzt, dass du das möchtest.«

Ava tupfte sich die Augen. »Ach, aber ja, *chérie*.«

Gemeinsam gingen sie weiter, und Vino lief weite Kreise um sie herum, als seien sie Lämmer, die es zu beschützen galt. Caterina freute sich aus ganzem Herzen für ihre Mutter.

Abrupt wechselte Ava das Thema. »Caterina, wo ich schon mal dabei bin, dir meine Geheimnisse zu verraten, habe ich das Gefühl, wir sollten offen miteinander reden. Seit Luca wieder hier ist, habe ich viel über Marisa nachgedacht.« Ava unterbrach sich und hielt sich eine Hand über die Augen, um sie gegen die Sonne abzuschirmen. »Luca ist zwar ein bösartiger Mensch, aber ich hätte dir trotzdem von ihm erzählen müssen.«

Caterina warf einen Seitenblick auf ihre Mutter. »Und was hat das mit Marisa zu tun?«

»Ich wollte nur die Parallelen aufzeigen. Ich habe dich nicht gedrängt, mir zu verraten, wer Marisas Vater ist. Aber ich mache mir Sorgen wegen dieses jungen Mannes.«

Da war sie, die Frage, die sie gefürchtet hatte – aber hatte sie sie nicht womöglich selbst heraufbeschworen? »Das brauchst du nicht. Er ist ein anständiger Mensch, Maman. Aus einer guten Familie.« Genau das wollte ihre Mutter hören. Caterina rang sich ein beruhigendes Lächeln ab, damit man ihr das Elend ihres Herzens nicht ansah.

Avas Mundwinkel kräuselten sich zufrieden nach oben. »Du hast gesagt, du liebst ihn. Könntest du dir nicht vorstellen, es noch einmal mit ihm zu versuchen?«

Die Wahrheit wollte zwar mit aller Macht heraus, aber Caterina biss sich auf die Zunge und lachte leise auf, um sich die brodelnden Gefühle nicht anmerken zu lassen. »Möchtest du am Ende eine Doppelhochzeit veranstalten?«

»Nein, sicher nicht.« Ava blieb ganz ernst. »Aber was auch immer zwischen euch vorgefallen sein mag, du weißt, dass der eigene Stolz einen selbst immer am meisten verletzt. Vielleicht ist es noch nicht zu spät für euch beide.«

»Ausgeschlossen.« Könnte sie sich doch nur ihrer Mutter anvertrauen.

»Ganz sicher, *ma chérie*?« Ava legte Caterina den Arm um die Schultern und zog sie zu sich heran. »Es ist vielleicht noch nicht zu spät, sich wieder zu versöhnen. Weiß er von Marisa?«

Die Last wurde einfach zu schwer. Caterina legte den Kopf an die Schulter ihrer Mutter und fasste einen Entschluss. »Maman, Santo ist Marisas Vater.«

Entsetzt schnappte Ava nach Luft, und ihr Gesicht verzerrte sich vor Schreck. »Ach, *mon dieu!*« Sie schlang die Arme um ihre Tochter, als wollte sie sie schützen, aber es war zu spät, die Tragödie ungeschehen zu machen.

Caterina sank in die Arme ihrer Mutter und weinte haltlos. Zwei Jahre Versteckspiel, Lug und Trug hatten ihr den Seelenfrieden geraubt. Nun gab es kein Halten mehr.

Ava schluchzte und hielt ihre Tochter fest in den Armen, während sie sich vor Gram krümmte. »Mein armes, armes Kind. Das ist alles meine Schuld. Ach, wie konnte ich meinem eigenen Kind nur so etwas antun?« Wieder und wieder rief sie Gott an, wie er ihnen so eine unbarmherzige Verwicklung des Schicksals antun konnte.

Irgendwann hörte Caterina schließlich auf zu weinen. Ava war blass und zitterte am ganzen Körper. War Caterinas Enthüllung am Ende zu viel für sie gewesen?

»Maman, lass uns ins Haus gehen. Ich glaube, du solltest dich ein bisschen hinlegen.«

Drinnen brachte Nina Ava ins Bett und machte ihr eine Kanne Tee. »Ich kümmere mich um sie«, sagte Nina. »Du gehst am besten, suchst Raphael und fragst ihn, ob er schon irgendwas von Santo gehört hat.«

Also machte sich Caterina auf die Suche nach Raphael.

Der überwachte gerade unten an der Höhle die Arbeit mit der neuen Abbeermaschine, in der die Trauben vor der Fermentation auch gleich gequetscht wurden. Die Maschinen waren gerade erst geliefert worden, nach der Bewilligung des Kredits, den Caterina bei Elisa Williams' Bank in San Francisco beantragt hatte.

Mit Vino an ihrer Seite winkte sie Raphael zu. »Schon was gehört?«

Raphael nahm den Strohhut vom Kopf und fuhr sich mit dem Hemdsärmel über die Stirn. »Santo hat angerufen.« Seine Miene verfinsterte sich, er stemmte die Hände in die Hüften.

Ihr sank das Herz. »Und?«

»Die drei markierten Weinstöcke müssen wir auf jeden Fall rausreißen und vernichten, aber alle anderen sind negativ.« Wütend spuckte er auf den Boden.

»Er macht sich einen Spaß mit uns.« Solange Luca noch in der Nähe war, war nichts und niemand auf Mille Étoiles sicher. *Mein Leben hat er schon zerstört*, dachte sie niedergeschlagen.

Raphael winkte den Männern, die in der Nähe zusammensaßen und gierig frische Tortillas verschlangen. »An uns kommt heute Nacht keiner vorbei. Dafür sorge ich.«

Mit einem Nicken wies sie auf das neue Holzgebäude gleich neben dem Höhleneingang, wo sie die großen Holzfässer hingeschafft hatten. »Ich sehe mal eben nach der Fermentierung.«

Vino ließ sich im Schatten des Höhleneingangs fallen, um auf sie zu warten. Die Türen standen offen, um den Luftaustausch zu gewährleisten. Sie hatten mit allen verfügbaren Kräften daran gearbeitet, nach dem Erdbeben alles wieder herzurichten und die Gerätschaften, die noch zu gebrauchen waren, in das neue Gebäude zu schaffen. Das alles war überhaupt erst durch den neuen Kredit möglich geworden.

Nachdem sie sich vergewissert hatte, dass alles in bester Ordnung war, ging sie wieder nach draußen, und Vino sprang sofort auf. Reglos stand Caterina da und beobachtete die Habichte, die gemächlich am Himmel ihre Kreise zogen, und spürte den warmen Wind im Gesicht, während die Sonne dem Horizont entgegensank. In der Kellerei und den Weinbergen schien alles nach Plan zu laufen. Erleichtert atmete sie auf. Santo hatte sie zwar verloren, aber wenigstens hatte sie ihrer Mutter endlich die Wahrheit gesagt.

Und doch spürte sie eine seltsame unterschwellige Schwingung, eine eigenartige Anspannung; etwas, das sie nicht genau benennen konnte.

»Komm, Vino. Gehen wir.«

Caterina ging zurück zum Haus, den großen Hund an ihrer Seite. Immer wieder lief Vino in großen Kreisen um sie herum, schnüffelte, tappte hin und her und schnüffelte wieder. Er sträubte das Nackenfell und legte die Ohren an.

Selbst er schien zu merken, dass irgendetwas nicht stimmte.

Nach dem Abendessen mit ihrer Mutter und Marisa öffnete Caterina eine der Flügeltüren zur Veranda. Raphael hatte heute Abend nicht, wie sonst immer in letzter Zeit, mit ihnen gegessen, weil er noch zu tun hatte. Die hereinbrechende Dämmerung brachte eine erfrischende Brise mit sich, die Caterina nach dem heißen Tag angenehm das Gesicht kühlte. Mit dem Wind wehte der Duft reifer Früchte herein: dunkelblaue Trauben, sonnengerötete Pfirsiche und saftige Birnen.

Tief und genüsslich atmete Caterina ein. Die vertrauten Gerüche hatten etwas Tröstliches. Dann drehte sie sich wieder zu Ava um. »Ich muss mit Raphael über die nächste Etappe der Lese sprechen.«

Ava schaute auf. Sie saß am Tisch und trank noch ein Glas Wein. »Sicher ist er im Weinkeller. Soll ich mitkommen?« Sie war immer noch ganz aufgewühlt, seit sie erfahren hatte, wer Marisas Vater war.

»Nein, nimm du in Ruhe ein Bad und ruh dich aus. Es ist noch nicht dunkel, und die Luft ist jetzt so angenehm. Ich nehme Marisa mit. Wir sind gleich wieder da.«

»Sag ihm, wir stellen ihm das Essen warm.«

Caterina hob ihre Tochter aus dem Hochstuhl, setzte sie sich auf die Hüfte und ging hinaus. Ein kurzer Spaziergang, und sie stand vor der offenen Tür des Weinkellers. Drinnen stieß sie tatsächlich auf Raphael, aber zu ihrem Schrecken war Santo bei ihm. Fahrig drückte sie Marisa noch etwas fester an sich. Sie hatte gar nicht daran gedacht nachzuschauen, ob sein Auto irgendwo stand.

»Caterina«, rief Santo, als er aufschaute. Er kam auf sie zu und gab Marisa einen Kuss auf die Wange. Marisa in ihrem bestickten rosaroten Kleidchen gurrte entzückt und lächelte ihn hingerissen an. Als er auch Caterina einen Kuss zur Begrüßung geben wollte, wandte sie rasch den Kopf ab, aber sie sah noch sein gequältes Gesicht.

Raphael räusperte sich. »Santo und ich erarbeiten gerade einen Plan, um die Weinstöcke in Zukunft besser zu schützen.« Er beugte sich über eine abgegriffene Karte von Mille Étoiles, die vor ihm auf dem Tisch ausgebreitet war.

Santo stand nur da, die Hände in die schmalen Hüften gestemmt, und sah sie bewundernd an.

»Für jeden der Abschnitte habe ich heute Nacht Wachposten eingeteilt«, erklärte Raphael und deutete auf verschiedene Punkte auf der Karte. »Der Sheriff und seine Leute suchen Luca, und die Straßen sind abgesperrt. Wir werden ihm keine Gelegenheit geben, noch mehr Schaden anzurichten.«

Ihr brannten die Augen. Caterina blinzelte heftig und riss den Blick von Santo los. Ihn hier in Mille Étoiles und mit Marisa zu sehen, war ungleich schwerer, als sie gedacht hatte. »Hat ihn irgendwer noch mal gesehen?«

»Nein, aber er kennt alle Schleichwege.« Raphael folgte mit dem Finger einer dünnen Linie auf der Karte.

»Meine Mutter hat Angst, du könntest dir Luca ganz allein vorknöpfen wollen.« Sie wiegte Marisa in ihren Armen.

Raphael schaute auf. »Dein Vater – ich sollte ihn gar nicht so nennen – hat uns allen hier auf Mille Étoiles gedroht. Wir sind unseres Lebens nicht mehr sicher, solange er nicht hinter Gittern ist – oder tot.«

»Caterina, wir kümmern uns darum.« Santos Stimme klang sanft, aber man hörte die Sorge darin mitschwingen.

»Nein, das hier ist *unser* Land.« Aufgebracht deutete Caterina mit dem Daumen auf ihre Brust. Ihre Stimme klang schrill vor angestauter Frustration und Sorge. Als ihre Mutter so unvermittelt aufschrie, verzog Marisa das Gesicht.

Ernst sah Raphael sie an. »Wir arbeiten alle zusammen auf diesem Land; dieses Gut ist auch unsere Lebensgrundlage. Und mehr noch, es ist unser Zuhause. Wir werden gemeinsam darum kämpfen.«

Caterina musste sich auf die Lippen beißen, um die brodelnden Gefühle in ihrem Bauch nicht laut herauszuschreien.

»Wut ist gut, *signora.* Wut gibt einem die Kraft zu kämpfen«, sagte Raphael. »Aber sie muss sich gegen die Richtigen richten. Santo hat mir erzählt, dass er das Richtige tun wollte. Deine Mutter und ich haben einen unverzeihlichen Fehler begangen. Nun müsst ihr beiden entscheiden, wie ihr damit umgehen wollt. Wir müssen nach vorne schauen.« Sein Blick ging zu Marisa. »Um ihretwillen.«

»Da gibt es nichts zu entscheiden.« Caterinas Augen verschleierten sich, sie war blind vor Schmerz und Wut auf ihren Vater und die schreckliche Ungerechtigkeit dieser ganzen grauenhaften Geschichte. Sie konnte einfach nicht verstehen, warum ihre Herzen sich gesucht und gefunden hatten, wenn das alles so falsch sein sollte.

Santo gegenüberzustehen war beinahe unerträglich. Marisa fest an die Brust gedrückt und wie unter Strom flüchtete Caterina Hals über Kopf aus der Höhle und rannte durch den dunklen Weinberg zurück zum Haus. Blätter klatschten ihr gegen die Arme, und sie stolperte in den geflochtenen Espadrilles. Schneller und schneller rannte sie den Hügel hinunter, ihre Haare flatterten hinter ihr im Wind, und ihr Gesicht war nass vor heißen Tränen.

Marisa weinte vor Angst, als sie so durchgeschüttelt wurde.

Unvermittelt geriet Caterina ins Rutschen und stürzte. Sie fiel hart auf die Knie, Marisa noch fest im Arm, die immer lauter schrie. Im Fallen hörte sie die Luft über sich förmlich explodieren. Eine alte Rebe über ihrem Kopf zerbarst, und ein Schauer aus Rinde, Blättern und Trauben prasselte auf sie und ihre Tochter nieder.

Was zum Teufel? Schlagartig war ihr vernebelter Verstand wieder hellwach. Entsetzt musste sie an das entfernte Knallen in den Hügeln während der Jagdsaison denken. Sie drückte sich und ihre Tochter in die vulkanische Erde und wagte kaum zu atmen. Das Herz schlug ihr bis zum Hals.

Ein weiterer Schuss schlug in den Boden neben ihnen ein. Schmutz sprühte Marisa ins Gesicht, und sie schrie wie am Spieß.

»Pst«, wisperte Caterina und hielt der Kleinen den Mund zu.

Dann hörte sie es hinter sich rascheln. Die Arme fest um Marisa gelegt, kroch sie unter den Reben hindurch in die nächste Reihe. Sie reckte den Hals und sah einen Mann, der sich im Schutz der Weinstöcke geduckt anschlich.

Luca.

Ihr sträubten sich die Nackenhaare. Was sie für ihn empfand, war mehr als Hass, es war ein Gefühl, das sie hinabführte in einen unentrinnbaren dunklen Abgrund der Abscheu und Verachtung. Sie hatte nicht gewusst, dass sie zu solchen Gefühlen überhaupt fähig war. Sie sprang auf und hetzte mit Marisa im Arm mit eingezogenem Kopf durch den Weinberg.

Wieder krachte ein Schuss durch die Nacht. Caterina duckte sich, als eine Kugel an ihnen vorbeisirrte, in einem Traubenbüschel einschlug und dunkle burgunderrote Flecken auf ihre weiße Bluse und Marisas rosa Kleid spritzte.

»Caterina, wo bist du?« Santos stimme hallte den Hügel herunter.

»In Deckung!«, schrie sie. Kaum hatte sie die Worte ausgesprochen, pfiff ein weiteres Geschoss nur knapp an ihr vorbei. Sie ließ sich zu Boden fallen und rollte über die lockere Erde hinter eine weitere Rebenreihe. Behutsam wischte sie Marisa Blätter und Dreck aus dem Gesicht. Hinter ihr erklang schallendes Gelächter.

»Was läufst du noch weg? Du sitzt in der Falle«, rief Luca höhnisch.

Caterina blinzelte. Vor ihr stand ein Schuppen, rechts davon ging es eine steile Schlucht hinunter. Er stand schräg hinter ihr, das Gewehr auf sie gerichtet, und versperrte ihr den Fluchtweg.

»Was bist du nur für ein böser alter Mann! Du hast meine Mutter nicht verdient!«, schrie sie außer sich und schob sich unmerklich vorwärts.

Wieder dieses irre Lachen. »Sie ist die Nächste. Die Schlampe bekommt, was sie verdient.« Die abgerissene, bedrohliche Gestalt kam immer näher.

Caterina drückte sich hinter einen Weinstock und drehte ihm den Rücken zu, um ihr Kind vor ihm zu schützen.

»Lass sie da raus«, hörte sie eine Stimme hinter ihm, und da stand plötzlich Santo. Entschlossen und mit großen

Schritten ging er auf Luca zu, eine Schrotflinte im Anschlag. Mit einem Auge über dem Lauf nahm er den ungebetenen Eindringling ins Visier.

»Damit erschießt du höchstens einen Vogel«, spottete Luca und lachte wieder. »Ava hat mir alles gestohlen. Und jetzt hole ich es mir zurück.«

Caterina tastete sich an den hölzernen Streben entlang, an denen Reben und Trauben hingen. Schließlich kam sie ans Ende der Reihe. Ein paar Schritte hinter ihr ging es steil bergab. Hier war einmal ein Maultier ins Stolpern geraten und in dem Abgrund zu Tode gestürzt.

Genau das will er, dachte sie. Mit zitternden Händen suchte Caterina Halt an dem Holzgestell.

»Du bekommst, was du willst!«, rief sie, um Zeit zu schinden. »Mille Étoiles!«

Santo kam immer näher. Durch die Schatten sah sie hinter ihm noch eine weitere Gestalt, die sich leise anschlich.

»Santo, pass auf!«, schrie Caterina just in dem Augenblick, als der Mann Santo niederschlug.

»Ach, wie schade. Fast hätte er dich gerettet.« Lucas Augen blitzten im Dunkeln, als er näher kam, und seine Stiefel knirschten auf den zerschmetterten Zweigen. »Meinst du wirklich, ich würde ganz allein hierherkommen?«

»Du bist widerwärtig.« Sie konnte Santo und den anderen Mann kämpfen hören, aber sie vermochte nichts zu tun. *Oder vielleicht doch?*

Seine Lippen kräuselten sich zu einem gehässigen Grinsen. »Möglich, aber ich werde stinkreich sein, wenn ich diesen ganzen Dreck hier erst los bin – dich und deine Mutter.«

»Wenn du uns umbringst, kriegen sie dich. Und du siehst keinen Cent von dem Geld.«

»Klar doch. Der Sheriff wird zu dem Schluss kommen, dass ihr alle bedauerlicherweise bei einem Hausbrand umgekommen seid.« Er war am Ende der langen Reihe von Weinstöcken angekommen und legte an.

In der Sekunde, als Luca die Waffe hob, hatte Santo sich losgerissen und grätschte Luca mit einem Hechtsprung in die Beine. Sie prallten zusammen, das Gewehr ging krachend los, und Luca sackte fluchend auf Santo. Gefährlich nah an den Abgrund geraten, kroch Santo unter ihm hervor.

Luca hielt sich die Seite. Blut quoll aus einer Wunde. Nur mit Mühe konnte er die Flinte heben und wieder anlegen. Caterina drückte Marisa an sich und wich vor ihm zurück. Stumm murmelte sie ein Gebet.

Doch noch ehe Luca Caterina und Marisa wieder ins Visier nehmen konnte, trat Santo nach ihm und traf Lucas verwundete Seite.

Ein tierischer Aufschrei entfuhr ihm. Strauchelnd drückte er den Abzug und kämpfte darum, nicht das Gleichgewicht zu verlieren. »Hilfe!«, kreischte er und fuchtelte wild mit den Armen.

Mit morbider Faszination sah Caterina zu, wie Luca fast wie in Zeitlupe nach hinten wegrutschte. Der weiche Sandsteinboden unter ihm gab nach, und er konnte sich nicht mehr halten. Unwillkürlich streckte sie die Hand nach ihm aus, aber er fiel und kippte, dann taumelte er in den gähnenden Abgrund. Entsetzt hörte sie ihn vergeblich nach Wurzeln und Felsvorsprüngen greifen. Seine gellenden Schreie hallten durch die Berge.

Caterina hielt den Atem an, und sogar Marisa war plötzlich ganz ruhig. Dann gab es einen dumpfen Aufschlag, und alles war still.

Santo legte die Arme um sie und Marisa. »*Cara*, ist euch was passiert?«

»Ich glaube nicht.« Zitternd schmiegte sie sich an Santo. Sie war so dankbar, dass er da war. Marisa hielt sie noch immer fest umklammert. Die Kleine schrie und heulte inzwischen hysterisch und wollte sich gar nicht mehr beruhigen. »Was ist mit dem anderen Kerl?«

»Der ist hier«, sagte Raphael. Er stand da mit einem Gewehr in der Hand, das er auf den Kopf des Angreifers gerichtet hatte.

»Meinst du, Luca ist tot?«, fragte Caterina, noch immer unkontrolliert zitternd.

Santo ging zu der Stelle, wo Luca abgestürzt war. »Unmöglich, dass jemand so einen Sturz überlebt. Die Kojoten und Berglöwen erledigen sicher den Rest.« Santo atmete schwer. »Ich hätte es mir nie verziehen, wenn er dir oder Marisa etwas angetan hätte.«

Caterina wurde schwindelig. Mit hämmerndem Herzen hielt sie sich an Santo fest. Er nahm Marisa aus ihren Armen und strich ihr mit den großen Händen beruhigend über den Rücken, damit die Kleine aufhörte zu weinen.

Mit einem Blick auf Marisas traubensaftbespritztes Kleid rief er entsetzt: »*Dio mio*, ist das etwa Blut?«

Erschrocken griff Caterina nach Marisas Kleid, das

schmutzig war und tiefrote Flecken hatte, und besah sich ihre Arme und Beine. »Nein, kein Blut, nur Traubensaft«, sagte sie und atmete erleichtert auf. Sie waren zerschunden und verdreckt, aber unverletzt. »Luca ist ein miserabler Schütze. Zum Glück hat er nur die armen Weinstöcke getroffen.«

Santos Blick ging hinunter in den schwarzen Abgrund. »Er ist bestimmt tot.« Behutsam wiegte er Marisa in den Armen und strich ihr liebevoll über den Kopf. »Als ich gesehen habe, wie er dich und unser Kind bedroht, hätte ich ihn mit bloßen Händen umbringen können.«

Als Caterina Santo und Marisa zusammen sah, hatte sie plötzlich Tränen in den Augen. In den Armen ihres Vaters hatte die Kleine endlich aufgehört zu weinen, und Santo summte ihr etwas vor. Caterina schmiegte sich an ihn und spürte seinen Herzschlag. Er ging genauso schnell wie ihr rasender Puls. »Woher wusstest du denn, dass er hier ist?«

»Ich wusste es nicht«, antwortete Santo. »Ich bin dir gefolgt, und auf einmal habe ich Schüsse gehört. Und ich wusste, ich muss alles tun, um mein kleines Mädchen und seine Mutter zu beschützen. Also habe ich die Waffe aus dem Wagen geholt.« Er strich ihr eine verklebte Haarsträhne aus dem Gesicht. »Ich habe meine Eltern nie kennengelernt. Ich wünschte, ich hätte von Anfang an für Marisa da sein können. Aber noch ist es nicht zu spät.«

Unter den gegebenen Umständen war das aber auch alles, was er tun konnte, dachte Caterina und glaubte, unter ihrem Schmerz zu zerbrechen. Und Luca, der an allem schuld war, war für seine Missetaten sicher schon auf direktem Weg in die Hölle.

36

Am nächsten Morgen stand Caterina noch vor Sonnenaufgang mit einer Tasse dampfendem Kaffee in den Händen an der Küchentür. Im Haus und in den Weinbergen war alles still, obwohl die reglose Luft beinahe elektrisch aufgeladen schien.

Am Abend zuvor hatte Santo sie und Marisa ins Haus gebracht und sich vergewissert, dass ihnen nichts fehlte. Eigentlich hatte sie mit ihm reden wollen, aber mit einem Mal war ein großer Tumult entstanden. Der Sheriff und der Priester standen unvermittelt in der Tür, nachdem die Nachricht von Lucas Ableben im Ort die Runde gemacht hatte. Der Sheriff hatte sie reihum befragt und ihre Aussagen protokolliert. Der Priester hatte ihnen gut zugeredet, mit ihnen gebetet und ihnen dann Gottes Vergebung für alle Sünden zugesichert, die sie womöglich begangen haben könnten.

Er hatte ja keine Ahnung, was da alles zusammenkam.

Caterina hatte kaum die Augen zugemacht, da war es schon wieder Zeit zum Aufstehen gewesen, aber heute Morgen ging es ihr schon viel besser. Luca war ein für alle Mal fort. Ihren Vater würde sie betrauern – nicht den wirklichen Menschen, sondern die Märchengestalt, die ihre Mutter für sie heraufbeschworen hatte; den Vater, den sie sich immer gewünscht hatte.

Santo war ein wunderbarer Mann, und er würde Marisa ein guter Vater sein. Dafür war sie unendlich dankbar.

Gähnend rieb sie sich die Augen. Das Leben ging weiter, dachte sie traurig, wenn auch nicht so, wie sie es sich erträumt hatte. Aber alles in allem war es dennoch ein gutes Ende. Luca hatte seinen verabscheuungswürdigen Teil dazu getan, aber sie hatte sich auch selbst Steine in den Weg gelegt und die Menschen, die sie am meisten liebte, angelogen und verletzt.

Was diesen allgegenwärtigen Schmerz in ihrem Herzen anging – mit ihm würde sie wohl lernen müssen zu leben. Entschlossen versuchte sie, die Tränen der Verzweiflung wegzublinzeln. Wie sie das anstellen sollte, wusste sie selbst noch nicht. Einen Tag nach dem anderen leben, mehr konnte sie gerade nicht tun. Caterina hörte Schritte hinter sich, drehte sich auf dem Absatz um, und der Kaffee schwappte über den Rand der Tasse.

»Ich wollte dich nicht erschrecken«, sagte Ava.

»Ich bin wohl gerade etwas schreckhaft«, entgegnete Caterina und versuchte, den Kloß im Hals herunterzuschlucken. Luca mochte zwar tot sein, aber irgendwie war er immer noch da.

»Ich auch.«

Ava trug ihre Arbeitskleidung aus Jeans und Stiefeln, und selbst darin wirkte sie schick und modisch, mit dem bedruckten Halstuch, den kleinen Perlsteckern in den Ohren und dem frischen Zitrusparfüm. Erst da ging Caterina auf, dass sie genauso gekleidet war. Der Apfel fiel wohl nicht weit vom Stamm. Vielleicht war an dem alten Sprichwort doch etwas dran.

»Du konntest auch nicht mehr schlafen?«, fragte Ava und legte Caterina einen Arm um die Schultern.

Caterina schüttelte den Kopf. »Ich habe so ein unheimliches Gefühl. Und da dachte ich mir, ich beschäftige mich lieber. Ich wollte sehen, wie die Fermentation vorangeht.«

»Ich komme mit.«

Gemeinsam gingen sie los und marschierten schweigend den Hügel hinauf. Beide hatten Taschenlampen dabei, um auf dem unebenen Pfad nicht zu stolpern. Die Arbeiter hatten bereits auf einem Stück weiter unten am Hang mit der Lese begonnen. Caterina sah Raphael zwischen den beleuchteten Reihen stehen und war gleich beruhigt. Es war gut, ihn in der Nähe zu wissen. Dann sah sie Santo und schaute rasch weg.

Ava machte einen Schritt über einen dicken Stein hinweg. »Ich bin so froh, dass dir und Marisa gestern nichts passiert ist. Luca war immer schon ein zutiefst gestörter Mensch.«

»Wenigstens brauchst du deine Ehe jetzt nicht mehr annullieren zu lassen. Jetzt bist du tatsächlich Witwe.«

»Stimmt«, erwiderte Ava nachdenklich. »Luca war dir nie ein Vater. Er war immer nur ein grausamer, egoistischer, eigensüchtiger Mensch. Er hat zwar immer behauptet, Natalie zu lieben, aber das war Besessenheit, keine Liebe.«

»Ich bin so froh, dass du Raphael hast. Und wir haben immer noch Mille Étoiles. Luca wollte es niederbrennen, mit uns allen darin.«

Niedergeschlagen schüttelte Ava den Kopf. »Aber es tut mir so leid für dich und Santo.« Und anders als früher schwang in ihrer Stimme jetzt echte Traurigkeit mit.

»Wir bekommen das schon hin, Maman. Er wird Marisa ein guter Vater sein.« Wenigstens ließ Santo sie nicht einfach im Stich, auch wenn die Lage aussichtslos war.

»Ohne dich wäre Mille Étoiles verloren gewesen, *chérie*. Du hast so unermüdlich gearbeitet – bist nach Paris gefahren, hast neue Kredite beantragt, Verkäufe getätigt, mit den Reportern gesprochen. Und nicht zu vergessen einen phänomenalen Wein gemacht.« Avas Stimme brach beinahe vor Dankbarkeit. »*Du* hast Mille Étoiles gerettet, *chérie*. Deine Großeltern – meine Eltern und Violetta – wären so stolz auf dich.«

»Ohne Santo hätte ich den Wein nicht machen können.« Caterina trat einen Stein beiseite. Santo war genauso am Entstehungsprozess des Weines beteiligt gewesen wie sie. Nur mit vereinten Kräften, mit ihrem Fingerspitzengefühl, ihrem Können, ihrem Wissen und ihrer Leidenschaft, hatten sie den Wettbewerb gewonnen. Und dann musste sie an Victor Devereaux denken und an seine Bemerkung über das Etikett auf ihrer Flasche.

»In Paris hat der Veranstalter des Wettbewerbs das Haus auf unserem Etikett gesehen. Er hat es auf Anhieb erkannt, aber er nannte einen anderen Namen. Und er erwähnte auch einen Marquis. War das mein Poppy?« So hatte Ava ihren Großvater immer genannt, wenn sie von ihm sprach – obwohl sie nie viel von ihrer Familie erzählt hatte, wie ihr nun aufging.

»Ja, Alexandre-Xavier de Laurette war mein Vater. Dein Großvater, dein Poppy. Es hat mir immer so wehgetan, nach ihrem Tod über meine Eltern zu sprechen. Sie waren ausgezeichnete Winzer und entstammten einer alten

Adelsfamilie. Nachdem ich Frankreich verlassen hatte, war das alles unwichtig geworden. Wir verwirklichen unseren amerikanischen Traum.« Sie wies über das Land, das sich vor ihnen ausbreitete. »Das ist jetzt unser Leben. Ich war entschlossen, alles dafür zu tun, um hier anzukommen. Und du solltest eine echte Amerikanerin werden. Ich bleibe ewig Französin, aber ich wollte, dass du in deiner neuen Heimat zu Hause bist.«

Sie kamen zu der Kellerei gleich neben dem Weinkeller. Die Türen standen offen, damit das Kohlendioxid, das während der Fermentation entstand, nach draußen entweichen konnte. Es war zwar eine Lüftung eingebaut, aber man konnte nicht vorsichtig genug sein.

Zitternd stand Caterina vor dem Gebäude und sah sich um. Ihr war irgendwie mulmig zumute. Der Sheriff hatte Lucas Komplizen mitgenommen, also hatten sie eigentlich nichts zu befürchten, aber so ganz konnte sie den Schrecken der vergangenen Nacht noch nicht abschütteln. Schließlich folgte Caterina ihrer Mutter nach drinnen und schaute sich in der Höhle um.

Ungeschickt stieß sie dabei gegen einen Stapel Papiere, der zu Boden fiel. »Geh ruhig schon mal vor, ich komme gleich nach.«

Sekunden später zerriss ein ohrenbetäubender Knall die morgendliche Stille. »Maman, ist alles in Ordnung?«, rief Caterina, und als ihre Mutter nicht antwortete, rannte sie ihr nach. »Wo bist du?«

Wie angewurzelt blieb sie stehen, als sie in den Raum kam, wo die großen Betonbecken mit Rotwein zum Fermentieren standen. Auf dem schmalen Steg darüber stand

Ava und klammerte sich panisch an das Geländer, leichenblass und mit nackter Angst in den Augen. Den Steg nutzten die Arbeiter sonst, um den Fermentationsprozess zu überwachen und die Haut zu durchstoßen, die sich dabei auf der Oberfläche bildete.

Entsetzt schaute Caterina zu ihr hinauf und musste sich zwingen, ganz ruhig zu bleiben. »Maman, was machst du denn da oben?« Im selben Augenblick sah sie einen heruntergekommenen Mann mit scharfem Profil wie einen Schatten hinter ihrer Mutter auftauchen.

Ava wies mit dem Kopf auf die Gestalt. »Luca.«

Ein Lachen schallte durch den hohen Raum. »Ihr dachtet wohl, ihr wärt mich los, was?« Mit einem hämischen Grinsen trat Luca auf die kleine Plattform hinter ihrer Mutter. In seiner Hand blitzte ein Schlachtermesser. »Aber ich kenne Mille Étoiles wie meine Westentasche. Was soll ich sagen? Ich bin auf dem Absatz vor der Schmugglerhöhle gelandet, erinnert ihr euch noch? Da haben sie während der Prohibition ihre Fässer versteckt. Mit Strickleitern haben sie sich abgeseilt. Clever. Welcher Beamte sucht da schon nach verbotenem Alkohol? Und da unten habe ich auch die uralte Bergsteigerausrüstung gefunden«, prahlte er stolz. »Komisch, wie wenig sich in der ganzen Zeit geändert hat.«

»Damit kommst du nicht durch«, zischte Ava. »Raphael und der Sheriff werden jeden Augenblick hier sein.«

Wieder lachte Luca höhnisch auf. »Eher nicht. Warum sollten sie einen Toten suchen? Ihr habt mich, ohne mit der Wimper zu zucken, den Abhang runtergestoßen. Und jetzt revanchiere ich mich.«

Caterina musste zu ihrer Mutter. Sie drückte sich an der Wand entlang und tastete blind nach irgendetwas, das sie als Waffe benutzen könnte. Als er kurz nicht hinsah, schnappte sie sich eine Weinflasche und steckte sie hinten in den Bund ihrer Jeans, unter die Bluse. Das Glas war kühl an ihrer Haut.

Langsam und vorsichtig stieg sie die Leiter hinauf, die zu dem Steg führte.

»Komm ruhig rauf. Wir feiern hier eine Party«, spottete Luca. »Wir machen eine kleine Familienfeier. Und ich erledige zwei Fliegen mit einer Klappe – oder, in diesem Fall, einem Messer.« Er nahm das Messer in die andere Hand und grinste sie hasserfüllt an wie ein Kind, das einer Fliege die Flügel ausreißt.

Caterina versuchte, sich zusammenzureißen. Sie setzte einen Fuß vor den anderen und dachte angestrengt nach. Kohlendioxid war schwerer als Luft, und direkt über der Oberfläche der Becken war die Konzentration am höchsten. Wenn man dort hineinfiel, konnte man rasch das Bewusstsein verlieren und ertrinken.

Lieber Luca als eine von uns.

Noch eine Stufe, und sie war auf Augenhöhe mit der Plattform.

»Willkommen, mein liebes Töchterlein«, flötete Luca und reichte ihr eine raue, zerschundene Hand, um ihr hochzuhelfen.

Caterina übersah sie geflissentlich. Ein paar Schritte von ihm entfernt blieb sie stehen und richtete sich auf. Ein wenig ähnelte sie ihm; sie war genauso groß wie er und hatte hohe, markante Wangenknochen, aber das war auch schon alles. Unerschrocken erwiderte sie seinen Blick und starrte geradewegs in seine kalten, toten Augen. »Du hast mein Leben ruiniert, du bist ein widerwärtiger Mensch, und du bist nicht mein Vater. Und jetzt lass meine Mutter gehen.«

Luca verzog den Mund zu einem bösartigen Grinsen. »Warum sollte ich?«

Ava hielt sich verzweifelt an dem Geländer fest. »Caterina, geh. Das hier geht nur mich und Luca was an.«

Entschlossen schüttelte Caterina den Kopf. »Ich gehe ganz bestimmt nicht. Ich lasse dich nicht allein.«

Luca fasste sich mit der Hand an die Brust und tat ganz ergriffen. »Wie rührend, Ava! Hast du deine Tochter gehört? Wie tapfer es ist, das dumme kleine Kind.« Mit dem letzten Wort stürzte er sich auf Ava.

Caterina schrie auf, und Ava versuchte ihm auszuweichen.

Aber Luca war schneller und erwischte Ava mit dem Messer an der Schulter. Ihre Bluse riss auf, und Blut quoll aus einem langen Schnitt. Vor Schmerz und Schreck verlor Ava das Gleichgewicht und fiel taumelnd auf die Plattform. Panisch versuchte sie fortzukriechen, während er lachend über ihr stand.

»Du dumme Kuh, jetzt siehst du, was du davon hast. Am Ende stirbst du in deinem eigenen Wein. Das nenne ich mal ausgleichende Gerechtigkeit.« Damit drehte er sich auf dem Absatz um und wedelte mit dem blutverschmierten Messer vor Caterinas Gesicht herum. »Und du auch, meine Hübsche. Auf die Knie, sofort.« Seine Augen funkelten; es schien ihm ein teuflisches Vergnügen zu bereiten.

Angeekelt ging Caterina auf die Knie, immer noch zum

Sprung bereit. Ihr Blick ging an Luca vorbei, und sie sah eine wilde, verzweifelte Entschlossenheit im Blick ihrer Mutter. Ava würde sich nicht kampflos geschlagen geben.

Caterina überlegte, wie groß der Abstand zwischen ihnen sein mochte, dann sah sie nach unten. Sie mussten nur irgendwie oben auf der Plattform bleiben.

»Auf beide Knie. Los, mach schon«, kommandierte er schroff und fuchtelte mit dem Messer. »Ava und ich haben eine kleine Verabredung, und du darfst zuschauen.« Seine Augen blitzten. Es schien ihm eine teuflische Freude zu bereiten, sie leiden zu sehen.

Caterina ging auf die Knie.

»Braves Mädchen. Vielleicht hebe ich mir dich für nachher auf. Vielleicht aber auch nicht.«

Kaum hatte Luca sich zu Ava umgedreht, griff Caterina nach hinten und zog mit einer blitzschnellen Bewegung die Flasche aus dem Hosenbund. Wie eine Katze machte sie einen Satz auf Luca zu, holte aus und schlug mit aller Kraft zu. Krachend prallte die Flasche gegen seinen Schädel.

Luca schrie auf wie ein Tier, stieß wüste italienische Flüche aus und ruderte wild mit den Armen. Das Messer fiel klackernd auf den Steg, und er hechtete ungeschickt hinterher, verschätzte sich und durchschlug mit seinem Gewicht das schützende Geländer.

Caterina sprang zurück und sah zu, wie er gefährlich über der Kante des Stegs wankte. Völlig außer sich stürmte Ava auf ihn zu, und blanker Hass loderte in ihren Augen.

»Maman, nicht!«

Aber da war Ava schon bei Luca und versetzte ihm einen Stoß, doch im Rückwärtsfallen gelang es ihm noch, sie am

Handgelenk zu packen. Zusammen stürzten sie um sich schlagend vom Steg und klatschten in das Becken darunter. Der Rotwein schäumte und spritzte, während sie miteinander rangen und nach Luft schnappten. Das Messer auf der wankenden Planke rutschte und fiel dann ebenfalls in die rote Flüssigkeit.

Caterina überlegte nicht lange und fing an, gegen eins der langen Bretter des Geländers zu treten. »Ich hole dich da raus, Maman.«

In dem Moment tauchte Ava unter und verschwand.

»Nein, tust du nicht«, keuchte Luca und ruderte wild in der schäumenden Flüssigkeit. »Jetzt sind wir beide tot.« Er legte den Kopf in den Nacken und brüllte ein makabres Lachen heraus. »Was für ein Abgang.«

Nein! War ihre Mutter schon am Kohlendioxid erstickt? Panisch wollte Caterina gerade vom Steg in das Becken springen, da tauchte ihre Mutter wieder auf.

Blitzschnell war Ava da, wirbelte herum und fuhr Luca mit der Hand quer über den Hals.

Luca riss die Augen auf, die ihm fast aus den Höhlen quellen wollten, und fasste sich mit einem Ausdruck entsetzten Erstaunens an den Hals. Fast war es, als versuchte er noch etwas zu sagen, aber es gelang ihm nicht. Ava warf das Messer gegen die Wand des Beckens und versank langsam in dem tiefroten Saft.

»Halte durch!«, schrie Caterina und trat auch den Rest des Geländers fort. Dann legte sie sich bäuchlings auf die Plattform und schob sich vorsichtig näher an ihre Mutter heran. »Halt dich fest und versuch, nicht zu atmen.«

»Geht nicht«, keuchte Ava.

Luca hielt sich wild um sich schlagend noch einen Augenblick an der Oberfläche, dann versank er.

Caterina verzog das Gesicht. »Den sind wir los.« Aber sie wusste, dass ihre Mutter nicht mehr lange durchhalten würde. »Komm schon, du schaffst das«, feuerte sie Ava an. Sie wäre ohne Zögern hinterhergesprungen, aber dann hätten sie beide nicht die geringste Chance, jemals wieder herauszukommen.

Ava erwischte das Ende des Geländers und hielt die Luft an. Quälend langsam zog sie sich heraus.

Caterina streckte ihr die Hand entgegen. *Komm schon, komm schon.* Verzweifelt kämpfte ihre Mutter dagegen an, das Bewusstsein zu verlieren. »Du hast es fast geschafft. Hier, nimm meine Hand.«

Ava blinzelte und schüttelte den Kopf. Sie wurde immer schwächer.

Nun war alles eine Frage von Sekunden. Caterina hakte sich mit den Beinen an einem der Pfosten des Stegs ein und ließ sich dann rückwärts hinunterhängen. Sie streckte die Arme aus und versuchte, die Hände ihrer Mutter zu umfassen. »Ich hab dich«, rief sie. »Jetzt zieh dich an mir hoch.«

»Lass mich los«, flüsterte Ava. »Rette dich selbst.«

»Nein!«, schrie Caterina entschlossen. »Wir werden es beide schaffen. Denk an Raphael und Marisa.«

Es dauerte einen Moment, dann griff ihre Mutter nach oben und klammerte sich an Caterinas Rumpf fest. Caterina half nach, und schließlich wuchtete sich Ava mit schmerzverzerrtem Gesicht auf den Steg.

Erschöpft drehte sie sich auf den Bauch und reichte Caterina die Hand, um sie dann mit einem energischen

Ruck auf die Holzplanken neben sich zu ziehen. Dort lagen sie, hielten sich in den Armen, stammelten und weinten und versuchten, wieder zu Atem zu kommen.

Beinahe hätte Luca es geschafft, sie beide umzubringen. »Er hätte uns getötet«, sagte Caterina.

»Uns beide. Aber jetzt sind wir ihn endgültig los, *chérie*.«

»Caterina? Ava? Wo seid ihr?«, hörten sie plötzlich Santos Stimme durch die Höhle hallen und dann Schritte im Raum nebenan.

»Über den Becken«, rief Caterina matt.

Alarmiert stürmte Santo herein, dicht gefolgt von Raphael.

»Hier oben.« Erleichtert schloss Caterina die Augen.

Hastig kletterte Santo die Leiter hinauf. Caterina half ihrer Mutter hoch und übergab sie in Santos sichere Arme. Behutsam half er ihr nach unten, wo Raphael sie in Empfang nahm und fest in die Arme schloss, während Santo wieder zu Caterina hinaufstieg.

»Was ist denn passiert?«, fragte er. »Wir haben euch schreien gehört.«

»Luca ist wiederauferstanden.« Caterina trat von der Leiter, und Santo drückte sie fest an sich und wiegte sie beruhigend in den Armen.

Ava hob den Kopf und sah Raphael an. »Und Caterina hat mich gerettet.«

»Wo ist das Schwein?«, wollte Raphael wissen.

»Meine Mutter hat ihn erledigt«, murmelte Caterina und wies mit einem knappen Nicken auf das Becken. »Diesmal wird er uns nicht wieder belästigen.«

Am nächsten Morgen stand Caterina bei Sonnenaufgang auf, um mit der Lese weiterzumachen. Während sie die Trauben begutachtete, musste sie an Lucas gewaltsames Ableben denken und daran, wie knapp ihre Mutter und sie dem Tod entkommen waren. Raphael hatte Ava auf der Stelle ins Krankenhaus gebracht, wo die böse Schnittwunde an ihrer Schulter versorgt und genäht worden war, während Santo den Sheriff gerufen hatte. Die beiden Männer hatten dann das Fermentierungsbecken abgelassen, um dem Leichenbeschauer zu helfen, Lucas lila verfärbte Leiche zu bergen.

Caterina konnte nicht dabei zusehen. »Das muss grässlich gewesen sein«, sagte sie zu Santo, als der Leichenbeschauer wieder fort war.

»War es auch.« Santo wischte sich mit der Hand über die müden Augen. »Aber dieser Mann war *nicht* mein Vater«, erklärte er fest. »Ich hätte es gewusst, ich hätte es gespürt. Und ich werde nie glauben, dass er es war.«

Nun war er also endgültig weg, fort aus ihrem Leben – aber er hatte ein Trümmerfeld hinterlassen.

Gegen Mittag machten alle Pause, und Caterina ging zum Haus zurück, Vino neben sich. Raphael hatte einen Klassiksender im Radio eingestellt, und die Melodie von *La Traviata* schallte über die Hügel und erinnerte sie an Montalcino und Violetta.

Sie war gerade in der Küche, kochte eine Kanne frischen Kaffee und plauderte mit Nina, als es an der Haustür klopfte. »Ich geh schon«, rief Caterina und ging in die Halle, wobei sie sich im Gehen das Haar unter ihr rotes Bandana steckte. Vino folgte ihr dicht auf den Fersen. Seit dem

Zwischenfall mit Luca wich der große weiße Hund ihr kaum noch von der Seite.

»Ich habe hier einen Koffer für Miss Caterina Rosetta.« Der stämmige Lieferant schob sich die abgegriffene Mütze aus dem geröteten Gesicht.

Caterinas Blick ging zu dem Etikett auf dem klobigen Überseekoffer. *Montalcino, Italien.* Der war von Santos Tante Rosa. Ihr Herz schlug schneller, und sie hielt dem Mann die Tür auf. Mit verknoteter Kordel zusätzlich gesichert, brachte der etwas muffige alte Koffer den Duft Italiens ins Haus. Vino beschnüffelte ihn argwöhnisch.

Caterina deutete ins Wohnzimmer und sagte: »Stellen Sie ihn bitte da drüben neben das Sofa.« Als er fertig war, dankte sie ihm und schloss die Tür hinter ihm. Dann stand sie nachdenklich vor dem riesigen Koffer, und in ihrem Kopf drehte sich alles vor Aufregung.

In Italien hatte Caterina Rosa gebeten, für sie nach Briefen zu suchen, die Natalie geschrieben haben könnte. Womöglich hatte sie sich jemandem anvertraut und von einer Affäre mit Luca oder auch einem Übergriff durch ihn berichtet. Aber würde sich tatsächlich irgendetwas finden lassen, das Santos und ihre Blutsverwandtschaft widerlegen oder bestätigen konnte?

Zaghaft flackerte eine leise Hoffnung in ihr auf. *Hatte Rosa vielleicht etwas entdeckt, das Licht ins Dunkel bringen könnte?*

Die Sonne schien hell durch die Terrassentüren und fiel auf den Überseekoffer, wo sie die Kratzer und Macken beleuchtete, die von jahrelangem Gebrauch zeugten. Caterina zog ein Taschenmesser aus der Jeanslatzhose. Dann krempelte sie die Ärmel ihrer blau karierten Bluse hoch und kniete sich neben den Koffer.

Sie durchschnitt die Kordel und streifte sie ab, während Vino sich neben sie legte und aufmerksam zuschaute. Behutsam strich sie mit der Hand über den Deckel. Was sich wohl darunter verbergen mochte? *Eigentlich sollte Santo dabei sein*, dachte sie, aber sie *musste* einfach nachsehen, was Rosa entdeckt haben mochte. Sie konnte keinen Augenblick länger warten.

Still betend, sie möge darin Briefe von Natalie finden, legte Caterina eine Hand auf den Deckel, bevor sie ihn öffnete.

Sie atmete tief durch, ließ die Schlösser aufschnappen und klappte den Deckel zurück.

Die rostigen Scharniere kreischten ihren Protest, und der sommerliche Duft getrockneten Lavendels entstieg dem Koffer. Das Einlegefach passte genau hinein. Rosa hatte die einzelnen Sachen als kleine Päckchen sorgfältig in braunes Packpapier eingeschlagen, mit einer Kordel umwickelt und beschriftet. *Natalies Kamm und Bürste. Santos Babysachen, von Natalie genäht.*

Sie griff zu einem Päckchen mit der Aufschrift *Familienfotos* und wickelte es aus. Zum Vorschein kamen etliche Ferrotypien, auf hauchdünnen Eisenplättchen entwickelt und auf Pappkarten geklebt. *Santos Großeltern*, stand auf einem. Von einer anderen Sepiafotografie schauten Natalie und Franco sie bei ihrer Hochzeit an. Caterina lächelte. Santo würde sich sicher sehr darüber freuen. *Wie lieb von Rosa.*

Rasch schaute sie die Päckchen durch, sah aber nichts, was ihr irgendwie weiterhelfen könnte.

Ungeduldig zerrte Caterina an dem Einlegetablett und hob es aus dem Koffer. Obenauf lag ein Brief von Rosa, festgesteckt an einem in Seidenpapier eingeschlagenen Paket. Sie öffnete ihn und fing an zu lesen. Rosa wünschte ihr und Santo ein langes und glückliches gemeinsames Leben und viele entzückende Kinder. Caterina wischte sich eine Träne von der Wange.

Neugierig faltete sie das Seidenpapier auseinander. Eingeschlagen in viele feine Lagen war ein See aus elfenbeinfarbener Seide und Spitze. Caterina stieß einen kleinen Schrei aus.

Rosa hatte ihr Natalies Brautkleid geschickt.

Ein Kleid, das sie wohl nie tragen würde. Bei dem Gedanken wurde ihr ganz schwer ums Herz.

Caterina strich sich mit dem zart fließenden Stoff über die Wange und genoss das Gefühl der glatten, kühlen Seide auf der Haut. Wehmütig hielt sie sich das Kleid an.

Vielleicht konnte Marisa es eines Tages tragen.

»Du würdest hinreißend darin aussehen«, hörte sie Santo plötzlich mit seiner tiefen Stimme hinter ihr sagen.

Caterina wurde rot und ließ das Kleid in ihren Schoß fallen. Vino bellte erfreut und rannte auf Santo zu, um ihn schwanzwedelnd zu begrüßen.

Liebevoll strubbelte Santo dem Hund durch das Fell. »Willst du raus, mein Junge?«

Er öffnete ihm die Tür, dann ging er zu Caterina und kniete sich neben sie. Seine Haut verströmte einen unwiderstehlichen Duft nach frischen Trauben und warmem Sonnenschein. Er rieb ihr die Schultern, und sie drehte den Kopf und gab sich seiner Berührung hin.

Neugierig schaute Santo ihr über die Schulter. »Was ist denn das alles?«

»Deine Tante Rosa hat uns ein paar Erinnerungsstücke von deiner Mutter geschickt.« Verstohlen wischte sie sich eine Träne aus dem Augenwinkel und musste daran denken, wie sie das Kleid in Italien anprobiert hatte.

»Und das Kleid? Sieht aus wie ein Hochzeitskleid.«

Caterina nickte. »Es ist das Brautkleid deiner Mutter.«

Santo legte eine Hand auf Caterinas Hände. »Ich würde dich gern darin sehen«, murmelte er.

»Santo, bitte. Wir wissen doch nicht …«

»Ich weiß, dass ich dich liebe«, fiel Santo ihr ins Wort. »Ist das nicht das Einzige, was zählt?«

»Und du bist meine Liebe, aber …«

Santo küsste sie auf die Wange. »Ich weiß«, murmelte er. Dann griff er nach einem der Päckchen. »Was da wohl drin ist?« Er riss das Packpapier auf, und plötzlich hatte er eine aufwendig mit Intarsienarbeiten verzierte Holzschatulle in den Händen. »Die ist aber schön.« Bewundernd drehte und wendete er sie. »Und schwer.«

Caterina klappte den Deckel auf. Im plüschigen bordeauxroten Samtfutter geborgen wie in einem Nest lag ein ovales Medaillon aus Gelbgold.

Santo nahm es heraus. Mittig darauf saß ein Cabochon-Amethyst, dessen funkelnd lila Farbe fast hypnotisch wirkte. »Für dich, *cara*. Meine Mutter hätte gewollt, dass du ihn bekommst.« Damit legte er das Schmuckstück in ihre Hände.

Caterina drehte es um und folgte mit den Fingerspitzen dem eingravierten Initial. *N*. Behutsam löste sie mit dem

Fingernagel den Verschluss an der Seite, und das Medaillon sprang auf.

Innen waren zwei perfekt erhaltene Fotos. *Natalie und Franco.* Auf der einen Seite Natalie in ihrem Brautkleid, auf der anderen Franco im Anzug. *Bis dass der Tod uns scheidet*, dachte Caterina traurig. Sie waren ja selbst im Tod noch vereint gewesen und am selben Tag gestorben – Natalie im Kindbett und Franco durch Lucas Hand.

Caterina atmete stockend aus. Wie nah sie und Marisa und ihre Mutter daran gewesen waren, ebenfalls Lucas rasender Wut zum Opfer zu fallen. Sie schloss das Medaillon wieder und führte es ganz leicht an die Lippen.

»Ich möchte, dass du es trägst«, murmelte Santo und legte ihr die lange Kette um den Hals. Der Anhänger rutschte ihr in den Ausschnitt und schmiegte sich zwischen ihre Brüste.

»Danke. Und eines Tages wird Marisa es tragen.« Sie legte eine Hand auf den Anhänger.

Dann sahen sie die übrigen Dinge im Koffer durch – Santos Taufkleidchen, ein Familienstammbaum und noch mehr Fotos –, aber es waren keine Briefe dabei, keine Antworten auf ihre Fragen, keine Erlösung von ihren Qualen in Natalies Handschrift. Als sie den Boden des Koffers erreicht hatte, vergrub Caterina das Gesicht in den Händen, und stumme Tränen liefen ihr über das Gesicht, aus Trauer um das, was hätte sein können.

Zärtlich strich Santo ihr über die Schultern. »Was hast du denn, Caterina?«

»Ich hatte gehofft, Rosa könnte vielleicht alte Briefe von deiner Mutter gefunden haben, in denen irgendetwas über

Luca steht. Darüber, wer wirklich dein Vater ist. Aber da ist gar nichts.«

»Ich wünschte, das wäre alles egal.« Santo zog sie an sich. »Aber einer von uns beiden muss wohl unser sittliches Gewissen sein.«

Caterina lehnte sich an ihn. Die Hand auf dem Medaillon, das nun warm war von ihrer Haut, gab ihr neuen Mut, während sie daran dachte, wie Natalie es wohl einst getragen haben musste. *Santos Mutter*. Sie würde es für Marisa aufheben. *Natalies Enkelin*.

Santo strich ihr sanft über die Haare. »Ich bin froh, dass es Marisa gibt, auch wenn die Gesellschaft und die Kirche uns sagen, es sei falsch. Aber wie kann eine so starke Liebe wie unsere falsch sein?«

Caterina konnte kaum atmen. Er war ihr so nah. Zu nah. Die Wärme, die er verströmte, war wie ein Magnet, der ihr alle Willenskraft entzog. Er hatte ihr einen Arm um die Schultern gelegt und den anderen um ihre Taille geschlungen. Der männliche, virile Moschusduft seines Körpers wischte jeden Sinn für Anstand und Moral beiseite. Sein Herz schlug heftig gegen seinen Brustkorb, im selben schnellen Takt wie ihres. *Nur noch einen kleinen Augenblick*, dachte sie und wünschte, dieser Moment könnte ewig währen.

Irgendwann riss sich Caterina schließlich widerstrebend los. Sie wischte sich die Augen und rappelte sich etwas unsicher auf. »Sollen wir den Koffer hier verstauen?«

»Warum denn nicht in unserem eigenen Zuhause?« Seine Frage stand wie eine Herausforderung zwischen ihnen. »Ich habe das alte Weingut für uns gekauft.«

»Für Marisa, meinst du. Santo, wie können wir irgendwas anderes sein als die Eltern unserer Tochter?«

Santo stand auf, nahm ihre Hand und drückte sie fest an seine Brust, dann beugte er sich zu ihr herunter und strich ganz leicht mit den Lippen darüber. »*Ti amo, Caterina. Senza di te non posso piú vivere*«, murmelte er. *Ohne dich kann ich nicht leben.*

»*Je t'aime, mon chéri*«, entgegnete sie. Sie würde ihn immer lieben. Und doch entzog Caterina ihm zitternd ihre Hand. »Wir können so nicht weitermachen«, flüsterte sie und rückte einen Schritt von ihm ab.

Ohne sie wirkte Santo wie verloren auf hoher See. Er senkte den Kopf und fuhr sich mit den Händen durchs Gesicht und die Haare. »Dann musst du stark bleiben, Caterina, denn ich kann das nicht. Ich liebe dich zu sehr. Das war immer so und wird immer so sein. Es ist mir egal, was die Leute sagen. Ich weiß, was mein Herz sagt. Und deins auch.«

Caterina schlang die Arme um den Körper. »Wir können nicht vor der Wahrheit weglaufen.«

»Ich kenne die Wahrheit.« Santo machte einen Schritt auf sie zu und nahm ihr Gesicht in beide Hände.

Er sah ihr tief in die Augen, und sie hatte keine Worte mehr. Wie sollten sie ihr Begehren füreinander je entschuldigen?

»Caterina, das Leben ist voller Unwägbarkeiten. Aber es ist gar nicht mal so unwahrscheinlich, dass wir *nicht* miteinander verwandt sind. Hast du darüber schon mal nachgedacht?« Flehentlich sah er sie an, ihre Hände in seinen. »Bitte, lass es uns riskieren.«

Was, wenn sie nie die Wahrheit erfahren würde? Könnte sie mit der Ungewissheit leben? Caterina presste die Lippen zusammen. Was sollte sie ihrer Tochter sagen, wenn sie älter wurde? Sie konnte nicht zulassen, dass die Lügen auch in die nächste Generation weitergegeben wurden.

War es das Risiko wert?

Sie hob den Kopf und sah Santo an. »Ich liebe dich, aber ich kann nicht noch mehr Kindern aufbürden, die Last unsere Familiengeschichte zu tragen. Schon mit Marisa wird es nicht leicht werden. Eines Tages werden wir ihr alles sagen müssen.«

»Dann passen wir eben auf.« Neue Hoffnung schimmerte in Santos Augen. »Wir könnten doch noch ein Kind adoptieren.«

Ihr Blick ging zu den Kindersachen, die Rosa ihnen geschickt hatte. Weiße Leinenhemdchen, bestickt mit grünem Efeu und gelben Sonnenblumen, Strampler für winzig kleine Babys. Sie musste an Faith und Patrick denken. Es gab so viele elternlose Kinder.

Santo gab ihr einen federleichten Kuss. »Ich könnte mir nichts Schöneres vorstellen, *cara*. Ich weiß schließlich, wie es ist, ohne Mutter und Vater ganz allein auf der Welt zu sein.«

Man hörte ihm an, wie ernst es ihm damit war. »Und ich weiß, wie man sich als Mutter fühlt, wenn man sich mit dem Gedanken konfrontiert sieht, sein Kind womöglich nie wiederzusehen.« So nah war sie davor gewesen, Marisa wegzugeben. Allein der Gedanke daran schmerzte.

»Muss es denn so weit kommen?«

Caterina sah in sein fragendes Gesicht. »Nein, wir könnten daran etwas ändern. Warum sollte die Mutter nicht Anteil am Leben ihres Kindes haben, wenn sie das möchte und es dem Kind nicht schadet?«

Ein Lächeln schlich sich in Santos Gesicht. »Wir hätten mehr als genug Platz, wenn wir das alte Weingut renovieren.« Er fuhr ihr mit dem Daumen über das Kinn. »Sag ja, *cara*.« Santo hielt ihren Blick mit seinen tiefgründigen saphirblauen Augen fest, die bis in ihre Seele blickten.

Ihr Herz schrie danach, Ja zu sagen, zu Santo und zu einer Zukunft mit ihm. Aber würde sie sich dabei nicht immer unwohl fühlen? »Ich muss erst darüber nachdenken, Santo.«

»Ich weiß, du musst dir sicher sein, das verstehe ich. Ich kann warten, *cara*.«

Aber tief in ihrem Herzen kannte sie die Antwort bereits. Sie liebten einander, und daran würde sich auch nie etwas ändern. Aber war das genug?

»Das sollten wir für Marisa aufheben«, sagte Caterina unvermittelt, nahm das Medaillon ab und legte es zurück in die kleine Schmuckschatulle. Ihre Hände zitterten so sehr, dass ihr die Holzschachtel aus den Fingern glitt. Sie schrie auf, und Santo versuchte noch, sie aufzufangen, aber es war zu spät.

Das hübsche antike Kästchen fiel auf den Boden und zersplitterte auf den Hartholzdielen.

»O nein.« Bestürzt fiel Caterina auf die Knie und sammelte die Bruchstücke auf. Der Deckel war an den alten Scharnieren abgerissen, und der tiefe Boden hatte sich teilweise von dem Kistchen gelöst. Caterina hatte heiße Tränen in den Augen.

Santo kniete sich neben sie. »Nicht schlimm, *cara*. Es ist doch bloß eine Holzkiste.« Er drückte sie an sich und strich ihr tröstend über den Rücken. »*Das* lässt sich reparieren. Wenn schon alles andere nicht.« Erstaunt sah sie ihn an, und er sagte: »Eins der Dinge, die ich an dir am meisten bewundere, ist dein Sinn für das, was richtig und was falsch ist. Du bist eine großartige Frau, Caterina Rosetta. Du erinnerst mich sehr an Violetta.« Er nahm das Schmuckkästchen und versuchte, den Boden wieder an der kleinen Kiste festzudrücken.

Während er sich noch damit abmühte, rief sie plötzlich: »Moment! Ist das da eine kleine Schublade?«

Santo tastete das Kistchen ab. »Wenn ja, dann hat sie sich verklemmt.«

»Ich habe schmalere Hände. Lass mich mal sehen.« Damit fuhr Caterina mit den Fingern über das auf Hochglanz polierte Holz. Mit dem Fingernagel erfühlte sie eine kleine Einkerbung und drückte vorsichtig darauf.

Die Schublade sprang auf. Caterina schnappte hörbar nach Luft und öffnete sie. »Ein Geheimfach. Kein Wunder, dass das Schmuckfach so flach war. Schau mal, es liegt etwas drin.« Behutsam nahm sie ein kleines ledergebundenes Notizbüchlein mit goldener Prägung heraus. Es war so klein, dass es gut in eine Damenhandtasche passen würde.

Caterina klappte es auf. Drinnen stand mit jugendlicher Schreibschrift Natalies Name. »Das ist von deiner Mutter.« Sie kreuzte die Beine und lehnte sich gegen das Sofa.

Santo setzte sich neben sie. »Was steht denn drin?«

Die vergilbten alten Seiten knisterten in ihren Händen. »Ihre geheimsten Gedanken.« Gemeinsam lasen sie die ersten Seiten. Natalie hatte Tagebuch geführt und berichtete über ihren Hochzeitstag. Und sie hatte ein Liebesgedicht für Franco geschrieben. »Das ist so süß. Deine Mutter war wirklich ein ganz besonderer Mensch.«

»Ich wünschte, ich hätte sie kennengelernt«, seufzte Santo, blätterte eine der spröden Seiten um und überflog sie. Mit Italienisch als Muttersprache las er natürlich viel schneller als sie. Seite um Seite übersetzte er ihr die in fedriger Tintenschrift geschriebenen Worte und gab wieder, worüber seine Mutter schrieb, und seine tiefe, ruhige Stimme war beinahe hypnotisch.

Irgendwann hielt er inne und schaute auf. Seine azurblauen Augen schimmerten. »Ich glaube, danach hast du gesucht«, sagte er mit einem rauen Unterton in der Stimme.

Mit zusammengekniffenen Augen schaute Caterina auf die zierliche Handschrift und übersetzte die Worte. »Sie hat deinen Vater wirklich sehr geliebt. Und sie schreibt darüber, was die anderen Mädchen hinter ihrem Rücken getuschelt haben. Ach, es war schrecklich … Sie erwähnt auch Luca und Ava. Und was passiert ist …« Sie las weiter und hielt sich schockiert die Hand vor den Mund. »Luca hat gedroht, ihre Ehe zu zerstören, indem er böse Gerüchte streute. So wollte er Franco dazu zwingen, Natalie zu verlassen.«

Santo las weiter. »Luca hat ihr gesagt, ihr bliebe dann gar keine andere Wahl, als ihn zu nehmen. Er wollte Ava sitzen lassen und mit Natalie nach Süditalien durchbrennen. Dort wollte er dann Francos Kind als sein eigenes großziehen, als Rache dafür, dass Franco ihm Natalie weggenommen hatte.«

»Die arme Natalie«, murmelte Caterina bestürzt. »Luca hat ihr zwar ständig seine Liebe bekundet, aber er war auch zu ihr grausam und gemein.« Sie unterbrach sich und holte tief Luft, als ihr klar wurde, was Natalie da geschrieben hatte.

»Du weißt, was das bedeutet, oder?« Santo nahm ihre Hand. Er hatte Tränen in den Augen. »Jetzt gibt es keinen Zweifel mehr, *cara*. Franco war mein Vater.«

Caterina liefen die Tränen über das Gesicht, so glücklich und erleichtert war sie. »Ach, Santo, dann ist ja alles gut!« Ihr war, als sei eine tonnenschwere Last von ihr genommen worden, und sie sei endlich frei.

»Wir sind füreinander bestimmt.« Santo schloss sie in die Arme und küsste sie mit der Leidenschaft eines Mannes, der zu lange auf die Frau, die er liebte, hatte warten müssen.

Caterina schlang die Arme um seinen Hals und war ganz außer sich beim Gedanken daran, was diese Entdeckung für sie bedeutete. Sie fühlte sich federleicht, und ihr Herz überschlug sich fast vor Glück. »Gilt dein Angebot noch?«

»Natürlich.« Santos Augen strahlten vor Freude, und er sah sie voller Liebe an. »Füllen wir dieses alte Haus mit Liebe und Lachen und vielen Kindern.«

Caterina lächelte. »Und dem besten Wein der Welt.«

Danksagung

Während der Recherche für und der Arbeit an diesem Buch hatte ich das große Vergnügen, nach Napa Valley zu reisen und eine meiner ehemaligen Kommilitoninnen von der Harvard Business School, MaryAnn Tsai, und ihren Mann Larry Tsai, die beiden Gründer von Moone-Tsai Wines, zu besuchen. Als ehemalige Geschäftsführerin von Luna Vineyards und als Mitarbeiterin der Beringer Wine Estates brachte MaryAnn ein schier unerschöpfliches Wissen mit. MaryAnn und Larry schenkten mir ihre exklusiven Moone-Tsai Weine aus, die die Messlatte für exzellenten Wein außerordentlich hoch legen und auch schon auf den Tischen diverser Staatsoberhäupter standen. Danke für die exklusive Führung durch die Caldwell Cave (die als Inspiration für den Weinkeller in diesem Buch diente) und dafür, dass ihr euer Wissen und die unzähligen Anekdoten und Geschichten über die kalifornische Weinindustrie mit mir geteilt habt.

Ein ganz besonderer Dank geht an den Winzer Miljenko »Mike« Grgich, Mitbegründer von Grgish Hills. Ich hatte die große Ehre, seinen neunzigsten Geburtstag bei einem grandiosen Winzerdinner im Meritage Resort and Spa mitfeiern zu dürfen. Danke, Mike, dass Sie Ihre herausragenden Errungenschaften um die Weinindustrie mit mir geteilt haben. Sein 1973er Chardonnay, kreiert für Chateau

Montelena, hat bei der Pariser Weinverkostung 1976 in der Kategorie Weißwein höchste Auszeichnungen erhalten. Diese Weinprämierung war das Vorbild für den Wettbewerb in diesem Roman. Großer Dank gilt auch seiner Tochter Violet Grgich sowie der wunderbaren Maria Luisa Moreno.

Dank auch denen, die so großzügig ihre Zeit, ihr Wissen um die Weinherstellung und ihre Erinnerungen an Napa mit mir geteilt haben: Mike Moone, Partner bei Moone-Tsai Wines; Elizabeth Vianna, Winzerin und Hauptgeschäftsführerin bei Chimney Rock Winery; John Caldwell von Caldwell Vineyard; Jim Morris von Hess Collection; Ken Morris und Maryanne Wedner von Grgich Hills sowie Tom Fuller von Fuller & Associates Public Relations. Mein Dank gilt auch dem Culinary Institute of America in St. Helena für die frühe Geschichte der Weinherstellung in den USA und dem Westin St. Francis in San Francisco für eine Fülle historischer Details.

Eine ganz kurze Nebenbemerkung: Brother Timothy gab es wirklich, er war Weinchemiker bei der Christian Brothers Winzerei. Das Datum des Erdbebens in diesem Roman ist frei erfunden, aber wie jeder, der in Kalifornien lebt, weiß, ereignen sich solche Beben mit großer Regelmäßigkeit.

Aufrichtiger Dank meinem Verlagsteam, allen voran der einzigartigen Jennifer Weis von St. Martin's Press und meiner großartigen Agentin Jenny Bent, Gründerin von The Bent Agency. Großer Dank gilt auch Sylvan Creekmore, Mollie Traver, Victoria Lowes und Charlee Hoffman. Einen Toast auf mein Marketing- und Presseteam, Lisa Senz, Staci Burt, Jessica Preeg und so viele andere.

Meinen lieben Freunden Vana Margolese und Wayne Hunkins, die mir so viel bedeuten. Wie soll ich euch je genug danken? Meinen Freunden Josette Banzet und Tommy Roe, Francesca Daniels und Aly Spencer und den Autoren, mit denen ich die Ehre habe, diese schriftstellerische Reise gemeinsam zu unternehmen: Rebecca Forster, Anita Hughes, Jane Porter, Belinda Jones, Juliette Sobanet, Melissa Foster, Rachelle Ayala, Allegra Jordan, Allison Pataki, Bennett Zimmerman, Michelle Gable, Jennifer Coburn, Tina Sloan, Samantha Vérant, Gill Paul, Liz Trenow, Hannah Fielding und so vielen anderen.

Von Herzen alles Liebe meiner Familie: Jeanne Hollenbeck, Eric und Ginna Moran und dem neuesten Mitglied, der kleinen Zoë. Und Steven, der mich durch Kalifornien chauffiert und Gourmetmahlzeiten für mich zubereitet hat, während ich geschrieben habe.

Wenn Sie mehr über meine Weinreisen lesen möchten, besuchen Sie meinen Blog unter www.janmoran.com.

Danke und *cin cin* allerseits!

Jan Moran

Jan Moran wuchs in Austin, Texas, auf und studierte kreatives Schreiben an der University of California in Los Angeles. Sie hat bereits mehrere Romane veröffentlicht und als Reise- und Beauty-Expertin u. a. für CNN, »Elle«, »Cosmopolitan« und »InStyle« gearbeitet. Mit »Die Zeit der Traubenblüte« gelang ihr in den USA der große Durchbruch. Neben dem Schreiben verreist sie leidenschaftlich gern und hat eine Vorliebe für dunkle Schokolade, den perfekten Cheesecake und ausgedehnte Strandspaziergänge. Jan Moran lebt mit ihrer Familie im Süden Kaliforniens.

Mehr zur Autorin unter www.janmoran.com

GOLDMANN
Lesen erleben

Unsere Leseempfehlung

576 Seiten
auch als E-Book
und Hörbuch
erhältlich

Maia und ihre Schwestern wurden von ihrem Vater adoptiert und kennen ihre wahren Wurzeln nicht. Als er überraschend stirbt, hinterlässt er jeder seiner Töchter einen Hinweis auf ihre Vergangenheit – und Maia fasst zum ersten Mal den Mut, das Rätsel zu lösen, an dem sie nie zu rühren wagte. Ihre Reise führt sie nach Rio de Janeiro, wo sie auf die Spuren von Izabela Bonifacio stößt, einer jungen Frau aus den besten Kreisen der Stadt, die in den 1920er Jahren dort gelebt hat. Maia taucht ein in Izabelas faszinierende Lebensgeschichte – und fängt an zu begreifen, wer sie wirklich ist und was dies für ihr weiteres Leben bedeutet ...

www.goldmann-verlag.de
www.facebook.com/goldmannverlag

GOLDMANN
Lesen erleben